U0737648

70 YEARS

NEW CHINA
EXCELLENT LITERARY
WORKS LIBRARY

1949–2019

新中国70年
优秀文学作品文库

中篇小说卷
NOVELLAS

梁鸿鹰 / 主编

2

第二卷
1983–1984

中国言实出版社

本卷目录

（1983—1984）

今夜有暴风雪

———

梁晓声

一

公元一千九百七十九年，春节后，东北松嫩平原，仍然寒凝大地，千里冰封，万里雪飘。

一辆从黑河开往嫩江的长途汽车驶入孙吴县境内不久，突然刹住了。一头羊站在公路正中，拦住了汽车。司机不停地按喇叭，它，一动也不动，像具石雕。司机只得跳下车去赶它，走近才发现，它用三条腿站立着！这显然是一只被狼伤害过的羊！它失去了整条后腿，胯上血肉模糊。司机不禁骇然地倒退一步。羊，却突然僵硬地倒下了。它已经死了。一位乘客也跳下了车，走到司机身旁，踢了死羊一脚，肯定地说："是兵团的羊。"

司机愕然地看着他。

乘客抬起手，朝远处一指："都走光了，放羊的小伙子连羊群都没顾上移交。"

司机朝乘客指的方向望去，雪原上，几排泥草房的低矮的轮廓，不见炊烟，不见人影，死寂异常，仿佛一处游迁部落的遗址——那里曾经是黑龙江生产建设兵团的一个连队。几天前还是。

乘客瞧着那只死羊："奇怪，狼怎么没把它整个吃掉呢？"看了司机一眼，又说："不捡白不捡，够吃几顿的。羊皮也小不了。我帮你搬到车上？"

"别，别……"司机皱起了眉，他觉得不是好预兆，用手势叫乘客把死羊拖到公路边去……

这辆长途汽车又开动了。

它开出不到一个小时，第二次被拦住。

手提包和行李捆连接一起，在公路上"筑"了两道"路障"。十几个人站在公路边，从衣着一眼就可以看出，是兵团的知识青年，有男有女。

司机只得将车缓缓停下。

知识青年们，有的搬开了"路障"，有的围住了汽车。

司机打开驾驶室车门，用商量的口气对他们说："你们人不少，东西又多，先别急着上车，车上已经没有空地方了，等我动员一下乘客，给你们腾出点地方……"

一个男知识青年感激地说："那你可真是个好人！"

司机呼地关上驾驶室车门，见"路障"已搬开，却呼地将车开过去了。

乘客中有人扭转身，朝后车窗看了一眼，说："何必呢，大家互相挤一点，就可以让他们都上来了！"

"让他们上来，一路准没好事！"司机嘟哝一句，加快了车速。

司机忽然从车镜里看到有人骑马从后面追赶，顿时神色惊慌，骑马的人转眼赶上来，却并没有拦车，超车奔驰而去。

司机暗暗吁了口气。

汽车顺公路刚拐过一个山脚，几乎所有的乘客都和司机同时发现，三台拖拉机并列在公路上！四个人站在拖拉机前，三个抱着肩膀，一个牵着马，都眈眈地从车前窗瞪着司机。

这里附近也有一个生产建设兵团的连队。

"糟了！"司机叫苦一声，刹住车，双手从驾驶盘垂下，无可奈何而又忐忑不安地朝驾驶座上一靠。

一辆马车这时也从后面赶了上来，车上是刚才被甩下的十几个男女知识青年和他们的行李捆、手提包。

牵马的人走到车头前，拉开驾驶室车门，对司机怒吼一声："下来！"他是那十几个知识青年中的一个。

司机脸色苍白，十分惧怕，不敢下去。

有一个知识青年走过来，推开了那个牵马的，对司机说："别害怕，他吓唬你。我们不会把你怎么样的。请你打开车门让我们上车吧！车上有我们，再碰到拦车的知识青年，我们会保你平安无事，顺利通过！"

羊剪绒的帽子底下，露出两条短辫。一双俊秀的大眼睛恳求地望着司机。是个姑娘。

车门打开了……

汽车又路过了一个被遗弃在雪原上的生产建设兵团的连队。

又路过了一个……

当这辆长途汽车开到嫩江火车站，天黑了。十几个知识青年拎上手提包和行李捆，跳下汽车，奔进了车站。

那个姑娘临走时还对司机说了声："谢谢！"

车站内，站台上，候车室里，几百名知识青年在等待着列车。他们随身所带的手提包、行李捆，像小山，这里那里堆在站台上。焦急、茫然、惆怅、沉思、冷漠、凄凉、庆幸、肃穆、严峻……各种各样的神色和表情，呈现在一张张男女知识青年疲惫的脸上。他们有的人从连队到这里，需要四五天。和伙伴们失散了的，大声呼喊着，奔来跑去。丢掉了什么东西的，在别人的手提包或行李堆中翻找着，惹起一片片斥责，争吵。

托运处更加混乱。吹毛求疵的手续，认真过分的查看。咒骂，哀求，抗议，威胁……

角落里，在破碎了镜子的立柜旁，一个知识青年和一个身份不明的旅客正做着一笔买卖：

"三十元……"

"三十元？！我从连队辛辛苦苦折腾到这儿，要不是无法托运，我才舍不得……"

"三十五！再多一元也不加！"

"好，好，三十五就三十五！"

卖了立柜的知识青年，接过钱就走。刚走了几步，又转回来，还给对方钱，大声说："不卖了！"抬腿一脚，大头鞋将立柜踢了个窟窿。接着又是一脚，又一个窟窿……

一个怀里抱着孩子的女知识青年跑过来，阻拦着，用上海口音嚷叫着："你疯了！好端端立柜，泄啥气唻！"

"哇！……"孩子哭了……

列车进站了。

几百名知识青年像狩猎一只庞大的野兽般，包围了每一节车厢的车门，窗口。

手提包，行李捆，纷纷从打开的窗口塞进车厢。

等不及从车门挤上车的，就从窗口爬。

"孩子别从窗口……"

已经塞进去了。

车厢里传出孩子的哭声……

另一个窗口,一场难舍难分的离别!

姑娘在站台上,小伙子在车厢内。小伙子从窗口探出身,姑娘拽住他的胳膊,哭着,喊着:"我不放你走!我不放你走!我不放你……"

小伙子泪流满面!

几个知识青年同情地望着他们。

有人摇着头,轻轻地说:"北大荒姑娘……"

车站上的广播喇叭响了:"各位旅客请注意,本次列车,晚点四小时……下面广播天气预报,嫩江地区,零下二十四度。黑河地区,气温继续下降,受西伯利亚寒流影响,今夜有暴风雪……"

……

这是北大荒四十余万知识青年大返城期间的一个夜晚,在东北最北边陲,在驼峰山上,黑龙江生产建设兵团某师三团工程连战士裴晓芸,今夜第一次在边境哨位上站岗。

"六号坐标"矗立在积雪皑皑的驼峰山顶。它被寒冬包裹了一层霜的外壳,远远望去,通体反射着镀银般的冷冽的光。

月,凝冻在夜空,似一面冰块磨成的圆镜,刚用雪擦过,连蟾宫的虚影也擦去了。夜空澄净。澄净得异常,令人感觉到潜伏着某种不祥,仿佛大自然正暗暗汇集威慑无比的破坏力量。偶尔,纱绢一样的薄云从夜空疾迅掠过,云影在苍茫的雪原上匆惶地追随着。稀寥的星怯视着大地。大地上的一切都显出畏惧,屏息敛气。没有风。伸出雪面的蒿草的枯叶,树木细弱的秃枝,都是静止的。荒原紧张地沉寂着。驼峰山两峰之间的山沟里,狼嗥声不绝,引起近处村子里阵阵狗吠。狗吠声过后,愈加沉寂。这种凛峻的沉寂,是北大荒暴风雪前虚伪的征兆。

裴晓芸肩枪站在哨位上。她摘下棉手套,借着月光看手表——差七分九点。今天是她的生日。九点是她的诞生时刻。二十七年前,这一天,这一时刻,她从母腹中降生。刚生下来不会哭,护士倒提着她的身子,在她屁股上打两巴掌,她才哇地哭响。在她对这个世界发出第一声啼哭的同时,母亲猝然离开了人间,没来得及看她一眼,也许听到了她那一声哭啼……

是父亲告诉她的。在她的第五个生日。那天,父亲从幼儿园接她回家,她一路哭着闹着向父亲要一个妈妈。幼儿园的孩子们都有妈妈，为什么单只她没有妈妈呢？那是她幼小心灵首次意识到比别的孩子缺少什么，首次感到生活对她不公正，首次向生活提出抗议，用跟父亲哭闹的方式。她不愿比别的孩子缺少什么。她要一个妈妈，正如向父亲要一个布娃娃。回到家里，她哭闹得乏了，噘着小嘴生闷气。不吃饭，不睡觉，不理睬父亲。父亲是大学哲学系讲师，在社会科学方面，是辩证唯物主义的忠实宣传者。但在解释自身生活时，又是个带有宿命论色彩的人。

"别哭，"父亲对她说，"从小失去妈妈的孩子，生活中不只你一个。告诉我，你为什么忽然想要一个妈妈呢？"

"小朋友都说，妈妈比爸爸好。"

父亲呆呆地注视着她，许久无言。

"爸爸，我要一个妈妈，就要！"

父亲默默地从床下拖出皮箱，打开来，找到旧相集，把她抱在膝上，一页一页翻给她看。

所有照片，都是一个年轻而美丽的女人的照片。

父亲合上相集后，说："她就是妈妈。"

妈妈？妈妈多年轻！妈妈多美丽！每张照片上的妈妈，都面露着温柔的婉雅的微笑。那种微笑告诉别人，也告诉自己的女儿——我曾在这个世界上非常幸福地生活过。

"妈妈在哪呀？为什么从来不回家？"

"妈妈在另一个世界。"

"我要到那里去。我要去找妈妈！"

父亲苦笑了。

"孩子，我们每一个人迟早都是要到那个世界去的。但我们现在不能去找妈妈。我在这个世界上还有许多没做完的事，而你呢，还没有开始做什么……"

她不明白父亲的话。

"妈妈……死了……"

死——她明白。

她哭了。

"记住，妈妈是为生下你而死的。"父亲轻轻抚摸着她的头，向她讲述了在她出生那一天妈妈所经受的痛苦。

"妈妈是歌唱家，你想听妈妈唱的歌儿吗？"

泪珠从她的小脸蛋上滚落下来，落在花兜兜上，落在父亲手上。

> 宝贝，你爸爸参加游击队，
> 正在过着那动荡的生活……

唱片缓缓旋转，播放出妈妈唱的动听的歌声。

她觉得唱片就是父亲说的"另一个世界"。妈妈就生活在那里。在那里天天都唱歌。

妈妈的歌声冲淡了死这个严峻的字在她那颗幼小心灵中造成的阴霾。

父亲收起唱片时说："孩子，挑选一张妈妈的照片吧，由你自己珍藏。"

她凭孩子的意识得出判断，那些照片，不，妈妈，对于她也许还不如对于父亲那么重要。她从中挑选了一张最小的二寸照片。从那一天开始，她那儿童的心理和情感世界，比一般孩子更早地趋于成熟，趋于丰富了。

以后，她经常在小朋友们面前声明："我也有妈妈。"

"你妈妈在哪儿上班呀？"

"你妈妈怎么从来没到幼儿园接过你呀？"

"你是个撒谎的孩子！撒谎就不是好孩子！"

"骗人！狼来啰！狼来啰！……"

被羞辱所包围时，她就从兜里取出妈妈的照片，大声说："喏，你们看，我妈妈！"

大声地说出这句话，她获得一种朦胧的安慰，一种空泛的满足。

渐渐长大，她才愈来愈体会到，母亲对一个人，尤其对一个人的童年和少年时期，何等重要！人，首先是从母亲身上来洞察生活，认识生活的。也首先是从母爱之中体验到自己的存在价值的。父亲往往教会孩子用理智的眼睛去看世界，母亲则往往教会孩子用情感的眼睛去看世界。从小失去母爱的孩子，生活在其短浅的视野中难以展现全貌。仅仅这一点，就意味着不幸。

上体操课，她从平衡木上摔下来，左腿骨折，在家中躺了一个多月。父亲给她洗脸，洗手，洗脚，梳头。甚至给她剪手指甲和脚指甲。有天，父亲给她朗读《海涅诗选》，她突然说："爸爸，给我擦擦身子吧！"父亲怔怔地瞧了她一会儿，没有回答，没有任何表示，合上了诗集。晚上，她的三个女同学来到家里。父亲预先烧好了一大盆热水，备好了毛巾和香皂，找出了她需要换的内衣，而后对三个女同学说："麻烦你们了。"便转身走出她的房间。门，被一个女同学轻轻从里面插上了。她们开始七手八脚地给她脱衣服，脱得一丝不挂……

同学走后，她无声地哭了。她虽然感谢她们，虽然觉得身体清洁爽适了，但内心却受到一种不能明言的挫伤，萌生了一种复杂的委屈……

父亲走进房间，她用被子蒙上了头。

父亲默默地在她床边站立许久才离去。她听到了父亲离去之前轻微的叹息，不知是为他自己，还是为她……

那一年，她十三岁。

从此，夜晚九点这一时候，对她来说就变成神圣的时刻了。每到这一时刻，她就凝视着大挂钟。久久地凝视着。她那少女的心灵便超越了时间和空间，与另一个世界中的不曾见过面的母亲的心灵贴近了，融合了，合而为一……

少女的心灵具有特殊功能，愈是感到缺少什么，愈容易靠想象来弥补。想象总是比生活本身更完美更迷人。对母爱的殷殷向往和饥渴，使她对仅有的父爱更加感到不满足。

而不久之后，父亲也被从这个世界上夺走了，那是在十年动乱的第一年……

她成了一个情感方面的赤贫者。对于情感需求极其细腻，内心世界稚嫩而丰富的少女，这种赤贫状态是足以风化灵魂的。幸而，她熬过来了。

灵魂熬过来了。

灵魂孕育着对生活的一点点的希望，便不会像肝脏一样硬化……

此刻，裴晓芸又看一眼手表——九点。

这大概是她第一百次独自膜拜这一神圣时刻了。她摘下手套，一只手伸进内衣兜，摸出一个小小的塑料夹，里面夹着母亲那张二寸照片。端详着母亲的照片，二十七岁的上海姑娘情不自禁跪下了，月光将她肩枪的身影，清晰地映在雪地上。

她心中有许多许多话要对母亲说，在这个夜晚，在这一时刻。

她想说："亲爱的妈妈，今夜我是这么高兴！我被批准为战备分队的战士了！今夜我第一次站岗……"

她想说："亲爱的妈妈，我肩上这支枪，得来可真不易啊！别人一早就发给了枪。而我，在不久前才获得这样的信任……"

她想问："妈妈，我，是同别人一样离开北大荒，还是留下呢？离开，这里有我感情上难割舍的东西。留下，我会感到孤独，感到被遗弃……"

她想问："妈妈，即使我回到上海，谁又是我的亲人呢？上海有我可以得到关怀可以完全信赖的人吗？……"

　　她想问……

　　忽然，觉得有什么东西触碰她——一只狗。一只体大如豹的狗。浑身黑毛，在月光下闪着黑缎般的光。粗颈，方头，大耳，阔嘴，样子十分凶猛。

　　她没受惊吓。这只狗对她有特殊的感情。它叫"黑豹"，名字是工程连的知青们起的。它的母亲一共生下六只小狗崽，连它在内。老母狗一天跟着砍柴的马车上山，被猎人设下的野猪套套住，活活喂了狼。六只小狗崽因断奶饿死五只，"黑豹"被男知青排排长曹铁强抱回宿舍，像哺喂婴儿般，养活了下来。它是男女知青们的宠物。它长大以后，看仓库，守麦场，报答知青们的恩泽。有人带它到哨位来站过一次岗，它便又增加了一项义务，每到深夜，自觉跑来，和站岗的人做伴，直至天明。

　　"黑豹"认出裴晓芸，两只前爪扑在她身上，伸着脖子要舔她脸，讨她的喜爱。她拍拍"黑豹"的头，又捧着它的阔嘴巴往自己冻红了的脸颊上贴一下，推开它，缓缓站起来。因刚才跪在雪地上，即使在"黑豹"面前她也难为情了。她心中顿时萌发了哨兵的神圣责任感和战士的英武气概。

　　"黑豹"耍着活泼劲纠缠她。

　　"'黑豹'，不许跟我胡闹！"她严厉地呵斥它，挺直身，肩正枪，目光巡视着冰封的黑龙江江面。"黑豹"听话地卧在她脚边，昂头专注地望着天空中的一颗星。

　　一会儿，她感到寒冷了。她后悔没穿棉大衣。棉大衣太肥，平时就不爱穿。何况今夜她第一次站岗，臃臃肿肿的，有失一个哨兵的英姿！可是毕竟感到寒冷了。又看一次表，过两个小时，就会有人来接岗。坚持得了。她双手都摘下手套，放在嘴边哈了一阵，又搓了一阵，解开一个衣扣，交叉地伸进棉衣里，紧紧地夹在腋下取暖。脚也冻得有些疼了。她轻轻跺踏着。"黑豹"披着毛皮大氅，似乎并不寒冷，卧在雪窝里一动也不动，不再望星星，侧头瞧着她，眼睛流露出对她的嘲意。

　　"坏东西！"她骂它一句，转身向山下望去。团部机关一片漆黑，一幢幢砖房和机关食堂的高大烟囱，轮廓分明。只有团部会议室的四扇窗子，透射出灯光。

　　她不禁想到了他。他下午四点就到团部去开紧急会议，显然到现在这个会还没散。不知这是一次什么样的重要会议？为什么开到这样晚？

　　他，或许在发言吧？

或许，发过言了，正从窗口朝外望，想望到她？

傻瓜！他根本望不到她！

她微笑了……

二

全团各连连长、指导员聚集在团部会议室。室内烟雾缭绕，空气污浊得令人窒息。几个烟灰缸插满烟蒂，像小盆景中的假山石。不少人继续吞云吐雾。

会议从下午四点开到六点，吃过晚饭，接着开到现在。每个人都意识到，这是一次严峻的会。

团长马崇汉，比任何一个人都更加清楚这次会议的严峻性。知识青年大返城的飓风，短短几周内，遍扫黑龙江生产建设兵团。某些师团的知识青年，已经十走八九。四十余万知识青年返城大军，有如钱塘江潮，势不可当。一半师、团、连队，陷于混乱状态。唯独三团，由于地处最北边陲，交通不便，消息阻隔，返城飓风的势头还没有真正席卷到这儿。三团的知识青年们，近几天才刚刚开始从亲友、同学和家书中获得返城信息。各种迹象表明，他们也在暗中骚动起来了。

兵团总部下发了一个紧急文件：为缩短从兵团体制恢复到农场体制的过渡时期，为尽快稳定各师团的混乱局面，组建起各师各团连队新的领导机构，重新形成生产秩序，确保春播，知识青年的返城手续，必须在三天以内办理完毕。逾期冻结。

急件被马崇汉扣押，不向连队传达。

三天，三个二十四小时，只要拖延过三个二十四小时，全团八百余名知识青年，就可能被永久地钉在各连队的花名册上了！他曾同政委孙国泰就这一点交换过看法，却遭到老农场干部孙国泰的坚决反对。

"我们没有权力扣压兵团总部的急件。没有权力。"政委严肃地回答他。

"当然，我一个人是没有权力这样做的，因此才同你商量嘛。你，和我，如果我们两个人的意见统一了，在特殊情况下是可以代表党委的嘛。"马崇汉温良恭俭让地说。

凭着与对方多年共事的经验，孙国泰知道，对方越是在他面前表现得温良恭俭让，越证明根本没把他的意见当成一回事。虽然他是政委。孙国泰也明白，马崇汉所以要在决定八百余名知识青年命运的这一严峻大事上"征求"自己的意见，无非是企图要自己表明一种态度，表明一种"赞同"的态度。有了他这种态度，哪怕是一种含糊的态度，不，哪怕是缄口不言，那么，这件严峻的事情，这一首先从马崇汉头脑中产生出来的个人意志，便可以被对方也被别人认为是"党委的决定了"。

"党委也没有权力做出这样的决定。"老政委态度鲜明。

"政委同志！"马崇汉语气强硬起来，"别忘了，你是一位团级领导，是一位思想工作者，在当前这种局面下，为生产建设兵团保留一部分青年力量，是你我的共同责任！"

老政委被激怒了！政委同志？他曾被对方当作同志看待过么？思想工作者？多么尊重的称谓！可是在这方面，对方曾允许他充分发挥过作用么？说什么为兵团保留一部分青年力量，说什么共同责任，真是冠冕堂皇！好听的话都叫你马崇汉挑着说了！难道你心里就一点都不感觉对这些知识青年们有愧么？

他压下怒气，说："团长同志，你不觉得为生产建设兵团思考得晚了些么？许多知识青年是怎样来到北大荒的，你应该比我心里更清楚！"

"你！……"马崇汉一时说不出话来。

兵团组建的第二年，马崇汉作为兵团代表，乘飞机来往于各大城市之间，作了一场又一场的精彩演说式的动员报告：正规部队的性质，不但发军装，还发特别设计的领章帽徽，居住砖瓦化，生活军事化，生产机械化……如此这般天花乱坠，欺骗了多少知识青年啊！

马崇汉立了一功，但他也被多少知识青年诅咒啊！……

此刻，老政委孙国泰盯着团长马崇汉那张刮得发青的五官分散的脸，不禁又想到了十年前就是在这个会议室里为他召开的"欢迎会"上的情形。那次"欢迎会"也是由团长马崇汉主持的。马崇汉向全团机关工作人员介绍他时，十分钟大摆他的老资格和革命经历，三十分钟大批他在农场时期犯下的种种"路线罪行"。

他当时猛然站起来，声音洪亮地说："马团长对我的介绍，等于为我树了一个碑，立了一个传，盖棺定论。千秋功罪，自有历史评说。据我所知，我们共产党没有为活人树碑立传的惯例，马团长这番话，就算是我的悼词吧！既然我还没有死，追悼会现在结束吧！"

从那一天开始，他就意识到，团长马崇汉是要故意在他们之间造成一种领导地位上的悬殊差异的。但十年之中，在每一个无论大小的原则问题上，他从没有向对方妥协过。虽然他是从一批被罢官撤职了的老农场干部中幸运地获得

"解放"的，时时有从领导地位上再次被打翻下去的可能。

从开会到现在，他还一句话没说，坐在角落里，一支接一支地吸烟。

马团长今天格外沉得住气。参加会议的人们沉默着，他这个主持会议的人也沉默着。他扫视着人们的脸，想从每个人的表情上，探测他们的内心活动。

公务员小张又一次走了进来，交给他一条"牡丹"烟。他将包烟纸扯开，东甩一盒，西抛一盒，将一条烟顷刻分光，自己仅留下一盒。他抽出一支烟，在桌面上笃笃顿了半天，却没有点燃，而拿起了暖水瓶，往茶杯里倒水。只倒出半杯水。

"小张！"

小张应声而至。

他用下巴朝暖水瓶示意，小张领会地默默拎起几只空暖水瓶去打水。

坐在马团长对面的，是工程连指导员郑亚茹，她看了马团长一眼，说："我表个态吧！"

大家的目光都集中在她身上。

团长马崇汉轻轻咳嗽了一声。

"我认为……目前……对于我是一个考验关头。我……赞同团长……不，赞同团党委……"大家都听得出来，这几句话，她说得并不轻松。

团长嘴角浮现了一丝不易被人察觉的微笑，向她投去极为满意的一瞥。

她刚抬起头，一接触到团长的目光，立刻又将头低了下去，掏出手绢擦汗。她是出汗了。细密的汗珠沁聚在她那清秀的眉宇间和端正的鼻梁上。

老政委孙国泰站了起来，用纠正的口气缓慢地说："不，不是团党委的决定。团党委没有做出过这样的决定。"

马团长怔了一下，随即大声说："不错，党委是没有来得及做决定。"他用一种特别加以强调的语调说出"没来得及"四个字，之后也站了起来，肩膀一耸，将披在肩上的大衣抖落在椅背上，接着说："不过，今天在座的，除了我和孙政委，还有几位也是党委委员，其他同志，都是各连队的连长和指导员，我看，这次会就算是一次党委扩大会议也未尝不可嘛！"说到这，他将脸转向郑亚茹，换了一种亲切的安抚的口吻说："你刚才的发言很好嘛，态度很明确嘛，你就算代表工程连党支部第一个表态了！"

"郑指导员只能代表她自己，不能代表我们工程连党支部。"在最后一排座位上，有人说话了。大家的脸一齐转向这个人。说话的是工程连连长曹铁强。

郑亚茹尴尬而不知所措地瞧着他。

马崇汉从桌上拿起刚才想吸而没吸的那支烟，已经划着根火柴，听罢曹铁强的话，脸色沉了下来。燃烧的火柴在手中晃了晃，熄灭了，被狠狠地插在烟灰缸里。

"这么说，你，是反对的啰？如果是这个意思，也算一种表态嘛！"他说这话时，并不看曹铁强。说完，紧接着喊："小张，倒烟缸！"

小张立刻悄无声息地走进会议室，从桌上拿起烟灰缸。

"叫你打开水，你怎么没打来？"马崇汉又一次拿起水杯。

"开水房锁着门。"小张讷讷地回答。

"再去打一趟！"马崇汉口气中流露出愠怒。

曹铁强瞅了团长一眼，又瞅了小张一眼，待小张走出去，才说："是的，我反对。"

郑亚茹的脸红得像要渗出血来。

马崇汉的目光如伤人利器，咄咄地射向工程连连长。对于这个东北小子，他心中耿耿于怀地记着一笔账。此时此刻，这笔账的账簿子又翻开了……

全兵团大搞"公物还家"运动那一年，马崇汉亲自带着工作组，坐镇工程连抓试点。他是个很善于总结各种运动经验的人。在这一点上，能力要比政委孙国泰高一筹。几天内，他就总结出了一套"三字经"——一看、二查、三搜。就是：各家各户的天棚地窖要看看，所有知识青年的箱子要查查，凡属公家的东西，一针一线，都要搜回来。"三字经"通过电话线，由马团长亲口传达到全团三十几个连队，指示照办推广之。"运动"得全团鸡犬不宁。

一天，马崇汉来到男知青宿舍，发现大火炕炕头一床褥子底下，垫着三块杨木板。他亲自动手将木板抽了出来。木板着炕的一面已经烤黄。

"是谁垫在褥子底下的？"中午召开了全连大会，马崇汉指着三块搬到会场的木板，严厉追究。

"团长，是我……"小瓦匠单书文怯怯地站了起来。

"你为什么要把公家的木板垫在褥子底下？"团长瞅定他的脸，字字拖长地问。军大衣很有派头地披在团长高大魁梧的身上，风度如革命样板戏《智取威虎山》中的"二〇三"首长。

"我……我……我怕烤着了褥子……"小瓦匠脑袋耷拉在胸前，不敢正眼看团长。

"抬起头！"

小瓦匠的头沉重地抬了起来，眼睛却盯着自己的衣扣。

"你自己的褥子烤着了，你心痛。公家的木板烤着了，你就不心痛。这叫什么？这就叫——损、公、利、己！"团长的大手掌啪地在桌子上拍了一下。

小瓦匠浑身一颤。

"岂有此理！限你明天早饭以前，把检查交到工作组来，不得少于五千字！"

团长声色俱厉。

……

晚上，小瓦匠从炕洞里往外扒炭火，一锨锨端到宿舍外，倒在雪地上。

"哎，你这是干什么？"有人抗议了，"我褥子底下还冰凉呢！"

"将就点吧！"从不跟任何人发生口角的小瓦匠，憋了一肚子的气，都通过这四个字发泄出来。

抗议者二话不说，从炕上蹦下来，往炕洞里塞满了木柴。

出身于封建官僚家庭的小瓦匠由于背着个甩不掉的包袱，甘做人下人，是知青中的弱者，对别人一向逆来顺受，不敢也没有能力维护自己的尊严。他不敢再从炕洞里往外扒火，默默地卷起自己的褥子，无法睡觉，便将一只小肥皂箱搬到地上，坐着个木墩写检查。

写了撕，撕了写，写写撕撕，撕撕写写，一本信纸转眼扯去了大半本。五千字！自己把自己往高得不能再高的纲上线上联系，搜肠刮肚，抓耳挠腮，却无法写满一页纸！

当年的男知青排排长曹铁强从外面查岗回来，见状问："你怎么还不睡？"

"你叫我怎么个睡法？"小瓦匠可怜巴巴地反问一句。

曹铁强摸了一下炕面，不再说什么，转身又走出去了。

一会儿，他从外面扛进了那三块杨木板。

"垫上吧！"

"我……不敢……"

"叫你垫上你就垫上，明早再扛回原处去，没人知道。"

"万一……"

"我顶着！"

马团长是一位最讲"认真"二字的共产党员。当男宿舍响起一片鼾声时，他又神不知鬼不觉地来了。

他是为那三块杨木板而来。

拉亮电灯，见三块杨木板又被垫在了小瓦匠的褥子底下，马团长愤慨极了。

今
夜
有
暴
风
雪

他不唯最讲"认真"二字，而且最讲"服从"二字。军队使他养成了坚决服从首长一切命令的习惯，他要将这一点作为优良传统灌输到知识青年们的脑袋里去。他最不能容忍对首长的命令阳奉阴违。在他本人即首长，阳奉阴违者又是他的战士的情况下，更不能容忍。

他猛地掀掉小瓦匠的被子，拽着小瓦匠的胳膊，将小瓦匠扯到了地上。

小瓦匠穿着衬衣衬裤，光脚站在地上，揉开蒙眬的睡眼，半睁半闭的，也没看清对方是谁，啪地甩手给了对方一记耳光："开你妈的什么玩笑！"

马团长被这一耳光打愣，呆呆地站在小瓦匠对面。

小瓦匠跳上炕，钻进被窝，又蒙头睡去。

马团长一声未吭，转身就走。

这一幕，被排长曹铁强躺在被窝里看得分明。马团长一出门，他立刻爬起来，跨过几个人的身子，推醒了小瓦匠。

"你知道你刚才打了谁一记耳光？"

"打谁谁挨着！"

"你打了团长！"

"别……逗了……"

"你看，地上是谁的大衣？"

小瓦匠爬起，探身朝地上一瞧，心中不由暗暗叫苦。地上果然有件军大衣，不是团长的是谁的！

"快起来，把木板撤下！"

曹铁强帮他的忙，二人慌乱地从褥子底下抽木板。其他人被惊醒，一个个翻身趴在被窝里，莫名其妙地瞧着他俩。

"深更半夜，你们搞什么名堂！"不知哪一个，从地上拎起一只大头鞋，朝他俩扔过去。大头鞋打在小瓦匠后脑勺上，小瓦匠"哎哟"一声，双手倒捂着后脑勺，仰躺在炕上。

"谁打的？谁？！"曹铁强厉声喝问。

几颗脑袋畏惧地缩进了被窝。

这时，外面进来三个人，都是团警卫排的。是跟马团长一块儿来到工程连的。为首的，是警卫排排长刘迈克。他们，虽不属于工作组成员，但在工程连战士们面前，却显示出一种优越感。这种优越感似乎在时时表明，他们，即使算不得"高级知青"，起码也是"特别知青"。因为他们是"拿枪杆子"的。因为他们是经常跟随各级团首长的。因为他们是半享受职业军人待遇的。

刘迈克一进大宿舍，首先从地上捡起马团长的军大衣，拍拍土，然后踢了踢小瓦匠垂在炕沿的赤脚："起来起来，跟我们走。"

小瓦匠坐起，一见是三个警卫排的，顿时变了脸色，讷讷地问："到哪儿去？"

"连部。马团长有请。"警卫排长一副闹着玩的样子。

"我……我不去……"小瓦匠往曹铁强身后躲。

"不去？那哪成啊！"小瓦匠的胆怯使警卫排长开心，他用命令的口气对另外两个警卫排的战士说："带走。"

那两个便上前去拖小瓦匠。

他们被曹铁强推开了。

曹铁强抢先一步，身子挡在宿舍门口，冷冷地说："你们，简直成了马团长养的狗了，叫你们咬谁就咬谁？"

刘迈克愣了一下，后退一步，眯缝起眼睛，咄咄地盯住曹铁强的脸，一字一句地反问："你说什么？我没听明白。"

曹铁强讥讽地说："你腰里扎条武装带不伦不类，劝你还是解下来的好。"

"你看不惯？"刘迈克真的缓缓解下了武装带，在手中摇晃着。

"别碰着我！"曹铁强又说了一句。

刘迈克刷的一声将武装带朝他抽过去。

曹铁强一偏头，武装带的铁卡子抽在门框上。他朝门框瞥了一眼，门框上留下了一道痕迹。

"别怕，吓唬吓唬你，闪开吧！"刘迈克的武装带仍在手中摇晃。

曹铁强动也不动。武装带第二次抽了过来。这一次，他躲闪未及，肩头挨了一下，白衬衣绽破，立刻渗出血来。

他捂着肩头，从门旁闪开了。

刘迈克也不看他，悍然往外就走。

曹铁强出其不意，照他下巴猛击一拳！这一拳那么有力，刘迈克踉跄倒退，撞在脸盆架上。一排脸盆翻落，一只漱口缸子滚到红火彤彤的炕洞里。

刘迈克爬起，惯于争凶斗狠的脸扭歪了，扑过来与曹铁强扭打作一团。

小瓦匠吓傻了，瞪大惊骇的眼睛，像只耗子似的缩在墙角。

另外两个警卫排的战士，同时上前，对曹铁强拳打脚踢。

刘迈克的霸悍早已激起工程连知青们的公愤，这时眼见自己的排长要吃亏，哪里还按捺得住！他们发声喊，纷纷从火炕上跳下地，一个个赤腿露胸地投入了恶斗。从地上打到炕上，从炕上滚到地上。战斗结束后，警卫排长和他的两个战士被结结实实地捆了起来。

刘迈克凶恶地说："曹铁强，你不计后果是不是？"

"啪！"有人给了他一耳光。

连部里，团长马崇汉坐在椅子上吸烟。

他好生恼火！

身为团长，被知识青年打了一记耳光，简直是奇耻大辱！

对于知识青年，从正规部队到生产建设兵团那一天起，他就产生了一种敌对情绪。不，也许用敌对心理这个词更准确。

什么生产建设兵团？用他自己的话说，参加革命多年，到头来落了个"七〇（零）八三（散）的装甲（庄稼）部队"的团长当！幸而，没脱掉军装。当上三团团长后，了解到这个团原先不过是个劳改农场，更令他替自己愤愤不平！这么个团长和"草头王"有什么两样？

然而，"草头王"却并不那么好当。知识青年，既不同于"一切行动听指挥"的正规部队的战士，也不同于"向解放军学习，向解放军致敬"的革命群众。他们到底算什么呢？在他眼中，他们简直是"蝗祸"，是"洪水猛兽"，是从城市蔓延到边疆的"瘟疫"！可他们毕竟是成千上万，几万，十几万，几十万，浩浩荡荡的四十多万！一批又一批地涌来了，卷来了。是戴着大红花，敲锣打鼓地被从城市欢送来的。一来就声明："我们要做北大荒的新主人！"不错，"最高指示"说他们是来"接受再教育的"，而且"很有必要"。但实际上，他们的马列主义水平高不可攀。要问共产主义运动发展史？巴黎公社失败的经验教训？当前中央路线斗争的营垒划分和斗争焦点？他们都能侃侃而谈。在这方面，每一个都有资格当他这位团长的教师！他们不但了解过去，而且仿佛能预知未来。中国革命和世界革命，整个儿装在他们发热的头脑里！他们是经过风雨，见过世面的，根本不把他一个小小的团长放在眼里！连中央首长，他们也敢炮轰，也敢油炸，何况他马崇汉！

他深知自己缺少驾驭他们的能力。恰如一个人，完全没有信心和气魄，但又被命运所捉弄，不得不驾驭一匹难驯的劣马。

多可悲！

有时扪心自问，他承认，他们中的一些人，是被他骗到北大荒的。但他自己不也是被骗来的么？何况说到四十万的话，那可没他的干系。他马崇汉没这么大本事！那是一场运动的力量。

他所有郁闷在胸，积压在胸的怨气，怒气，预备痛痛快快地发泄在小瓦匠身上。他要好好调教"它"，当成一匹牲畜调教。当然，犯不上用鞭子的。

听到外面的脚步声，他坐得更端正，表情更威严，目光更冷峻，咄咄地盯着连部的门。

门开处，第一个进来的是警卫排排长刘迈克。鼻青脸肿，浑身灰土，双臂被反绑着。衣领撕掉了，衣扣只剩下了一颗。第二个进来的，是警卫排战士。第三个进来的，是警卫排战士。一个排长两个战士，他派去传带小瓦匠的，都成了狼狈不堪的"俘虏兵"。

他霍地站了起来！

跟在三个"俘虏兵"后面走进连部的，是曹铁强。

"他们，据说奉了你的命令去绑我排战士单书文的。我反对这样做。他们不听我的阻拦，首先动武。我命令我的战士教训了他们一顿。现在我把他们给您带回来了。我自己，明天听从你的发落。"

曹铁强说完就走。已经走出门外，又转过身，对团长点了一下头。那意思好像是说："祝您晚安！"

……

曹铁强一回到大宿舍，就被他的战士们团团围住。

"我早就瞧着警卫排这三个家伙狐假虎威的样子不顺眼，今天可让他们知道咱们工程连的人不好惹了！"

"刘迈克在'文化大革命'中欠了我一笔账，今天我才出了口恶气！"

"这就叫不是不报，时候未到。时候一到，一切都报……"

七言八语，激昂兴奋。

小瓦匠满面阴云，一言不发，默默叠被子，卷褥子，叠好卷好，用毯子包上，用行李绳捆。

"你这是干什么？"曹铁强问。

"干什么？今天的事，全是我惹起来的。马团长能放过我吗？我今天夜里就扛着行李到团部警卫排去投案自首，当二劳改！"

这话，像一盆冷水，兜头盖脸朝大家泼来。

曹铁强沉默了一会儿，在小瓦匠后脑勺轻轻拍了一下，说："你犯什么案了，自首去？你别怕，我一人做事一人当。"

男宿舍女宿舍是一栋房子，中间被过道分隔开。这时女知青们也都来了，询问刚才发生的事。

有人问、有人答的时候，裴晓芸挤到曹铁强跟前，神色慌张地说："不好了！马团长给团部警卫排打电话，说咱们工程连的男知青聚众闹事，要警卫排立刻派三十个人来，还说，还说……"

曹铁强追问："还说什么？"

"还说……全副武装，一级战斗准备……"

"你怎么知道？"

"我今天夜里看麦场，刚才经过连部门口！"

身材瘦弱娇小的裴晓芸，替男知青们担惊受怕得瑟瑟发抖。

沉默。

各种表情在一张张脸上变化着。每个人都预感到面临着威胁。

"你们……快躲起来吧！"裴晓芸比谁都焦急不安。

所有人的目光，同时集中在排长曹铁强身上。那些目光是复杂的。

"躲？……"他被这个字激怒了。这个字从一个姑娘嘴里说出来，而且分明是主要针对他说的，他觉得当众受辱。

"听着，"他对全排战士说，"事态是我扩大的。我还是刚才那句话，一人做事一人当。你们可以预先把我捆起来，等警卫排的人到了，将功折罪！"

言辞刚烈，语气豪壮。这番话，是从小说里读到过的，还是看了什么电影印象太深记住了，连他自己也闹不清楚。

大家被感动了。由感动而敬佩。由敬佩而义愤。由义愤而激发起一种类似"同仇敌忾"的情绪。这种情绪抵消了年轻人们本来就易于丧失的理智。而丧失理智有时是件痛快的事。

"排长你说的算什么话！把我们都看得胆小如鼠吗？！"

"警卫排有什么了不起？比这严重的事件我们经历得多了！"

"与其在这儿瞎嚷嚷，等着警卫排的人来，像抓犯人似的一个个把我们抓走，莫如跟他们大干一场！"

"对！咱们去打他们的埋伏！"

于是，在一种"文攻武卫"中培养起来的盲目英雄主义的驱使下，他们匆匆穿好衣服，拥出了大宿舍，各人找到可以当作武器的物件，集合起来，向村外面去。女知青们也不肯错过这一表现英雄主义的机会，纷纷跟了去。只有几个没有去，她们赶紧跑向连长和指导员那儿报信。

离连队十几里远的山坡下，他们埋伏在公路两旁的小树林中。

不久，一辆卡车从山路上缓驶下来，工程连的战士齐声呐喊，冲出树林，包围了卡车。车下，铁锹钢叉，横握竖举。棍棒锄头，左右相逼。车上，警卫排的枪口，也指向了工程连的战士们。双方剑拔弓张。

一触即发的关头，有人策马从山上飞奔而下。

来人是老政委孙国泰。马头几乎碰上了车头，他才猛勒马嚼，勒得那马竖起前蹄，打了个立桩。

"给我把枪都放下，奶奶的！"他两眼闪亮，样子十分可怕。警卫排的枪是纷纷挎到肩上去了，但有人还不服气，说："我们是奉团长的命令……"

"现在命令你们的是我政委孙国泰！谁再啰嗦，我叫他就地挺尸在这里！"老政委从腰间嗖地拔出了枪，用枪筒在卡车驾驶室的铁顶上砸了一下，向司机喝道："你给老子把车开回团部去！"

司机乖乖地掉转车头，卡车顺原路开回去了。

老政委长长地吁了口气，跳下马，扫视着工程连的战士们，问："谁带的头？"

"我。"曹铁强低声回答。

老政委走到他跟前，目光牢牢地盯在他脸上，又问："你是谁？"

"工程连男知青排排长。"声音更低了。

啪！一记耳光打在他左脸上。他的手刚捂住左脸，右脸又挨了一记耳光！

又有人骑马从连队的方向赶到这里，跳下马，双膝跪在雪地上，说出一句震动人心的话："你们都是离家千里的孩子，你们要互相动武，就先打死我！……"

是指导员，当地剿匪战斗中立过一等功的英雄……

铁锹钢叉，木棍锄头，从一双双手中落地。

一片哭声惊扰了林中的宿鸟。

政委孙国泰一迈进工程连连部，就指着团长马崇汉大吼："马崇汉！老子毙了你！"

……

这件事虽然发生在知识青年刚到边疆不久，但曹铁强却永远也无法忘记。每每回想起，总还会产生不寒而栗的后怕。那时，自己多么缺少理智，多么鲁莽啊！他曾不止一次半夜三更从噩梦中醒来，浑身冷汗淋漓地想到，如果老政委那天夜里迟一步赶到，自己还会不会躺在这个知青大宿舍的火炕上？还有他们，他排里的战士，是不是也还会躺在火炕上，发出那么安然的鼾声？如果他和他们中的某些人，成了那次"英勇行动"中的不幸者，幸存的人今天将会怎

今夜有暴风雪

567

样谈到他，谈到那次"英勇行动"呢？

他们会恨他的。

不幸者的父亲和母亲们也会恨他的。

如果别人成了不幸者而他自己是个幸存者呢？

那更加可怕，对他来说。

每天清晨出早操，他站在全排战士的面前，望着他们的脸，心中便会产生一种对他们的深深的内疚和愧意。恨不得跪在他们面前，请求他们的饶恕。

这种负罪感竟折磨了他的心灵若干年。虽然他的任何一个战士都没有在他面前提起过当年那件事。也许大家都忘记了，也许谁也没有忘记，而是有意不提。但他自己却经常想在某一种场合，某一种时机，重提当年那件事。目的只有一个，希望大家痛骂他一顿，甚至暴打他一顿。

理智是年轻人在成熟过程中攻克的最后一个堡垒。攻克了，他们便成为能够掌握自己命运也能对别人的命运施加影响的生活中的强者。这是要付出代价的。不过有人付出的代价惨重，相比之下有人付出的代价轻微罢了。付出代价的同时，他们也必然会丢掉对他们来说是十分有害的东西——轻举妄动和不计后果。

曹铁强正是从当年那件事中发现了自己危险的弱点。也正是从那件事之后，他成熟起来了。

当年的男知青排长成为今天工程连的连长，从某种意义上讲，"袭击警卫排事件"对他来说是一次"淬火"。经过这次"淬火"，他才成为一个具有钢一样的弹性和硬度的人。

但是其中的哲学，是不会从团长马崇汉的头脑中产生的。马崇汉因为当年那件事，受到了党内记大过的处分，而且被通报全兵团。如果将他今天主持召开紧急会议的动机再深剖一层，也是和当年那件事分不开的。

他希望，为兵团保留八百余名青壮年劳动力，能够被上级赞赏，取消干部档案中的处分。而这关系到，兵团解体之后，他能不能重新回到部队去。档案中带着一次处分，他是没指望重返部队的。不能重返部队，他便只能落到一种无可奈何的境地——由团长变为一个农场场长。这无疑更加可悲。八百余名知识青年一走而光，将他这位团长弃留在北大荒，那岂不等于是命运对他的一种恶意捉弄和冷酷惩罚么？

他今天的内心活动，可以用八个字概括——瞻念前程，意冷心灰。不过这种内心活动并没从他脸上暴露丝毫。

他此时恍然醒悟，到会者们沉默的原因只有一个——在这么严峻这么重大的问题上，他们要首先知道政委是什么态度。

他意识到，自己十年来那种在任何事情上都能左右局面，举足轻重的威信，今天面临了公开的挑战！甚至怀疑他自以为曾有的威信，根本就没存在过！

他感到一种惆怅和悲哀。

而政委孙国泰刚才的发言又是对他那么不利！

工程连连长曹铁强又分明不把他这位团长的意志放在眼里！

他现在毕竟还是团长！纵然八百余人的去留他决定不了，一个连长的命运他还是可以决定的！"交代工作"，只消他一句话，就可以拖住这个哈尔滨的小子三天，叫他终身后悔！

难道这哈尔滨的小子就毫无顾忌吗？他怎么敢？！……

马崇汉盯着曹铁强正要说句什么有分量的话，一个女人突然闯进会议室，身后跟进两个女孩。

是他的妻子和女儿。

马崇汉好不惊诧！四天前他打发她们回老家，怎么这会儿又做梦似的出现在他面前了？

"把宿舍钥匙给我。"妻子向他伸出一只手。

"你……车票丢了？"他怔怔地问。

"根本就没买到火车票！"妻子大声嚷嚷，"要不是在黑河碰上个熟人，连长途汽车票也别想买到！我们娘儿仨好不容易挤上一辆长途汽车，开出黑河镇不到两小时就被知识青年给截住了！嫩江县城、火车站，返城知识青年像逃荒！连大车店都住满了！我们娘儿仨……火车站蹲了两天……跟你来到兵团，可倒了八辈子霉！待不下，走不了，亏你还大小是个团长呢！呜呜呜……"

团长妻子放声哭起来。

公务员小张拎着几只暖水瓶走进。马崇汉心烦意乱，拿起水杯朝小张递过去。好像胸腔内有干柴烈火在燃烧，他觉得口焦舌燥。

"水房锁着，到处也找不见烧开水的人。"小张嘟哝地说明没打来水的原因。

"岂有此理！"马崇汉手中的水杯高高举起，狠狠摔在地上，啪的一声粉碎了。

小张一反往常对团长的敬畏，大声说："少来这套！我不侍候你了！"说罢扬长而去。

马崇汉脸色青了。他的目光又瞪向妻子，从衣兜里掏出串钥匙，扔在她脚边。妻子怯怯地瞄他一眼，赶紧弯腰捡起钥匙，扯着两个孩子离开会议室。

电话铃响了。

郑亚茹也瞄了团长一眼，走过去拿起听筒，低声问："找谁？……"接着把听筒递给团长。

马崇汉皱着眉头接过听筒。

对方问："你是马团长本人吗？"

"我是马崇汉！"他粗声粗气地回答。

"马崇汉，听着！你召开的这个紧急会议，不必再开下去了！"就这么两句，口气像"最后通牒"。一说完，对方就挂上了电话。

马崇汉拿话筒的手剧烈地抖动。许久，他才扫视着大家，嘎哑地说："有人把我们开这次会的内容泄露了。"接着，严厉地问："谁会议期间打过电话？或者，接过电话？"

"我接过一次电话。不过，是长途。"曹铁强回答。他这时站了起来。

"长途？……"马崇汉根本不相信地追问。

"是长途。"曹铁强很镇定地回答。

尽管他很镇定，尽管大家对召集这样一次会议内心各持己见，但目光还是同时质疑地射向了他。政委孙国泰，也严肃地望着他。

"好像……有什么情况！"郑亚茹突然离开窗口，走到会议室门前，同时推开了两扇门。

一股寒风灌进来，将雪粉扬在人们脸上。几扇没插上的窗子被这股寒风顶开了。开会的人们，或从窗口向外望，或从门口向外望，但见不计其数的火把，分成几队，从山坡上，从荒原上，从公路上，从四面八方，朝团部汇聚而来……

三

裴晓芸站岗两个多小时了，再过一小时，就该下岗了。

但她这会儿就已经快被冻僵了。

"黑豹"也感到了寒冷，它开始在雪地上兜着圈子奔跑。它身上发出的热量结成霜，染白了黑皮毛。

"'黑豹'！"裴晓芸把狗唤到身边，弯下腰对它说："回去吧，'黑豹'，回去吧，回到连队去吧！到大宿舍去，趴在炕洞前，那多舒服，多暖和，何苦陪着我一块儿挨冻呢？啊？"她简直是在哄劝它，像在哄劝一个人。

"黑豹"瞪着那双善于和人交流情感的眼睛瞅她，分明听懂了她的话。它的眼睛追随着她的目光，也朝连队的方向望去。

"瞧，最南边那一排灯光，就是大宿舍！"她又低下头对它说了一句。

"黑豹"却一动也不动。它的身子忽然抖了一阵，又开始在雪地上奔跑。

她望着它，拿它毫无办法地摇摇头。

月亮好像挂在原来的地方，一寸也没移动。但月面已不那么明净，变得朦胧了。夜空的蓝色加深了。深蓝混合着漆黑。夜空似乎被来自宇宙之外的某种自然力量压低了。

起风了。这风是突然刮起的，异常猛烈，而且辨不清方向，朝她迎面横扫过来。她侧转身子，弯下了腰。

风过之后，四野顿时迷茫了。

"黑豹"在奔跑中突然站住，昂着头，略显不安地瞭望着荒原。

在荒原的尽头，在寒夜神秘而威严的幽远处，一场大暴风雪狰狞地注视着生产建设兵团的女战士和这只狗。

然而她并没有预感到什么威胁。她在瞅着那只狗。

"黑豹"使她又想到了他……

也许因为她和他不是同一个城市的知识青年？也许因为她和他不是同一批来到北大荒的？也许因为她是全连姑娘中最其貌不扬最沉默寡言的一个？也许因为她是一个政治上有"特嫌"的歌唱家和一个大学里的"反动讲师"的女儿？……他不曾注意过她。而她，也从来不敢主动接近他，主动跟他说一句话。因为他是威信很高的男知青排排长。因为他是全连最英俊的小伙子。

年轻人们，小伙子也罢，姑娘也罢，总是希望从自己身上发现某种值得自信的东西——高于别人的威望，渊博的知识，受人赞扬的品质，友好相处的人缘，家庭出身好，政治有前途，甚至，包括俊美的容貌，等等，等等。一点儿值得自信的东西也没有，这样的年轻人便会离群索居，产生自卑感。

裴晓芸在所有人的面前都会产生这种自卑感。

她有时甚至自己鄙视自己。

她身上半点值得自信的东西也没有。连一个少女最可自慰最起码的那点儿自信——容貌方面的自信都没有。

她到北大荒以后，从来也没有像其他的姑娘那样，偷偷拿面小镜子自己端详自己，欣赏自己。

她认为自己是个半点可爱之处都没有的丑姑娘。一只丑小鸭。

是呵，她的身材那么瘦弱，小手小脚的，像是发育不良没长开似的。她那张小女孩般的脸上，永远地笼罩着哀哀的愁云，一接触到什么人的目光，她便会情不自禁地立刻垂下睫毛，掩护住那双怯生生的眼睛。

一方面，她因为自己是那么不引人注意而自卑。另一方面，她又但愿任何人在任何场合下都不注意到她的存在。有天中午下暴雨，男女知识青年跑出大宿舍，遮盖土坯。苫席不够用，她把自己身上披的雨衣也盖到土坯上了。她在暴雨中浇成了一只落水鸡。衣服裤子紧紧地贴在身上，模样滑稽而可怜。他不禁多看了她几眼，她竟像被一只大猩猩所注视似的，吃惊地呆愣了一刻，转身而逃，令他大惑不解。那天他才知道，女知青排还有这么个叫裴晓芸的上海姑娘，才十六岁，在全连知青中年龄最小。但她也并没有从此引起他多注意一点。而她，后来则更加有意地处处回避他。

就在那一年冬季的一天半夜里，全连紧急集合，男女知青都拉出了连队，一气儿跑了十多里路远。演习紧急集合，大宿舍里是不许开灯的，手电筒也不许打亮。

跑步急行军途中，又演习了一次"围山搜敌"。

曹铁强是演习行动的总指挥，在大家都已经搜索到半山腰时，他回头望了一眼，见有人刚跑到山脚下，艰难地踩着没膝的深雪向山上攀登。

"那是谁？快跟上来！"他大声喊。

落伍者摔倒了，而且没有立刻爬起。

他跑到那人跟前才认出，是她。

"跑一段路就受不了啦？别那么娇气！都像你这种样子，打起仗来怎么办？"他有些生气，对她大加训斥。他拉着她的一只手，将她从雪窝里拽起来，也不管她跟得上跟不上，几乎是粗暴地拖着她往山上跑。

她一声不响地被他拖着跑了一段山路，又一个跟头跌倒在雪中。

"你！别装熊！快起来！自己跟上去！"他更加生气了，索性放开她的手，那语气完全像在战斗中呵斥一个无能的士兵。

"我……我的脚……"

"你的脚怎么了？"

她扒开埋住双腿的厚雪，甩掉两只手上的棉手套，双手攥成拳，使劲捶自己的双脚。

借着月光，他这才发现，她穿的竟是一双网球鞋！

他怔住了。半天才说出话："你……怎么穿着这样一双鞋？"

她没有回答。她不再摆自己的脚了。她的双手忽然捂住了脸。她的肩头开始轻轻耸动着。她无声地哭了。

他猛地弯下腰，将她再次拉起，强行背上，朝山下就跑。

"不，不，我不！冻掉双脚，我也要……"她挣扎着，拳头擂着他的背。

他并没有放下她，任她的拳头一下接一下地在自己背上擂打。他背着她深一脚浅一脚地跑下山，接着跨开大步朝连队跑。十几里路，他的脚步毫不减慢，越跑越快，径直背着她跑进女宿舍，将她放在火炕上，拉亮了灯。

她那张小脸哭得如同泪人儿一般。泪水在她脸上结成薄冰，一缕鬓发冻在她的脸颊上。

他呼哧呼哧地大口喘气，汗湿透了衬衣和绒衣。

"别动！"他对她说，摘下帽子，扔在炕上，拿起一只脸盆，转身奔出宿舍。

他从外面端进一盆雪，她果然一动未动地垂着双腿坐在炕沿上。网球鞋和她的双脚冻在一块儿了。他无法替她脱下来。

"剪刀！"

她茫然地瞧着他。

"你的嘴巴也冻住了吗？我问你有没有剪刀！"

她默默地朝摆在窗台上的一只小木箱指了指。

从小木箱里取出一把剪刀，他从她脚上剪下了那双网球鞋。接着，小心翼翼地剪下了她的袜子。他将她的双脚按在雪盆中，迅速地用雪搓起来。

他一边搓她的脚，一边抬起头，瞧着她的脸，低声问："疼么？"

她垂下了睫毛，只吐出一个字："不……"

"不疼才糟糕！"他更快地用雪搓她的脚。

一盆雪搓化了。

"这会儿开始疼了吧？"

"不……"

"还不？有没有……像被火烧一样的感觉？"

"有……一点点……"

"冻掉双脚，在北大荒可不是没有过的事！小时候我的脚也冻过，我妈妈就像这样子给我搓。"他从毛巾绳上扯下条毛巾，要替她擦脚。

"别，那不是我的毛巾。"她用轻微的声音说，这时才怯生生地看了他一眼。

他的目光不禁注视在她脸上，心中实在不可理解，这种时候，她为什么还会对生活中的这般小事如此认真。

"那是我们排长的擦脸巾。"

"那又怎么样？"

"她会生气的。"

"是你自己这样认为吧？"

她摇了摇头："她真会生气的。她对我和对别人不一样。"

"为什么？"

"因为……因为我和别人不一样。"

他不再问她什么了。他心中明白了。他缓缓地将郑亚茹的毛巾搭在毛巾绳上。

"边上第三条毛巾是我自己的。"

他取下了她自己的毛巾。

"让我自己……"她向他伸出一只手要毛巾。

他没给她。他轻轻地替她擦干了双脚，慢慢解开自己的衣扣，撩起绒衣和衬衣，半裸出宽阔的结实的胸膛，将她的双脚暖在自己胸上。

"啊！不，不！……"

她慌乱起来。她骇然了。她欲缩回自己的双脚。他用绒衣将她的双脚包裹住，紧抱在怀里。

"别动！"语气那么严厉，同时瞪了她一眼。

她挣动了几下，没有挣回双脚。他的手那么有力！

她的脸红极了。她一下子用双手捂上了脸。

"当年我妈妈对我也是这样做的。"第二次提到他的妈妈，他的语调中流溢出一种深情。

她还能再有何种表示呢？还能再说什么呢？

她一动也没再动。双手依旧捂着脸。

渐渐地，她感到自己的两只脚恢复了知觉，温暖了。也开始疼了。他胸膛里那颗年轻人的心强有力地跳动，传导到她的心房。她自己那颗少女的稚嫩的心，也仿佛刚从一种冷却状态中复苏，怦怦地激跳。

许久许久，他们之间没有再说一句话。

一滴泪水，从她的指缝中滴落下来。随即，又是一滴，又是一滴……

是因为过分受感动？是的。当然是。但泪水绝不仅仅是因为受感动而倾涌，还因为……他提到了他的母亲。用那样一种深情的语调提到他的母亲。

而她却从未领受过母爱的慈祥和温柔。为了领受一次,她宁肯自己的双脚被冻掉!

同样的做法,这北方的小伙子从他母亲那里学到,施加于她。诚挚之中带有几分强迫。

如果是母亲的话,她起初心理上怎会产生慌乱和骇然?

区别就在于此。虽然深受感动但也触碰到了她的隐衷。

她那颗少女的心不但稚嫩,而且那么细腻。所有细腻的情感都被她的双唇封锁在心里。因此她的内心世界比别的姑娘更加丰富,也更加充满矛盾和变化。

这样的一颗心当然不是他所易于了解的。他发现她在落泪,问:"你怎么又哭起来了?"

这时,外面响起一片纷乱的脚步声,夹杂着吵嚷。紧接着,门开处,女排的姑娘们拥进宿舍。她们一见他在女宿舍中,他和她那种不寻常的样子,都呆呆地站立住,用猜疑的目光望着他们。

在众人的目光之下,她显出无地自容的样子,仿佛自己是个小偷,被当场逮住。她猛地从他怀中收回双脚,窘迫而羞涩。

"用被子包上脚。"他平静地对她说。转过身,问姑娘们:"你们这样看着我干什么?"

没有谁回答他的话。

"简直是拿着弟兄们开玩笑!演习演习,半路上丢了战备演习指挥员!"

"不是丢了,咱们大排长准是叫敌人俘虏啦!"

男宿舍传来发牢骚的怪话和嘻嘻哈哈的笑声。

郑亚茹最后一个走进宿舍,她的目光在曹铁强身上差不多停住了半分钟,然后缓缓地转移到裴晓芸身上。

裴晓芸已经坐到火炕上,用被子包住了双脚。她低着头,不敢瞅姑娘们。

"哼!真丢人!"郑亚茹大声说了一句。

"你说谁?"曹铁强有点恼火了。

"我说谁,你心里明白!"郑亚茹向裴晓芸瞪了一眼。

他的同班同学,当着所有姑娘们的面,对他说出这般带有侮辱性的话,使他感到格外不能容忍。他几步跨到她面前,咄咄地盯着她的脸,质问地说:"我不明白!你今天非得当着大家的面对我讲清楚不可!"

"讲清楚就讲清楚!我说的不是别人,就是你!还有她!你们俩!趁着大家

"你……混蛋！"曹铁强大吼一声，对郑亚茹扬起了拳头。但他毕竟克制住了自己，拳头并没有落下去。如果不是当着所有姑娘们的面，这一拳也许会落下去的。

"裴晓芸穿了一双网球鞋就跑了出去你们知道不？她的脚冻伤了，如果不是我把她背回来……可你们，都想到什么地方去了！"

郑亚茹怔住了。

曹铁强指着一个姑娘说："你，去把那盆雪水倒了！"又指着另一个姑娘说："你，去把卫生员找来！"

两个姑娘不知是慑服于他的恼怒，还是出于同志之间的义务感，彼此望了一眼，一个服从地去倒那盆雪水，另一个立刻转身去找卫生员。

其余的姑娘，都向裴晓芸围拢过去。

郑亚茹独自站在原地，显得极尴尬。

"你和我的关系，并不比别人特殊，不过曾经是同班同学，你没有资格像刚才那样对待我！"曹铁强冷冷地对她说完这番话，愤愤地离开了女宿舍。

郑亚茹慢慢走到自己的铺位前，呆立了一会儿，突然扑倒在火炕上，抱着自己叠得四四方方的被子，哇的一声大哭起来。

"排长，都是……都是我不好，就算他刚才的话，是对我说的……"裴晓芸望着排长，心里感到无比内疚。

"你别装好人！"郑亚茹倏地坐起身，对裴晓芸狠狠地嚷了一句，之后又倒下去抱着被子哭。

有几个姑娘赶紧过来劝排长。

从那一天起，女排所有的姑娘都看得出来，排长对裴晓芸更加冷漠了，好像排里从此不存在裴晓芸这个人了似的。她们也看得出来，她们的排长和男排排长之间以前那种比别人亲近的同学关系中，出现了一道看不见的屏障。

而裴晓芸和曹铁强之间，又恢复到了那种几乎谁都不接触谁的关系。

然而裴晓芸多想找个时机对曹铁强说句感激的话啊！即使仅仅从情理上讲，这样的话也是应该对他说一句的。可是每当她和他单独在一起，还没来得及开口，郑亚茹便会忽然出现。能够和他单独在一起的机会又是那么难得！

春节前，连里不知出于何种安排，对每一个请假回城市探家的知识青年，都毫无例外地批准。也许是出于对知识青年的体贴和关怀吧！知识青年先后离开连队。最后，男排只剩下了一个人——曹铁强。女排只剩下了两个人——郑亚茹和裴晓芸。裴晓芸知道，排长所以迟迟没有动身离开连队，一定是想和曹铁强结伴探家，同去同归。可曹铁强为什么迟迟不回城市探家呢？他舍不得他养的那只小狗？也许是的。他那么喜爱那只狗？她哪里知道，出于对她的同情，他决定放弃那次探亲假了。他不忍心将知识青年中的一个小阿妹，孤独地撒在连队。

她和排长两个人住在空荡的宿舍里，却谁也不理睬谁。在排长郑亚茹面前，裴晓芸更自卑。排长是一位军队干部的女儿，正牌的"红五类"；排长是老初三毕业生，在学校成绩优异，据说不是因为"文化大革命"，学校要保送她上重点高中呢；排长是市红代会常委，来到北大荒之后，还被请回城市参加过一次红代会常委会；排长在全排姑娘们眼中是具有男性威严的；排长是在全团名声响亮的人物；排长是很美的，高于一般姑娘们的个子，飒爽的身姿，乌黑而浓密的短发，裹着一张椭圆形的五官端正的脸，两条眉毛不但细而长，还很英气，一双丹凤眼，总是投射出自信的矜傲的目光。

女排的姑娘们，谁都知道，她们的排长在暗暗地爱着男排排长曹铁强。天生一对，地产一双，大家都这么认为。但也有姑娘对两位排长之间的关系发表过预言性的看法："两个自尊心都太强的人，是无法结为生活伴侣的。"这话是背地里谈论过的。

姑娘们都不能理解的是，她们的排长明明爱着人家，又总是随时随地有意无意在她们面前扮演一个无穷烦恼的被追求者的角色。尽管这种角色她扮演得极成功。

裴晓芸在这一点上却自以为是能理解排长的。"不会高傲，就不懂得爱情的艺术。"她忘记了自己过去曾从哪一本小说里读到这句话。排长一定也读过这本小说。因为排长既会高傲，必然也就对爱情的艺术深通谙达了。

她非常希望排长也能理解她，哪怕一点点。非常希望自己能和排长处好关系——一般的战士和排长的关系，对她来说就很知足了。她不敢奢望比这更进一步的友好关系。她觉得自己不配，排长是什么样的人物！

两个人，按照同样的时刻，早、午、晚活动在大宿舍里，却彼此不说一句话，不正视一眼，这是多么别扭！有几次，她想主动张口和排长说话，排长却好像能够猜度到她的心思，每每在这时候走出去了。

其实，她最想对排长说的，无非只有一句话："排长，我是敬佩你的呀！我心甘情愿处处听你的吩咐，服从你的命令！"

就像一粒砂子含在河蚌体内，久经揉磨，变成了珍珠。这句话也是许许多多话在她内心经过无数次筛选的结果；这句话无论从任何意义上都是她的心里话。

排长竟不给她说出这句话的机会。

有天晚上，排长不知到哪里去了。她一个人百无聊赖地坐在火炕上，坐在窗前，把嘴贴在玻璃上，一口接一口地用哈气暖化玻璃上的霜花。

玻璃上渐渐哈出了一个可见夜色的小洞。从这个小洞，她朝外面窥望。有两个人在月辉下向宿舍走来，分明是排长和他——曹铁强。他们走到宿舍门前那棵大杨树下，同时站住了，对望着。

她向他走近了一步。他也向她走近了一步。

他们拥抱在一起了。

他们的嘴唇相吻了。

裴晓芸的脸倏地从窗前侧转开，双手下意识地捂上了那个小小的霜洞。

少女的心狂跳不已。

这是她第一次亲眼看到男女之间的情爱举动。她仿佛看到了自己所绝不应该看到的，愧作极了，不安极了。虽然是无意中看到的。

她赶紧展开被子，钻进了被窝，用被子蒙上了脸。

一会儿，听脚步声，知道排长走近了宿舍。

又过了一会儿，灯熄了。

第二天，当她醒来时，见排长在捆行李。

"你醒了吗？"排长说。

她没有回答，一时不能相信排长是在对自己说话。

排长转身看了她一眼，又说："帮我捆一下行李可以吧？"

不是在对她说话又是在对谁说话呢！她立刻从被窝里爬起来，顾不上穿衣服，也顾不上蹬鞋子，光着脚就跳到了地上。

"你先穿好衣服，别冻着。"

排长这种从来没有施舍给她的关心，令她深深地感动了。

她匆匆忙忙地穿上衣服，跐着鞋走过去帮排长捆行李。一根绳子，一人手里攥一头。

"用不着勒太紧，捆上点就行。"排长一边勒绳子，一边说，"我也要回去探家了，今天就走，和他一起走。"

她知道排长说的"他"是谁。

内心的欢喜反射在排长的脸上和眼睛里。排长的眼睛比以往更明亮，脸上焕发着娇红的光彩，洋溢着少见的柔情。排长的心境一定像早晨的花园一样！

而她自己的内心里，却感到一种空旷和苍凉。

从今天起，两个大宿舍，只剩我一个人了！她心中不禁这么想。

别人都有家可归。

她没有家了。

也没有亲人。在大上海，连一个亲人也没有。

帮排长捆好行李，他来到了女宿舍，怀里抱着小狗"黑豹"。

"我们今天也要离开连队了，大宿舍就剩下你一个人了，我把它托付给你。"他像将什么贵重之物至诚相托。

她从他怀里接过"黑豹"，抚摸着，一句话也没说，只是值得信任地点点头。

他默默地环视着女宿舍，问："你怎么不回上海呢？"

"我……回去没意思。"她故意用一种平淡的语调回答他，并且，对他微微笑了一下。

她不愿因自己的凄婉处境破坏他们此刻的良好心境。但她的微笑并没有如她所愿。因为他从她那一现即逝的微笑中分明细心地观察到了一种苦涩的意味。

"也许，'黑豹'和你在一起，会减少一点你的孤寂的。"他对她这么说，目光是怜悯的。

听了他的话，她不禁低下头，将脸贴在小狗身上。

她抱着小狗，站在大宿舍门口，久久地目送他们所坐的马车离开了连队。

从那一天，大宿舍里就只剩下了她一个人，和一只小狗。白天，她并不感到特别孤独，因为她还要和老职工们一起劳动。他们对她表示了种种关怀。他们，只有他们，才公正地、平等地把她看作几十万来到北大荒的知识青年中的一个。一个从小生长在城市而如今远离城市的女孩子。到了夜晚，那种孤独之感，才咄咄逼人。当外面呼啸起西北风，小"黑豹"就跃上火炕，往她被窝里钻。它也感到了孤独。

刚过完春节，他就从城市返回连队了，是全连第一个回来的知识青年。

那天中午，她正在宿舍里独自吃饭，忽听外面有人叫："'黑豹'！'黑豹'！"接着，是一声口哨。

"黑豹"愣怔了一下，立刻像支箭一般蹿到宿舍外面去了。她跟了出去，看见他拎着提包，站在男女宿舍之间的过道里。

"他在叫狗，并没有叫我。"见他将"黑豹"抱起，亲爱地抚摸着，她这样想。

他对她笑笑："我应该感谢你，小狗长大了不少！离开这么几天，我还真想它呢！"

同样是离别，他心中想的只是狗，一句话也不问到她。

她的心被挫伤了。她习惯地在他面前垂下了睫毛，一声不响地退回宿舍。

一会儿，他来到了女宿舍，送给她一些从家中带回来的糖、花生、瓜子。

"我不要。你自己留着吃吧。"她拒绝收下。她把这些东西视为他给予她的报酬，因为她替他喂养了几天小狗。

"这是我的一点心意。"他把那些东西放在火炕上，转身就走。

那天深夜，外面又刮起了西北风，像是一头怪兽在嘶叫。她躺在被窝里，难以安然入睡。她心中产生了一种莫名其妙的委屈，仿佛又受到了什么人的欺负。她哭了。开始哭声还很低微，后来哭声渐渐大起来，无法克制。

第二天早晨，她端着脸盆走到宿舍外面倒洗脸水，他跑步回来，拦住她，问："你昨天夜里为什么哭？"

"我没哭。"她低下头，想绕过他身边走进宿舍。

他挡在宿舍门口，固执地问："是不是你一个人在连队的几天里，有谁欺负你了？你不告诉我，我就不让你进去！"

她摇了摇头。

他又说："你为什么不能信任我呢？像信任一个大哥哥似的。你……简直不像一个女知识青年，像一个小女孩。我是很愿意在什么事情上帮助你的，真的！"

她还是默默不语。

"世界上有一样东西，对任何人都越多越好，那就是友情。"

听了他这句话，她渐渐抬起头，第一次那么勇敢地面对面地正视他的脸。

她的目光中既有信任，也有疑问。

他脸上的表情是真挚而坦率的。

于是她喃喃地说："我……怕……"

"怕？……怕什么？"

"怕……夜晚……"

"夜晚有什么可怕的？你不是已经一个人度过了好多夜晚吗？"

"那些夜晚，有小狗和我做伴。现在你回来了，连小狗也不肯和我做伴了。"

他的心弦被她低声说出的话语拨动了。对面前这个出于怜悯而想给予一些关照的少女，他是多么缺乏理解啊！

当天，他在男女宿舍的墙上各凿了一个小孔，将一根绳子穿过小孔，伸到女宿舍来。

"你要干什么？"她瞪大眼睛看着他在这样做，很奇怪地发问。

他将绳子引到她的铺位前，绳子的一端交在她手中，说："我在绳子那头拴了一个小铃铛，朝大车老板要的，马铃铛，就吊在我头顶上。你睡时，手里握着绳子，做噩梦也不会感到害怕了，梦中我肯定会像天神一样降临你的身边，解危救难！"他因为自己竟想出这样一个哄小孩的主意，说完有点不好意思地笑了。

"你……真逗……"她也笑了。

她果然天天晚上手里握着那根绳子睡觉。她果然从此不感到孤独，也不怕夜晚，不怕西北风的呼啸了。

知识青年们陆陆续续地返回连队了。绳子被她收起来了。小铃铛他送给了她。

他依然是男排的排长。

她依然是女知青中最沉默寡言的一个姑娘。

生活又回到了原来的样子。

虽然如此，她还是真实地感觉到生活对自己来说发生了些什么变化。这感觉是朦胧的。正因为是朦胧的，似乎发生了但又似乎并没发生的变化，才既令她入迷，又令她感到新奇。她是怀着连自己都难以解释清楚的微妙的心理，去细细体验这种新奇的变化的。她战栗地期待着更重要的变化某一天突然发生。她究竟期待的是什么呢？期待着一种什么意义上的变化呢？将会发生什么呢？怎样发生呢？……她什么都不能回答自己，然而她又的确体验到了什么，的确在期待着什么，的确被什么诱惑了。也许什么变化都没有发生？也许什么都不存在？也许令她内心骚动的不过是虚幻缥缈不可捉摸的憧憬？……

女排排长郑亚茹最后一个返回连队。她超假半个月。一回到连队，她就立即向党支部补交了一张诊断书。她在探家期间生病。诊断书证明这一点。但女排的姑娘们却都看得出来，排长绝没有生过病。并不是从排长的外在精神状态得出的结论，而是她处处不自禁地有所流露的内心情绪的真实色彩告诉了她们。一个姑娘若被许多姑娘加以研究，那她内心是难以隐藏住什么秘密的。何况女排排长早就成为她的战士们的重点"研究项目"了，何况她们在对她加以诸方面的研究之后已经积累了不少经验呢！经验告诉她们，排长准是在爱情方面获得了极大成功！不，更准确一点说，是在爱情的"拉锯战"中获得了决定性的胜利。那被征服了的一方，当然是男排排长曹铁强了。她们既替曹铁强惋惜（未免被攻克得太轻松了些罢！），同时也不无对郑亚茹的嫉妒。瞧她不论说什么话做什么事时那种自信劲儿！瞧她那双被内心的爱情之火燃烧得多么明亮的眼睛！瞧她浮现在脸颊上的那种幸福的红晕！瞧她独自呆坐，凝眸出神时那暗暗得意的模样！唉！唉！哈尔滨的小伙子那种刚愎和高傲哪去了？怎么就招架不住姑娘的一二回合呢？在她们面前他对郑亚茹像块百炼钢，说不定背人时就变成了绕指柔呢！小伙子们差不多都是这德行吧！

曹铁强的确是被征服了。被情愿地征服了。在和郑亚茹一块儿探家的短短十几天中被她征服了。有谁会想到，小伙子刚愎高傲的性格的茧衣内，包裹着一颗充满情感矛盾的心呢？又有谁能真正理解小伙子对北大荒的开拓事业那种特殊的崇敬呢？他的父亲和母亲，都是北大荒的第二代创业者。父亲原是东海舰队某舰的轮机班长。母亲原是哈尔滨军事工程学院医务所的护士长。父亲是随着十万转业官兵的行列来到北大荒的，当上了进发雁窝岛的第一支垦荒队的队长。为了给垦荒队踏查出一条道路，他牺牲在绵亘的大沼泽里，连遗体也无法寻到。母亲哭了三天。三天后，将刚刚背上小学生书包的儿子寄养在老上级家中，自己也登上了北去的列车。母亲一到北大荒，就坚决要求到以父亲的名字命名的那支垦荒队去。她不久成为中国最早的几名女拖拉机手之一。她驾驶着父亲生前驾驶的那台拖拉机，追随着垦荒队，驰骋在北大荒。艰苦并没有把这个刚强的女性从男子汉们的队列中甩掉。她终于像父亲一样赢得了他们的敬佩，担任了父亲生前的职务——垦荒队队长。她是中国第一名女垦荒队队长。她曾出国参加世界劳动妇女联欢节。以后，她成为中国第一名女农场场长。曹铁强永远也忘不掉九岁时看过的一部影片——《英雄战胜北大荒》。他当时比看任何电影都更加被吸引、被激动。虽然，他没有从银幕上看到爸爸和妈妈，但顶着暴风雪向荒原挺进的垦荒队出现在银幕上时，他相信其中有一台拖拉机一定就是爸爸妈妈驾驶过的。他对北大荒的向往，他对垦荒者们的崇敬，就是从那时开始的。一个五六岁的小女孩，用手绢兜着种子，跟在父亲身后，向肥沃的土地点种……这是影片的一个镜头。他对那小女孩多么羡慕多么嫉妒啊！他在寄给妈妈的信中写上了这样一句话："妈妈，我要到北大荒去！"妈妈的回信很短："孩子，你要学好文化知识，你要长大以后再来！妈妈在北大荒等待着你！"他没有因为妈妈的信写得这样短而沮丧。他完全能够理解，刚刚建立起来的农场，需要创业者们做多少事情啊！何况妈妈不但是创业者，而且是农场场长……

他长大了。每天都带着一种迫切希望自己早些长大的心理一年年地长大了。母亲那封信至今他仍保留着。但母亲，却已长眠在地下数载了。

批判会。批判修正主义建场路线。批判"黑劳模"。批判中国第一个女农场场长。第一个，这本身就是一种罪过！哥白尼是第一个向全人类大声说"地球是绕着太阳转"的人，于是他遭到了教会的残酷迫害。除了耶和华，教会是不能容忍人类还在其他某方面产生什么"第一个"的。中国人虽然相信上帝的不多，原来却有人同样具有不能容忍"第一个"的劣根性。

对中国第一个女农场场长的批判形式是别出心裁的。父亲生前开过的那台英雄的拖拉机被用黑漆划上了"×"。母亲被强令驾着这台拖拉机来到批判会场接受批判。拖拉机像坦克一般冲乱了会场，碾过会台。母亲将拖拉机一直开到山崖畔，她纵身跳下了山崖……

这就是中国第一位女农场场长的结局！这就是十年动乱中发生在北大荒的一幕悲剧！

刚满十八岁的曹铁强没有哭。他在全校第一个报名要求到北大荒去。他要见识见识北大荒那一片吞没了他父亲的沼泽！他要知道母亲是从哪一座山崖跳下去的！他要擦掉父亲和母亲都开过的那台拖拉机上的黑"×"！他要告诉每一个北大荒人，他是谁的儿子，他来了！

他的要求竟没有被批准。

他哭了。只因为此。

代替父母像抚养自己的儿子一样抚养了他十年的恩人，母亲生前的老上级，哈尔滨军事工程学院一位当时也遭到政治厄运的副院长，陪同他第二次来到黑龙江生产建设兵团驻哈联络处。

老人大声质问："你们为什么不批准他？"

得到的回答是："因为他母亲的问题……还没有最后作结论，我们政审很严。"

"可他也是他父亲的儿子啊！他父亲的烈士碑还立在北大荒！"老人的手杖使劲捣着地板。

接待人员搓着手说："我们……做不了主啊！"

"烈士的儿子，竟连继承烈士遗志的权利都被剥夺了！"老人叹息一声，突然拉起他的手，愤慨地大声说："我们走！北大荒不要你，我带你到'五七干校'去！"

"等等！"那接待人员叫住了他们，走到他跟前，拍着他的肩说："如果你决心到北大荒去，不批准你也可以去嘛！当年转战北大荒的十万官兵，都知道你的父母，都非常怀念他们……"

得到这种暗示，几天之后，他混在第一批奔赴北大荒的知识青年中间，乘上了开往最北边陲的列车……

虽然他是"混"到北大荒来的，但并没有因此被哄回城市去。北大荒用沉默的诚意接收了他。只有他，才能体察到这种沉默胜过热情的诚意。一下火车，多少人在那一批知识青年中寻找他，握他的手，对他说"好好干"或者"别给你爸爸妈妈丢脸"。他们，有的认识他的父母，有的并不认识他的父母。他们都是《英雄战胜北大荒》中的那一代创业者。他们从十几里，几十里，甚至几百里地外赶来，只是要在火车站见到他，握一下他的手，对他说一两句话。他一个也不认识他们。他连他们之中一个人的名字都没有记住。

他要求把自己分到雁窝岛。他的要求没费口舌便如愿以偿。可是，雁窝岛并不仍像他在《英雄战胜北大荒》中所见的那么荒凉了。那里已经建立起了农场。荒原已经被征服。吞没了父亲的那片沼泽，已经变成水库。来到雁窝岛的第一天傍晚，他独自伫立在水库闸坝上。赤红的晚霞燃烧着淡蓝色的水面。水面浮现出了父亲的容貌。父亲生前经常用口琴吹奏《水兵之歌》，他耳旁仿佛又听到了这支歌那充满火热激情的欢快节拍。口琴是父亲任何时候都揣在衣兜里的爱物，肯定和父亲一起沉没在当年的沼底了。父亲的碑就立在水库闸坝的一端。他沿着闸坝走到碑前，仰望着碑顶那台石雕的翘首的拖拉机，心中默默地说："爸爸，我来了！"他心中突然产生一种悲哀的遗憾。他但愿眼前没有这水库，而仍是一片狰狞的沼泽！对于吞没了他父亲的那一片沼泽，他心中是有种强烈无比的挑战，甚至可以说是复仇般的征服意志的啊！但它却已经被征服了。不是被他，而是被别人！他扑倒在岩石碑座下，痛哭了一场。附近没有一座山。不必问什么人他也知道，母亲并非是在这里遭到了那次不公正的批判。有人主动带他来到了机车库，告诉了他哪一台是他父母生前开过的拖拉机。它已经旧了，但保养得很精心。在并列的十几台拖拉机中，它最洁净。黑"×"被擦掉了，还看得出被什么东西认真刮过的痕迹。

带他来到机车库的陌生人告诉他："这台拖拉机仍保持着当年的作业效率。"

此话对他是多么大的宽慰啊！

第二天，他悄悄地告别了雁窝岛。

他要在北大荒做一个像父母那样的创业者，而不甘仅仅做一个继业者！

于是他被重新分配到了最边远的刚刚开始组建的三团……

他也像所有的知识青年一样想念过家么？想念过的。不唯想念。更其惦念。虽然军事工程学院的老副院长并非他的父亲，虽然老院长的女儿并非他的妹妹。但他们与他有着父子一样的兄妹一样的感情。多少个不眠之夜，他担虑着那善良而正直的老人将会进一步遭到什么迫害，担虑着那脆弱的，因小儿麻痹而残遗了一条腿的异姓妹妹的处境。

和郑亚茹一块儿探家回到城市后，他才得知老人确诊为肝硬化后期。他不忍离开他们了。假期一天天接近，他烦躁，他彷徨，他不知道自己应该做出怎样的决定才对。一天晚上，在省军区大院郑亚茹的家中，在她的房间里，在她关心而温柔的询问下，他向她讲起了自己的父亲，母亲，讲起了老院长父女，讲起了他对他们的感恩之情，倾吐了他内心的矛盾。他想要留在城市照料老院长父女，但又怕连队里的任何一个人都不会理解他，把他视为北大荒的"逃兵"。

他讲完才发现，她早已泪流满面。她忽然像个小孩子似的哭了。她是深深地被他讲述给她听的这一切所打动了。他第一次向她讲述了这么多这么多，而且讲述的都是内心最真实的。她不仅感动，同时感激。同学三年，她那一天才知道，他有那样的父亲，那样的母亲！他能够把这一切都毫无隐瞒地告诉她，这足以证明，她在他心目中的位置，毕竟高于所有那些他所认识的姑娘们！

她擦干眼泪，盯着他，问："今天你对我讲的这些，从没有对任何人讲过吗？"

他发誓般地回答："没有。"

"如果不是我，换一个人，比如，另外一个你认识的姑娘，你也会把这一切统统告诉她么？"

他沉默片刻，摇摇头："不，绝不会……"

她对他的回答非常满意，低下头微笑了。

当她送他走出家门时，说："你明天有时间的话，我希望能和你一块儿到江畔去走走。"见他犹豫，她又补充了一句："我有重要的事和你商量。"

第二天，两人徐徐漫步在松花江畔。她默默地和他并肩来回走了许久，才靠着一根栏杆站住，告诉他，省里的几所大学已经开始试行招收工农兵学员。她要尽一切努力为他争取到一个名额。如果争取到了，他就可以有三年的时间一边在城市学习，一边照料他的恩人父女了。他感激得紧紧握住她的手，不知说什么话才能表达自己的心情。

她听凭他握住自己的手，将脸侧转向松花江，望着冰封的江面，说："你应该明白，我是因为爱你才这样做的。"

他没有回答她这句话，但他在自己心中暗暗立下了誓言：我今后要开始爱这个姑娘！我再也不能挫伤她对我的爱情！全连只有他一个人知道，郑亚茹超假半个月，是为他在城市多方奔走。

不久，连里收到了由团部转来的一份哈尔滨医科大学的录取通知书。

曹铁强要离开北大荒，去上大学了！消息在全连传开，所有的知识青年都感到意外。他们从那一天开始用另外一种眼光审视他了。那种目光向他表明，他们怀疑他过去是否值得受到他们那么多的尊敬。

他是怀着一种悲凉的心情离开连队的。

只有一个人为他送行——郑亚茹。

当夜住在团部招待所里，已经十点多了，忽然有人敲门。

他打开门，见门外站着一个陌生的知识青年。

"你是曹铁强？"

他点点头。

对方走进房间，说："我想和你谈几句话。你是接到了一份哈尔滨医科大学的录取通知书吗？"

他迟疑了一下，点点头。他觉得并没有隐瞒的必要。

"你热爱医生这种职业吗？"

"……"

"你愿意毕业后还回到北大荒吗？"

"……"

"你能够成为一名北大荒所需要的出色的医生吗？"

他生气了。反问："你是谁？我根本不认识你。你有什么权利这样质问我？"

对方缓慢地从兜里掏出一盒烟，缓慢地抽出一支，叼在嘴上。缓慢地擦着火柴，缓慢地吸了几口，眯起眼镜后面一双沉静的眼睛瞧着他，用缓慢的语调说："我叫匡富春，团部的卫生员。谈到权利，我不但认为我有这种权利，而且认为，任何一个北大荒人都有这种权利。北大荒需要医生，需要出色的医生。争取到一个上医科大学的名额是很不易的，如果被一个对医生毫无职业感情的人，或者被一个仅仅想利用上大学的机会离开北大荒回到城市去的人占有了这个名额，那未免太令人失望和遗憾了！"

对方的表情和语气，都流露出毫不掩饰的嘲讽甚至侮辱。但对方所说的这番话，又是那么理直气壮，令人丝毫也不能怀疑这番话有任何不光明磊落的企图或动机。

他虽然感到受了难以容忍的嘲讽和侮辱，但他还是容忍了。他第一次觉得在别人面前心中有愧。

对方又开口说："这个名额本是我争取到的。我曾给医科大学写过一封信，向他们反映了北大荒缺少医生的实际情况，并向他们提出请求，允许我去自费学习。我的祖父和父亲都是医生，而且是很出色的医生。我从小热爱医生这一职业。我向他们提出请求，没有任何个人目的。我只是想成为北大荒所需要的一名出色的医生。我相信给我一次学习的机会，我可以成为一名好医生。他们回信答应了我的请求。可是最近他们给我的又一封信中解释，由于某种原因，答应了我的名额，被我们团里的另外一个人顶替了……"

他怔怔地望着对方，一句话都说不出来。

"我并不想责怪你。更不想和你吵架。我只是来对你说，不管你是否已决定将来当一名医生，我希望你能珍惜这一次学习机会，希望你三年后还能回到北大荒来。北大荒需要出色的医生……"对方看了他一眼，缓慢地抬起手，用食指朝鼻梁上推了一下眼镜，没有任何告别的表示，一转身走出了房间……

第二天，他又回到了连队。

可想而知，郑亚茹对他这样做恼怒到何种程度！无论他怎样向她解释，都不能求得她的谅解。

他几乎是把匡富春对他所说的话一字不差地复述给她听，一遍又一遍。但却只能愈加激起她的恼怒。

"你多高尚啊！可我是为了谁？我在城市四处奔波，拉关系，挖路子，走后门，求爷爷告奶奶，就差没给别人下跪了！整整半个月，两条腿都跑细了，舌头都磨短了，为了谁？！团长心里记着你一笔账呢，根本就不同意让你上大学！也是我一次次跑到团部替你说情，装哭，耍赖，连一个姑娘的自尊心都不顾惜了，可你！你倒成了无比高尚的人，我倒成了顶顶卑劣的人了！高尚不过是一种自我表现欲，这一套我也会！我从明天起要每月给这个匡富春寄拾元钱，写一封信，要写得情意缠绵，鼓励他为北大荒好好学习！他会比感激你更加感激我！……"

她果然说到做到，第二天就给匡富春寄出了一封信和拾元钱。不过信中写了些什么，是否情意缠绵，他却不知道了。

他和她又一次闹僵了……

今
夜
有
暴
风
雪

x

x

发枪了！

随着边境局势的恶化，全团几个重点连队，包括工程连，组建了"战备分队"。真枪实弹，代替了每天清晨出操训练时的木枪木手榴弹。枪，比镰刀，比锄头，比拖拉机和收割机更使生产建设兵团的知识青年感觉到他们不同于一般下乡插队知识青年的特殊价值。

这种特殊价值是他们每个人自我意识的支撑点。

他们早已不满足于一年四季仅仅播种和收获了。他们渴望着浴血战场报效国家的机会！

因为他们是生产建设兵团——战士！

当初，他们中许许多多的人，正是为了这两个字，放弃了到离家较近，生活条件较好的农村插队的机会，而千里迢迢奔赴北大荒的。

他们不怕死，只要能做英雄。

他们就怕平凡的生活。艰苦他们已经习惯了。习惯了的就是平凡的。而"平凡"对他们来说是一种软性的挑战。他们没有足够的耐力应付这种挑战。渐渐冷却的政治兴奋在他们身上转化成追求那种惊天地，泣鬼神的英雄壮歌的激情。

但，并不是每一个人都有资格获得战斗武器。

枪，只能发给"红五类"。

这是内定的原则，但战备形势报告会上的动员令，却是向每一个知识青年发出的。

于是一份份申请书由班排长递交到连部。连部讨论通过的申请书，附上鉴定和意见，密封后报到团军务股审批。

裴晓芸也写了申请书。

那不是一般的申请书。

那是用指血写成的申请书。

别人，钢笔写的字句，尽可表达对党对祖国对人民的忠诚和献身精神。但她不可以，她是入了"另册"的，她十分清楚这一点。

只有用血来表达。她想。一腔血都洒在战场上，乃是她心甘情愿的。在烈士的队伍中，也许是没有"另册"的吧？她这样相信。

她没有按正常程序将申请书交给排长郑亚茹。

晚上，连部开会，讨论确定"战备分队"的战士名单。

老指导员一份接一份地翻阅申请书，忽然问郑亚茹："裴晓芸没写？"

女排排长点点头。

指导员又问："是不是写了没交？"

能不能被批准为"战备分队"的战士，和有没有这种要求，意义是并不相同的。每一份申请书，都要作为一种忠诚的证物入档案的。

"根本没写，或者写了没交，对她还不是一回事吗？"女排排长不以为然地回答指导员的话。

"这不一样。"指导员很严肃。

"你有必要去问问她。"曹铁强看着郑亚茹说。

"我认为没有必要。"郑亚茹顶了他一句，坐着不动。

裴晓芸就在这时走进连部，将申请书交给指导员，立刻低着头转身走了出去。

指导员看着她的申请书，脸色肃穆起来。

申请书从指导员手中传到曹铁强手中，又从曹铁强手中传到郑亚茹手中。

"我们就最先来讨论这份血书吧！"指导员说完这句话，开始卷烟。这是他内心不平静时的习惯动作。

郑亚茹许久都没有放下那份申请书。虽然纸上仅写着五个字：我要一支枪。

曹铁强的目光盯着郑亚茹，举起了一只手。

指导员随即举起了手。

郑亚茹仿佛受到迫使，也缓缓地举起了自己的手。

第二天，曹铁强在食堂门口碰见裴晓芸时，对她低声说了一句话："连队通过了。"

裴晓芸的脸色霎时苍白，连薄薄的嘴唇也哆嗦起来。

她呆呆地望着他，半天才说："别骗我啊！"

"真的！"曹铁强对她微笑着，肯定地点点头。

然而发枪仪式那天，公布完了战备分队战士的名单——竟没有她的名字。

眼看着别人从指导员手中接过一支支枪，没等发枪仪式举行完毕，她悄悄地转身离开了。

她一跑回大宿舍，就哇的一声哭了。

曹铁强也跟在她身后来到了女宿舍，他想安慰她，却找不出能够安慰她的话。

一个在伤心地哭，一个呆呆地陪坐在炕沿上。

一会儿，女排的姑娘们都回到宿舍里了。被批准为战备分队的姑娘们，兴奋地哼唱着，说笑着，一个个将枪栓拉得哗哗响。

郑亚茹拿着两支枪走到曹铁强跟前，说："给你枪，我替你领了！"

他双手接枪时，她一字一句地说："我判断的果然不错，那里是庄严的发枪仪式，这里是默默的儿女情长。"

"就算你说的一点不错，那又怎么样？"他瞪着她。

"我能把你怎么样？你就是爱上她了，我也管不着！"

他站了起来，将枪朝肩上一挎，走到裴晓芸面前，说："打起仗来，我要用这支枪，从敌人手里为你缴获一支枪！"

裴晓芸转身欲朝宿舍外跑，被曹铁强拦住了。他扳住她的双肩，盯着她的眼睛，说："我爱你，听明白了？我爱你！"说罢，他在她唇上吻了一下，这才放开她，挑衅地扫了郑亚茹一眼，走出女宿舍。

他刚出门，裴晓芸晕倒了……

她接连在床上躺了三天，三天内没吃一口饭。卫生员来看过她几次，认为她没有生病，但心理受到了严重刺激。三天内，她憔悴得像一株枯黄的小草。

第四天，她起来了，吃饭了，和大家一起出工了。但不说一句话，像哑巴了。

曹铁强为此深感不安和懊悔。女宿舍只有她一个人在的时候，他来到女宿舍，内疚地对她说："请你相信，我那天对你并无恶意，半点恶意也没有，我……"

"你当众侮辱了我！"她凌厉地打断他的话，"你并不爱我，你只不过是同情我，怜悯我，仅凭这一点，你就以为自己有权当众吻我了么？就算你真爱我，你也没有这种权利！你曾问过我，我是否爱你么？"

他像是在被审讯，狼狈极了。

她又说："虽然你的同情曾使我感激，但从今以后，我不再需要你的同情了，更不需要你的怜悯。"

"我……我……"他情不自禁地握住她的一只手，要进行解释。

"别碰我！"她严厉地叫了一声，从他手中抽出了自己的手。

他默默地注视了她一会儿，退出了女宿舍。郑亚茹站在过道里，显然什么话都听到了，脸上浮现着幸灾乐祸的神情，对他冷笑……

夜里，他翻来覆去，难以入睡。

是呵，我爱她么？爱这个瘦弱的，阴郁的，内心的自卑和高傲都那么强烈的上海姑娘么？

同时他想到了郑亚茹。她是爱他的，这一点他毫不怀疑。和许多姑娘比，她身上自然有不少超群压众之处。他曾经以为自己是爱她的，他甚至无数次地迫使自己爱她。然而他却渐渐感觉到这样的爱竟成了一种沉重的负担。他总觉得她身上缺少些什么，也许还是最重要的什么。她并不缺少姑娘的温情。尽管别人都如此认为，但那是不公正的。她曾给予过他多少温情啊！天地良心！她也绝不缺少美，缺少魅力。他不能不承认，她是个美丽的姑娘。即使和一百个姑娘站在一起，她也还是会吸引任何一个小伙子的目光。他也不能不承认，她身上具有某种特殊的魅力。更不能不承认，这种魅力常常令他心动。那么她身上究竟缺少的是什么呢？他还思考不清。她似乎像一幅大写意山水画，只可远瞻，不能近观，更不能细细审看。他与她几次和好，又几次疏远，却仍对她很茫然……

这一夜晚，裴晓芸也同样多思少眠。

她为自己对他说的话而追悔莫及。

她是爱他的呀！

我的话对他是不是太过分了呢？如果我不对他说那些话，这爱情会不会变为可能的呢？如果仅仅因为我已说出口的话，伤了他的自尊心，可能而变为不可能，那我是一个多么愚蠢多么不幸的姑娘啊！他多么可恨！他为什么没有想到我也是有自尊心的呢？仅凭这一点就足以证明，他根本不爱我，绝不会爱我。啊，我太自作多情了，我和他之间根本没有什么可能……

回忆，这是一种特殊的精神享受，如果谁确有值得回忆的经历。内心的痛苦，感情的折磨，不公平的处境，破灭的希望，萌发的希望，种种希望变为种种失望后心灵受到的极猛烈的冲击，这些经历，便是回忆对人具有的非凡魅力。尤其在谁认为自己获得了幸福之后。

今天，站在哨位上的裴晓芸，充满信心地认为自己是一个获得了幸福的人。尽管此刻她正受到寒冷的威胁。

突然，她发现了出现在山林中，荒原上，公路上那几队火把。

"黑豹"竖起了耳朵……

四

最先进入团部区域的，是一辆马车。坐在马车上的人们举着数支火把，火焰被风朝后拉扯成不规则的三角形，仿佛像一面面燃烧的小旗。团部会议室门前宽阔的大道与公路相连。马车从公路拐上大道,马铃哗哗,毫不减速,带股来势汹汹,横冲直撞的劲头,有如驰骋沙场的古战车。它直抵会议室门口,老板子才高喝一声"吁",猛刹住车,险些闯进了会议室。

二十几个青年跳下马车。火把的光在夜的胶卷上耀映出一张张若明若暗的脸,每一张脸的表情都那么严峻而冷峭,分不清男女。他们与从会议室走出来的人们对峙着:

三匹马,马腹剧烈地起伏着,喘息声短促而厚重,鼻孔喷出团团热气。它们贪婪地舔着雪。

政委孙国泰,走到一匹马跟前,在马身上摸了一下,像洗了把手似的。马身上汗如雨淋。

"你们,是哪个连队的?"他问。

他们谁也不回答。

"把马累成这样,你们于心何忍?"

仍没有人回答。

沉默,既流露出含蓄的敌意,也分明对他显示出客气。

他回头对站在身后的几位连长和指导员说:"你们认认,是不是自己连队的马车?"

"是我们三连的马车。"三连的大胡子连长说着走上前来。

"你们会后悔的!你们要对今天的行为所造成的后果负责任!你们每一个人!"他对他的战士们大声吼。

"到了这种关头,我们还考虑什么后果?"

"连长,别吓唬我们,我们不怕。"

"我们什么都不怕,我们豁出去了!"

……

这些话,在另外几位连长和指导员听来,简直等于挑战!等于公开蔑视他们所有人在连队中的威望,而且是当着团政委的面!他们都气愤了。

无论在任何情况之下,当对一个人的放肆,代表对一种领导权力的挑战时,被领导者们就将领导者们的意志统一起来了。

"我提醒你们,你们现在还是兵团战士,我现在还是你们的连长!在你们的返城手续上,还要我签字的!"三连长暴跳如雷。虽然,他不是一个知识青年,可刚才在会议上,他是准备为知识青年,为本连战士们的命运大声疾呼地发言的。没想到,他的战士们此刻当众往他脸上抹黑!

"连长，你敢不签字，我们就剁掉你的手！"他的一个战士，慢言慢语地说出这话。说得那么从容镇定，说得那么轻松。但只有白痴才可能会把这样的话当成玩笑。

"住口！"三连指导员也从会议室走了出来，呵斥道："兵团最高军事法庭还没有解散呢！"

"我把你捆起来！"三连长朝那个扬言剁掉他手的战士怒冲冲地走过去。

"对，把他捆起来！他既然能说出这种话，就能做出这样的事！"另外两个连干部上前欲助三连长一臂之力。

"太不像话！"政委孙国泰突然极其严厉地说。

三连长站住了，转过身看着政委，不明白政委是在说自己，还是在说自己那个混蛋战士。

"三连长，你把马卸了，牵到团部马号去喂料。"孙国泰低声对三连长吩咐。

三连长和指导员对视一眼，服从地去卸马。

孙国泰又对三连的战士们说："大家熄灭火把，都进会议室来吧！"

他们互相望着，犹豫着。

"政委，你们不是还在开会吗？"一个细小的声音问，听得出是个姑娘。

"会议室容得下我们二十几个，容得下全团八百余名知识青年么？"又一个声音紧跟着说，语调中不无嘲讽。

"我们没有必要进会议室！"第三个声音很强硬，口吻中透露着威胁。

政委沉吟着。他意识到，作为一个团领导，他平定眼前这种严峻局面的个人能力，也许比自己估计的还要渺小得多。

又有几路人，坐着马车，拖拉机牵引的木爬犁，卡车和28型轮胎式拖拉机拖曳的挂斗，顺着团部大道朝这里汇聚而来。人嚷声，马嘶声，各种发动机的轰响声，粉碎了夜的暂时的宁静，搅乱了整个团部。

曹铁强发现三连的战士中有一个自己认识，便走上前低声问："我们工程连也有人来吗？"

"全团知识青年统一行动，你们工程连的人会不来？"对方朝团部大道尽头小桥那里指了指，随后低声问他，"结果如何？"

"什么结果？"

"你们开的会……"

"无可奉告。"他应付了一句，匆匆朝小桥的方向走去。

是谁泄露了会议的内容呢？他边走边想，无论用多么充分的理由解释，这个人也要对今夜这场骚乱负责！可是他自己却成了最被怀疑的人！开会期间，他接了一次电话。因为是长途，他才违犯了会前宣布的纪律。电话是妹妹从哈尔滨打来的。先打到了连队，由连队转到团部电话总机，又由总机转到会议室隔壁的宣传股。是宣传股的小尤把他从会议室叫出去的。妹妹在电话里告诉他，父亲住院，病情险恶，很想念他，要他无论如何赶快回家一次，动身晚了，也许老人就见不到他了……虽然是长途，他也听得出，妹妹是一边哭着一边和他通话的。他很后悔刚才在会上没有向大家做一番解释。在会上错过了解释的机会，便意味着永远错过了解释的机会。明天和后天，生产建设兵团将会在它的最后一页历史上记载些什么呢？……

小瓦匠是工程连第一个知道团部紧急会议内容的人。

他当时握着电话听筒呆住了。他立刻想到了家中无人照看的体弱多病的老母亲，半天说不出话来。

"哥哥，你倒是有什么办法没有啊！"

"消息……可靠么？"

"绝对可靠！"

绝对可靠！他多年来连做梦都实现过无数次的返城希望，完全破灭了。

他……能有什么办法呢？

弟弟向他讨办法，莫如向自己的脚后跟讨办法！

从连部回到大宿舍，他失魂落魄地坐在炕沿上，如痴如呆。

"小瓦匠，你这又是怎么了？想老婆了吧？"

"老婆？他丈母娘还不知道在谁的腿肚子里转筋呢！"

"在我腿肚子里！"

"哈哈哈哈！……"

大家拿他逗乐开心。

"你们还笑，我这会儿想哭都哭不出来……"他的眼泪顿时刷刷地落……

生活是一个大舞台，每人都是这舞台上的角色。人与人之间的关系，按照生活的规定情景经常重新排列组合。

小瓦匠如今和刘迈克结下了亲如手足的友情。

当年的团警卫排排长，现在是工程连的事务长了。生活本欲捉弄他一次，却启迪了他对生活的悟性。团长马崇汉因为在工程连要弄军阀作风受到兵团总部的党纪处分之后，警卫排长刘迈克也成了被奚落讥诮的对象，在团部抬不起头来。团党委会上，政委孙国泰直截了当地提出，刘迈克不适合担任警卫排排长职务。并且严肃批评马崇汉用人不当。马崇汉自己也觉得，刘迈克的确成事不足，败事有余。继续将他留在警卫排，或者安排在团部机关，说不定今后还会给自己招惹什么是非。于是找他谈了一次话，婉言暗示，希望他自己能主动提出到基层连队去"锻炼锻炼"。并且向他保证，"锻炼"一个时期之后，还会把他再调到团部来。刘迈克不是傻瓜，听了团长的话，明白自己受到团长信任和器重的日子结束了。他只说了一句话："团长，您随便安置我好了！"第二天，就同时交了两份报告。一份提出辞职，一份要求下连队。收下两份报告，马崇汉内心很歉疚，他毕竟是挺赏识挺喜爱自己提拔起来的警卫排长的。他希望刘迈克参加全团排以上干部军事常识训练班之后再考虑具体到哪一个连队去，以此表示安抚。这样做，他觉得心头的歉疚轻松一些，面子上也亮得过去。自己提拔起来的警卫排长这么一个重要角色，岂能悄无声息地就被从团部拨拉到随便哪一个连队去？那也太有损于自己的威望了。作为一个领导者，威望乃是树立自己形象的基础，全部领导艺术的内核。只能不断增强，绝不能稍有逊减。尤其是在自己刚刚受到处分这一段"非常时期"内。刘迈克清楚团长的良苦用心，也很能体谅团长的处境。他违心地参加了军事常识训练班。训练班结束那一天，马团长做完总结报告后，似乎临时想到地说："有件与训练班无关的事，也在这里向诸位连长指导员们讲一下，警卫排排长刘迈克，主动提出要求下连队去锻炼锻炼。你们哪个连队缺少骨干，当场声明一下。晚了，小刘可就是待嫁的大姑娘，有主了！"他以为自己的话定会造成一种"争夺骨干"的气氛。朝坐在身旁的政委孙国泰瞟了一眼，心中暗想：你不是要把我提拔起来的人将到连队去，借此机会在团机关塌我的台，不轻不重地整治我一下么？那么就让你亲眼看到，我提拔起来的人，是很受各连队欢迎的哩！不料他的话说完良久，那些连长和指导员们，竟没有一位应声而起的。刘迈克这个知识青年，鲁莽成性，桀骜不驯，他们早有所闻。何况他又无形中成了团长所推荐的人物，要了而不重用，等于驳了团长的面子。委以重任，又肯定会给自己添麻烦。权衡利弊，还是"礼让"了的好。

各连的连长和指导员，都沉默"礼让"起来，团长马崇汉在台上如坐针毡，顿时尴尬了。

"李连长，小刘到你们连队去怎么样啊？"马崇汉点起九连连长，慢吞吞地问。

九连连长站起来打着哈哈说："团长，我们连……这个……这个……不是我们不欢迎，实在是这个……这个……"他并没有说出个什么来，就又坐了下去。

马崇汉皱起了眉头。

"许指导员，你们连呢？"马崇汉又点起了十四连指导员。

"我们连？团长，我们连的骨干力量还比较强，是不是优先考虑一下其他连队？"十四连指导员姿态很高似的回答，连站都没往起站一下。如果团长"推销"的不是刘迈克这个知识青年，而是一台拖拉机，哪怕是台破的，或者一匹马，哪怕是匹瘸的，他也准不会有这么高的姿态。

这两个连队干部平时最听马团长的话，此刻却"拒人千里"，他坐在台上不能自持了。

"老马，这件事以后考虑吧！"政委孙国泰用商量的口吻对他说，分明在给他垫一块踏脚石，扶他下台阶。

他却不领这个情。他觉得自己不能当众领这个情。如果是别人从尴尬局面中解脱了他，他会很感激的。但对政委孙国泰，他非但不感激，而且产生了误解。认为政委不是在"拯救"他，是在有意刺激他，当众"将"他的"军"。

"小刘，刘迈克，你站起来。你自己说，你想到哪个连队去吧？你说到哪个连队，你今天就是哪个连队的人了，这个主我还是做得了的！"他不理睬政委，却把刘迈克也点了起来。

刘迈克本已处在一种如同当众受刑的地步，这时又不得不站起来。他感到自己像一件卖不出去的什么东西，在被团长"压价拍卖"。明明是"压价"也卖不出去的了，又要拿他强加于人！他紧闭双唇，一句话也不说，脸上红一阵白一阵。自尊心，被当众煎烤着。他过去以为自己是知识青年中一个非凡人物的那种骄矜的自信，在这一刻彻底被从心理上切除了！

曹铁强忽然站起来说："刘迈克，我们工程连欢迎你！"

这句话从曹铁强口中说出，使马团长大出所料。使所有的人都大出所料。连在台上点燃了烟斗的政委，也拿着烟斗忘记了吸，显出愕异的表情。马团长的目光，一会儿落在刘迈克身上，一会儿又落在曹铁强身上，他感到这么一来自己反而难于做主了。

曹铁强站起来说出这句话，也顿时后悔了。第一，他不是连长，也不是指导员，从职务上讲，他无权说这句话。连长指导员就坐在他身后，他说出这句话，既对他们很不尊重，又会使他们很被动。第二，刘迈克会怎样理解呢？所有的人会怎样理解呢？虽然，他绝非出于半点不良动机。作为一个知识青年，他不忍看到另一个知识青年当众受辱。他觉得那也是对他自己的一种侮辱，是对所有知识青年的一种侮辱。他必须维护知识青年的共同的人格不受亵渎。他是经常用这把尺子度量自己也度量每一个知识青年的品格高下的。

刘迈克终于开口说话了："团长，我到工程连，其他任何一个连队也不去！"

说完，他离开了会场……

聚餐的饭桌上，刘迈克和工程连的连排干部们坐在了一起。他是心里憋着股劲，偏要和他们坐在一起的。而且偏要坐在曹铁强对面。但他并不看曹铁强一眼，像对面根本没有坐着曹铁强这个人。他的脸冷如冰霜，毫无表情。在聚餐气氛之下，这种毫无表情的表情，恰恰是一种与周围气氛形成反差的异常特殊的表情。这一桌，因为他在座，使每个人都感到很不自在。而这正是他坐到这一桌要达到的意图。给你们制造一点小小的不愉快，他心中暗暗报复地想。我刘迈克到哪儿也是刘迈克，今后领教你们！

当天下午，工程连的马车赶到公路口，有人在路边拦住了车——是刘迈克，身旁放着一只旧木箱，箱子上是行李。他将箱子和行李放到马车上，自己坐在马车最后边，不跟他今后的连长指导员说一句话，更没有理睬曹铁强，呆滞地望着团部渐渐离远……

马车进入连队，首先停在大宿舍门口。指导员对曹铁强说："小曹，你负责在大宿舍给他安排个铺位。"

"不必劳驾。"刘迈克扛着箱子，提着行李，一脚踹开宿舍门，猝然而入。

像从外面闯进来一个强盗，宿舍里的人看见他，立刻停止正做着的事，将目光投射到他身上。他们先是愕然，继而诧然，继而漠然，继而悻悻然陶陶然。他分明是被"革职发配"，落魄到此。他们看出来了。他们觉得生活的安排真好玩。这令他们满意极了。

刘迈克谁也不看，如入无人之境。他那双蛮性未泯的眼睛，从北炕炕头扫到炕尾，又缓慢地转向南炕，从南炕炕尾扫到炕头。身子，未动一动。

只有南炕，还空二尺宽的位置，在炕头。那是小瓦匠的铺位。小瓦匠挪到炕尾挤了个能铺下半条褥子的地方。

刘迈克先放下箱子，接着把行李放在箱子上。走到那个空铺位前，摸了一下炕面，热得像炭火上的平底锅。炕席，蛛网似的，只剩几条席筋残连。

他犹豫着。

曹铁强走进来，他们默默对视。

"那地方好，预先给你空出来的！"谁冷冷地说这么一句。

刘迈克下了决心，将行李提起，放在炕上，慢慢解行李绳。

曹铁强看他一会儿，转身走出去了。

刘迈克刚铺下褥子，曹铁强又走进来，扛着三块木板。

"把木板垫上。"他低声说。

是小瓦匠单书文在褥子底下垫过的三块杨木板。

刘迈克有点茫然地凝视着曹铁强……

工程连的男知青们，并不像他们的排长那样宽厚地对待"公敌"。晚上，一盆洗脚水从门顶扣下来，扣在刘迈克头上。

"昨晚是谁干的那件事？"第二天出早操，曹铁强向全排战士追究。

大家列队在他面前，没人承认。

"鬼干的？！"他目光咄咄地扫视着他们。

一个个都像聋哑人。

刘迈克从队列中站了出来。

"我，没必要挨冻吧？"他不卑不亢地说。

"你可以回宿舍。"曹铁强平静地回答。

望着刘迈克不慌不忙地朝大宿舍走去，曹铁强皱起了眉头。

"没有人承认，我就不解散你们！"把脸转向他们时，他又说。谁都从他的语气听出来，排长的犟劲儿发作了。

半个小时过去，有人开始搓手，跺脚，捂耳朵。

"立正！"排长高喊一声口令。

大家顿时肃立不动。

"排长……"小瓦匠怯怯地从队列跨出一步。

"你？"

"我……"

"行啊！你也从被人欺负学会欺负人了？"

"我……"

"归队！"

小瓦匠忐忑忑忑地退回到队列中。

"全排听口令，向右转，目标——宿舍，齐步——走！"

人人疑惑，不知排长会怎样惩罚小瓦匠，暗暗替他担心。

全排进入宿舍，南北两列，站立炕前。

刘迈克坐在两列之间火炉前的一块劈柴上，烤破毡袜。毡袜散发一股难闻的怪味。他眼皮都不撩一下。

炉盖上放只脸盆，哪条懒汉洗完脸没倒水，一截烟蒂绕着盆边做圆周运行。

显然水在由凉渐热。

曹铁强将宿舍门敞开一半，从炉盖上端起那盆水，很悬乎地架在门框上。

刘迈克没抬头，目光从眼角瞥视着曹铁强，仍一动未动。

"你，去开门。"曹铁强盯着小瓦匠说。

小瓦匠朝架在门框顶上的脸盆瞅了一眼，怔怔地瞧着排长。

排长神色无情。

小瓦匠一步一步向门走去。走到门前，站住，缓缓地扭回头，眼中流露出哀求。

曹铁强表情凛然不变。

小瓦匠慢慢伸出一只手推门。

"住手！"曹铁强厉喝一声。

小瓦匠伸出的那只手没立刻收回，他像木偶似的僵立。

"把脸盆端下来！"排长又对他吼了一句。

小瓦匠一声不响地搬个木墩踏着，小心翼翼，双手把脸盆从门框顶上端下来。

"放回原处！"

小瓦匠端着脸盆一步一步走到炉前，轻轻将脸盆放在炉盖上。

"入列！"

小瓦匠看了排长一眼，站到队列中去。

所有的人都舒了口气。

"大家听着，再发生类似的事，我就以其人之道，还治其人之身！"停顿片刻，排长接着说，"我们不是被流放到北大荒的乌合之众，我们是兵团战士！以后，绝不允许谁敌视谁，绝不允许谁欺负谁，绝不允许谁坑害谁！我们应该学会自己管理自己。我们谁的父母不为我们操心？让父母和亲人少为我们操点心吧！解散！"

"哎呀，什么东西烤着了！"几个人同时叫起来。

刘迈克用木棍掀开炉盖，将烤着了的毡袜塞进炉膛……

挨饿……
兵团战士挨饿了。
一评小镰刀战胜机械化。
二评小镰刀战胜机械化。

三评小镰刀战胜机械化。

四评——小镰刀就是能战胜机械化。

第二年麦收时节，正值报纸发表社论——《发扬延安精神》，团麦收指挥部提出响亮口号——靠小镰刀夺丰收！

"靠小镰刀，可以兼收并得，既获粮食丰收，同时也获思想丰收。南泥湾时期有机械化吗？没有。解放区军民靠什么丰衣足食？靠镰刀！南泥湾精神今天过时了么？没过时！我们就是要发扬光大南泥湾精神，通过劳动，体力劳动，而非机械化，改造我们的世界观！小镰刀和机械化相比，我们每一个兵团战士要付出更多汗水的！流汗是大好事，种种非无产阶级思想，都会和汗水一起从我们体内排出。也许有人认为，这是自讨苦吃！但这种自讨苦吃的精神，是光荣的精神，革命的精神，应该千秋万代永远继承的精神！自讨苦吃的精神万岁！……"

在麦收誓师大会上，马团长的动员报告气吞山河。广播线将他充满革命激情革命信心的高昂而雄浑的声音，传送到各个连队。据说，又是政委孙国泰为首的几名党委委员，坚决反对。因此才产生了"四评"。又据说，文章是团长的秘书起草，团长亲自动笔修改过才定稿的。每天天刚亮，《东方红》乐曲结束之后，团部女广播员甜美的声音便开始广播："全团指战员注意，全团指战员注意，下面广播重要文章，一评……"

从"一评"至"四评"，每天一评。政委孙国泰为首的反对派，就这样被彻底评倒了。小米加步枪，不是战胜了飞机加大炮吗？小镰刀究竟能不能战胜机械化问题上存在的种种"糊涂思想"，就这样被评得人人明白了。机械收割，伸手调拨拖拉机，成了很不体面的事。

《小镰刀万岁！》。

团宣传队配合麦收下连演出，场场少不了这样一个赶排出来的节目。五男五女，十个宣传队员，手握镰刀，左翻右舞，伴以歌唱：

> 小镰刀，就是好，就是好，
> 思想革命化，谁也离不了，
> 发扬好传统，
> 它是一个宝，一、个、宝……

麦收战役，在《小镰刀万岁！》的歌舞中揭开了序幕。

新中国70年优秀文学作品文库

中篇小说卷

喜看稻菽千重浪，

遍地英雄下夕烟……

汗，为播种洒下的汗水，为丰收洒下的汗水，兵团战士的汗水，廉价的汗水，渗透进北大荒的土地里。

这片土地，曾是荒凉的土地。

这片土地，也是肥沃的土地。

这片土地，吸收劳动者的汗如海绵吸水。

这片土地，报答劳动者的汗慷慨无限。

那是怎样的丰收在望的壮丽画卷啊！麦海泛金，一望无边，波翻浪涌，接天铺地。清晨，红日从麦海中跃出。傍晚，夕阳在麦海中沉落。

那是多么喜人的麦子啊！饱满的完全成熟的麦粒，整齐地排列在苗壮的麦秆上。连麦芒，也向收割者们显示出诱惑力。

那是怎样的收割啊！一人一把镰，一人一条"收割带"，用丈量尺划分。宽——一米。长——一百米？一千米？一里？一公里？两公里？……五公里，十里，最大的地块。一个连队的百十号人，分散在这样的麦地里，一到中午，赤日炎炎，前后左右，不见人影，但见麦海无边！谁也接应不了谁。手臂机械地挥动着镰刀，腰，弯得酸了，疼了，麻木了。然而，谁也不敢直起腰或者躺下歇一会儿。

都怕"打浪"——成为落在最后的一个。

一旦落在最后，那你就会面对丰收，产生绝望，甚至产生恐惧。你会觉得被麦海所吞。尽管你不停地割、割、割，尽管一片又一片的麦子在你眼前倒下、倒下、倒下，但麦海仍然是无边无际的。你别指望有人接应你。谁也顾不了你。谁都在拼命地机械地割。即使有人只超你十米，你也休想赶上！劳动在每个人的心理上只造成一种体验——刑罚。劳动只剩下了单一的目的——摆脱这种劳动！你始终在割。你始终在追赶别人。你无论如何追赶不上。你永远是最后一个。你哭也罢，你喊也罢，你怒也罢，你骂娘也罢，你在地上打滚也罢，随你怎么样！分给你的那条"收割带"，你是必须收割完的。它那么长，那么长！你望不到头！仿佛你在不停地割，它在不断地延长！于是你会感到人的渺小，可悲，可叹，可怜，你会诅咒大丰收！你被这种惩罚式的劳动彻底异化了！

小镰刀，它像孩子抻牛皮筋一样，拽扯着人的意志。意志失去了弹性。

工程连也被拉到了麦收第一线。他们第一次参加麦收。他们握惯了锹、镐、钢钎和大锤的手，拿起小镰刀，眺望着无边无际的麦海，简直不知所措。他们割了半个月，连一块麦地的地头还没啃下来！这样的麦地划分给他们四块！

小瓦匠可悲地成为全连"打浪"的一个。第二十八天早晨，全连队都来到麦地边，一个个瘫软地坐在或者躺在麦捆子上，谁也不想第一个走入麦海。

不知哪连机务排的十几个人走过来，其中一个对他们说："小镰刀不是能打败我们的机械化嘛！这会儿熊了吧？"

小瓦匠跳起来，破口大骂："放你妈的狗臭屁！是我们提出来小镰刀打败机械化的？"他是在发泄。

而他们，拖拉机手和收割机手们，何尝不更想找个时机发泄一下？他们也是和别人一样手握小镰刀战麦海的呀！他们认为他们更有理由发泄！

"这小子骂人！教训他！"他们围住小瓦匠，七手八脚将他抬起，抛向空中。小瓦匠落在几捆麦堆上，他们又将他抬起，又一次将他抛向空中。

小瓦匠爬起来，紧闭两眼，挥舞镰刀，朝他们乱砍乱劈！他们哄笑着逃走了。

小瓦匠继续发泄，从地上拖起一个个麦捆，东甩西扔。却没人制止他。大家都用呆滞的目光瞧着他。

曹铁强实在看不过眼，喝了一句："你疯了！"

小瓦匠一屁股坐在麦捆上，呼呼喘粗气。

有几个姑娘哼唱起来：

> 昏暗的油灯下，
> 我们想念着爸和妈，
> 迎着太阳出，
> 顶着月儿归，
> 劳累得像牛马，
> 谁来可怜我们这些城市娃？
> 爸爸和妈妈呀，
> 后悔当初不听你们的阻留，
> 到如今只有沉重地修理地球，
> 命运像苦酒，没有欢乐只有愁，
> 何日是个头？

何日是个头……

这支歌，当年曾在北大荒知识青年中怎样地流行过啊！它是知识青年自己谱写的。后来被批判为"反动歌曲"，便没人敢唱了。

所有的姑娘们都肆无忌惮地跟着哼唱起来。

只有裴晓芸没跟着唱，但她的嘴唇也分明在动！

一个男知青扯着嗓子仰天怪叫："啊！呀！呀！呀……"

"哈哈哈哈！哈哈哈哈！哈哈……"几个男知青搂抱在一起，狂笑着，在地上打滚，扑滚散了一捆捆麦子。

小瓦匠突然用镰刀往自己手上砍！边砍边发狠地嘟哝："叫你割！叫你割！叫你割！……"

曹铁强倏地跳起，一把夺下小瓦匠的镰刀。

鲜血从小瓦匠手上涌出！

"我受不了啦呀！……"小瓦匠嘶哑地喊出一句，号啕大哭，像孩子般跺着两脚。

"卫生员！卫生员……"曹铁强寻找着卫生员。

卫生员没来。他"自己解放自己"了。

曹铁强立刻从衬衣上撕下一条布，包扎小瓦匠的手。

他鼻子一阵发酸，眼泪刷地淌下来！

这时，姑娘们慌乱起来。郑亚茹呕吐一阵之后，昏倒了。

她这几天正是"例假"期……

全团耕地面积上的小麦，刚有百分之几收获到各个连队的麦场上，连绵的雨季开始了。实践证明了一条荒谬的"真理"，小镰刀打败了机械化，彻底打败了机械化。几台企图发挥作用的拖拉机，一开进麦地边，就陷入了。像被剁掉了四条腿的蛤蟆，寸步难移。手持镰刀的收割者们，在每一步都深陷到膝盖的麦地里，艰难地跋涉着，抢收着。麦地一片汪洋！割下的泡湿了的麦子，只好用毯子、褥单兜回连队，摊在各家各户和大宿舍的火炕上。

收割者们眼睁睁地看着小麦在麦秆上发芽！

金色的麦海违反季节地变成了绿色的麦海！

放弃小麦！抢收大豆！麦收指挥部不得不改变原定的麦收方案，采纳了政委孙国泰的措施。

就在当天夜里，下雪了。

第二天，全团几百垧大豆被盖在雪被下。白茫茫一片大地好干净……

工程连，从麦收第一线撤下来了。知识青年们，一个个都折腾垮了。从精神到肉体。休息了两天，他们又接受了修筑战备公路的任务。繁重的体力劳动继续考验着他们的意志。抵御零下三十几度严寒的体内热量，靠的是每天三个馒头勉强供应着。面粉，是发了芽的潮湿的麦子，在团部加工厂连壳磨的。蒸出的馒头，是黑绿色的。生时揉不成形，熟了拿不成个，而且像切糕一样粘手。掉在泥土中，是不太容易寻找到的。

慰问信从各个兄弟团寄到三团党委。需要援助吗？精白面粉会无偿地从各条公路上运到三团来的。

不。不需要援助。

"我们绝不吃亏心粮！我们不能够靠兄弟团养活！我们要勒紧皮带！"

三团党委，代表它的指战员们，用如此有志气而豪迈的词句回答兄弟团的慰问。

马团长带头勒紧了自己的皮带。他每天都节约一顿饭。他明显地消瘦了。但是，他那革命乐观主义的精神，并没有稍减。

每天清晨，他都极准时地来到团部广播室，亲口对着广播器朗读同一条语录："我们的同志，在困难的时候，要看到成绩，要看到光明，要提高我们的勇气！"接着，播放这首语录歌。怨言，每个人都发过的。骂娘的人也不少。但同甘共苦，这种精神上和心理上的特效稳定剂，抵消掉了人们的抱怨情绪，阻碍了人们大脑的正常思考。

一天，兵团副司令员来到工程连施工工地视察。视察之后，将全连战士集合在一起，作了一次简短讲话。

副司令员说："同志们，你们修筑的是一条很重要的公路。我亲眼看到，你们的劳动是很繁重很艰苦的。也亲眼看到了，你们吃的是什么。我，钦佩你们。我向你们致以军人的崇高敬意！"白发苍苍的副司令员，庄严地举起右手，向大家长久地敬军礼。

大家被深深地感动了。在那一时刻，大家忽然觉得，他们所受的一切苦和累，都是不值一提的了。

副司令员问："哪位是刘迈克同志？"

刘迈克局促地站了起来。

"谢谢你，谢谢你向兵团总部反映了情况。"副司令员又向刘迈克敬军礼……

第二天起，各个连队的大喇叭里就不再听得到马团长朗读"最高指示"了。生活中忽然缺少了这种声音，人们也似乎并不觉得怎样寂寞。

第三天，一辆兄弟团的卡车开上山，车上满载一袋袋面粉和蔬菜。

公路中段，半山腰，要开凿出一个山洞，做战备油库。炸药代替了镐头。两人一组，轮番爆炸。不知曹铁强是不是有意的，将刘迈克和小瓦匠分在一组。排长这样分了，小瓦匠只好服从，不过心里挺别扭。

下班前最后一次爆炸，点了七炮，响了六炮。两人在山洞外等了许久，第七炮还没响。

"我去看看。"刘迈克钻进了山洞。

山洞里，烟雾刚消散出去，但还弥漫着火药味。刘迈克找到第七个炮眼的位置，见炮眼被炸下的乱石埋住了。

小瓦匠也跟进了山洞，冒冒失失地搬起一块埋住炮眼的大石头。已经燃烧掉一截的导火索，被乱石之间锐利的棱角切压住了，但并没完全死灭。小瓦匠刚搬起那块石头，它又咻地冒烟了。

"危险！"刘迈克大叫一声。

小瓦匠扔下石头，拔腿就朝洞外跑，被另一块石头绊倒。他发蒙了，不立刻爬起，反而闭上眼睛，双手捂着耳朵，身子贴地不动。

小瓦匠不知自己在地上趴了多久，却没听到爆炸声。他睁开双目，见刘迈克扑在炮眼上，口中咬着导火索。

小瓦匠赶紧跳起来，小心地抠出雷管，拔下了导火索。

刘迈克额头上立时沁出一层冷汗。他浑身瘫软，再也没有一点力量站起来了。他脸色苍白，头，一下子抵在乱石堆上。

小瓦匠也一屁股坐在地上，怔怔地看着刘迈克。过了许久，他才慢慢站起，去挽刘迈克。

刘迈克从口中吐掉导火索，看了小瓦匠一眼，说："这件事你告诉任何一个人，我就揍你！"

一出山洞，刘迈克的双唇和半边脸就肿了起来。小瓦匠扶着他回到帐篷，大家见状围住了他们，七言八语地询问。刘迈克不理睬众人，一步步走到自己的铺位前，将身子沉重地仰面躺倒，扯下枕巾盖上了自己的脸。

小瓦匠呆立了一会儿，转身跑出帐篷去找卫生员。

卫生员跟在小瓦匠身后赶来，从刘迈克脸上掀开枕巾，倒吸了一口冷气。

"被火药烧的……"卫生员的脸转向了小瓦匠，"怎么搞的？怎么……会烧到嘴？……"

"我……"小瓦匠不知如何回答是好。

刘迈克瞪着小瓦匠。他脸上冷汗淋漓，眉头拧在一起。

曹铁强走进帐篷，走到刘迈克铺位前，俯下身看着刘迈克。

刘迈克在他的注视下，又用枕巾盖上了自己的脸。

曹铁强抓住小瓦匠的一只手，扯着小瓦匠走到帐篷外。

"说！"

小瓦匠哇的一声哭了。

他心中是多么羞惭啊！扑在炮眼上的应该是他！受伤的应该是他！掩护别人的应该是他！应该是他小瓦匠！他不是对自己那么自信过，在危险的时刻，自己肯定会表现得像个英雄人物吗？他不是曾经希望过生活为自己创造一次这样的时刻，让自己有机会表现出英雄的行为么？他不是曾经对自己说过许多不怕死的话么？这类豪言壮语不是都工整地写在自己的日记上了么？他不是曾经那么神往地想象过，假如某一天自己英勇壮烈地牺牲了，他小瓦匠的日记，也会像张勇、金训华等烈士的日记一样，被千百万知识青年满怀敬意地去读？这种想象曾给他带来过多少不被人知的安慰！

小瓦匠啊小瓦匠，这个常常受到别人揶揄和奚落的弱者，这个在现实中常常对自身的价值产生悲哀的心灵苦闷孤寂的人儿，仅仅是靠着这样一种对英雄人物和英雄行为的想象，才能够在心理上获得一点点和别人平等的自我意识啊！

可是今天，连这一点点稳定自己心理天平的虚幻而又真实的东西，他都丧失了！

他的整个心理天平倾斜了。

他对自己彻底绝望了。

在危险的时刻，他成了一个可耻的逃生者，做出英雄行为的时机被别人占有了。

他简直觉得无地自容！

他哭得那么悲哀！

那是一种对自己悔恨到极端的大的悲哀。

可是排长并不能理解他的心情。

"别哭！"排长吼了一句。

小瓦匠猛然跑进帐篷，跑到刘迈克跟前，扑在他身上，边哭边说："迈克，迈克，我一辈子也不会忘记，是你救了我的命！从今往后，你，就是我的亲哥哥。我，就是你的亲弟弟。我们俩这一辈子都是亲兄弟！我要是做一件对不起你的事，天打五雷轰！……"

刘迈克的双臂，一下子紧紧搂抱住了小瓦匠。

盖在刘迈克脸上的枕巾微动着，他也哭了……

半个月后，刘迈克嘴角带着永不消退的伤疤，从团部医院回到了筑路工地。

小瓦匠对他说的第一句话就是："我把咱俩的铺位连在一起了！"

他会心地笑了。

来到工程连之后，他第一次露出这样的笑容。

曹铁强走进来之后，大家仿佛意识到了什么，纷纷退出帐篷。

帐篷里只剩下曹铁强和刘迈克两个人，他们面对面站着，默默地、长久地注视着对方。

谁也不清楚，是自己脸上的表情首先发生微妙的变化，感染了对方，还是被对方所感染。

他们同时很难为情地笑了。

生活，有时像一位父亲，有时像一位母亲，有时严厉，有时慈祥，有时不免粗暴，有时感情细腻，但它总是不忘自己的责任，开导着它年轻的孩子们。

……

马团长并没有彻底遗忘掉刘迈克。两年前，团里曾调过刘迈克一次，要他当团部招待所所长。他没有离开工程连。他已经和一个老农场职工的女儿组成了工程连的第一个知识青年家庭……

今天晚上，他怀了孕的妻子秀梅，安闲地靠墙坐在火炕上，一针一线地缝做小衣小裤。他自己，在给未出世的孩子做木马。他的木工手艺很不错呢。

一阵很重的敲门声将这个小家庭的宁静气氛破坏了。刘迈克放下手中的工具，开了门。

在他的小院里，站着全连的男女知识青年。他从他们脸上的表情判断出发生了什么事情，但并没有开口问话，而是等待着他们说明情况。

"事务长，连长和指导员都在团里开会，你是唯一的一个知识青年连队干部，因此我们来告诉你，我们现在就要到团里去，都去。我们觉得……不告诉你不对。"

瞅着说话的人，他仍闹不明白到底发生了什么事，问："为什么都要到团里去？"

今夜有暴风雪

607

小瓦匠回答他："迈克，我们大家都正在被蒙骗啊！"

"蒙骗？谁蒙骗我们？"

"团里。再过三天，就停止办理知识青年返城手续了。可是团里要封锁这个消息，不让全团的知识青年知道。连长和指导员在团里开的就是这个会。对我们大家，只有明后两天的时间了！"

刘迈克不禁"哦"了一声，他想了想，又问："团里不太可能这样做吧？"

"迈克……你，对任何事情总是习惯于朝好的方面去思考……已经有好几个连队给咱们连的知识青年打了电话。今晚，每一个连队的知识青年都会到团部去的，这是一次统一行动。我，今天晚上要代表咱们连队每一个知识青年的意志……"

"你？……"刘迈克看着小瓦匠，一时不知自己对这样一件事该表示什么样的态度。

"是的。"小瓦匠点了一下头，"迈克，你知道，我是……非常懦弱的。但团里这样做，对我们知识青年太不公正了！你难道想象不到这意味着什么吗？会有多少像我这样的知识青年，他们家里正有像我的母亲一样的老母亲，或者老父亲，正在眼巴巴地盼望着他们回到父母身边，给予父母一些照顾啊！今天，我要代表大家的意志，并非是因为受了大家的怂恿。不，完全不是。我是自愿的。迈克，你能理解我此刻的心情吗？能吗？……"小瓦匠很有感情地说出了这番话，他显得有些激动。

"我……理解……"刘迈克的目光，从小瓦匠脸上移开，逐一地注视着站在小瓦匠身后的每一个知识青年的脸。他们脸上，也都流露出希望得到他理解的表情。

"你们……需要我怎样做呢？"他终于找到了一句适当的话。

"好迈克，大家预先就猜到了你会说这句话的，我们什么都不需要你做，我们只不过来告诉你，因为你是事务长。而我自己，是希望得到你的理解。你理解我，我……谢谢你！"小瓦匠说完，立刻低下头，转过身，对大家说："现在咱们走吧！"

他第一个走出了刘迈克家的小院，走得很快，头也不回。好像他怕一回头，就会被刘迈克叫住，加以阻拦似的。

"事务长，我们走了。"

"事务长，天挺冷的，你快进屋去吧！"

"事务长，不管我们到团里去的结果如何，回连队后，我们一定再上山给你砍一车柴！"

他们一齐走出了他的小院。

刘迈克呆呆地站在小院里，望着他们走远。

他推开家门，见妻子只穿着袜子站在门旁。

"你下地干什么？你这样子会着凉的！"

妻子退到炕沿前，缓缓地坐下了。目光，却胶着在他脸上，一刻也不离开。

他拿起刨子，又放下了，呆呆地看着没有做成的木马。

"他们，都要走吗？"妻子小声问。

他抬头看了一眼妻子，似乎不明白她的话，反问："什么走不走的？"

"我全听到了。"妻的声音更细小了。

他没有回答，将木匠工具一件件归拢起来，塞到桌子底下去了。然后，他走到窗前，出神地朝外面望去。

"我刚才问你话呢，你聋了？"

他仍然一声不响。

妻不再问什么，默默地拿起炕上的小衣小裤，接着做。但只缝了一针，便放下了，轻轻地叹了口气，不安地瞅着他。

他忽然转过身来，从炕上拿起棉衣，匆匆地穿上，衣扣也没扣好，帽子也没戴，就大步往外走。

"你……上哪儿去？"

"你都听到了还问什么？我要到团里去！"他的语气中流露出内心的烦乱。

妻从墙钉上摘下他的帽子，递给他。

他走回到妻身边，无言地接过了帽子。妻，又默默地替他将衣扣扣好。

他想说什么，但张了张嘴，却什么话也没说出来。

他戴上帽子，走出了家门。

工程连的知识青年们，刚走出连队不远，刘迈克开着28型拖拉机挂斗车从后面赶了上来。

"糟糕，事务长要来截我们回去了！"一个男青年对小瓦匠说。

"咱们等他一下，也许他还有什么话。"小瓦匠第一个站住了。

大家也都站住了。众人对他的话这样服从，很出他的意外。消息是他第一个知道的，也是他告诉大家的。因此他才无形中成了众人这次行动的组织者。十年来，他第一次体验到，能够代表许多人的意志，每一句话都能够被众人服从，这种感受是多么不一般！

然而这是一次怎样的带头行动啊！内心充满自信的同时，又是那么空泛，甚至有点苍凉，有点苦涩。

迈克果真会是来阻拦我们的么？倘若他很坚决地阻拦，我将如何对待他呢？

他这样想，自信动摇，内心开始矛盾着。

挂斗车开到他们身旁，停住了。坐在驾驶座上的刘迈克对他们说："都上车吧，我开车送你们！"

小瓦匠一挥手，大家都爬上了车。

刘迈克将车开出一段路，忽然在野地里兜了个圈子，掉转车头，朝连里开。

"事务长，你开大家的玩笑吗？"车斗里有人嚷起来。

"迈克，你……"和刘迈克并坐在驾驶座上的小瓦匠，也不免吃惊。

刘迈克一边开车，一边大声说："我得回家一次，跟秀梅说句话。"

"什么话，那么要紧？"小瓦匠很难相信。

"非常要紧的话！"刘迈克将变速杆推到了快挡的位置上。挂斗车开进连队，直开到刘迈克家的小院外。他跳下驾驶座，几大步就跨进了家门。

妻仍像他临出家门时那样子坐在炕沿上，显然都不曾动过一动，低垂着头，黯然神伤，独自落泪。

"秀梅……"他轻轻叫了妻一声。

妻倏地抬起头，有些意外，赶紧侧转身，掩饰地拭去泪水。

"秀梅，我回来对你说句话。"他走到了妻身边。

"你，你别说了……我知道你要说什么，求求你，别说了！我不怪你就是了，真的！我绝不埋怨你抛弃了我，更不会记恨你的。我不是那样的女人……知识青年都走了，你留下也会感到孤单的……只是，只是，只是你要……给咱们的孩子起个名……"喃喃的话语变成了伤心的呜咽，妻向墙壁转过身去。

刘迈克用双手扳住了妻的肩头，将妻的身子扳正了过来，盯着妻的眼睛，说："我不走。"

"别骗我。"泪水模糊了妻的眼睛。

刘迈克大声说："我不骗你。我不走。我骗过你一次吗？我就是回来告诉你这句话的。即使所有的知识青年都走了，我也不走。"

泪水从妻的眼中溢了出来，然而那对眸子，还凝聚着疑惑。"我不能不和他们一块儿到团里去，我不放心。我是事务长，连长和指导员不在连队的情况之下，我对他们每一个人都负有责任啊！可是，我又无权阻拦他们……"

妻终于相信了他的话。妻含着泪微笑了。

"去吧，快去吧，别让他们等急了。"妻低声说，轻推着他。

他双手捧着妻的脸，俯下头，在妻挂着一滴泪珠的唇上狠狠地亲起来……

曹铁强来到桥头，见"28"已经过了桥面，挂斗却脱了钩，栽在公路旁。他的战士们，或蹲或站，围聚一起。

他走上前，分开众人——刘迈克紧闭双眼坐在雪地上。小瓦匠和另一个战士，扳着刘迈克的一条腿，活动着刘迈克的膝关节。活动一下，刘迈克皱一次眉头，吸一口冷气。

"怎么回事？"他尽量用平静的语气问。

众人都不作声。

小瓦匠抬头看连长一眼，嘟哝："事务长摔伤了。"

刘迈克睁开眼睛，低声骂了句什么话，被小瓦匠扶着站了起来。发现曹铁强，他顿时停止呻吟，默默地瞅着连长，仿佛有意等待对方首先开口。他已不再是多年前的刘迈克了。生活已经把他磨砺成熟了。他今天夜晚格外理智。心机格外慎细。他觉得连长此刻出现在大家面前，对连长是很不利的。倘若自己说出一句不适当的话，都可能无意之中将连长推到极被动的地位上。

不料曹铁强如此问道："是你开车把大家拉来的？"

他点了一下头。

曹铁强紧接着说了一句欠思索的话："你也来凑这份热闹！"语气中不无恼怒。

刘迈克默然良久，才低声回答："我能不来吗？"

从他的表情，从他的语调，曹铁强立刻领悟到，他在违心地扮演着一个多么不轻松的角色！

他惭愧了，于是又低声问："你……伤得重不重？"

刘迈克摇了摇头。

"连长，你……你们……果然开的是那样一个会么？"

黑暗中，不知是谁大声问了一句。

曹铁强转过身，一一扫视着他的战士们，似乎想寻找出那个问话的人。但他实际上，是在心中暗暗点了一次名。全连三十二名知识青年，此刻站在他周围的是三十一个人。只有一人没来。虽然，月色朦胧，辨不清这三十一人的脸面，但他知道，没来的那个人一定是她——裴晓芸。他抬起手腕，仔细看了一下表——她该下岗了。可是这沉默的一分钟，就等于他对刚才的问话做了回答。

而这种形式的回答，当然不令大家满意。

有人愤怒地大声说："我们还在这儿浪费时间干什么？去砸了军务股，各人拿走各人的档案！"

"对！一不做，二不休！"

"走哇！"

"谁打退堂鼓，就他妈的是知青叛徒！"

在互相怂恿和互相鼓动下，大家一哄而走。

"站住！"曹铁强猛然喝了一声。

大家，都站住了。一个个，缓慢地回转过身。一双双眼睛，在月辉下闪烁着不驯的，甚至是敌意的目光。这一双双咄咄地盯着自己的目光，使曹铁强意识到，今天夜晚，他，和他们——自己朝夕相处的战士们之间的关系，是异乎寻常的。他们随时都可能将他——他们每一个人平时都很信任很敬重的连长，视为共同的敌人。正是由于清醒地意识到了这一点，他瞬忽间觉得，内心产生了一种奇异的自信力。他仿佛觉得，自己的身体倏然高大了许多，高大得完全有足够的力量担负今夜可能面临的无论多么严峻的事件。

"这里是生产建设兵团的团部，不是夹皮沟。你们，也不是土匪。我更不是土匪头子，而是你们的连长。我绝不允许你们每一个人胡作非为。"这番话他说得很镇定。镇定中显示出凛然的刚勇。语势中暗示出明显的潜台词——今夜我是怎样说就要怎样做的！

"今夜不服从连长命令的人，绝没有好下场！"刘迈克冷冷地说出了这句话。

曹铁强向刘迈克投去感激的一瞥，接着改换一种缓和了的语气说："也许，今天夜晚，就是兵团史上的最后一页。兵团的历史，就是我们兵团战士的历史。我们每一个人，都应该尊重这段历史。不论今后社会将要对生产建设兵团的历史做出怎样的评价，但我们兵团战士这个称号，是附加着功绩的！是不应受到侮辱的！……"

他不能准确地判断自己的话是否打动了他的战士们。但没有人反驳，这便使他对自己的话增强了自信。他受到这种自信心的鼓舞，大声说："听我的口令，整队集合！"

大家在犹豫状态之下迟缓地排成了并不整齐的队形。他走到队形前，面对面地望着他们，问："你们每一个人，是不是都已经做出了决定，要离开北大荒？"

"连长，这还用问吗？"是小瓦匠说出了这句话。大家用沉默表示，这句话代表他作了回答。

"既然如此，你们到团部来，就只有一个目的，办理返城手续。我相信，团里是会做出正确的决定的。现在，全体向右转，齐步走。"

工程连的战士们，在其他各个连队的混乱人群和车辆之间，列队向团部机关区走去。

曹铁强走在大家后面，刘迈克一拐一拐地紧随在他身旁。许久，两人之间没说一句话。只听无数双脚踩着积雪，发出沙沙的响声。

刘迈克首先打破沉默："团里怎么能够召开这样的会呢？"

曹铁强没有回答。

刘迈克又问："连长……也要走的吧？"

曹铁强这才回答："留下来就真的那么可怕？"

刘迈克理解了连长的话，他感到慰藉地说："连长，咱俩今后就是伴儿了。"

这句话，使曹铁强的心感到异常温暖。他情不自禁地伸出一只手，轻轻搀扶着刘迈克。

一辆马车从他们身旁飞奔过去……

全团八百余名知识青年，从各个连队来到了团部。远的，几十里。近的，十八里。他们围聚在团部会议室外面，数百支火把，将团部机关区映照得如同白昼。没有叫嚷声，没有示威声。他们默默地静立在凛冽的严寒中。

团长马崇汉披着军大衣出现在八百余名知识青年面前。

"知识青年同志们！……"他用作报告时那种洪亮的嗓音说，但却不知道接下去该说什么，于是又重复了一遍，"知识青年同志们，我保证……"却同样不知道自己应该保证什么。

"滚你妈的！"

一个声音从八百余名知识青年中突然地迸发出来。

"我们不听！我们不受你的骗了！"数百人几乎是异口同声地说出这句话。

马团长愣怔了一秒钟，仅仅一秒钟，便低下头，转身走进了会议室。在这一秒钟里，他意识到，自己被知识青年们视为团长的历史，过去了。永远。他心中产生了一种悲哀。一种大悲大哀。但仅仅是悲哀，绝不是悔悟。悔悟是反思的结果。任何虔诚的反思，都是在一秒钟内不会萌发的。

从会议室外走入会议室内，几步路，他却觉得脚下无根，步步艰难。他感到自己仿佛像一棵大树骤然被雷电击倒了。

他若有所失地走到政委孙国泰面前，第一次用真正恳切的语调说："孙国泰同志，我……请求你……以一个共产党员的……"他无法用语言明确地将自己的意思表达清楚。

政委孙国泰伸出一只手，像是要把对方轻轻推开去。他用这样的手势告诉对方，他完全理解了对方的话。请求他站出来扭转眼前的局面，对方要说的无非就是这句话。请求？他感到这个词对他带有一种侮辱性，尽管他相信对方是恳切的。难道不用这样的词，他会袖手旁观，幸灾乐祸么？那他还算是一个老共产党员么？不，连一个北大荒人都算不上了！至于能否扭转这种局面，怎样扭转，他并无把握，更缺少自信。不错，在知识青年当中，他深知自己有着比团长马崇汉牢固的根基。十年来，他的足迹遍布全团二十几个连队。他熟悉他们，爱护他们，关心他们，甚至，还很有些同情他们。他骂过他们，也挨过他们的骂。他的耳膜曾被他们的牢骚话几度磨起茧子，他也时时将自己胸中的郁闷烦愁借机朝他们发泄过。这种正常而又畸形的沟通，在他和他们之间架起了理解和谅解的桥梁。可是今天夜晚……

他犹豫片刻，稳步走出了会议室，目光深沉地望着知识青年们，良久，终于开口说出三个字："孩子们……"

他是情不自禁地说出这三个字的。

没有用"知识青年们"，没有用"同志们"或"兵团战士们"这样的称谓，而对他们说："孩子们……"使他们被深深地感动了。他们极安静地望着老政委。

"孩子们，"老政委说，"你们，在北大荒度过了整整十年，你们是当之无愧的一代北大荒人。我，以一个老北大荒人的资格对你们说，我感谢你们，因为，你们将你们的青春贡献给了北大荒！……"停了一刻，他接着说，"如果来得及，我要为你们开隆重的欢送会，欢送你们……离开北大荒……你们相信我的话么？"

经久的鸦雀无声之后，有人大声说："政委，我们相信你，但我们不相信团党委！"

"对，我们不相信！"

"我们相信你又有什么用？"

……

老政委被震撼了！相信一个共产党员，但不相信党的一级组织！这是多么可悲的现实，这是怎样的错误啊！

他略加思索，转身走入会议室内，对团长马崇汉和各连的连长指导员们说：

"我要求给我代表团党委的权利！"

连长指导员们的目光，都集中在马崇汉身上。

马崇汉的腮帮子抽动了一下，用记录速度的缓慢语调说："一切都听政委的……"

老政委第二次走出会议室，对知识青年们大声说："现在，我代表团党委宣布，为了尽快办理每一个人的返城手续，各连队选派两名代表，组成一个临时小组，我任组长……"

这时，暴风雪开始从荒原上向团部区域猛烈袭击了……

五

像台风在海洋上掀起狂涛巨浪一般，荒原上的暴风雪的来势是惊心动魄的。人们最先只能听到它可怕的喘息，从荒原黑暗的遥远处传来。那不是吼声，是尖利的呼啸，类似疯女人发出的嘶喊。在惨淡的月光下，潮头般的雪的高墙，从荒原上疾速地推移过来，碾压过来。狂风像一双无形的巨手，将厚厚的雪被粗暴地从荒原上掀了起来，搓成雪粉，扬撒到空中，仿佛有千万把扫帚，在天地间狂挥乱舞。大地上的树木，在暴风雪迫近之前，就都预先妥协地尽量弯下了腰。不甘妥协的，便被暴风雪的无形巨手折断。暴风雪无情地嘲弄着人们对大地母亲的崇拜，而大地，则在暴风雪的淫威之下，变得那么乖驯，那么怯懦……

八百余名知识青年被突如其来的暴风雪震慑住了。许多人从连队匆匆出发，穿戴得并不暖和。一路上，差不多已经冻透了。而现在，暴风雪的无形的触手只从他们身上一抚而过，就带走了他们身体内的最后一丁点儿热量。火把，顿时熄灭了半数。

人群骚乱起来。

"别让火把都灭了啊！"

"快将没灭的火把扔到一起！"

"点火堆！"

……

几条具有号召力的粗犷嗓门疾呼大喊。

火把，一支，两支，三支……纷纷投聚到一起。

篝火，一堆，两堆，三堆……熊熊燃烧起来了。

有人不知从哪儿拎来一桶柴油，浇在火堆上。光焰升腾着，蹿跃着，在暴风雪中"垂死"挣扎着。

人群分散开，围向十几堆篝火旁。

一阵折裂声，一棵大树扑通倒下。又一棵，又一棵……有人在锯团部大道两旁的杨树——也许就是他们当年亲手栽下的杨树。劈砍声。砰……砰……嘭……听声音，不像是用的利斧，而是用的大锤。也许根本不是大锤，而是别的什么铁器。一截截树骸连带枝杈被拖向火堆。

篝火旺烈起来。

小瓦匠见大家围在火堆旁，一个个也还是寒冷得瑟瑟发抖，忽然说："跳舞吧！"

"跳舞？哪有这份闲情逸致！"

"大家跳吧！跳什么舞都行，比如，'忠字舞'……"小瓦匠在火堆旁跳起了"忠字舞"。跳得极其认真，像是在台上"献忠心"。

也许是受到他的蛊惑，也许是由于抵抗不住寒冷了，大家先后跟着小瓦匠跳起舞来。起先跳的还算是"忠字舞"，后来跳的便什么舞都谈不上了。

围在其他火堆旁的人们，也跳起来。

所有火堆旁的人们，都跳起来。

在这个暴风雪夜，在严寒和篝火的环形夹缝之间，动作古怪地跳动着八百余名被冻得半僵的躯体。生产建设兵团团部笼罩着一种中世纪非洲土人部落的野蛮、原始而神秘的气氛。

"他妈的！这些代表们，怎么还没研究出个结果来？"有人开始咒骂。

"关系到八百余名知识青年命运的大事，总得给他们点时间啊！跳吧！不要停下来……"小瓦匠像一个消防队员，谁刚刚冒出点怒火，他就立刻说一句息事宁人的话。

哐……哗啦！

是玻璃破碎的脆响。

接着，是一阵门窗的木框被劈砍的声音。

"听！……"小瓦匠停止了"跳舞"。

大家都伫立住了。

又是一阵玻璃破碎的脆响。

"有人在砸机关食堂的门框和窗框。"一个男知青判断地说。

"准是为了往火堆里烧！"一个女青年说，"这也太过分了！"

"我们去看看！"小瓦匠朝机关食堂跑去。

"这是什么时候，还管闲事！"一个小伙子嘟哝了一句，却第一个跟在小瓦匠身后，也朝机关食堂跑去。

"他俩别吃亏啊！"到底是一个连队的，有人担心了。

"男的都去，女的留下，继续跳你们的舞吧！"

于是工程连的男知青们，都离开火堆，朝机关食堂跑去。

机关食堂的门被撬开了。知识青年们在食堂里翻找吃的东西。有人掀开蒸笼，叫起来："包子！"大家同时围了上去。几十双手在黑暗中抢夺着。

"生的！"

"呸！呸！呸！……"

"点火！蒸熟它！"

"别费那事，连蒸笼一块儿抬到火堆去，吃烤包子！"

"好主意！抬！"

几个人将蒸笼抬出了食堂。

"咸菜要不要？"

"要！凡是能吃的，都要！"

于是有人捧起咸菜坛子往外走，被门槛绊倒，坛子掉在地上，碎了。咸菜疙瘩滚了一地。

后来的几个人，什么吃的都没翻找到，狠狠地骂："这伙自私的强盗，扫荡了个一干二净！"

"嘿！发面缸里还有发的面！"

"有发面也不错，火堆上烤酸面包吃！"

他们把发面团也用衣襟兜走了。

小瓦匠跑到食堂，果然看见有几个人在砸食堂的门窗。

小瓦匠跑到他们跟前，大喊一声："住手！"

他们中的一个，身材高大魁梧，半截黑塔似的，不屑地扫了小瓦匠一眼，高高举起手中的大斧，继续劈砍窗框。

"你们这是搞破坏！土匪！"小瓦匠扑了过去。

对方一拳，就将他打得倒退数步，一屁股坐在雪地上。

小瓦匠呼地跳起，骂道："你奶奶的！这机关食堂是我们工程连一砖一瓦盖起来的，老子今天就是不许你们破坏！"他被激怒了，又毫不畏惧地朝对方扑了过去。

他胸前又挨了狠狠一拳，又跌倒了。

"这小子找不自在，揍他！"他们团团围住了他。

工程连的男知青们赶到，一见小瓦匠果然吃亏了，纷纷动起手来。

正打得难解难分，老政委孙国泰走到了这里，喝止住了他们。

两伙知识青年虽然不再厮打，却虎视眈眈。老政委横身在他们之间，厉声问："怎么回事？"

小瓦匠一指机关食堂的窗子，狠狠地说："你问他们。"

老政委这才发现被砸毁的门窗，心中立刻明白了，问那几个破坏者："你们是哪个连队的？"

"我们，我们……"为首那个彪悍魁梧的，嘴里讷讷着，一转身想跑。

其余的几个也想跟着跑。

"都给我站住！"老政委猛喝一声。

都乖乖地站定了。

"说！哪个连队的？"

"木柴加工厂的。"声音低得勉强能听见。

老政委从地上捡起一截被砸散的窗框木，盯着为首的那个破坏者，问："要投进火堆？"

对方畏怯地点了一下头。

"这不是你们木材加工厂做的么？"

"是……"

"亲手破坏自己的劳动成果？要离开北大荒了，就一点值得北大荒人怀念的都不留下？"

"……"

"我本有权将你们一个个当作破坏分子逮起来……可是，我不想这样做。拿去吧，烧吧，烧你们自己的劳动成果吧！当它燃烧的时候，你们好好想想你们的行为吧……"

"……"

"拿去，拿去烧吧！今天夜晚别让我再看见你们可耻的几个，滚！"

他们一个个默默地转过身，渐渐地走开。

"站住！"

他们站住了。

"把它拿走！"

新中国70年优秀文学作品文库

中篇小说卷

他们犹犹豫豫地互相望着，终于有一个人扛起了那扇砸毁的窗架子。

他们走远了，消失在黑夜之中了。老政委将注视着他们的目光收回，望着身旁的这一伙知识青年，问："你们是哪个连队的？"

小瓦匠回答："我们是工程连的。"

老政委"哦"了一声，又问："你叫什么名字？"

"我……单书文……"

"小瓦匠？……我知道你！想不到我们会在这样的一天认识……"他伸出一只手。

小瓦匠迟疑了一下，握住了老政委那只大手，他感到了那只手的劲力和厚厚的茧子。

"让我说一句俗话吧，后会有期！"

老政委苦笑了一下，放开了小瓦匠的手，对其他人点点头，说："多谢了！"大步走开。

暴风雪以更加猛烈的来势扫荡着团部区域，几堆篝火一下子就熄灭了。受到严寒威胁的人们立刻分散开，围聚到仍在燃烧的火堆旁。他们像羊群似的，互相紧紧靠拢着。与其说火堆的存在才不至使他们冻僵，莫如说他们是用身体组成围墙，守护着火堆不被暴风雪所扑灭。而暴风雪是那么嚣张！它嘶叫着，想将八百余名知识青年们从大地上扫荡起来，扬到空中！

聚在篝火旁的人的围墙渐渐缩小着，缩小着。

最里层的人喊："别挤了！要把我们挤倒在火堆上了！"

"我的衣服烧着了！让我挤出去！让我挤出去！"

最外层的人，却呻吟着，蜷缩着，蹲下去了，卧倒下去了。

又一堆篝火熄灭了，引起一片恐惧的骚乱。

"有人昏倒了！"

"快！快背到火堆旁来！"

昏倒的是个女知识青年。

"她都快被冻僵了！得把她背到谁家里去！"

于是有人背起她朝附近的一幢房子跑去。

砸门声，狗咬声，喊叫声……

团军务股长就是当年工程连的老指导员，他和老连长调到团部后，曹铁强和郑亚茹才被任命为工程连的连长和指导员。他家住在靠山坡的最后一排干部宿舍。

他没有睡，站在家中窗前，一支接一支地吸着卷烟。卷了一支，吸上几口，就扔在地上，踏灭，再卷一支。他出神地望着外面一堆堆篝火的光焰。

他老婆也没睡，坐在炕沿上，陪伴着他。

"你，睡吧！"他说，并没有对女人转过身。

女人被烟呛得咳了起来，边咳边说："我看，你……今晚还是找个地方躲躲吧！……"

军务股长一动也不动。

"你不听我的，要是有个三长两短，叫我和孩子们……"女人抽泣起来。

"别来这个！"股长不耐烦地吼了一声，仍不转身。

女人止住了抽泣。她从墙上摘下股长的手枪，走到股长身边，轻轻推了股长一下："要不你身上带着这个……"

股长这才看了女人一眼，见她递给他的是枪，顿时火了，一掌将女人推了开去："你叫我拿枪对付知识青年？！"

"你……他们来找你的时候，你也好吓唬吓唬他们呀……"

"胡说！你给我把枪挂到墙上！"

"别的团里，知识青年不是割掉过一个军务股长的两只耳朵么？"

"谣言！"

"你亲口对我讲过的！"女人也火了。

"我……我……我揍你！"股长凶狠地对女人挥起了拳头。

"你，你打吧！给你打！用枪打！打死我！……"女人委屈地哭起来，往股长跟前凑，将手枪塞在股长怀中。

股长不得不接住了枪。

"你开枪呀！你先打死我呀！别让我亲眼看见你叫知识青年们……"女人的声音越来越高。

啪！股长打了女人一记耳光。

女人哇地放声大哭。

炕上的孩子被惊醒了，也"爸爸""妈妈"地喊叫着哭起来。

就在这时，门开了。刘迈克首先一步跨进屋来，后面跟着两名知识青年。三人肩上都背着步枪。

他们出现得这么突然！而且连门也不敲一下。

女人马上不哭了，从炕上拖过孩子，紧紧搂抱在怀里，目瞪口呆，神色惊恐地瞅着三个不速之客。

股长也愣了一下，随即镇定，若无其事地将枪挂到墙上，之后，从容而端正地坐在一把椅子上。

"股长，对不起，我们没敲门就……"刘迈克开口道歉。

股长看着他，问："什么事？"

"请你立刻就去打开档案柜，为知识青年办理返城手续。"

"是你们请我？"

"不，是政委。"

"政委？他为什么不亲自来？"

"这……我有政委亲笔写给你的纸条命令。"刘迈克从兜里掏出折叠着的纸条，递给股长。

股长接过纸条，看了一眼，慢慢从椅子上站了起来。刚站起，又坐下去，问："你们是靠枪从政委那里得来的这张纸条么？"

刘迈克赶紧解释："股长，枪，是政委同意发给我们十几个人的。今天夜晚情况特殊，我们十几个人组成了一支纠察小队。"

股长摇摇头："刘迈克，我不相信你。"

刘迈克急了："股长，你……你这是跟政委过不去呀！你不跟我们走，我们可要……"

"要怎么样？"股长瞪起了眼睛，"要用枪逼着我跟你们走？"

广播喇叭忽然响了。

"全团机关工作人员注意，我是政委孙国泰，我现在代表党委讲话，我命令你们，将知识青年接到你们各家各户去。机关食堂、礼堂、招待所，所有办公室，今夜都要容纳他们。我同时命令你们，立即担负起各自的职责，做好明晨七点开始办理知青返城手续的种种准备，不得有误。全团机关工作人员注意，我是政委孙国泰，我现在代表党委……"

股长注意地聆听着政委的每一句话，从政委的声音里，没有听出违心或被胁迫的屈服语调，他暗暗吁了口气。

"我们走吧！"股长第二次从椅子上站起，披上大衣之后，想了想，从墙上摘下手枪，对刘迈克说："我也算你们那十几个人中的一个。"

股长跟着刘迈克他们出了门，股长女人抱着孩子随到门外，不安地目送他们。

四人从宿舍区往机关区大步匆匆地走。刘迈克走在最后，和股长三人相隔十几步远。他的左腿开始疼痛了。从挂斗车上摔下来时受的伤并不轻，流了不少血，棉裤和伤处被血粘在一起，每迈一步，都撕扯着伤处，他都吸一口冷气。

他忽然想到了秀梅，她准是还没睡，在等待着他从团部回去。也想到了自己还未出世的孩子，别人都说她怀的是个男孩，他也希望是个男孩。男孩才似乎更对得起"北大荒人"这几个字。他，一个城市知识青年，将要在北大荒的土地上扎下自己生活的根，并且为北大荒增添了一个小北大荒人，这不是一件寻常的事情。他这么认为。不管别人对这件事如何看法。别人都离开了，他要留下来。他在城市里的所有亲友都会替他惋惜，甚至责骂他。随他们去吧！反正他不能将妻和孩子抛弃在北大荒，只身回到城市去。他刘迈克生来就不是这样的人，做不出这样的事。

何况她对他那么好，婚后两人还没有红过一次脸呢！他不能想象，没有了她，生活还有幸福可言。他留恋北大荒，他崇拜北大荒，崇拜它的荒凉和广袤，崇拜它的严峻和粗犷，崇拜它春天的朴素，夏天的烂漫，秋天的实惠，冬天的气魄。而她，就像是整个北大荒的化身，当他拥抱她的时候，亲吻她的时候，心中也会肃然起敬，对她产生崇拜之情。她并不漂亮，但她健壮，充满了青春气息，充满了生命力，充满了对他和对生活的爱情。她又是那么温柔，那么善于体贴人，那么能吃苦，能劳作……他，一个矿工的儿子，能够找到这样一位妻子，还有什么不称心如意的呢？

而更主要的是，在他最孤独的时候，在他被许多人视为"公敌"的时候，她是第一个同他接近的人。她，用北大荒姑娘纯朴而富有同情感的心，融化了他对工程连每一个人都怀有的敌意。她，重新设计了他。她像给小孩子洗脸一样，洗去了他个性上的种种劣质，使他懂得了如何尊重自己和尊重别人，使他获得了人们的信任……

不但是爱情，而且是恩情啊！

这样的妻子怎能遗弃？怎能舍得遗弃？

当！……当！……当！

物资仓库方向，突然响起急促的钟声。

刘迈克抬头望去，见库房升腾起一股浓烟和火焰。股长三人，已经踪开大步朝那里跑去了。他追在他们后边跑了几步，左腿的伤处一阵剧烈疼痛，使他不由得站住了。他跪下右腿，双手紧紧按压住左腿膝盖，想借此减轻一点疼痛。被血痂粘住的棉裤里子和伤处扯开了，他感觉到血又涌了出来，顺着小腿往下淌。

"妈的！"他咬紧牙关，站了起来。

忽然，他发现一幢房子里有光亮从漆黑的窗上一掠。分明是手电筒的光亮。

那幢房子是团部银行。他警觉起来。他顿时忘记了疼痛，朝银行走去。走到门前，轻轻推了一下门，门虚掩着，被无声地推开了。

他一步跨进屋去，大声喝问："谁在这里？！"

他头上猛然挨了重重的一击！但他并没有立刻倒下去，他的身子摇晃了一下，靠在墙上。同时，他的一只手下意识地抓住了步枪枪带。他没来得及从肩上取下步枪，匕首的寒光在他眼前一晃，刺进了他的胸膛。接着，又刺进了他的腹部。

他缓缓地贴着墙滑倒下去了。

然而，意识并没有从他头脑中消失。他心中十分清楚，自己遇到了什么事情。他看见了一个人影从自己身上跨过，蹿出门去。他双手扶着墙壁，从地上跪了起来。又拄着枪，挣扎着站了起来。一步，两步，三步，他艰难地走到了门外。月光下，银白的雪地上，一个人影慌慌张张向后山跑，拎着一只大手提包。

"妈的，跑不掉你！"他靠着门框，举起了步枪。步枪变得很沉重，手臂颤抖着，瞄不准。他遗憾地放下步枪，托枪的那只手，在衣服上擦了一下，擦到了一种温热的黏糊糊的东西。他知道，那是自己的血。

血，自己的血，令他愤怒了。愤怒使他倏然产生了一种力量。他第二次举起步枪，手臂不再颤抖了。人影被步枪的准星牢牢地咬住了。

他很有把握地勾了一下枪机。

砰！枪声很脆。

那家伙一跟头栽倒了，手提包落在雪地上。

一丝冷冷的微笑，浮现在他嘴角上。

他瞄的是后脑勺。

"妈的……老子打发你……"他嘟哝着，拄着步枪，像老人拄着拐杖一样，每一步都很吃力地朝那个倒在雪地上的家伙走去。

走近被击毙者身边，他首先看到的，是一双眼睛，一双瞪大的眼睛，目光已经凝滞，但全部地摄录了一颗灵魂的最后欲念——贪婪。月辉反射在这双眼睛里，使它们发出幽冷的光。接着，他看清了一张和自己差不多年龄的脸，咧着嘴，仿佛在临死前要喊叫出什么。

羊剪绒的棉帽子，拆洗过的黄棉袄，崭新的大头鞋……

他不禁倒退一步。

他打死了一名知识青年。

拄在手中的步枪，失落在雪地上。

他愣了片刻，转过身去寻找手提包。手提包离他仅有几步远，但他已走不过去了。他扑倒在雪地上，一寸寸地爬了过去，张开双臂，紧紧搂抱住了手提包。他曾听人说过，临死前抱住不放的东西，死后也不会放开。

"抱紧，抱紧，抱紧……我要抱得紧紧的……"对自己的生命下达了最后一次命令，他的头，蓦然地垂了下去，垂在手提包上……

六

暴风雪最初的淫威发作过了，天地间从混沌状态澄清下来，四野暂时恢复了寂静。严寒，则愈加肆虐地折磨着大地上的生命。

站在哨位上的裴晓芸被冻僵了。她感觉不出身体仍是属于自己的，只有人脑还能按照神经讯号进行思想。

此刻，她想到了那个著名的童话——《卖火柴的小女孩》。她真希望衣兜里装有一盒火柴，不，哪怕仅仅是一根火柴！她明知这是自己的幻觉，但意志受这种幻觉的诱惑，迫使她那戴手套的被冻得硬邦邦的手，在衣兜外面碰了一下。衣兜里什么也没有。她苦笑了。她以为自己苦笑了，其实并没有任何一丝表情呈现在她脸上。

严寒"凝结"了这张脸。

要进行思想。不论想什么都可以，但一定要进行思想。要保持住意识的清醒。千万千万不要让意志也被严寒所"催眠"！这是此刻她整个人的唯一生命火种了。她一遍遍地这样警告和命令着自己。

为什么还没有人来换岗呵！……

她想转过身朝团部的方向望一眼，但她的双脚像被大地焊住了一样，无法转动。

火，团部那里有火。有熊熊的篝火。到团部去，到篝火旁去，或者，回到连队去，回到大宿舍去……有一个人的声音，像是她自己的声音，又像是别的什么人的声音，在她耳畔催促着，劝说着。

不，不能够。我是哨兵。我站在边境哨位上。今夜是我第一次站岗。

她冷酷无情地答复了自己生命的求存的呼叫。

"今夜是你第一次站岗，你会感到害怕么？"

"不，不怕。我很兴奋。"

"等你下岗，我来接你，在白桦林旁……"

"不……你不是要到团里去开会吗？"

"我从团部来。我有话对你说……"

"什么话呢？现在不能对我说？"

"好多话，现在……来不及了……"

她回想着上岗之前曹铁强和她的对话。

她知道他要对自己说什么。他要说的话早该对她说了。可他却非要等到今夜来接她的时候才说。为什么当时不对她说呢？好多话？不，不，她只要听一句话就够了。

他要说的话，不是应该在两年前就对她说的么？不是应该在驼峰山上那顶帐篷里就对她说的么？

她真恨他！

哦，那是一个多么美好的夜晚呵！那烧得彤红的大火炉！棉帐篷里，只有他和她。整个驼峰山上，只有他和她。整个世界……仿佛也只有他，和她。

那条战备公路上，洒下了工程连队的多少劳动汗水啊！

为他掌钎，那是她最愉快的劳动。他抡动着十八磅的大锤，一下接一下砸在钢钎上，声音那么有力，那么有节奏。在她听来，那简直是一种音乐。虎口都被震裂了，手都被震麻木了，手指从早到晚紧握钢钎，放下钢钎，都伸不直了。吃饭的时候，都端不住碗，拿不住筷子了。然而劳动中的心情是多么欢畅啊！她真希望那条公路无止境地向前伸延，他天天抡大锤，她天天为他掌钎。双手磨起了多少血泡？一点水也不敢沾。洗脸的时候，只能叫别人替拧一把湿毛巾，胡乱地擦擦脸了事。可是她和他一块采下了多少路石啊？十几吨？几十吨？上百吨？从秋季一直到第二年夏季，绝不会比女娲补天的石头少！虽然没有计算过。

那一次她是多么……神经过敏啊！

当他拄着锤柄，撩起肮脏的衣襟擦汗时，她放下了钢钎，抬头望着他。一块巨石就悬在他头顶上，瞬间就要塌落下来。她尖叫一声，朝他猛扑过去，一下子将他扑倒了，搂抱住他，在刚刚铺好石头的路面上滚出十几米远。大家都被她这一迅猛的举动惊得目瞪口呆！当她和他从地上爬起，巨石并没有塌落下来。这时她才看清，巨石是不会塌落下来的，它连着半面山壁，除非用十公升以上的炸药炸。险情不过是她的幻觉。人们哄然大笑。她尴尬极了，狼狈极了。

他哭笑不得地对她说了一句："神经过敏！"

"我……"在周围的哄然大笑中，她觉得自己像是一只耍了什么可笑把戏的猴子。她一扭身跑开了。一直盲目地跑到山背后，蹲下身，双手捂着脸，哭了。

她觉得自己心底里对他的最隐秘的情感，滑稽地暴露给众人了。

而这正是她最最不愿被人所知的啊！

他竟也不能够理解她！

大家的哄笑对她是多么不公平啊！

姑娘的心受到了多么严重的羞辱啊！

虽然大家的笑声里并没有恶意，也没有嘲弄的成分，不过是劳动休息时一种驱除疲累的无谓的大笑而已……

公路一直修到第二年冬季才竣工。

最后一天，大家都从山上撤回连队去了。只剩下了一顶帐篷，没吃完的粮食、蔬菜，没用光的炸药，工具。

她没有和大家一块下山。她主动要求留下来看守东西。她内心里有一个小小的个人打算。她要一个人留在山上，将帐篷烧得暖暖的，痛痛快快地洗一个澡。她预先就物色好了一个大口油桶，用雪刷干净，在里面是可以洗得很舒服的。从第一年秋季到第二年冬季，全连哪一个人也没有洗过澡。山中有一口小泉眼，但那是炊事班做饭用水的"井"。洗脸水是按供给制限量的，每人每天一盆。在炎热的夏季也不放宽供给。冬季，大家都是用雪来擦脸的。

她，却已经整整七年都没有洗过一次澡了。知识青年返城探家，最大的享受是什么？——洗澡。谁也不会放过多在城市的浴堂里洗一次澡的机会。到家的第一天，往往最迫切要实现的愿望，便是洗澡。离开城市的那一天，最愿意再获得一次享受的，也是洗澡。

她七年内没有探过一次家……

可是，在她那一天晚上将帐篷里的温度烧暖了，并将那只大铁桶费尽气力从外面挪进帐篷，认真仔细地刷干净，和大铁炉并靠在一起后，他却回到山上来了。

那天，他清早就搭一辆顺路的汽车到团里去汇报筑路工程。她以为他会住在团里一天，或者直接赶回连队去的。所以当他走进帐篷，出现在她面前，她意外得有些沮丧。

"你……怎么又回到山上来了？"

"我以为大家不会都回连队的呢，怎么就你一个人留下来？"

"我……看守东西。"

"山上又不会有贼，真是多此一举。"

"排长……排长说……需要留下一个人。"

他在大铁炉旁坐下了，看她一眼，然后摘下棉手套，一边烘烤，一边问："于是她就指定你留下来？"

她从他的语调中分明听出对排长郑亚茹的某种积压已久的不满，赶紧解释："不，不是。是我自己主动要求留下的。"

他沉默了。一会儿，朝她的铺位瞅了一眼，用商量的口气问："可不可以……把你褥子底下的草分一半给我？"

"当然，当然可以……"她走到铺位前，掀起了褥子。

"我自己来吧。"他立刻站起，走到她身边，抱起一抱麦秸草，似乎觉得抱的过多了，又放下一些，说，"足够了，这就足够了。"

他抱着草转过身，目光在整个帐篷里扫视一遍，走到帐篷口旁堆放劈柴的一个角落，将草铺在地上，满意地点点头，扭头对她问道："我就睡这儿，不……妨碍你吧？"

她没有立刻回答，也从自己的铺位上抱起一大抱草，铺在离火炉不远的地方，然后说："你该睡在这儿，帐篷口很冷。"

"不，我就睡这儿。"他在自己铺好的草上坐了下去，身子靠着柴堆，摆出一副舒适的样子。

"随你的便。"她一转身走到自己的铺位前，放下褥子，背朝着他坐在褥子上，从枕头下摸出笔记本和钢笔，开始写什么。

"你还写日记吗？"

听见他问，她抬起头来，侧转过身，发现他已将帐篷口那抱草抱到了火炉旁铺下，正坐在上面吸烟。

"我从来不写日记，没事儿在纸上随便画……你别乱扔烟头，烧了帐篷我可要负责任的。"她合上了笔记本，重又压在枕头下。

她和他差不多是面对面地坐着，之间距离不到三步远。她却一时找不到什么话对他说，连自己也感觉得出，自己的一举一动都极不自然。

"有什么吃的没有？"他终于又问了一句。

"有……"她从枕头旁拿起书包，从书包里掏出两个馒头，接着从兜里掏出小刀，将馒头细心地切成片，走到火炉前，放在炉盖上烤。

他显然是没吃晚饭，已经饿极了，几片馒头顷刻便被他狼吞虎咽了下去。

吃罢，脱了棉袄，往草上侧身一躺，将棉袄蒙头往身上一盖，似乎就要这么睡了。

忽然，他猛地掀掉棉袄，坐了起来，对她问道："有毯子吗？"

她一声不响地从自己的褥子底下抽出毯子，递给他。

他站起来，将毯子展开，搭在毛巾绳上。

毯子成为一道"墙"，将他和她分隔开了。

她站在"墙"这边，问："有这种必要么？"

他站在"墙"那边，回答："这样不是对你……方便些吗？"

她将毯子拉下来，抛给他："你盖在身上不是更好吗？"

他似乎想说什么，但只张了张嘴，并没有说出一个字。他又躺下了，将毯子盖在身上。

她，将马灯的光亮拧暗，退回自己的铺位，缓缓地坐下，从枕头底下再次摸出笔记本，可是并没有打开，拿在手中一会儿，又塞在枕头底下了。她深长地叹了口气，双手捧着腮，郁郁的目光呆滞地凝视着炉膛内闪烁的火亮，脸上呈现出淡淡的忧情苦绪。

他朝她看了一眼，欠起身，盯着她的脸，低声问："你想什么呢？"

"我……真想洗次澡啊！"她回答，声音同样很低微。这句话是情不自禁地说出来的。话一脱口，她觉得自己的脸倏地火热起来。什么话呀！她追悔莫及。

他又缓缓地坐起来了。

她窘迫地避开他的目光，垂下了头。

他随即站起身，走到炉前，拨弄炉火，将炉火拨得又红又旺。他又走到柴堆前，抱了一抱劈柴，轻放在火炉旁，一块接一块地往炉膛里塞。塞满炉膛之后，他拿起脸盆，一声不响地走出了帐篷。一会儿，他从外面端进来一盆雪，倒进她刷干净了的那个大铁桶里。

"你……这是做什么？"她明知故问。

"雪很快就会化。"他这样回答，拿着脸盆又走出了帐篷。

他第二次从外面端进一盆雪倒进铁桶里时，她又问："为我？……"

他点点头。

"我不会……"她本想说："我不会当着你的面跳进桶里去的。"但出口的话却是："我不过随便说了那么一句，你别当真。"

"你不洗，我自己洗。"他大步走了出去。

他一次又一次出出进进，终于将铁桶里倒满了雪。

雪在桶内渐渐融化着。

他们都保持着沉默，仿佛各自想着心事，谁也不愿主动开口似的，目光也都尽量不去注意对方。

不知过了多久，桶内发出了水热时的响声。终于，热雾弥漫，帐篷里的空气由干燥而潮湿了。

他走到大铁桶跟前，一只手伸进桶内，试了一下水温，弯腰从铺地草上拎起棉袄，转身向帐篷外走。

她倏地站起来，抢先几步走到帐篷口，回转身，面对面地拦住他，说："既然是你自己想洗，那么应该出去的是我。"

他不回答，默默地盯着她的脸，分明用目光对她说："你心里是知道的，我并不是为自己，而是为你。别这样对待我真诚的好意吧！"

在他这种目光的注视下，她不忍再与他僵持了，从帐篷口闪开了身子。

于是他脸上浮现出一种战胜了她的颇得意的表情，一步跨到帐篷外面去了。

她呆呆地站立着，心中忽然竟有些生他的气。他在强迫我。他！分明是的！我为什么要对他妥协呢？我这傻瓜！

然而要痛痛快快地洗一次热水澡的欲念竟那么强烈！她简直无法抗拒桶内冒着蒸汽的热水的诱惑。她情不自禁地走到桶前去，一根手指伸进水里泡了一会儿。水，热度正好。她挽起衣袖，整只手都伸进热水里去了。泡了一会儿，她感到自己的那只手，似乎溶解在水中了似的。

她忽然从桶内收回手，走到铺位前，开始急迫地脱衣服。衣服一件一件地从身上脱下来，外衣、绒衣、内衣……胡乱地扔在褥子上。

当她光着双脚，全身赤裸地站在地上之后，她一时间对自己产生了一种莫名的惊惧。马灯的昏黄的光亮，将她的身体涂上了一层橘黄色。她那线条优美的裸体的身影，被清晰地投射在帐篷的帆布墙上。看到自己的身影，她仿佛看到了可怕的魔怪，几乎失声惊叫，下意识地从褥子上扯起一件衣服，围罩在身上。同时，她那恐惧的目光，迅速朝帐篷口一瞥。

只有清冷的月辉从外面洒进帐篷。

仿佛只在这时她才发觉，周围的世界是多么宁静。一种神秘的宁静。帐篷里是多么暖和！炉火烘烤着她的身体，像夏日的阳光照耀着她。

围罩着身体的衣服无声地落在地上了。像跳舞似的，她用脚尖走到铁桶前……

呵！……

今夜有暴风雪

在这个夜晚，在这座山林中，在这顶棉帐篷里，在一只铁桶内，颗粒状的陈雪融化并加热的水，浸泡了她七年没有洗过一次澡的身体。

她瘫软在水中了。

水没过她的肩部。头枕在桶边上，下面垫着毛巾——一次真正的"盆浴"！

她娴静地闭着眼睛，微微张开着嘴唇，双手交替地，动作极轻缓地搓洗着身体。好像生怕将水搅浑，生怕将一滴水溅到桶外似的。她从容地，不断地朝肩上，脸上，头上撩泼着水。

她真实地体验到人的一种似乎是极端快乐的享受。

她快乐得想唱歌，想欢叫。

"啊！……"

但是从她口中只发出了一种类似叹息，类似轻微的呻吟般的声音。

她突然深吸了一口气，两臂抱着双膝，将头也沉没到水中了。她在水中潜了足有半分钟才冒出头来，身体贴着桶壁喘息了一阵，开始漂洗自己的黑发……

她洗了好久好久才恋恋不舍地出水。穿好衣服，在火炉边烤干头发，往褥子上仰面一躺，展放开四肢，她就一动也不想动了。她产生了一种奇特的感觉，好像自己的身体失去了重量，在空中飘浮着，比一根羽毛还轻……

她竟那样渐渐地睡着了。

她睡了将近一个小时，身体感到冷了，才猛然醒来。

哦！天啊！他……

她一下子跳了起来，跑到帐篷外。月光之下，她看见他站在离帐篷挺远的地方，没有戴帽子，双手捂着耳朵，跺踏着两脚。

她呆住了。

两人一同走进帐篷后，他首先走到炉前，将落架了的炭火拨旺，塞进炉膛几块劈柴，这才站起身，瞧着她的脸，问："洗的还好吗？"

她很难为情地回答："好极了！"

他，微笑了。

那是非常亲近的微笑。

他第一次对她流露出这样的微笑。

她感激地望着他，说："如果今天夜里这件事，让连里其他任何一个人知道，不知会对我……和你，作何想法？"

他那双也在瞧着她的眼睛里有某种奇特的亮光闪过。

他用平静的语调说："如果有第三个人知道，那么一定是你自己告诉这个人的。"停顿片刻，他又说："生活中有些事情，还是永远只有两个人知道的好。"

　　他这句话使她的脸红了。

　　他走到马灯前，要拨亮灯芯。

　　"别……就这样，挺好。"她轻声制止他。说完这句话，她觉得脸上更加火热了。心，也无缘无故地急跳起来。她掩饰地拿起脸盆，走到铁桶边去了。

　　"还是我来吧！"他走到她身旁，从她手中轻轻夺下了脸盆，说，"你刚洗完澡，冷风一吹，会感冒的。"

　　"不，不，这……太过分了！"她要把脸盆从他手中夺回来。

　　他伸出一只胳膊挡住了她的手。

　　"难道都不给我一次报答你的机会吗？你曾救过我的命。"她知道他提起的是哪件事，低下了头，讷讷地说："可是，那一次……并没有危险……"

　　"难道那块石头果然塌落下来，我才应该对你说感激的话么？"

　　"……"

　　"有些事情，只有过后思考，才会理解究竟意味着什么。"

　　她慢慢抬起头，可一接触到他的目光，又立刻将头低下了，许久没有勇气再抬起头正视他一眼。

　　他的眼睛那一个夜晚好明亮！

　　他不再和她说什么，开始一盆接一盆地往外倒水。

　　当她坐在自己的铺位，他坐在草上，默默相对时，炉火旺起来了。

　　她毫无困意。他也分明躺下也是睡不着。

　　外面起风了。帐篷帘被吹得啪啪响。

　　"我们谈点什么不好么？"他终于主动开口说，语调中带着恳求，仿佛此时此刻的沉默对他是一种难以忍受的折磨。

　　她用勉强能令他听到的细小声音问："谈……什么呢？"

　　"你觉得，你们排长是个怎样的人？"

　　"这……你应该比我更了解她。"

　　"你为什么会这样认为呢？"

　　"大家……都是这样认为的。"

　　"大家……"

　　"我们女排的姑娘们……"

　　他忽然生起气来，大声说："可是我并不了解她！我曾想努力去了解她，却很难做得到！如果她是你，我相信自己早就了解她了！……"

她抬起头，吃惊地瞪着他："你……"

他不容她打断自己的话，继续说："我是一个烈士的儿子，我父亲是在这块土地上牺牲的，我在生活中处处受到另眼相看，就是犯了错误也会得到庇护，即便做了蠢事也会得到原谅，但我厌烦这个！我是我自己，我要走我自己的生活道路！我不是烈士，我不过是烈士的儿子！可是她却经常对我说这样的话：'你太不会利用你的政治资本了！你是一个政治上的浪费者！'而且摆出一副苦口婆心，谆谆教诲的样子！我不能忍受这种教诲！……"

她突然叫起来："你不要再说下去了！"

他顿时哑然了。

"求求你，不要说了，不要对我说这些话，不要对我说到她，我不想听，我今天什么也没有听到……"她忽然双手捂住脸，侧转身，低声哭了起来。

他不能理解自己说的这些话为什么会伤害了她，他怔怔地注视了她一会儿，站起来，慢慢走到她身边，握住她的双手，将她的双手从脸上移开。

她不肯仰起脸来，满怀苦衷地摇着头。

他不放开她的双手，将她拉了起来。

"不，不……"她仍在摇着头，想从他手中抽出自己的双手，但他将她的双手握得那么紧，那么紧。

"我……我……我……"他的呼吸那么急促！她甚至清楚地听到了他的心在胸腔内嗵嗵地跳！

"放开……我……"她呻吟般地喃喃地说。她全身都失去了力量。她几乎要昏倒了。

他终于放了她的手，扶住她，使她慢慢坐下去。

"我……我……也许，我是不该对你说……这些话……"他的语调中带有几分歉疚和慌栗。

她将头垂得很低很低，交换地轻轻地抚摸着自己的手背。双手被他握得很疼。手背上留下了他的浅浅的指印。一滴眼泪落在她的手上，接着，又是一滴……自己的泪。

她感到内心里委屈极了。虽然他并没有伤害她。她紧咬着嘴唇，控制住自己没有放声哭出来。

"我并没欺负你呀！"他的话显出急躁来。

"别理我。我也不知道自己这是怎么了，过一会儿就好了。"她轻声说，抬起头看了他一眼，凄婉地一笑。

他一动不动地在她面前站了片刻，猛然转身走开了，并随手拧灭了马灯。

帐篷内黑暗了。黑暗中，她听到他在草上躺下去的声音。

一声粗重的叹息之后，黑暗邀请来了寂静。

她，也轻轻地躺下了。然而，她无法入睡。

一阵窸窣之声告诉她，他又爬了起来。炉中闪耀的火光，映照出了他的身影。他在拨火，加柴。他站起身了。他呆立了一会儿。他向她走来。他在她的铺位前站定了。他，小心翼翼地替她盖上了被子，大概以为她睡着了。他……双膝跪了下去。她立刻闭上了眼睛，一动不动。凭直觉，她判断他正在俯视着自己。她的脸上感到了他的呼吸。男性的缓重的呼吸。这呼吸扑到她脸上，使她心慌意乱。然而她屏息静气，仍然一动也不动。她的双唇，却微微张开了，本能地要求承受某种接触……

竟什么事情也没有发生。她感觉到他慢慢地站起来了，轻轻地离开了她。

又是一阵他重新躺在草上的窸窣声……

当她从沉睡中睁开眼睛，天已经亮了。炉火还在燃烧着。帐篷里依旧很暖和。她的毯子，盖在她的被子上面。

他已经不在帐篷内了。

她匆匆地穿好衣服，走出帐篷。昨夜下了一场大雪，松软的雪地上，留下了一行朝山下而去的脚印……

排长郑亚茹和另外两个女知青跟车到山上来拉载最后一批物品。

排长见了她的面，没跟她打招呼。她和她们共同往车上搬东西。她并非由于过分敏感才觉察到，排长异常的目光不止一次地在她身上扫来扫去。

"你昨天夜晚一个人留在山上怕不怕？"

"睡得踏实吗？"

另外两个姑娘在排长不注意她的时候，一人一句，几乎是同时问她。问过之后，似乎并不想得到她的回答，相互交换着含意玄妙的微笑。

她什么话都没有回答她们，只是默默地一件接一件地往卡车上搬装东西。

装完车，两个姑娘钻进了驾驶室。她爬上了卡车车厢。

"排长，你坐驾驶室吧？我坐车厢！"一个姑娘见郑亚茹还站在车下，打开驾驶室的门，对排长讨好，但又空卖人情，并未跳下来。

"不，我要坐在车厢上。"郑亚茹说着，爬上了车厢，坐在她对面的一捆麻绳上。

汽车开动了。她和排长虽然面对面地坐着，却谁也不瞧谁一眼。

当汽车在下坡的山路上减慢了速度，排长忽然开口问："他昨天夜晚，和你一块儿在山上？"犀利的目光冷冷地盯在她脸上。不待她回答，排长又说："雪地上留下了他的脚印。"和这句话同时说出的潜台词是："你无法否认的。"

她以同样的目光迎视着排长，只简短地回答了两个字："是的。"也附带着一句潜台词："那又怎样？"

"他……和你……睡一顶帐篷里？"完全是逼问的口气，但吞吞吐吐。

"山上不就剩一顶帐篷了吗？"她故意用反问的语气回答，并为自己做出这样的回答感到满意。

"这一夜……你们是……怎么度过的？"

"审讯吗？"

"回答我！我有权利问你！你知道我和他是怎样的关系！虽然现在不像我们刚到北大荒的头几年那样……约束严格了，但对道德败坏的事连里还是要追查的！"排长羞恼了，语势中含着威胁。

"无耻！"她冷冷地吐出了两个字。

"你！……"排长那张好看的脸扭歪了。

她也被自己的胆量所震慑了，立刻将眈眈的目光从排长脸上移开，茫然地瞭望着冬天的荒野和远山的银色轮廓。她内心里却感到一种从来没有过的畅快。

汽车在公路上飞快地疾驰，她们时时被颠起来，碰撞在一起，彼此却再没说一句话……

回到连队，他几次迎面碰到她，都侧脸而过，不理睬她。这严重地伤了她的心。

一天，全连都在大食堂看电影，只有他一个人坐在连部守着电话机，记录电话会议。

她突然闯进了连部。

他手里拿着电话机，吃惊地瞪着她。

"我……我有话和你说。"

"我在记录。"他生硬地回答。

她扑到他跟前，一下子从他手中夺下电话听筒，使劲摔在桌上，大声嚷："你……我恨你！"

"岂有此理！"他霍地站了起来。

她呆呆地站在他面前，胸脯剧烈地起伏着，嘴唇抖动着，目光盯着他，两只眼睛里渐渐盈满了泪水。

那是从心底的感情之泉涌出的泪水。

他不知如何是好了，张了几次嘴，才低低叫出她的名字："晓芸……"

他第一次在称呼她的时候将她的姓省略了。

她猛地扑在他怀里，像一个受尽了委屈的孩子，放声大哭。

"别，别这样……"他拥抱着她，抚摸着她。

她却止不住自己的哭声。

他冲动地双手捧住她的脸，疯狂般地吻她。吻她的嘴唇，吻她的眼睛，吻她的额头……

他的双唇封住了她心中的泪泉。

桌上的电话铃嘟嘟地响着。

他冷静下来了，朝电话机看一眼，替她拭干眼泪，轻轻将她推开。

她，也理智了，难为情地背转过身。

"喂，是我。我守着电话机呢！刚才……一个家属，和丈夫吵架了，对，两口子吵架。我已经把他们劝走了……"他已经坐在椅子上，又拿起了听筒。

她转过身来看了他一眼，扑哧笑了。

他对她眨了眨眼睛。

她凝视了他一刻，悄悄地退出了连部。

……

第三天，他带着一队人到师部参加水利大会战去了。她，则留在了连队。一次长久的分离——两年半。通信是保持的，但仅仅几封。几封很短的信，他告知她水利会战的工程情况，她在信上对他讲述连队发生的种种事情……

再后来呢？再后来，再后来，再后来……

站在哨位上的裴晓芸，什么也不能够再回忆起来了。

水……

多热的水啊！

炉火……

熊熊的炉火！

她觉得自己此刻身在两年前大山林中那顶帐篷里，泡在那只大铁桶里，又潜没到雪化的热水中去了……

突然，她的两只眼睛异常明亮起来。她清清楚楚地看见他站在面前。不是别人，正是他！她的他！

啊！他到哨位上来接她了！

她向他扑过去，紧紧地搂抱住了他。

"啊！亲爱的，亲爱的，亲爱的……水太热了！真烫啊！不，冷……我真寒冷啊！我眼看就要冻僵了！抱紧我，抚摸我，吻我……我觉得我的双唇好像两块冰一样冻在一起了，用你的嘴唇融化了它吧！吻我，吻我，吻……"

其实她一个单音也没有发出来。

然而她感觉到了他的拥抱，他的抚摸，他的亲吻……听到了他的声音，像就是在她的耳畔喃喃絮语，又像是从相当遥远处，从太空对她呼唤："晓芸，亲爱的姑娘！……"

她挺立在哨位上，像"六号坐标"一样。月辉将她的黑色身影，投映在边疆大地银白色的底片上。

她面对黑龙江，大睁双眼，枪上的刺刀闪耀着寒光……

她脸上浮现着微笑……

"黑豹"像跑马场上进入亢奋状态的一匹赛马，以疯狂的速度跑回了连队，直奔知青大宿舍。它如猛兽般，扑开男宿舍的门，冲了进去。空无一人……它呆立了一刻，腾跃起来，在空中反身，又蹿了出去，扑进女宿舍。女宿舍也空无一人……它在男女宿舍间蹿来蹿去，往返数次，发出呜呜的低吠。它彻底失望了，焦急地摇动着尾巴，站在大宿舍的过道走廊里，怒吼了两声。它发现了团部方向的火光，一动也不动了。突然，它箭一般向团部奔去……

在团部，在八百余名知识青年中，在十几堆篝火间，在物资库的救火现场，在每一处有人群的地方，这只狗横冲直撞，寻找着工程连的知识青年。

"嘿！这狗真肥！捉住它，捉住它！烤狗肉吃！"围聚在一堆篝火旁的几个男知识青年，四面围住了它。有的握着刀子，有的持着木棍，有的拿着石头。他们要结果它的性命，要剥下它的皮，要肢解它肌腱发达的身体，放在火上烤熟，吃掉。

他们是又冷又饿。

不知哪一个首先朝它扔出了石头，击在它头上。它嗷地叫了一声，向后退，而后胯上又挨了狠狠一棍。它摇摆了一下身子，栽倒了。他们立刻围上去，一个绳套套住了它的脖子，勒紧了，把它拖拽到一棵树下，吊了起来。求生的本能和兽性在这只驯良的狗身上勃发了！它侧头一口咬住了绳子，用锐利的牙齿将绳子咬断，从半空掉在雪地上。

他们又朝它围上去。它像一头真正的豹子一般跃起，扑向离它最近的一个人，它扑倒了他，朝他的脖子咬下去。他用手一挡，它咬住了他的手。一声惨叫，它觉得自己从那只手上咬下了什么。它口中含着咬下的东西，龇着白森森的利牙，呜呜低吠，竖起了脖颈上的长毛，伺机再扑。

他们惧怕了，退缩了。

两根手指从它嘴里吐在雪地上。

它突破包围，向救火现场奔去。

在那里，它在纷乱的救火人群中第一个发现的是它的主人。他扛着一箱手榴弹从火海中冲出来，刚刚放在安全的地方，它立刻蹿过去咬住了他的裤角不肯松口。他低头看见是它，骂了一声："滚开！"用另一只脚将它踢得翻了个身。

"工程连，跟我来！赶快扛手榴弹箱！"他大喊着，又冲进了火海。

十几条人影跟随在他身后，也冲进了火海。

"黑豹"又发现了小瓦匠，蹿上去咬住了小瓦匠的裤角。

小瓦匠蹲下身，拍着它的头说："'黑豹'，你到这里来干什么？你帮不了一点忙，去吧，去吧，回连队去吧！"

它迷惑地松了一下口，小瓦匠挣脱裤角，也冲进火海去了。

"工程连的，组成人墙！"

火海中，它辨听出了主人的大喊声。

一道人墙隔立在火海之中。他们手挽着手，靠得那样紧密！火舌舔着他们的后背。更多的人在他们的掩护下去搬扛手榴弹箱。"黑豹"也想冲进火海去，但大火的烈焰令它害怕。它在大火外围来来回回地奔跑着，奔跑之中俯下头啃了几口雪。它突然又朝驼峰山上的哨位奔去……

刘迈克怀孕的妻子在家中期待着他。她安静地坐在炕上，一针接一针给未出世的孩子缝做小衣服。

孩子不会见不着父亲了！这将在北大荒出生的小生命！他在她腹中轻轻地动弹呢！她为孩子而庆幸。也为自己感到了幸福。她那颗将要做母亲的心，此刻踏实极了。她内心充满了对生活的信赖和深情，也充满了感激。

听到狗叫声和狗爪子的扒门声，她愣了一下，放下手中的小衣服，下地开了门。门刚打开一条缝，"黑豹"就挤了进来，口中叼着一只棉手套。

"'黑豹'？……"她从它口中取下手套，立刻认出，是裴晓芸的。在全连的女知青中，她和裴晓芸最要好。她是连队后勤班班长，裴晓芸曾是后勤班的唯一一个知识青年。缺少友谊的上海姑娘，把她当姐姐一样看待。

裴晓芸上岗之前，还背着枪来到她家里，笑盈盈地问她："秀梅姐，你看我像一个哨兵吗？"

这只手套破了个洞，是她当时给补好的。

"黑豹"围着她转，咬住她的衣服，将她向外面拽扯。

一种不祥的预感立刻遍布她的全身。

她慌忙地穿上大衣，扎上围巾，跟着"黑豹"走出家门。

她跑到马号，拉出一匹马，跨上马背，还没坐稳，就喝马朝驼峰山飞驰。

来到哨位上，她跳下马，见裴晓芸朝她伸着双手，似乎在迎接她。

她几步跨到裴晓芸身前，握住了她的双手，但立刻又缩回了自己的手。裴晓芸那只失去了手套的手，像岩石一般硬！

她呆住了。

"晓芸，晓芸，晓芸……"她喃喃着。

微笑依然呈现在裴晓芸脸上。

"裴晓芸！……"她失声大喊。

泪水顿时蒙住了她的两只眼睛！

她又向裴晓芸扑过去。

可是……女哨兵颓然地、僵直地朝后倒了下去，倒在铺雪的大地上，恋恋地瞪视着夜空。

"裴晓芸……"她扑在女友身上，泣不成声地呼唤着。

"黑豹"发出一声悲怆的哀吠……

七

黎明的曙色从驼峰山顶显现出来了。隔夜间，驼峰山耀眼的银铠甲不知被暴风雪卷到这世界的哪一个角落去了，裸露出灰色的岩质的嶙峋峰体。北面半山坡，暴风雪推到一起的积雪，顺坡呈现着波浪般的层次明显的叠状，像一位巨人缠在腰间的衣裾。"六号坐标"仍然竖立得那么笔直，这大地的立体指南，被无数次的暴风雪和暴风雨挥发尽了体内代表生命的水分，由一棵树成为一根枯杆。荒原上，鬼使神差地出现了一堆堆的雪堆，小则如坟，大则如丘。太阳也从驼峰山后面庄严而矜持地升起来了，在驼峰山巅滞停了片刻，仿佛有弹性似的，轻轻一跃，便悬在半空中了。于是灿烂的霞光普照大地，白雪闪耀着宝石一样的红色的柔和的光芒。

团部区域，一堆堆篝火已熄灭，但仍冒着袅袅的青烟。冬晨清新而充满冷意的空气中，飘漫着燃烧后产生的松脂的特殊气味。十几辆马车、挂斗车、拖拉机，随心所欲地停在各处。昨夜没有卸套的马，身上披着霜，像古战场上的银甲马，舔着雪，或者猪一样地拱食着雪下的枯草。

在一片平坦的雪地上，苫布蒙盖着从火中抢搬出来的物资。桶、扁担、锹、镐，分类整齐地堆放着。

知识青年们，此刻都聚集在干部股、组织股、财物股……有纪律地办理返城手续。只有会议室空无一人，门敞开着，对流风横穿室内，将烟灰、烟头、烟盒、报纸刮落满地。小公务员在独自打扫着。他在履行自己最后的职务，他办理完了返城手续。

礼堂里，舞台上，并放着两张桌子，一摞摞的档案，将要在这里改变它们过去十年中的人格化的价值。今后它们记载些什么，那要由知识青年返城后的命运所决定了。

军务股长，郑重地坐在一张桌子后面。知识青年们在此办理最后一道返城手续——领取各自的档案。他要在他们的密封的档案袋上和准迁卡上盖章，这是他最后一次为他们履行职务。他见人到的不少了，站起来，大声说："现在，我开始办公。首先，你们必须按照我的要求，分成两排。"说罢，他从侧梯上走下来，走到他们之中，指点着他们说："你，站到左边。你，站到右边。你，左边。你，左边。你……也左边去。你，右边。左边，左边，右边……"

他们很快被他分成两排。一排人多，一排人少。

他环视着两排人，说："左排优先办理。"他把"优先"两字说得很重。说罢，一转身大步朝台上走去。

"你这是什么意思？有没有个先来后到了？我早就在这里等候你办公了！"右排中，有谁嚷叫起来。

"对！说清楚！"

"别以为公章在你手里握着，就可以独断专行！"

……

右排的人附和着，抗议着，甚至威胁着。

军务股长在舞台侧梯上站住了，缓缓地转过身，目光盯向右排，用冷峻的语气说："你们睁大眼睛，看看左排的每一个人，然后再互相看看你们自己！"

右排的人，将狐疑的愤愤不平的目光投向左排——他们的脸，一个个都是黑的，肮脏的。还有带着伤痕的。他们的裤筒，鞋上，挂着水湿后冻结的冰。他们的衣服上，这里那里尽是烧破的洞……他们的样子都是那么狼狈不堪。

右排的人，一个个显得比左排的人更加狼狈起来。他们互相一看就明白，他们昨夜没有救火。

这是一种对比明显的排列组合。弟兄、姐妹、好朋友、同班同排同连队的，彼此有着各种关系的知识青年，被这种排列组合分隔开了。右排的人不得站到左排去。左排的人绝不会愿意站到右排去。他们只能面对面地望着。

在这种默默的持续的对望中，股长站在台上又大声说："我要求你们保持肃静。如果有谁大叫大嚷，我提议你们，就将他轰出去！"

他在办公位置坐下了，拿起一张卡，一字一字地念道："一连……李庆丰……"

右排的人，谁都无法经受等待的寂寞和左排的注视，他们先后退出了礼堂。退出时每个人都低垂着头，脸上不无惭愧。

左排的人，他们保持着一种持久的，近似庄严的肃静。连咳嗽声，都是控制着的。没人交谈。熟悉的也罢，陌生的也罢。他们用目光彼此表达着淡微的敬意和……庆幸。此时此刻，他们昨夜自发的救火行动，受到这种特殊形式的重视，他们怎能不感到莫大的欣慰？一有人走入礼堂，他们便纷纷将目光投射到那个人身上。如果他或她身上，和他们有相似之处，他们便点头致意，打手势叫他或她排到队列中来。如果他或她的脸不是黑的，衣服是完好无损的，他们的目光，便是他或她怯于正视，难以承受的。那种目光是极其复杂的，内含着质询、谴责、惋叹，甚至包容着同情。

他或她如果不是反应迟滞的，就会意识到什么，愧然退出。

站在队列中的小瓦匠，瞧着那些领到准迁卡和档案的人欢天喜地的样子，心中产生了一种淡淡的忧郁和不满。他认为他们不应是这种样子离开。应是怎样呢？……他自己也不知道。

他觉得需要和别人交谈一下，随便交谈些什么，心情才会轻松点。于是他问身旁的一个小伙子："你是哪个连的？"

"三连的。"对方好像也和他有同样需要。

"你们连……也都走光了？"

对方肯定地点点头："文书、会计、卫生员、小学教员……三十二名知识青年，一锅端。"

"哪年来的？"

"我？六八年。六月十八日，正是'六·一八'指示那一天到的北大荒。我们问带队的，毛主席对兵团的指示才传达下来，你们怎么会提前一个多月在对我们宣传动员时，就打出了兵团的旗号呢？带队的回答："宣传是为了目的嘛"！他居然不怕落个编造主席指示的罪名！"

"那你是第一批到北大荒的了？"

"当然！我们那一批是北大荒的知青元老！我们都是自愿报名的。我报名后一直瞒着父母，到临走的前一天才告诉他们。母亲哭闹得天昏地暗，可我还是走了……我是独生子。后来想返城也回不去了。你呢？哪一年？"

"七一年。"

"'一片红'那一年？"

"是的，当时我母亲正瘫痪在床上，街道上山下乡动员组的人有天敲锣打鼓将光荣花送到我们家。我和弟弟说："我们没报名呀！"他们说："没报名也批准了！"……"

"'一片红'，'一片红'，从城市走得干净，也从北大荒走得干净……四十多万啊！不知道留下来的会有多少？"

"想不到，我们会是这么离开的。别的都不讲，就拿我们团来说，全团百分之九十的农机具手都是知识青年，都走了，怕是今年开春连小麦大豆都播种不下去……仔细想想也真有点觉得对不起北大荒！"

"是啊，政委还说要给我们开欢送会呢，我看还是不要开的好。"

小瓦匠忽然看见弟弟走进了礼堂。弟弟身穿一件军大衣。军大衣过肥过长，弟弟穿着太不合适。脸，弟弟的脸——是清洁的。为什么是清洁的？！为什么不是肮脏的？！

他自己，他们所有这些脸上肮脏的人的目光，都投射到弟弟身上。

小瓦匠心中替弟弟难受极了！他将身子转过去了。可是弟弟已经发现了他。弟弟不理会投射到身上的那些目光。弟弟向他走过来，走到他身边站住，轻轻叫了声："哥……"

大家默默地注视着他们兄弟二人。

小瓦匠猛地转过身，吼道："别叫我哥！"

弟弟吃惊地不解地瞪着他。

"你！……你不是我的弟弟！你给我滚出去！"

"我……"

"我揍你！"小瓦匠猛地抓住了穿在弟弟身上的军大衣的领口。刚才和他交谈的那个小伙子，用胳膊架住了他挥起的拳头。他使劲一推，弟弟跌倒在地上。

那小伙子上前扶起了弟弟，看了当哥哥的一眼，对弟弟说："现在办理手续的，都是昨天夜里救过火的。你……过会儿再来吧。"

弟弟的眼睛呆望着哥哥，一只手，一颗一颗地解开了军大衣的衣扣。肥大的军大衣，从弟弟瘦而窄的肩头落到地上。弟弟完全变成了另一副样子，棉袄面和棉花差不多烧光了，穿在身上的不过是破棉袄里子。裤子，膝盖以上烧得和棉袄一样，一条包皮电线穿着裤里，勉强将棉裤子吊挂在皮带上……

小瓦匠怔住了。

所有的人都怔住了。

弟弟那双瞪着哥哥的眼睛，渐渐充满了委屈的泪水。

军务股长不知何时停止办公，从台上走下来，走到了弟弟身边。他捡起军大衣，拍去灰土，轻轻披在弟弟肩上，说："这是马团长的大衣吧？"

弟弟点了一下头，嘟哝："他命令我穿的。"

"快穿好，别冻着。"军务股长的手搭在弟弟肩上，目光却责备地看着当哥哥的。

小瓦匠走到弟弟跟前，像给小孩子穿衣服一样，将军大衣穿好在弟弟身上，替弟弟扣上了纽扣。

"跟我来。我现在就给你办理手续。"股长拉住弟弟的一只手，和弟弟一块走上了舞台……

党委办公室里，政委孙国泰背对着曹铁强和郑亚茹，用极低极沉重的语调说："你们可以走了……"

隔夜之间，他苍老了那么多！两眼网满了血丝，脸上的每一条皱纹都加深了。

悲痛像一双无形的大手，挤压着他那颗在战争年代，在艰苦的农垦创业时期锻炼得非常刚强的退伍老战士的心。

有不少人为开发和建设北大荒献出了生命。这些人的名字，有的他还铭记着，有的他已经忘却了。将身躯埋葬在北大荒土地上的知识青年，也绝不止两个。但昨夜两个知识青年的死，在他心灵中造成的却是一种混合着负罪感的悲痛。

他们死了。一个上海姑娘和一个哈尔滨市的小伙子。一个三十一岁。一个二十六岁。一个，还没有结婚，没有来得及成为妻子，甚至也许——还没有来得及爱过。他这样猜想。另一个，撇下了年轻的妻子，和妻子腹中还没有出世的儿子，也许是女儿。一个，刚被连队团支部讨论通过为共青团员不久。但不知为什么，团里还没有正式批准下来。这些共青团团委的干部们！在他们看来，批准一个共青团员，似乎比批准一位中央委员还要严格！而另一个，迫切要求加入党组织而生前并没有成为一名中国共产党党员，却仅仅是由于他自己随口说出的一句话。"对于像刘迈克这样的知识青年的入党问题，审查要严，考验要久。"一句话使工程连党支部三次呈送到团里的发展党员的报告，都被团组织股长久地压了下来……对于当年的团警卫排长，他的成见是那么深！在今天以前是那么难于改变……

对于他们的死，谁来承担责任呢？是暴风雪，还是昨夜的混乱？是团长马崇汉，还是他们的连长和指导员？或者是……他自己。作为政委，他觉得自己有推卸不掉的责任。责任……即使每一个活着的人都愿意承担什么责任，甚至处罚，他们……也还是丧失了生命。

一个死得……悲惨。一个死得……庄严。一个死得……英烈。一个死得……神圣。一个的死，换得了可见的代价。一个的死，升华了兵团战士的称号……

曹铁强和郑亚茹一齐走进党委办公室，便一言未发。刘迈克和裴晓芸的死，使他的心由于悲痛而麻木了。是郑亚茹回答了政委提出的一切问题。政委问一句，她回答一句。

郑亚茹见政委不再问什么，缓慢地站起身，朝外面走。她走到门口，站住了，忽然扑在门框上，哇的一声大哭起来。

老政委走到她身边，低声说："坚强些。"

郑亚茹突然扑到曹铁强跟前，双膝跪地，痛哭着说："我有罪啊！会议的内容是我泄露的，混乱是我造成的！刘迈克的死，是我造成的！裴晓芸的死，也是我造成的！我……我没有指定人换她的岗……我……"

她突然跳起来，疯了一般冲出党委办公室。

曹铁强一下子伏在桌上，额头抵着桌面，双拳不停地狠狠地擂着桌子。许久，一声呻吟才伴随着他的哭声爆发出来。

"我……我为什么不早一天明明确确地告诉她……我……是爱她的……"

这句话像是从他破裂了的心灵迸发出来的，带着心灵伤口的血。

老政委这才真正理解，知识青年连长的悲痛，远比自己预想的要巨大得多！

可是，他却找不出一句话来安慰这年轻人。

让这年轻人痛痛快快地大哭一场吧！

他走出了党委办公室，站立在门外。泪水这时才从他眼中淌出来，溢满了脸上深深的皱纹。见两名团委的干部远远朝他走来，他掏出手绢擦了擦眼睛。

"政委，你派人找过我们？"他们走到他跟前，低声问，表示出他们以往对他的尊敬并未丧失的样子。

他问："你们的返城手续办理完了？"

"办完了。"他们仍然低声回答，就像他所问的是某件工作。

他眯起眼睛，注视了他们一会儿，极平静地说："既然你们的返城手续办完了，那么我现在就有理由宣布，解除你们共青团组织者的一切职务。"

他们互相看了一眼，以为政委派人把他们找来，就是为了当面向他们宣布这一点。他们缓缓转过身，各自怀着复杂的心情要离去。

"等一下。"政委叫住他们。

老政委又说："我以团党委的名义命令你们，在正式移交共青团组织工作之前，批准工程连上海知识青年裴晓芸为中国共产主义青年团团员。"

两位共青团的干部又互相看了一眼，同时点点头。

"我的话还没完。"当他们第二次要离去时，老政委又把他们叫住了，接着说，"所有本连队团支部已经通过的知识青年的入团志愿书，我都要求你们在移交工作之前，全部批准，并代他们办理好组织关系，交给他们本人，不许有任何差错！"

……

办理完了最后一道返城手续的知识青年们，有些一拿到档案和准迁卡，就迫不及待地赶回连队去了。他们需要筹划种种返城的准备。更多的人没有回到连队去，仍留在团部。他们要等待开欢送会。因为这是老政委说过的。他们并不希望为他们召开多么隆重多么有场面的欢送会，他们只是希望在离开北大荒之前，有人能够代表北大荒对他们说些什么。他们每个人都很想通过一种仪式，哪怕是最简单的仪式，集体向北大荒告别。有没有这样的仪式，对他们来说，并不是无所谓的。

此时此刻，他们对北大荒是怀着一种由衷的留恋之情的。或者换一种说法，他们是对他们的青春，对他们当年的热情，对他们付出的汗水和劳动，对他们已经永远逝去的一段最可宝贵的生命，怀着由衷的留恋之情。

留恋，但却要离开。

多么矛盾啊！

但这是时代的矛盾在一代人身上、思想上和心理上的折射。

谁不能客观分析我们过去了的那个时代的矛盾，不能得出正确的结论，便无法理解他们将要离开北大荒时的复杂心情,无法理解他们对北大荒那种眷眷的留恋。

除了工程连的少数儿个人之外,他们都还不知道,就在昨天夜里,有两个知识青年长眠了……

九点整,团部的广播喇叭传出了集合号声。各个连队,在礼堂外的广场上排好了队列。

礼堂的门,从里面缓缓打开了。

他们一进入礼堂,都惊诧得呆住了。首先映入他们眼中的,是一条横幅挽幛——

　　知识青年刘迈克、裴晓芸千古

老政委臂戴黑纱,肃穆地站立在舞台上。他望着大家,用流溢着感情的目光望着大家,许久才开口说道:"兵团战士们,这是我最后一次这样称呼你们了!我相信,今后,在许多年内,在许多场合,这个称呼,将被你们自己,也被别人,多次提到。这是值得你们感到自豪的称呼,也是值得和你们没有共同经历的同代人、下几代人充满敬意的称呼。虽然,你们就要离开北大荒了,生产建设兵团的历史,结束了,但开发和建设边疆的业绩并没有结束,也是不会结束的!我代表北大荒,要大声对你们说,感谢你们——兵团战士们!因为你们,在北大荒的土地上,留下了垦荒者的足迹!因为你们,十年内打下过何止千百万吨的粮食!因为你们,今天是要回到城市去,而不是,要跑到黑龙江的那一边去!我相信,今后在全国各个大城市,当社会评论到你们这一代人中最优秀的青年时,会说到这样一句话:'他们曾在北大荒生活过!'……"

无数双眼睛,一眨不眨地注视着老政委。

老政委那般激动!

他接着说:"我昨天答应你们,要为你们开欢送会。我真心实意地想到,要像你们当年被欢迎来北大荒一样,敲锣打鼓地欢送你们离开北大荒。你们是有功绩的,虽然,这功绩不见得会被书写在历史上,但它是会被历史所公正地承认的!十年中,有不少知识青年,为北大荒献出了生命。就在昨天夜里,你们之中的两位知识青年,你们的两位兵团战友……你们要永远铭记他们的名字!他们叫……刘迈克……裴晓芸……北大荒将永远怀念他们……"

老政委垂下了白发苍苍的头。

所有的人，都垂下了头。

广播喇叭传出了哀乐声。

曹铁强、小瓦匠和工程连的两名战士，抬着用白布罩起的自己兵团战友的遗体，从外面缓缓地走入礼堂，走上舞台，将战友的遗体，轻轻地平放在桌子上。放得那么轻，像怕惊醒了他们的睡眠。

"大家，向烈士告别吧！"

老政委的话音刚落，立刻有人失声哭了起来。哭声响成一片！

这些知识青年们，在近几年中，为领袖，为敬爱的周总理，为朱委员长，为许许多多老一辈革命家的逝世，如此痛哭过。今天，为两个知识青年，为两位兵团战友，他们又一次痛哭了……

数百人组成的送葬队伍，没有戴黑纱，没有戴白花，连一只花圈也没有抬着，从礼堂出发，沿着团部大道，缓慢地走向驼峰山。

镐头刨开了冰冻得铁一般硬的土层，一把铁锹，在数百人手中传递着。北大荒的土，掩埋了两个知识青年。北大荒的土地上，又堆起了，也遗留下了，两个知识青年的新坟。

排枪响了三次。

这是工程连的战士们，遵照连长曹铁强的话做的安葬仪式。裴晓芸这个刚刚被批准为战备分队战士的上海姑娘，生前还没有机会放过一枪。排枪声震动了穹空，三次回音在驼峰山谷之间回鸣，绕着山峰，长久不断地延续。

一支黑色的箭从半山腰的哨位上朝这里射来——是"黑豹"……

郑亚茹没参加安葬。她没有勇气。她独自一人来到石锦河边，坐在一棵树干曲扭的大柳树下。她的头脑很乱。准迁卡和档案袋放在书包里，书包背在身上。但回到城市去，还是留在北大荒，她内心充满了矛盾，犹豫不决。而容许她进行选择的时间，竟是那么短，那么紧迫。

这里静悄悄。每次到团里来开会或参加干部集训学习班，她一有空就喜欢独自到这里来，消磨一点余暇。无论冬夏春秋。老柳树昨夜之前缀满树挂，像一株巨大的银珊瑚。冰冻的河面在暴风雪前如镜子一般光洁。这里曾令人勾留忘返。然而暴风雪一夜间将这里的美好彻底破坏了。老柳树的枝条光秃得像丑怪的豪猪，河面被苍凉的厚雪所覆盖。望着驼峰山蜕了一层皮似的山峰，她对自己今后要走的人生道路那么茫然。

她明白，自己站在一个十字路口。

在昨夜之前，她对自己的生活之途充满信心。她是全团仅有的三个女知识

新中国70年优秀文学作品文库

中篇小说卷

青年提拔起来的正连职干部中的一个，是唯一的一个知识青年团党委委员。在全团培养团一级青年干部的名单中，她是名列第一的。虽然，她也同许多知识青年一样，对城市，对城市生活，时时产生情不自禁的眷恋。但更多的时候，她是压制着这种眷恋，不像别人那样随时随地流露出来。她不。她从没如此过。她不允许自己那样。在对种种离开兵团的途径和去向都思考过，对比过，暗中尝试过之后，她曾放弃了返城的念头。只要默默耕种，总会有收获。她相信这一点。谁知再过十年之后，她不会成为生产建设兵团的女团政委甚至师政委呢？那时，她也不过才人到中年。那么再过十年呢？她五十岁的时候呢？生产建设兵团总部的领导们，是部长级，是大军区级。一切都非梦想。一切都不是不可能。一切都只有留在兵团，留在北大荒才会实现。在任何一座城市里，都不会为一个二十九岁的女青年创造这样的条件，提供这样的机遇。可是突然她和所有知识青年一样，被推到了走与留的十字路口。她根本没有来得及思考，就作了后一种选择。甚至可以说，不能算是一种选择。而只是一种身不由己的盲目的附随。后悔了么？也许是的，的确是的。返回城市之后，她和全团八百余名知识青年，和几千几万几十万几百万全国几千万知识青年的命运，还会有什么不同？城市会像久别的情人一样张开双臂拥抱她么？待业、临时工……她能够心平气和地忍受这些吗？不错，父母会尽快为她安排一个较理想的职业，在这一点上，她可能会比别的知识青年幸运些。以后呢？结婚、生孩子、贤妻良母加先进生产者。在北大荒的种种荣誉和资本，都将是过了时的纪录。一切都得从新的起跑线上再次开始。对于这种人生途程上的竞赛，她已经感到疲倦了。她已经竞赛了整整十年啊！……何况，她已经二十九岁了。一个老姑娘。城市对于一个二十九岁的返城的姑娘，绝不会是含情脉脉的。她不由得想到了曹铁强，想到了十年来她和他之间的关系。她是爱他的，现在仍爱，可以对天盟誓！可是他究竟为什么不爱她呢？她至今不明白。他一度曾想把爱情双手奉献给她，在这一点上他并没有欺骗她。她自己也不是一个容易感情迷乱，容易被装虚作假的人所欺骗的姑娘。不，不，他不是一个玩弄姑娘感情的人！尽管她已永远不可能获得他的爱情了，她却不能够允许自己诋毁他，不能够允许自己诽谤她和他之间过去的，那种似爱情然而又被什么东西与爱情所分割的关系。

爱情曾经环绕在她身边，她却没有捕捉住。她那么希望和企图获得，但终于还是失去了。

他把爱情给予了别人。给予了一个在自己看来完全没有可能得到的姑娘！却真实地甚至可以说慷慨地给予了！

是生活本身犯了错误？是他错了？还是她自己错了呢？错在哪里呢？

大前年探家的时候，她就开始意识到，她和他的关系中出现了最严重的一次"危机"。可是他们并没有发生争吵啊！应该说，那一次探家还是很有收获的。她温柔地哄劝他，恳求他，甚至耍了一些小小的计谋，编造了种种借口，领着他一家又一家地登门拜访自己父亲的老战友，老领导，老下级，从省军区司令员到某某副市长，从某某局长到某某区长。不错，都是纯礼节性的拜访。但这种纯礼节性的拜访，难道不是可以积累成亲近的感情吗？难道与这些人物之间缔结下的感情韧带，可以被愚蠢地认为是没有必要，没有意义，没有价值的么？白痴才会那么认为！不论任何一个人，要生活得比别人更充满自信，要实现比别人更大的作为，要在同代人中出类拔萃，都必须在生活中借助别人的力量。谁的生活能摆脱得了在社会上的傍依性？谁？即便非凡的人物！何况，她仅仅只是为了她自己么？难道不也是为了他么？不是为了她和他共同的将来么？

如果是在这一点上他不理解她、轻蔑她、鄙视她，他是公正的么？将来总有一天她要寻找机会质问他的！她要和他辩论明白的！他可以不爱她，但她有权要求回答。她不能既失去了，又糊涂着啊！

她又想到了团部卫生院的主治医生匡富春，收到他从哈尔滨医科大学寄给她的第一封回信，她当时多么惶然！从那封信的字里行间，她看得出来，他被她深深地感动了，他对她充满由衷的感激之情。感激一个不相识的姑娘对他的经济资助和真诚勉励。而她给他写信，寄给他拾元钱，不过是出于和曹铁强赌气！而且过后她就把这件事忘了。既然收到了回信，就不能不认真对待了。那太卑劣了！几经犹豫和思考，下个月她又给他寄出了一封信和拾元钱。当然，她又收到了回信。复信，寄钱，复信，寄钱……感激之词和"希望你刻苦学习"一类在来往书信中渐渐被剔除了。她觉得寻找到了一个可以向对方倾吐自己内心许多忧烦苦闷的人。她也体验到了被别人信任，由信任而得到一种友情，同时给予别人信任，给予别人友情是生活中一件多么美好的事！他在信中表示，盼望和她早日相见一面了。

在又一次探家期间，他们相见了。

假期结束，他送她上火车时，郑重地交给她一封信，他向她求爱了。

那正是她和曹铁强之间的关系令她最苦恼最绝望的一段时期。

她站在列车两节车厢的过道，背着陌生的人们哭了一场。

一返回连队，她就给匡富春写信。在信中告诉他，他上医科大学的机会，

新中国70年优秀文学作品文库

中篇小说卷

当初差点是被她所断送。告诉他，她曾热烈地爱过另一个小伙子……

她是怎样地盼望着他的回信呵！不久便收到了回信。信纸上只写了一行字：因为你是一个如此坦率的姑娘，所以你更值得我爱。

……

今天，她不禁向自己发问：我爱他么？究竟爱他到什么程度呢？他是卫生院受人普遍尊敬的医生，长得也不错。和曹铁强比较，一个英俊，一个文秀。他爱自己的职业不亚于爱她。他比曹铁强能够理解她，虽然不见得事事赞同她。

只有他，才能医治曹铁强在她心灵上造成的爱情伤痕。只有他，才能在她心目中和曹铁强并列。也只有能够和曹铁强并列的人，才能在她心目中取代曹铁强！才能最后占据她的整个心！她心目中是有一种被别人整个占据的愿望的啊！……

我为什么要想到爱情？在这里，在这个时候？

她又抬起头向驼峰山看去。那里，在进行安葬，而我坐在这里……多么可鄙啊！

"留下，还是离开？我必须在半个小时内做出最后的决定。"

她看了一眼手表，从雪地上抓起一把雪。雪的冰冷的刺激，使她打了个寒战，也使她的心绪稳定了些。

"在半小时内，如果我手中的雪还没有融化，我将离开……如果融化了，我将留下……"

一滴雪水顺着她的指缝慢慢淌着，终于滴落在雪地上，在雪壳表面冻结成一颗小珍珠。

不到十分钟，她手中的雪便融化尽了。

手，太热了。

留下？……八百余名都走了，四十余万都走了，自己留下来？选择和大多数人相逆的生活之路，别人的经验告诉她，那是太冒险了！一个孤独的女知识青年，难道还要在北大荒经历无数次像昨夜那么猛烈的暴风雪？！不，不，不！那太可怕了！何况，此后她的双脚踏在这块土地上，心灵会感到时时不安宁的。因为这里埋下了刘迈克和裴晓芸，在今天。

一想到这一点，她的心像是被放在炭火上烧烤着。

她同时想到了不久前的一件事：

连里有天突然收到了兵团总部的公函，上面用打字机打着十几行字——所谓裴晓芸的母亲是外国特务的疑案，纯属"四人帮"对爱国华侨的政治迫害。

她父亲的政治问题，也获得彻底的平反昭雪。她在国外的姨父母，要求批准她到国外去继承遗产。如本人同意出国，连队要举行欢送会。欢送会作为一项政治任务，必须举行……

当把公函给裴晓芸看时，裴晓芸哭了。

"我在国内一个亲近的人都没有了，我需要亲人！……"

凭裴晓芸的这句话，郑亚茹主持召开了欢送会。

她是这样说开场白的："今天，我们为裴晓芸女士，召开出国欢送会。我们希望，裴晓芸女士到了国外，能够做一个红色资本家。这就算我代表全连对裴女士的临别赠言……"

这开场白是用笔起过草，背过的。为什么要用"女士"这样的称呼？话中有没有讥刺和嘲讽？她无法否认这一点。

她讲完话之后，裴晓芸站起来说："我需要亲人，需要关心我爱我的人，但我不愿离开祖国，不愿离开北大荒！我相信在北大荒我会寻找到关心我爱我的人……"说完，便离开了会场。

欢送会没开成。人们纷纷散去，最后只剩下了她和曹铁强。曹铁强瞧着她，想说什么，却什么话都没说，只是摇了摇头，也撇下她走了。就是从那一天，她意识到，不但失去了爱情，同时也失去了友情。他对她责备的话都不愿说了。

想到这件事，郑亚茹站了起来，匆匆朝团部走去。她要去找匡富春。

她下了走的决心。

"没有十字路口，"她在心里对自己说，"对于我，只剩一种选择，离开北大荒。"她明白，曹铁强是不会离开北大荒的了。在昨夜以前，她和他既是领导着一个连队的两个合作者，又是生活道路上的两个竞争者。就像运动场上的两个竞走运动员，比的是在北大荒坚持下去的耐力和毅力。只有爱情才能改变他们之间这种关系，而爱情早已在他们之间死亡了。剩下的，只是怨恨，也许更甚，是仇恨。难道有谁可以原谅导致他所爱的姑娘死亡的人吗？即使他亲口对她说出原谅的话，她也不能相信。即使她相信了他，她也不能饶恕自己。

离开，离开……绝不留下……要和匡富春一同离开。和匡富春一同。

走在半路，她忽然放慢了脚步。她终于……站住了。她终于……转变了方向。她朝驼峰山走去。

她来到了埋葬刘迈克和裴晓芸的地方。她久久地站立在两堆新坟前。她在雪地上跪了下去。她用双手扒开积雪的硬壳，扒得露出了地面，十指在地面上使劲抠着。扒开的雪接受到阳光，化了。坚硬的地面潮湿了一点儿。她终于抠起了极小的一捧土。指甲劈裂了，十指鲜血淋淋，她却并不觉得疼。她双手捧起这一小捧土，缓缓地站了起来，虔诚地将土分撒在两座坟头上。

她在心中乞求："刘迈克，裴晓芸，你们饶恕我……"

团部紧急会议的内容，是她透露的。会前，马团长找她单独谈了一次话，指示她开会时要首先发言，表明态度。并答应她，她如果想离开北大荒，全部手续包在他身上。趁团长出去了一会儿，她急忙抓起电话，将关系到知青命运的这一重要情况告诉了在水利连当文书的自己的表姐，敦促对方赶紧采取对策……

当她转过身准备离开时，发现曹铁强站在几步远处，正望着她。

两人默默地对峙了片刻，她迎视着他的目光，向他一步步走去，走到他面前，说："你惩罚我吧，我请求你……"

他摇摇头："不，我的拳头从来也没有落在悔过的人身上……"

"打我吧，打吧，打呀，我求你……"泪水从她眼中流了出来。

"不，我不能够……我知道，你是要离开的了。希望你，今后在回想起，在同任何人谈起我们兵团战士在北大荒的十年历史时，不要抱怨，不要诅咒，不要自嘲和嘲笑，更不要……诋毁……我们付出和丧失了许多许多，可我们得到的，还是要比失去的多，比失去的有分量。这也是我对你的……请求……"他说完这番话，注视了她良久，一转身大步走了。

她望着他的背影，又回头望着两堆新坟，双手缓慢地抬起来，捂住了脸……

老北大荒人的女儿躺在团部卫生院的病床上，面如白纸。昨夜，她骑马驮着裴晓芸狂奔到团部，半途便在鞍上流产了。马到卫生院门前，她便昏了过去，滚落地上……

她在流泪。为失去了没出生的孩子和女友而流泪。在情感和心理方面，她都已具有了细微悱恻的母性的特征。而此种从未承受过的悲痛，像轰击宇宙的大雷电，猛烈地横扫着她的内心世界。

工程连的知识青年们来到了卫生院里。他们在走廊里被医生匡富春拦住，不许他们都进入病房。

"我只能允许两个人进入病房。"他双手插在白大褂的衣兜里，用没有商量余地的口吻说，"其他的人，请都自觉到外面去。"仿佛他是一位国王，而这里是他的宫殿。

"连站在病房门外看看也不行吗？"有谁嘟哝了一句。

他没有回答，朝贴在墙上的"病房秩序"翘翘下巴。

小瓦匠大声说："这是什么时候，还来这一套？"

他看了小瓦匠一眼，回答："现在正是我值班的时候，我是医生，我有责任履行我的职权。"

大家都无可奈何地望着曹铁强。

曹铁强说："那么请允许我进入病房。"

匡富春上下打量着曹铁强认出了他。

小瓦匠赶紧从旁说："他是我们连长。"又对曹铁强说："连长，我和你一块儿进去吧！"

曹铁强点了一下头。

匡富春闪开了，对两人说："十分钟。我看着表。提醒你们，不要谈到那个对她很不幸的事件。"

"大家，就都……这么走了么！"当曹铁强和小瓦匠走入病房，走到秀梅的病床前，她这样问，含泪的两眼望着他们。

"不，不是都走了。我留下，我不走。"曹铁强说，"大家都要来看你，被医生拦住了。"

"连长，我谢谢你。迈克有个知识青年做伴了。"秀梅说。又问："他为什么不来看我？他在哪里？我多么需要他来看看我……"

曹铁强情不自禁地握住了她的一只手："他在做着很重要的事情……他要我对你说，别因此生他的气……"

秀梅微微地笑了一下，将脸转向小瓦匠，友好地说："小瓦匠，回到城市里，别忘了给我和事务长写信。要经常写信。不然他一定会对我骂你的。他对你像对亲弟弟一样……"

小瓦匠紧紧地咬住嘴唇，点了点头。

……

卫生院的值班室里，郑亚茹和匡富春之间，也在进行着一场谈话。

他问："你的返城手续全办好了？"

她点了一下头，反问："你呢？"

他摇摇头。

"为什么？为什么还不去办理？"

"我……当初的决定，在今天，也还是没有改变。"

"你？……别跟我开这样的玩笑，我怕，我怕从你口中听到这样的话！"她望着他的那双眼睛瞪大了，眸子里闪现出恐惧。

他摇着头："不，不是玩笑。"

"你……你怎么可以仍不改变你当初的决定？你不能这样！这太轻率了！你将后悔一辈子的！"她扑到他跟前，双手死死地揪住了他白大褂的衣襟。

他理智地分开她的手，退后一步，抚平白大褂，说："也许会的，但那肯定是将来的事。可现在我还没有后悔，所以我还不能动摇我的决定。是兵团送我上了医科大学，是兵团为我创造了从事医生这一职业的条件。毕业的时候，我本来有可能留在大学。只因为我想到了这一点，我才回到北大荒。回来之后，我多么希望在我所生活的北大荒的这一片土地上，会盖起一所很像样子的医院！现在，这样一所医院盖起来了，我对这里的条件感到满意。我时常因为意识到自己是这所医院里很重要的一名医生而感到自豪。更重要的是，我对这所医院里的一切都产生了感情……"

"不，不，我不听！我不听这些！……"她绝望地叫起来，双手捂上了耳朵。

看了她一眼，他接着说："你不要捂上耳朵，你应该听。否则，你无法理解我……昨天夜里到今天上午，我一直在值班。当我巡视病房的时候，我从病人们的眼中看出，他们都希望用那种默默的目光挽留住我。我被他们感动了。我忽然问自己，我究竟为什么要离开这里，离开我的病人们回到城市去？一个医生不是应该在最需要医生的地方起作用吗？难道北大荒不是全中国最需要医生的地方之一吗？在我向自己提出这样的问题之后，我决心永远留在北大荒了。你刚到北大荒的时候，难道没有听说过女人因为一般性难产，男人因为生阑尾炎就发生死亡的事吗？……我不能承认我的决定是轻率的……"

她慢慢地放下了捂住耳朵的双手。她怔怔地望着他，一动不动，完全呆住了，像雕塑一般。她的双眸顿时变得异常灰暗了。

"我知道，我这样决定，会令你非常难过的。我……很内疚，觉得对不起你。我希望，能够得到你的原谅……"她那副样子，使他心里很难受。他向她跨近一步，握住她的双手，直视着她的眼睛，低声但充满感情地说："原谅我吧！"

她忽然紧紧抱住了他，仰起脸，怀着最后一线希望哀求道："别让我伤心！别叫我绝望！我需要你和我一起离开北大荒！我不能失去你，我爱你！我不能什么都遗失在北大荒啊！我在北大荒付出了那么多，失去了那么多，我一定要带着什么离开这里！我要带着你！我要带着爱情回到城市！……"她的声音颤抖不已，她的话说得那么急切，她眼睛里那种哀求的目光令他不忍迎视。

但他还是轻轻推开了她，摇摇头，说："你们连队的人都在外面……"他忽然想起了什么，看了一眼手表，又说："你等我一会儿，我就回来。"说罢，便撇下她走了出去。

当他从秀梅的病房有礼貌地"请"走了曹铁强和小瓦匠，立即匆匆回到值班室。

她，却已经不在了。

他在门口呆立了一刻，慢慢地走到桌子前，慢慢地坐了下去，慢慢地用一只手撑住了额头……

他极轻微而又极痛苦地说出了两个字："亚茹！……"

中午，一辆小吉普车从团部开出，开向公路。车内坐的是团长马崇汉、他的爱人和两个女儿。车开到公路口，司机首先看见政委孙国泰站在公路边上，减慢了速度，扭回头问："团长，要跟政委告别一声吗？"

马团长像没有听见司机的话，阴郁的脸上毫无反应。

司机也不再说什么，加快车速，吉普车从政委身旁驰过。

马团长忽然在司机肩上拍了一下："停……"

吉普车偏向路边，停住了。马团长打开车门，跳下车，朝政委大步走去。

老政委刚刚送走一批团部直属连队的知识青年，他们是乘长途公共汽车走的。有的连铺盖和箱子都丢弃不要了。行程长达九个小时，当今夜的定更星出现之后，他们便会从此脱离了北大荒的土地。

他心中涌起了一种对他们无限依恋的眷情，和一种……失落感。

北大荒毕竟是多么需要他们呵！

马团长走到他身旁，叫了一声："老孙……"

他转过身，见是团长，有些意外。团长的那身崭新的草绿色军装上，也留下了昨夜救火时被烧的处处破绽。

马团长向他伸出了一只手："我也决定要走了。已经向师部发出了转业申请报告，要求回地方老家……今天先送家属走……"

老政委没有说什么，默默地握住了他的手。

马团长苦笑了一下，又说："我的错误，我不会推卸给别人的。我接受组织给我的任何处分……我的检查已经写好了，放在我的办公桌上……"

老政委还是没有说话。

"老孙，十年来，我们之间在工作上配合得很不好……反思许多往事，我很惭愧。我……有些事情，积十年的教训，往往还不能一下子使人认识到自己的错误，但一次严峻的事态发生之后，便会使人猛省。昨夜的混乱没有到不堪设想的地步，我……感谢你！……"他将政委的手使劲握了一下，放开后，转身就走。

老政委完全相信，对方的这番话，是由衷的，是诚恳的。可是他却不知道自己在此时此刻应该向对方说些什么。当团长走回到吉普车前，他才叫了一声："老马！……"大步赶过去。

"老马，我有句话对你说，并且希望你能够记住。"他走到团长身边，用深沉的目光注视着对方，"无论在总结经验方面还是在总结教训方面，我们都不能把个人的作用估计过重，结合时代的错误来认识我们个人的错误，这也许才更客观一些。"

马团长沉重地叹了口气。

老政委又说："知识青年的返城浪潮，绝不是我们个人的意愿所能遏止的。无论我们的意愿是良好的……还是……你，我，每一个兵团干部的最后义务和责任，不应该是想方设法阻拦知识青年返城，而应该是，认真总结各方面各种因素的经验和教训，把它记载到边疆的农垦发展史上。"他沉默了一会儿，似乎觉得还应该说几句道别的话，但又觉得最重要的话已经说了，道别的话在此刻反而会显得很不相宜，便缄口不语了。

马团长掏出烟盒，取出一支烟，递到老政委面前。

老政委本不想接，他口中仿佛刚嚼过苦艾，苦涩得很，但见对方脸上是一种"临别敬赠"的庄重表情，意识到了这支烟在此刻有非同寻常的价值，便接在手中。

马团长自己也叼上了一支，随后掏出打火机，首先给老政委燃着了烟。不知为什么，团长自己却不想吸了，取下叼在嘴上的烟，放进了烟盒。他那沉思着的缓慢的动作，使老政委觉得，似乎他这一次合上烟盒，有可能永远不再打开了。

口唇不但苦涩，而且干燥。老政委只吸了两口烟，便将烟掐灭了。

老政委替团长打开车门，马团长的目光在老政委脸上最后凝视了一秒钟，高大魁梧的身材很不灵便地钻进了小吉普车。

老政委发现，坐在车内的女人和两个女孩的脸上，流露着微微的不安。他对女人笑了笑，在小女孩的头上抚摸了一下，见小女孩没戴头巾，摘下自己的围脖，围在了小女孩颈上。

老政委轻轻地替这一家人关上了车门。他久久地站在公路边上，望着小吉普车疾驰而去，拐弯后消失在驼峰山脚下。

他转过身，面对团部的方向，从这里至通往团部区域的大道上，留下了混乱后的残迹：雪地上纷杂的脚印和交叉的各种车辙、道旁被砍倒并劈烂的杨树，显然是从车上被甩下或丢弃不要的知识青年们的种种用物……

他顿觉心中那么惆怅那么空荡！

老政委回到团部，刚走进办公室，军务股长也走了进来，双手捧着一摞档案袋。

军务股长说："政委，这是三十九份档案，他们从我手中领走，又交回到我手中……"见政委一时没有明白他的话，又说："三十九名知识青年表示要留在北大荒。"

老政委双手接过这三十九份档案袋，像双手接过一锭世界上最大的金块，觉得此刻无论有一杆什么样的秤，都无法称出这三十九份档案袋的宝贵的重量。

他，落泪了。

他说："不是三十九名，是四十一名，是四十一名知识青年，留在了北大荒的这一片土地上。我要重新盖起我们农场的场史馆，那两份知识青年的档案，要放在场史馆，和为了开发北大荒而献身的烈士们的遗物摆放在一起。"沉默了一刻，他继续说："我还要建议，为两名知识青年修建一座碑，碑上要饰有石雕的象征，交叉的麦穗和枪，托举着一台拖拉机。这是四十余万知识青年希望实现而始终没能实现的兵团战士服的帽徽设计，也是当初兵团曾向四十余万知识青年许下过的诺言。过去的十年中，曾有许多向知识青年们许下的诺言成为空话，我要为两名知识青年，实现其中的一个诺言。"

军务股长说："政委，我第一个赞同你的建议。"

"你，替我深深地感谢这三十九名知识青年。"

"他们，也要我转告你，他们感谢你。感谢你给予他们的评价……"

这时，电话铃响了。

"是我，我是政委孙国泰。我？……是，我服从组织决定……"老政委缓慢地放下电话听筒，转过身，注视着军务股长。

"哪儿打来的电话？"

"兵团总部。"

"什么事？"

"调我到三师去任师长职务，他们的师长……回部队了。"

"那……那么我们团……"

"现在不同平常，我任命你为代理团长兼政委。"

"我？……"

"现在不是推辞的时候。从今天起，你就接替我和马团长的工作吧！不久，兵团就要恢复到农场的体制了。你，大概和我一样，是要把骨头埋在北大荒的吧？"

股长默默地点了一下头。

两位北大荒的第一代创业者，彼此用目光说出了要向对方说的许多话……

工程连的"28"型拖拉机挂斗车，最后才离开团部。离开之前，他们将团部区域的混乱残迹清除得干干净净。

小瓦匠的弟弟找到了他，问他何时动身返城。

他回答："为什么要跟我一起走？你不能自己先走吗？你又不是三岁的小孩子，路上需要我照顾你！"

当弟弟的，无法理解哥哥为什么发火。

曹铁强将小瓦匠的弟弟拉到一旁，说："我请求你一件事，我的养父现在病情很严重，正住在市立一院，我妹妹看护着他老人家。他们虽然不是我的亲父亲亲妹妹，但他们非常爱我，我也非常爱他们。你一下火车，先不要回自己家，先要赶到医院去，告诉他老人家，就说我请求他老人家，千万要坚持住，几天内我就会回到他老人家身边。可是我现在不能离开连队，我是连长……"

"需要我告诉他们，你决定留在北大荒么？"

他摇了摇头："不，只有我自己告诉他们，他们才会理解。"

……

"28"型拖拉机挂斗车行驶在荒原上。像一艘驳船行驶在夜的海面上。

每一个人，都无语地沉思着。

不知是谁问了一句："咦，咱们指导员呢？"

没有人回答。

郑亚茹，这时坐在长途汽车上。她不要铺在连队大宿舍里的被褥和那只伴随她十年的木箱子了。

她临登上长途汽车，从北大荒的土地上装了一牙具缸雪。雪，已经化成了水。可她双手仍捧着牙具缸。

哦，北大荒的雪呀，这表现在北大荒版画上是那么美那么迷人的雪，但一离开北大荒的土地，竟是这么迅速地融化了！汽车里的温度不是和外面一样寒冷吗？她不明白，是她的手温将雪融化了。

难道我连一捧雪都带不走吗？既然带不走，就归还给北大荒的土地吧！让这雪水再冻结成冰，让这冰在春天再融化，渗进北大荒的土地吧！

她轻轻摇下一半车窗，将那半牙具缸雪水洒到了窗外，连同她落进雪水中的几滴泪水……

"驳船"仍在夜的荒原上行驶。北大荒的荒原啊，如果你也有思想，也有语言，你将对十年和两个不平静的夜晚，做怎样的评说呢？

荒原的夜"海"是那么沉寂！

坐在车上的小瓦匠，从兜里掏出什么，背着人悄悄撕碎了。

几片白色的纸片从他手中飘落在雪地上。

驼峰上，又传来一声怆凉的狗吠——那是"黑豹"的声音。

荒原是那么沉寂，那么沉寂，那么沉寂……

原载《青春》增刊 1983 年第 1 期

中国作家协会 1983—1984 年全国优秀中篇小说

美食家

陆文夫

一 吃喝小引

美食家这个名称很好听，读起来还真有点美味！如果用通俗的语言来加以解释的话，不妨了：一个十分好吃的人。

好吃还能成家！这是我万万没有想到的。想到的事情往往不来，没有想到的事情却常常就在身边；硬是有那么一个因好吃而成家的人，像怪影似的在我的身边晃荡了四十年。我藐视他，憎恨他，反对他，弄到后来我一无所长，他却因好吃成精而被封为美食家！

首先得声明，我决不一般地反对吃喝；如果我自幼便反对吃喝的话，那么，当我呱呱坠地之时，也就是一命呜呼之日了，反不得的。可是我们的民族传统是讲究勤劳朴实，生活节俭，好吃历来就遭到反对。母亲对孩子从小便进行"反好吃"的教育，虽然那教育总是以责骂的形式出现："好吃鬼，没有出息！"好吃成鬼，而且是没有出息的。孩子羞孩子的时候，总是用手指刮着自己的脸皮："不要脸，馋痨坯，馋痨坯，不要脸！"因此怕羞的姑娘从来不敢在马路上啃大饼油条；戏台上的小姐饮酒总是用水袖遮起来的。我从小便接受了此种"反好吃"的教育，因此对饕餮之徒总有点瞧不起。特别是碰上那个自幼好吃，如今成"家"的朱自冶以后，见到了好吃的人便像醋滴在鼻子里。

朱自冶是个资本家，地地道道的资本家，绝不是错划的。有人说资本家比地主强，他们有文化，懂技术，懂得经营管理。这话我也同意。可这朱自冶却是个例外，他是房屋资本家，我们这条巷子里的房屋差不多全是他的。他剥削别人没有任何技术，只消说三个字："收房钱！"甚至连这三个字也用不着说，因为那收房钱的事儿自有经纪人代理。房屋资本家大概总懂得营造术吧，这门技术对社会也是很有用的。朱自冶对此却是一窍不通，他连自家究竟有多少房屋，坐落在哪里，都是稀里糊涂的。他的父亲曾经是一个很精明的房地产商人，抗日战争之前在上海开房地产交易所，家住在上海，却在苏州买下了偌大的家私。抗日战争之初，一个炸弹落在他家的屋顶上，全家有一幸免，那就是朱自冶——到苏州的外舅家来吃喜酒的。朱自冶因好吃而幸存一命，所以不好吃便难以生存。

我认识朱自冶的时候，他已经快到三十岁。别以为好吃的人都是胖子，不对，朱自冶那时瘦得像根柳条枝儿似的。也许是他觉得自己太瘦，所以才时时刻刻感到没有吃够，真正胖得不能动弹的人，倒是不敢多吃的。好吃的人总是顾嘴不顾身，这话却有点道理。尽管朱自冶有足够的钱来顾嘴又顾身，可他对穿着一事毫无兴趣。整年穿着半新不旧的长袍大褂，都是从估衣店里买来的；买来以后便穿上身，脱下来的脏衣服却"忘记"在澡堂里。听说他也曾结过婚，但是他的身边没有孩子，也没有女人。只有一次，看见他和一个妖冶的女人合坐一辆三轮车在虎丘道上兜风，后来才知道，那女人是雇不到车，请求顺带的，朱自冶也毫不客气地叫那女人付掉一半车钱。

朱自冶在上海的家没有了，独自住在苏州的一座房子里。这房子是二十年代末期的建筑，西式的，有纱门、纱窗和地毯，还有全套的卫生设备。晒台上有两个大水箱，水是用电泵从井里抽上来的。这座两层楼的小洋房坐落在一个大天井的后面，前面是一排六间的平房，门堂、厨房、马达间、贮藏室以及佣人的住所都在这里。

因为我的姨妈和朱自冶的姑妈是表姐妹，所以在抗战后期，在我的父亲谢世之后，便搬进朱自冶的住宅，住在前面的平房里。不出房钱，尽两个义务：一是兼做朱自冶的守门人，二是要我的妈妈帮助朱自冶料理点家务。这两个义务都很轻松，朱自冶早出晚归，有家没务，从来也不要求我妈妈帮他干什么。倒是我的妈妈实在看不过去，要帮他拆洗被褥，扫扫灰尘，打开窗户。他不仅不欢迎，反而觉得不胜其烦，多此一举。因为家在他的概念中仅仅是一张床铺，当他上铺的时候已经酒足饭饱，靠上枕头便打呼噜。

朱自冶起得很早，睡懒觉倒是与他无缘，因为他的肠胃到时便会蠕动，准确得和闹钟差不多。眼睛一睁，他的头脑里便跳出一个念头："快到朱鸿兴去吃头汤面！"这句话需要作一点讲解，否则的话只有苏州人，或者是只有苏州的中老年人才懂，其余的人很难理解其中的诱惑力。

那时候，苏州有一家出名的面店叫作朱鸿兴，如今还开设在怡园的对面。至于朱鸿兴都有哪许多花式面点，如何美味等等我都不交代了，食谱里都有，算不了稀奇，只想把其中的吃法交代几笔。吃还有什么吃法吗？有的。同样的一碗面，各自都有不同的吃法，美食家对此是颇有研究的。比如说你向朱鸿兴的店堂里一坐："喂！（那时不叫同志）来一碗××面。"跑堂的稍许一顿，跟着便大声叫喊："来哉，××面一碗。"那跑堂的为什么要稍许一顿呢，他是在等待你吩咐做法的——硬面，烂面，宽汤，紧汤，拌面；重青（多放蒜叶），免青（不要放蒜叶），重油（多放点油），清淡点（少放油），重面轻浇（面多些，浇头少点），重浇轻面（浇头多，面少点），过桥——浇头不能盖在面碗上，要放在另外的一只盘子里，吃的时候用筷子搛过来，好像是通过一顶石拱桥才跑到你嘴里……如果是朱自冶向朱鸿兴的店堂里一坐，你就会听见那跑堂的喊出一大片："来哉，清炒虾仁一碗，要宽汤、重青，重浇要过桥，硬点！"

一碗面的吃法已经叫人眼花缭乱了，朱自冶却认为这些还不是主要的，最重要的是要吃"头汤面"。千碗面，一锅汤。如果下到一千碗的话，那面汤就糊了，下出来的面就不那么清爽、滑溜，而且有一股面汤气。朱自冶如果吃下一碗有面汤气的面，他会整天精神不振，总觉得有点什么事儿不如意。所以他不能像奥勃洛摩夫那样躺着不起来，必须擦黑起身，匆匆盥洗，赶上朱鸿兴的头汤面。吃的艺术和其他的艺术相同，必须牢牢地把握住时空关系。

朱自冶揉着眼睛出大门的时候，那个拉包月的阿二已经把黄包车拖到了门口。朱自冶大模大样地向车上一坐，头这么一歪，脚这么一踩，叮当一阵铃响，到朱鸿兴去吃头汤面。吃罢以后再坐上阿二的黄包车，到阊门石路去蹲茶楼。

苏州的茶馆到处有，那朱自冶为什么独独要到阊门石路去呢？有考究。那爿大茶楼上有几个和一般茶客隔开的房间，摆着红木桌、大藤椅，自成一个小天地。那里的水是天落水，茶叶是直接从洞庭东山买来的，煮水用瓦罐，燃料用松枝，茶要泡在宜兴出产的紫砂壶里。吃喝吃喝，吃与喝是一个不可分割的整体，凡是称得上美食家的人，无一不是陆羽和杜康的徒弟的。

朱自冶登上茶楼之后，他的吃友们使陆续到齐。美食家们除掉早点之外，决不能单独行动，最少不能少于四个，最多不得超过八人，因为苏州菜有它一套完整的结构。比如说开始的时候是冷盆，接下来是热炒，热炒之后是甜食，甜食的后面是大菜，大菜的后面是点心，最后以一盆大汤作总结。这台完整的戏剧一个人不能看，只看一幕又不能领略其中的含意。所以美食家们必须集体行动。先坐在茶楼上回味昨天的美食，评论得失。第一阶段是个漫谈会。会议一结束便要转入正题，为了慎重起见，还不得不抽出一段时间来讨论今日向何方？是到新聚丰、义昌福，还是到松鹤楼。如果这些地方都吃腻了，他们也结伴远行，每人雇上一辆黄包车，或者是四人合乘一辆马车，浩浩荡荡，马蹄声碎，到木渎的石家饭店去吃鲃肺汤，枫桥镇上吃大面，或者是到常熟去吃叫花子鸡……可惜我不能把苏州和它近郊的美食写得太详细，生怕会因此而为苏州招来更多的会议，小说的副作用往往难以料及。

二　与我有涉

如果朱自冶仅仅自我吃喝而与我无关的话，我也不会那么强烈地厌恶他。他当他的美食家，我当我的穷学生，本来是能够平安相处的。可是我在前面的一节中只说到朱自冶吃早点，吃中饭，他还有一顿晚饭没有吃呐！

朱自冶吃罢中饭以后，便进澡堂去了。他进澡堂并不完全是为了洗澡，主要是找一个舒适的地方去消化那一顿丰盛的筵席。俗话说饿了打瞌睡，吃饱跑勿动。朱自冶饱食一顿之后双脚沉重，头脑昏迷，沉浸在一种满足，舒畅而又懒洋洋的神仙境界里。他摇摇晃晃地坐上阿二的黄包车，一阵风似的拉到澡堂里，好像是到医院里挂急诊似的。

朱自冶进澡堂只有举手之劳，即伸出手来撩开门帘。门帘一掀，那坐账台的便高声大喊："朱经理来哉！"天晓得，朱自冶哪一天当过经理的，对资本家应该喊一声老板才对。不过，老板这种尊称那时已经不时髦了。一是缺少点洋味，二是老板有大有小，开爿夫妻老婆店也能叫作老板的。经理就不同了，洋行经理，公司经理，买卖大，手面阔，给起小账来绝不是三块两块的，五十元的关金券用不着找零头！所以那跑堂的一听到朱经理来哉，立刻有两个人应声而出，一边一个，几乎是把个朱自冶抬到头等房间里。这头等房间也和现在的高级招待所有点相似，两张铺位，一个搪瓷澡盆，有洗脸池，有莲蓬头。只是整个的面积较小，也没有空调设备。不碍，冬天有蒸气，夏天有一只华生老牌的大吊扇，四块木板在头顶上旋个不歇。

朱自冶向房间里一坐，就像重病号到了病房里，一切都用不着自己动手。跑堂的来献茶，擦背的来放水，甚至连脱鞋也用不着自己费力。朱自冶也不愿费力，痴痴呆呆地集中力量来对付那只胃，他觉得吃是一种享受，可那消化也是一种妙不可言的美，必须潜心地体会，不能被外界的事物来分散注意力。集中精力最好的方法是泡在温水里，这时候四大皆空，万念俱寂，只觉得那胃在轻轻地蠕动，周身有一种说不出的舒坦和甜美，这和品尝美食有异曲同工之妙，但是二者不能相互代替。他就这么四肢不动，两眼半闭地先在澡盆里泡上半个钟头。泡得迷迷糊糊、昏昏欲睡的时候，那擦背的背着一块大木板进来了。他把朱自冶从澡盆里拉出来，把木板向澡盆上一盖，叫朱自冶躺上"手术台"，开始了他那擦背的作业。读者诸君切不可把擦背二字作狭义的理解，好像擦背就是替人家擦洗身上的污垢。不对，朱自冶天天一把澡，有什么可擦的？这擦背对他来说实在是一种古老的按摩术，是被动式的运动。饭后百步走被认为是长寿之道，但是奉行此道者需要自己迈开双腿。擦背则不同，只消四肢松弛地躺在"手术台"上，任人上摩下擦，伸拳屈腿，左转右侧，放倒扶起，同样受到运动的功效，却用不着自己花力气。真正的美食家必须精通消化术，如果来个食而不化，那非但不能连续工作，而且也十分危险！

朱自冶的此种运动时间也不太长，大体上不超过半个钟头。然后便在卧榻上躺下，开始那一整套的繁文缛节，什么捏脚、拿筋、敲膀、捶腿。这捶腿是最后的一个节目，很可能和催眠术有点关系，朱自冶在轻轻的拍打中，在那清脆而有节奏的响声中心旷神怡，渐渐入睡。这一觉起码三个钟头，让那胃中的食物消化干净，为下一顿腾出地位。

当朱自冶快要醒来时，我也从学校里下学归来。书包一放，妈妈便来关照："今天还在元大昌，快去！"

妈妈的话只有我懂，那朱自冶还有一顿晚饭没有吃呐！

朱自冶吃晚饭也是别具一格，也和写小说一样，下一篇绝不能雷同于上一篇。所以他既不上面馆，也不上茶馆，而是上酒店。中午的一顿饭他们是以品味为主，用他们的术语来讲叫"吃点味道"。所以在吃的时候最多只喝几杯花雕，白酒点滴不沾，他们认为喝了白酒之后嘴辣舌麻，味觉迟钝，就品不出那滋味之中千分之几的差别！晚上可得开怀畅饮了，一醉之后可以呼呼大睡，免得饱尝那失眠的苦味，因此必须上酒店。

苏州的酒店卖酒不卖菜，最多各有几碟豆腐干，兰花豆，辣白菜之类。孔乙己能有这些便行了，君子在酒不在菜嘛。美食家则不然，因为他们比君子有钱，酒要考究，菜也是马虎不得的。既不能马虎，又不能雷同，于是他们便转向苏州食品中的另一个体系——小吃。提到苏州的小吃我又不愿多写了，除掉如前所述的原因外，还因为它会勾起我一段痛苦的回忆，我被一个我所厌恶的人随意差遣！

苏州的小吃不是由哪一爿店经营的，它散布在大街小巷，桥塊路口。有的是店，有的是摊，有的是肩挑手提沿街叫卖的。如果要以各种风味小吃来下酒的话，那就没有一个跑堂的能对付得了，必须有个跑街的到四下里去收集。也许是我的腿长吧，朱自冶便来和我妈商议：

"你家高小庭蛮机灵，阿好相帮我做点事体，我也勿会亏待伊。"

妈妈当然答应啰，她住了人家的房子不给钱，又没有什么家务可料理，心里老是过意不去，巴不得能为朱自冶做点事，以免良心受责备。可怜的妈妈不知道剥削二字，只承认一切现存的社会法规。她教育儿子不能好吃，却对朱自冶的好吃不加反对，她认为那是一种"吃福"，好吃与吃福是两回事体。可我却把它当作一回事，怎么也不愿意去替朱自冶当跑街的。堂堂的一个高中生怎么能去给一个好吃鬼当小厮呢！

妈妈又哭了，父亲谢世后家境贫困，是靠我的大哥当远洋水手挣点钱："去吧小庭，我们头顶人家的天，脚踏人家的地，住了人家的房子不出房租，又不交水电费，算起来相当于全家的伙食费。只要朱经理说个不字，你就念不成书，我们一家就会住在露天里。只怪你爸爸走得早啊，我求求你……"

我只好忍辱负重了，每天提着个竹篮去等候在酒店的门口。等到华灯初上，霓虹灯亮满街头的时候，朱自冶和他的吃友们坐着黄包车来了。一长串油光锃亮的黄包车，当当地响着铜铃，哇哇地揿着喇叭，像游龙似的从人群中夺路而来，在酒店门口徐徐地停下。他们一个个洗得干干净净，浑身散发着香皂味，满面红光，春风得意。朱自冶的黄包车总是走在前面，车夫阿二也显得特别健壮而神气。阿二替朱自冶掀掉膝盖上的毡毯，朱自冶一跃落地，轻松矫捷。在酒店门口迎接他们的不是老板，也不是跑堂的，而是两排衣衫褴褛，满脸污垢，由叫花子组成的仪仗队。乞丐们双手向前平举，嘴中喊着老爷，枯树枝似的手臂在他的左右颤抖。朱自冶似乎早有准备，手一扬，一张小票面的钞票飞向叫花子头："去去。"

叫花子呼啦一声散开，我这个手提竹篮，倚门而立，饥肠辘辘的特殊叫花子便到了朱自冶的面前。这个叫花子所以特殊，是因为他知道一点地理历史，自由平等，还读过"三民主义"；他反对好吃，还懂得人的尊严。当叫花子呼啦一声散开而把我烘托出来的时候，我满腔怒火，汗颜满面，恨不得要把手中的竹篮向朱自冶砸过去！可是我得忍气吞声地从朱自冶的手中接过钞票，按照他的吩咐到陆稿荐去买酱肉，到马咏斋去买野味，到采芝斋去买虾子鲞鱼，到某某老头家去买糟鹅，到玄妙观里去买油氽臭豆腐干，到那些鬼才知道的地方去把鬼才知道的风味小吃寻觅……

新中国70年优秀文学作品文库

中篇小说卷

我提着竹篮穿街走巷，苏州的夜景在我的面前交替明灭。这一边是高楼美酒，二簧西皮，那霓虹灯把铺路的石子照得五彩斑斓；那一边是街灯昏暗，巷子里像死一般的沉寂，老妇人在垃圾箱旁边捡菜皮。这里是杯盘交错，名菜陆陈，猜拳行令；那里却有许多人像影子似的排在米店门口，背上用粉笔编着号码，在等待明天早晨供应配给米。这里是某府喜事，包下了整个的松鹤楼，马车、三轮车、黄包车在观前街上排了一长溜，新娘子轻纱披肩，长裙曳地，出入者西装革履，珠光宝气；可那玄妙观的廊沿下却有一大堆人蜷缩在麻袋片里，内中有的人也许就看不到明天……"朱门酒肉臭，路有冻死骨"这句众所周知的诗句常在我的头脑里徘徊。

朱自冶倒是不肯亏待我，常常把买剩的零钱塞在我的口袋里："拿去！"那神情和给叫花子是差不多的。

我睁眼、僵立。感到莫大的侮蔑。

"拿去吧，是给你奶奶买肉吃的。"

侮蔑被辛酸融化了。我是有个老祖母，是她把我从小带大的，那时已经七十六岁，满嘴没牙，半身不遂，头脑也不是那么清楚的。可是她的胃口很好，天天闹着要吃肉，特别是要吃陆稿荐的乳腐酱方，那肉入口就化，香甜不腻。她弄不清楚物价与货币的情况，在她的头脑中一切都是以铜板和银圆计算的。她只知我的哥哥每月要寄回来几千块钱（能买一百多斤米），为什么不肯花二十六个铜板给她称一斤肉回来呢？三百个铜板才合一块钱！她把这一切都归罪于我的妈妈，骂她忤逆不孝，克扣老人，而且牵牵连连地诉述着陈年八代的婆媳关系，一面骂一面流眼泪。妈妈怎么解释也没用，只好一面在配给米里捡石子，一面把眼泪洒在淘米箩里。我在这两条泪河之间把心都挤碎！

当我用朱自冶的零钱买回几块肉来，端到奶奶的床前时，他一面吃，一面哭，一面用颤巍巍的手抚摸着我的头："好孙子，还是你孝顺，奶奶没有白带你……"

我一听这话眼泪便簌簌地往下流，我想大哭，大喊，想问苍天！可是我拼命地哽住喉咙，俯伏在奶奶的床头，把头埋在棉被里。既然在侮蔑中把钱接过来了，为什么不能让奶奶得到一点安慰！

"上有天堂，下有苏杭"啊！这句老话不知道是谁发明的，而且大言不惭地把苏州放在杭州的前面。据说此种名次的排列也有考究，因为杭州是在南宋偏安以后才"春风熏得游人醉，错把杭州作汴州"的。而苏州在唐代就已经是"十万夫家供课税，五千子弟守封疆"了。到了明代更是"翠袖三千楼上下，黄金十万水东西"。近百年间上海崛起，在十里洋场上逐鹿的有识之士都在苏州拥有名第，购置产业，取其进可以攻，退可以守。苏州不是政治经济的中心，没有那么多的官场倾轧，经营的风险；又不是兵家的必争之地，吴越以后的两千三百多年间，没有哪一次重大的战争是在苏州发生的；有的是气候宜人，物产丰富，风景优美。历代的地主官僚，官商大贾，放下屠刀的佛，怀才不遇的文人雅士，人老珠黄的一代名妓，等等，都欢喜到苏州来安度晚年。这么多有钱有文化的人集中在一起安居乐业，吃喝和玩乐是不可缺少的，这就使苏州的园林可以甲天下，那吃的文化也是登峰造极！风景不能当饭，天天看了也乏味，那吃却是一日三顿不可或缺的。苏州所以能居于天堂之首，恐怕主要是因为它的美食超过了杭州。这也许是苏州人的骄傲吧，可我那时简直觉得这是一种罪恶，是人间最最不平的表现！我不知道地狱里可有"天堂"，可我知道"天堂"里确有地狱，而且绝大多数的人都在地狱的边缘上徘徊。说老实话，当我开始信仰共产主义的时候，我没有读过《资本论》，也没有读过《共产党宣言》，多半是由朱自冶他们促成的；他们使我觉得一切说得天花乱坠的主义都没有用，只有共产才能解决问题！如果共掉了朱自冶的房产，看他还神气不神气！

我偷偷地唱着一支从北平传来的歌：

山那边呀好地方，
穷人富人都一样，
你要吃饭得做工呀，
没人为你作牛羊。
……

这支歌的曲调很简单，唱起来也用不着关起嗓门儿费死力，可它却使我从"朱门酒肉臭，路有冻死骨"中找到了出路，出路就在山那边！

我决定到解放区去了，那已经是一九四八年的冬天。我不知道解放区的形势，总以为国民党还很强大，还有美国的原子弹什么的。无产阶级要夺取全国胜利，恐怕还要经过几年、几十年的浴血奋斗！我读过《铁流》与《毁灭》，知道革命的艰难困苦，知道那是血与火的洗礼。所以当时的心情很悲壮，准备去战死沙场。"风萧萧兮易水寒，壮士一去兮不复还！"当时的心情很有点像荆轲辞别高渐离。

我的高渐离便是苏州，是这个美丽而又受难的城市叫我去战斗！临行之前我上了一趟虎丘山，站在虎伏阁上把这美丽的城市再看一遍：再见吧，你的儿子将用血来洗尽你身上的污垢！傍晚，我照样去替朱自冶买小吃，照样买了一块乳腐酱方送到奶奶的床前：吃吧，奶奶，孙子从屈辱中接过钱来为你买肉，这恐怕是最后的一回！我的判断没有错，当奶奶发觉最孝顺的孙子失踪之后，她哭喊了三天便与世永别。

年轻时的记忆多么深刻啊！"文化大革命"期间的挂牌、游街、屈辱、受罪如今已经淡忘了，仿佛那是一场不屑一顾的游戏。可是三十多年前离家别井，暗中告别亲人，向着黑暗猛冲的情景却点滴不漏地保存在记忆里。也许我是欢喜记着光荣而忘掉屈辱吧，可又为什么不把三四十年前的屈辱也忘记？每当我在电影或电视中看到受伤的战士从血泊中爬起来，举起枪，高喊着报仇的口号向敌人猛扑过去的时候，我的心便会向下一沉，两眼含着泪水。虽然这种镜头看得太多了也觉得老一套，可是这种话我不许孩子们说，孩子们一说我就要骂："小赤佬，你懂什么东西！"

三 快乐的误会

没想到我进入解放区已经太晚了，淮海战场上的硝烟已经消散，枪炮声已经沉寂。解放区的军民沉浸在欢乐的高潮中，准备打过长江去！我们这些从蒋管区去的学生被半路截留，被编入干部队伍随军渡江去接管城市。我从苏州来，当然应该回到苏州去，因为我熟悉那里的大街小巷以及那种好听而又十分难懂的语言，带个路也方便。至于回到苏州去干什么，谁也没有考虑，如果那时有人提出什么前途、专业、工资、房子，等等，我们这一伙"小资产"便会肯定他是国民党派来的！革命就是革命，干什么都可以，随便。我们的组织部长却不肯随便，一定要根据各人的特长和志趣来分配，因此就出现了十分快乐的场面：

组织部长把我们二十多个学生兵招集到一个祠堂里。祠堂的正中摆着方桌，桌上放着档案和纸笔，二十多人分坐在两边。

组织部长是个大知识分子，早年毕业于交通大学的机械系。他对我们这些小知识分子十分熟悉："现在要给大家分配工作了，组织上尽量照顾各人的特长和志愿，希望你们在回答问题之前好好地考虑，分定之后就不许犯自由主义。"

当时的气氛本来很严肃，却被我的老同学，诨号叫丁大头的人弄得豁了边。丁大头的头其实也不大，可是他的知识很广博，天文、地理、历史、哲学他样样都懂一点。因为他的脑子里包容的东西太多，所以看起来他的头好像比平常的人大了点。他第一个被部长叫起来：

"你想干什么呢？"

"随便。"丁大头回答得很爽气。

部长翻了翻眼睛："随便是个什么东西？说得具体点。"

"具体点……那也随便。"

人们哄堂大笑了："他什么都懂，可以随便！"

部长也笑了，翻翻档案："什么都懂的人到什么地方去呢？……我问你，你对什么东西最感兴趣？"

"看书。"

"那你为什么不早说呀，到新华书店去。"

丁大头被一句定终身，后来在某地的新华书店当经理，而且是个很称职、很懂行的经理。

第二个被叫起来的是个女同学，苏州姑娘，长得很美，粗布的列宁装和八角帽使得她在秀丽中透出矫健的气息。

部长向她看了一眼便问："你会唱歌吗？"

"会。"

"来一段《白毛女》试试。"

"北风那个吹……"女同学拉开嗓子便唱。那时我们天天唱歌，谁也不会扭捏。

"好了，好了，到文工团去！"

这位女同学的命运也不坏，"文化大革命"前唱民歌，很有点名气。如今听不见她唱了，这小老太婆也可能是在哪里教徒弟。

轮到我的时候便糟了，我怎么也想不起最欢喜什么，除掉反对好吃之外，我好像对什么都欢喜。我没有任何特长，连唱起歌来都像破竹子敲水缸。

部长等得不耐烦了："难道你一样事情都不会干？"

"会会，部长，我会替人家买小吃，熟悉苏州的饮食店。"我决不能承认万事不通呀，可这一通便出了问题！

"挺好，干商业工作去，苏州的食品是很有名的。"

"不不，部长，我对吃最讨厌！"

"你讨厌吃？很好，我关照炊事班饿你三天，然后再来谈问题！下一个……"

完了，命运在一阵哄笑声中决定了。可我当时并不懊丧，也不想犯自由主义，扬子江在怒号，南岸的人民在呼喊，要拯救劳苦大众于水深火热之中，要推翻那人吃人的旧社会；再也不能让朱自冶他们那种糜烂的寄生虫式的生活延续下去！朱自冶呀，朱自冶，这下子可由不得你了。我们决不会让你饿肚子，至少得让你支起个炉灶来烧东西。也不能老是让阿二拉着你，你自己有两只脚，应该是会走路的。

风萧萧兮江水寒，壮士一去兮又复还。我又回到苏州来了，几经转折之后又住在朱自冶的门前。朱自冶对我刮目相看了，他称我同志，我喊他经理；他老远便抱出"三炮台"香烟递过来，我连忙摸出双斧牌香烟把它挡回去。少跟我来这一套，你那高级烟浸透了人民的血汗，抽起来有股血腥味。朱自冶在解放之初有点儿心虚，生怕共产党会把他关进监牢，那牢饭可不是好吃的！

隔了不久，朱自冶便镇静自若了，因为我们取缔妓女，禁大烟，反霸，镇反，一直到"三反""五反"都没有擦到他的皮。他不抽大烟不赌钱，对妓女更无兴趣，除掉好吃之外什么事儿也没有干过。镇反挨不上他，他不开工厂不开店，谈不上五毒俱全和偷税漏税。所以他经常竖起大拇指对我说："共产党好，如今没有强盗没有小偷，没有赌场没有烟铺，地痞、流氓、妓女都没有了，天下太平，百姓安定，好得很！"他说的可能是真话，可我把他上下打量，心里想，你为什么不说没有赌吃嫖遥呢？赌和嫖你沾不上，吃和遥你是少不了的。等着吧，现在是新民主主义！

朱自冶并没有消极地等待，还是十分积极地吃东西，照样坐着阿二的黄包车上面店，上茶楼，照样找到另一个人帮他跑街买吃的。

那时候我的工作很紧张，没有什么上下班的时间，也没有星期天，没早没晚地干，运动紧张的时候便睡在办公室里。可那朱自冶比我还积极，我起床的时候他已经坐着黄包车走了；我睡得迷迷糊糊的时候才听见他的黄包车到了门前。他每逢到家的时候都要踩一下铃铛，那铜铃的响声在深夜的小巷里像打锣似的。他有时候也不回家，仲夏之夜吃饱了老酒，干脆就睡在公园的凉亭里，那里风凉，还有一阵阵广玉兰的香气。他渐渐地胖起来了，居然还有个小肚子挺在前面。妈妈对他说："朱经理，你发福了，人到了四十岁左右都会发胖的。"可他却说："不对，我这是心宽体胖。现在用不着担心那些强盗和流氓了，别看我有几个钱，从前的日子也是很难过的。生日满月，四时八节，我得给人家送礼，一不小心得罪了人，重则被人家毒打一顿，轻则被人家向黄包车上掷粪便。就说那个上饭店吧，以前也是提心吊胆的。有一次我们几个人吃得正高兴，忽然有个人走到我们的房间里来，要我们让座位。我不知道他是什么人，拌了几句嘴，结果得罪了流氓头子，被他的徒子徒孙们打了一顿，还罚掉了四两黄金的手脚钱！现在好了，那些家伙都看不见了，有的进了司前街（苏州的监狱所在地），有的到反动党团特登记处登了记，一个个都缩在家里。饭店里也清净得多了，人少东西多，又便宜，我吃饱了老酒照样可以在公园里打瞌睡，用不着防小偷！"朱自冶拍拍小肚子："你看，怎么能不发胖呢！"

我听了朱自冶的话直翻眼，怎么也没有想到，革命对他来说也含有解放的意义！

当我深夜被朱自冶的铃声惊醒之后，心头便升起一股烦恼，这苏州怎么还是他们的天堂？劳苦大众获得解放的时候，那寄生虫也会乘汤下面，养得更肥！我没有办法触动朱自冶，可我现在有了公开宣传共产主义的权利，便决定首先去鼓动拉黄包车的阿二。

阿二住在巷子的头上，在那口公井的旁边。他和我差不多的年纪，却比我生得高大、漂亮、健壮。小时候我和他在巷子里踢皮球，皮球踢上房顶之后总是他去爬屋面。他的老家是苏北，父亲也是拉车的；父亲拉不动了才由儿子顶替。阿二每天给朱自冶拉三趟，其余的时间可以另找生意。他的那辆车是属于"包车"级的，有皮篷，有喇叭，有脚踏的铜铃，冬春还有一条毡毯盖住坐车的膝头。漂亮的车子配上漂亮的车夫，特别容易招揽生意。尤其是那些赶场子的评弹女演员，她们脸施脂粉，细眉朱唇，身穿旗袍，怀抱琵琶，那是非坐阿二的车子不可。阿二拉着她们轻捷地穿过闹市，喇叭嘎咕嘎咕，铜铃叮叮当当，所有的行人都要向她们行注目礼；即使到了书场门口，阿二也不减低车速，而是突然夹紧车杠，上身向后一仰，嚓嚓掣动两步，平稳地停在书场门口的台阶前，就像上海牌的小轿车戛然而止似的。女演员抱着琵琶下车，腰肢摆扭，美目流眄，高跟鞋橐橐几声，便消失在书场的珠帘里。那神态有一种很高雅的气派，而且很美。试想，如果一个标致的女演员，坐上一辆破旧的硬皮黄包车，由一个佝偻蹒跚的老人拉着，吱吱嘎嘎地来到书场门口，那还像个什么样子呢！人们由于在生活中看不到、看不出美好与欢乐，才甘心情愿地花了钱去向艺术家求教的。

由于上述的种种原因，所以那阿二虽然是拉黄包车，家庭生活还是过得去的。我去动员的时候，他们一家正在天井里吃晚饭。白米饭，两只菜，盆子里还有糟鹅和臭豆腐干，他的老父亲端着半斤黄酒在吱吱咂咂地。我寒暄了几句之后便转入正题：

"阿二，现在解放了，你觉得怎么样呢？"

阿二是个性情豪爽的人，毫不犹豫地说出了他的体会："好，现在工人阶级的地位高了，没有人敢随便地打骂，也没人敢坐车不给钱。"

我听了把嘴一撇："哎呀，你怎么也只是看到这么一点点，工人阶级是国家的主人，绝不是给人家当牛作马的！"

"我没有给人家当牛作马呀！"

"还没有，你是干什么的？"

"拉车。"

"好了，从古到今的车子，除掉火车与汽车之外，都是牛马拉的！"

"小板车呢？"

"那……那是拉货的，不是拉人的。人人都有两条腿，又没病又不残，为什么他可以架起二郎腿高坐在车子上，而你却像牛马似的奔跑在他的前面！这能叫平等吗？你能算主人吗？还讲不讲一点儿人道主义！"

阿二吸了口气。"唏，这倒是真的。"

阿二的爸爸叹了口气："没有办法呀，他给钱。"

"钱！……"我把钱字的音调拉了个高低，表示一种轻蔑："你可知道朱自冶他们的钱是从哪里来的？他们榨取了劳动人民的血汗，你拿了一点血汗之后又把他服侍得舒舒服服的！"

阿二的眉毛竖起来了："可不，那家伙坐车很挑剔，又要快，又怕颠。"

我趁热打铁了。"问题还不在于朱自冶呐，我们年轻人的目光要放远点，你看人家苏联……"我滔滔不绝地讲起苏联来了，就和现在的某些人谈美国似的，"苏联的工人阶级，一个个都是国家的主人，不管什么事儿，没有他们举手都是通不过的。他们的工作都是开汽车，开机器，开拖拉机，没有一个是拉黄包车的。"我向阿二爸爸的酒杯乜了一眼，"拉车弄几个钱也作孽，仅仅糊个嘴。人家苏联的工人都是住洋房，坐汽车，家里有沙发，还有收音机！半斤黄酒有什么稀奇，人家都喝伏特加哩！"我的天啊，那时我根本不知道伏特加是什么，若干年后才喝了几口，原来是像我们在粮食白酒里多加了点水！

阿二和他的爸爸更不知道伏特加了，他们听到这个名词还是第一回。那老头儿还咂咂嘴，他以为伏特加总是和茅台差不多的。

阿二也心动了："哦……呃，那才有奔头。爸爸，我们也不要拉车了，你也当了一世的牛马啦！"阿二当然不是为了伏特加，我知道，他是想开汽车。那时候，年轻的人力车工人最高的理想便是当司机。

阿二的爸爸把酒杯向起一竖:"唏……快吃饭吧,吃完了早点睡,明天一早要去拉朱自冶上面店。"白搭,我说了半天他等于没听见。老头儿的思想保守,随他去!

我抓住阿二不放,约他到我家来玩,继续对他讲道理,而且现身说法,拿自己作比:"你看我,高中毕业的时候,有个同学约我到西山去当小学教员,每月三担米,枇杷上市吃枇杷,杨梅上市吃杨梅,不要钱。还有个同学约我到香港去上大学,他的爸爸在香港当经理,答应每月给我八十块钱港币,毕业以后就留在他的公司里当职员。我为什么不去呐,人活着不都是为了吃饭,更不能为了吃饭就替资本家当马牛!"除了讲道理以外,我还借了一大堆《苏联画报》给他看,对他进行形象化的教育,说明我们青年人要为这么一种伟大的理想去奋斗。说实在,我所以能讲苏联如何如何,也都是从画报里看来的,画报总是美丽的!

阿二的觉悟果然提高了,也和他的父亲闹翻了,坚决不再拉车,另找职业。我在旁边使劲儿打气:"好,你这一步走得对,最好是进厂,当产业工人去!"

隔了不久,阿二垂头丧气地来找我:"我把苏州都跑穿了,别说工厂啦,连饭店里都不收跑堂的!"

我连忙说:"千万要坚持,不要泄气。"

"气倒没有泄,可是肚皮不争气,没饭吃了!"

我听了也着急:"啊,这倒是个严重的问题,再克服一下,我去帮你想想办法。"

我给了阿二几个钱,立刻到民政局去找一位同志,他是和我一起渡江过来的。

那位同志一听就啧嘴:"你这位老兄毛里毛糙的,做事也不考虑考虑,现在有些资本家消极怠工,抽逃资金,不关门就算好的了,你还想到哪里去找职业?"

"好好,我检讨。可你总不能见死不救呀,想想办法吧。"

那位同志沉吟了一下:"这样吧,我正在搞失业工人登记,准备以工代赈,先解决他们的吃饭问题。"

以工代赈的项目是疏浚苏州城里的小河浜,这个工作很辛苦,但也很有意义。旧社会给我们留下了很多污泥浊水,我们要把浊水变清流,使这个东方的威尼斯变得名副其实,使这个天堂变得更加美丽,这是我们革命的一个方面。

阿二听说这也是革命工作,二话没说,不讲价钱,天天去挖污泥,抬石头,工作比拉车辛苦几倍，但是每天只有三斤米。

阿二的爸爸也没有办法，为了吃饭，只好在门口摆起一个卖葱姜的小摊头。因为他家就住在公井的旁边，人们往往在洗菜的时候才发现忘了在菜场上买葱姜，所以生意还是不错的，只是那一碟糟鹅和半斤黄酒从此绝迹。那老头儿每天见到我时总是虎着眼睛把头偏过去。我的心里也有歉意，总是在暗中安慰着老头："老伯伯，你别生气，总有一天会喝上伏特加的！"我把老头儿的虎眼当作一根鞭子，每天抽一下自己："下劲儿干，争取社会主义的早日胜利！"每当我深夜拖着沉重的双腿走过这空寂无人的小巷时，都要看一看阿二家的窗口，默默地叨念："老伯伯，我高小庭总算对得起你，我没有怕苦，也没有怕累，我和你家阿二都在为明天而奋斗！"

为了阿二的事情，妈妈可生了我的气："你这个不识好歹的东西，朱经理哪一点亏待过我们？人家花钱坐车碍你个屁事呀，你硬要和人家作对，弄得阿二家衣食不周，弄得朱经理出入不便，早晚都要街上去叫车，有时候淋得像个落汤鸡，你这个缺德的东西！"

我决不和妈妈争辩，解放以后再也不能让她流眼泪。何况她的道德观点和我也没法统一，她还相信三从四德，还认为京戏里的那种老家奴十分了不起。只是我听了妈妈的责骂以后，再也不敢去鼓动那个为朱自冶跑街的了，那人是个老头，抬不动石头。

朱自冶对我也有感觉了，再也不喊我高同志，再也不请我抽香烟，在门口碰到我时便把头一低，擦身而去。看不出他的眼神，不知道他对我是恨呢，还是忌？不管怎么样，他的手里总算有了一样东西，一个草提包，包里有双套鞋，包口上横放着一把洋伞。他黎明出门时估不透天气，所以都带着雨具，以免叫不到车时淋成落汤鸡。我看了暗中高兴："你迟早得自食其力，应该一样样地学会。"

四　鸣鼓而攻

也许是组织部长在我的档案里写了点什么，所以我的工作转来转去都离不开吃的。全行业公私合营的时候派不出那么多的公方代表，我也只好滥竽充数，被派到某个有名的菜馆里去当经理。

这个菜馆我很熟悉，但在解放前从来没有进去过，只是在门口看见有许多阔绰的人进进出出，看见有许多叫花子围在门前，看见那橱窗里陈列着许多好吃的东西，在霓虹灯的照耀下使人馋涎欲滴。我读过安徒生的童话《卖火柴的小女孩》，总觉得那卖火柴的女孩就是死在这个菜馆的橱窗前。我进店的时候正是冬天，天也常常飘雪，早晨踏着积雪跑到店门口时，我的心便突然紧缩，生怕真的有个卖火柴的女孩倒在那里，火柴儿撒满了一地。

我在店里也坐不稳，特别看不惯那种趾高气扬和大吃大喝的行为。一桌饭菜起码有三分之一是浪费的，泔脚桶里倒满了鱼肉和白米。朱门酒肉臭倒变成是店门酒肉臭了，如果听之任之的话，那我还革什么命呢！

我首先发动全体职工讨论，看看我们这种名菜馆究竟是为谁服务的？到我们店里来大吃大喝的人，到底有多少是工人农民，有多少是地主官僚和资产阶级？用不着讨论，这不过是一种战斗的动员而已。每个职工都很清楚，农民根本不敢到我们的店里来，他们一看那富丽堂皇的门面就害怕，不知道一顿要花几石米！还不如到玄妙观里去坐小摊，味道也不错，最多三毛钱。工人一生之中能来几回？除非他有特殊的事体。可是谁都认识朱自冶，都知道他们的吃法和口味。每一个服务员都背得出一大串老吃客的名单，在那长长的名单中没有一个是无产阶级。其中有几个高级职员的成分难以划定，据老跑堂的张师傅反映，他们有的是老板的亲戚，有的是老板手下的红人，而且都有股份。当然，每天来吃的人并不全是老顾客，你也不能叫所有的吃客都填登记表，写明前六项。可是，老的服务员对判断吃客的身份都很有经验，他们能从衣着、举止、神态，特别是从点菜的路数上看得出，来者绝大部分都不是工人农民，至少曾经有过一段并非工农的经历。

实行对私改造的那段时间，资本家的心情并不全是兴高采烈，也不都想敲锣打鼓，有些人从锣鼓声中好像看到了世界的末日，纷纷到我们的店里来买醉。他们点足了苏州名菜，踞案大嚼，频频举杯。待到酒酣耳热时便掩饰不住了："朋友们，吃吧，吃掉他们拖拉机上的一颗螺丝钉！"这话是一种隐喻，因为那时候我们把拖拉机当作社会主义的标志。一讲到社会主义的农业便是像苏联那样，大农场，拖拉机。"吃掉他们拖拉机上的一颗螺丝钉！"当然是对社会主义不满，气焰嚣张，语气也是十分刻毒的！

我把收集的材料，再加上我对朱自冶他们的了解，从历史到现状，洋洋洒洒地写了一份足有两万字的报告，提出了我对改造饭店的意见，立场鲜明，言辞恳切，材料生动确凿，简直是一篇可以当作文献看待的反吃喝宣言！

领导上十分欣赏我的报告，立即批准在本店试行，取得经验后再推向全行业。

我放手大干了！

首先拆掉门前的霓虹灯，拆掉橱窗里的红绿灯。我对这种灯光的印象太深了，看到那使人昏眩的灯便想起旧社会。我觉得这种灯光会使人迷乱，使人堕落，是某种荒淫与奢侈的表现。灯红酒绿的时代早已一去不复返了，何必留下这丑恶的陈迹？拆！

店堂的款式也要改变，不能使工人农民望而却步。要敞开，要简单，为什么要把店堂隔成那么多的小房间呢，凭劳动挣来的钱可以光明正大地吃，只有喝血的人才躲躲闪闪。拆！拆掉了小房间也可以增加席位，让更多的劳动者有就餐的机会。

服务的方式也要改变。服务员不是店小二，是工人阶级，不能老是把一块抹布搭在肩膀上，见人点头哈腰，满脸堆笑，跟着人家转来转去，抽了抹布东揩西拂，活像演京戏。大家都是同志嘛，何必低人一等，又何必那么虚伪！碗筷杯盏尽可以放在固定的地方，谁要自己去取，宾至如归嘛，谁在家里吃饭时不拿碗筷呀，除非你当老爷！

以上的三项改革，全店的职工都没有意见，还觉得新鲜，觉得是有了那么一点革命的气息。可是当我接触到改革的实质，要对菜单进行革命时就不那么容易了。

我认为最最主要的是对菜单进行改造，否则就会流于形式主义。什么松鼠鳜鱼、雪花鸡球、蟹粉菜心……那么高贵，谁吃得起？大众菜，大众汤，一菜一汤五毛钱，足够一个人吃得饱饱的。如果有人还想吃得好点，我也不反对，人的生活总要有点变化，革命队伍里也常常打牙祭，那只是一脸盆红烧肉，简单了点。来个白菜炒肉丝、大蒜炒猪肝、红烧鱼块、青菜狮子头（大肉圆）……够了吧，哪一个劳动者的家里天天能吃到这些东西？

反对的意见纷纷而来，而且都是从老年职工那里来的。

跑堂的张师傅反对了。他说话有点嬉不溜溜的："啊哈，这下子名菜馆不是成了小饭铺啦！高经理，索性来个彻底的改革吧，每人发两块木板，让我们到火车站去摆荒饭摊。"

我听了把眼睛一抬："同志，有意见可以提，态度要严肃点，这是革命工作，不是和吃客们打哈哈的！"我知道他和资产阶级的老爷太太们周旋了几十年，说话不上路，所以特地点了他一点。

"好好，没意见，这样做我们也可以省点力。"张师傅服了。

管账的也提意见了："高经理，我的意见也可能不正确，只是我有点担心……喏，这样做当然是对的了，可那赢利是不是会有问题？"他说起话来唑唑缩缩，因为他和原来的老板是亲戚，"三反""五反"时曾经擦破点皮。

"你的担心我也考虑过，可是社会主义的企业是为人民服务，绝不能像资本家那样唯利是图！"

"对对，对对对。"管账的马上服帖。

死不服帖的是那几位有名的厨师，如果用现在的职称来评定的话，他们不是一级便是二级。他们可以著书立说，还可以到外国去表演。可我那时并没有把这种宝贵的技术放在眼里，他们也可能没有把我这样的外行放在眼里，特别是那个杨中宝，好像我剜了他的肉似的。

"这不是都卖点儿家常便饭了吗？"

"家常便饭有什么不好呀？"

"家常便饭家家会做，何必上饭店？"

"出门的人哪有背着锅子走路的？"

"出门的人都想尝尝天下的名菜，噢，苏州的名菜就是红烧狮子头？"

"那要看是什么人？"

"什么人都有，包括像你这样的干部在内！"

"我出差每天三毛钱伙食，两毛钱伙补，一顿吃掉五毛钱，还有早晚两顿没有着落哩！"

"不是所有的人都和你一样，他们自己贴。"

"贴，拿什么贴？不少人就是因为出差时嘴馋，才贪污了公款。"

"如果人家请客呢？"

"为什么要请客，拉拉扯扯的。'三反''五反'的教训还不够吗？不少人被资本家拉下水，就是从请客吃饭开始的，说不定那些见不得人的勾当，就是在我们楼上的小房间里干出来的！"

"人家结婚呢？"

"结婚更不能铺张浪费，买几斤糖，开个联欢会，我们机关里就是这样干的。"

杨中宝火了："高经理，你说的都是外行话，机关是机关，饭店是饭店。请你把我调到机关里去当炊事员吧，保证没意见！"

我看着杨中宝直翻眼，把到了嘴边的话咽回去。我不能对个老工人发脾气，他的工龄和我的年龄差不多，是地地道道的无产阶级，而我的本人成分是学生，属于小资产阶级，再怎么革命也是革不掉的，只好暂时忍耐一点。何况他们所以反对也有道理，因为这一改他们就没有用武之地了。白菜炒肉丝不需要什么高超的手艺，连我都会……是呀，他们的技术不能发挥，也很可惜。调到机关里去当炊事员虽然是气话，调到交际处去当炊事员倒是很合适的……

会场沉寂。

我要设法打开僵局，目光便向青年人投射过去。那时候我已懂得，如果遇事打不开局面，最好是鼓动青年人起来带头。他们不保守，有闯劲，闯过了警戒线也无妨，然后再向回拉一点。矫枉必须过正，也许就是这个道理。

"青年同志们谈谈嘛，你们也是店里的主人，未来是属于你们的，谈谈。"

年轻的职工们只是笑，看看老师傅又看看我，两边都为难，一时拿不定主意。内中有个小伙子，名字叫作包坤年，跑堂的，虽然还没有满师，讲话却是很有水平的：

"同志们，我们的店必须改革，必须彻底地改革！再也不能为那些老爷们服务了，要面向工农兵。面向工农兵绝不是一句空话，要拿出菜单来作证明。烧什么菜，就是为什么人。蟹粉菜心不仅工农兵吃不起，而且还要跟着老爷们受罪！为什么，菜心都给他们吃了，菜帮子都到了工农兵的碗里！生炒鸡丁要用鸡脯，鸡头鸡脚都卖给拉黄包车的，这分明是对工农兵的瞧不起。农民进店来点只豆腐汤，有人竟然回生意：'嘿，吃豆腐汤到玄妙观去吧，那里的豆腐汤又好又便宜。'玄妙观只卖豆腐花，分明是捉弄乡下人的。要是朱自冶他们来了就不得了，从堂口到厨房，都是忙得飞飞地。鱼要活的，虾要大的，一棵青菜剥剩了手拇指那么一点点……"

包坤年这么一带头，人们就跟着发表意见，纷纷揭露我们的浪费，以及重视筵席而看不起小生意。这些情况我以前都不了解，听了十分生气，把手指在桌面上敲敲："你看，你们看，不改革怎么得了呢！"

跑堂的张师傅低头不语了，回掉农民的生意可能就是他干的。几个厨师也不讲话了。苏州名菜选料精细，浪费肯定是有的；围着朱自冶之类的人转也不假，名厨要靠吃家，要靠他们扬名，要靠他们品出那千分之几的差别。最好能碰上孔夫子，孔子曰："食不厌精，脍不厌细！"

改革方案就这么定下来了，包坤年是立了功的，他后来表现得也十分积极，我指向哪里他打向哪里。我也为他的进步创造了很多有利的条件。至于他在"文化大革命"中把我打得半死，那是后话，暂且不提……

我当时把全部精力都扑在改革上，每晚回家都在十一点之后。我改了店堂，换了门面，写了大红海报张贴街头，还向报馆里投了稿，标题是：名菜馆面向大众，大众菜经济实惠！

开张的那一天，景象是十分壮观的。老头老太结伴而来，还搀着小孙子、小妹妹。那些拉车的、挑担的、出差的，突然之间都集中到店门口。门前的黄包车，三轮车，马车停了一长溜。这种车水马龙的情景解放前我也曾见过，可那是拉着老爷太太们来的；老爷太太们美酒高楼，拉车的人却瑟缩在寒风里。如今瑟缩的人们都站起来了，昂首阔步地进入店堂，把楼上楼下两个像会场似的堂口都挤得满满的。一时间板凳桌子乒乓响，人声鼎沸如潮水，看起来有点混乱，可那气氛实在热烈！服务员上菜也很迅速，大众菜，大众汤，都用不着现做，汤装在木桶里，菜装在大锅里，一勺一大碗，川流不息地送出去。店门口的行人要靠右走，进去连成两条线，如果用门庭若市来形容，那是十分贴切的。

朱自冶和他的吃友们居然也来了，很好，我倒要看看你们今天想吃点什么东西！谁知道他们先在门口看看广告，再到店堂里瞧瞧热闹，俯下身去看看大众菜，鼻子翕了那么几翕，然后带着不屑一顾的神情走出去，还相互拍拍打打地发笑哩！我见了义愤填膺："反对吧，先生们，我改革的目标就是要叫你们反对！"

老头老太的反应可就不同了："啊哟，以前只听说这家菜馆有名，越有名越不敢来，今天可算见了世面！"

挑菜的农民也说了："这菜馆我以前来过几回，都是挑着青菜进后门，一直送到厨房里，从来不敢向店堂里伸头！"

多么深刻的写照呀，多么自豪的语言，人民的称赞使我忘记了疲劳，感动得心都发抖。不管将来的历史对我这一段的工作如何评价（放心，它无暇顾及），可我坚信，当时我决无私心，我是满腔热忱地在从事一项细小而又伟大的事业！

当时，我们的领导也到了现场，看了也很满意，虽然秩序有点混乱，那也是前进中的缺点，要我们好好地总结提高，然后推向全行业。

五　化险为夷

这一下朱自冶可就走投无路了！尽管我们的经验很难推开，许多名菜馆都是敷衍了事，弄几只大众菜放在橱窗里装装门面。可是风气一开那苏州名菜便走了味，菜名不改，价钱不变，制作却不如从前那么精细。朱自冶有一张什么样的嘴啊，他能辨别出味差的千分之几哩！一吃便摇头，便皱眉，便向人家提意见。朱自冶看错皇历了，这时候再也没有人把他当作朱经理，资本家三个字也不是那么好听的。有钱又怎么样，小许收小费，你爱吃便进来，嫌丑请出去，反正营业额的大小和工资没有关系。如果依了你朱自冶的话，还要落得个为资产阶级服务的臭名气！

朱自冶怎么受得了呀，他每吃一顿便是一阵懊丧，一阵痛苦，一阵阵地胃里难过。每天都觉得没有吃饱，没有喝够，看到酒菜又反胃。他精神不振，毫无乐趣，整天在大街上转来转去，时常买些糕点装在草包里，又觉得糕点也不如从前，放在房间里都发了霉，被我的妈妈扫进垃圾堆。那个很有气派的小肚子又渐渐地瘪了下去。

有一天晚上，朱自冶居然推门而入，醉醺醺站在我的面前："高小庭，我……我反对你！"

资产阶级开始反扑了，这一点我早有准备："请吧，欢迎你反对。"

"你把苏州的名菜弄得一塌糊涂，你你，你对不起苏州！"

"这是你的看法，菜碗没有打翻，一塌糊涂是谈不上的。是的，我对不起苏州的地主和资产阶级，对苏州的人民我可以问心无愧！"

"你你……你对不起我！"

"是的，应当对不起你，因为你自己也是资产阶级！"

"小庭啊，人可要凭点儿良心，这些年来我可没有亏待过你！"

朱自冶语无伦次了，他竟然想揭下伤疤当膏药贴，这就惹得我火起："朱经理，我是对不起你，也对不起你的朋友；你的朋友中有三个是地主，有两个是在反动党团特的册子上登过记的，还有三个是拿定息的，包括你自己在内。别以为定息可以拿到老，这资产阶级总有一天要被消灭！"

朱自冶吓了一跳，以为我们的政策又要改变。对他来说吃当然重要，消灭却是性命攸关的。他的酒意消掉一半，不由自主向后退，掏出一根前门牌塞过来，被我用飞马牌挡回去。他乘势把香烟一叼，吸了一口："该死，今天托人到常熟去买了一只叫花子鸡，味道还和从前一样，不免多喝了几杯，这就糊里糊涂地跑到你家来了。咦，我是从哪个门里进来的呢？"朱自冶想夺门而走了。

"慢点！"

朱自冶站住了。

"朱经理，如果我有什么地方对不起你的话，那就是我没告诉你一句最要紧的话：你再也不能这样下去了，要逐步地学会自食其力！"

"是是，我一定铭记。"

从此以后，我很少碰到朱自冶，他当然也不会再来向我表示反对。我对他倒是十分关心，常常向妈妈问起。妈妈说她也不清楚，经常不见朱自冶回家，房间里一股霉味。我想，朱自冶也许是去干什么了吧，吃是终身的必需，总不能是终身的职业。

隔了不久，包坤年来向我汇报——他经常向我汇报。

"不得了，杨中宝他们开地下饭店了，是专门为资本家服务的，每天晚上赚大钱！"

"可当真？"

"一点不假，是我亲眼看见的，地点就在你家东面的五十四号里，天天晚上有许多资本家在那里聚会，杨中宝烧菜，一个妖里妖气的女人收钱！"

包坤年说得有根有据，我怎能不问不理？立刻到居民委员会去调查，找杨中宝来谈话，一问一查又找到了朱自冶的踪迹。

朱自冶开始隐退了，他对饭店失望之后，便隐退到五十四号的一座石库门里。这门里共有四家，其中一家的户主叫作孔碧霞。孔碧霞原本是个政客的姨太太，这政客能做官时便做官，不能做官时便教书，所以还有教授的衔头。苏州小巷里的人物是无奇不有的。据说，年轻时的孔碧霞美得像个仙女，曾拜名伶万月楼为师，还客串过《天女散花》哩！可惜的是仙女到了四十岁以后就不那么惹人喜爱了。解放前夕，那政客不告而别，逃往香港，把个孔碧霞和一个八九岁的女儿遗弃在苏州。

孔碧霞年轻的时候打扮惯了，也可能是由于登过台的关系，所以举手投足、顾盼摆扭等都讲究个形体美。讲究得过了分便变成矫揉造作、搔首弄姿，特别是在无姿可弄而硬弄时便有点怪里怪气。苏州骂人也不是那么好听的，人家暗地里叫她"干瘪老阿飞"。

朱自冶一贯地不近女色，为什么突然之间和孔碧霞混到一起去呢？很简单，那孔碧霞烧得一手好菜！

孔碧霞数十年的风流生涯，都是在素手做羹汤中度过的。她丈夫的朋友都是政界、实业界、文化界的高雅得志之士，像朱自冶这样的人是休想登堂入室的。什么美食家呀，在他们看起来，朱自冶只不过是个肉头财主、饕餮之徒、吃食癞皮。哪有一个真正考究吃的人天天上饭店？"大观园"里的宴席有哪一桌是从"老正兴"买来的？头汤面算得什么，那隔夜的面锅有没有洗干净呢！品茶在花间月下，饮酒要凭栏而临流。竟然到乱哄哄的酒店里去吃小吃，荷叶包酱肉，臭豆腐干是用稻草串着的，成何体统呢！高雅权贵之士，只有不得已时才到饭店里去应酬，挑挑拣拣地吃几筷，总觉得味道太浓，不清爽，不雅致。锅、勺、笊篱不清洗，纯正的味儿中混进杂味，而且总有那种无药可救的、饭店里特有的油烟味！朱自冶念念不忘的美食，在他们看起来仅仅是一种通俗食物而已。他们开创了苏州菜中的另一个体系，这体系是高度的物质文明和文化素养的结晶，它把苏州名菜的丰富内容用一种极其淡雅的形式加以表现，在极尽雕琢之后使其反乎自然。吃之所以被称作艺术，恐怕就是指这一体系而言的。

孔碧霞的烹调艺术，就是得之于这一派的真传。她在当年的社交界是个极其有名的姨太太，会唱戏，会烧菜，还会画几笔兰花什么的。二十多年间她家的庭院里名流云集，两桌麻将让八个男人消遣，一桌酒席由她来做精彩的表演。她家有一个高级的厨娘，这高级的厨娘也只能当她的下手！

朱自冶被逼得走投无路之后，偶尔听他的一位吃友谈起，说是五十四号里有个孔碧霞，此人当年如何如何，如何身怀绝技。

朱自冶一听便笑了："你老兄是说吃解馋的吧，好菜怎么能家里做呢。你没有那么多的作料、高汤，没有那么大的炉火与油镬，办不成的。"

"不信？那也没有办法，我请不动那位尊神。她根本就不把我们这些人放在眼里。解放前我想尽办法也没有打得进去……对了，近几年来听说她的家境不好，手头拮据，也许看了孔方兄的面上，能为我们操办一席。你家和她靠近，去试试。"

朱自冶病急乱投医了，他为了吃总会赶出一些冒冒失失的事体；他冒冒失失地去敲五十四号的大门，径直说明来意。

如果是在解放前的话，孔碧霞不把朱自冶赶出来才怪呐！可那孔碧霞不如朱自冶，她没有那么多的存款和定息，已经把房子租给了三家，还得靠变卖家具和首饰度日。同时她也多年不操此道，有点技痒难熬，很想重新得到别人的称赞，再现昔日的风流。她内心已经许诺，表面上还要搭搭架子：

"啊呀，朱先生，倷（你）是听啊里（哪里）一位老先生活嚼舌头根，倷尼（我们）女人家会做啥格（什么）菜呢，从前辰光烧点小菜，是吥没（没有）事体弄弄白相（玩儿）格！"这女人的一口苏白像唱歌似的好听，可惜写出来却不是那么好懂的。

朱自冶当然懂啰，涎皮搭脸地恳求着："行行好吧，不管你办什么我们都吃，总归要比饭店里好点。"

"饭店！……"孔碧霞十分轻蔑地拉长了声音，"你们男人家真没出息，闻了饭店的那股味道之后居然还吃得下东西！"

朱自冶目瞪口呆了，饭店里有什么味道？有的是美食的香味，闻了以后才胃口大开哩！"啊，是是，我们这些人都是凡夫俗子，吃了一世什么也不懂，赏个光吧，让我们开开眼界。"

"好吧，那就献丑了，你们几个人呢？"

朱自冶默算了一下，把食指一环："九个。"

"不行，最多只能七个，人多是没好食的。"

"那就八个，正好一桌。"

孔碧霞笑了："朱先生，你不懂规矩，那下手的一个位子是给烧菜的人留着的。"

"好好，对不起。"朱自冶醉里叫好，心里犯疑，哪有厨师上桌的？为了吃也只好迁就了，随即从身边掏出一沓钞票，数了五十元放在桌子上，心里盘算，这十块钱算是小费。

孔碧霞面有难色了："哎呀，这几个钱吃点什么呢？"

朱自冶把心一横，八十块全部豁出去，买个面子。

孔碧霞迟疑了半晌，好像在那里算账，最后乜了朱自冶一眼："好吧，不够的地方我也凑个份子。唉，你这人也实在可怜！"

事情就这样定下了，孔碧霞足足地准备了五天。据说还有一只红焖鳗没有来得及做，因为买回来的鳗鱼必须先用特殊的方法养一个星期，而那朱自冶又馋得等不及。

至于这一顿到底吃了些什么，我没有参加，不能乱吹。

杨中宝是参加了的。那一天他正好休息，在大街上碰到了朱自冶。朱自冶是去通知他的吃友们准时上阵的，没想到有位老友因病不起，需要另找候补的。看见杨中宝便说："走走，跟我去见见世面。"接着便把如何找到孔碧霞等等说了一遍。连说带吹，借以发泄对我们饭店的怨气。

杨中宝从来不服人，艺高人总有那么一点傲气。名厨师都是男人，哪来这么个女的！可是，他也听他师傅说过，在清末民初的时候，苏州有一种堂子菜，是从高等妓院里兴起来的。做这种菜的全是聪敏漂亮的女人，连丑丫头都不许帮道，那做工细得像绣花似的。他反正闲着没事，那朱自冶又不用他出钱，何不趁此去监视监视，如果真有可取的话也可学点技术；如果言过其实的话也可把朱自冶揶揄一顿，煞煞他的锐气！

杨中宝只向我讲了事情的来龙去脉，说明他没有开地下饭店，同时对这种捕风捉影的小报告十分恼火，说是有人和他过不去。他一气之下就不谈孔碧霞了，而是缠着我把他调到交际处去。这事儿很快就办成了，所以我一直不知道那天晚上孔碧霞如何大显身手，讲究吃了些什么稀世的美味！读者诸君也不必可惜，在往后的岁月里我们还会见到她表演。"文化大革命"可以毁掉许多文化，这吃的文化却是不绝如流。

　　我当时只能从朱自冶的行动上来进行推测，肯定那天晚上的一桌菜是"此曲只应天上有，人间哪得几回闻！"

　　朱自冶一吃销魂，从此很少见到他的踪影。他再也不像没头苍蝇似的在街上乱转，再也听不到他清晨开门去赶朱鸿兴；他不食人间烟火了，一日三餐都吃在孔碧霞的家里。一个会吃，一个会烧；一个会买，一个有钱。两人由同吃而同居，由同居而宣布结婚，事情顺理成章，水到渠成。

　　朱自冶终于成家了，一个曾经有过无数房屋的人，到了四十五岁上才有了家庭！家庭是个奇妙的东西，它会使人变得有了关拦，言行举止也规矩了点。朱自冶稳重些了，注意言谈，也注意外表。衣着和过去大不相同。笔挺的中山装，小口袋里插着两支钢笔，颇有点学者风度，这恐怕是孔碧霞参照他前夫的形象加以塑造的。

　　那孔碧霞不仅会烧菜，治家也是能手。结婚以后她千方百计地调整住房，让朱自冶搬过去，把五十四号里的三户人家搬过来。三户人家的住房面积都有了扩大，她自己也不蚀本。因为那五十四号是个中式的庭院，有树木竹石，池塘小桥，空间很大，围墙很高，大门一关自成天地，任他们吃得天昏地黑也没人看见。那时候，像我这样的反吃战士比较多，还有反穿的；谁要是考究饭菜，讲究衣着，那就有被斥之为资产阶级的危险，或者说是和资产阶级的思想沾了边。所以有钱的人也不得不稍加隐蔽，关起门来吃，吃到肚子里谁也看不见！当然，完全看不见也不可能，人们每天早晨都看见朱自冶夫妇上菜场。两个人穿着整齐，一个拎篮，一个拎包，一个人的膀子套在另一个人的膀子里，惹得行人侧目而视，哧溜一声："干瘪老阿飞！"

　　我的妈妈从来不说孔碧霞的坏话，她认为这个女人是行了件好事，使得一个败子回头。她买菜回来常常对我说："又碰到朱经理啦，现在变好了，夫妻两个亲亲热热，像个过日子的。"

　　我听了只是哼哼，心里想：这叫变好？这是关起门来逃避改造！

美
食
家

六　人之于味

朱自冶逃避改造，我对他也无可奈何。他不到我们的店里来吃饭，我也不能冻结他在银行里的存款；说他有资产阶级的思想也白搭，他本来就是资产阶级。让他去吃吧，革命不是一次完成的，只要他规规矩矩，不再叫喊什么苏州菜不如从前，不再闯到我的房间里来提意见。

朱自冶当然不会提意见啰，偶尔碰到我时也是陌若路人，头也不点，挺着那重新凸起来的肚子扬长而去，像个得胜的公鸡，气得我两肺直扇！

更为气愤的是居然有人和朱自冶唱着一个调子，说我们的饭店是名存实亡，饭菜质量差，花色品种少，服务态度恶劣！而且说这种话的百分之九十以上都不是资产阶级。有干部，有工人，还有老头老太什么的。我听了很不服，改革才进行了一年多，你们怎么会从赞扬变成反对？两片嘴唇翻得倒快呐！我只好耐心地加以解释：

"老太太，少说两句吧，一年前你能到这里来吃饭，还算见了世面！"

"世面已经见过了，现在要吃好东西！"老太太晃着几张大钞票，"喏，儿子寄来的，他再三关照我要增加营养，高兴的时候便到你们店里来改善改善。改善个屁，还不如我自己烧的！"

"那就自己烧吧，自己烧的东西合口味。"我想起孔碧霞来了，不觉说漏了嘴。

老太太火了："你……你这话像是开黑店的人说的，我能烧还要你们干什么，白养着你们拿薪水！"

包坤年挺身而出了："什么叫开黑店，你嘴里放干净点！社会主义的企业是黑店？你诬蔑……"

我连忙拦阻："好了。算了算了。老太太，你别生气，这菜如果没有动过的话，我们退钱。"

对干部模样的人我就不大客气了："同志，你是出差的吧？"

"对，咱从北京出差到苏州，听说苏州菜名扬四海，你们的店很有名气，特地来品尝品尝，可你们却拿出这玩意儿！"

"同志，有这样的玩意儿已经不错了，你的伙补一天才几毛钱？"

"咱自己就不能补？现在不是包干儿的时代了，咱花得起！"

"艰苦朴素的作风还得保持。"

"对对，谢谢您的教导，早知如此应该背上一袋窝头上苏州，你们这家饭店嘛，存在也是多余的！"袖子一甩，走了。

我叹了口气，觉得这人的资产阶级思想也是很严重的，才拿了几天的薪金制，就这么财大气粗地当老爷！至于我们这家饭店的存在……唉，确实有了点问题。这两年国民经济大发展，农村连年丰收，工人调资定级，干部拿了薪水……那人民币又特别见花，肉才六毛多一斤，五香茶叶蛋五分钱一个，二两五的洋河大曲连瓶才两毛二分钱。许多人都阔绰起来了，看到大众菜便摇头，认为凡属"大众"都没有好东西，"劳动牌"也不是好香烟。我想为劳动大众服务，劳动大众却对我有意见。有人把意见放在桌面上，更多的人是不愿费口舌，反正有名的菜馆多的是，他们的改革本来就不彻底，临时弄点大众菜装装门面的。时过境迁连门面都不装了，橱窗里琳琅满目，各种名菜赫然在焉！他们乘着市面繁荣时拼命地掏人家的口袋，掏得人家笑嘻嘻的，那营业额像在寒暑表上哈热气，红线呼呼地升上去！我们也曾有过黄金时代啊！想那改革之初，营业额也曾一度上升，我还以此教育过管账的，说他是杞人忧天。隔了不久便往下降，降，降……降掉了三分之一，再降下去确实会产生能否存在的危机！

好吃的人们啊！当你们贫困的时候恨不得要砸掉高级饭店，有了几个钱之后又忙不迭地向里挤，只愁挤不进，只恨不高级。如果广寒仙子真的开了"月宫饭店"，你们大概也会千方百计地搭云梯！

一九五七年的春天是个骚动不安的季节，到处都在鸣放，还有闹事的。店里的职工开始贴我的大字报了，废报纸上写黑字，飘飘荡荡地挂在走廊里。我看了以后倒也沉得住气，无非是大众菜和营业额等等的问题。只有一张大字报令人气愤，说我是拿饭店的名声，拿职工的血汗来换取个人的名利，说那杨中宝是被我打击、排挤出去的！署名是"一职工"，可从那语气和那么多的形容词来看，肯定是包坤年写的。你这小子也太不应该了，当初改革时你也曾热情支持，说杨中宝开地下饭店也是你汇报的，怎么能把一堆屎都甩到我的头上来呢？当然，我也没有必要对此加以解释，只要有千分之一的正确性，都是应该接受的。

正当我惶惑不安、心情烦躁的时候，却来了我的老同学丁大头！

丁大头到北京开会，路过苏州，特地下车来看看我。转眼八年啦，真叫人想念！我情不自禁地叫起来："老伙计，我要好好地请你吃一顿，走，上我们的饭店去！"我叫过以后也觉得奇怪，这话可不像我说的，怎么见了面就想请客呢！

丁大头摇摇头："罢啦，你们的饭店我已经领教过了，还把大字报浏览了一遍。老伙计，你这些年都干了些什么呢？"

"干了点什么？等等，你等等。等会儿我会全部告诉你。"我连忙把我的爱人叫出来，向丁大头介绍："喏，这就是我的爱人。这就是我常常对你说起的丁大头。"

丁大头欠了欠身子："丁正，绰号大头……哎哎，这个雅号再也不能扩散了，我和你一样，大小也是个经理！"

我爱人掩着嘴笑，盯住丁大头看，好像要弄清楚那头是否比平常人大点。

我说："你别呆看了，快到小菜场去看看，买点儿什么东西。"丁大头对我们的饭店已经领教过了，带他到人家的饭店里去更是制造口舌。所以我想叫爱人随便弄点菜，晚上就在家里吃一点。谁知道我的爱人没手抓了，结婚两年多她还没有弄过饭哩！她只会替丁大头倒茶、递烟，说："你们先谈会儿吧，妈妈到居民委员会开会去了，等她回来再替你们准备吃的。"

我一听便急了，居民委员会开会是个马拉松，又拉又松，等到他们开完会，那小菜场肯定已经关门扫地。便说："你就烧一顿吧，不能样样事情都依赖妈妈。"

我爱人来话了："怎么，你把说过的话都忘啦，你说年轻人如果把业余时间都花在小炉子上，肯定不会有出息。"她把双手一摊："你看，我这个有出息的人还不知道油瓶在哪里！"

丁大头哈哈地笑起来了："对，我可以证明，这话肯定是他说的，一切后果由他负责！"

我连忙摆摆手："好了，你到居民委员会去一趟，就说家里来了人，让妈妈早点拔签。"

爱人出去以后，我便滔滔不绝地倒苦水，从头说到尾："……那些大字报你都浏览过了，进行人身攻击的不谈，那是一个年轻人跟着人家起哄的。可是我的改革有什么错？旧社会的情景你也见过的，就是为了消灭那种不平才去战斗。我不会忘记，临离开这个城市的时候我曾经对她发过誓言。当然，那只是一种壮志，个人的力量是很微薄的，可是在我力所能及的范围内绝不能让那些污泥浊水再从阴沟里冒出来，决不能让那些人还生活在他们的天堂里！他们可以关起门来逃避，但是不能让我们的同志在吃的方面去向资产阶级学习。当年我们遥望江南，为的是向旧世界冲击；曾几何时，那些飘飘荡荡的大字报却对着我冲击了！冲吧，我问心无愧！"

丁大头沉默了，直抽烟，他的心情大概也是很不平静的。

新中国70年优秀文学作品文库

中篇小说卷

"说话呀，你的知识比我广博，这些年又在新华书店工作，整天埋在书堆里，你可以随便抽出一本书来敲敲我的头，最好是那些布面烫金的，敲起来有力！"

丁大头笑了："那不行，敲破了头是很难收拾的，我只是想告诉你一个奇怪的生理现象，那资产阶级的味觉和无产阶级的味觉竟然毫无区别！资本家说清炒虾仁比白菜炒肉丝好吃，无产阶级尝了一口之后也跟着点头。他们有了钱之后，也想吃清炒虾仁了，可你却硬要把白菜炒肉丝塞在人家的嘴里，没有请你吃榔头总算是客气的！"

我跳起来了："你你……你也不能天天吃清炒虾仁呀！"

"谁天天到饭店吃炒虾仁的，他有那么多工资吗？"

"可也不少呀，同志，你不能低估这种潮流！"

"是你把大众低估了。大众是个无穷大，一百个人中如果有一个来炒虾仁，就会挤破你那饭店的大门！你老是叨念着要解放劳苦大众，可又觉得这解放出来的大众不如你的心意。人家偶尔向你要一盘炒虾仁，不白吃，还乐意让你赚点，可你却像沙子丢在眼睛里。"

"不不，我对大众没意见。"

"我知道，你是对那个朱什么冶有意见，他闭门不出了，你到哪里去揪他呢！"

"也不是全躲在家里。"

"当然，肯定会有许多人跟着劳动大众去吃虾仁。告诉你吧，即使将来地主和资本家都不存在了，你那吃客之中还会有流氓与小偷，还有杀人在逃的，信不信由你。"

我信了。我早就发觉过这一点，住旅馆需要工作证和介绍信，吃饭只要有钱便可以。我只好叹气了："唉，你的话也不无道理，可我总觉得勤俭朴素是我们民族的美德，何必在吃的方面那么顶真呢？"

"说得对，这对你个人来说是一种美德，希望你能保持下去，可你是个饭店的经理，不能把个人的好恶带到工作里。苏州的吃太有名了，是千百年来劳动人民创造出来的文化，如果把这种文化毁在你手里，你是要对历史负责的！"

我一听便凉了。我在学校里读过历史，知道那玩意儿可不是好惹的，万一被它钉住了，死都逃不脱的！可我也怀疑，这吃的艺术怎么会是劳动人民创造的呢，说得好听罢了，这发明权分明是属于朱自冶和孔碧霞他们的。

也怪我的妈妈太热情，这天的晚饭竟然是五菜一汤，汤是用活鲫鱼烧的，味道鲜美。

丁大头眉开眼笑了："你看，这社会风气已经渗透到你的家庭中来了，注意！"

七　南瓜之类

丁大头走后，我仔细地检查了我的行为。一个老朋友来了，为什么立即想到要去买菜呢？很简单，这是一种乐趣，也含有尊重与慰劳的意味。过去为什么不是这样呢？记得渡江后和他在无锡分手时，我也曾为他送行，花了五分钱在摊头上吃了一碗小馄饨，他十分满意，我也情意绵绵。今天为什么不能那样做，一顿花掉五块多钱！也很简单，那时的五分钱是我全部流动资金的十分之一，而我今天的工资是七十五，加上我爱人的工资，再扣去家庭的开支，那五块钱也就等于五分钱。物质和精神的砝码一样大，情谊的天平是平平的。如果我今天还请丁大头吃小馄饨，即使他不介意，我又有什么必要让他忆苦思甜！如果让妈妈和爱人知道的话，肯定要把我一顿臭骂："这些年你一直惦记个丁大头，来了以后只肯花五分钱，你还像不像个人呢！"

我当然像个人，而且自以为像个很好的人，不随波逐流，不见异思迁……可我有没有感到时间在流去，生活在变迁？我只知道忘记了过去就等于背叛，却不知道忘记了变化也和背叛是差不多的，同样是违反了人民的心意。不去管什么朱自冶了，让他在小庭院里快活几天！

正当我想转弯的时候，反右斗争开始了。这个运动没有碰到我，差点儿我还成了英雄哩。谁都承认我立场坚定，方向对头，早就以实际行动打击了资产阶级的"今不如昔"。只是由于我的心中有鬼，说话吞吞吐吐，行动也不积极，白白错过了一个提拔的机会，是个扶不起的刘阿斗。

我想转弯也来不及了，因为跟着便是"大跃进"，"大跃进"之后便是困难年。"大跃进"的时候人人都顾不上吃饭，困难年人人都想吃饭了，却又没有什么东西可吃的；酱油都要计划供应了，谁还会对大众菜有意见？连菜汤都是一抢而空，尽管那菜汤是少放油，多放盐。凡是能吃的东西人民都能下肚，还管它什么滋味不滋味！

这就苦了朱自冶啦！他吃了四十多年的饭，从来就不是为了填饱肚皮，而是为了"吃点味道"。这味道可是由食物的精华聚集而成的。吃菜要吃心，吃鱼要吃尾，吃蛋不吃黄，吃肉不吃肥，还少不了蘑菇与火腿。当这一切都消失了的时候，任凭那孔碧霞有天大的本领也难以为炊。

新中国 70 年优秀文学作品文库

中篇小说卷

人也真是个奇怪的动物，有得吃的时候味觉特别灵敏，咸、淡、甜、嫩、老，点点都能区别。没得吃的时候那饿觉便上升到第一位，饿急了能有三大碗米饭（不需要上白米）向肚子里一填，那愉快和满足的感觉也是难以形容的。朱自冶尽管吃了一世的味道，却也难逃此种规律。他被饥饿从小庭院中逼出来了，又拎着个草包成天在街上兜。这一次不是寻找美味了，只要看见哪里围着人，便拼命地向里钻，企图能买到一点红薯、萝卜或花生米之类，不管什么价钱。无奈，他经常总是提着个空包回来，神情沮丧，疲惫不堪地走过我家的门前。我第一次见到他财大并不气粗，他也许是第一次感到金钱并不是万能的。照理说那朱自冶也饿不了，城市不比农村，他有定量供应。"大跃进"之前他家的定量吃不了，经常向外调剂，现在虽说捐献掉两斤，那也不至于饿肚皮。奇怪，一旦缺少了副食品和油之后，那粮食就好像是棉花做的，一天八两一顿下肚，还不知道是塞在哪个角落里！何况那思想也有问题，一顿不饱十顿饥，眼睛一睁便想吃东西。朱自冶以前是眼睛一睁便想吃头汤面，现在却老是睁着眼睛看住桌上的饭碗，总觉得他碗里的饭比孔碧霞女儿少了点。孔碧霞也没好气：

"是你的肚子里有鬼！"

"我有鬼还是你有鬼？一个是空的，一个是实的！"

孔碧霞一把夺过女儿的饭碗："给你，都给你，反正女儿也不是你养的！"

孩子哇的一声哭起来了，夫妻俩吵得不可开交。吵到后来实行分食制，一只煤炉两只锅，各烧各的。在吃上凑合起来的人，终于因吃而分成两边。再也看不见他们两个套着膀子走路了，再也听不见孔碧霞嗲声嗲气地叫喊："老朱嗳，你来嘘！"

资产阶级的家庭关系本来就是建筑在金钱上的，当金钱处于半失效的状态时，那关系也就会处于半破裂。我倒有点为朱自冶庆幸了，这下子他可以不再迷信金钱，也可以知道一粥一饭的来之不易，不要那么无休止地去寻求美味。

我这样想并不是幸灾乐祸，因为我和朱自冶同处于一个灾祸之中，他饿我也饿，同样地饿得难受。按说，我是一个饭店的经理，在吃的方面还是有点儿办法的，在这种特定的时刻，权力的作用会明显地超过金钱。可我一贯自认为是个很好的人，饿死事小，失节事大，不去搞那些鬼把戏。老实说，也没有饿到真的爬不起来的地步。况且我的家庭很巩固，妈妈和我的爱人拼命地保证重点。妈妈总是让我先吃："快吃吧，吃了上班去，我反正没事，等一歇。"我知道这"等一歇"是什么意思，总是偷偷地把饭拨掉点。我的爱人重点保证女儿，孩子读小学，正在长身体，放学回家等不及放书包，便喊肚子饿，不管给她多少，她都会呼呼啦啦地吃下去，哪像现在的孩子，吃饭都要大人逼！

我爱人的身体本来就不好，不久便发现腿也肿了，脸也泡了。这是当时的一种流行病，谁都会医，药方也很简单：一只蹄膀、一只鸡，加四两冰糖煎服便可以——到哪里去找呢？

我有点心事重重了，走路也闷着头。走过阿二家门前时，他在门内向我招手。

阿二早已不挖河道了。当年以工代赈时，每天只拿三斤米，他积极工作，毫无怨言，不愧为工人阶级。领导上十分器重他，安排他到搬运站去工作，现在是基层工会的主席。他对我很信任，总以为我说的话都是对的。可不，那黄包车已经进了博物馆，三轮车也不多见，他虽然没有当上司机，却也是司机的领导哩。

我进了阿二家的门，见阿二的爸爸也坐在天井里。这老头儿有好几年对我不予理睬，后来儿子当了干部，定了工资，讨了媳妇，阿三、阿四也都就了业。老头儿也不卖葱姜了，在那摆摊头的地方摆张小桌子，天天晚上弄点老酒抿抿，看见我总是笑嘻嘻地打招呼："来来，弄一杯！"如今的日子又不大好过了，小桌子又搬到天井里。我喊他一声老伯伯，他想笑却没有张开嘴。

阿二把我拉到一边："怎么样，我看见阿嫂的脸色有点不对！"

"是啊，有点浮肿。"

"这样吧，我们有两辆汽车到浙江去拉毛竹，毛竹没有拉到，却在哪个山沟里弄来两车南瓜。你准备一辆小板车，天不亮便到码头上去，我弄一车给你。"

"不不，我又不是你们单位里的人，怎么好分你们的东西，再说……"

"别说啦，我决不会做那种'狗皮捣灶'的事情，那南瓜有我的一份，你先拉去吃。我们经常有车子在外面跑，总比你活络点。"

"那……"

"那什么呀，去拉吧！"老头儿在旁边插话了："南瓜有什么稀奇，大农场，拖拉机，我还等着喝你的伏特加哩！"老头儿咧开嘴笑了，他是在挖苦我的。

我也笑了："老伯伯，你别挖苦我，我还没有翻你的老底呢。那时候阿二去挖河泥，你看见我连头也不点。后来怎么样啦，天天喊我弄一杯。别着急，目前是暂时的困难，好日子会回来的！"

老头儿真心地笑了，连连点头："对对，我相信，相信。"

千千万万个像阿二爸爸这样的人，所以在困难中没有对新中国失去信心，就是因为他们经历过旧社会，经历过五十年代那些康乐的年头。他们知道退是绝路，而进总是有希望的。他们所以能在当时和以后的艰难困苦中忍耐着，等待着，就是相信那样的日子会回头，尽管等待的时间太长了一点。我很后悔，如果当年能为他们多炒几盘虾仁，加深他们对于美好的记忆，那，信心可能会更足点！

我回家把这件事情告诉妈妈，妈妈谢天谢地，连忙四处奔走，去借小板车。

小板车借回来了，可那朱自冶却像幽灵似的跟着小板车到了我的家里！他的样子很拘谨，也很可怜。叫他坐也不坐，痴痴呆呆地站在门角落里。我暗自稀奇，现在来找我干什么，难道还对大众菜有意见！

妈妈对朱自冶一直很尊敬，硬拉朱自冶坐下，还替他倒了杯水：

"朱先生，有什么话你就说吧，是不是又和孔碧霞吵架啦！"

"哪有力气吵啊，你们看，瘦的！"朱自冶叹了口气，拍拍他那曾经两度凸出来的肚子，他那肚子是生活的晴雨表。

是啊，朱自冶那个颇有气派的肚子又瘪下去了，红油油的大脸盘也缩起来了，胖子瘦了特别惹眼，人变得像个没有装满的口袋，松松拉拉的全是皮。我说："忍耐一下吧朱先生，这对你也是一种磨炼！"

"啊……也对，也对。"朱自冶迟疑着，想站起来，又坐下去。

妈妈是个饱经沧桑的人，她从朱自冶的神态上就已经看出，这是一种有求于人而又难以启口的表现。她在解放前被逼得无路可走时，也曾向朱自冶借过钱。她曾经对我说过，向人借钱的日子最不好过。失魂落魄地跑进门，开不出口来又跑出去，低声下气地不知道要兜几个圈子。她大概是不想让自己受过的罪再让别人受，便替朱自冶壮胆：

"朱先生，有什么话就说吧，说出来也好让我们帮助。人生一世，谁还没有个为难之处！"

"南瓜。"朱自冶没头没脑地开了口，"听说你家去拉南瓜，能不能分点给我，我……给钱。"

妈妈虽然知道朱自冶绝不是来借钱的，却没料到他是来讨南瓜，这事儿她不好做主，因为南瓜和我爱人的浮肿病有点关系，万一有个三长两短，那就说不过去。不答应朱自冶吧，她也觉得说不过去，因为她知道许多公子落难，义仆救主的故事，只好抬起头来看看我："小庭，你看呐！"

用不着看了，朱自冶那可怜巴巴的样子就在眼前。从他趾高气扬地高踞在阿二的黄包车上，大摇大摆地出入茶馆酒肆，直到今天抖抖缩缩地向人家讨几只南瓜，天意的惩罚也是够受的啦！

我点了点头："好，分点给你。"

朱自冶双手一合："谢谢，谢谢，我给钱！"说着便把手伸进口袋，他并没有忘记钱的魔力。

我突然产生了反感："不要钱，你要答应我一个条件！"

"什么条件？"朱自冶又惶恐了。

"跟我一起去拉板车。不劳动者不得食，总不能再叫人把南瓜送到你家里！"

"当然当然，我一定劳动！可……可我不会拉板车，弄不好会把车子拉到河里。"

我一想，这倒也是个实际问题："你总会推吧，我在前面拉，你在后面推。"

"会，我一定用力推。"

"那好，明天早晨四点钟，你在巷头上烟纸店的门口等我，过时不候！"我给他把时间定死了，劳动者总要守点儿劳动纪律。

第二天早晨三点五十五分，我把小板车拉出了大门，在空寂的小巷里咔嘟咔嘟地向前滚。

果然不错，朱自冶站在那里哩。我本来的意思是叫他站在烟纸店的屋檐下，那里可以避一避深秋黎明时的寒露。可他却紧紧地裹着一件旧雨衣，像个电线木杆似的站在路灯的下面，为的是能让我一眼便看见。我看了很高兴，劳动是能改造人的，起码叫他懂得了准时准点。

"早啊，朱先生，叫你久等了吧。"

"可不是，我已经抽掉了五根香烟！"朱自冶说着便脱雨衣，弯下身来帮我推。

我连忙说："穿上，空车是用不着推的。"我存心要教会朱自冶一点儿劳动的本领，便把车杠向上一提："你看，只要前高后低，重心在后，它自己会向前滚的，费不了多少力。等会儿装了南瓜，也只要你在上坡下桥时帮我一把。到了平地，你只要一手搭住车帮，弯腰向前，把体重压到车帮上，跟着跑跑便可以。"

朱自冶嘘了口气，原来这推车也不费力！他把雨衣向手弯里一搭，甩打甩打走在我的身边。朱自冶东张西望，兴致勃勃，好像是第一次看到这黎明前的苏州，第一次看到清洁工人在路灯下扫地，第一次听到那粪车在巷子里辚辚地滚过去。

"高经理，现在几点啦，我怎么觉得还是在半夜里。"

"四点零三分。怎么，你没有表吗？"我有点奇怪了，朱自冶的时间怎么是用抽几支香烟来计算的？

"不瞒你说，读大学的那一年家里给了我一只浪琴金表，我戴了三天就不想要了，总觉得手腕上多了个东西，很不舒服。"

我差点儿笑出来了，那只浪琴金表大概早已下肚，放在肚子里是最舒服不过的。

"那你不要准时上课吗，迟到了也是很不舒服的。"

"迟到，嘿嘿，我根本就不到。野鸡大学，文凭也可以卖的。唉，书到用时方恨少呀，现在想看点儿书了，还有许多字不识呢！"

我对朱自冶刮目相看了，不会拉板车也罢，能看点儿书总是好的，开卷有益。

"都看点儿什么书呢？"

"喏，当然是关于吃的，食谱。这些时没有什么吃的了，晚上睡不着，想起自己一生吃过的好东西，好像那些大盘小碗，花花绿绿的菜看就在眼前。不瞒你说，我在这方面的记忆力特别好，我能记得几十年前吃过的名菜，在什么地方吃的，是哪个厨师烧的，进口是什么味道，余味又是怎么样……你别笑，吃东西是要讲究余味的，青橄榄有什么吃头？不甜不咸，不酥不脆，就是因为吃了之后嘴里有一股清香，取其余味。人真是万物之灵啊，居然能做出那么多好吃的东西！从天上吃到地下，从河里吃到海里。人要不是会钻天打洞地去吃的话，就不会存到今天！恐龙只会吃草，那么巨大的东西如今又在哪里？……你别叹气。是的，我也觉得很可惜，当年吃过了也就算了，没有写日记，现在回想起来就不能全面，所以想看食谱，复习复习，还可以熬馋呢！……哎哎，你慢点走啊，听我说，那些食谱看了叫人生气，记载得很不详细，我认为最好吃的里面都没有，特别叫人生气的是看不起我们苏州的菜，都是些奇里古怪的东西，什么皇帝吃过的。皇帝有什么了不起，每天一百只菜，摆摆场面，还不知道有几只是可以吃的！乾隆皇帝为什么要三下江南呀，就是到苏州来吃的……"

实在熬不住了："快走吧，拉南瓜去！"我把南瓜二字说得特别响，目的是让他的头脑清醒点。

"对对，我们决不能忽视南瓜，用南瓜照样可以做出上等的美味。你们的店里过去有一只名菜，名叫西瓜盅，又名西瓜鸡。那是选用四斤左右的西瓜一只，切盖，雕去内瓤，留肉约半寸许，皮外饰以花纹，备用。再以嫩鸡一只，在气锅中蒸透，放进西瓜中，合盖，再入蒸笼回蒸片刻，即可取食。食时以鲜荷叶一张衬于瓜底，碧绿清凉，增加兴味。"朱自冶背完了食谱，又摇摇头，"其实那西瓜盅也是假的，鸡里并没有多少瓜味。瓜甜鸡咸，二者不配，取其清凉之色而已。我们可以创造出一只南瓜盅，把上等的八宝饭放在南瓜里回蒸，那南瓜清香糯甜，和八宝饭浑然一体，何况那南瓜比西瓜更有田园风味！……"

够了。这一大篇吃经念下来，已经快到码头了。我也不想打断他的话，也不再希望他有什么转变，这人是本性难移！让你去画饼充饥吧，我可要改变主意。我本来想把南瓜分给他一半，现在重新决定：分给他三分之一！

八 殊途同归

万万没有想到，一个好吃的人和一个反好吃的人居然站到一起来了！"文化大革命"中我成了走资派，朱自冶成了吸血鬼，两个人挂着牌子，一起站在居民委员会的门口请罪。

朱自冶成为吸血鬼犹可说也，我成了走资派……也有道理。因为在困难年过去之后，我觉得时机已到，可以对过去的改革加以检讨，再也不能硬把白菜炒肉丝塞到人家的嘴里了。何况当时的形势和人们的要求也逼着我的转变。领导上提出要开高级馆子，卖高价菜，借以回笼货币，我们本来就是名菜馆，更是义不容辞的。人们在困难年中饿坏了，连我这个素以不馋而自居的人，也想吃点好东西。妈妈也到自由市场上去游转，五块钱一斤豆油，十块钱一只鸡，看了摇头惊呼，还是笑嘻嘻地拎一只回来，加水煎熬，放在我爱人的面前："吃吧，孩子，这两年苦坏了你！"老人说这话的时候眼泪都掉下来了，其实我爱人的浮肿病早已消退。只有小女儿兴高采烈，到处宣扬："我们家今天吃了一只鸡！"好像发生了什么惊天动地的事情！

高价菜又把朱自冶吸引到我们的店里来了，而且是和孔碧霞一起来的。两个人虽然没有套着膀子，却是合拎着一只大草包，一人抓住一个拎襻，相视而笑，十分亲热。那包里装满了高级糖，高级饼，两人刚刚剃过高级头，容光焕发，喜气洋溢，一股子高级香水味。金钱又发生作用了，那垂老的爱情当然是可以弥合的。

二十元一盆的冰糖蹄膀，朱自冶一下子便买了两只，分装在两个饭盒子里。我和朱自冶自从拉了那趟南瓜之后，见了面都要点头，说两句天气，以纪念那一段共同的经历。困难终于过去了，店里有了东西卖，我也觉得增添了几分光彩。看见朱自冶来买蹄膀摆弄和他搭话："好呀，老顾客又回来啦！"

朱自冶也高兴，笑着，拉拉我的手，可那话却是不好听的："没有办法呀，蹄膀和冰糖自由市场上没有，只好到你们店里来买老虎肉！"

"噢……那你为什么不趁热吃，带回去给孩子？"

"不不，你们的蹄膀没烧透，不入味。我们带回家去再烧一下，再用半斤鸡毛菜垫底，鲜红碧绿，装在雪白的瓷盘里，那才具备了色香味。你们的菜呀，还差得远呢！"

我听了有点懊丧，当时不该把南瓜分给他三分之一。可我也接受了教训，决不把这股气扩散到别人的头上去。六三、六四年的供应情况又和"大跃进"前差不多了，我要致力于炒虾仁，使人对这美好的日子留下更深刻的记忆，人总不能老是后悔。可这恢复工作比我当初的改革要困难百倍，从精细到粗放，从严格到马虎，从紧张到懒散，从谦逊到无理都是比较容易的，要它逆转可得费点劲儿哩！

包坤年早就不当"店小二"了，这是在我的启发下改变的。他的行政职务虽然还是服务员（对此他很有意见），服务的时候却像个会议的主持人，高坐在那会场似的店堂里。吃客拥进店堂时他便高声大喊："喂喂，不要乱坐，先把前面的桌子坐满！听见没有，你为什么一个人溜到窗子口？"

"同志，请你来一下。"

"要点菜吗？看黑板，都写着咧。"

"同志，我想要两只苏州名菜。"

"名菜？每一只菜都有名字，写得清清楚楚的。"

几乎每天都有吃客吵到我的面前："我们是来吃饭的，不是来受气的！"我忙着给人家赔不是，同时抓紧时间开会，做思想工作，订服务公约，批评别人，检查自己。还得感谢我们苏州的滑稽艺术家张幻尔——祝他安息。他那时编演了一个滑稽戏，名叫《满意勿满意》。这戏还真帮了我不少忙，我还请他到店里来做了一次报告，他的报告比我的报告有效，所以便招待了他一顿，没有收钱，是在宣传费用中报销的。

以上种种，到了"文化大革命"中自然就成了罪孽，说我是全面复辟了资本主义，伤天害理地强迫革命群众去服侍城市里的老爷！张幻尔的那一顿饭也不是好吃的，陪着我狠狠地被斗了一整天！

包坤年成了头头了，对准着我造反。他那时有一种错觉，认为打倒了局长便可以当局长，打倒了经理便可以当经理。局长已经被人家抢先打倒了，他也只好屈就点。他确实也具备了各种对我造反的条件：历史清白，一贯拥护革命路线，最最难得的是在一九六三年便抵制过我的复辟行为，遭到过我的残酷打击！这话也并非完全捏造，一九六三年我是批评过他，他那名菜都有名字的妙语，还被报纸上的一篇文章引用过，虽然没有点名，总会有点压力。所以他在控诉我的罪行时总是义愤填膺，热泪盈眶："那时候黑云压城城欲摧，我势单力薄，孤军奋斗，只好暂时屈服在他的淫威下面，我盼啊，盼啊……"包坤年经常在店堂里看小说，词儿是不少的，也不空洞，他对我的情况十分熟悉，重磅炸弹都捏在他手里。那时候他老是跟着我转，我也把他当作左右手，可算是无话不谈的。诸如我小时候曾经帮朱自冶买过小吃，住了他家的房子不给钱，等等。有些话是为了说明旧社会的不平，有些话纯属闲聊，并无目的。包坤年把这些事儿都串起来了，批道：

"这个死不改悔的走资派，从小便被资本家收买，眼看蒋家王朝的末日已到，便带着不可告人的目的混入我解放区。解放初期伪装积极向上爬，攫取了权力；一有机会便全面复辟资本主义，为他的主子效力！"这些话虽然不合事实，却也很有逻辑性。我是在蒋家王朝末日已到时到解放区去的，解放初期我是很努力，当了经理当然也有了权力，一有机会是改变过经营管理！任何事情只要先把它的性质肯定下来，怎么说都有理，而且是不需要什么学问的。"白马非马"，如果我首先肯定了你是只马，那就不管你是白的还是黑的，你怎么玄也休想滑得过去！要不然的话，世界上的黑白为什么会那样容易就被颠倒了呢？

也有人是处于一种好奇心理："是呀，哪有房屋资本家是不收房钱的？不是一天两天啊，一住几十年，这里面到底是什么关系？"这些人并无恶意，只是想知道人与人之间的秘密关系。

包坤年可要抓住这些关系做文章了，立刻通过居民委员会去外调。

这个朱自冶呀，没说头。他除掉好吃之外还有个致命的弱点——怕打。当包坤年把袖管一捋，桌子一拍，他就语无伦次，浑身发抖。

"说，你有没有收买过高小庭？"

"收……收买过的。"

"怎么收买的？"

"经常给他钱。"

"在什么地方给的？"

"在酒店里。"

"总共给了多少？"

"大……大约有几十万。"

"啊！这么多的钱你是怎么从银行里取出来的？"

"用，用不着取，是零钱，对对，是伪币。"

幸亏包坤年要比我的老祖母明白得多，如果他也只知道铜板和银圆的话，很可能要闹笑话。

"伪币？……伪币也是钱！快说，解放以后你们是怎么勾结的？"

"没有。解放以后他对我不大客气。"

"胡说，把他带走！"

"啊啊，我该死，我忘了，困难年他还给了我一车南瓜哩！"该死的朱自冶呀，他忘了说三分之一，为了这个数字，还害得我多挨了几拳头！

这下子不得了啦，证据确凿，罪行累累！更不得了的还在后面呢，三转两绕把个孔碧霞也牵出来了。她的前夫解放前夕逃在香港，困难年还从香港给她寄过罐头，秘密指令就藏在罐头里！她是潜伏特务，我和特务内外勾结，窃取国家机密……包坤年看的都是反特小说，看多了自己也会编。你看：天亮前的三点五十五分，朱自冶穿着一件美制的雨衣（那件破雨衣确实是美国货），歪戴着一顶鸭舌帽（没有戴），站在电灯柱下徘徊，连续不断地抽了五支香烟。准四点，高小庭拉着板车从巷子里出来，左右这么一看，轻轻地说了一声："走……"故事的开头很有吸引力，因而十分畅销，到处请他去做批判发言。他没完没了地讲着，我弯成四十五度角站在那里，还要不时地回答问题：

"你有没有罪？"

"有罪，我有罪！"我确实承认自己有罪。当年包坤年听说杨中宝到孔碧霞家吃饭，便编造出杨中宝开地下饭店，而且还有个妖里妖气的女人收钱。我不但没有批评他，却从自己的需要出发，对他重用，加以鼓励。如果编造谎言能得到好处的话，那他为什么不编呢？好处越大，他就会编得更加离奇！

"回答，你是不是罪该万死！"

我拒不回答。我不想死，我要活。我有错误要纠正，还有那愿意为之牺牲的共产主义事业……

拳头又落到我的身上来了，打得并不重，却像刀尖刺在心头，我总觉得包坤年握着的刀柄，有一半儿是我做成的！

居民委员会也不能没有表示，可那批斗的事儿都给包坤年包了，他们捞不着，只好勒令我和朱自冶、孔碧霞早晨到居委会的门口请罪。我和朱自冶终于站到了一起！

挂着牌子站在居委会的门口请罪，那滋味比"押上台来！"更难受。押上台去向下一看，黑压压的一大片，也不知道有几个人是我认识的。站在居委会的门口就不同了，巷子里早晨进出的都是熟人。那拎着菜篮的老太是看着我长大的，那阿嫂结婚的时候曾经请我坐过席，那孩子嘛……前几天见了我还喊叔叔哩！我低着头不敢看人，人们也不忍看我。好端端的一个人，又不偷又不抢，怎么突然之间像个吊死鬼似的，一动不动地竖在那里！有人绕道走了，绕不掉的人便匆匆奔过去，装着没看见。偏偏我又能从他们的脚步和鞋袜上看得出是谁。看得最准确的当然是我的妈妈了，她小时候缠过足，后来才放开，那双半大的脚围着儿子转过多少回啊，如今是那么沉重而零乱，歪斜而迟疑。

只有阿二满不在乎，他走到我身边便高声咳嗽，轻轻地说："别着急，先熬着点。"

孔碧霞可熬不住呀，她是个爱打扮而又讲风度的人，如今剃了个阴阳头，挂着个女特务的牌子站在那里。特务而加女字，更容易引起人们的注目和非议，因为谁都不会想到女特务会做菜，总是想到女特务会搞一些乱七八糟的男女关系。再加上那个该死的朱自冶，居然交代他曾经看到孔碧霞从外国罐头上剥下商标纸，一直压在玻璃台板里，破"四旧"的时候才烧毁。这使得包坤年的故事里又多了一个情节。这密码就在商标纸的背后！孔碧霞又羞，又恨，又急，站了不到半个小时便砰然一声倒地，满脸鲜血，不省人事。亏得居委会主任并不存心要和谁作对，便叫人把她揽了回去。

我对朱自冶更加反感了，请罪的时候都离他远点，表示我和他并非同类。你朱自冶好吃倒也罢了，在那样的情况下，好吃根本就算不了一回事。可你为什么那么怕打，为了一时的苟安，竟然不顾夫妻情义，提供那种不负责任的细节。由此我也得出结论，好吃成性的人都是懦弱的，他会采取一切手段，不顾任何是非，拼命地去保护、满足那只小得十分可怜而又十分难看的胃！

第二天一早，阿二带着二十多个搬运工人来了，一个个身强力壮，头上戴着柳条帽。队伍由一部大榻车开路，榻车上装着杠棒、绳索和铁钎。车子到了我们的面前时便往下一停，有人大喝一声："是谁叫你们站在这里的？"

朱自冶又吓了，慌忙回答："是居委会主任。"

阿二把手一挥："去几个人，把主任找来。"

五六个人同时拥进大门，把主任拉到了大门口。

"是你叫他们站在这里的？"

"是的，请问你们是哪一派的？"居委会主任感到有些来者不善。

"我们是杠棒派,告诉你,这里不许站人,妨碍交通!"说着便有人到榻车上抽杠棒,拿铁钎。

居委会主任连忙摆手:"革命的同志们,这件事情可以商议,可以商议。"

阿二说:"这样吧,如果你觉得不好交代的话,那就叫他们到拐弯的弄堂里去扫地。"

居委会主任是个很有社会经验的人,他立刻明白了阿二的用意,也没有必要冒挨打的风险,便对我们挥挥手:"回去,各人回家去拿扫帚。"

阿二高兴地瞟了我一眼:"不许偷懒,扫得干净点!"

我听了暗自发笑,那拐弯的弄堂是条死弄堂,总共不到三十米,划不了几扫帚。

可是我却无法和朱自冶分开,我扛着扫帚进弄堂,他也紧紧地钉在我后面,我扫他也扫,我歇他也歇,还要找机会向我表示谢意:"还是你的朋友好,够交情!"

我忍不住叫出来了:"我的朋友是不讲吃喝的!"

九 士别三日

其实并不是别了三日;三三得九,整整九年我没有见到过朱自冶,他大概还住在五十四号里,我与全家下放到农村去了九年。

九年的时间不算太短了,所见所闻再加上亲身的经历,足够我进一步思考吃饭的问题。在思考中度过了五十大寿。

过生日的那一天,妈妈杀了一只老母鸡,开后门弄来一斤洋河大曲,闷闷地喝了几杯。三杯下肚之后突然惶恐起来,怎么搞的,什么事儿还没有干呐,却已经到了五十岁!解放初期我和五十多岁的老先生一起开会,上下台阶都得看着他点。在我的印象中,年过半百已经是老人了;在农民的生活中,五十岁的人如果有儿有女而且儿女都很孝顺的话,他是不挑重担的。"一事无成两鬓斑,常使英雄泪满衫!"我虽然不是英雄,却也流下了几滴眼泪。我在泪眼与醉意中胡思乱想:如果能让我重新工作的话,我第一要……第二要……简直像在做梦似的。梦也是一种预感吧,它有时候也能实现,只是实现起来不如梦中那么容易。

灾难过去之后,我又回到了苏州。这一次可不是背着背包回来了,一家大小,瓶瓶罐罐,台凳桌椅,农具家什装满了一卡车。我对苏州城有点不习惯了,觉得它既陌生又熟悉。大街小巷都没有变，可是哪来的这么多人哩！苏州人没有事儿并不是游园林，而是荡马路。如今，你连过马路都得当心点！在大街上碰到多年不见的熟人时，只能站在人行道的边上讲话，讲话要提高嗓门，还不停地有人从你的肩膀上擦来擦去。大批下放并没有能减少城市的人口，却把个原来比较安静的城市涨得满满的。涨得我连个安身之处也没有了，只好借住在亲戚的家里。也好，这下子可以和那朱自冶离得远点，他在城东，我在城西。

组织部的同志找我去谈话，那位同志也和我差不多的年纪。当年要饿我三天的老部长早已不在了，祝他安息，在"文化大革命"中，他在另外一个城市里"自动跳楼"。什么都懂的丁大头也不在了，他就死在"什么都懂"的上面，而我这个什么都似懂非懂的人却活到了今天……

"组织上考虑，你还是回到原来的工作岗位，有什么意见？"

我什么意见也没有，只是感到一阵心酸，忍不住自己的眼泪。如果坐在我面前的还是老部长的话，我会和他抱头痛哭的！老部长啊，你再也用不着饿我三天了，我已经深深地懂得了吃饭的意义；放心吧，丁大头，我再也不会硬把白菜炒肉丝塞到人家的嘴里。我要拼命地干，我要把时间放大三倍，一份为了老部长，一份为了你……

"不要激动，过去的都过去了，困难还在前面。"

我点点头。这是用不着说的，每次灾难都是首先影响到吃饭；灾难过去之后第一个浪头便是向食品市场冲击，然后才想到打扮，想到电风扇和电视机。

我的估计没有错，但是还有两点没有估计在内。十年动乱以后乱是停止了，可那动却是大面积的！人们到处走动，纷纷接上关系。访战友，看亲戚，老同学，老上级，有的被关押了十年，有的从反右以后便失去了联系。人们相互打听，谁谁有没有死，谁谁又在哪里。"好呀，看看去！"几乎是每一个家庭都会发生一次惊呼："啊呀，你怎么来啦……"我虽然反对好吃，可是在这种情况之下并不反对请客。我也是人，也是有感情的，如果丁大头还能来看我的话，我得好好地请他吃三天！

还有一点没有估计在内，那就是旅游的兴起。旅游这个词儿，以前我们不大用，一般地都叫作"游山玩水"，含有贬义。现在有新意了，是领略祖国的山河之美。不管是什么意思，我都不反对，人是动物，应该到处走走。特别是欢迎外国朋友们来走走，请他们看看我们民族的文化，顺便赚点儿外汇。别以为苏州的园林都是假山假水，人工造的，试问：世界上哪有一种文化不是人为的？真山真水虽然伟大，但那算不了文化，是上帝给的。何况苏州的园林假得比真的还典型，集中，完美，全世界独一无二，不是吹的！

苏州的饭菜呢？经理。在这个古老的天堂里吃和玩本来是并驾齐驱的，你既然不反对请客，不反对旅游，还欢迎外国朋友，那就不能落后，落后了是要挨打的。

可不是，开始的那阵子人们意见纷纷，什么吃饭难呀，品种少呀，态度坏呀。有人提意见，有人发牢骚，有人指着我的鼻子骂山门。那包坤年还和一帮青年人打了起来，真的挨了几拳头！没有办法，包坤年也需要有个恢复的过程。"文化大革命"期间他不是服务员，而是司令员，到时候哨子一吹，满堂的吃客起立，跟着他读语录，做首先……然后宣布吃饭纪律：一律到一号窗口拿菜，二号窗口拿饭，三号窗口拿汤；吃完了自己洗碗，大水槽就造在店堂里，他把我当初的改革发展到登峰造极！

别人对我发牢骚，我也对别人发牢骚，我的牢骚只能私下里发："现在的事啊，难哪……"不能在店堂里发，如果伙着大家一起发的话，那不是要把店堂吵炸啦！我得注意点，年岁也不小了，不能那么毛毛躁躁。特别是对包坤年，得讲个团结，他整天都在等着我打击报复呢！不错，他在"文化大革命"中打过人，但也只是打过我，没有打过别人。朱自冶招得快，没有挨过打，孔碧霞也不是他打的。他自己也是上当受骗，又没有能当上经理，牢骚要比我多几倍！

包坤年挨了人家几拳之后，便到办公室里来找我，面部的表情是很尴尬的："高经理，我……过去，对不起你……".

我连忙摇手："算了算了，过去的事情别提，那也不能完全怪你。如果你是来检讨的话，那就到此为止；如果你有什么事儿的话，那就直说，不必顾虑。"

包坤年翻翻眼睛，半信半疑："我想……"我这个人不适宜于当服务员，说话的嗓门儿都是两样的，容易惹人家生气。过去的那些年胡思乱想，都是不切实际。今后再也不能靠吵吵喊喊了，要凭本事吃饭，技术第一。所以我想好好地学点儿技术。

"你想离开饭店？"

"不，那也是不现实的。我想去当厨师，学烧菜。不管怎么样，我学起来总比别人方便。"

"噢……"我的脑子悠转着，考虑两个问题：一是包坤年的服务态度，恐怕一时难改，很难保证他在相当长的时间内不和人家打起来。二是厨房里确实也需要人，培养年轻的厨师已经成了大问题。我二话没说，马上同意。

美食家

701

包坤年十分满意，到处宣扬："放心，这个走资派是不会打击报复的，我那么打他，他都没有记仇，你贴了张把大字报，发过几次言有什么关系！"

别小看了包坤年的宣扬，还真起了点稳定人心的作用。人心思治，谁也不想再翻来覆去。牢骚虽多，可那牢骚也是想把事情做好，不是想把事情弄坏，只不过性急了一点。性急也是一种动力，总比漫不经心好些。

我和同志们仔细地研究了吃客的意见，发现除掉有关服务态度之外，要求也很不统一。有的要吃饱，有的要吃好；有的要吃得快（赶着去玩儿），有的不能催（老朋友相聚）；有的首先问名菜，有的首先问价钱；有人发火是等出来的，有人发牢骚是因为价钱太贵。不能把白菜炒肉丝硬塞在人家的嘴里，可那白菜炒肉丝也是不可少的，只是要炒得好些。

我的思想也解放了，不搞一刀切，还引进了一点洋玩意儿。不叫大众菜，叫"快餐"，一菜、一汤、一碗饭，吃了快去游园林，否则时间来不及。其实那快餐也和大众菜差不多，只是听起来还有点儿效率。否则的话，人家一看"大众"便上楼，谁都欢喜个高级。

我们把楼下改成快餐部，一律是火车座，皮靠椅，坐在那里吃饭也好像是在旅行似的。青年人，特别满意，带劲儿，又新鲜，又花不了他们几个钱。我年轻的时候只知道拖拉机，他们现在比我当年懂得多，还知道外国有种餐厅是会转的。怎么个转法我也不知道，反正在火车座儿里吃饭也有动的意味。当然，快餐的味道也不错，如果要添菜也可以，熏鱼、排骨、油爆虾、白斩鸡都是现成的。有个青年朋友吃得高兴起来还对着我打响指："喂，最好来瓶威士忌！"这一点我没有同意，我担心那威士忌和伏特加也是差不多的。

楼上设立炒菜部，把会场似的店堂再改过来，分隔成大小不同的房间，一律是八仙桌，仿红木的靠背椅，人多可加圆台面，墙角里还放几盆铁树什么的。老年人欢喜怀旧，进门一看便点头，"唔，还是和过去一样的！"其实和过去也不一样了，如果真和过去一样的话，他们也会有意见："怎么搞的，二十多年了，还是这样破破烂烂的！"

当我忙得满身尘土，焦头烂额的时候，背后也有人说闲话："都是这个老家伙，当年拆也是他，现在隔也是他，早干什么的！"我听了心往下沉，什么，我也成了老家伙啦！老……老得还可以嘛，那家伙二字是什么含义？也罢，干活儿不能动手抓，总得使几样家伙的。何况我从拆到造也不是简单的重复，内中有改进，有发展，这就叫不破不立。遗憾的是从破到立竟然花去了二十多年，我的心里也是不好受的。

改造店堂和引进一点洋玩意儿都好办，要恢复传统的名菜，全面地提高质量就难了，难在缺少人才。杨中宝和他的同辈人都纷纷退休了，有的是到了年龄，有的是想尽小法提早退休，好让子女顶替。名菜虽然都有名字，有些菜名青年人连听也没有听到过，他们的心里也很急，纷纷要求学习，而且对杨中宝十分想念。许多人虽然没有见过杨中宝，但都听师傅说起过，说杨中宝的手艺如何如何，肯定也会说我当年对杨中宝是怎样怎样的。历史不仅是写在书中，还有口碑世代流传！

我决定去求见杨中宝，希望他不记前嫌，来为我们讲课，按教授待遇，每课给八块钱。

我去的那天天下大雨，大雨也要去！

杨中宝见我冒雨而来，十分感动："啊……你还没有忘记我！"

他确实老了，行动蹒跚，耳朵也有点不便。当我说明来意并作了检讨之后，他紧紧地握住我的手，拍拍我的手背："你呀，还说这些干什么呢，那些事我早就忘光了。我只记得那里是我的娘家，我在那里学徒，在那里长大。我发过几次狠了，临死之前一定要回娘家去看看兄弟姐妹。你请也要去，不请也要去，听说你们现在忙得不错哩！"

我听了很感动，这是一个老工人的胸怀，也是一个老工人的心意，他对我们的事业是有感情的，那感情比我深厚。

杨中宝来了，是由他的孙子陪同来的。他先把我们的店里里外外看了一遍，不停地点头叫好，说是和过去简直不能比。特别是那宽大的厨房，冰箱、排气风扇、炊事用具、雪白的灶头，他当年在交际处也没有这种条件。我把所有菜单都请他过目，他看得十分仔细。

杨中宝开讲的时候，全店上下都来了，把个小会场挤得满满的。我请他解放思想，放开来讲，多讲缺点。可是杨中宝讲得很有分寸，入情入理：

"我看了，你们工作得蛮好。要说苏州的名菜，你们差不多全有了，烧得也好。缺点是原料不足和卖得太多引起的。这事很难办，现在吃得起的人太多，十块八块全不在乎。据讲有些名菜你们连听也没有听见过，这也难怪，一种菜往往会有很多名字。比如说苏州的'天下第一菜'，听起来很吓人，其实就是锅巴汤……"

下面轰的一声笑起来了。

"就是锅巴汤，你们的菜单上天天有。有些名菜你们应该知道，但是不能入菜单，大量供应有困难。比如说鲃肺汤，那是用鲃鱼的肺做的，鲃鱼很小，肺

美食家

也只有蚕豆瓣那么大，到哪里去找大量的鲃鱼呢？其实那鲃肺也没有什么吃头，主要是靠高汤、辅料，还得多放点味精在里面。鲃肺汤所以出名，那是因为国民党的元老于右任到木渎的石家饭店吃了一顿，吃后写了一首诗，诗中有一句，叫‘多谢石家鲃肺汤。’从此石家饭店出了名，鲃肺汤也有了名气。有些名菜一半儿是靠怪，一半儿是靠吹。”

我向椅背上一靠，深深地透了口气。

“你们的缺点也不少，为什么把活鱼隔夜杀好放在冰箱里？为什么把青菜堆在太阳里？饭店里的东西除掉酒以外，其余的都得讲究新鲜。过去有一只菜叫活炒鸡丁，从杀鸡到上菜只有三分多钟，那盆子里的鸡丁好像还在动哩！”

包坤年举手发言了：“杨师傅，请你说说，这么快都有什么秘诀？”

“也没有什么秘诀，主要手脚快，事先做好一切准备，乘鸡血还未沥干时便向开水里一蘸，把鸡胸上的毛一抹，剜下两块鸡脯便下锅，其他什么也不管。这……这主要是供表演用的，也可以为厨师增加点名气。”

杨中宝为我们讲了两个多钟头，又到厨房里去实地操作表演。老人的兴致又高，不肯休息，回家后便犯老病，睡了十多天。

我本来想打报告，把杨中宝请回来当技术指导，补足他的原工资，外加讲课津贴。现在再也不敢惊动他了，让老人安度晚年。青年人的学习热情很高，不肯罢休，说是刚刚听出点味道来，怎么能停下呢！这话很对，我过去没有重视人才，更没有想到培养的问题，现在悔之未晚，得加倍努力！想来想去，想出了一个主意：出招贤榜！谁熟悉哪个烧菜的名手，都可以推荐，不管是在职的还是退休的，讲一课都是八块钱，年老体弱的人，可以叫出租汽车去接。

这一下可坏了，一张招贤榜又把个朱自冶引到了我的身边！

十　吃客传经

不知道是谁首先想起了朱自冶，一经宣扬以后人人都很同意。这使我十分吃惊，原来好吃也会有这么大的名气！

是的，请朱自冶来讲课的理由是很充分的。他从一九三八年开始便到苏州来吃馆子——这还没有把他在上海的“吃龄”计算在内，不间断地吃到了“大跃进”之前。三年困难之间虽然一度中断，但他从未停止在理论上的探讨，据外间流传，就是在那极其困难的条件下，他写成了一本食谱。“文化大革命”期间他什么都肯交代，唯有这份手稿却用塑料纸包好埋在假山的下面。此种行为的本身就可以跻身于科学家、理论家、文学家的行列，且不说他到底写了点什么东西。包坤年说得好："只要他讲讲一生都吃了哪些名菜，就可以使我们大开眼界！"我同意了。我再也不能把个人的好恶带到工作里。何况我不见朱自冶已经整整十年，十年寒窗还能中状元，你怎么能把个朱自冶看死呢？可是我没有亲自登门求教，是包坤年叫了一部出租汽车去的。朱自冶六十八岁，符合我所说的坐车条件。包坤年说他想借此机会去向朱自冶和孔碧霞检讨，过去的事情是一时昏了头。我想也对，这个检讨由他去做比较适宜，谁欠的账谁还，我也不能包揽。

朱自冶讲课的那一天，也是我主持会议。他的吃经我已经听过一些了，特别是关于南瓜盅，我的印象是很深的，我要听听这些年他到底有了哪些发展。

朱自冶并不是很会讲话的人，尤其是到了台上，他总是结结巴巴，抖抖索索的。讲起吃来可大不相同了！滔滔不绝，而且方法新颖。他一登台便向听众提出一个问题：

"同志们，谁能回答，做菜哪一点最难？"

会场活跃，人们开始猜谜了：

"选料。"

"刀功。"

"火候。"

朱自冶一一摇头："不对，都不对，是一个最最简单而又最最复杂的问题——放盐。"

人们兴致勃勃了，谁也没有料到这位吃家竟然讲起了连一个小女孩都会做的事体。老太太烧菜的时候，常常在井边上，一面淘米一面喊她的孙女儿："阿毛，替我向锅子里放点盐。"世界上最复杂和最简单的事情都有最大的学问，何况我们的几个老厨师都在频频点头，觉得是说在点子上面。

朱自冶进一步发挥了："东酸西辣，南甜北咸，人家只知道苏州菜都是甜的，实在是个天大的误会。苏州菜除掉甜之外，最讲究的便是放盐。盐能吊百味，如果在鲃肺汤中忘记了放盐，那就是淡而无味，即什么味道也没有。盐一放，来了，鲃肺鲜、火腿香、莼菜滑、笋片脆。盐把百味吊出之后，它本身就隐而不见，从来也没有人在咸淡适中的菜里吃出盐味，除非你是把盐多放了，这时候只有一种味：咸。完了，什么刀功、选料、火候，一切都是白费！"

我听了大为惊讶，这朱自冶确实有点道理！

朱自冶的道理还在向前发展："这放盐也不是一成不变的。要因人、因时而变。一桌酒席摆开，开头的几只菜要偏咸，淡了就要失败。为啥，因为人们刚刚开始吃，嘴巴淡，体内需要盐。以后的一只只菜上来，就要逐步地淡下去，如果这桌酒席有四十个菜的话，那最后的一只汤简直就不能放盐，大家一喝，照样喊鲜。因为那么多的酒和菜都已吃了下去，身体内的盐分已经达到了饱和点，这时候最需的是水，水里还放了味精，当然鲜！"

朱自冶不仅是从科学上和理论上加以阐述，还旁插了许多有趣的情节。说那最后的一只汤简直不能放盐，是一个有名的厨师在失手中发现的。那一顿饭从晚上六点吃到十二点，厨师做汤的时候打瞌睡，忘了放盐，等他发觉以后拿了盐奔进店堂时，人们已经把汤喝光，一致称赞：在所有的菜中汤是第一！

整整的两个小时，朱自冶没有停歇，使人感到他的学识渊博，像冰山刚刚露了点头。他在掌声中走下台来，挺胸凸肚，红光满面，满头的白发泛着银光，更增加某种庄重的气息。包坤年从人群中挤上去，紧紧地拉住了朱自冶的手："朱老，你讲得太好了，我都作了记录，只是记录得不全面，我想带只录音机到府上去拜访，请你再讲一遍。"

"这个嘛……可以，不过最好请你在下午三点以后，我吃了饭得睡一会儿。"

"当然当然，你以后的报告我一定当场录下来，不再麻烦你。我想根据录音再加整理。"

"不必了吧，我是随便讲讲的。"

"哪里，你的讲话太珍贵了，不留下来太可惜！"

"好吧，整理好给我看看。"

"一定，一定要请你过目的。"

朱自冶到底在野鸡大学里混过，老来颇有点教授风度；包坤年一贯重视收集材料，热情也是可掬的；我也向朱自冶发出邀请，请他下个星期继续讲下去。

朱自冶连续为我们讲了三课，包坤年借来一只四喇叭，把朱自冶的讲话全部录下。可惜的是讲到第二课大家便有点着急，讲了半天的盐，这盐怎么还没有放下去呢！厨师们不像我那么外行，放盐的重要性他们是知道的，他们更想知道朱自冶在放盐上有哪些绝技。朱自冶不像杨中宝，他只肯在台上讲，不肯到厨房里去表演。讲到第三课的时候便开始说故事了，说是哪一年和哪几个人去游石湖，吃了一顿船菜如何精美；哪一年重阳节吃螃蟹，光是那剔螃蟹的工具便有六十四件，全是银子做的。而且讲来讲去只有一个观点，现在的菜和过去不能比。他以前说皇帝不懂吃，现在又说清朝是如何的。我当然不能说他是宣扬今不如昔，却也产生了一点怀疑。饭菜不比文物，文物是越古的越值钱；

如果在山洞里发现了一幅原始社会的壁画，哪，了不起！可那山洞里的烤野牛是否也算是最好吃的？厨师们打哈欠了，有的干脆回家去睡觉，说是不听他吹牛。讲到第四课味道就不正了，把什么大姑娘唱小曲儿，卖白兰花，叫堂会等等都夹在菜里面。

我决定叫暂停，可那包坤年有意见，说是这样珍贵的材料如果不及时抢救，那是要对历史负责的！

我听到对历史负责就发怵，心里就没有个底。很难说啊，万一那朱自冶还有许多货真价实的东西没有讲出来，或者说他已经讲出来的东西我们并不理解，那倒真是要负责的！好在这一类的难题现在已经难不倒我了，我也学会了一套，即遇事拿不准时，千万不能说死，这里打一个坝，那里要留一个口，让他走着我瞧着，到时候再说话，总归是我对。

"这样吧，朱自冶的报告必须暂停，因为人们已经听不下去。抢救材料的事情当然不能停，反正你已经开始了，那就由你负责到底，我可以提供一定的条件。"

包坤年雀跃了："买个四喇叭！"

"四喇叭不能买，那是属于集团购买力，要上面批。录音磁带你可以买，宣传费用中可以报销，也不要全买 TDK，买点儿国产的。"

包坤年十分满意："高经理，谢谢你的信任，我一定把这个任务好好地完成。"

讲课就这样结束了，朱自冶前后讲了三课，三八二十四，外加出租汽车费。可是事情并没有结束，另外的一个口子还开着哩，那录音磁带不停地向外流。

包坤年每隔一个星期便要报销两盒磁带，而且全是 TDK，我在批发票的时候便问他："你的任务什么时候才能结束呢？"

包坤年神气活现："啊呀经理，现在的事情闹大了，到处都来请朱自冶做报告，而且都是找我联系，不会有结束的时候。我们也不想结束，决定成立一个烹饪学学会，对外联络可以有个正式的名义。朱自冶当会长，我当副会长，你也是发起人之一。考虑到你的工作忙，所以请你当理事长，挂挂名的。"

"啊！"我的脑袋嗡了一下，立刻产生了一种条件反射，那包坤年又成立战斗队！

"不不，我不能参加，我对烹饪学是一窍不通。"

"不需要你通，表示赞助而已。"

"不不，我赞助不起，我们没有那么多的宣传费，当年请张幻尔吃顿饭，也不过花了一盘磁带的钱。"

包坤年笑了："经理呀，你也真是……赞助不等于要钱，钱我们有办法，可以印讲义。你看地摊上卖的《缝纫大全》，一本一块多，成本才几毛钱？穿的有人要，吃的还愁没有生意！何况我们可以趁做报告的时候往下发，用不着私人掏腰包，人家也有宣传费。"

我看着包坤年直翻眼，佩服。他实在比我还会做生意，我只想到掏私人的腰包，没想到要挖公家的宣传费。可以预料，那比掏私人的腰包更容易。我无权反对他们这样做，只好提一点忠告式的意见：

"讲义也不能瞎编呀，不能把那些大姑娘唱小曲儿等等的东西也编进去。"

"不不，讲义是我执笔的，它和小说不同，全谈学术，牵不到男女关系。"

我笑笑，在发票上签了个名："拿去吧，下次请买国产的。"

包坤年拎起发票抖了抖："放心吧，下次用不着你批了，我们还要买四喇叭，买计算机！"

说实在，我没有把包坤年的话全当真的，他们想得起劲罢了，成立个学会谈何容易！就凭包坤年这点儿烧菜的本领，再加上朱自冶讲放盐，又有多少学术可以研究呢，弄不成的。包坤年欢喜赶时髦，赶那么一阵子就要回头。

我想得太简单了，过分低估了包坤年的活动能力。不错，包坤年在烧菜方面的本领还没有学到家，可是他在估量形势，运用关系方面却很老练。饭店是个公共场所，什么人都有；有名的饭店当然会有有名的人物前来光顾，只要主动热情，多加照顾，帮着订菜订座，那关系便可以搭上去。老的搭不上便搭小的，通过小的也可以牵动老的，包坤年便可由此而登堂入室，看准时机，帮助人家操办家庭宴会。儿女婚事，老友相聚，用得着酒席的地方很多，花几个钱也不在乎，唯一困难的是缺少技术与劳力。包坤年精力充沛，技术虽然不太好，但他能请动技术很好的老师傅。老师傅会烧，朱自冶会吹，包坤年能跑腿，酒席价廉物美，包你满意。趁人家吃得高兴时，他们便宣传烹饪学学会的宗旨，请求赞助。如果他们是成立营养学学会的话，赞助的人可能不多，营养学虽然可以防病健身，延年益寿，但是很难懂，而且也不如烹饪学实惠，烹饪学是看得见摸得着的，硬是有一桌丰美的筵席放在你的面前！"学会"二字也很有吸引力，"反动学术权威"早已打倒了，现在人人都知道，任何学术总比不学无术好，赞助学术不会犯错误，即使错了，学术问题也是可以讨论的，讨论得越多越有名气！

朱自冶的名气越来越大了：一个老专家，在十年浩劫中写了一本书，某某经理看了佩服得五体投地，用小汽车接他去做报告，出两百块工资请他当顾问，他不去……

包坤年在外面活动的风声，朱自冶那越来越大的名声，呼呼地吹到我的耳朵里。"让他走着我瞧着，到时候再发表意见。"现在时候已经到了，我也无话可说了。我不能说朱自冶讲课是吹牛，大家别去听，听一次讲放盐还是可以的。我也不能揭朱自冶的老底，说他一贯好吃，死不改悔……正中，一个人要做出点学问来，必须终生不渝，坚持到底！对于包坤年我也不好说什么，我不能说他是开地下饭店，他再也不找我在发票上签字。唉，一切实用主义的工作方法都是自搬石头自砸脚，有的随搬随砸，有的从搬到砸要隔几十年！

十一 口福不浅

过了不久，我的老朋友阿二到店里来找我。我们两个人虽然不再住在一条巷子里，可是两家人家却经常来往。当我搬进新大楼的时候，他们一家都来道喜。连阿二的爸爸也由孙子们换扶着爬上楼。他对我的妈妈说："恭喜你呀老嫂子，你活了一生一世，从今以后再也不必担心房东会把你赶出去！"我的妈妈老迈了，回不出话来，只是擦眼泪。阿二更是经常到我家来，说说老话，坐一坐。有时候觉得老话也重复得太多了，便抽烟喝茶，无言相对，好像也是一种享受。他直接到店里来找我，这还是第一次。

阿二见了我便把手一举："无事不登三宝殿，有件事情求求你。"

"什么事？"

"我家大男要结婚了，就在这个星期天。我想到你们店里订两桌酒席，可你们要排到三个星期之后！经理呀，能不能帮帮忙呢？"

我为难了："哎呀，你何必来凑这种热闹，人家在饭店里摆酒是图排场，收人情，省事情。你也准备收人情吗，我应当送几十块呢？"

"去，我也不准备大请客。你家、我家、亲家，还有几个小朋友，总共不到二十人。"

"那好，两桌酒席你家摆不下吗，不能摆在天井里吗？你到店堂里去看看，闹哄哄的，想说几句高兴的话谁也听不见；到时候服务员要下班，拿着扫帚站在旁边，你能吃得安逸？"

"啧啧，哪有卖瓜的说瓜苦的。"

"瓜倒不苦，不是吹的，现在的几只菜都不推扳，表扬信收到了一大堆，可我总觉不如家宴随便。还有一个问题不好解决，我们有店规，凡属本店的工作人员，一律不得在本店与熟人同席，以免吃客们产生误会。你叫我怎么办，站在边上看！"

"嗬，那不能。这一次我要好好地请你喝两杯，当年如果不是你动员我参加失业登记，今天的情况也许就是两样的。"

"行，自家办。我可以帮助你请个好厨师，呱呱叫的手艺。"

阿二笑了："那倒不必，我们家人手多，个个能动手。鸟枪换炮啦，伙计，人人都有一两样拿手菜哩！"

"更好，一人烧一只，我烧最后的一只汤。"

阿二拱拱手："免了，你的汤我已经领教过了。星期天晚上早点来，等你。"

我的心里喜滋滋的，真的等着这桌酒席。我给他家惹过麻烦，害得阿二的爸爸摆葱姜摊头。也就是在那个天井里，阿二叫我去拉过南瓜，如今在那里摆上两桌酒啊！不吃也美！

正当我美的时候，包坤年蹦跳着进来了，看样子他也很美；我美他也美，这个世界才会变得更美。

包坤年高高地叫了一声："经理，给！"把一张印着金字的大红请柬塞到了我手里。我把请帖翻过来一看："为庆祝烹饪学学会成立，特订于二十八日中午(星期日)假座××巷五十四号举行便宴招待各界人士，务请大驾光临。"好，又是一顿酒席来了。我对这桌酒席的反应很快，不假思索地便说了出来："抱歉，我星期天有个约会，要到人家吃喜酒去。"说着便把请帖向桌上一丢。

包坤年搔搔头皮："你那是什么时候？"

"晚上六点。"我又不假思索地说了出来。

"好极了，不冲突，我们是中午十二点。"

我再把请帖拿起来看看，果然不错，中午二字明明白白地印在那里。我只好摆观点了："不行，我没有参加你们的学会，也算不了是哪一界的人士，去是不合适的。"

"经理呀，正是因为你不肯当理事长，才使得我们的工作进行得十分顺利，空出一个理事长的位子来，解决了大问题！要不然的话，我们早就吵散啦，学会到今天也不能成立！"

"噢！"原来如此，参加是一种赞助，不参加还是更大的赞助！事物的因果关系实在微妙之极！

"去吧经理，某某某都去了，你不去是不像话的。又不是开大会，也不要你发言，纯粹是吃，一顿美餐，不去很可惜。"

"我不大欢喜吃。"

"那就少吃点，见识见识，对你来说也是一种业务学习。老实告诉你吧，这一桌酒席是百年难遇。朱自冶指挥，孔碧霞动手，我们几个人已经忙了四天。所有的理事都想参加，挤不进来大有意见。没有办法，孔碧霞有规矩，最多不得超过八人，再三商量才同意改用圆台面，连你十个。"

包坤年的话使我动摇了。当年杨中宝到孔碧霞家去吃饭，只听说吃得好上天，却一直不知道究竟吃了些什么东西。如今有了机会，不去见识一下是会终身遗憾的。何况我参加不参加都是赞助，如果再空出一个位子来，还不知道会引出什么后果哩！

"好吧，我去。"

"一言为定，不来接你了，五十四号你是熟悉的。"

"太熟悉了，我闭上眼睛也能摸到。"

五十四号我是很熟悉，读中学的时候我每天都要从那里经过，常常看见有许多油光锃亮的黄包车停在门口，偶尔还有一辆福特牌的小轿车驶过来，把巷子里的行人挤得纷纷贴上墙头。那两扇黑漆的大门终日紧闭着，门上有一条缝，一个眼。缝里投信件，眼里装有玻璃，据说这是一种窥视镜，里面能看清外面，外面看不见里面，叫花子是敲不开门的。那时候沿门求乞的人很多，差不多的人家都装有这种东西。我从来不知道那门里是什么样子，只是看见那高高的围墙上长满了爬墙虎，每到秋天便飘送出桂花的香气。如今的桂子又飘香了，我从一个孩子变成了"各界人士"，又到了五十四号的门前。

那两扇黑漆斑驳的大门敞开着，有一位年轻而漂亮的妇女站在门里面。她的穿着很入时，高跟皮鞋，直筒裤，银灰色的衬衫镶着两排洁白的蝴蝶边，衬衫也是束腰的。她笑嘻嘻地迎了上来，我以为是收入场券的，连忙把请柬掏出来给她看。她掩嘴，深深一鞠躬，左手向前一伸："请进。"跟着便高声地叫喊："妈妈，高经理来啦！"

噢……对了，她就是孔碧霞的女儿，是那个政客兼教授留下来的。姑娘也应该有这么大了，连我的女儿都有了孩子。我再回过头来看看她，活像孔碧霞。孔碧霞年轻的时候，也该是一代风流！

孔碧霞从那条铺着石子的花径上走过来了。我抬头一看，简直不认识了，她好像已经把原来的脸型留给了女儿，自己变成了一个半老的贵妇。现在不会有人喊她干瘪老阿飞了，她也发了胖，胖得丰满圆润，比站在居委会门前请罪时年轻得多。她的头发向上反梳着，在后脑上高高隆起。这种高，正好抵消了因发胖而造成的横向发展，所以不会造成人们视觉上的错误，好像发了胖的女人都比以前矮了一点。她的衣着并不花哨，时间已经使她懂得了打扮的真谛。年轻而漂亮的人不管穿什么衣裳都好看，淡妆浓抹都相宜；年老的人如果要打扮的话，主要是用衣着来表示某种风度和气质而已。所以孔碧霞的衣着很素净，一件普通的蓝色西装外套，做工考究，质地高贵，和她的年龄、体型都很相配。

孔碧霞对我很热情，像她这样精细的人，很难忘记细小的事情。

"高经理呀，就怕你不来呐。唔，也老了，当阿爹了吧？"

"没有，刚当上外公。"

"好，都是一样的。快请进，就等你开席。"

我跟着孔碧霞往前走，一个幽雅而紧凑的庭院展现在面前。树木花草竹石都排列在一个半亩方塘的三边，一顶石桥穿过方塘，通向三间面水轩。在当年，这里可能是那位政客兼教授的书房，明亮宽敞，临水是一排落地的长窗。所有的长窗都大开着。可以看得清楚，大圆桌放在东首，各界人士暂时都坐在西头。

包坤年从石板桥上走过来了，把我向各界人士一一引见。其中有两位是朱自冶的老吃友，我当年替他们买过小吃的。有一位是我的老领导，我年轻时便听过他的报告。其余的三位我都不熟悉，一个沉默寡言，两个谈笑风生，谈吐间流露出一股市侩气。

朱自冶穿着一套旧西装，规规矩矩地系着一条旧领带，领带塞在西装马甲里。这套衣裳不知道是从哪个箱子的角落里翻出来的，散发着浓重的樟脑味，可是朱自冶穿着并不显得滑稽，反而使我肃然而有敬意。好熟悉，这种装束是在哪里见过的？对了，我在读高中的时候，老师们的衣着基本上分为两大派。一派是长袍蓝衫，一派是西装革履。国文教员总是穿长袍，物理教师都是穿西装的。烹饪学属于科技，穿长袍蓝衫显得太陈旧，穿制服又没有特点，穿崭新的西装又显得没有根基，西装而是旧的，妙极！好像是一个潦倒多年的老科学家刚被重视，刚被发现！这一身打扮肯定是出于孔碧霞的大手笔，朱自冶穿衣裳一贯是很拆烂污的。

朱自冶多年不穿西装了，行动很不自然，碰碰撞撞地越过几张椅子，把一本烹饪学讲义塞到了我的手里。我拿着讲义在我的老领导的面前坐下，也觉得十分拘谨。解放初期当我还在工作队的时候，曾经和这位领导同志有过一段时间的接触，在我的印象中他是个不苟言笑，要求严格，对知识分子有点不以为然的人。我们那一伙"小资产"在他的面前都装得十分规矩而谨慎。今天在此种场合中相遇，还使我感到有点手足无措，最主要的是找不出话来说，只好把手中的讲义慢慢地翻阅。

"小高。"

"噢。"

老领导叫了我一声小高以后，也发现我的年纪已经不小了，立刻改了口："老高呀，你要好好地看看这本书，多向人家学习学习。"

"是，我一定好好地拜读。"

"现在不能靠外行领导内行了，要好好地钻进去。"

"是的，我在这方面过去犯过错误。"

"知道错误就好，现在还来得及。"

我点点头，继续把讲义翻下去，发现这本由朱自冶口述，包坤年整理的大作并不是什么新鲜的东西，是从几种常见的食谱中抄录而来的，而且错漏很多，不知道是抄错的还是印错的。我抬起头来看看朱自冶，想向他提出一点问题，可那朱自冶却避开我的目光，双手向前划着，好像赶鸭子似的请大家入席。

人们鱼贯而出，互相谦让，彬彬有礼，共推我的老领导走在前面。

人们来到东首，突然眼花缭乱，都被那摆好的席面惊呆了。洁白的抽纱台布上，放着一整套玲珑瓷的餐具，那玲珑瓷玲珑剔透，蓝边淡青中暗藏着半透明的花纹，好像是镂空的，又像会漏水，放射着晶莹的光辉。桌子上没有花，十二只冷盆就是十二朵鲜花，红黄蓝白，五彩缤纷。凤尾虾、南腿片，毛豆青菽、白斩鸡，这些菜的本身都是有颜色的。熏青鱼，五香牛肉，虾子鲞鱼，等等，颜色不太鲜艳，便用各色蔬果镶在周围：有鲜红的山楂，有碧绿的青梅。那虾子鲞鱼照理是不上酒席的，可是这种名贵的苏州特产已经多年不见，摆出来是很稀罕的。那孔碧霞也独具匠心，在虾子鲞鱼的周围配上了雪白的嫩藕片，一方面为了好看，一方面也因为虾子鲞鱼太咸，吃了藕片可以冲淡些。

十二朵鲜花围着一朵大月季，这月季是用钩针编结而成的，很可能是孔碧霞女儿的手艺，等会儿各种热菜便放在花里面。一张大圆桌就像一朵巨大的花，像荷花，像睡莲，也像一盘向日葵。

人们从惊呆中醒过来了，发出惊讶的叹息：

"啊……"

"啧啧。"

还没有入席我就受到批评了："老高，你看看，这才是学问呐！看你们那个饭店，乱糟糟的。"

我没有吭气，四面打量，见窗外树影婆娑，水光耀廊，一阵阵桂花的香气，庭院中有麻雀吱吱唧唧。想当年那位政客兼教授身坐书房……

朱自冶又把两手向前划着，邀请大家入席。同时把领带拉拉松，作即席讲说：

"诸位，今天请大家听我指挥，喝什么酒，吃什么菜，都是有学问的。请大家不要狼吞虎咽，特别是开始时不能多吃，每样尝一点；好戏还在后面，万望大家多留点儿肚皮……"

人们哈哈地笑起来了，心情是很愉快的。

"……吃，人人都会，可也有人食而不知其味，知味和知人都是很困难的，要靠多年的经验。等会儿我可以一一介绍，敬请批评指教。开席，拿酒杯。"

包坤年立即打开酒橱，拿出一套高脚玻璃杯，两瓶通化的葡萄酒。这一套朱自冶不说我也懂了，开始的时候不能喝白酒，以免舌辣口麻品不出味。可我就想喝白酒，我学会喝酒是在困难的时刻，没有六十四度不够味。

包坤年替大家斟满了酒，玻璃杯立刻变成了红宝石，殷红的颜色透出诱人的光辉。葡萄美酒夜光杯，那制作夜光杯的白玉之精也可能就是玻璃。

包坤年是副会长，斟完了酒总要讲几句的，为了要突出朱自冶，多讲了也不适宜，便举起筷子来带头："同志们请吧，请随意……"

朱自冶也不想为别人留点面子，煞有其事地制止："不不，丰盛的酒席不作兴一开始便扫冷盆，冷盆是小吃，是在两道菜的间隔之中随意吃点，免得停筷停杯。"说着便把头向窗外一伸，高喊："上菜啦！"

随着这一声叫喊，大家的眼睛都看住池塘的南面，自古君子远庖厨也，厨房和书房隔着一池碧水。

电影开幕了：孔碧霞的女儿，那个十分标致的姑娘手捧托盘，隐约出现在竹木之间，几隐几现便到了石板桥的桥头。她步态轻盈，婀娜多姿，桥上的人，水中的影，手中的盘，盘中的菜，一阵轻风似的向吃客们飘来，像现代仙女从月宫饭店中翩跹而来！该死的朱自冶竟然导演出这么个美妙的镜头，即使那托盘中是装的一盆窝窝头，你也会以为那窝窝头是来自仿膳，慈禧太后吃过的！

托盘里当然不是窝窝头，盖钵揭开以后，使人十分惊奇，竟然是十只通红的番茄装在雪白的瓷盘里。我也愣住了，按照苏州菜的程式，开头应该是热炒。什么炒鸡丁，炒鱼片，炒虾仁等等的，从来没见过用西红柿开头！这西红柿是算菜还是算水果呢？

朱自冶故作镇静，把一只只的西红柿分进各人的碟子里，然后像变戏法似的叫一声"开！"立即揭去西红柿的上盖：清炒虾仁都装在番茄里！

人们兴趣盎然，纷纷揭盖。

朱自冶介绍了："一般的炒虾仁大家常吃，没啥稀奇。几十年来这炒虾仁除掉在选料与火候上下功夫以外，就再也没有其他的发展。近年来也有用番茄酱炒虾仁的，但那味道太浓，有西菜味。如今把虾仁装在番茄里面，不仅是好看，请大家自品。注意，番茄是只碗，不要连碗都吃下去。"

我只得佩服了，若干年来我也曾盼望着多给人们炒几盘虾仁，却没有想到把虾仁装在番茄里。秋天的番茄很值钱，丢掉多可惜，我真想连碗都吃下去。

唔，经朱自冶这么一说，倒是觉得这虾仁有点特别，于鲜美之中略带番茄的清香和酸味。丁大头说得不错，人的味觉都是差不多的，不像朱自冶所说有人会食而不知其味。差别在于有人吃得出却说不出，只能笼而统之地说："啊，有一种说不出的好吃！"朱自冶的伟大就在于他能说得出，虽然歪七歪八地有点近于吹牛，可吹牛也是说得出来的表现。在极力的享受和娱乐之中，不吹牛还很难使那近乎呆滞的神经奋起！

仙女在石板桥上来回地走着，各种热炒纷纷摆上台面。我记不清楚到底有多少，只知道三只炒菜之后必有一道甜食，甜食已经进了三道：剔心莲子羹，桂花小圆子，藕粉鸡头米。

朱自冶还在那里介绍，这种介绍已经引不起我的兴趣，他开头的一笔写得太精彩了，往后的情节却是一般的，什么芙蓉鸡片，雪花鸡球，菊花鱼等，我们店里的菜单上都有的。

人们的赞叹和颂扬也没有停歇：

"朱老，你的这些学问都是从哪里得来的？"

"很难说，这门学问一不能靠师承，二不能靠书本，全凭多年的积累。"

"朱老，你过了一世的快活日子，我们是望尘莫及。"

"哪里，彼此彼此，'文化大革命'和困难年也是不好过的。"

"算啦，那些事情都过去了，吃吃！"

"是呀，将来到了共产主义，我们大家天天都能吃上这样的菜！"

我听了肚里直泛泡，人人天天吃这样的菜，谁干活呢？机器人？也许可以，可是现在万万不能天天吃，那第五十八代的机器人还没有研制出来哩！

"老高。"

"欸。"

"你为什么不说话呀，像朱老这样的人才你以前一点儿也不知道吗？"

"知道，我很早便知道。"

"那你为什么不请他去指导指导，把你们的饭店搞搞好。"

"请……请过，我们请他讲过课。"

"那是临时的，没有个正式的名义。"

人们突然静下来，目光都集中在我的身上。我凝神了。在今天的这顿美餐里，似乎要谈什么交易？！

"名义……这名义就很难说了。"

"也是一种专家嘛！"

"叫什么专家呢？"我等待着人们的回答。科学家、文学家、表演艺术家，你哪一家都靠不上去！

"吃的……"说不下去了，"吃的专家"是骂人的。

"会……"会吃专家也不通，谁不会吃？

包坤年把筷子一举："外国人有个名字，叫'美食家'！"

"好！"

"对！"

"美食家，美食家！"

"来来，为我们的美食家干一杯！"

朱自冶踌躇满志了，忍不住把那旧西装敞开，举杯离座，绕台一周，特别用力地和我碰了碰杯，差点儿把那薄薄的玻璃杯都碰碎。是呀，他那吃的生涯如今才达到了顶点，辛辛苦苦地吃了一世，竟然无人重视，尚且有人反对。真正的价值还是外国人发现的！

我只恨自己的孤陋寡闻，一下子就败在包坤年的手里。我只知道引进"快餐"，却没有防备那"美食家"也是可以引进的。好吃鬼，馋痨坯等等都已经过时了，美食家！多好听的名词，它和我们的快餐一样，也可以大做一笔生意。如果成立世界美食家协会的话，朱自冶可当副主席；主席可能是法国人，副主席肯定是中国的！

人们在欢乐声中拨动了第十只炒菜，这时候孔碧霞走了进来，询问大家对炒菜的意见。人们纷纷道谢，邀请孔碧霞同饮一杯。我站起身来为孔碧霞斟满酒，举起杯：

"谢谢朱师母，你的菜确实精美，谢谢你，也谢孩子，她为我们奔走了半天。"我对孔碧霞也没有多少好感，但是我得承认，她的确是做菜的能手，二级厨师的手艺，应该由她来当烹饪学学会的主席或者是副主席。世界上的事情会做的往往不如会吹的，会烧的也不如会吃的！

孔碧霞很高兴："哪里，能得到经理的称赞很不容易。"她举起杯来划了个大圈子，"怠慢大家了，几只炒菜连我也不满意，现在没有冬笋，只好用罐头。"

"啊，没说的。"

"来来，为美食家的夫人干一杯！"

一杯干了以后，包坤年开始收酒杯了，别以为宴会已经结束，早着呢，现在是转场，更换道具的。

朱自冶又拿出一套宜兴的紫砂杯，杯形如桃，把手如枝叶，颇有民族风味。酒也换了，小坛装的绍兴加饭、陈年花雕。下半场的情绪可能更加高涨，所以那酒的度数也得略有升高。黄酒性情温和，也不会叫人口麻舌辣。我向那酒橱乜了一眼，看见还有两瓶"五粮液"放在那里，可能是在喝汤之前用的。我暗自思忖，这桌饭不知是谁出钱，是朱自冶的银行存款呢，还是人家的宣传费？

孔碧霞告辞以后，下半场的大幕拉开，热菜、大菜、点心滚滚而来：松鼠鳜鱼，蜜汁火腿，"天下第一菜"，翡翠包子，水晶烧卖……一只"三套鸭"把剧情推到了顶点！

所谓三套鸭便是把一只鸽子塞在鸡肚里，再把鸡塞到鸭肚里，烧好之后看上去是一只整鸭，一只硕大的整鸭趴在船盆里。船盆的四周放着一圈鹌鹑蛋，好像那蛋就是鸽子生出来的。

人们叹为观止了。

"老高。"

"噢。"

"你看看，这算不算登峰造极？"

"算。"

"就凭这一手，让朱老到你们的店里去当个技术指导还不行，每月给个百二八十的。"

我明白了，这恐怕是今天的中心议题，连忙采取推挡术："不敢当，我们的庙小，容不下大菩萨。"

"你们的庙也不小呀，就看庙主的眼力……"

幸亏那只三套鸭帮了忙，当它被拆开以后人们便顾不上说话了，因为嘴巴的两种功能是不便于同时使用的。

我看了看表，这顿饭已经吃了将近三个钟头，后面还要喝"五粮液"（我很想喝），还会有一只精彩的大汤作总结，还会有生梨或者是菠萝蜜。可我不敢终席了，因为终席之后便是茶话，那圈套便会绕到我的脖子上面。

"实在对不起，我下面还有一个约会，不能奉陪到底。谢谢朱先生，谢谢诸位，谢谢……"我不停地说谢谢，不停地向后退，退了五步便转身，径奔石板桥而去。过得桥来回头看，见那长窗里的人都呆在那里。

我觉得今天的举止很不礼貌，也不光彩，好像是逃出来的。如果不向女主人打个招呼，那孔碧霞会伤心，她是很要场面的。

孔碧霞和她的女儿还在忙着，听说我要走，有点儿扫兴："啊呀，大概是我做的菜不好吧，不合你的口味！"

"哪里，你的菜做得确实不错，什么时候请你到我们的店里去讲讲，交流交流。"

孔碧霞笑了："有什么好交流的，这些菜你们都会做，问题是你们没有这么多的时间，细模细样地做，还得准备个十几天……哎，你不能再坐会儿吗？还有一只大汤咧。"

十二　巧克力

出了五十四号向西走，到阿二家去。天啊，那里还有一桌酒席等着我哩！我什么也不想吃了，三套鸭不好消化，那一番谈话也值得回味。可我想和阿二、和他的爸爸干几杯，当然是白酒，六十四度，喝下一口之后像一条热线似的直通到肚里，哈的一声长叹，人间无数的欢乐与辛酸都包含在内。

秋天对每个城市来说，都是金色的。苏州也不例外，天高气爽，不冷不热，庭院中不时地送出桂花的香气。小巷子的上空难得有这么蓝湛，难得有白云成堆。星期天来往的人也不多，绝大部分的人都在忙家务，家务之中吃为先，临巷的窗子里冒出水蒸气，还听到菜下油锅时嗞啦一声炸溜。

从五十四号到阿二家，必须经过我原来住过的地方，这地方的样子一点儿也没有变。石库门，白粉墙，一排五间平房向里缩进一段，朱自冶住过的小洋楼就在里面。我仿佛看见阿二的黄包车就停在门前，朱自冶穿着长袍从门里出来，高踞在黄包车上，脚下铃铛一响，赶到朱鸿兴去吃头汤面。四十年来他是一个吃的化身，像妖魔似的缠着我，决定了我一生的道路，还在无意之中决定了我的职业。我厌恶他，反对他，想离他远点。可是反也反不掉，挥也挥不走，到头来还要当我的指导，每月给个百二八十的。百二八十是多少？加起来除以二，正好是一百元人民币！如果杨中宝能来当指导，我情愿在一百之外再加二十，奖金还不计算在内。可这朱自冶算什么，食客提一级最多是个清客而已，他可以指导人们去消遣，去奢靡，却和我们的工作没有多大的关系。美食家，让你去钻门子吧，只要我还站在庙门口，你就休想进得去！

一直走到阿二家，我心中的怨气才稍稍平息。这里是个欢乐的世界，没有应酬，没有虚伪，也谈不上奢靡。天井里坐满了人，在那里嗑瓜子，吃喜糖。我的一家都来了，包括我那个刚满周岁的小外孙在内。这孩子长得又白又胖，会吃会笑，还会做眯眼，捏捏小拳头和人表示再会。现在都是独生子女，一个娃娃可以有六个大人在他的身上花费物力和精力。满天井的人都以娃娃为中心，给他吃，逗他笑，从这个人的手里传到那个人的手里。

有人把硬糖塞到我那小外孙的嘴里，他立刻吐了出来。

"怎么，他不吃糖吗？"

"他呀，要吃好的！"

"试试，给他巧克力。"

有人拿了一条巧克力来，剥去半段金纸，塞到孩子的手里。

果然，这孩子拿了就往嘴里送，吃得嗞嗞哑哑地流口水。

人们哄笑起来了："啊呀，这孩子真聪明，懂得吃好的！"

我的头脑突然发炸，得了吧，长大了又是一个美食家！我一生一世管不了个朱自冶，还管不了你这个小东西！伸手抢过巧克力，把一粒硬糖硬塞到小嘴里。

孩子哇的一声哭起来了……

满座愕然，以为我这个老家伙的神经出了问题。

原载《收获》1983 年第 1 期

中国作家协会 1983—1984 年全国优秀中篇小说

美
食
家

迷人的海

邓　刚

　　蓝色的海，黄色的岸。

　　他像一个酱褐色的海参，慢慢地爬着，从冷如冰窖的海水里，爬向暖和和的岸。在他前面十几米的地方，有一堆救命的柴草堆，一盒半打开的火柴——这是他下水以前细心准备好的。细小的柴枝在最下面，粗一些的在上，一层层重叠成人字形；火柴盒用一块鹅卵石压住，以防海风吹跑，精选出来的三支质量最好的火柴棍，半截露在外面——这完全是为冻僵的人准备的。此时他用双肘支撑着身躯挣扎地爬着，一寸一寸地与柴堆缩短距离。他的身后，拖着一个沉重的网包。鱼叉和鱼刀当当唧唧地撞击着地上的石蛋子；里面肥大的，肉乎乎的海参，还有贝壳上闪着七色彩光的鲍鱼、光滑似玉的大海螺。它们随着这个人每前进一步而紧张地蠕动着，并发出咕咕的吐水声。它们离开海就是死，他爬向岸就是生，显然，他战胜了它们，获得了胜利。

　　他是个身形魁梧的老海碰子，像棵苍劲的松树那样挺拔。但他的脑袋仿佛在滚水中烧炼过，面部肌肉扭曲，皮肤褶皱，给他添上几分粗犷的气息。据说，当年他在水下，突然被一条大鱼吞进肚里，他用刀剖开鱼肚钻出水面，但两只耳朵在鱼肚里化掉了，面孔也就模糊了。可是，他在海碰子中间，这张面孔却给他增添了光彩，使他在这弯弯曲曲的海岸线上享有盛名。

　　他能凭着一口气量潜进深深的水下，在那静静的蓝色世界里，在那刀锋箭镞般的暗礁丛中，游鱼一样钻来窜去，捕捉价值昂贵的海珍品，享受着迷人的猎获趣味。但这毕竟是凭一口气量，因为，死神紧紧地盘踞在喉头。稍不慎，尖削的牡蛎壳会轻易地划开皮肉，曼舞的海藻会无情地缠住身躯，狭窄的礁洞会突然截住出路，还有刺骨的、湍急的暗流、冷流、底流，会把人突然在水下冻僵、冲晕，拖向老洋深处。这一切，全凭着一口气量去对付，去周旋，去撞击。因此，人们赋予干这个行当的人，有个粗野、勇猛，甚至有些文理不通的称号——海碰子。千百年来，人们这样呼着、叫着，什么意义呢？谁也不知，也许是将生命抛进浪涛里碰大运吧。

终于，他挨近了这救命的柴草堆，但他并不是迫不及待地去抓那三根火柴。他是极有经验的，否则就会坏了大事。这就像一个饿枯了胃肠的人突然见到丰美的食物，必须抑制狼吞虎咽一样。他艰难地忍受着，用两肘支着地面，一点一点地收缩两条腿，一直到盘起双腿，渐渐坐稳。此时，他用哆嗦的手在干鹅卵石上反复地蹭着擦着，直到上面的水迹大部分消尽，才伸出手抓住了火柴杆。嚓——一束光亮送进柴草堆里，旋即漫出一缕淡淡的烟气。那突兀而生的火舌开始是懒散地在柴草里游动了一阵，然后呼地蹿起几尺高的火苗子。"啊啊！"那人从地面一跃而起，将整个身子向火堆倾去，就像一条活蹦乱跳的牙偏鱼，在火苗上反复烧烤。那火舌像无数枚炽热的钢针，穿透他的皮肤，扎进肉匣，骨缝里，驱除使他激烈战栗的寒气。这种灼烫的疼痛不仅不使他感到一丁点痛苦，反而使他觉得说不出的舒适和快活。他的酱条石般的硬板板的身子变得柔软起来，黑黝黝的皮肤开始显出一块块红斑。"啊啊，烤出花来了！"他惊喜地喊道。这是海碰子的行话，就是烤到数了。火舌渐渐地往地面回缩，他的身子也跟着伏了下去，直至把肚皮烤得火辣辣地疼（这时他才有疼的感觉），然后，再慢慢地翻过身，将四肢反支起，烤脊梁。烤痛了再翻过去，就像一个杂技演员在反复做高难动作。身上的红斑渐渐扩大，连成云状的一片片，并放出光来。他这才长长地吁了一口气，恋恋不舍地放弃了那堆苟延残喘的炭火，随手从网兜里抓出几个大海螺扔进去，那海螺立即发出嗞嗞的声响，并冒出带着焦煳味道的鲜香气来。此时，潮流还没回涨，他赶紧将网兜里的猎物倒在地上，并摆好再次生火的柴草，抓起那铁青色的鱼叉和鱼刀，朝奔涌的大海走去。

他在冰冷的海水里和灼烫的火烟中泡磨炙烤了五六十年，有岩石般坚硬的骨架，牛筋般扭紧的肌肉，黑胶板一样富有弹性的皮肤，伤痕累累的身躯。浪花砸上去，立即摔碎成千百滴油珠子，不剩一丝水迹。他对远近百里海域，水面上每一支暗流，水下每一处暗礁，都了如指掌。他曾是个浓眉大眼，浑身乌亮的汉子时，俊俏的闺女们也朝他瞄过眉眼。但他不屑一顾，拥抱绸缎般的浪涛已使他筋疲力尽而心满意足了。后来，在漫长的碰海生涯里，曾有过一闪即灭的失悔，特别是当他偶尔看到乱石丛中伸出的一朵干枝梅，淡蓝色的海面上游着一对海鸭子时，他的心尖就异样地颤动了几下，但立刻就过去了。因为那汹涌的浪涛给了他更丰富的内容和乐趣。他是这个世界最穷和最富的人，穷得每一文钱的来源，都得使他把整个生命抛进浪涛里换取；富得一日三餐，他都大口地嚼着海参鲍鱼。他的一生都在搏击，拼杀，夺取和寻求，尤其这"寻求"二字给他腾波踏浪的一生，增添了无穷的乐趣和迷人的魅力。他却寻求到五垄刺儿的海参（一般海参身上只有四排小肉刺儿），这是奇迹！这奇迹不仅是多出一刀菜（海参做菜时，一垄刺儿切一刀），而是给人一种美好的想象和诱惑。是啊，只要敢于寻求，五垄刺儿、六垄刺儿算什么！他要寻找最珍贵的，世世代代海碰子终生寻找过但始终未寻找到的东西。

当他还蹒蹒跚跚学步时，老一辈海碰子们讲到这个神物时，声音都颤抖着："那是宝啊！没有福气的人是得不到它的，有错鱼守护呢！"错鱼什么样？谁也没看见，但是谁都能说得有鼻子有眼，钢刀一样的身子，一公一母交错立在那里。"厉害呀，嚓——齐刷刷把人切成两段！……"老海碰子的爷爷不安分，强求过，结果他死在浪涛里；老海碰子的父亲强求过，结果他也同样惨死在浪涛里。老海碰子没见过爷爷的尸体，但见到父亲的尸体，虽然血糊糊的，但是完整的，并没有被错鱼切成两半。是根本没有那可怕的错鱼，还是父亲没有潜到错鱼守护的地方？老海碰子终生都在用行动揭这个谜。

山那面的海，叫半铺炕，那是个平静的海湾，即使是涌起风浪，也伤不了筋骨的。但也没有五垄刺儿的海参，更不用说那神秘的宝物了。老海碰子在那样的海里，可以横冲直撞，如走平地，但是他离开了那里。多年的经验告诉他，力气和收获是等价交换的。他选择了这边的海。

这边的火石湾，才是真正的海，刀一样直切下来的陡岸，全是坚硬的火石（因为这种橙黄色的石头受撞击就会迸出火花，所以海碰子称为火石），像一道金灿灿的屏障，贴着这陡岸直拔上去的是高高耸立着的火石山。在这刀削的陡岸中间，有一道豁口，下面有五十步长，五十步宽的小天地，铺着黄澄澄的鹅卵石。尽管这里天地狭小，但老海碰子却很满足，因为他的用武之地是豁口外的一铺万里的大海。他还满足的是背后那陡削的高山，隔开了那个烟雾萦绕、噪噪营营的世界。豁口两侧的石壁轰轰地响着，迸碎的浪花从两面齐往豁口处喷洒、透着白光，现出一闪即灭的七彩光环。老海碰子兴奋了，这才是男子汉的海，只有他才会享受这种乐趣！就是死在这里也值得！可是，他哪里知道，现在，恰恰有另一个人，也悄悄地来到火石湾，要分享他的这种乐趣：与他一样寻找那迷人的希望！这个人已经来到火石湾，他却没有发现，浸沉在自己的欢乐里……

"我会得到的！"他执着地自语，高高地扬起手臂，将系着网兜的葫芦头扔进水里，一手接着鱼叉，一手摸着鱼刀，一个鱼跃，扎进翻滚的浪涛里。身子便箭样地钻进黑绿色的水中。他手中的鱼叉鱼刀也朝前直竖，那闪着寒光的锋刃劈着水，一直向下沉去。这段行程只能用三分之一的气量，这是严格计算好的，因为必须保证三分之二的气量在水下工作。在这一团模糊的水层里，也会出现奇丽的景色。有时，一大群丁鱼（只有一根钉子长短的小鱼），铺天盖地而来。仿佛千万支金针银线，在黑沉沉的空间流曳，把老海碰子团团织在其中。这使他感到快活，也有些慌。因为他知道，凡是这种鱼的后面，往往会跟着一些追食的大鱼。他根据鱼的外形来叫名的。有一种鲨鱼，它的头部高高隆起，两腮很滑稽地向两旁凸出，很像古代的相公帽，这种鲨鱼似乎也像相公那样文雅礼貌，见人频频点头，然后，从左面蹭你一下，又从右边蹭你一下，好像亲昵地缠着你。其实它这是在试探人的能力，因此它蹭你的速度越来越快，直到把人弄得眼花缭乱，晕头转向时，才猛地露出狰狞相，恶狠狠地扑来。但也有那种直率的、毫不讲客气的鲨鱼。那是一种有尖削的头颅，火箭般身形的箭鲨，一排锯齿般的尖牙闪着白粼粼的光。它的凶狠远超过山中的虎狼，它那对阴沉的小眼睛能在几里以外的水下看见人肉闪光。当它在百十米之外发现目标，便像炮弹一样射来，饥饿使它的凶猛、残忍和智力增强了数倍，它不仅能在水下横冲直撞地扫荡鱼类，而且会自动地跃出水面，攻击站在船头和礁边的渔人。它那飞跃在半空中的身子灵巧地横扫一下，刀片似的长尾将人扇进水里，然后，再去吞噬。海碰子最提防这种鲨鱼。

老海碰子潜到海底一两米处，那水色便豁然亮堂了，五彩斑斓的礁石尽收眼底。在那一片白花花的牡蛎丛中，撒满了孔雀蓝色、玫瑰色、橘红色的五角海星，像艳丽的花朵，闪着莹莹的光。这些漂亮的海星并不是装饰海底景致，而是在残酷地吸噬牡蛎肉。一大群老态龙钟的黑鱼游过来，瞪着博士眼珠，在研究老海碰子是什么动物。然而老海碰子连看也不看这些肥美的大黑鱼，这些家伙是水层中间的鱼，灵得很，鱼叉是弄不到的。但对付底鱼（贴近沙滩活动的鱼），他的鱼叉便显出神功来。多年的碰海生涯使他练就一对灼亮的神眼。只要他略一扫视，便会看出货色来。那些像一张树叶子似的浮在沙地上的牙偏鱼，牛舌头鱼，石茧子鱼（背面上长些石斑状保护色，极难辨认）和胖头鱼，它们总是紧贴在沙子上一动不动，一旦遇到不妙的情况，周身花边般的鱼翅就急速扇动，一股沙烟泥雾立即翻然而起，降落在鱼背上，渐渐就盖得严严实实。但是，鱼尽管伪装得巧妙，却要露出两个叽里咕噜的眼珠子观察动静。老海碰子最会识别这种假象的。这时，一条烟叶似的大牙偏鱼飘然而至，老海碰子稳住不动，等它伏沙伪装后，准备动手擒拿，谁知这鱼夺路而逃，攀礁而上，游过了横在它头前的一排围墙般的暗礁。老海碰子惊呆了，虽然他成千上万次潜进水下，却很少看见牙偏鱼侧着扁扁的身子，扇动着周身花翅，飞快地升到礁石的顶端，像一片金叶在湛蓝的空间翩然而下，顺着礁背面的斜坡逃遁了。老海碰子垂着鱼叉，眯着友善的目光，欣赏着那条扁鱼的精彩表演。他感到有种说不出的充实，虽然在冰冷的水下，他的心胸却炽烈地燃烧起来。这种燃烧常常使他有些神经质。有时，一块奇形的石子儿，一尊玲珑的暗礁，一片磨亮的贝壳，都使他精神振奋，也许这就是一个海碰子寻求美好愿望的激情。

他沿着狭窄的礁缝急速地游动，一个长长的大海参躺在那里，酱褐色的身子缀满了一行行小肉刺儿，刺儿尖泛着淡白色，像密密麻麻的花点，远远看去那样迷人。海参最熊，不会跑也不会蹦，只有老老实实地束手就擒。但它对付鱼类，有一套本领，当鱼张口扑向它时，它便来一个特殊反应，刷地将肚里的肠子喷出去，那鱼一口衔住，以为猎物到手，立即摇摆而去。海参这时早借着喷吐肠子的反作用，退出半尺远，保全了性命。但在人的面前，这一切伎俩就等于零了。老海碰子在一道礁缝里就捕捉了五个大海参，装进腰间的小网兜里，双脚照地猛地一蹬，身子嗖地升起，等脑袋蹿出水面，已是气力殆尽。他大声地呼吸了一阵，便又扎进了水下。腰间的网兜装满了海参，他便浮出水面，踩着水，寻找漂浮的葫芦头，然后将海参转装进葫芦头上挂着的大网兜里。渐渐地，他喘气的声音和活动的姿势不那么从容了，在水下待的时间越来越短，升浮的速度越来越快，嘴巴露出水面的喘气声越来越大。但他还是继续拼命地扎着猛子，不断地寻找猎物，一个劲地呼吸、憋气、扎猛、升起，机械地重复这一系列动作。

终于，他感到冰冷的水泡透了他的皮肤，进而渗进肉里、骨头里。他开始慢慢失去了活力，变得麻木了，眼球里的火花也逐渐熄灭。水、礁石、海参和鱼全融成模糊的一团，他这才推着被网包压得半沉下去的葫芦头，艰难地朝岸边游去。再度去烤火，再度去补充热量，再度去积蓄力气，再度攥着鱼叉鱼刀，把自己抛在冰冷的海涛里。

在一个潮流不到半天的时间里，海碰子一般是下三次水。就是说他们的肉体在灼烫的火苗里加热半个小时，然后在冰冷的海水里冷却半个小时，这种加热和冷却要反复六次。当老海碰子最后一次游向岸去，才发现豁口处多了一个小黑点。那小黑点渐渐变大，终于，他看清了，是一个小海碰子。

那小海碰子虽然块头小，却很神气地站在那里，默默地审视着老海碰子出水、上岸、点火和烤身的每一个动作，俨然是个小监考官。老海碰子有些不快，他不愿意在这个最狼狈的情况下被别人这样注目，而且还是这么个乳臭未干的孩子！于是他尽力控制着全身的颤抖，故意装作不在乎，虽然烤火时照样翻来覆去地做着滑稽动作，但决不叫出声来，在小辈人面前呻吟，可真不像话了。当他在激烈的炙烤下恢复正常功能时，便把目光朝小海碰子那边瞥过去。小家伙看样子不到二十岁，还是个孩子，他在海碰子队伍中还没有见过这么个幼嫩的小东西。那翘起的鼻头和红嘟嘟的小嘴，勾勒出一条温柔的曲线，脸蛋上还毛茸茸的，像一个注满汁水的小香瓜。但脖子下面那套衣服却使老海碰子生出火气，小挽领，紧贴身，显得挺括利索。海碰子穿那种摆浪的衣服，逛海吗？就这身衣服也不合格！当海碰子应穿那种厚、肥、大、结实、保暖的衣服，白天烤火能遮风兜热，晚上睡觉能当被做褥。然而小海碰子根本没理会他的怒气，竟然仔细地将全身衣服脱下叠好。按规矩，应该过来拜上两句，用海碰子的话说"借借风"。但小海碰子毫不理会，就地摆开架势，立了门户。老海碰子有一种被冷落之感，不禁怒气横生：太放肆了！方圆百里的海碰子，还没见过这个样的！不过看到赤身裸体的小海碰子时，他倒几乎要笑了。这麦面捏似的身子也能下海？没有棱角的骨架在圆润的嫩肉里包裹着，小肚皮溜光溜滑的，纤细的小脚被沙窝里的冷水泡了不一会儿，就变成了粉红色。这样的小脚能蹬水？他撇了一下嘴，心想：差远啦！肚皮上的汗毛还没烧光呢！他的气消了大半。浪有些大了，豁口处不时地迸散着七彩光环的浪花，小海碰子有些惊奇，不时地张大嘴，露出一口小白牙，更显出嫩相来。看着这个柔嫩的小东西，老海碰子不由得想起那有力的蟹钳，锋利的鱼牙，尖削的牡蛎壳和那狭窄的暗礁缝。

"会弄碎的。"老海碰子揉搓着浑身烤出盐末的皮肤，竟在心下为这个不顺眼的小东西叹息了。

小海碰子也许看出了老海碰子的神情，便故意晃着身子走过来，显示其老练。还盯着地上的一堆海参，说道："货挺厚呀！"老海碰子惊奇地扬起脑袋，他没想到小家伙会说出这么老成的一句海碰子的行话，便不由细细打量他一番。这时，他才看得清楚，那张小香瓜似的脸上呈现出一圈水镜压出的印痕，胳膊和大腿处已划出一道道稀疏的伤口，光滑的肚皮上面的汗毛，开始烧得焦卷起来。看来，有点来历，他问道："半铺炕那边来的吧？"

小海碰子脸似乎一红，但老实地点点头。

"怎不在那儿待着？"

"那什么货色，四垄刺儿！"小海碰子露出很自负的样子。

老海碰子一怔，但没动声色，心里在冷笑，瞧不起四垄刺儿，哼，没看看你自己几垄刺儿！小嘴鱼吃蟹子，也不量量自己多大牙口！他轻视地扫了一眼小海碰子，谁知小家伙正朝他睖睁着眼，并突然喊道："你是从鱼肚子里钻出来的？"嫩嫩的小脸上充满了又惊又喜的神情。

老海碰子却闭上眼睛，不屑一顾，这正是老辈对少辈表示骄傲的一种方式。有什么大惊小怪的，在海碰子中间，谁不知道！

"那大鱼呢？"小海碰子并不是一味地敬仰，也不等他回答什么，却问起那鱼了，好像是几百年前就准备好的问号，终于盼到今天问了。

这个问号可大大地伤了老海碰子的自尊心，从那九死一生的鱼腹中逃出性命来，已是千幸万福了，已是天下第一了不得的事了，还要那鱼！真不知天高地厚！黄口小儿，不值一驳！老海碰子根本就没睁开眼皮。谁知小海碰子竟叹了一口气，为那条跑掉的大鱼惋惜，好像在说，你这事做得太缺心眼了，太欠考虑了，太不完美了，太不值得那么多的海碰子敬重了！老海碰子终于按捺不住，抬起眼皮，却见小海碰子正从裤衩后面拔出闪光的鱼刀，挥舞了一下，那气势，也要钻进鱼肚子一次，并豁开它，但不只是逃命，还要把那大鱼拖上来！

老海碰子终于什么话也说不出来，他有些疲倦，便就势往沙滩上一躺，闭上眼睛。但是他睡不着，小海碰子正在那边甩臂劈腿，做下水前的运动。"哼，海猫子不知潮流，涨潮下水！"老海碰子冷笑着自语，又投过一瞥——他被一道灼亮的东西刺了一下，不由得睁开眼睛。只见全身披挂整齐的小海碰子，手里正攮着一支亮铮铮的鱼枪。他近来模模糊糊地听说这个新玩意儿，是半铺炕那边的海碰子们用好钢打造的，上面安着一些巧妙机关，一勾扳机，枪头就会戳透鱼身，据说瞄哪儿打哪儿，极有准的。但是老海碰子并不认真听别人夸这家什儿，他从心里根本就不屑一顾。尤其是半铺炕那边的产物，他就更瞧不起。世世代代的海碰子都使鱼叉，叉的鱼还少吗？那可是腕子上的硬功夫，练不出来，便想新花样，懒人懒招儿，想不出力气弄鱼，笑话，不会使叉算什么海碰子！

小海碰子却走过来，嘻嘻地笑着，朝他那鱼叉踢了一脚，说道："该扔了，这破玩意儿！"老海碰子差点儿跳将起来，说我这鱼叉是破玩意儿，别闪了牙帮子！他这铁青色的鱼叉啊，爷爷使过它，父亲使过它，是一块车轴钢打出来的，什么样的车轴，拉两千斤石头的车轴！这鱼叉什么样的鱼没叉过？牙偏鱼、牛舌头鱼、胖头鱼……它还叉过一条十七斤八两的大鱼呢！别看它浑身是锈迹斑斑的，这是鱼血和盐水咬的，是业绩，是资格！你那鱼枪算什么，叉过十七斤八两的鱼吗？他想起那条麻袋大小的牙偏鱼，在鱼叉上扇动时的重量，使他在水里翻了好几滚儿……他充满感情地瞅了一眼横在地下的鱼叉，心里却忽地一下发虚了，这条立下过丰功伟绩的鱼叉此时竟那样难看，尽管他时时霍霍打磨，叉尖总闪着一簇寒光，但与那支机关巧妙，亮光光的鱼枪一比，简直就像废铁条一样毫无颜色，畏畏缩缩地躺在地上，没有一丝威风。老海碰子终于没跳将起来，突然，又被一件什物定住了。原来小海碰子那窄窄的小脚上正套着两只大胶皮脚（橡皮鸭蹼）！那胶皮脚又宽又扁又大，颤颤的，鲨鱼尾一样，扇起水来，比他乒乓球拍子似的脚有力多了，小海碰子身上的现代化武器多着哪，他也根本不使用老海碰子那个碍事绊脚的葫芦头做漂子，而是从衣兜里取出一小卷东西，鼓着腮帮子吹一阵，便凸起一个比葫芦头还大得多的圆气球，当然比葫芦头轻飘多了。"真他妈的！"老海碰子不知是恨还是爱地骂了一句，有些颓丧起来。但是，当小海碰子转过身去，小脚后跟闪出两块绑得紧紧的红布条时，他这才恢复了一丝元气，轻轻一笑。这也是半铺炕那边的胆小鬼发明的玩意儿，据说能防鲨鱼，哈哈，那凶猛的大鲨鱼会怕这小小的红布条吗？再说，怕鲨鱼还当什么海碰子，在家老老实实地待着吃海菜得了！老海碰子得意地坐起来，这时，他觉得小海碰子身上的一切都暗淡无光了。

大海涨潮回流了。那城墙般的排浪"啊啊"地吼着，朝岸边压来，豁口两边交叉喷过来的浪花更猛烈了，犹似两扇白花花的水帘，遮住整个豁口，轰击的涛声夹带着咸味的海风又不断地朝豁口里灌，顺着他们背后狭窄的山径寻找出路。那小海碰子像故意演给老海碰子看，头戴水镜，腰挎鱼刀，足蹬脚蹼，手攥鱼枪，全副武装，雄赳赳地走向浪涛轰响的海。

"看不出潮流吗？"老海碰子终于在后面发声喊，亮出老一辈海碰子的威风。

小海碰子却回过头来嘻嘻笑着："染染身子（试试水）！"

这又一句老练的海碰子行话，使老海碰子站立起来，并使劲地揉搓了一下眼睛。

这是一个莽撞的、毫无经验的小海碰子，但他却高傲而自负得很，他觉得世界就像晴天的海那样平坦，任他遨游。因此，他不相信什么艰难困苦，也不崇拜任何英雄，他觉得他会同那些英雄一样，当然要比他们更强些。其实他也有崇拜，那就是崇拜自己。半铺炕那温柔的海使他更坚定了"藐视一切"的信念。终于，听到五垄剌儿的海参，听到了剐鱼肚子的老海碰子，听到了比这一切更美好和更可怕的，有错鱼守护的东西。他开始有些吃惊，有些思索，进而有些不服气，这种不服气使他不甘于同半铺炕的海碰子们为伍，于是他来到火石湾。青春的热血在他心胸沸涌，他要干出一番惊天动地的事业来。

老海碰子默默地注视着小海碰子的每一个动作，他感到这是一个冒失鬼。下水之前，只是胡乱地蹦跳一阵，把烤火的柴草随便地往沙滩上一扔，任它散堆在那里，甚至连海都不看一眼，就噗通一声扎下去，泥鳅一样钻进绿色的浪涛里。下水之前要观察一下海，这是老海碰子最注意的事，在内行的海碰子眼里，海不是一块蓝色的平面。细细看去，在闪动的波纹里有几道颜色略异的带子，那就是海流子。海流子是海中的河流，有着湍急的流速，但海参、鲍鱼和扇贝最喜欢生活在海流子里，因这流动的水时刻保持新鲜、清凉、干净。这海流子的速度也是随着潮流的涨落而变化着的。坐南朝北的海，涨潮时，水流从西朝东奔走；退潮时，水流又掉过头来朝西流；潮终时，水流子稳住不动近半个钟头。多大多急的流子，老海碰子都能从里边捞出货来，这就是他抓住了稳流的时间和规律。小海碰子哪懂这个，只凭自己的力气和热情干，不管三七二十一地拍动脚蹼，在身后啪啪地打出两朵雪白的水花，拖着长长的浪道，身子挺得像一艘小炮舰，灼亮的鱼枪在头前开路，煞是威风。但这威风不一会儿就丧失殆尽，他扎了不几个猛子，就被哗哗流淌的海流子拖得远远的，这样，他大半的精力全用在挣扎着上岸。海底也不是到处都有暗礁（只有暗礁处才有东西），一个猛扎下去发现暗礁有货，要浮上来"定位"。这"定位"也是极有讲究的，游泳技术再高的人，只要漂在水上，就会被浪推流拖，暗暗移了位，再扎下去绝不是原来的位置。小海碰子就吃这个亏，他刚刚扎一猛是暗礁，捕捉了几个海参，正想高兴，可第二个猛扎下去，却是一片白茫茫沙地，只好浮上来再扎猛找，连扎几个空猛，气力全部消尽。海碰子最怕扎空猛，同样是扎猛，手抓不上货来就觉得气力格外消损，常言道："好汉架不住三个空猛！"老海碰子是绝不吃这个亏的，每当他发现一处暗礁有货时，先不急于干，而是赶紧浮上水面"定位"。他"定位"的方法既简单又高超，这就是看岸边的目标。俗话说"风吹浪打山不动"。老海碰子就是看准那稳坐四方的火石山峰。看准了火石山那金灿灿的尖顶，定住自己的位置，那浪下的暗礁怎么也不会丢的。

小海碰子毕竟太年轻了，他还没有这么多的经验，甚至他也根本不相信什么经验。他只相信自己那支亮灼灼的鱼枪、脚蹼和目空一切的想象。他看到老海碰子的那鱼刺状的骨架，锈迹斑斑的鱼叉和那可笑的葫芦头，完全像上一个世界的古物，就断定自己比老海碰子强一百倍。人们把老海碰子说得那样威风，那样神能，可真使小海碰子奇怪得不行，他嘲笑还来不及呢！但是，他被湍急的水流拖来拖去，又连连扎了几个空猛以后，终于筋疲力尽，浑身哆嗦起来，他这才感到火石湾的厉害，怪不得半铺炕那边的海碰子一提火石湾就脸色突变。他拼命地拍打脚蹼，挣脱海流子的冲击，拖着空空如也的网漂子朝岸上奔命。他像小叭狗一样爬出水面，战战抖抖地朝柴草堆连爬加跑，因为他背后拖着的网兜只装了几个可怜的海参，所以爬得速度更快些。老海碰子不声不响地盯着小海碰子，他倒要看看这个毛头小家伙怎样点燃这胡乱堆在地上的柴草。他毕竟是老人，感情还是细腻的，当看到这个稚嫩的小叭狗爬上岸时，心里就有些不忍。他虽然想看看这个狂妄的小海碰子的狼狈相，但同时又暗暗摆好一堆柴草，好让小家伙在点不旺火的急难之时，马上能得到温暖的火。谁知他白操了这份老心，人家小海碰子更有招儿。只见他从衣袋里摸出一小瓶汽油，朝柴草上转圈一绕，啪地按了一下打火机，那火苗轰然而起，竟蹿得一人多高。小海碰子欢快地蹦着跳着，那火舌也张牙舞爪地乱飞，似乎在嘲弄老海碰子，你那堆火算什么，萤火虫一样！老海碰子生气了，觉得受了委屈，看着自己刚刚尽心尽意摆的那堆柴草，不由得气哼哼地踹了一脚。

　　一次又一次地失败，一次又一次空着网兜上岸，终于使小海碰子垂头丧气了。尽管他年轻，有脚蹼，有亮光光的鱼枪，有吹气儿的水漂子，有汽油，有打火机，但他拿不上货来。当一次次看到老海碰子拖着沉甸甸的网兜，满载而归，他服气了，渐渐地变得聪明起来。他不再频频下水，凭自己的一腔热血蛮干了，而是垂手站立，将一对稚气的大眼睛投向老海碰子。他开始感到，那一身伤痕累累的老皮，那鱼刺状的骨架，那锈鱼叉，那葫芦头，都不那么简单了。他几乎是不眨眼地盯着老海碰子的每一个动作，每一个细节，像一个最优等的见习生。

　　小海碰子的这一明显的变化，当然逃不过老海碰子的眼睛，他暗暗感到一股满足：这会儿知道厉害了吧？哼，差远哩！于是，老海碰子表现得更老练和稳重了，甚至有些高兴地在这个小海碰子面前表演自己的精彩技巧。

　　老海碰子扎进黑蓝色的水下，一大群肥胖的黑鱼照例友好地围上来，它们认熟了这个面孔模糊的人，知道他没有能力伤害自己，于是毫无顾忌地跟在他身后转悠，一旦见到他去揪那橘红色的扇贝时，便一拥而上，去吞食扇贝根带起的一些毛毛茸茸的小生物。老海碰子不耐烦地挥动鱼叉吓唬这些贪吃的家伙，但它们只是稍微摆动一下尾巴，照样簇拥在刚刚揪下的扇贝根处。有的鱼干脆连尾巴也不摆动。老海碰子叹了一口气，对付这些灵活的，浮在水层中间的鱼，他那柄鱼又连个渔夫的小鱼钩都不如。但是，老海碰子突然听到一个异样的声响，噗——一条大黑鱼在那里扑腾起来，并溢出一股淡淡的血雾，这血雾还没来得及飘散，就被水流冲走。那鱼不动了，原来一支亮灼灼的枪刺正穿透了它黑硬的鳞片。顺着枪刺、枪杆和握着枪杆的手臂，他看到了小海碰子。这鬼东西，竟尾随他而来。小海碰子倾斜着身子，漂浮在蓝色的水层里，两只大脚蹼有节奏地摆动，控制着身子的平衡，却显得身子又细又小，像条小黄鱼。但此时，小家伙很惬意，他一次又一次拉紧枪栓，一次又一次地穿透那些无知的黑鱼。嘿，又一条大黑鱼在闪亮的枪刺上打旋，翻动，并涌着血雾。老海碰子看见小海碰子那一对大眼睛在水镜里笑成两道缝，心里不知怎么有些不舒服，黑鱼冒出的一股股血腥气，招来了别的鱼类，一条大牙偏鱼急急地赶过来，伏在暗礁根处。小海碰子灵巧地一个猛子扎下去，噗——几乎不用瞄准，也根本不用什么"鱼头往前半尺"的提前量，一下就把那牙偏鱼打个透心凉。速度之快，把老海碰子都惊呆了，他只见小海碰子将鱼枪朝牙偏鱼头上一指，那鱼随即就在沙地上挣扎翻动。尽管他睁大眼睛，也看不到枪刺从枪杆里射向鱼身的行程。"太快了，什么鱼也跑不了的！"老海碰子竟自言自语地赞扬起来。但他又忽地感到一阵痛楚。这可是他第一次赞扬一个初出茅庐的小海碰子；第一次看到他奈何不了的东西，别人却轻易拿到手了；第一次看到，别人也有比他强的地方！而这个人，竟是个肚皮上还没烧净汗毛的孩子！

那小海碰子找到了用武之地，一上一下地扎着猛子，身子如飞似的游动，蹿得水上水下一片水花烟雾。

老海碰子下意识地躲开了，他扎进更深的水下暗礁里，在那里寻找海参和鲍鱼。尤其那鲍鱼，凭借着暗绿色的外壳，紧紧吸在暗绿色的礁缝里，很隐蔽。弄鲍鱼，不同于捕捉海参海螺，得有极高的功夫，一叉下去，就得铲下来，绝不能拖泥带水地重叉第二下，因为这鲍鱼身下长个吸盘，吸附在礁石上，叉它必须冷不防，否则它便立即死死吸住，任你将鲍鱼身上的壳叉得稀碎，那肉也牢牢地死贴在礁石上。老海碰子有意在这儿露一手，让小海碰子看看，打条黑鱼算得了什么，有本事再扎深点看看！但小海碰子此时根本不看，他正兴高采烈地追逐着黑鱼群，弄得老海碰子满耳朵都是"噗噗"的打鱼声，有些心烦意乱。

上岸时，小海碰子推着满载黑鱼的水漂子，得意扬扬地游在前边，身后的两只脚蹼像唱歌似的打着拍节，拍得水花"嘭嘭"响，伸出水面的那支枪刺，一闪一闪的，仿佛在向老海碰子炫耀它的威力和功绩。烤火的时候，小海碰子手舞足蹈地蹦来蹦去，并故意大声地"啊啊"着，好像刚刚完成了一个极其伟大的任务。他朝老海碰了这边嘻嘻着嘴："那鱼……真笨！"

老海碰子没吱声，一直阴沉着老脸，把腰勾在火堆上。

小海碰子突然沉默了，满脸的欢喜倏地一下消尽。老海碰子网兜里的"货"使他目瞪口呆，一个个巴掌大的鲍鱼在那里蠕动着，迎着阳光，壳碗里闪着迷人的彩光，似乎在笑他：狂什么？这才是上等货呢！

小海碰子愣怔怔地站在火堆旁，又开始垂头丧气了。

微微熏人的西南风转成略带凉意的小北风，轻轻地扫拂着海面。火石湾呈现出一片少有的平静，上面铺满一层金辉辉的阳光，显得那样平坦、敞亮，俨然是一个宽阔的大舞台。但是，这个舞台不再是老海碰子一个角色表演了，不再使他随意地驰骋腾跃了，那个才登上来的小角色使得他紧张并谨慎起来。他看出，那个攥着鱼枪的小海碰子在暗暗同他比试，大有要撵上他，超过他的架势。小海碰子扎猛的深度也越来越增加了，他有时竟和老海碰子并膀齐扎下去。这就使老海碰子拼足了全部气力，他是决不会让小海碰子超过他的。每次上岸，他的网兜里总是沉甸甸的，他要在重量、质量和数量上占绝对的优势，他要永远是强者。但是，他发现小海碰子一次又一次朝更深的水下冲击时，他开始感到，这个小家伙不仅是要超过他，而且有着一个不露声色的目的，这目的是什么呢？老海碰子突然醒悟了，小海碰子也在寻找这个最珍贵的世世代代海碰子始终未寻找到的东西。如果不是这个迷人的希望，他决不会这么执着地拼命。为了寻求，老海碰子不断地扎深猛子，朝更深的深处探望。他总觉得那里就有……也许就有锚鱼，那里就有那个他终生寻求的东西！于是他越扎越深。然而他的肉体终于以各种痛苦的感觉向他宣告，它们无法完成意志的要求：当他向更深处扎下去时，两个耳朵眼里像有两支钢针插将进来，水压似乎要击穿他的耳膜，水镜也突地压紧在脸上，把鼻子都压得扁扁的，两个眼珠子被抠出来一样痛。最受不了的是一股透骨凉的水朝身上袭来，这是底流。底流的水是从老洋里，从那阳光永远晒不透的地方流过来，因此底流比水面上的流子还多一个可怕点，那就是温差。当你一接触底流，就像掉进冰窖里，四肢立时僵硬麻木，就是鱼游进底流里，也显得不那么灵活了。海碰子称这为两层水，最怵不过的。现在，小海碰子就朝这种底流试探。在升浮到水面上换气时，老海碰子往往发现小海碰子从脖梗往上一片赤红，并冒着一缕缕冷气。他知道，这小家伙已把脑袋触进了底流，但是他发现，那赤红的色痕正一次次从小海碰子脖梗往下伸延，有一次竟齐刷刷红到胸部以下。他深信，小海碰子终将会把他全身投进底流里。于是他感到问题严重，感到一种力量的威胁，感到一种可怕的挑战。

一连几天，老海碰子紧封着嘴唇，默默地做着每一个动作。小海碰子开始还嘻嘻地同他寻话说，但渐渐地被他这种阴沉的情绪感染了，也跟着沉默起来。但他并没有看出老海碰子在故意对他冷漠，只是感到这是一个不苟言笑的老人，他反而逐渐习惯并欣赏这种沉默，这种沉默给人带来一股潜在的威严感。呼啸的浪涛砸在小海碰子身上，他就不由得咧开嘴"啊哈"地叫几声，可是砸在老海碰子身上，他却一声不吭，甚至连眉眼也不眨动。小海碰子完全被这种沉默的威严和力量慑服了，他开始一步一个脚印地模仿老海碰子。例如从冰冷的海水爬上来时，他再也不像小叭狗那样轻快了，而是沉着地爬行，显出一种历尽艰难的样子，烤火时，他也不欢快地蹦跳了，而是学着老海碰子的动作。突如其来的浪击和尖削的牡蛎壳划割，他也决不哼一声。渐渐地，火石湾除了单调的涛声，就像死一般寂静。退潮前这一老一少默默地分坐在豁口两端，各自把鲜嫩的鱼肉串在一根铁丝上，擎在火堆上烧烤，然后就是无声地咀嚼。下水时，他们各自错开时间和位置，这一堆火刚刚熄灭，那一堆火又呼呼燃起，这一个才艰难地爬上岸来，那一个又雄赳赳跳进水里。但总有在水下相遇的时分，这时，便看出老海碰子的手段厉害了。碰到那黑乎乎的狭窄礁缝时，小海碰子犹疑地探一下头，便一掠而过，老海碰子却满不在乎地径直潜进去，捕捉着肥大的海参、鲍鱼。小海碰子漂在水层里，惊奇而钦佩地望着老海碰子，脸上露出微红的愧色。这时，老海碰子的嘴角上便撇出一丝不易察觉的笑意。其实他每分每秒都在窥测小海碰子的不足之处。

海参有一个奇特的习性，它一离开水就要"溶化"，变得黏糊糊，稀溜溜的。这时必须将它肚里肠子迅速清除掉，否则加速"溶化"。清除的方法是用鱼刀在海参屁股上割一个口，那肠子便会自动流出来。但这刀口却极有讲究的，海碰子有句行话，"春三秋四"。春天的海参瘦，割三分刀口放肠子，秋天的海参肥，割的刀口要大一些，所以说"春三秋四"。小海碰子却不懂其中道理，只是胡乱地用刀在海参屁股上一剐完事。这刀口大小很重要，弄不好，不仅肠子放不干净，而且制出的海参干也外形难看。老海碰子看小海碰子胡乱地割，惋惜那堆肥大的海参。这可是力气换来的！于是他忍不住，便喝道："春三秋四，刀口再大些！"有时，海参已化得稀溜溜的发滑，小海碰子抓来捏去拿不住，没法下刀，干瞪两眼着急。这时老海碰子便又喝道："使劲摔几下！"小海碰子便把海参朝石板上摔去，果然，没几下，那海参变戏法似的变得登登硬了。小海碰子便朝老海碰子感激地笑了，老海碰子却早把脸板着转向一边，根本不理会。心下当然得意极了，因为他那呵斥式的帮助，本意是显示自己的高强。

　　尽管老海碰子故意显示自己的高傲，但小海碰子也不在意，因为在摆弄海参这一套技术，他对老海碰子已甘拜下风了。但他也想把他那一套"现代化"推广给老海碰子。老海碰子撅着屁股在霍霍地打磨鱼叉，小海碰子走过来，说："我给你弄支鱼枪吧，这玩意儿……"老海碰子横了他一眼，没好气儿地说："咱使不惯那洋货，走了火，别穿了自家的脚丫子！""不会的。"小海碰子哗啦哗啦地拽着枪栓，说道："保险得很！"老海碰子一歪头，又格外用力去磨他那鱼叉，尽管他也看到用鱼枪打那黑鱼，噗噗，灵得很！……但却不愿承认。终于，他这宝贝鱼叉又为他争了一次光，使小海碰子的鱼枪黯然失色。

　　火石湾底下布满了大大小小的石头，它底下的缝隙是海参藏身的窝穴。石头越大，货越多，只消把石头掀翻，就会看到下面聚满了海参，简直可以用手大把抓。但讨厌的是在这些石块下面，往往栖居着蛇一样形状的鳝鱼。这家伙有尖锐的牙齿，而且不怕人，任你掀得石块翻滚，也绝不会惊慌失色地逃走。不仅如此，那个蛇形脑袋上的一双阴森森的绿豆眼一直瞄着你，要多可怕就多可怕。一般的海碰子宁肯舍弃那成堆的海参，也绝不碰这家伙一下的。何况火石湾里大多是狼牙鳝，牙里有毒液，能咬死人的。小海碰子哪料到这一着凶险，只见老海碰子掀石块抓海参，很是丰收，心下羡慕，于是暗暗学下这一招。他在水下平坦的沙地上一气潜了几十米，连个礁石影儿也看不见，正要升出水面，却见一块几百斤重的大石块躺在那里。他乐坏了，因为越是在这样孤零零的石头下面，东西就格外多。他浮到水面上长长地吸足了一口气，便一猛子扎到石块跟前，然后双脚蹬地，两手猛力一掀，借着水的浮力，把大石块翻动，露出黑乎乎的沙窝（石头下面压出的沙窝全是黑色），小海碰子急切地刚伸出手又缩了回去，因为黑沙窝里卧伏着的一条擀面杖粗的大狼牙鳝正蜿蜒而出，在那灰白的尖头上，两粒小眼珠子泛着死光。它含着一股隐藏的恼怒，寻找毁掉它窝巢的仇敌，终于找到了。它瞄着小海碰子逼近过来，使小海碰子感到毛骨悚然，竟忘记了这是水下，张嘴惊叫了一声，立即呛了一嗓眼苦咸的海水，呼通一声冒出水面，脸色惨白，浑身战抖，踩水的步子也乱了路数，摇摇晃晃的。

　　老海碰子在旁边看得清楚，他小心地摸过去，一猛子扎近鳝鱼，把所有的力量都运到攥着鱼叉的手臂上，等到挨近鳝鱼的跟前时，出其不意，猛地一叉下去。那狼牙鳝欲发怒为时已晚，锋利的钢刃早已刺透它的脖子，把它紧紧按在沙地上。但狼牙鳝并不认输，它疯狂地卷动一阵，尖削的尾巴打得泥沙翻腾，老海碰子尽力憋住气，死按着鱼叉不动，但等那鳝鱼缠他。果然，狼牙鳝那蛇一样的身子顺着鱼叉一直狠狠地缠到他的胳膊上，而那鱼头也强力地扭过来咬老海碰子的手，因脖子被鱼叉扳住，咬不着，更凶了，张着嘴，咔嚓咔嚓地咬起鱼叉来。这时，老海碰子就势托起这条凶狠的鳝鱼，腾跃而起，浮出水面。他哗哗地踩着水，擎鱼的手高高举着，另一只手抽出鱼刀，用刀背朝鱼头猛击几下，那狼牙鳝才慢慢耷拉下脑袋。

这一系列动作，老海碰子干得那样从容、准确、果断、不动声色。小海碰子从头至尾看个清楚，惊诧极了。他踩着水靠上来，不知该对老海碰子说些什么话才好。

从打那条鳝鱼以后，小海碰子老是沮丧地垂着脑袋，并不时地瞅着那支亮光光的鱼枪发愣。老海碰子虽然还像往日那样不动声色，心里却痛快极了，嘲笑我这鱼叉是破玩意儿！口气太大了！你那鱼枪再高级有啥用，见了鳝鱼干瞪眼！但没几天，小海碰子又神气起来，在他脚下，居然也躺着一条长长的，青白色的大鳝鱼。鱼头上血斑淋淋，看样子是被鱼枪打了个透心。"好家伙！"老海碰子看着差点叫出声来，鱼叉是没有这个准头的。但他赶紧收回目光，继续保持不动声色。

小海碰子在火堆上转了一阵，走过来，用鱼枪挑着一条冒着热香气的大鳝鱼，嘻嘻笑道："尝尝鲜！"老海碰子哼了一声："那什么味道！"他用鱼叉从火堆里又出一只烧得焦黄的大鲍鱼肉，也高高挑着："这才是上品，不塞牙！"他知道，小海碰子还没有弄到大鲍鱼的功夫。谁知小海碰子毫不在乎地说："等我弄个比这还大的尝鲜！"他回头扫了一眼那条死鳝鱼，言外之意这么凶恶的家伙我都打上来了，鲍鱼算什么！

第一场凛冽的寒风扫过，进入初冬的大地，肃杀了的金色的山林，一夜之间消瘦了，露出了一条条弯曲的筋骨。火石湾变得严峻起来，滚动的浪涛似乎也冻凝了，缓慢地起伏着，偶尔泛起的白浪沫，却像一簇簇寒光闪烁的冰茬。豁口下面的沙滩上镶了一层薄冰，鹅卵石变成了亮晶晶的冰蛋蛋。

两个海碰子咯咯吱吱地踩着这些冰硬的鹅卵石，走向水边。冷飕飕的小北风扫过来，使他们不由得打一个冷战。这水能否下得去，是决定一个海碰子整个初冬季节能否干下去的考验。老海碰子首先走进了这个寒冷的蓝色世界，紧接着小海碰子也跟了进去。当温热的肉体一接触冰冷的水时，它的感觉并不是冷，恰恰相反，倒像被火燎一下或是感到一把烧热的刀子在全身狠狠一刮，这个感觉倏地一过，那种透骨的凉意才刷地一下浸过来；紧接着像有千万支冰针穿皮肉而进，在骨头上啃着、锯着、钻着，这是最难忍受的第一关，两个海碰子默默地忍受着。但不一会儿，小海碰子开始颤动了，那柔嫩的脊骨一阵扭动，便"啊啊"地叫着，被什么东西咬了似的逃出水面。他仿佛从开水锅里跳出来，浑身烫得紫红，冒着热气。然而老海碰子没有丝毫反应，像一块石头，一块酱褐色的石头浸在水里。小海碰子有些茫然地瞪着惊讶的大眼睛，他下意识地揉搓着变了色的皮肤，又战抖着走下水里。又是千万束冰针扎透皮肉而来，"啊啊！"他哀号着，扭动着，但不得不重新跳上岸。老海碰子还是纹丝不动，就像死了。小海碰子望着老海碰子，有些迷惑了。他立了一会儿，终于咬紧牙关又走下水里。"啊啊！"他又尖叫起来，但声音不那么尖了，也没有跳出去，他望着石块一样浸在水中的老海碰子，终于坚持住了。一老一少在水中痛苦地熬着。老海碰子是有数的，他紧闭双眼，在等待着疼痛消失。小海碰子此时也学着他，闭着眼，咬着牙，佝偻着身子，死死地挨着。初冬的阳光羞羞答答地照着这两尊石像，没有一丝温意。但奇迹来了，约莫一袋烟的时间，那扎在身上的千万支冰针突然开始熔化了，不那么尖锐了，整个身上的皮肤出现一股微妙的"辣辣"的感觉，开始发热了。用海碰子的行话说"开始发烧"。这种难以置信的发烧只持续了一阵儿，便忽地消失了，这时他们开始缓慢地摆动胳膊，伸蹬两腿，像一条冻僵的鱼刚刚复苏，随即他们大动作地运动四肢，迅速游起来，现在，两个海碰子的感觉舒服极了，因为此时皮肤什么感觉也未存在了，没有冷的感觉，没有热的感觉，没有痛的感觉，甚至没有接触水的感觉。身子仿佛在一个莫名其妙的空间浮动，即使皮肤蹭到尖硬的礁石上也丝毫没有感觉，但这种"舒服"只能持续半小时，再次"返痛"就可怕了。海碰子就是抓住人体对寒冷的第一次"麻木"反应，而敢于潜进冰冷的水下。

他们飞速地游向火石湾深处。

整个大海犹如冻凝了的蓝色固体，被这两个酱褐色的长条切碎了，划出两股白花花的碎末来。猛然间，两个酱褐色的长条不见了，钻进了这蓝色固体的深处。

海碰子下水第一口气量是最长的，老海碰子的第一口气量总是先朝最深处扎，他猛力地蹬着那扁平的脚板，直挺在前面的鱼叉尖闪着一簇寒光，像一颗流星朝黑沉沉的水下划去。猛地，他腰骨一抖，一股更彻骨的凉意从伸在最前面的指尖，刷地一下扩展到全身，底流到了。老海碰子咬住牙，继续蹬下去，但实在难以忍受了，他的整个身子好似一点点往一个固体冰块里钻，而还没完全钻进去的两只脚，却觉得温乎乎的了，这说明底流的水冷到什么程度！一刹那间，老海碰子闪出个返回去的念头，但他看到身旁亮灼灼地一闪，攥着鱼枪的小海碰子竟扎了进来。于是老海碰子突地涌上来了力量，一直朝更深的暗礁扎下去，因为那里的海参几乎全是五垄刺儿的，而且个儿特别大。接近暗礁时，他脸上的水镜嗞嗞地压紧了，两个眼珠子往外鼓。他咬住牙，看准一个肥大的海参，尽全力抓上去，然后一个急反身，箭一样钻出水面。他"啊啊"地喘着气，踩着水，欣赏着手里肉乎乎的五垄刺的大海参，又长，又大，又肥，浑身布满了小奶头似的肉刺儿，真喜煞人，一只手几乎抓不过来。"呵！小猪崽儿！"他兴奋地叫起来。城里人形容大海参总是用"大灌肠，大黄瓜"，但他总觉得不妥，城里人从没亲自从水里抓一下这海参，懂什么，竟瞎形容！还是叫小猪崽儿好，肉乎乎的，多像！但是，老海碰子突然感到一阵空虚，他陡地转身四顾，海面平静无声，一股恐怖感刷地涌上全身——小海碰子没上来！老海碰子的脑袋立时涨得老大个儿，他赶紧朝水里探望，依旧是黑沉沉地寂静。这不祥的寂静使他的恐怖变成一副可怕的画面：小海碰子那柔嫩的身子正死死地夹在黑乎乎的暗礁缝中，并溢出一股鲜红的血沫沫……不可能！老海碰子在水面上疯狂地旋转了一下，希望在这静静的水面上蹿出个小脑袋，然而一切都是悄然无声，那蓝色的平面无穷无尽地伸延到茫茫的天际。他真正害怕了，一个翻身扎进水里——但他的动作在水层空间收住了。一个红色的小脑袋正飞也似的从水下升腾，冲出水面。一出水，小海碰子就疯狂地大口喘气，嘴里却溢出一口口血水。而且他的水镜里面也喷满了血沫子。第一次扎深水，都会出现口鼻冒血的现象，老海碰子年轻时下海，也有过这种现象，但没这么严重过。这说明小海碰子心太好胜，想一下子干出个惊天动地来。

"快摘下水镜！"老海碰子大声喊。

小海碰子似乎没听见，他高高地举着鱼枪，为自己的胜利欢呼，因为枪尖上牢牢地插着两个肥大的五垄刺儿海参！此时，他什么也看不见（水镜里只是一片红色），却骄傲地踩着水，兴奋地喊着："两个！两个！我扎了两个……"

老海碰子一把摘下他脸上的水镜，用海水冲洗镜面的血沫子，喝道："洗脸！漱口！"小海碰子把头扎进水里使劲晃着，然后大口喝那苦咸的海水，咕噜咕噜地漱着嘴里的血水。可是他接过老海碰子洗干净的水镜后，却不舍弃地又要往下扎猛。"上岸！"老海碰子更严厉地呵斥他，并一把拽住他，朝岸边游去。

两个火堆并在一起燃烧了，老海碰子和小海碰子一齐扠着手，拥抱着火堆，那火堆因为燃料增多而呼呼地烧着，火苗子欢快地往上蹿，交织着，扭结着，飞舞着，显示出一股友好的情绪。老海碰子从一个最大的鲍鱼壳上剜下肥嫩的肉来，擎在火卜嗞嗞地烤，然后送到小海碰子的手里。"吃！"下了一声充满感情的命令。

火石湾的夜是美的，黑蓝色的夜幕罩得海天浑然一色，远处，灼亮的海火与星光交织闪烁，流动的暗云同微涌的浮浪搅在一起，躺在铺得厚厚的柴草堆上，看着这奇妙的景色，是一种享受。潮流按照日升月落地推移，已转到早潮了。"早潮快似马"，海碰子不在海边过夜是赶不上好潮流的。黑暗中，那堆还未燃尽的炭火红红的，熠熠闪光。豁口外面的海浪累乏了，正在轻轻地摩挲着岸礁，发出低低的鼾声。老海碰子睡不着，天幕上的星光正在他眼睛里变幻着色彩，一忽儿变成海参那泛着白光的肉刺儿，一忽儿又变成迷人的花点，一忽儿又变成刺眼的光团，像鱼叉尖，像鱼枪刺，甚至像那交叉而立的错鱼。这光团越来越近，终于垂下来，变成两只亮晶晶的大眼睛。老海碰子蓦地一愣，发现小海碰子正站在他的身前。

"你……见过错鱼吗？"他的一口小白牙在黑暗中显出来。

老海碰子没吱声。

"也许再扎深点就会看见的……"小海碰子还站在那里。

老海碰子坐起来，望着眼前这瘦小的身影。想到他毛茸茸的小香瓜脸，那嫩嫩的小肚皮，那窄窄的脚板，那被狼牙鳝惊吓的一瞬间，想到在水里冻得啊啊尖叫着往外跳……他笑了。

小海碰子被他笑得不好意思，转过身，回到他那堆柴草上，但他临躺下还自语道："再扎深点，我就能全看见……"

"全看见？"老海碰子望着他，"全看见什么？"

黑暗中，小海碰子两只眼睛眯起来，狡狯地笑了："错鱼呗！……还有那个……"

老海碰子现在更加明白了，这个小海碰子所炽烈追求的，正是自己多年的愿望。"他会得到的！"老海碰子心里火燎似的默默想着。他想起那虽然柔嫩却已划出伤口的皮肤。想起虽然犹存但已烧得焦卷的汗毛，想起那灼亮的鱼枪，那脚蹼，那两只五垄刺儿的海参，那冒着血沫沫的小脑袋……他似乎看到小海碰子已捧起那美好的东西，浮出蓝色的水面，向半铺炕的海碰子，向山那边的世界，兴奋地炫耀着："我得到啦！"啊，人们再也不会觉得老海碰子有什么能耐了，再也不会对他惊讶地瞪大眼睛，再也不会感到他的存在了！是的，尽管他拼杀寻求了将近一生，但他的时间毕竟不多了，他的力气毕竟消尽了，他的家什儿显然落后了（他的心里已对那亮光光的鱼枪有感情了），他一天一天衰老下去，这是谁也阻挡不了的，就像傍晚的太阳，虽能烧红满天云霞，绘出壮丽的景色，但终于要落下去的！小海碰子虽然稚嫩，但正是开始。一种痛苦的绝望情绪涌上来，使他霍地站起来，朝小海碰子那儿望去，黑暗中只有一束细长的光亮，那是鱼枪。他陡地感到，他那铁青色的鱼叉和亮灼灼的鱼枪，那扁平的脚板和橡胶脚蹼，烧光汗毛的老皮和烧卷汗毛的嫩皮，有着千丝万缕的联系。他看到这两种东西正扭结在一起，形成一股不可战胜的力量。这力量是锉鱼切不断，浪涛冲不垮的。一种全新的充实感觉涌上来，老海碰子走过去。小海碰子睡着了，但紧紧地搂着鱼枪，老海碰子把自己身上的棉袄轻轻盖在小海碰子身上，然后坐在旁边，长久地注视着豁口外面黑乎乎的海。

阴沉的东南风从茫茫的海天之间涌来，豁牙湾开始微微晃动。那些纷飞的碎浪突然像听到号令，排成一道长长的浪队，这长浪甚至几里长不断线，整齐而有节奏地向岸边推来。有经验的老海碰子对这异样的长浪是极有研究的。"碎浪两日静，长浪三天风"，这表示深海老洋里正风浪升腾。就像在水湾的中间投进一块石头，岸边就会荡来一道道涟漪一样，这是个狂风巨浪来临的讯号。坐南朝北的火石湾最怕东南风，长浪过后，火石湾就是一个倒海翻江、惊天动地的世界。它的到来几乎是一刹时，所以，一些没有经验的海碰子，往往被这整齐而有节奏的长浪所迷惑，毫不在意地游进去而突然遭难。但老海碰子却是不会上这个当的，在傍晚从豁口后面的山路分手时，他对小海碰子说："明天坏海，别来了。"小海碰子漫不经心地应了一声，心下却在反问："怎么会呢？这海多平！"他毫不在乎地昂头走了。小海碰子此时正热血奔涌，他觉得自己就要冲到胜利的终点。还能有什么难关呢？凶狠的狼牙鳝，他敢于射杀了；冰冷的考验，他经过了；深奥的底流，他钻下去了；五垄刺儿的海参，他捕到了。剩下的就是锉鱼了。

第二天小海碰子迈着雄赳赳的步伐来到火石湾。望着白花闪闪的海面，一种即将获得惊人收获的感觉，在他的胸中燃烧。他高高扬起鱼枪，坚定而欢快地跃进冰冷的海湾里。

东南的天际升腾着一股灰雾般的云，难道它能染黑整个天穹吗？小海碰子全力地拍动脚蹼，向海里疾游而去。

仿佛一切都是提前安排好的，一旦等小海碰子游进火石湾深处，平静的海面突然露出狰狞的嘴脸，像一锅烧滚的开水，猛烈地沸动起来。那张牙舞爪的浪头，就像困锁了八百年的妖魔鬼怪，解脱出来了。顷刻，大海兜底荡动了，狂风驾着奔涌的浪头，哇哇地叫着扑向火石山岩。蓝湛湛的海水骤然变了颜色，暗礁下的灰沙黑泥乘机腾烟起雾，搅浑　切。小海碰子开始并不当一回儿事，当他潜进水下时，发现水镜外面一片漆黑，奔涌的浪涛即使在水下也激烈地摇摆他。他这才有些慌了，因为平时，海面上的风浪无论多大，只要一潜入水下，就稳如泰山。而现在，水下水上一齐动，他现在才明白老海碰子常说的那句话，"看着都是浪，浪和浪不一样！"也许现在他才有些感觉，原来他对世界还没看透。小海碰子钻出水面，我的天！各种形状的浪块拥挤着，撞击着，铺天盖地地向他头上压来，他慌忙拍动脚蹼，朝岸上奔去。但是，纷涌的浪头像无数只手掌，在后面既拖着，又推着，既扭挤着，又撕拽着，尽管他用尽气力地拍水奔游，却只能原地踏步。

狂风呼啸犹似号角齐鸣，巨浪奔涌就像万马飞奔，陡削的岸墙炸着一道又一道四处喷沫的开花浪，轰隆隆的涛声此起彼伏，漫空回响。东南角的阴云已占领了整个上部世界，铅色的天空垂下冷漠的面孔，布满皱纹裂痕的山岩在默默地忍受。在这大风大浪轰击的劣势下登岸，是需要高超的技术和惊人的胆力，这对没有任何经验的小海碰子来说，将是一次可怕的考验。他疯子似的向岸边挣扎着，终于挣扎到离岸边几十米的地方，现在这几十米的短距离，也许是一个人永远走不完的路程。他想试探着朝岸边冲刺，但看到山一样高的浪头呼叫着扑向岸边时，他完全惊呆了，那黑色的浪块仿佛带着金属的硬度，高耸着，挺进着，驾着呼啸的风威，像一道移动着的黑色城墙，漫空压过去，那架势完全是要把豁口，把火石山，把火石山那面的世界一齐推平砸翻。在小海碰子前面高高地竖立着的豁口不见了，火石山不见了，整个世界被这道黑压压的城墙盖住了，似乎压根就没有豁口，没有火石山。突然，一声剧烈的轰响使整个天地震动了，那道黑压压的城墙破碎了，炸裂了，霎时，变成一片白花花的粉屑碎末，一落千丈地败下去，与此同时，那道金色的火石岸墙，那豁口，豁口下面的暗礁，像突然从地面升起，连同豁口外面水下犬牙般的礁峰，齐根露出、刀剑一样林立，但随即又沉下去，被第二道黑压压的浪头盖住。这种大起大落的浪涛使小海碰子畏惧了，他的体内热量一点点被海水淘尽，四肢开始发硬，他明白，再待下去就会活活冻死在水里。他后悔了，因为他想起老海碰子……而凶恶的风涛连后悔的时间也不给予他，更猛烈地颠簸着他。于是，他不顾一切地拼出全力向岸边冲刺，可是那道大浪撞在岸岩上，而产生的巨大的反作用力，猛烈地将岸底的沙土石块和小海碰子一齐卷拖了回去，还没等他来得及反应，后面的浪头又扑过来了。于是，两股巨流把小海碰子狠狠地按进水下，在那布满刀锋枪刺般的牡蛎礁上反复揉搓。等小海碰子被割得浑身血肉模糊，但风浪并不到此结束，而是继续把他抛来抛去地戏耍。此时小海碰子完全无能为力了，但他还有一丝知觉，这一丝知觉使他还紧握着鱼枪，在一个浪涛把他抛向半空时，还能睁一下眼睛。他觉得这是最后一眼看那个金色的火石山，那个小小的豁口，那个……不知为什么，他突然想看到那个老海碰子。真的，他看到了！——在那陡峭的岸壁上，贴着一个酱褐色的身影，正手打着凉棚，朝海湾里观望着，小海碰子猛地一震，他想哭，他想笑，他想喊，但他什么声音也发不出来。于是，他用尽全身最后一点力气，将那支鱼枪举起来……不知什么时候，他忽忽悠悠感到身下触着一个硬实的东西，难道又撞在礁石上？他一惊，清醒了，却又觉得那物体是平坦的，柔和的，并有些温热的。他觉得自己正在升起，于是，他努力睁开眼睛，终于看清，一个熟悉的脑袋在水面浮动，而他的整个身子正伏在这颗脑袋下面的脊梁上。小海碰子一下抱住了老海碰子的脖梗，像一个孩子扑进母亲的怀中，他感到整个世界稳定了……

　　一个不祥的感觉把老海碰子驱赶到火石湾来。当他看到涌进豁口里的浪涛正在撕揪着打湿的柴草，蓦地看到小海碰子的棉袄在浪尖上翻腾。他愤怒了！这个小家伙太狂妄！但是他那充满怒意的脸随即又变成惊恐、绝望和痛苦。他贴着陡削的岸壁站立，焦急地观望着火石湾。在开锅般沸滚的浪丛里寻找那个小脑袋。他疯狂地在陡削的山岩上爬着，移动位置和角度，睁裂眼角，寻找着，寻找着。他扯着苍老的嗓门吼叫着，像一头老牛在呼唤丢失的小牛犊。老海碰子独身闯荡浪涛大半辈子，除了为与风浪搏击而带来的收获而喜悦，而痛苦外，剩下的感情全枯萎了。今天却全部萌发而出。他吼着、叫着，一个巨大的开花浪差点把他砸下岸壁，但他全然不顾。他不相信，那个曾喷着血沫的小脑袋，那个套着胶皮脚的小海碰子，会这么快在世界上消失！现在他才发觉自己不能失去他。因为只有他和他在一起，才能寻求到那个迷人的希望。他知道，如果自己死了，这个小海碰子也会沿着他踏着的浪头干下去……

　　他终于在那黑色的浪丛里发现一道灼亮的闪光，那是小海碰子最后举起的鱼枪。于是，他不顾一切地纵身跃下岸岩。

　　老海碰子驮着小海碰子，漂浮在浪涛里。他观望、等待着，最高最大最可怕的浪峰的来临。这正是他与众不同的硬功夫。因为正是这样的浪头才能把他举得最高，送得最远，才能越过豁口前那些枪刺般的暗礁峰。同时，他选择了陡削的岸攀登，因为浪涛在这样的岸上撞得虽猛烈，但没有回旋的余地。但登岸者必须一下子就抓住岸壁，绝没第二次机会。海碰子叫这一手为"抢硬滩"。今天，老海碰子决心拿出全身"抢硬滩"的本领。

　　终于，一道黑压压的巨浪从后面遮天盖地而来。老海碰子看准机会，紧驮着小海碰子，腾跃而上，保持着身子在浪峰尖顶上的位置，就像跳上一匹奔腾的烈马背上，那浪头确实像一匹从没驯过的烈马。它焦躁着、飞蹦着、嘶叫着，高高地举着这一大一小两个肉体，狂怒地朝豁口侧面的陡壁上摔去。轰——浪砸在石壁上粉碎了，无可奈何地栽下去，但那摔上去的肉体却像一块泥巴似的粘在石壁上，并没随浪头栽下去。老海碰子这种驾驭浪头登岸的能耐是远近闻名的，此刻，他的手指脚掌，完全是钢钩鹰爪，牢牢地抓住石壁上每一道裂纹。但这仅仅是渡过一半危险，因为第二个浪头随之就到，如果不在几秒钟的间隙时间往上爬出几米，就会被紧跟而上的第二个浪头拍下水去，那就前功尽弃。平常日子，老海碰子这一手登礁抢上的功夫，玩得相当干净，但今天不同过往，他身上驮着一百来斤的小海碰子。于是，他大叫一声，拼出老命往上又扒又蹬，随之而来的浪头贴着他那扁平的脚掌下炸裂了，冲着他在石缝里留下的血珠散落下去……

　　伤痕累累的小海碰子像死鱼一样躺在那里，老海碰子几乎是一根根手指掰着，才把鱼枪从小海碰子僵勾着的手掌里挣脱出来。一阵阵咸味的冷风扑过来，老海碰子开始浑身打开哆嗦了。但是小海碰子一点感觉也没有，他冻透了。黑紫色的嘴唇紧闭着，两只半睁的大眼睛失去了光彩，整个身子呈现出一片模糊的殷红色，犹如一块冰冷的石条，纹丝不动。老海碰子焦急地四顾，他想寻找一块木片，一缕柴草，一丝火星，但火石湾边沿已被风浪洗劫一空。在这初冬的大地和天空，到处泛着阴风冷气，没有一丝温暖来拯救这个生命垂危的小东西。风浪还在火石湾里呼呼隆隆地、发疯地唱着粗野的歌。浑身打冷战的老海碰子只得把小海碰子紧紧抱在怀中依偎着，并用两手急速地摩挲着小海碰子全身。但是这太不够了，可还能有什么办法呢？老海碰子睁着赤红的双眼，瞪着这个可怜的小肉体。突然，他猛地站起来，用自己的棉衣把小海碰子包好，放在背风的凹地上。然后他像疯子一样朝陡坡上狂奔，狂跳，拼命地活动四肢。他那久经风浪的老骨头由于不断地扭动而发出嘎巴嘎巴的声响，终于，他的热血在冰冷的皮肤下面奔涌，脑门沁出一层细密的汗珠，浑身开始热气四溢了。于是他发出"啊啊"的欢快叫声，猛扑到小海碰子身上，掀开棉袄，把他热乎乎的身子紧贴上去，亲热地摩擦着。小海碰子冰块一样的身子使他浑身一颤，那点疯狂蹦跳出来的热量立即消尽，并又开始哆嗦起来。他只得又站起来疯狂地蹦跳，然后又扑上去搂紧那个冰块。这样反复地做着，温着，老海碰子终于将自己一次次生发的热量，传给了那个奄奄一息的小海碰子。那个小冰块开始在老海碰子身上融化了，颤动了，并像吸吮奶汁一样在吸吮着温暖。一股打着冷战的喜悦从老海碰子心胸里涌上来，他仰卧在冻着冰茬的地上，把这个开始蠕动的小肉体放在自己身上，再把所有的衣物盖上，尽最大可能不丢失一点热量，静静地挨着、盼着。

小海碰子终于睁开了眼睛，两滴冻凝的泪珠融化了，滴进老海碰子干枯的眼窝。

两个海碰子站在岸上。小海碰子经过一场生死考验，已经恢复了元气，充满了自信，因为他感到海碰子所能遇到的最艰苦、最凶险的考验，几乎全走过来了，想象不出还会有什么样的磨难使他退却。当他又攥着鱼枪扎进暗礁丛时，甚至曾为自己在老海碰子面前哭过而难为情。老海碰子还是那样沉着和不动声色，但他的眼睛里含有一丝忧虑，每扎一个猛子前，他都要仔细地扫视一下平静的海面，因为那些难忘的经历时时在提醒他，风浪过后还会有更大的凶险。但他没有对小海碰子讲出这个忧虑，只是暗暗地观察着，提防着，保护着。他从心眼里喜爱这个莽撞而勇敢的小东西，无论多么可怕的打击，只要一过去，就毫不在乎，精神百倍。他相信小海碰子到了他的岁数，将会比他更老练，更有本领。

他们又跃进蓝色的海湾里。

小海碰子抢在前面，兴奋地拍打着水花，他的动作更熟练，更勇猛了，他认定前面只有最后一道难关，那就是错鱼。

小海碰子过分乐观了，老海碰子的忧虑是有根据的。海碰子的敌人不只是寒冷、激流、风浪和暗礁，还有前头说过的那凶如虎狼的鲨鱼。在这一场狂风恶浪后，一条凶恶的箭鲨窜进了火石湾。它在躲避风浪的日子里饿坏了。那对闪着凶光的眼睛在疯狂地扫视着，寻找着，终于，一道柔和的光线引起它的注意，并嗅出一股异样的肉香，它兴奋地加快了速度，流线型的身子哗哧哧切开水面，箭一样地飞射而来。

火石湾一下变了颜色，所有的游鱼嗖嗖地逃进礁洞，连牡蛎和扇贝也咯咯地关闭两扇贝壳，海水竟变得清了，冷了，静了，更恐怖了。

远处的海面刚刚翻腾异样的白花，老海碰子便大喊一声不好，拽着小海碰子就朝岸上游。小海碰子蒙头蒙脑地跟着游了一阵，有些不服气，快到岸边时，他转身回头看看，谁知刚一转头，却见一个黑乎乎的东西避着浪花已到跟前，他"啊"的一声滚到岸上，绑着红布的脚蹼在空中一闪，那箭鲨竟从水中腾跃而起。

两个海碰子在岸上愣住了。这是一条极漂亮又凶残的箭鲨，黑蓝色的背在阳光下闪着一道寒光，刀剐似的豁嘴在空中半张着，露出白森森的牙，金黄色的尾巴飞旋着甩过来一片水花。他们默默地站立在那里，没说一句话。刚才发生的这场可怕的景象，使整个火石湾变得深不可测了，小海碰子怔怔地瞪着两眼，脸上的余惊还未退尽。老海碰子站了一会儿，便顺着豁口后面的陡坡爬上高高的火石山，从那儿俯视整个海湾，能隐约看出那箭鲨的行踪。他看到那个黑乎乎的长影在蓝色的水面下时隐时现，这个家伙还不死心地在转悠。老海碰子坐在山岩上，静静地等着，等着那条箭鲨游走。是的，有了这个世界就有火石湾，就有箭鲨，就有海碰子，就有死亡，但海碰子从没断过根。他的父辈们就是这样同凶险拼杀、搏击和躲避。

天渐渐暗下来，老海碰子走下山岩，但他一愣——小海碰子走了！他感到一丝惆怅，也许小家伙害怕了，回到半铺炕那边去了。老海碰子呆立了好长一段时间，直到夜幕把大地盖得严严实实，他才长长地吁了一口气，躺在铺着柴草的沙滩上。火石湾这边的海曾吞噬过多少血气方刚的海碰子，他还不懂事的时候，就常常跟在村里送丧队伍的后面胡乱哭啼。但他还是勇敢地扎进了这个浸着父辈们血水、凶险而迷人的海湾！这里是好汉撵不走的地方！他深信那个伤痕累累的小海碰子会回来的，如果他不回来，也丝毫不值得留恋，因为他不是好汉！

老海碰子安然地入睡了。

光是没有声音的，但却把酣睡的老海碰子吵醒了。豁口外面，一道亮亮的丝线划出了海天的分界。他赶紧跳起来，爬上黑魆魆的火石峰朝东方眺望，那里的天空开始泛出暗红色的光，预示着一个金色的火球将在那儿升腾，红光在渐渐扩大，黑暗在悄悄退却。

风停止了吹拂，浪停止了波动，鸟不语，山无声，老海碰子屏住了呼吸——一切都在庄严地等待。

一个金红色的圆边冒出来，世界变得清晰了；那圆边升腾着，扩展着，变成大半个金红色的圆，于是，大海被煮沸了，火球在升腾，她要剥离和跳出大海的母体，飞向广阔的天穹。大海母亲恋恋不舍地拥抱着这个刚分娩的婴儿不放，于是这金红色的圆球的下半部被拉长了，变形了，像一个巨大的、站立着的金卵。最后的粘连剥离了，那伸长的下体渐渐收拢，脱开了母体，腾地跳向空中，骤然射出万道金线。

　　这金色的火球越升越高，越炽烈耀眼，那万道金光给山川大地和海洋，给火石峰顶上的老海碰子，注满了为生命而燃烧的活力。老海碰子长长地吸了一口凉丝丝的、有点鲜味的空气，正要走下山来，却觉得脚上有异样的感觉，低头一看，两个脚脖子上正结结实实地绑着两块鲜艳的红布。这是小海碰子绑的，预防鲨鱼！他马上就意识到，小海碰子根本没走，他只不过是回去给他拿这红布，在他睡觉时给绑上的。他赶紧朝山下望去，小海碰子早已全身披挂，站立在火石湾前。那支鱼枪像柄长剑，在他手上亮光光地晃眼。老海碰子看了看那两块红布，他原本是瞧不起这胆小者发明的玩意儿，但此刻，他却觉得这两块红布似两股火苗，在他脚脖子上灼灼地烧，而且顺着小腿、大腿、胸脯一直烧上眉梢，他的整个身子发热了。老海碰子陡地飞下山来，直扑到小海碰子跟前，他想说："好样的！"但他的胸部剧烈地起伏一阵后，什么也没有说，只是迅速地抓起铁青色的鱼刀鱼叉，大步朝海边走去。

　　迎着冉冉升腾的红日，一老一少两个海碰子又并肩扎进了浪涛滚滚的大海……

原载《上海文学》1983年第5期

中国作家协会1983—1984年全国优秀中篇小说

绿化树

——

张贤亮

一

大车艰难地翻过嘎嘎作响的拱形木桥，就到了我们前来就业的农场了。

木桥下是一条冬日干涸了的渠道。渠坝两旁挺立着枯黄的冰草，纹丝不动，有几只被大车惊起的蜥蜴在草丛中簌簌地乱爬。木桥简陋不堪，桥面铺的黄土，已经被来往的车辆碾成了细细的粉末。黄土下，作为衬底的芦苇把子，龇出的两端参差不齐，几乎耷拉到结着一层泥皮的渠底，以致看起来桥面要比实际的宽度宽得多。然而，车把式仍不下车，尽管三匹马呼哧呼哧地东倒西歪，翻着乞怜的白眼，粗大的鼻孔里喷出一团团混浊的白汽，他还是端端正正地坐在车辕上，用磕膝弯紧夹着车底盘，熟练地、稳稳当当地把车赶过像陷阱似的桥面。

牲口并不比我强壮。我已经瘦得够瞧的了，一米七八的个子，只有四十四公斤重，可以说是皮包骨头。劳改队的医生在我走下磅秤时咂咂嘴，这样夸奖我："不错！你还是活过来了。"他认为我能够活下来简直是个奇迹；他有权分享我的骄傲。可是这几匹牲口却没人关心它们。瘦骨嶙峋的大脑袋安在木棍一般的脖子上，眼睛上面都有深窝。它们使劲时，从咧着的嘴里都可以看到被磨损得残缺不全的黄色牙齿。有一匹枣红马的嘴唇还被笼头勒出了裂口，一缕鲜红的血从伤口涔涔流下，滴在车路的沿途，在一片黄色的尘土上分外显眼。

但车把式还是端坐在车辕上，用一种冷漠而略带悒郁的目光望着看不见尽头的远方。有时，他机械地晃动一下手中的鞭子。他每晃动一下，那几匹瘦马就要紧张地抖动抖动耳朵。尤其是那匹嘴唇破裂了的枣红马更为神经质，尽管车把式并不想抽打它。

我理解车把式的冷漠与无动于衷：你饿吗？饿着哩！饿死了没有？嗯，那还没有。没有，好，那你就得干活！饥饿，远远比他手中的鞭子厉害，早已把怜悯与同情从人们心中驱赶得一干二净。可是，我终于忍不住了，一边瞧着几匹比我还瘦的牲口，一边用饥荒年代的人能表现出来的最大的和善语气问他：

"海师傅，场部还远么？"

他分明听见了，却不搭理我，甚至脸上连一点轻蔑的表情也没有，而这又表示了最大的轻蔑。他穿着半新的黑布棉裤褂，衣裳的袢纽很密，大约有十几个，从上到下齐整的一排，很像十八世纪欧洲贵族服装上的胸饰。虽然拉着他的不过是三匹可怜的瘦马，但他还是有一种雄豪的、威武的神气。

我当然自惭形秽了。轻蔑，我也忍受惯了，已经感觉不到人对我的轻蔑了。我仍然兴致勃勃。今天，是我出劳改队走上新的生活的第一天，按管教干部的说法是，我已经成了"自食其力的劳动者"了。没有什么能使我扫兴的！

确切地说，这只是到了我们前来就业的农场的地界，离有人烟的居民点还远得很。至少现在极目望去还看不见一幢房子。这个农场和劳改农场仅有一渠之隔，但马车从早晨九点钟出发，才走到这里。看看南边的太阳，时光大概已经过中午了吧。这里的田地和渠那边一样，这里的天更和渠那边相同，然而那条渠却是自由与不自由的界线。

车路两边是稻田。稻茬子留得很高。茬口毛茸茸的，一看就知道是钝口的镰刀收割的。难道农场的工人也和我们一样懒，连镰刀也不磨利点？不过我遗憾的不是这个，遗憾的是路两边没有玉米田。如果是玉米田，说不定田里还能找出几个丢失下来的小玉米。

遗憾！这里没有玉米田。

太阳暖融融的。西山脚下又像往日好天气时一样，升腾起一片雾霭，把锯齿形的山峦涂抹上异常柔和的乳白色。天上没有云，蓝色的穹窿覆盖着一望无际的田野。而天的蓝色又极有层次，从头顶开始，逐渐淡下来，淡下来，到天边与地平线接壤的部分，就成了一片淡淡的青烟。在天底下，裸露的田野黄得耀眼。这时，我身上酥酥地痒起来了。虱子感觉到了热气，开始从衣缝里欢快地爬出来。虱子在不咬人的时候，倒不失为一种可爱的动物，它使我不感到那么孤独与贫穷——还有种活生生的东西在抚摸我！我身上还养着点什么！

大车在丁字路口拐了弯，走上另一条南北向的布满车辙的土路。我这才发现其他几个人并不像我一样呆呆地跟着大车，都不见了。回头望去，他们在水稻田后面的一档田里低着头寻找什么，那模样仿佛在苦苦地默记一篇难懂的古文。糟糕！我的近视眼总使我的行动非常迟缓。他们一定发现了可以吃的东西。

我分开枯败的芦苇，越过一条渠，一条沟，尽我最大的力气急走过去时，"营业部主任"正拿着一个黄萝卜，一面用随身带的小刀刮着泥，一面斜睨着我，自满自得地哼哼唧唧：

"祖宗有灵啊——"

"祖宗有灵"是劳改农场里遇到好运道时的惯用语。譬如，打的一份饭里有一块没有溶化的面疙瘩；领的种子面馍馍比别人的稍大；分配到一个比较轻松而又能捞点野食的工作；或是碰着医生的情绪好，开了一张全休或半休的假条……人们都会摇头晃脑地哼唧："祖宗有灵啊——"这个"啊"字必须拖得很长，带有无尽的韵味，类似俄国人的"乌拉"。

我瞟了一眼：他手中的黄萝卜不小！这家伙总交好运道。"营业部主任"也是"右派"，但听他诉说自己的案情，我却觉得他不应属于"右派"之列，似乎应归于"腐化分子"或"蜕化变质分子"一类才恰当。他自己也感到冤枉，私下里说是百货公司为了完成"反右"任务，把他拿来凑数的。当在"生活检讨会"上，他知道我的高祖、曾祖、祖父、外祖父都是近代和现代的稗官野史上挂了名的人，父亲又是开过工厂的资本家时，会后曾悄悄地带着羡慕的口气对我说：

"像你，才是真正的'资产阶级右派'哩！浪过世面，吃过香的喝过辣的！像我，从小要饭，后来当了兵，他妈的也成了'资产阶级右派'！熊！哪怕让我过一天资产阶级的日子，再叫我当'右派'也不冤哩……"

可是，他并没有从此对我态度好一点，相反，还时时刻刻带着一种刻骨的忌恨嘲讽我，以示他毕竟有个什么地方比我优越。他年龄比我大得多，比我更为衰弱，一脸稀疏肮脏的黄胡须，鼻孔常常挂着两条清鼻涕。他不敢跟我斗力，却把他的外援和好运道在我面前炫耀，以逗引出我的食欲和馋涎。他知道这才是最有效的折磨。我对他也有一种直觉的反感，老想摆脱他却摆脱不了。因为都是"右派"，分组总分在一起。这次释放出来，他也由于家在城市，被开除了公职，又和我一同分到这个农场就业。

这是一块黄萝卜田。和青萝卜田不一样，黄萝卜田里是没有畦垄的，播种时就和撒草籽似的撒得满田都是。撒得密的地方黄萝卜长得细小，挖掘的时候难免有遗漏下的。但这块田已不知被人翻找了多少遍，再加上地冻得梆梆硬，我蹲在地上用手指头抠了许多有苗苗的地方也没找到一个。

绿化树

"营业部主任"刮完了泥，站在离我不远的地方，和嚼冰糖一样把萝卜嚼得嘎巴嘎巴响，有意把萝卜的清脆、多汁、香甜用响亮的声音渲染得淋漓尽致。

"这萝卜好！还不糠……"他趁咽下一口时，这样赞扬。

这种萝卜只有在田被冻得裂了口的裂缝中才能抠得出来。我是有经验的。我又顺着裂缝细细地寻找了一遍，还是没有找到。那必须是裂缝中恰恰有个黄萝卜，也就是说恰恰有个遗漏下的萝卜长在裂缝中，可想而知，这样的概率非常非常之小。"营业部主任"的好运道就表现在这里！

然而我今天却毫不气恼。我站直腰，宽怀大度地带着勉强的微笑从他面前走过去，斜斜地抄条近路去追赶那辆装着我们行李的大车。

二

是的，我今天情绪很好。早晨，吃劳改农场最后一顿饭时，因为我们这些已经被释放的就业人员可以不随大队打饭了，在伙房的窗口，我碰见了在医院里结识的病友——西北一所著名大学哲学系讲师。他也被释放了，正在等农场给他联系去向。

"章永璘，你要走了吗？"

尽管他还穿着劳改农场的服装，胸前照例有一大片汤汁的污点，却用最温文尔雅的姿势祝贺我，还和我像绅士般地握了握手。这种礼节，对我来说已经是另外一个世界的事了。可奇怪的是，这种最普通的礼节又一下子把我拉回了那个我原来很熟悉的世界。于是，我也尽可能地用十足的学者风度在吵吵嚷嚷的伙房窗口与他交谈起来。

"那本书怎么办？"我问，"怎么还你呢？给你寄到……"

"不用！"他一手托着一盆稀汤，一手慷慨地摆了摆，那姿态俨如在鸡尾酒会上，"送给你吧！也许……"他用超然的眼光看了看四周，"你还能从那里面知道，我们今天怎么会成了这个样子。"

"我们？你指的是我们？还是……"我也谨慎地看了看打饭的人群。有一个犯人嫌炊事员的勺子歪了一下，正声嘶力竭地向窗口里吵着定要重舀。"还是我们……国家？"

"记住，"他的食指在我胸前（那里也有一大片汤汁的斑点）戳了一下，以教授式的庄重口吻对我说，"我们的命运是和国家的命运紧紧地连在一起的！"

对他的话和他的神态，我都很欣赏。在人身最不自由的地方，思想的翅膀却能自由地飞翔。为了延长这种精神享受，我虽然不时地偷觑着窗口（不能去得太晚，窗口一关，炊事员就不耐烦侍候你了。即使请动了他，他也要在勺子上克扣你一下，以示惩罚），但同时也以同样庄重的口吻说：

"不过，第一章很难懂。那种辩证法……用抽象的理论来阐述具体的价值形成过程……"

"读黑格尔呀！"他表情惊讶地提示我，仿佛我有个书库，要读什么书就有什么书似的，接着又皱起眉头，"要读黑格尔。一定要读黑格尔。他的学说和黑格尔有继承关系。读了黑格尔，那第一章《商品》就容易读懂了。至于第二章、第三章以及第二篇《货币到资本的转化》就不在话下了……"

"是的，是的。"我用在学院的走廊上常见的那种优雅姿态连连点头，"仅仅那篇《初版序》就吸引了我，可惜过去，我光读文学……"

我们这番高雅的谈话结束得恰到好处。他和我告别，小心翼翼地端着那盆稀汤走后，我扑到窗口伸进罐头筒，炊事员正要往下摞板子。

"你他妈的干啥去了？！"

"我帮着装行李来着。"我马上换了一副嘴脸，谦卑地、讨好地笑着，"我这是最后一顿饭啦！"

"哦——"炊事员用眼角瞟了我一下，接过我的罐头筒，舀了一瓢以后又添了大半瓢。

"谢谢！谢谢！"我忙不迭地点头。

"等等。"另一个年纪较大的炊事员擦着湿漉漉的手走到窗口，探头看看我，"你狗日的就是从死人堆里爬出来的那个吧？"

"是的，是的。"他亲昵的语气使我受宠若惊，给了我一种不敢想象的希望。

"你真他妈的不易！"果然，他从窗口旁边的笼屉里拿起一对昨天剩下的稗子面馍馍，拍在我像鸡爪般的手上，"拿去吧！"

还没等我再次道谢，他们俩就"啪"地摞下了黑叽叽的窗板。他们不稀罕别人感恩戴德，这样的话他们听得太多了，听腻了。

这才是真正的"祖宗有灵"！罐头筒里有一瓢又一大半瓢带菜叶的稀饭，手里还有两个稗子面馍馍。两个！不是一个！这两个馍馍是平时一天的定量：早上一个，晚上一个。稀饭是什么样的稀饭啊！非常稠，简直可以说是黏饭！打稠稀饭，也是我们平时钻天觅缝地找都找不到的机会。由于加菜叶的稀饭里放了盐，这种饭会越搅和越澥。炊事员掌握了这个规律，他可以随他的兴致和需要，要么在开饭之前拼命地搅一阵，把稠的翻上来，于是排在前面的人就沾光了——"祖宗有灵"！要么稳稳地一瓢一瓢撇，那么稠的全沉了底，排在后面的人就鸿运高照！后一种情况，多半出现在炊事员因为忙而自己在开饭前没有吃上饭的时候——他们要把桶底的稠饭留给自己吃。一般情况下，炊事员们是希望我们争先恐后地跑来打饭的——早开完饭他们早休息。可是，谁也不知道炊事员在哪顿饭处于哪种情况；况且我们的人数又非常多，伙房里有十几个将近一人高的大木桶，更预测不到炊事员准备把哪一桶的稠饭留给自己吃……总而言之，打稠饭的机会比世界经济情况的变化还难以捉摸，完全要靠偶然性，靠运道。

今天我的运道就很好！

而这恰恰在我开始新的生活的第一天！

这是个好兆头！

所以我非常高兴！

三

其实，我平时也比一般犯人吃得多，只要是打稀饭，而不是稗子面馍馍，我总要比别人多100cc左右。诀窍就在于我这个罐头筒。

自一九五九年春天伙房不做干饭，只熬稀粥以后，劳改农场即刻兴起了用大盆打饭的风气，瓷碗很快就淘汰了。因为炊事员舀汤的速度相当快，如果用小口饭具，瓢底沥沥拉拉的汤汁就会滴回到桶里，这无疑是个损失。用敞口饭具，瓢底的汤汁当然会掉到盆里，归于自己了。脸盆太大，磕磕碰碰的不好往窗口里送，并且稀饭会沾得满脸盆都是，反而得不偿失。那必须是比脸盆小，而又比饭碗大的儿童洗脸用具。在困难年代，这种用具是很难买到的。然而"营业部主任"有办法。我怀疑他连百货公司的儿童用品也偷到家里囤积了起来，或是他的余党还没有抓尽。反正，他让每月都来探望他一次的那个与他同样讨厌的老婆，替组里每人都代买了一个。当然，他不会白白地效劳的。他经常在我面前吹嘘，他人虽然送来里面了，而在外面却依然如何如何"有办法"。就像蜘蛛结好了网，等待小虫扑到上面去一样等待我向他求告。到时，他就会摆出各式各样的面孔，说出各式各样的话来取笑我。可是我偏偏不买他的账。我身无分文，又没有外面寄来的食品付给他这个掮客作佣金。我母亲在北京寄人篱下，靠给街道上编织塑料网袋，每月挣十来块钱生活，我没有面皮再向她老人家要求寄什么东西。但我有我的办法。我有一个从外面带来的五磅装的美国"克林"奶粉罐头筒。这是我从资产阶级家庭继承下来的一笔财产。我用铁丝牢牢地在上面绕了一圈，拧成一个手柄，把它改装成带把的搪瓷缸，却比一般搪瓷缸人得多。它的口径虽然只有饭碗那么大，饭瓢外面沥沥拉拉的汤汁虽然牺牲了，但由于它的深度，由于用同等材料做成的容器以筒状容器的容量为最大这个物理和几何原理，总使炊事员看起来给我舀的饭要比给别人的少，所以每次舀饭时都要给我添一点。而这"一点"，就比洒在外面的多得多。

每次从打饭的窗口回号子，"营业部主任"都要捧着他那个印着小猫洗脸的崭新的儿童面盆，神气活现地在我面前晃一晃。这使我很容易看清楚他的稀饭打到哪里，正在小猫的腰部。有一次，趁全组的人都出工，只有我一个人留在号子里休病假时，我把我的罐头筒盛上水，水面刚好达到我平时打的稀饭的位置，然后再倒到他的面盆里。试验证明：我每顿饭都比他多100cc！水面淹没了小猫拿着毛巾的爪子。

这100cc是利用人的视觉误差得到的。

我的文化知识就用在这上头！

但盆子毕竟有盆子的优越性——它可以让人把饭舔得一干二净。"营业部主任"舔起盆子来，有种很特殊的姿势。他不是把脸埋在盆子里一下一下地舔，而是捧着盆子盖在脸上，伸出舌头，两手非常灵巧地转动着盆子。如果发挥想象的话，那既像玻璃工人在吹制圆形的玻璃器皿，又像维吾尔族歌舞中的敲击手鼓。不久，他这种姿势也随着他代买的盆子在组里推广开了。

罐头筒是没法舔的，这真是个遗憾！我只能在每次吃完饭后用水把它涮得干干净净，再把涮罐头筒的水喝掉。马口铁的罐头筒还不像搪瓷的面盆，不擦干很快就会生锈的。所以我每顿饭后都要用毛巾仔细地把它擦干，放在干燥通风的窗台上。这当然引起"营业部主任"的不快。在每周一次的"生活检讨会"上，他就此指责我"资产阶级的恶习不改"，"没有一点劳动人民的生活作风"。

我虽然也暗自惭愧，觉得他的批评不无道理，但想到多出来的100cc，又私下里感到宽慰。

我们两人的关系一直是这样：他总认为他不论在精神上和物质上都压倒了我，我也总认为不论在精神上和物质上都压倒了他。

现在，我就认为我在精神上和物质上都压倒了他。早饭我比他多吃了大半瓢，而且我的一瓢零大半瓢全是稠稠的黏饭，直到此刻我还感到它们在胃里尚没有完全消化掉，还在忠诚地给我提供卡路里。而他的一瓢不过是稀汤而已。尽管他把黄萝卜嚼得嘎巴嘎巴响，但他的怀里有馍馍么？没有！肯定他没有！

绿化树

751

我的怀里却有两个货真价实的稗子面馍馍。我想什么时候拿出来吃就拿出来吃。我现在不吃只是我不想吃它罢了。福气不得享得过头；乐极必然生悲。这是我劳改了四年体会到的人生哲理。

"走啰！大车走远啰！"我向大车赶去，又回头朝萝卜田里的几个人大声吆喝。

我还有比他优越的地方。我意识到了我今天可以离开那条土路，今天可以跨过那条沟、那条渠，今天可以到这田里来找黄萝卜（找没找到是另外的问题），今天可以想什么时候回到大车跟前去就什么时候回去；今天我是受我自己的意志支配的，不是被队长班长派遣的，也不必事事都要向队长班长喊报告。

"营业部主任"虽然也这样行动了，并且行动得比我还要早、还要快，但不自觉地运用这种自由和自觉地意识到自己获得了这种自由，这二者在精神上就处在不同的层次。

我觉得我比他高尚，比他有更多的精神上的享受，虽然没有找到黄萝卜，我还是心满意足地、带着一种精神胜利的自豪感追上了大车。

"走啰！大少爷在发号施令啰！"我听见"营业部主任"在后面向其他人这样喊。不一会儿，他们也跟了上来。

四

大车照旧不紧不慢地走着。那匹枣红马的嘴唇不流血了，伤口凝着一道乌黑的血斑。任何伤口都会愈合的。它明天仍旧会像往常一样被拉来套车。

它就这样拉车，流血，拉车，流血……直到它死。

车把式还是端坐在车辕上，脸上带着一股沉思的神情。他一点也不搭理我们，好像他身边压根儿就没有我们这几个人似的。他的沉默，倒使我有些不安。他是这个农场派到劳改农场来接我们的，直到现在我们还摸不清他是干部还是工人。他套车、赶车、捆绑行李的动作干净利索；他的话很少，操着河州口音，说出的话语句也很短，至多两三个词，老像是有满腹心思。他没有对我们几个人下过命令，但也没有表示过一点好感。他的表情是冷漠的、严厉的，在扬鞭的时候咬着牙，显得很残忍。他大约在四十岁，但也许实际年龄没有那么大，西北人的脸面看起来都显老。他身躯高大，骨骼粗壮；在褐色的宽阔的脸膛上，眼睛、鼻子、嘴唇的线条都很硬，宛如钢笔勾勒出来的一张肖像：英俊，却并不柔和。

我一面悄悄地打量他，一面在心里分析自己不安的原因。最后我发觉，原来我是被人管惯了，呵叱惯了。虽然我意识到我今天获得了自由，成了一个"自食其力的劳动者"，但在潜意识下，没有管教和呵叱，对我来说倒不习惯了；我必须跟在一个管我的、领我的人后面。

我微微地感到屈辱，于是怀着一丝反抗情绪离开了他几步，靠到路边上去走。

牲口颠踬着，大车摇晃着，马蹄和车轮踏碾着寂寥的土路。我们几个就业人员跟在后面，默默无语。这时，田野上刮起了微风。山脚下，一股龙卷风高扬起黄色的沙尘，挺立在那里，一动不动，像一根顶天立地的玉柱。不知什么时候，空中飞来了两只山鹰。它们并不扇动翅膀，仅靠着气流的浮力，在我们头顶"嘹嘹"地盘旋。

兀地，像是应和饥饿的山鹰"嘹嘹"的啼鸣一般，这个如石雕似的车把式，喉咙里突然发出一声悠长而高亢的歌声：

哎——

接下来，他用极其忧伤的音调唱出了：

打马的鞭儿闪断了哟噢！
阿哥的肉呀，
走马的脚步儿乱了；
二阿哥出门三天了呀，
一天赶一天远呀——了！

他声音的高亢是一种被压抑的高亢，沉闷的高亢，像被一股强大的力量猛烈挤压出来的爆发似的高亢。在"哟噢""呀""了"这样的尾音上，又急转直下，带着呻吟似的沉痛，逐渐地消失在这无边无涯的荒凉的田野上。整个旋律富有变化，极有活力，在尾音上还颤动不已，以致在尾音逐渐消失以后，使我觉得那最后一丝歌声尚飘浮在这苍茫大地的什么地方，蜿蜒在带着毛茸茸的茬口的稻根之间；曲调是优美的。我听过不少著名歌唱家灌制的唱片，卡鲁索和夏里亚宾的已不可求了，但吉里和保尔·罗伯逊则是一九五七年以前我常听的。我可以说，没有一首歌曲使我如此感动。不仅仅是因为这种民歌的曲调糅合了中亚细亚的和东方古老音乐的某些特色，更在于它的粗犷，它的朴拙，它的苍凉，它的遒劲。这种内在的精神是不可学习到的，是训练不出来的。它全然是和这片辽阔而令人怆然的土地融合在一起的；它是这片土地，这片黄土高原的黄色土地唱出来的歌。

我十分震惊！只听见他又用那独特的嗓音唱道：

哎——
扑灯的蛾儿上天了哟噢！
阿哥的肉呀，
蛤蟆蟆入了个地了，
前半夜想你没睡着呀！
后半夜想你个亮呀——了！

他把"了"唱成"留"音，把"没"唱成"嗨"音，只有这种纯粹在高原土地上土生土长的地方语音，才能无遗地表现这片高原土地的情趣。曲调、旋律、方音，和这片土地浑然无间，融为一体。听那坡里民歌，脑海中会出现蓝色的海洋，听夏威夷民歌，眼前会出现迎风的棕榈，但那只是歌声引起的联想和激发的憧憬。此刻，身临其境，我感觉到的是，这田、这地、这风、这被风吹来的云、这天空、这空中的山鹰……即刻被这歌声抚摩得欢快起来，生动起来，展现出那么一种特殊的迷人的魅力……在我眼前，这片土地蓦然变得异常妩媚了，使我的心不由得整个溶进了这绝妙的情景里。

重要的不是他的歌声，而是他的歌声唤起了这苍茫而美丽的土地的精灵，唤醒了在我胸中沉睡了多年的诗情。

啊，今天，我已成了自由人，我要用我干裂的、没有血色的嘴唇一千遍地吻这片土地！

我屏声静息，听他继续往下唱：

哎——
大马儿走了个口外了哟噢！
阿哥的肉呀，
马驹儿打了个场了。
家中的闲事不管了呀，

一心儿想着个你呀——了!

忧伤是歌曲的灵魂。他那歌声中的忧伤,浓烈的忧伤,沉重的忧伤,热情的忧伤,紧紧攫住了我的心。这里,歌词不是主要的,我只是凭着曲调,凭着旋律才模糊地揣摩到歌词的意义。他那对某个人,或并不是对具体人而是对某种想象的思念,引起我被饥饿折磨殆尽的情思抬了头,也试着要思念些什么……这时,我才感到一阵辛酸:人的辛酸,而不是饿兽的辛酸……"嘹嘹"的山鹰不知疲倦地跟随着我们,冬天的太阳有点偏西了。

可是,他的音调陡地一变,变得明朗而热情起来,尽管这种明朗和热情还覆盖有忧伤的阴影:

哎——
黑猫儿卧到锅台上了哟噢!
阿哥的肉呀,
尾巴儿搭到个碗上了。
阿哥的怀里妹躺上呀!
你把翘嘴嘴贴到脸上呀——了!

听到这里,我才明白这是首情歌。开始,我只是被他的歌声和旋律所震动,久废不用的想象力像一只停在枯树上的受伤的鸟儿被炸雷猛然惊起,蒙头蒙脑地奋力扇动着翅膀,飞到尽其可能飞到的地方。在震动过后,回首一望,才看到被闪电照亮的枯树下,绿草儿正在发芽。民歌的歌词,把我心灵里被劳改队的尘埃埋住的那最底一层拂拭了开来。因为歌词毫不掩饰、毫无文采地表现了赤裸裸的情欲。我回味他唱"阿哥的肉呀"那句热烈得颤抖的歌声,发现世界上没有哪一个民族的情歌有如此大胆、豪放、雄奇、剽悍不羁。什么"我的太阳""我的夜莺""我的小鸽子""我的玫瑰花"……统统都显得极为软弱,极为苍白,毫无男子气概。于是,我二十五岁的青春血液,虽然因为营养不足而变得非常稀薄,这时也在我的血管中激荡迸溅。它往上冲到我的头部,使我脑海里浮现出一片不成形的幻影,又使我浑身不可抑制地燠热起来……我的眼眶中不知什么时候溢出了泪水。

啊!这是我自由了的第一天。

五

然而，这对我如此重要的一天，非常值得纪念的一天——一九六一年十二月一日，在别人看来，竟和一年三百六十五天中的任何一天没有区别，毫无二致。

这使我有点失望。

当车把式海喜喜——进村的时候，我听见别人叫他"喜喜"——在日头偏西时终于把大车赶进一处居民点后，我们几个就业人员并没有看见有任何欢迎我们的表示。这里连狗也没有一条，也没有鸡鸭，只有几个衣衫褴褛的老汉懒洋洋地坐在水泥桥头，借着夕阳的余晖取暖。他们对我们眼皮也不抬。

这个村子和劳改农场房舍的格局没有两样，一律是一排排兵营式的黄色的土坯房。但比劳改农场还要破旧，许多处墙根已经被硝碱侵蚀得塌掉了泥皮——劳改农场里有的是劳动力，可以随时修修补补的。只不过这儿在每扇矮小的木板门口，有一两堆被雨雪淋得发黑的柴火，或是拉着晾衣裳的绳子，显示出那么一点农村的居家气氛。

大车经过一排排房舍前面凹凸不平的空地，除了柴火还是柴火，没有一个人。我们好像到了一处被废弃了的荒村。

"妈的！都死绝了！……往哪达儿拉呀……"

海喜喜从优秀的民歌手又一下子恢复了车把式的本来面目，用不能形诸笔墨的语言嘟嘟哝哝地谩骂了一通。显然，他并不知道把我们几个新来的农工安顿在哪里，对这趟差使似乎也极不高兴。他已经跳下车辕，勒着马嚼子，一边催马前行，一边东张西望。从桥头那几个老汉对他的称呼，我们知道了他绝不是干部，不是书记、队长、出纳、会计之类的人物，从而大大地削弱了我们对他的敬意。我们也不搭理他：你爱往哪儿拉就往哪儿拉吧！这是你的责任。

走到最后一排土坯房，再没有地方可去了。在一间好似仓库的门前，他"吁、吁"地把牲口呵止住，一脚蹬起车底盘下的支架，三下五除二地把三匹马卸了套，管自牵走了马，一句话也没有给我们留下。

我们几个人都有点沮丧。对我们新来的工人——我们都是"自食其力的劳动者"了——如此简慢不说，肚子也早饿瘪了。我想把怀里的稗子面馍馍掏出来吃，但还是忍住了。吃东西是最大的享受，必须在毫无干扰的、非常宁静的氛围中咀嚼，才能品出每一个食物分子的味道。这时我们还没有安下身，说不定马上还要转移，现在吃，是最大的浪费！

"喂，伙计们！咱们大概就住在这儿。""营业部主任"在一扇破窗户前面探头探脑。他总交好运道，就在于他心里从来不承认自己是"右派分子"，不老老实实，总要钻天觅缝地找点小自由。譬如现在，在我们几个人都不知所措的时候，他早已把周围的环境观察好了。

"这不是场部，"他说，"这不过是这个农场的一个队。你们看，这他妈的就是咱们的宿舍。还不如劳改队！劳改队还有火炕。"

我们从没有玻璃的窗口朝里望去：泥地上均匀地铺着刚拉来的干草，除此之外，别无他物；暗黄的土墙泥面也剥落了，露出一片片草秸。是的，这宿舍可真不怎么样！

"我一看这就是个穷地方！"从兰州来的报社编辑说，"和我过去到过的定西农村一个样！"

"好地方轮得着你我？"过去的辎重团中尉，上过朝鲜战场的英雄骂骂咧咧的，他虽然也被劳改了三年，还是认为自己应该受到特殊的礼遇，"这他妈的不过是从十八层地狱到了十七层！"

"算了吧，大家少说两句。"上海来的银行会计抱着听天由命的态度说，"既来之，则安之。反正谁也在这里待不长，能忍则忍吧……"

转而，几个人稍稍地有了兴致，谈论起各自的家属给他们联系工作的情况。是的，他们不会在这里待长的。他们的家在上海、西安、兰州……这样的大城市，他们的老婆都在活动着把他们办到那里郊区的农场去；"营业部主任"也不例外，他不久也能回到这个省城的郊区。他们有老婆孩子，他们要回去团圆，这是国家政策允许的。"和定西农村一样穷"也好，"十七层地狱"也好，对他们来说不过是个过渡，他们很快就能上天堂。只有我，是注定要在这里待到全然不可预测的未来，也许直到老、到死的。我母亲是北京街道上一个穷老婆子，毫无办法；我那官僚兼资本家的大家庭，被日本人的炮火摧毁后即一蹶不振，树倒猢狲散，经过多年离乱，正如《红楼梦》里写的，"好一似食尽鸟投林，落了片白茫茫大地真干净"了。

我没有资格和他们一起畅谈美好的前景，独自蹲在一旁想心思。今天，我获得自由的第一天，种种好兆头（除了没有拣着黄萝卜之外）鼓舞了我。我既然从死人堆里爬出来，就一定能够活下去。死而复生的人，会把今后的日子全看作是残生。或许我还能活二十年、三十年、四十年，甚至五十年、六十年，但那全是残生了——多么长的残生啊！而只要认为自己早已死去，现在肉体尚未腐烂，尚能活动，尚能看见太阳，听到歌声，不过是自己的侥幸，是自己白拣来的便宜，就什么困苦贫穷都不在话下了。家庭是"落了片白茫茫大地真干净"，而我本人也成了"赤条条来去无牵挂"。所以尽管我有点失望，倒并不特别不满。我已学会了忍耐和不发牢骚。

大约过了半小时，我们看到村子外面的田野上有许多人扛着铁锹往回走，前排房子也响起了人声。收工了。一个瘸腿的中年汉子拐过房角向我们走来。

"来啦？"他并不看谁，低着头从手中的一串钥匙中挑出一把，开开门，顺口问了一句，算是跟我们打了招呼。随即转身又走了。

"喂，队长呢？"中尉在他背后叫，"咱们总得办手续、报到哇！"他一出劳改农场就续接上在部队的习惯。习惯，真是难以改变的东西。

"队长歇歇就来。"瘸子头也不回地说。

没有什么可等的。既然要活下去，就要会生活。我第一个爬上大车，把放在最上面的烂棉花网套取了下来——这就是我的全部财产。我用胳膊一夹，排闼而入，先把干草尽量往墙根踢拢，使墙根的干草堆得厚厚的，又用眼角瞟瞟旁边：也不能让旁边的干草太薄。狼孩也有狼孩的道德：我活，也要让别人活。

然后，我把烂网套往墙根一撂：这个地方是我的了！

"喂，喂！你们干啥？你们干啥？队长还没有来分铺哩！……""营业部主任"气急败坏地嚷嚷。如果他占据了墙根，他是不会这样叫的。他虽然不断瞅空子搞小自由，但一旦小自由的利益被别人获取，他就宁愿舍弃自由而去找领导：我没有得到，也不能让你得到！今天早晨，他因为怕自己的行李放在大车的最上层会在路上颠下来，第一个搬出行李，放在大车的车底盘上。现在，等他搬进自己的铺盖，三面墙根都让别人占了。对不起，你睡在门边上喝西北风吧！

不理他！你活，也要让我活。他被子褥子齐全，还有一件老羊皮袄，按平均主义的原则，他也应该睡在门口。我打开我的烂网套，把哲学讲师送我的《资本论》第一卷塞在网套下当枕头，旁若无人地、直挺挺地在我的"床"上躺下了。

墙根，这是多么美好的地方！"在家靠娘，出门靠墙"，这句谚语真是没有一点杂质的智慧。在集体宿舍里，你占据了墙根，你就获得了一半的自由，少了一半的干扰；对我这样连纸箱子也没有的人，墙根就更为重要了。要是有点小家当，针头线脑、破鞋烂袜之类，或是"祖宗有灵"，搞到了一点吃食，只有贮藏在墙根的干草下面。如果财产更多一点，还有一面墙供你利用。你可以把东西捆扎起来挂在墙上。更妙的是，你要看点书，写封家信，抑或心灵中那秘密的一角要展开活动，你就干脆面朝着墙，那么，现实世界的一切都会远远地离开你，你能够去苦思冥想。睡了四年号子，我才懂得悟道的高僧为什么都要经过一番"面壁"。是的，墙壁会用永恒的沉默告诉你很多道理。

六

我们刚把自己的铺位铺好，干草的烟尘还在土房里飞扬的时候，那个瘸子又来了，他说队长叫他领我们吃饭去。

好极了！吃饭！

村子里有了活气。冬天的夕阳在西南方向放射着金色的光辉，黄色的土墙上和七拼八凑的玻璃窗上，都映得光灿灿的。小土房上小小的烟囱，一个个冒出袅娜的青烟，村子里弥漫着一股苦艾和蒿草的香气。这种与劳改农场迥然不同的、如风俗小说里描写的村居情景，使我莫名地兴奋起来：贫穷也罢，困苦也罢，我毕竟又回到了正常的环境中！

伙房很小，看起来没有几个人在伙房搭伙。这使我有点担心：搭伙的人越少，每个人被炊事员剥削的量就越大。不过所幸的是，我们现在是工人了，我们可以进入伙房里面去打饭了。在瘸子——现在我知道他是队上的保管员兼管理员——向炊事员嘀嘀咕咕地交代给我们按多少定量打饭的时候，我的近视眼迅速地在伙房里睃巡了一遍：扔在案板上的笼屉布，沾着许多馍馍渣！其实，像"营业部主任"这类人真蠢。他们不断地用最哀切的言辞向家中勒索，搞得家里人惶恐不宁，扎紧裤腰带来支援他们。我呢，既然不忍心盘剥老母亲，就要发挥自己的智能。而我凭智能在目前的生活圈子里搞到的吃食，并不比从外面给他们寄来的邮包少。

每人四两：一个稗子面馍馍，再加一碗已经冷却的咸菜汤。我磨蹭着最后一个打饭。我笑着对炊事员说："我不要稗子面馍馍，你让我刮那笼屉布吧。"

"行，"炊事员诧异地看了我一眼，递给我一把饭铲，"你要刮你就刮吧。"我仔仔细细地把笼屉布刮得比水洗的还干净，足足刮了一罐头筒馍馍渣。按分量说，至少有一斤！

"祖宗有灵！"

虽然有股蒸锅水味，还是很好吃！

只有自由的人才能进伙房刮馍馍渣。自由真好！

吃完了饭，队长给我们提着一盏马灯来了。

绿
化
树

"大家都来啦？来了就好，来了就好！……"

他在身上摸索着火柴。我马上走过去，帮他提着马灯，点上火，然后接过马灯挂在我的头顶上——这盏马灯有一半归我用了！没有外援的劳改生活锻炼出了我的机灵，依靠外援活下来的"营业部主任"之流只能靠他们的后盾。

"队长，咱们就这么随便睡哇？"躺在门口的"营业部主任"想改变现状。

"随便睡，随便睡，睡哪儿都行……"队长一屁股坐下来，在他的草铺上盘起腿，没有领会他的意图。

"队长，有没有好一点的房子？"上过朝鲜战场的中尉不满地说，"这房子连炕也没有。"

"凑合住吧，家嘛，在人收拾。"队长有点不悦了。他是个干瘦的中年汉子，自我介绍说姓谢。在马灯昏黄的灯光下只看见他一脸胡楂，神色疲惫，穿一件补满补丁的棉干部服。他说："想睡炕，就得脱炕面子。这大冬天的，脱下的炕面子也不结实。等开春再说吧。"

这就是说，我们要到春天才能睡上炕。而到春天，没有炕睡也行了。

几个人向谢队长打听怎么往这儿写信？场部在哪里？人保科什么时候办公？迁移户口的事应该找谁？谢队长很快就知道了这几个人是不准备在这里干长的。他把目光向我转来。我坐在马灯底座下面的阴影里。他眯缝着眼睛问：

"喂，小尕子，你叫啥名字？"

"章永璘！"我欠了欠身子，干草在我屁股下窸窣作响。

他把手中的一张纸就着灯光吃力地看了看。

"你家在北京啰？才二十五岁？"

"在北京。是的，刚满二十五岁。"

"你们几个就你年轻。咋？你也要回吗？"

"我不回。"

"好，不回就在这达儿好好干。"谢队长高兴了，脸朝着我和蔼地说，"这达儿也不坏，总比你们原来待的地方强。供应嘛，一个月二十五斤粮，还有两包烟。工资嘛，一级十八块，二级二十一块……你们先拿十八块，干了半年，根据你们的劳力再说话……"

"是，是……"我表示很满足地点着头。其他人靠在铺盖上冷冷地听着。呆滞的灯光把他们的脸照得像一张张没有表情的面具。

实际上，这里并没有什么值得高兴的。比劳改农场强的只是有工资。而十八块钱在这困难时期买不到十斤黄萝卜，况且这里还不发衣裳。粮食定量和劳改农场一样，七扣八扣，真正吃到嘴的至多二十斤（一月二十五斤定量在正常条件下也差不多够了，但在没有一点副食、油脂、菜蔬，并且每天都要干体力活儿的情况下，你吃一个月试试！而我长年累月都是如此。一九六〇年定量还要低，每月只有十五斤）。我满足的不过是，他在说话时有意避开了"劳改队"三个字而已。

谢队长又从几个口袋里东掏西摸地拿出一堆香烟，发给每个人两包，向每人收了一角六分钱："双鱼牌"，八分钱一包。太好了！这是真正的香烟，不是葵花叶子、白菜叶子、茄子叶子……这类代用品。香烟，对我来说几乎和粮食同等重要。但我看到不吸烟的"营业部主任"也有一份，又不禁妒火中烧。他会在你烟瘾大发时，用两毛钱一根的高价"让"给你。平均主义的原则毕竟有弊病！

"每天九点开饭，十点出工。下午四点收工。大冬天的，也没啥营生干。你们明天就出工吧，等到休息天再休息……"谢队长站起来，拍拍屁股要走。他不说星期天，却说"休息天"，但不知哪天算"休息天"。

"队长，没有炕，砌个炉子行不行？这屋子，晚上要冻死人。"中尉围在被窝里，又提出特殊要求。这个集体需要有这样一个人！

"炉子是要砌的。那有几块土坯就行。可公家只有烟煤，没有干炭。"谢队长袖着手，他也觉得冷，"还有窗子，也要糊一下，明天早上你们去办公室领点旧报纸，再到伙房打点糨子。"

"烧烟煤的炉子我会砌。"我自告奋勇地说。我有两个稗子面馍馍的贮存，还是愿意干重活的。

"哦？那跟烧干炭的炉子可不一样哩。"谢队长用感到意外的眼光看了看我，"这样吧，明天你就留在家里，把炉子砌了，窗子糊了……哦，对了，你们还得有个组长。我看，就章永璘当上吧。"

很好！我自由了的第一天就当上了组长。

七

晚上，我万分小心地钻进棉花网套里，就像把一件珍贵器皿放进衬着缎垫的锦匣中一样。因为我既要当心脚指头伸进破洞里去，或是勾断了线，把破洞越撕越大，又不能把被筒敞得太开，不然脊背就直接贴在稻草上挨扎了。随后，从盖在网套上的棉衣里掏出早上得到的两个稗子面馍馍，在被筒里嗅一嗅，玩味玩味，用洗脸的毛巾包好，埋在墙根下的稻草里面。

夜，寂静得使人以为世界已经离开了自己。而在劳改农场里，半夜都有值班人员的脚步声。

于是，我的另一面开始活动了。那被痛苦的、我不理解的现实所粉碎了的精神碎片，这时都聚集拢来，用如碎玻璃似的锋利的碴子碾磨着我。深夜，是我最清醒的时刻。

白天，我被求生的本能所驱使，我谄媚，我讨好，我妒忌，我要各式各样的小聪明……但在黑夜，白天的种种卑贱和邪恶念头却使自己吃惊，就像朵连格莱看到被灵猫施了魔法的画像，看到了我灵魂被蒙上的灰尘；回忆在我的眼前默默地展开它的画卷，我审视这一天的生活，带着对自己深深的厌恶。我战栗；我诅咒自己。

可怕的不是堕落，而是堕落的时候非常清醒。

我不认为人的堕落全在于客观环境，如果是那样的话，精神力量就完全无能为力了；这个世界就纯粹是物质与力的世界，人也就降低到了禽兽的水平。宗教史上的圣徒可以为了神而献身，唯物主义的诗人把崇高的理想当作自己的神。我没有死，那就说明我还活着。而活的目的是什么？难道仅仅是为了活？如果没有比活更高的东西，活着还有什么意义？

可是，现在我是一切为了活，为了活着而活着。

我想起了普希金的诗句：

> 当阿波罗还没有向诗人要求
> 庄严的牺牲的时候，诗人尽在琐事上盘算，
> 想着世俗的无谓的烦忧；他的神圣的竖琴喑哑了，
> 他的灵魂浸沉于寒冷的梦；在游戏世界的顽童中间，
> 也许他比谁过得都空洞。

我何止于"空洞"，简直是腐烂！但怎么办？"牺牲"，必须要有一个明确的目的。过去朦胧的理想，在它还没有成形时就被批判得破灭了。尽管我也怀疑为什么把能促使人精神高尚起来的东西、把不平凡的抒情力量都否定掉，但我也不得不承认，现实的否定比一切批判都有力！那么，新的理想、新的生活目的究竟应该是什么呢？

据说，我这种家庭出身的人，一生的目的都在于改造自己，但是说"牺牲

就是为了改造自己",显然是不合理的。因为那等于说我不死便不能改造好,改造自己也就失去了意义。今天,我已成了自由人,如果说接受惩罚是为了赎罪,那么,惩罚结束了就可说是赎清了"右派"的罪行;如果说释放标志着改造告一段落,那么,对我的改造也就进行得差不多了吧。今后怎么样生活呢?这是不能不考虑的。但是,这个农场并不能使我感到乐观,并不能把我的文化知识发挥出来,以检验我改造的程度。

我虽然自由了,但我觉得我并没有落在某一处实地上,相反,更像是悬浮在四边没有着落的空中⋯⋯

我脸朝着墙壁。墙角散发着潮湿的霉味和老鼠洞的气味,还有一股淡淡的、温暖的干草味。旁边,老会计在坚韧不拔地磨牙,那不把牙齿咬碎不罢休的咯咯声,仿佛象征着我们艰辛的未来。棉絮冷似铁,我浑身没有一点热气。"我怎么会落到这种地步"的感叹又油然而生。我经常发这样的感叹。这成了揣摩不透的谜。有时,我觉得劳改之前不过是场大梦,有时,我又觉得现在是场噩梦,第二天醒来我照旧会到课堂上去给学员们讲唐诗宋词,或是在我的书桌前读心爱的莎士比亚。但是肚皮给了我最唯物主义的教育。你不正视现实吗?那就让你挨挨饿吧!

我目前的境遇是铁的现实!

那么,这是宿命吗?但普遍性的饥饿正使千千万万人共享着同样的命运。我耳边又响起了哲学讲师的声音:"个人的命运和国家的命运是连在一起的。"

我悄悄摸了摸枕在我头底下的《资本论》。"也许你还能从那里知道,我们今天怎么会成了这种样子。"现在,只有这本书作为我和理念世界的联系了,只有这本书能使我重新进入我原来很熟悉的精神生活中去,使我从馍馍渣、黄萝卜、咸菜汤和稠稀饭中升华出来,使我和饥饿的野兽区别开⋯⋯

棉花网套被我微弱的体温慢慢焐暖了。我感到暖烘烘的、软绵绵的,感到了我的存在。存在是什么?笛卡尔说,我思,故我在。活着多么好,能够思想多么好!好得我都不想睡觉⋯⋯但我还是睡着了。

八

第二天早上一起床,第一件事就令我极为懊丧,乐极果然生悲——两个稗子面馍馍都被老鼠吃光了!

是老鼠吃的,不是人偷走的,洗脸毛巾也被咬破了。我悄悄地团起烂得像渔网似的毛巾，塞进裤子口袋里。我还不能声张，"营业部主任"知道了，又会幸灾乐祸地嘲笑我。

九点钟才开饭，我靠在叠起来的棉花网套上，几乎要晕过去。如果这两个稗子面馍馍不丢，即使我不吃它也不觉着什么。而这巨大的损失加深了我的恐惧心理，竟使我觉得非常非常的饿。饥饿会变成一种有重量、有体积的实体，在胃里横冲直撞；还会发出声音，向全身的每一根神经呼喊：要吃！要吃！要吃！……我没有力气动弹，更没有心思思想，只一个劲儿地转念头：必须把损失加倍地捞回来！

这时，昨夜里那些聚集拢来的精神碎片又四面迸散了，我又成了生活的全部目的都是为了活着的狼孩！

从伙房打回饭，都坐在各自的草铺上默默地吃着。罐头筒的优势失去了。这儿的炊事员似乎没有视觉误差，他绝对相信自己手中的勺子，没有给我多加一点。但是没关系，我已经把门路想好了。

吃完饭，按照谢队长的安排，由一个面目阴沉的农工领着其他几个人随大队出工。那个瘸子保管员腋下夹着一卷旧报纸又来了。他放下报纸，告诉我土坯在什么地方，砖在什么地方，小车在什么地方，又领我到库房里去拿了把铁锹，一个小水桶，一把瓦刀，几根做炉箅的铁条。临走时说，糨子到伙房去打，他已经跟炊事员说好了。另外还需要什么，可以到办公室去找他。

砌炉子，至少是两个人的事：一个大工，一个小工。但我宁可不要小工。土坯和砖都近得很，就堆在我们的房头上。土嘛，院子里随便挖一点就行，这儿是碱土，不冻的。至于水，还是少用为好，不然光烤干炉子就要用很长时间。瘸子一走，我拿起一张报纸首先跑到伙房去。

"师傅，我打糨子来了。"我笑嘻嘻地和他打招呼，仿佛我经常吃得很饱似的。

"你自己去舀吧。"他坐在门口晒太阳，他是真正地吃饱了，"你可别舀得太多。"

"你看，"我把报纸一扬，"包一包就行。"

案板上放着半脸盆灰白色的稗子面，看来是事先给我准备的。我摊开报纸，把所有的稗子面都倒光，撮得实实的，捧了回来。什么"打糨子"，吃得饱饱的人永远不会注意到，稗子面是没有黏性的。即使借着潮湿糊上报纸，水分一干就会掉下来。我先不糊窗子，现在最急需的是火。我在劳改农场跟中国第一流的供暖工程师干了一个月活，专给干部砌炉子——他也是"右派"，他当大工，

新中国70年优秀文学作品文库

中篇小说卷

我当小工。他曾教给我一个最简便的砌烟灶的方法；他还说，只要给他一把铁锹，其余什么也不用，他在坡地上就能挖出一个火又旺柴又省的炉灶：学问不过在进风口、深度和烟道上。我一会儿上房，一会儿挖土，干得满头冒汗，不到两小时，我就把一个最原始而又最合乎科学的取暖炉砌好了。

我一分钟也不歇息，拉上小车去伙房门口装了半车烟煤——一车我拉不动。沿途又顺手在不知谁家的柴火堆上抽了几根干柴。

我用颤抖的手划着了火柴，点燃了炉膛里的柴火。火苗和烟都朝着烟道窜过去。一会儿，烟没有了，淡红色的火苗在烟道里呼呼地叫。又一会儿，火焰旺得像火山口喷出的岩浆，在炉膛里形成一个扇面，争先恐后地往狭窄的烟道口跑。这时候，我加上一铁锹煤，炉子里像施了魔法一般，腾起一股黑烟，但即刻被烟道吸了进去。火焰仍顽强地从煤的缝隙中往外冒。不到五分钟，火焰的颜色逐渐加深，由淡红变为深红，然后变成带青色的火红，这就是真正的煤火的颜色了。

下一步，就是不能让人家看见我在房子里干什么。我找到办公室，瘸子恰好在里面像泥人儿似的呆坐着。我无暇念及有人干得满头是汗而有人却什么都不干这种现象是多么的可笑，问他要了一把小钉子、几片破纸盒上的纸板、一把剪刀——只要不领吃的东西，他都会慷慨地给我，旋即急匆匆地跑回来。我把硬纸板剪成一条条长条，压住铺在窗户上的报纸，用钉子在窗棂上钉得牢牢的。

像个宿舍样了。按谢队长的说法，这就是"家"！

我干活的步骤是符合运筹学原理的。这时，炉子已经烧得通红了：烟煤燃尽了烟，火力非常强。我先把洗得干干净净的铁锹头支在炉口上，把稗子面倒一些在罐头筒里，再加上适量的清水，用匙子搅成糊状的流汁，哧啦一声倒一撮在滚烫的铁锹上。黄土高原用的是平板铁锹，宛如一只平底锅，稗子面糊均匀地向四周摊开，边缘冒着一瞬即逝的气泡，不到一分钟就煎成了一张煎饼。

我一上午辛辛苦苦的忙碌就是为了这个美好的时刻！

我煎一张，吃一张，煎一张，吃一张……头几张我根本尝不出味道，越吃到后来越香。趁稗子面糊在铁锹上煎着的空隙，我还把我草铺下的老鼠洞堵了起来。这里有老鼠，没有料到！劳改农场是没有老鼠的——那里没有什么东西给它吃，它自己反而有被吃掉的危险。

土房里暖和了起来。我肚子里暖和了起来。我身上也暖和了起来。我坐在炉子旁边昏昏欲睡了。但现在不是睡觉的时候。我从棉花网套里掏出"双鱼牌"

香烟，抽出一根，转圈捏了一遍——还好，没有烟梗子——拣起铁条上掉下的煤渣把它点燃。我不让一丝烟从我的口腔和鼻孔漏出去，屏住气息，全部吞进肚子里。一霎间，一种特别舒服的陶醉感立即传遍了我的全身。

可是，不知怎么，我心中却蹿出了一阵扎心扎肺的酸楚……

不能多想！我知道我肚子一胀，心里就会有一种比饥饿还要深刻的痛苦。饿了也苦，胀了也苦，但肉体的痛苦总比心灵的痛苦好受。我小心地掐灭香烟，把烟蒂仍装进烟盒里。我要找点事情来干。收拾好工具后，我把剩下的稗子面包上几层报纸，在墙上挂起来。把炉子加足了煤，拿起我补了又补的无指手套，拍拍身上的土，走出了我们的"家"。

九

这几天天气非常好。高原上的黄土到处泛着柠檬色的辉光。村子四周没有什么树，几株脱了叶的白杨，如银雕一般傲然耸入暖洋洋的天空，把它们瘦伶伶的影子甩在脚下。太阳偏西了。昨天这个时候，正是车把式海喜喜引吭高歌的时候。现在，我肚子胀了，回味那忧伤而开阔的歌声，竟使我联想到巴勃罗·聂鲁达的《伐木者，醒来吧》中的几个段落。

我经常有些奇异的联想，既毫不着边际，但又有某种模糊的、近乎神秘的内在联系。当然，只有在肚子胀了的情况下，脑海中才会产生种种联想。这时，我就觉得，海喜喜土生土长的民歌旋律，似乎给我注入了聂鲁达所歌颂的那种北美拓荒者的剽悍精神。那歌声、那山鹰、那广阔无垠的苍凉的田野、那静静的连绵不绝的群山、那山的绵延就是有形的旋律……整个地在我的心中翻腾。一时，我觉得我非常美而强壮了。

于是，我心情愉快地向马号方向走去。我想看看马。我很喜欢马。它们总使我联想到英雄的事业：去开拓疆土！去开拓疆土！……

可是，马号前面却有一群农工在那里翻肥。我的组员——"营业部主任"、中尉、老会计和报社编辑几个人也在其中。我想退回去已经来不及了。

"家收拾好啦？"谢队长手拿铁锹，站在高高的肥堆上，一眼就看见了我。在白天看来，他比昨天矮小得多。

"收拾好了。"

"你来干啥？"

"我……"我总不能说我来看看马。马有什么可看的？种种异想都从我脑子里飞逃了出去，只剩下一个意识：我是一个农工！我只好说："我来干活。"

"好。"谢队长高兴地咧开满布胡楂的嘴，"你刨粪吧，刨下来她们砸。"

他给我指定一个地点。原来这里还有妇女。

我从来没有跟妇女一起劳动过。四年劳改农场的生活，我几乎没有看见过妇女。我低着头，局促不安地走到她们中间，不知道干什么好。

"你拿镐头刨吧，你刨一块咱们砸一块。"一个妇女对我说，"也别累着，看你瘦鸡猴的，刨不动大块就刨小块的。"

她的音色柔软，把本来发音很硬的方音也变得很圆润，尤其是语气中的关切之情使我特别感动。我很长时间没听过"别累着"这样的话了；我耳边响着的一直是"快！快！""别磨洋工"这类的训斥。但我没敢看她；我莫名其妙地脸红起来。我兴奋地想，我要好好替她刨，刨下来后还要替她砸碎。

我用眼睛在肥堆旁扫了一遍：这里没有镐。我忘乎所以地向谢队长喊道："队长，没有工具呀！"

"你干球啥来的？！"出乎我意料地招来一顿训斥，"你吃席来还得带双筷子哩！"

旁边的几个妇女没有恶意地嘻嘻笑了。我脸涨得血红。我又羞愧，又痛恨这个谢队长：这是个喜怒无常的小人！

正在我手足无所措的当儿，那个妇女突然递给我一把钥匙："给！你到我家去拿。就在门背后，有个好使的镐头。"

我窘迫地接过来，嘴里嘟嘟哝哝地也不知说了些什么。

"喏，就在西边第一排房子的第一个门。"她告诉我，"好找得很，一拐弯，头一间就是嘛。"

"就是门口挂着'美国饭店'的呀！"另一个妇女吃吃地笑道。

"你这婊子，你门口才挂招牌哩！"给我钥匙的妇女并不气恼，对她笑骂着。

我转身走了，她们还在嘻嘻哈哈地对骂。

这是把自制的黄铜钥匙，磨得很光滑，还留有人体的微温，大概是她装在贴身的衣兜里的。我翻来覆去地看了看，感激地抚摩着它，仿佛它是她的手。

门口并没有挂什么"美国饭店"的招牌，和别人家一样，堆着一堆发黑的柴火，拉着一根晾衣裳的绳子。我开开门。这是间比我们"家"还小的土坯房，一铺火炕就占了半间。泥地扫得很干净。我从来不知道泥地经过加工，会变得像水泥地面一样的平整。屋里没有什么木制家具，台子、凳子都是土坯砌的。

靠墙的台子还用炕面子搭了两层，砌成橱柜的式样，上层拉着一块旧花布作帘子。所有的土坯"家具"都有棱有角，清扫得很光洁。土台上对称地陈列着锃亮的空酒瓶和空罐头盒作为摆设。炕上铺着一条破旧的毡子，一床有补丁的棉被和几件衣裳——还有娃娃的小衣裳——整整齐齐地叠放在上面。炕围子花花绿绿的，我匆匆浏览了一下，是整整一本《大众电影》，还有《脖子上的安娜》的彩色剧照。

炕下面有个锅台，锅圈上坐着一个盖着木盖的铁锅！

我头一次只身一人进入一个陌生人的房间，我感到了被人信任的温情，但又有这样一种本能的冲动：想揭开锅盖，掀起帘子，看看有什么吃的——凡是贮藏食物的地方对我都有难以抵挡的诱惑力。

罪孽！

我赶快把门背后的十字镐扛了出来，回到马号那里去。

"门锁上了么？"我低着头还给她钥匙，她问我。

"锁上了。"

我开始抡镐。有一个妇女在旁边哼哼唧唧地唱起来：

> 尕妹妹的个大门上就浪三趟吧，
>
> 不见我的尕妹子好呀模样呀！

"我把你这个……"她转过身去，用最粗俗的话骂了那妇女一句。由于这话非常形象生动，几个妇女都乐不可支地哈哈大笑了。

我不明白那妇女的歌怎么触犯了她，惊愕地抬起头，瞥了她一眼。她正和那妇女对骂，后背朝着我。我只看见系在一起的两条乌黑的辫子，搭在花布棉袄上。棉袄的背部和两肘用颜色稍深的花布补着几块补丁。

马粪尿掺上土，就是所谓的厩肥。冬天里冻得实实的。我们要把厩肥刨下来，砸碎冻块，翻捣一遍，再由马车运到田里卸下，一堆一堆地纵横成行，铲一层浮土盖上，等到开春撒开。我因吃了很多稗子面煎饼，又想帮她多干点，所以很卖力，一会儿就刨了很大一堆。

"你慢着。看你，你这个傻——瓜——瓜！"

她不说"傻瓜"，而说"傻瓜瓜"，声音悠长而婉转，我因感到亲切微微地笑了。我又瞥了她一眼，她低着头在砸粪，我没有看清她的脸。

"把稗子米先泡泡，再馇稀饭，越馇越稠……"

"要切上点黄萝卜放上就好了……"

"黄萝卜切成丁丁子，希个美！……"

"黄萝卜不抵糖萝卜；放上糖萝卜甜<u>丝丝</u>的……"

"糖萝卜苦哩，得先熬……"

几个妇女笑骂完了，在肥堆旁边严肃地讨论着烹调技术，她又转过脸洒脱地朝她们说：

"干球蛋！我是宁吃仙桃一口，不吃烂梨半筐。要吃，就焖干饭！"

"嘻嘻！谁能比你呢，你开着'美国饭店'……"

"别要你的巧嘴嘴了，"她直起腰，"你们没球本事！稗子米照样焖干饭。你们信不信？"

"信、信、信！你做顿给咱们尝尝……"

"尝尝？只怕你尝了摸不着家，跑到别人家炕头睡哩！……"她又嘻嘻地笑起来。她很喜欢笑。

接着，再次互相笑骂开了。

这时，海喜喜威武地赶着大车回来了，"啊、啊……"地用鞭杆拨着瘦瘦的马头，挺着胸脯坐在车辕上。

"你这驴日的咋这时候就收工了？咹？"谢队长停住了手中的锹，冷冷地质问海喜喜。谢队长和农工一样干着活，我注意到他比农工干得还多。

海喜喜显然和我刚才一样，没有料到谢队长在这里，赶紧跳下大车，"吁——"他把车停下了。

"牲口累了哩，队长。"

"是牲口累了还是你驴日的不想干了？咹？"谢队长眯着眼，又用嘲弄的口气问。在我眼里，瘦小干枯的谢队长一下子高大起来，高大魁梧的海喜喜却干瘪了。我很同情海喜喜。现在他一副畏畏葸葸的神色，和昨日迥然不同。

"你驴日的是要我跟你算账不是？"我听出来谢队长话里有话。果然，海喜喜比我半小时前突然见到队长时还要狼狈，进也不是，退也不是。瘦马在他背后用软塌塌的嘴唇拣食地上的草渣。

忽然，谢队长咆哮起来："你去把牲口卸了，拿把镐头来！今夜黑你驴日的不把两方粪给我砸下，我把你妈的……"

谢队长的詈骂有惊人的艺术技巧。他怒冲冲地骂着，听的人却发出笑声，连海喜喜也抿着嘴偷笑，我当然更有点幸灾乐祸。原来谢队长对谁都这样粗俗地呵叱，刚才对我还算客气的哩。

绿化树

769

海喜喜趁他痛骂的当儿，"驾、驾"地把大车赶进马号。一会儿，拿着一把十字镐出来了。

"哪儿刨呢，队长？"他的口气绝不是讨好，而是一副放在哪儿都能干的无畏架势。

"这达儿来。"谢队长指了指自己面前，疲乏地说，"这达儿有块大疙瘩，我吭哧了半天没吭哧下来。"

"啐！啐！"海喜喜响亮地朝两手啐了两口唾沫，"你闪开，看我的！"他哼的一声使劲地砸下镐头。

一转眼，两人又成了共同对付艰巨劳动的亲密伙伴，一个刨，一个砸，很是协调。

"熊，没起色的货！"我听见在我旁边的她低声骂道。不知是骂谁。我还是埋头干我的活。我刨下的冻块，她砸不完，我就用镐头帮她捣碎，她用铁锹翻到另一边去就行了。在我们俩把面前的冻块都处理完，我转过身又去刨的时候，她闲下了。这时，她的下颌拄着铁锹把，轻轻地唱了起来：

> 我唱个花儿你不用笑，
> 我解了心上的急躁。
> 我心里急躁我胡喝呀，
> 哎！
> 你当是我高兴得唱呢！

在理论上，我知道她唱的和海喜喜昨天唱的曲调都属于所谓"河湟花儿"。这是广泛流行于甘肃、青海、宁夏黄河、湟水沿岸的一种高腔民歌。不过过去我并没有听过。她今天唱的和海喜喜昨天唱的又有所不同。旋律起伏较小，尾部结束音向上作纯四度和大六度滑近。在西北方言中，"急躁"是"烦恼"的意思；"喝"在此处当"唱"字讲。这里没有开阔的田野，四面都是肥堆，而她全然没有经过训练的、带有几分野性的嗓音，却把我领到碧空下的山坡上去了，从而使我的心也开阔了起来。然而我又有点悲哀。她的歌词中没有什么向往与追求，但声调里却有一种希望在颤抖，漫不经心地表现了凄恻动人的情愫。对的，就是漫不经心。我的悲哀还在于，给我如此美好享受的人，他们自己却没有意识到自己创造了这种美。比如说吧，海喜喜现在给我的印象就极没有光彩；而她呢，正低着头若有所思，心不在焉，没有一点自豪感。

我们一下午翻了不少肥，旁边堆了一大堆。谢队长围着粪场转了一圈，检查了所有人的成绩，对这几个妇女和我特别满意，喊了一声：

"收工吧！"

大家七零八落地往家走去。出于礼貌，我对她说："谢谢你了。让我替你把镐头扛回去吧。"

她在擦锹，掉过头很诧异地看着我，似乎不习惯这种客气的言辞。随即，她慌乱地把镐头从我肩膀上夺下来，用倔强无礼的口气说：

"你拿来吧你！看你个瘦鸡猴，脸都发灰了。"

十

回到土房子，我的几个组员对"家"都很满意。"营业部主任"首先把自己的脸盆坐在炉口上，他说这房子热得可以擦澡。

吃饭的时候，大家都围着火炉。有了火，彼此的关系似乎亲密了一点，话也多了。报社编辑没有忘记他的本行业务，这一天，他打听到很多情况。据他说，这个农场占的面积很大，从北至南，沿着山边分散着十几个队。我们这个队是一队。队与队之间至少有十里，到场部还有二十里。最偏远的队在山脚下，离这里竟有一天的路程。场部有个商店，但现在除了盐没有别的货物，农工们都叫它"盐务所"。想买什么东西，要上三十里路以外的镇南堡去，那里有老乡的集市，好像是这一带最繁华的地方。要进城，可以坐火车，朝东去三十里有一个慢车停一分钟的乘降所，每天凌晨四点钟过一班车。这个队没有书记，副队长害了浮肿病，躺在炕上，谢队长是政治生产一把抓。他还说，农工们反映："只要不倒着抹谢队长的毛，这还是个好人。"最可怕的是山脚下的那个队。那里管得最严，进去出不来，农工们把它叫作"鬼门关"，是专治农场里调皮捣蛋的农工的。

报社编辑又说，这个队的农工绝大多数是本地人和甘肃、陕西跑来的农民。因为这个队的基础是公社的一个农村，谢队长本人原来就是公社的大队书记。别的新建队各种各样的人都有：浙江支边青年、复员转业军人、劳改劳教就业人员、工厂里精简下放的工人，等等。

"啧、啧！"老会计惊叹道，"这个农场比劳改队还复杂。"

"赶快离开这穷窝窝子。""营业部主任"边洗脚边发牢骚，"劳改队还有期，待在这儿简直是无期。这儿他妈比劳改队还劳改队！"

我没有精神听他们闲聊。我全身仿佛被掏空了一般，光剩下一种感觉——累的感觉。累得都不想呼吸，但是却睡不着。有时，为了多吃一口，要付出远比这一口食物所发的热量还要多的热量。想想真不上算，但人还是要盲目地这样做，于是就越来越虚弱。今天，我干了不少活，结果累得如那妇女说的，"脸都发灰了"。

身体虚弱的折磨，在于你完全能意识、能感觉到虚弱的每一个非常细微的征象，而不在虚弱本身。因为它不是疾病，它不疼痛；它并不在身体的某一个部位刺激你，或者使你干脆昏迷；它无处不在，无所不到。实际上，要真昏迷过去倒也不错。当我意识到，我才二十五岁，又没有器官上的疾病，却如此虚弱的时候，我真有些万念俱灰。有的人万念俱灰会去皈依佛教，有的人万念俱灰会玩世不恭，有的人万念俱灰会归隐山林……这都是有主观能动性的万念俱灰，他本人还有选择的自由。已经失去主观能动性的、失去了选择的余地的万念俱灰才是最彻底的。这种万念俱灰不是外界影响和刺激的结果，是肉体质量的一种精神表现。油干灯灭，但火焰总是逐渐微弱下去的。它最后那一点萤火虫似的微光，还能照着你看着自己怎样地死去。也就是说，它要把你一直折磨到底。死，并不可怕，尤其在我这样的时候，可怕的是我能非常清醒地看见自己一步一步地走向死亡的全过程，看着生命怎样如抽丝一般从我的躯壳里抽尽……

啊，拉撒路！拉撒路！①……

十一

第二天早晨醒来，才有了饥饿和周身疼痛的感觉。根据经验，我知道现在开始好转了。能够感到饥饿和疼痛，就是还有活力的表现。

我无论如何要想个借口留在"家"里。

吃完早饭，我向组员们指出，土坯炉子上的泥缝，经过一天一夜的烘烤，已经干裂了。如果不糊上，裂缝里就会冒出煤气。"这可不是闹着玩的，别刚出劳改队，又进了阎王殿。"我叫他们跟谢队长说一声，我留在"家"里把炉子再泥一遍。

我现在是"组长"了，更主要的是，这个炉子成了大家关心的一个宝贝。中尉说："行，你别去了，我去跟毛胡子队长打个招呼。"

---

① 拉撒路为基督教《圣经》中一个患癫病的乞丐，死后因基督之力复活，成为病人的守护神。

我料到队长绝不会凭他们一句话就对我撒手不管。我先慢慢吞吞提来一桶水，挖了几锹土，刚把泥和好，不出所料，谢队长夹着一把锹来了。

"日怪！"他内行地把烟灶里里外外看了一遍，颇为欣赏，在炉子旁边蹲下来烤着两只手，"你还会打这样的炉子：又省料，又简便，火又旺。""世上无难事，只怕有心人。"我笑着把我是跟谁学的告诉了他。

"日怪！你们'右派'，尽是些能人！"他朝干草上啐了一口，"咱们这达儿的人，老八辈子咋样打炉子，这会儿还咋样打炉子。费泥费坯，厚得跟城墙一样，热气都透不出来。"

谢队长烤暖和了，眼泪鼻涕流了出来。他在脸上抓了一把，抹在自己的袄袖上。粗糙的大手上一道道很深的裂口。常年的户外劳动在他手上和脸上都印上了不可磨灭的痕迹；我突然觉得他很衰老，清癯的、布满皱褶的脸上有一种老人式的宽容神情，显得很和蔼可亲。

"谢队长，你家炉子要是不好烧，我来替你改装一下吧。"我讨好地说。

"不用。"他语气很平和，拉开了家常话，"我家烧的是柴灶。谁烧得起煤哩！你们是单身职工，按规定应该给你们烧炉子的。别的，你没见？队上家家户户都是柴灶，做了饭，又烧了炕。到夜黑，再添一把柴，一夜黑也暖和了。我的灶是喜喜子给我打的。那驴日的，也有点能！"

"海喜喜不是干部？"我勾着炉缝，问他，"昨天他接我们去，我们还当他是干部哩。"

"球干部！"谢队长淡淡地一笑，"他是今年开春从甘肃过来的。听说他小时候在寺上当过满拉①，可不好好学，一蹦子蹿了好些地方。劳动嘛，还是攒劲的。身大力不亏嘛。我就看待他这一点。出个远门，他也扛得住饿。嘿嘿！"

谢队长笑出了声，我却不明白这有什么可笑的。停了一会儿，他又说：
"今夜黑发工资，明天休息。你们想走个哪达儿，也行。"

"去镇南堡也行么？"我毕竟年轻，还是想去享受一下能四处走动的自由。

"咋不行？走哪达儿都行。"

我想他不是随口这样说的，可能是有意识地要让我知道我现在不同于过去的身份。但我又不大相信他这个外表如此粗俗的人竟会体贴别人。我瞥了他一眼。他表情不变，一门心思地烤着火。可是不论怎样，他这句话使我深受感动。

他又问了我原来在哪里工作，家里还有谁，随后，好像想起了什么事，扛

---

① 满拉，是指在清真寺内学习伊斯兰教知识的学员，结业后，可当阿訇。

起铁锹走了。

"行，你闹吧。"他说，"也别太热，小心煤烟打着，最好把报纸上掏个窟窿。"他并没有叫我泥好了再去干活。

他一走，我三两下就勾好了炉缝，洗干净铁锹，支在炉口上，取下挂在墙上的报纸包，拿起罐头筒，倒进稗子面，像昨天那样煎起稗子面煎饼来⋯⋯

稗子面都吃光了，我抖抖报纸，把它钉在我草铺旁边的墙上。这样，我就有了一圈干净的墙围。我不敢再跑出去看什么马了，点燃昨天剩下的半截香烟，舒舒服服地在围着报纸的草铺上躺了下来。

在我头旁边，卡斯特罗雄心勃勃地在鼓动世界革命，肯尼迪在发表他的"新边疆"政策，西方国家正用"福利国家"的口号来蛊惑群众，某地还选举开"牛奶皇后"⋯⋯这些，都离我非常非常的遥远。那么，我现在生活于其间的这个新的生存环境是怎样的呢？我觉得，在这个如此贫穷、如此粗野、如此落后、仿佛被世界所遗忘、被文明所抛弃、为任何报纸书刊都不屑于挂齿的荒村中，却有一种非常模糊的、不能用语言来表达的东西使我感到新鲜，感到亲切，感到温暖。我小时候，教育我的高老太爷式的祖父和吴荪甫式的伯父、父亲，在我偶尔跑到用人的下房里玩耍时，就会叱责我："你总爱跟那些粗人在一起！"后来接触的那些知识分子们，脑子里的劳动人民全是塑造出来的艺术形象——穿着白衬衫和蓝工装裤，戴着八角帽，满面红光，肌肉饱满，气宇轩昂，永远走在一条笔直宽阔的金光大道上。给我做报告的领导号召我向之学习的"劳动人民"，在我脑子里好像总是一个空泛的概念——神圣尽管神圣，我却始终不知道是什么样子。在劳改农场里是没有什么"劳动人民"的，那里不是知识分子就是狼孩。在这里，我总算置身于"劳动人民"之中了吧。首先让我感到惊奇的是，这里有一种劳改农场完全没有的乐观的、毫无顾忌的气氛。在如此贫穷、落后的荒村，竟能乐观和毫无顾忌，是多么可贵，多么不可思议啊！虽然这乐观与毫无顾忌是用粗俗的形式表现出来的，但这样更透出了朴拙与天真。回忆昨天劳动时的所见所闻，我发自内心地微笑了。

十二

镇南堡和我想象的全然不同，我懊悔一上午急急忙忙地赶了三十里路，走得我脚底板生疼。

所谓集镇，不过是过去的牧主在草场上修建的一个土寨子，坐落在山脚下

新中国70年优秀文学作品文库

中篇小说卷

的一片卵石和砂砾中间，周围稀稀落落地长着些芨芨草。用黄土夯筑的土墙里，住着十来户人家，还没有我们一队的人多。土墙的大门早被拆去了，来往的人就从一个像豁牙般难看的洞口钻进钻出。但这里有个一间土房子的邮政代办所，一间土房子的信用社，一间土房子的商店，两间土房子的派出所，所以似乎也成了个政治经济的中心。今天逢集，人比平时多一些，倒也熙熙攘攘的，使我想起好莱坞所拍的中东影片，如《碧血黄沙》中的阿拉伯小集市的场景。

我先到邮政代办所给我妈妈发信，告诉她老人家，我的处分解除了，现在已经成了名副其实的工人，成了"自食其力的劳动者"；我吃得很好，长得很胖，晒得很黑，人人都说我是个标准的身强力壮的小伙子，就像苏联一幅招贴画《你为祖国贡献了什么？》上的炼钢工人。

我没有钱，但我有很多好话寄给我妈妈。

我的组员，包括"营业部主任"也托我寄信。他们的信都很厚，大概又在向家里念苦经，要家里人赶快给他们办准迁证吧，我想。

邮政代办所门口贴着一星期前的省报。省城的电影院在放映苏联影片《红帆》。我知道这是根据格林的原著改编的。啊，红帆，红帆，你也能像给阿索莉那样给我带来幸福吗？……

我走到街上。这条"街"，我不到十分钟就走了两个来回。商店里只有几匹蒙着灰尘的棉布，几条棉绒毯子，当然还有盐。熏黑的土墙上，贴着"好消息新到伊拉克蜜枣二元一斤"的"露布"，红纸已经变成了橘黄色。问那偎着火炉的老汉，果然是半年以前的事了。

集上有二三十个老农民摆着摊子，多半是一筐筐像老头子一样干瘪多须的土豆和黄萝卜，还有卖掺了很多高粱皮的辣面子的。有一个老乡牵来一只瘦狗似的老羊，很快被附近砂石厂的工人用一百五十元的高价买走了。我估摸了一下，它顶多能宰十来斤肉。我一直把那几个抱着羊的工人——奇怪，他们不让羊自己走——目送出洞口，咽了一口口水，才转过脸来。肉，我是不敢问津的。

我的目标是黄萝卜，土豆都属于高档食品。我向一个黄萝卜比较光鲜的摊子走去。

"老乡，多少钱一斤？"

"一块，搭六毛。"老乡边说边做手势，好像怕我听不懂，又像怕我吃惊。

我并不吃惊，沉着地指了指旁边的土豆：

"土豆呢？"

"两块。"

"哪有这么做买卖的？土豆太贵了。"我咂咂嘴。

"贵！我的好哥哥哩，叫你下地受几天苦，只怕你卖得比我还贵哩！"

"你别耍你的巧嘴嘴了！"我用上了向那女人学来的一句土话，"我受的苦你老八辈子都没受过，你信不信？"我瞪着眼睛问他。

"嘿嘿……"他干笑着，似乎不信。

"告诉你吧，"我冷笑一声，"我是刚从劳改队出来的。"

"啊、啊！那是，那是……"老乡流露出畏惧的神色。

"怎么样，土豆贱点？"我突然故意把逻辑弄乱，话锋一转，"人家都是三斤土豆换五斤黄萝卜哩。"

"哪有这个价钱？"他的畏惧还没有到贱卖给我土豆的程度。但正因为这样，他即刻钻进了一个微妙的圈套。"你拿三斤土豆来，我换你五斤黄萝卜哩。"

"当真？"我表面上冷静，而心里惴惴不安地叮问了一句。

"当真！"老乡表现出一种很气愤的果断，"三斤土豆换五斤黄萝卜还不换？！"

"行！"我放下背篓，"你给我称三斤土豆。"

我先把钱付给他——我们昨天每人领了十八元，干了一天就领全月工资，真好！老乡取出自制的秤。我们俩又在挑拣上争了半天。称好后他倒到我的背篓里。我说：

"给，我这三斤土豆换你五斤黄萝卜。"

老乡连思索都没有思索，称了五斤黄萝卜给我。我把土豆倒回他的筐里，背起黄萝卜就走。

我得意扬扬，我的狡黠又得逞了！

在劳改农场，我就经常和来给我们做买卖的老乡打交道。我熟知他们有一种直线式的思想方法。有时候，他们会出奇的固执，拼命地钻牛角，只记一点，不计其余。这也可能使他们在争取自己的利益或创造性的劳动上，表现出一种不屈不挠的顽强精神，但更大的可能倒是被人愚弄，被人戏耍，让他们顾此失彼，大上其当。而我就是用自己的小聪明戏耍他们的人之一。

"我"啊，你究竟是怎样的一个人呢？

十三

太阳暖融融的。卵石和砂砾在我脚下咯咯作响。方圆十几里阒无人迹，只有我一个人在荒滩上昂首阔步。"只、有、我、一、个！"这就是自由。在大号子里睡了四年，出工排队，收工排队，打饭排队，干了四年密集性的劳动之后，只有独自一人在一个广袤的空间行动，是多么幸福啊！

洪水从山上下来，冲出一条条深沟，又像是向山坡蜿蜒而上的卵石路。大大小小的卵石在阳光下散发着钢青色的辉光。略微向平原倾斜的荒滩，景物的色调是坚毅的、严峻的。一切都岿然不动，只有一种土色的小蜥蜴，见我过来，或是摇着小尾巴拼命地跑，沿途丢下一连串慌慌张张的小脚印；或是挑战似的扬着头，用小眼睛瞪我。那样子真可笑！在这个季节没有沙葱，也没有肉苁蓉，不然我可以爱拔多少就拔多少，大嚼一顿。我不是独自一人了吗？我不是自由了吗？现在，连空气都是属于我的！可是，这时候荒滩上只有枯干了的芨芨草和酸枣。酸枣是一种多刺的灌木，实际上就是荆棘的学名。荆棘！这个词使我怦然心动。我耸耸肩，把背篓往上掮掮，大踏步地穿过荆棘。

> 美丽的蔷薇脱落了花朵，
> 和多刺的荆棘也差不多。
> 我把荆棘当作铺满鲜花的原野，
> 人间便没有什么能把我折磨。
> 阴间即使派来牛头马面，
> 我还有五斤大黄萝卜！

"嘚儿蓬！嘚儿蓬！嘚儿蓬、蓬、蓬！……"我在心里敲着大鼓，背着背篓在荒原上迈着大步。

前面，是一条两米宽的排水沟。早上过来，冰还冻得很结实，但过了中午，冰层下出现了许多可疑的小水泡——这是冰层融化了的表象。

但是，这条排水沟长得东西两面都不见尽头，中间又没有桥。我走过来，走过去，选了一个比较窄的地方，拿起一块土坷垃往冰上砸去，咚的一声，土坷垃碎了，冰并没有破裂。我觉得可以冒险试一试。

两米宽的距离，如果我身强力壮，像给我妈妈写的信里说的那样；如果我背上没有五斤黄萝卜，我还是能一跃而过的。但这时的情况恰恰相反。我前一只脚刚跳到离岸三十厘米的冰层上，咔嚓一声，冰层破裂了！我连人带背篓仰天摔倒在沟里。薄冰被我砸了一个窟窿，像印模一般，正和我倒下去的身形相同。

我顾不得我自己，湿漉漉地站在没过膝盖的冰水里，看看背篓，里面只剩下两三个黄萝卜了！

反正棉袄已经湿透，我连袖子也没挽，气急败坏地在沟里乱摸。直摸到全身冻得麻木，而小腿针刺似的疼痛起来，才摸到不足一半。我只好恋恋不舍地爬到沟上，把劫后的剩余捡进背篓里。

在岸上，我如同一条落水狗似的抖擞了抖擞，背起背篓走了。一直走出很远，我还流连地回头看着，仿佛沟底的黄萝卜会像青蛙一样自己跳上岸来似的。

十四

半夜，可能是受寒以后发起烧来，我被干渴烧灼醒了。窗外，呼呼地刮起了西北风，用钉子钉着的报纸有节奏地扑扑作响，就和拉风箱一样。我感到一阵阵的晕眩。我身体虚弱以后，才发现很多小说里描写的晕眩是虚假的；那种噗咚一声摔在地板上，或软软地倒在沙发上的描写，多半是主人公的装腔作势。我静静地睡在被窝里也会感到晕眩，并且，晕眩不但不会使我昏迷，反而会把我从熟睡中摇醒。这时，头颅仿佛比正常情况下大了许多，头颅里的血显得很稀少，很稀薄，就像只有一点点水在一个大坛子里晃荡一样。

当然不会有一个人给我倒一口水来喝。我必须忍耐。而我也习惯了忍耐。有时，我会被自己能如此忍耐而感动，也就是说，我自己被自己感动了。在这半夜时分，我就被自己感动了。耐力不像膂力，不能用计量器测试出来，并且它还包括了精神的和物质的两方面。有人能忍受精神的痛苦，却耐不住物质的贫困；有人能忍受物质的贫困，却耐不住精神的痛苦。我发现，我在精神和物质两方面的耐力都有相当大的潜力，只有死亡才是一个界限。

大自然赋予我这样大的耐力，难道就是要我在一种精神堕落的状态下苟且偷生？难道我就不能准备将来干些什么对社会有益的事情？

这时，我开始内疚起来，心里受到自谴自责的折磨。黄萝卜的得而复失，在我看来是冥冥中的惩罚和报应。老乡是辛苦的，这个地区从来就把农民叫"受苦人"，下地干活不叫下地干活，叫"受苦去"。一块六一斤黄萝卜，比较起来是不贵的，劳改农场附近的老乡开口至少是一块八至两块。我的一块浪琴表只换到三十斤黄萝卜和一碗发霉的高粱面。可是，我却狡黠地愚弄了那位老实的、满面皱纹的老乡，还自以为得计，结果……

头颅里的血不停地旋转回晃，一个早已沉淀了的回忆像乳白色的杯底物从我脑海深处泛起。在一间讲究的天蓝色壁纸贴面的大房间里，在凤尾草图案的绿窗帘下，在大理石镶边的法兰西式的壁炉旁边，我的一个伯父坐在棕色的皮面沙发里，我坐在放在地毯上的一只蜀锦软垫上。他晃动着自己调的加冰块的鸡尾酒，向我说摩根家族发迹的故事。据他说，老摩根从欧洲老家漂流到北美洲时，穷得只有一条裤子，后来夫妇两人开了一爿小杂货铺。他卖鸡蛋的时候从来不自己动手，而叫老婆拿给顾客看。因为老婆手小，这样就衬得鸡蛋大一点。正是由于他这样会盘算，他的后代才建立了一个摩根金融帝国。

"听到没有？做生意就要这样精，门槛不精不行！"这位证券交易所的经理端着高脚酒杯教育我，"谁倒闭了谁是憨大（念'壮'音），能赚钱才是英雄！"

……回忆的潮水又随血液的旋转退了下去。于是，我怀疑我所费的种种心机都是和出身于资产阶级家庭有关的。老摩根会利用人的视觉误差把鸡蛋变大，我会利用人的视觉误差把打的饭变少；摩根们会盘算，我的算盘也很精：用钉子代替秤子面，三斤土豆换五斤黄萝卜，和交易所的"买空卖空"一样，一倒手就赚了两块钱……固然，争取生存是人的本能，但争取的方式却由每个人的气质、教养而定；先天的遗传是自然的，而后天的获得性也能够遗传下去。当我意识到我虽然没有资产，血液中却已经溶入资产阶级的种种习性时，我大吃一惊。一九五七年对我的批判，我抵制过，怀疑过，虽然以后全盘承认了，可是到了"低标准"时期又完全推翻。而现在，我又认为对我的批判是对的，甚至"营业部主任"那心怀恶意的批判也是对的。从小要饭的人，对从小就会享受的资产阶级"少爷"肯定有一种直感的敌对情绪。我虽然不自觉，但确实是个"资产阶级右派分子"，其所以不自觉，正是因为这是先天就决定了的。

我口渴，我口渴得像嘴里含着一团火，但毫无办法，我把这种折磨看作对我的惩罚。我默念着但丁的《神曲》：

> 从我，是进入悲惨之城的道路；
> 从我，是进入永恒的痛苦的道路；
> 从我，是走进永劫的人群的道路。

我所属的阶级覆灭了，我不下地狱谁下地狱？

十五

第二天早晨，铅灰色的天空飘下了雪花。这个偏僻的、贫穷的、落后的荒村，大自然倒没有遗忘她，公平地给她也盖上了一层洁白的初雪。小土房上小小的烟囱，冒出的烟也是纤细的，更像童话中的一幅插图。

忍耐的好处之一，是我的感冒会不治自愈。我早已发现，疾病加重在很大成分上是个人的神经作用。如果像对情人一样念念不忘自己的病痛，病就会越来越重。干脆不理它——也没办法理它，它待在你身上也无趣，很快就会抛掉你。

那个瘸子一瘸一跛地四处吹哨，通知说不出工。他的喊声很怪，好像叫卖什么东西："休——息！""休"字拖得很长，"息"却戛然而止，连一丝余音都没有。但在我们听来，这无疑是个可喜的消息。

棉袄棉裤在炉子上烤干了。"营业部主任"不住地埋怨我把房里熏得臭烘烘的。我不理他。要是他掉进水里，他还有新棉裤，还有老羊皮袄。在我眼里，他倒成了资产阶级——阶级关系又整个儿颠倒了。糟糕的是，湿漉漉的棉衣烤干后，硬得和盔甲一样，不保暖不说，穿在我既无衬衣，又无衬裤的身上，磨得皮肤又疼又痒。早饭后，我干脆把衣裳全部脱光，用棉花网套把自己包了起来，仅从网套的破洞里伸出两只手，捧着本书，靠在泥土剥落的墙上。

我抱着一种虔诚的忏悔来读《资本论》。

上午，我还能饶有兴味地读着。我重温了《初版序》，接下来读《第二版跋》直到《编者第四版序》。论证的逻辑理清了，也印证了我昨夜的想法：我所出身的这个阶级注定迟早要毁灭的。而我呢，不过是最后一个乌兑格人。我这样认识，心里就好受一点，并且还有一种被献在新时代的祭坛上的羔羊的悲壮感：我个人并没有错，但我身负着几代人的罪孽，就像酒精中毒者和梅毒病患者的后代，他要为他前辈人的罪过备受磨难。命运就在这里。我受苦受难的命运是不可摆脱的。

但是到了中午，我就读不下去了。对于我来说，休息最大的痛苦是没有吃的。平时干活的时候，饥饿还比较好忍受。什么活都不干，饥饿的感觉会比实际的状态更厉害。我完全相信卓别林的《淘金记》中，困在雪山上的那个饥饿的淘金者，会把人看成是火鸡的幻觉。那不是天才的想象，一定是卓别林从体验过饥饿的人嘴里得知的。当我看到"商品是当作铁、麻布、小麦等等，在使用价值或商品体的形态上，出现于世间"这样的句子，我的思想就远远地离开了这句话的意义，只反复地品味着"小麦"这个词。我的眼前会出现面包、馒头、烙饼直至奶油蛋糕，使我不住地咽唾沫。那个句子的后面，又出现了以下的列式：

```
1 件上衣    ⎫
10 磅茶叶   ⎬
40 磅咖啡   ⎬ 20 码麻布
1 卡德小麦  ⎭
……
```

"上衣""茶""咖啡""小麦",这简直是一顿丰盛的筵席!试想:穿着洁白的上衣(不是围着破网套),面前摆着祁门红茶或巴西咖啡(不是空罐头筒),切着奶油蛋糕(不是黄萝卜),那真是神仙般的生活!我也有着华丽的想象力。这种想象力会把我所经过、看过、读过的全部盛大宴会场面都综合在一起,成了希腊神话中忒勒玛科斯的大宴会:"安静地吃吧,我不会让任何人来妨碍你!"这时,不但各种各样食物多彩多姿的形象诱惑我离开《商品的拜物教性质及其秘密》,而且这冬日的沉寂而寒冷的空气中,不知从哪里会飘来时而浓烈时而清淡的肴馔的香气——我脑子里想到什么,就会有什么味道。这香味即刻转化成舌尖上的味觉,从而使我的胃剧烈地痉挛起来。

"营业部主任"又耍花样了。他在他的小木箱中摸索了半天,摸索出一块黑面饼子。他不让中尉吃,不让报社编辑吃,还有两个同来的就业人员他也不让,独独要请睡在我旁边的老会计与他分享。其实他明明知道老会计严格地奉守着"我不沾你一分,你也别沾我一毫"的处世原则,不会吃他的"请"的。老会计在这点上也确实迂腐得可笑。比如,他对我与他铺位之间的分界线,比两个关系紧张的毗邻国家的国界还敏感——其实我与他相处得还好。如果他的被角偶尔搭在我的草铺上,他会像被子掉到火上了似的慌忙拽过去;如果我的破网套有一团棉花沾上了他的褥子,他也会郑重其事地捧着送回来,好像那团破棉花是我丢失了的钱夹子。这种战战兢兢不敢越雷池一步的人,我想象不出怎么也成了"右派"。

"吃吧,吃吧,没关系的。""营业部主任"小心翼翼地掰了半块,从门边扔到他的褥子上。

"咦,咦!弗,弗……"老会计操着上海口音叫起来,惊慌地又扔了回去,仿佛那半块黑面饼子是个烧得火烫的煤球。

"吃吧,你看你这个人……啧,啧!""营业部主任"又慷慨地扔过来。那半块饼子已干得坚硬无比,扔来扔去都不会掉渣的。

"哎，哎！真的……侬自家吃吧。"老会计更惶惶不安地扔还给"营业部主任"。

"啧！我让你吃你就吃吧。这会儿，谁不饿？！""营业部主任"再次使劲往这边一扔。

但是，这次"营业部主任"没扔准确，更可能是他有意识的，半块黑面饼子掉到了我的草铺上，正在我的脚旁边。

老会计用一种非常恐惧的眼光斜睨了那半块饼子一眼，在他的铺位上坐卧不宁地扭动着。捡起来再扔回去？这饼子是在我的草铺上；也许他还有点怜悯我，想顺水推舟把饼子让给我吃。不捡起来往回扔？"营业部主任"明明给的是他。即使他给我吃了，人情账却是挂在他名下的，"营业部主任"可不是容易对付的债权人……

土房里的空气仿佛凝固了。其他几个人虽然表面上在各干各的事，有的在补袜子，有的在写家信，有的在被窝里想心事，但注意力无疑都盯在这半块黑面饼子上。报社编辑和中尉在自制的象棋盘上也暂时休战。这半块黑面饼子的命运牵动着所有人的心。

饼子约莫有一两重，由于放得太久，表面上竟有一层暗淡的光泽，很像一块硬巧克力。它旁若无人地、藐视一切地坐镇在我的草铺上，使我非常的困窘；我那"把荆棘当作铺满鲜花的原野"的精神也受到了挫折。剩下的黄萝卜在昨天回来后就煮着吃光了，没有一点东西可以抵挡从心底里，而不是从胃里猛然高涨起来的食欲；没有一点东西可以把我汹涌澎湃的唾液堵塞住。由于委屈，由于受到这种残酷的作弄，由于痛恨自己纯自然的生理要求，由于蔑视自己精神的低劣，由于那种"我怎么会落到这种地步"的哀叹……我眼眶里饱含着泪水。

土房里如死一般寂静，皑皑的雪光透过糊着报纸的窗户映照进来，每个人的脸都像死人似的苍白。老会计最终决定了对策：不在我的领地里，就不关我的事！闭起了眼睛，袖着两手坐在褥子上，活像个入定的老僧。"营业部主任"表面很镇静，和扔饼子之前一样，在他铺位上盘着腿，但眼睛却灼灼地盯着那块诱饵，紧张地等待着即将被夹住的猎物。

这时，窗外由远及近地响起沙沙的踏雪声，同时传来了轻松的放肆的歌声：

姐儿早上去看郎，
三尺白绫包冰糖。

送给小郎郎不用，

转过身儿好凄惶哟——呀啊！

初三早上去看郎，

小郎病在牙床上。

双手揭开红绫帐，

小郎脸上赛金黄哟——呀啊！

是个女的。我一听就是两天前给我钥匙的那个妇女。

沙沙声和歌声越走越近，径直向我们"家"门口走来。土房里所有的人都有点惊奇，目光被这突如其来的、仿佛是从另外一个世界飘来的声音吸引到门口去，连"营业部主任"的神经也暂时松弛下来，不自觉地表现出侧耳倾听的模样。

一会儿，脚步到了门口，随即，门像受到爆炸的冲击波撞击似的，"砰"一声被推开了。门大敞着，却不见人进来。

这几秒钟，屋里的人都呆呆地盯着门口，像一群傻子在盼望一个奇迹。门外的人似乎终于克服了自己的犹豫，一蹦子跳到门槛上，两手扶着门框，探头探脑地向屋里寻找着。

"嘻嘻！你们这达儿谁是唱诗歌的'右派'？找他干活去。"

是她！而她问的只能是我！

"喏、喏、喏，""营业部主任"转过头来用手指着我，快活地叫道，"章永璘，喂，叫你干活去哩。"

可是，从她的语气、她的神态、她的特别的嘻嘻的笑声里，我即刻敏感到她并不是叫我去干活。我很高兴她把我从这种困境中解救出来。

"是找我吗？"我还有点拿不准，因为她不是说"写诗"，而是说"唱诗歌"。"干什么活？"我又问。

"嘻嘻！我一猜就是你。"她仍然手扶着门框，身子前后地摇晃，"都说你会打炉子，叫你给打个炉子去哩。"

她为什么要猜？怎么会一猜就是我？我感到了一种微妙的关切。我也愿意跟她一起干活。既然没有吃的，干点活比闲待着还好受点。我说："那么你先去，我穿好衣裳就来。"

她注意地打量了我一下，大概觉得我那副模样很滑稽，又嘻嘻地一笑。

"那你快点，我在家等你。我家你总认得。"

绿
化
树

她一欠身，把门"砰"的一声拉上。我匆匆地穿上棉衣棉裤，在蹬棉裤腿时，我装作无意地把那半块黑面饼子踢到我和中尉之间的过道上。

十六

外面已是一片银白色的世界。初雪把广阔无垠的大地一律拉平，花园也好，荒村也罢，全都失去了各自的特色，到处美丽得耀眼炫目，使人不能想象这个世界上竟会有几分钟之前发生的那种荒诞的丑剧，不能想象人会有那种龌龊得对自己也没有什么好处的心地。

啊，大自然，你每隔一段时间就要用你的默默无言来教诲我们净化自己！

她的一串脚步印在洁白的雪地上，给人一种轻盈而又温暖的感觉。她回去也踏着来时的足迹：均匀、整齐、毫不零乱，拐弯处弧线优美，精致得像一串珍珠项链。我仔细地踩着她的脚印走，像沿途把那宝贵的东西拾起来，一粒一粒地，一粒一粒地……装在我的心里。

我敲敲门。她不说"请进""进来"，而是在屋里大声喊："推嘛，门开着的嘛！"

她斜坐在炕上逗弄孩子。这是个两岁多的孩子，穿着一身和她棉袄的花布一样花色的小棉袄，看来是个女孩，却又推了个平头，眉毛也很浓，长着一副男孩子的样子。见我进来，孩子和她都嘻嘻地笑出了声，但看见我也笑时，孩子却吓得往她怀里直躲。我有点无趣。我想，我的模样一定挺吓人，连笑脸也是可怕的吧。

"在哪儿打炉子？"我问，"有瓦刀没有？还要土坯和砖……"

"你忙啥？！"她长得很匀称的细长的手摩挲着孩子，朝我笑着说，"看你这棺材瓤子，干活倒挺积极！你先坐会儿。"

"棺材瓤子！"可怕而又可笑。我把我这副"棺材瓤子"坐在那不能移动的土坯砌的凳子上。房里没有火，却和我们"家"一样暖和。这种暖和是温和的、全面的暖，不像火炉那样只烤一面，还带着逼人的炙灼。这是农家火炕的作用。我看着那贫穷而整洁的炕，突然产生了一种对家的向往。家，不是谢队长说的"家"，而是真正的家。经过四年严酷的强制性集体劳动和濒于死亡的饥饿，种种不切实际的雄心壮志和布尔乔亚式的罗曼蒂克的幻想，全抛到了东洋大海。我心里记得《叶甫根尼·奥涅金》中的几句诗，这几句诗倒能说明我现在的理想。

有个主妇，

还有一罐牛肉白菜汤，

一大罐牛肉白菜汤——

这就是我现在的理想。

　　她继续安抚着孩子，没有理我。我呆呆地坐在土坯凳子上，不觉低下了头。我心里猝然涌起了一阵失望的悲哀。不知是对原先希望的失望，还是对"主妇"和"牛肉白菜汤"的失望，抑或是对所有希望都失去了希望……总之，我进到这小小的、简陋的然而又弥漫着一种不可言状的温馨的土房里，好像更清楚地看到了我目前状况的可悲……

　　不知她注意到我的表情没有，她哄好孩子，把孩子放在炕上，轻捷地跳下炕，掀开锅台上的锅盖，拿出一个白面馍馍，爽气地伸到我面前：

　　"给！"

　　我大吃一惊！用惶惑的眼睛看看馍馍，又看看她。她坦然地站在我面前，眼神里有掩饰不住的温柔与怜悯，但绝对没有一丝嘲笑和鄙薄。

　　我不敢接。因为这样的东西在这样的时候太贵重了，贵重得令人不敢相信这是能无代价地馈赠的。疑惧和望外的喜悦搅在一起，使我晕眩起来。

　　孩子在炕上叫唤她了："妈妈，妈妈……"小手抓挠着往炕边爬来。她一把把馍馍塞在我的怀里，转身又坐到炕沿上抱起孩子，头顶着孩子的头，边摇晃边唱：

打笀笀，磨面面，

舅舅来了做饭饭。

擀白面，舍不得；

下黑面，丢人哩！

给舅舅宰个大公鸡，

公鸡叫鸣哩！

宰个大母鸡，

母鸡下蛋哩！

给舅舅擀上两张齐花面，

舅舅喝面汤，

我吃一大碗！

她是唱，而不是像一般妇女念儿歌时那样朗诵，不但有节拍，并且有旋律。旋律在多变中带着单纯的稚气。她爽朗的声音，快活的曲调，诙谐的歌词，搂着孩子像玩跷跷板似的摇上摇下的天真的神态，和孩子叽叽嘎嘎的笑声溶在一起，在这小土房里荡漾。只有丝毫未脱孩子气的人才能这样与孩子、与这首别致的儿歌浑然无间。

任何人都不能怀疑她的纯真。她给我这个珍贵的东西在她来说是非常自然的，是没有目的的，全然出于她的好心。

不过，我还是嗫嚅地说：

"我不饿，给孩子吃吧。"我把馍馍向孩子伸过去。

"她刚吃了。"她说，"你吃吧，吃吧。"

可是孩子伸出手来嚷嚷："我吃，我吃。"

"尔舍，听话！"她把孩子往炕里挪去，不让孩子的手够着我手中的馍馍，旋即跳下炕，又揭开锅盖，拿出一个蒸熟的土豆。

"给！尔舍，你看这是啥？你吃这个。"

孩子笑了，接过去，用小手笨拙地剥着皮。

因为她纯真的慷慨，我更不忍心吃掉她给的这样珍贵的东西了。我的饥饿感，被对这个馍馍的珍惜抑制住了。我甚至觉得有点"暴殄天物"，我的肚皮，是随便什么都可以填满的，何必要吃这么贵重的食品呢？我很想把这个馍馍换两个还在笼屉上放着的土豆——我的近视眼对食物却异常敏锐，她一掀一盖锅之间，我就看见笼屉上放满了土豆。可是，我又不好意思说出口。

她见我还把馍馍拿在手里，指着我对孩子说："说：'叔叔，你吃，你吃吧。'说！"

孩子把塞在嘴里的土豆取出来，用沾满土豆泥的小手指着我："吃，你吃，你吃嘛！"

"我不吃，"我酸楚地对孩子说，"留给你爸爸吃，好不好？"

"嘻嘻！"她又笑了，"她爸爸在爪哇国哩！你吃了吧。你看，你们念过书的人尽来这个虚套套！"

我不知道她说的这个"爪哇国"是什么意思。我只知道古典小说中常把非常遥远的或根本没有的地方叫"爪哇国"，而这个地区农民的许多日常用语还保留着古汉语的特色。那么，是她丈夫在很远很远的地方呢，还是孩子现在没有爸爸?

"那么……还是,你自己留着吃吧。"我眼睛看着锅,想把馍馍仍放进去。如果她再客气的话,我就可以说我吃两个土豆就行了。

"你看你这个没起色的货!"不料,她勃然嗔怒了,"扶不起个撮不起!那你把馍馍给我放下,你哪儿来的还滚到哪儿去吧!"她掉转身搂着孩子,眼睛也不看我了。

我尴尬地两手捧着馍馍不知所措,和端着一盆盛得满满的热汤不知放在什么地方好似的。

"你,你不是说要打炉子么?"

"打个球!"她又忍不住嘻嘻笑了,"我的炉子是喜喜子给我打的,也好烧着哩。是这么回事:昨天休息,我把喜喜子拾来的麦子推了点白面,蒸了五个馍馍。喜喜子一个,我一个,娃娃两个,还有一个,我就想着给你。可我昨天找你找不见……没酵子,只好蒸死面的。你凑合着吃吧。白面我还有哩,酵子我也发下了,下次就能吃发面的了。"

还有下次!我也不好问她为什么"想着"给我。这是不礼貌的。除了怜悯,还能为什么呢?我不像"营业部主任"、中尉和老会计几个人,一出劳改农场就把那层皮扒了,换上家里寄来的干部服。我一身棉衣棉裤还是劳改农场发的。这种没有领子、三个贴兜的衣服,和脸上的金印同样是受惩罚的记号。布,近似于医用的纱布,刚穿几天就磨了几个窟窿,现在又硬得跟甲壳一样,我缩在这样一套棉衣棉裤里,如同一只蛹没有成熟就死在茧里似的。

沉默了一会儿,她见我低着头,看着手中的馍馍,有要吃的意思,就又掀开那土台子的布帘,端出一碟咸萝卜,拿出一双筷子,用手抹了抹,放在我的旁边。

"以后,你肚子饿了你就来。那天我看你,脸都发灰了,跟伊不利斯①一个样……"不知她想起了什么,突然又嘻嘻笑了。可是她马上忍住笑,抿着嘴,坐在炕上瞅着我。

经过这一番推让,我当然要吃了。"恭敬不如从命。"但我很不好意思在她面前吃东西。我那致命的虚荣心还没有完全丢掉。同时,我知道我现在的吃相很不好,我怕一个女人看见我狼吞虎咽的模样。

她不理解我这种心理,也不懂得不要坐在旁边看客人吃东西的社交礼貌,奇怪地问:"吃吧,还等啥?"又催促我,"快吃,一会儿说不定来人哩。"

---

① 伊不利斯,阿拉伯语,魔鬼。

是的，这倒有点可怕。今天农工们都休息，很可能有人来她这儿串门子。看见我在她这里吃东西，这多不好！我又不能把这珍贵的食物拿到我们"家"去享用，那里还有好几双眼睛！我慢慢地把馍馍拿起来。

这确实是个死面馍馍，面雪白雪白，她一定罗过两道。因为是死面馍馍，所以很结实，有半斤多重，硬度和弹性如同垒球一样。我一点点地啃着、嚼着，啃着、嚼着……尽量表现得很斯文。我已经有四年没有吃过白面做的面食了——而我统共才活了二十五年。它宛如外面飘落的雪花，一进我的嘴就融化了。它没有经过发酵，还饱含着小麦花的芬芳，饱含着夏日的阳光，饱含着高原的令人心醉的泥土气，饱含着收割时的汗水，饱含着一切食物的原始的香味……

忽然，我在上面发现了一个非常清晰的指纹印！

它就印在白面馍馍的表皮上，非常非常的清晰，从它的大小，我甚至能辨认出来它是个中指的指印。从纹路来看，它是一个"箩"，而不是"箕"，一圈一圈的，里面小，向外渐渐地扩大，如同春日湖塘上小鱼喋起的波纹。波纹又渐渐荡漾开去，荡漾开去……

噗！我一颗清亮的泪水滴在手中的馍馍上了。

她大概看见了那颗泪水。她不笑了，也不看我了，反身躺倒在炕上，搂着孩子，长叹一声：

"唉——遭罪哩！"

她的"唉"不是直线的，而是咏叹调式的。表现力丰富，同情和爱惜多于怜悯。她的叹息，打开了我泪水的闸门，在"营业部主任"作践我时没有流下的眼泪，这时无声地向外汹涌。我的喉头哽塞住了，手中的半个馍馍，怎么也咽不下去。

土房里一时异常静谧。屋外，雪花偶尔地在纸窗上飘洒那么几片；炕上，孩子轻轻地吧唧着小嘴。而在我心底，却升起了威尔第《安魂曲》的宏大规律，尤其是《拯救我吧》那部分更回旋不已。

啊，拯救我吧！拯救我吧！……

一会儿，她在炕上，幽幽地对孩子说：

"尔舍，你说：叔叔你放宽心，有我吃的就有你吃的。你说，你跟叔叔说：叔叔你放宽心，有我吃的就有你吃的……"

从声音上判断，孩子的脸向我转过来。

"叔叔，你放心。叔叔，你放心……"

孩子越说越来劲儿，可能她觉得这句她尚未理解的话很好玩，站起来朝炕沿边跨了跨，小手指着我：

"叔叔，你放心。叔叔，你放心……"

"还有哇！"她翻起身扶着孩子，"有我吃的就有你吃的。说呀！"

孩子愣了愣，口齿不清地学着：

"有你吃的，就有我吃的。"

她哈哈大笑了，一把搂起孩子，反身把孩子按在炕上，用手指胳肢孩子。

"没起色的货，有我吃的就有你吃的，不是'有你吃的就有我吃的'……没起色的货！没起色的货！……"

她和孩子在炕上打滚，嘻嘻哈哈地闹成一团。屋里的气氛即刻欢快起来，我的心情也开朗了。我很快把馍馍吃完，连咸萝卜也没就。

"还有土豆哩。"她等我吃完了，坐起来，拢了拢头发，把棉袄往下抻了抻，指指炕下的锅台，"土豆还有，一锅哩。你自己拿。"

这时，我才有心情看清楚她。

首先让我惊奇的是她面庞上那南国女儿的特色：眼睛秀丽，眸子亮而灵活，睫毛很长，可以想象它覆盖下来时，能够摩擦到她的两颧。鼻梁纤巧，但很挺直，肉色的鼻翼长得非常精致；嘴唇略微宽大，却极有表现力。很多小说中描写女人都把眼睛作为重点，从她脸上，我才知道嘴唇是不亚于眼睛的表现内在感情的部位。线条优美的嘴唇和她瘦削的两腮及十分秀气的鼻子，一起组成了一个迷人的、多变的三角区。她的皮肤比一般妇女黑，但很光滑，只是在鼻子两侧有些不显眼的雀斑。下眼睑也有一圈淡淡的青色。这淡淡的青色，使她美丽的黑色的眸子表现出一种令人难以忘怀的深情。她脸上各个部分配合得是那样和谐，因而总能给人以愉快与抚慰。从她和我谈的不多的话里，从她的行动举止来看，我感到她的性格是泼辣的、刚强的、爽朗的、热情的。这和她南国女儿式的面庞也极吻合。后来我才了解，这种南国女儿的特色，也是从中亚细亚迁徙过来的民族所具有的。

她的岁数在二十岁到二十五岁之间，不会比我大。

她的名字叫马缨花！

十七

我吃了她一个白面馍馍和好些土豆，我不好意思再去了，尽管我走时她一

绿化树

789

再叮咛我明天再来。

第二天吃完早饭，我还是抱着郭大力、王亚南译的一九五四年版的《资本论》躺在草铺上，不过没有像昨天那样脱掉衣裳，好像在等待着什么。

我不好意思去，但又非常想去。

雪虽然停了，但地上已经铺满一尺深的积雪。房舍中间的甬道上，尘土和积雪混在一起，被践踏成坚实的硬块。天空中仍然堆集着一层层乌云，连空气仿佛都是灰色的，不定什么时候，还会飘落下雪花。谢队长在吃完饭后，到我们"家"里来，告诉我们今天还不出工。又说，这场雪下得好，下得好；说今年大家都没力气，干不动活，该淌的冬水没有淌，这场雪，等于补上了这次冬水，明年地里的墒情一定好，夏庄稼有了指望了。但不识趣的中尉顶撞他说，庄稼长得再好，粮食定量还是那么一点点，庄稼好，跟我们有什么屁相干？！一句话，气得谢队长拔起腿走掉了。我看他本来还想多待一会儿的，因为他发现我在看书，很想跟我聊聊似的。

中尉复员以后，在政府机关当小科长。劳改出来，他的"右派"帽子摘掉了，老战友正在北京的郊区给他安排工作，在这里不会待长的；他又年壮气盛，所以敢说出这种冒天下之大不韪的话来。

但我还是感到惊奇。我惊奇的是中尉顶撞了谢队长以后，谢队长尽管气得耷拉下眼皮，却没有布置我们批斗中尉。要是在劳改农场，你等着挨绳子吧！

我蓦地有了一种解放感。这时，我正读到注释 51："野蛮人和半野蛮人，以不同的方式，使用他们的舌头。据巴利上校说，巴芬湾西岸的居民，用舌舔物二次，表示他们的交易完成，东部爱斯基摩人，也以舌舔交换物品。"我想，自由人和非自由人，恐怕也要在怎样使用舌头上表现出来吧。怕什么？没有什么可怕的！

中午，在昨天那个时分，她又来了。我一听见脚步声就知道是她。雪积厚了，她的脚步声不是沙沙的，而是咔嚓咔嚓的，但仍然非常轻盈。

她一下子搡开门，直接冲着我喊道：

"喂，咋哪？你把营生干了一半，就撂下不管啦？"

"营业部主任"吃吃地偷笑：人家都休息，偏偏要我去干活，他很称心。

我装作不乐意地放下书本，慢吞吞地爬起来，跟在她的后面。

一拐弯，她便嘻嘻哈哈地笑起来，还天真无邪地用肩膀撞了我一下。她的神态，使我想起我儿时和表妹一起逃学，跑到只有我们俩知道的花园那个角落时的情景，又非常自然地仿佛和她有了某种默契。我也笑了。这种笑，不是我多吃了一口的笑；我愉快地感觉到了已经离开我非常非常遥远的盎然的生意又回来了。

可是，今天，她真的把炕拆了。

海喜喜抱着两肘蹲在门口，紧绷着薄薄的嘴唇，目光阴沉，一脸不高兴的表情。屋外，和好了一摊泥；房里，炕面子完整地掀起来了，土坯也准备好了。看样子就等着我来干。

"你光指挥就行了。"她说，"让喜喜子干，他有的是驴劲。来，你们先吃点土豆，暖和暖和，完了我蒸白面馍。"

"他——指挥我哩！"海喜喜连看都不看我一眼，朝地上啐了口唾沫，也不接她给的土豆。

"东西都准备好了，我们先干吧。"我说，"早完工早点火，不然炕烧不干。"

海喜喜还是蹲在那里不动。他的懒怠和对我的藐视，刺激起我的活力和竞争心。我跨进炕墙里面。

"我一个人来！这点活，哧！……"我好像力大无穷似的。

"你干不干？！"她向海喜喜瞪了一眼，只厉声问了一句话。

海喜喜像被踢了一脚的狗，倏地站起来，撸起棉袄袖子："球！还是我一个人来干吧！"

"你呀，你是榆木脑袋，人家是化学脑袋。"她把土豆塞在我手上，嘲笑海喜喜，"你今天还是看人家的吧，你就给他当小工。"

她经常说出些我想象不出的，为作家、诗人所叹服的生动的词汇。这儿的农民把他们从未见过的新兴塑料制品一律冠以"化学"两个字，比如"化学梳子""化学扣子""化学杯子"，等等。这个"化学脑袋"和那个"棺材瓢子"一样，使我不由得叫绝。

原来，昨天我在她家吃土豆的时候，我对她说，她的炉子虽然好烧，但炕打得不科学。老乡们打炕，烟囱和灶门成对角线，大部分热气从烟囱跑掉了，仅炕头上热一点。最科学最经济的方法是火道满炕转，成"回"字形。我在地上给她画了一个图，我说："这种炕，只烧一把火，我叫它满炕热！其实改一改不费事，只要在炕里动一点小手术就行。"今天，她果真照着我这个"化学脑袋"想的做了。

我边吃土豆边干活。我很小的时候就欣赏电影上的男演员一边吃东西一边干活的做派，欣赏水兵们听到"甲板上集合！"嘴里嚼着面包就冲出舱房、爬上桅杆的神气。我觉得它表现了男子汉的忙碌、干劲、帅气和对个人饥寒饱暖全然不顾的事业心。但过去我没干过活,后来干上活却没有东西给我吃,而且干的又是什么活啊!今天,我干得很痛快。炕修改好了,肚子也被土豆填满了。

海喜喜不吃土豆,也许他不屑于吃,也许他吃饱了。他给我递坯端泥,面孔阴沉沉的,嘴里不断地嘟嘟哝哝,说这种土坯挨着土坯的实心炕要是好烧,他就跳河去。我装作没听见。放好最后一块炕面子,我跳下炕,向他一摆手:

"行了,你上泥吧!"

海喜喜蹲下来左看右看,像是想挑出哪儿有点毛病。她已经把馍馍的面剂子切好了,放到笼屉里,呵叱他说:

"还看啥?!小心绕花眼睛!齐不齐,一把泥。瓦工的活你还不知道?你先从锅台这边泥。我这就烧火。"

在这大雪天,她不知从哪里抱来一捆捆干柴,动作麻利地在灶膛里点着了火。开始,有些烟从炕面子的缝隙中窜出来,随着海喜喜泥的面积越来越大,烟逐渐地减少,终于消失了。海喜喜泥完后跳下炕,看着灶膛里熊熊的烈火一个劲儿地往烟道口窜去,而满炕都冉冉地蒸发出水汽,褐色的湿泥渐渐地变白,也不作声了。

"你死去!你跳河去!……"她笑着揶揄海喜喜。灶火映着她生动的脸,我很久没有看见过这种红闪闪的美丽的鲜艳的颜色了。

我坐在那不能移动的土坯凳子上悠闲地吸烟,第一次感觉到劳动会受到人的尊敬。这种感觉,扫除了昨天接受她施舍的时候多少还有一点的屈辱感,维持了我的心理平衡。我想,我现在是"自食其力的劳动者",是农业工人了,而我才二十五岁,如果在农业劳动上我不能成为一个壮劳力,成为一个内行,今后便无法安身立命。今天,就凭我这一点从供暖工程师那里学来的小技能,马上改变了我和海喜喜两人的地位,几天以前我还看作高不可攀的车把式,也不得不给我当小工。这就充分说明了,在这里,在这个穷乡僻壤,在这个也许我会终生待下去的地方,只有体力劳动的成果才是衡量人的尺度。而从刚才干的活来看,只要我能吃饱,我完全可能成为海喜喜那样魁梧、剽悍、粗豪、放到哪儿都能干的多面手!我有充分的信心能成为一个"自食其力的劳动者"!

四年的禁锢,四年的饥饿,处分解除后依然戴在头上的"右派"帽子,已经把我任何别的志向都摧毁了。

她蒸好两屉馍馍,又熬了一大锅白菜土豆。把寄放在别人家的尔舍叫回来,我们开始吃饭了。

这是一顿真正的饭！我多少年没有吃过了啊！多少年？……

"给，吃完再盛。"她首先给我盛了一大碗土豆熬白菜，又塞给我一个大白面馍馍，"馍馍你今天先吃两个，还给你留着哩。你来，我馏一馏给你吃。"

海喜喜铁青着脸蹲在锅台旁边，毫不掩饰妒意地盯着她端菜拿馍的两只手。我不理睬海喜喜。今天我吃这顿饭是名正言顺的。这是这儿老乡家的规矩：替谁家打炕盖房，就要在谁家吃饭。我心安理得地拿起馍馍。

今天的馍馍是发面的，比昨天的更白。我转来转去看了看，再没有昨天那样的指纹印了。

可是，即使有昨天那样的指纹印，我会有什么样的感觉呢？如果不是昨天，而是今天的馍馍上有那样的指纹印，我又会有什么样的感觉呢？

人哪，你是多么容易受情势的摆布，多么容易忘记过去呀！

在她家吃完饭，回到"家"，又从伙房打了一份稗子面馍馍，也吃了下去。我才知道什么是"饱"！"饱"，不是"胀"！

我躺在马灯下的草铺上，乜斜着睡眼，沉醉在饱的舒适感里，晕头晕脑地计算我今天吃了多少东西，但算了半天也没算出来。因为饱，我可以想食物以外的事情了。我想到她和海喜喜。他们并非夫妻是明显的了，而交情似乎又不寻常。可是我的直觉告诉我，海喜喜又没有占有她。如果海喜喜对她已经实现了法律外的占有，他是不会像一条狗似的顺从她，领教她那有时几乎是刻薄的嘲笑的。这两个人真微妙得耐人寻味，尤其是她，那么善良又那么泼辣……

再说海喜喜，这个体力劳动者也有值得我羡慕的地方。俗话说："外行看热闹，内行看门道。"即使他干端坯递泥这样的简单劳动，我马上知道他非常有眼色；泥炕面的时候，他的步骤也和我一样合乎劳动运筹学的原理，没有一个多余的动作。干完泥活以后，自己的身、手却很干净，几乎纤尘不染。在农村，是很讲究这点的。比如说，有的姑娘媳妇和面，和一斤面会有二两沾在手上、盆上、案板上。而受人称赞的姑娘媳妇就讲究"三光"：和完了面，手光，盆光，案板光。劳动也是这样。干净、利落、迅速，是体力劳动的最高标准，正如文学中智慧的最高表现是简洁一样。这不是光靠经验能达到的。没有干过农业劳动的人，以为那只要有力气就行，熟能生巧嘛。其实不然，我见过劳动了一辈子的老农，干起活来仍是拖拖沓沓——当地人叫"猫拉稀屎"，和写了一辈子文章的人还是行文啰嗦相同。

简单的体力劳动，也可以表现出一个人的智慧、个性、气质与风格……

绿
化
树

我慢慢地睡着了。在梦里，我真的变成了招贴画《你为祖国贡献了什么？》上的标准体力劳动者，但奇怪的是，我的面孔却非常像海喜喜！

十八

开始出工了，但雪并没有化。

我非常喜欢雪。我一生第一次看见雪是在重庆。那天，保姆给我穿好衣裳，我一下床，撩开窗帘，眼前就扑来耀眼的银白色的光。山坡下，昨天还很丑陋的平房，疏疏落落的小竹林，都美丽得和刚刚的梦一样；整个洁净的世界，在我幼小的心灵中唤起了一股冥想的柔情。就在那一刹那，心灵和大自然无间的交汇，纯净的心灵对于纯净的大自然的感应，使我莫名地掉下泪来，使我对大自然产生了难以言传的庄重的虔敬。可以说，是雪让我过早地成熟了，以后成了一个诗人，再以后……

黄土高原的雪绮丽无比。它比南方的雪要显得高贵、雍容、壮阔、恢宏大度；南方的雪使人感到冬天确实来临了，北方的雪却令人想到美丽的春天。雪，才是黄土高原上真正的迎春花。

今天我跟大车装肥，就是说把我们前几天砸碎的厩肥运到田里去。田野空阔，雪好似打尽了地面上一切多余的东西。丘垄、渠坝、沟沿、高耸的树枝……所有带棱角的地方，都变得异常光洁而圆润，并且长着如天鹅绒般的茸毛，仿佛晴空下的雪原不是寒冷的，而是温暖的，总使我不由得想把自己的脸颊贴在上面。

我跟的不是海喜喜的车，赶车的是一个五十多岁的老汉。这个老汉沉默得出奇，也慢得出奇。海喜喜的大车一天拉了五趟，他只拉了两趟，而他赶的牲口却要比海喜喜赶的壮。

"傻熊！鞭打快牛。咱们慢慢来吧！"他斜睨着海喜喜耀武扬威地从他车旁超过去，用手掌焐着冻得通红的鼻子这样说。这天，他仅说了这样一句话，像是自言自语，又像是给我作解释。"鞭打快牛"的意思是：能干活、肯出力的人常得不到好报，总是受到埋怨和批评。他这倒也是一条人生哲理。

也好，他这样慢吞吞地赶车，却给了我遐想的时间。坐在他的大车上，如同在梦中轻轻地摇晃。雪，会使我联想到安徒生、普希金、莱蒙托夫……

啊，你，是你造就了普希金！

当你飘落下来，我不能想象你来自那铅灰色的云，

一定有双纤纤的玉手将你摘下，

在那里，满园梨花春朗。

啊！给我一片，给我一片，

让你滋润我的心。

啊，你，是你拯救了章永璘。

当你伸过手来，

我不能想象你生长在荒野的寒村，

你迷人的眸子含有奇异的光焰，

在心底，南国五彩缤纷。

啊！我要记住，我要记住，

你宝石般的指纹。

　　大车车轮顶在一个小土坎上，没有过去。老汉干脆让车停在那儿，既不前进也不后退，在车辕上歪着脑袋，用手焐着鼻子呆坐着。我很熟悉这种神情。在劳改农场，管这副模样叫"死狗派儿"。"派儿"，不是"派"，以把它和政治上学术上的"派"区分开来。抱着这种态度的人，一切威胁、利诱、说服、动员、批评教育都把他无可奈何，只好随他去。

　　我随他去了。我在想，为什么我对她用了"迷人"这样的词？对她，我应该用"圣洁""崇高""神圣""仁慈"诸如此类的词才是。肚子吃饱了之后，我发觉有一种非常隐秘的东西在撩动我的心弦，我的心，像雷雨过后沾着水露的光闪闪的蛛网，在檐下微微地颤动。

　　我无缘无故地脸红了。

　　她和队上的妇女老弱仍在马号前面翻肥。翻出来的肥污染了白皑皑的雪地，分外扎眼，但却让领导看得很清楚：今天她们干得不错！下午，谢队长见我们大车回来了，高兴地喊了一声："收工！"

　　农工们像往常一样，零零散散地回各自的家里去。她擦着铁锹，有意在肥堆旁边等我。

　　"歇一歇到我家来一趟。"

　　"怎么？有什么事吗？"我跳下老汉的大车，有点不好意思地问。

　　"'怎——么'，"她笑着学我的话，有滋有味地咂摸着，"'怎么'，你

'怎——么'打的炕不好烧哩！"

吃完从伙房打来的稗子面馍馍，我才到她家去。现在，我们组里的几个人都各有各的事，他们管不着我，也不注意我。我这样一副尊容，在这样一种时候，谁也不会把玫瑰的颜色和我联想在一起。但走在路上，我还是止不住有些心跳。

当我迈着轻捷的步子走到她窗前，
透过绿纱窗帘，我看到她窈窕的身影，和覆盖着柔情的披肩。
……

莫名其妙地，我脑海中会跳出不知是哪一部诗剧里的台词。

当然，她家没有绿纱窗帘。她的窗户和所有农工家的窗户没有两样，也是用零七碎八的玻璃拼镶上的——我估计在这个队搞基建的时候，农场肯定是用低价购买了一批处理玻璃。同时她也没有什么"披肩"，尽管她也许有不少于玛甘泪或达姬娅娜的柔情。她端坐在炕头上，就着挂在墙上的一盏用药瓶子做的煤油灯补小衣裳。尔舍已经睡着了，盖着一床褪了色的小被子。

"炕怎么不好烧？"我推门进来，问她。但我似乎也明白不是炕不好烧。

"'怎——么——'"她又笑着学我，声音夸张地拖得很长，"怎——么——，你怎——么——现时才来？"说完，她被自己学的口音逗得哈哈笑了。油灯照着她紧密细小的牙齿，她下齿中的一颗，稍微被挤出了一点。然而这并不损坏她的美，就和蒙娜丽莎的斜视一样，倒构成了她美的一个特点。她的笑声，把尔舍惊动了一下。她当即忍住笑，跳下炕，从锅里端出一碗土豆熬白菜，还有两个馏好的白面馍馍。

我也笑了，腼腆地搔搔后脑勺，轻声地说："现在粮食这样困难，我怎么好老吃你的？你还是留给尔舍吃吧。"

"怎——么——"她又忍不住扑哧地一笑。我在她面前不自觉地老说出"怎么"来。的确，对于她，我好似总不能理解。

"你不要废话！"她说，"你把心款款地放在肚子里面。人家不是说我开着'美国饭店'么？"

她对我的施舍表现得很自然，对我的怜悯并不使我难堪，而是带着一种孩童式的调皮和女人特有的任性。我也不好问她粮食是从哪儿来的。在这样的时候问这种话无异于盘诘人家。还能从哪儿来呢？大家心照不宣罢了。家家都是如此，唯有我们几个单身农工没有这样的条件。单身农工都在集体伙房吃饭，没有灶具，没有瓜菜调剂，没有……有的却是相互盯着的眼睛。

我吃着饭，和她聊天。她说她家是从青海过来的，只有个哥哥，现在在县里一家农具厂当铸工，娶了个本地女子。她跟那女子合不来，就到这农场来当农工，已经有两三年了。但她显然不愿提这些事，却饶有兴味地用热烈的语气回忆她的童年。她说她老家的女子都会绣花，连袜底上都要绣上花朵，等发了工资，她也要给我买双袜子绣上花送给我。我连连说不必了，袜底上绣上花，给谁看呢？她用审视的眼光上下看了看我，不言语了。我怀疑她是在猜测我身上究竟最需要什么。后来，她又说起她母亲。她母亲年轻的时候是老家有名的民歌手——当然她用的不是"民歌手"这个词，曾赶过河州的什么"太子山花儿会"，人称"赛牡丹"。说着说着，她幽幽地唱起来了。

> 园子里长的是绿韭菜，
> 不要割，
> 你叫它绿绿地长着。
> 哥是阳沟（嘛）妹是水，
> 不要断，
> 你叫它清清地淌着。

"咋样？"唱完，她问我，她眼睛里熠熠地散射出愉快的光芒。

我已经吃完了，默默地坐在土坯凳子上听着。她轻悠悠的歌声，土房里温馨的宁静，尔舍沉睡的小鼾，油灯昏黄而柔和的光影，饭饱后的舒适，使我像进入梦中那样，有种酡酊的感觉。现实世界在我眼前都恍惚了，模糊了，幻化成七彩的彩虹。心仿佛一团被松开的海绵，一下子又恢复了原样，并贪婪地吮吸着清新的朝露。她唱的仍是"河湟花儿"。上行乐句常大幅度地急骤上升，反复作四度跳跃，形成 $\overline{256}1\overline{25}$ 的旋律线；下行乐句由高八度的 $\dot{5}$ 又急骤下降，形成 $\overline{52}1\overline{65}$ 的旋律线。即使她唱的声音很轻，也带着高亢悠远的格调，表现出她所属的那个民族爽朗豪壮的性格和对爱情的雄奇热火的追求。从来没有一支歌曲，甚至是大型交响乐能如此直接地渗透进我的心，像注入填充剂一样，使我的个性坚挺起来。

"你不是唱诗歌的么？你也唱个我听听。"她带着好奇的微笑要求我，像孩子似的：我唱一个，你也要唱一个！

我跟她说，我不是"唱诗歌"的，而是"写诗"的。可是，我怎么也不能让她明白什么是文学概论对"诗"的释义。在解释的过程中，我开始怀疑自己其实也不明白什么是"诗"。人民的创造一旦进入学院的殿堂，就会失去它纯真的朴拙，要想返璞归真，语言是无能为力的。我开始理解，诗人和作家为什么光到群众中去还是不够的，他必须要和群众共命运，同感情。最后，我只好说，"诗"就是歌词儿；我写出的东西，她可以唱，但我并不会唱，只会念。

"那么你念个我听听。"她说，并摆出一副准备认真倾听的神情。

我轻轻地咳了一声，却不知念什么好。念什么？我蓦然发觉我过去发表的作品只能说是打油诗，都不适于带着感情来朗诵；有的可以说是感情充沛的诗，虽然是写给群众看的，但如果念出来，她肯定会莫名其妙。并且，我也不会朗诵。诗人不会朗诵，至多只能算半个诗人，甚至连半个也算不上。我惭愧地认识到我过去的不可一世的浅薄。半晌，我选了李白一首最通俗易懂的诗：

床前明月光，
疑是地上霜。
举头望明月，
低头思故乡。

她坐在炕上，似乎也为之所动，但旋即嘻嘻地笑了起来，接着又笑得前仰后合，倒在炕上。

"哎哟！笑死喽！笑死喽！……啥'地上霜''地上霜'！"她又翻身坐起，脸朝着我，嘴大张大合地，在灯下学我说"霜"字时的口形："霜——霜——"

原来，她的语音受阿尔泰语系突厥语族的影响，说汉语"霜"字靠舌尖吸气，口只略微一张就行，我说"霜"时要送气，口要张开，连下颚也动弹了。

"这个不好，"她说，"念个别的。"

我念李白的诗，心情是悒郁的，声调有几分伤感。李白尚能"思故乡"，而我连故乡也没有。人事档案上的那个籍贯，不过是祖籍，我从来没有回去过；妈妈在北京也是客居在别人家里。我体会到，痛苦的不是"思故乡"，而是无故乡可思。此时此刻，我那种无家可归的飘零感和失去了根系的植物似的蔫萎状，却应该用崔颢的"日暮乡关何处是"、韩愈的"云横秦岭家何在"来表达才合适。而她嬉皮笑脸的怪模样，即刻把我的满怀愁绪一扫而空，使我破涕为笑。我看出来她是故意这样做的。这就是体贴入微的"柔情"，是什么"披肩"也

"覆盖"不住的。我感激地看着她,心头突然跳出来李煜的一句词:"斜倚牙床娇无那,烂嚼红绒,笑向檀郎唾。"但我赶紧勒住了我的心猿意马。

因为在雪夜,我想起了卢纶的一首诗:

> 月黑雁飞高,
> 单于夜遁逃。
> 欲将轻骑逐,
> 大雪满弓刀。

在我向她一字字、一句句解释的时候,海喜喜砰地推门进来了。油灯光一闪,我眼角扫见他好像把个鼓鼓囊囊的麻袋顺手撂在门背后。由于他总对我怀有隐隐的敌意,我不理他,只顾说下去。她仿佛没瞧见他进来似的,连招呼也不打。海喜喜摆出他惯常的姿势,抱着两肘蹲在地上。我说完了,海喜喜狠狠地朝泥地上啐了一口,说:

"熊!还追哩!人要跑,他屁也闻不着!啥'轻骑',他开上飞机也不行!"

"你懂啥?!"她别过头,眼睛瞪着海喜喜,"你就懂得吃饱了不饿!"

她嘲笑海喜喜的话,却使我颇有感触:"吃饱了不饿"这个真理,我花了二十五年时间才知道。弄懂这个真理,要比弄懂亚里士多德的《诗学》困难得多,还要付出接近死亡的代价。

"嘿嘿!"海喜喜狞笑着,露出像狼一样坚实的、满是黏黏唾液的牙齿,"懂得'吃饱了不饿'也不简单,只怕有人连这个理也弄球不懂哩!"

我有点惊奇地瞥了他一眼。海喜喜的话里似乎含有深意,并且,这个人和我"英雄所见略同",我对他倒有了"惺惺惜惺惺"的好感。可是,海喜喜又把她惹恼了,她转身抓起扫炕的扫帚疙瘩,呼啦呼啦地在炕上乱扫一通。

"去去去!都走都走!我要睡了!"

十九

此后,她还是每天收工时叫我上她家去。如果不去,她会跑到我们"家"来叫。我怕她天天来"家"找我,引起"营业部主任"的怀疑,所以我每天都如约前往。去了,照例是在忸怩中先吃一顿,而且吃得很饱。她有杂七杂八的粮食:面粉、大米、黄米、玉米、高粱、黄豆、豌豆……凡是黄土高原出产的粮食都有，家里就像一个田鼠仓一样。她经常用大米、黄米、黄豆掺在一起焖干饭。这种杂合饭特别香，就是顿顿吃饱饭的人也会觉得它比纯粹的大米饭好吃。这时候，报纸上和广播里，都在大力提倡"粗粮细做"。在劳改农场，我就听过一个炊事员用一斤米做成七斤干饭的"先进事迹"，大喇叭上还说他为此出席了"先代会"，听得我直咽口涎。她从来不做这种实际上在物理学中叫"过饱和溶液"的"干饭"，而是真正的干饭，一粒一粒的，圆润透亮。当然，她焖的稗子米干饭我也吃过。焖稗子米干饭，才显示出来她比那出席"先代会"的炊事员还高超的技术。

稗子，自古以来不当作粮食，"五谷"中就没有列入稗子。一九五八年，正在水稻分蘖的时候，掀起了"全民大炼钢铁"的运动，农民、农工全上山开矿砌炉去了。山上炉火熊熊，水稻田里仿佛也被火烧了一般，一滴水也没有。到了秋天，水稻颗粒不收，稗子却如原始森林似的茂盛。比人高一头的株秆密密层层，连蚂蚱都飞不进去，穗头还特别大。这个地区的农业领导人灵机一动：干脆吃稗子！并且允许稗子可以当公粮。应该公允地说，他这一招倒是个救急的办法。于是，稗子堂而皇之地步入了供应粮的行列，还后来居上，坐了第一把交椅。最普通的吃法是把稗子连壳一起磨，这就是我们天天顿顿吃的稗子面。它没有黏性，蒸熟的馍馍不过是靠万有引力聚集在一起的颗粒。讲究一点的，和处理稻谷一样去掉皮，加工成小米般大小的稗子来。稗子米的确如那些砸粪肥的妇女说的，只能馇稀饭，然而，她却史无前例地把这种不见经传的粮食焖成了一粒粒的干饭！

我的忸怩，不是装出来的，我是真正为她心疼，为自己白吃白喝感到羞愧。可是，我又非常想去。她家里，总有一种朦胧的幸福、愉快、舒适、自由在吸引我。我几次跟她说，我不吃粮食，给我熬一碗土豆白菜就可以了。她却说：

"咋不咋！你把心放在肚子里，我有粮食，要不人家咋说我开'美国饭店'呢？你没见，尔舍不是长得很壮实么？"

是的，尔舍的确长得很壮实，很有精神，天真可爱。她不像营养不良或老吃不饱的孩子，见了别人吃东西就眼馋。我吃的时候，要是她没有睡，也一个人在炕上乖乖地玩，用海喜喜给她捏的小土灶、小土碗"过家家"。两岁多的孩子不会装模作样，更不会客气，她对别人吃东西不感兴趣，就是她吃饱了的明证。

我只好"把心款款地放在肚子里"了。

日子长了，从农工那里，我也知道了说马缨花开着"美国饭店"是什么意思。这个概念很不准确，不能照它的字面去解释。那必须先熟悉了这里的农工们对世界的理解程度，才能够透过字面洞悉到它微妙的内容。"美国饭店"，并不是指她那儿卖饭，谁都可以去吃，而是指哪个男人都可以去串门子，闲聊解闷，准确一点说应该叫"茶馆"。其所以和"饭"字联系起来，是暗示着马缨花通过给人提供这种方便而捞取到定量外的粮食。妙就妙在"饭店"之前冠以"美国"两个字。在农工们看来，美国是个荒唐的、乌七八糟的、充斥着男女暧昧之情的地方，却又是个富裕的、不愁吃不愁穿的国家。把这个国家加在马缨花头上，是完全没有恶意的，至多不过是种嘲笑而已。

谢队长对她的态度就很典型。有一次，我们大车回到马号前面装肥，正碰上马缨花和谢队长在对骂。

"你说我开着'美国饭店'，那你也来呀！"马缨花站在肥堆上，挂着铁锹憨笑着。

"球！"谢队长一边翻肥一边骂，"你当我稀罕你那达……"

"嘻嘻！"马缨花指着他，"只怕你馋得口水流了出来，把毛胡子都打湿了哩！"

这时，谢队长恰好骂得唾沫四溅，胡子上也沾着口涎。周围的男女农工看着谢队长，哈哈大笑了起来。

马缨花占了上风，谢队长大扫了面子。但我知道，谢队长没到她家去过，并且，只要马缨花和一帮妇女一起干活，谢队长总要派个强壮的男劳力去帮助她们；对她，谢队长从来没有正儿八经地批评过，更谈不上"报复"了。

一个没有丈夫，又带着一个不知父亲是谁的孩子的单身妇女，现在家里还有男人进进出出，在农村是最容易招人非议的了。但农工们似乎认为只有马缨花可以这样做。我渐渐地理解了，她能取得农工们的好感，绝不是凭她的姿色或采取了什么方法；只有对人人都抱有善意和同情心的人，才能自然地取得人人对她的善意和同情。真诚和善良，有时能把违反习俗的事也变得极有魅力，变得具有光彩。

从农工们的话里，我还知道，近几个月来，好像海喜喜已经"独占了花魁"，别的人很少去了。"美国饭店"成了一个历史的概念，一个巴比伦。可是我坚信自己的直觉，海喜喜并没有占有她，更谈不上什么"独"。他还有个情敌——如果可以这样说的话，就是那个瘸子保管员。有一次，我去她家，瘸子保管员跷着二郎腿坐在我常坐的那个土坯凳子上，她背对着他在炕前揉面。见我进来，瘸子保管员好像有点无趣地走了。临走时，操起土台上的一个空面袋揣进怀里，看样子他是带着一点什么东西来的。还有一次，在我吃完饭和她聊天的时候，外面响起了一轻一重的脚步声，马缨花急忙跳下炕，抓起顶门杠把门顶上。瘸子在外面叫门，她却喊叫道："睡啦，都睡下啦！"搞得我十分尴尬，屏声静气，心跳不止。一会儿，保管员一轻一重的脚步声远了，她才朝我调皮地一笑，叫我接着讲故事，并不提那瘸子跑来干什么。

我和她接触的时间长了，越来越感到她并不是农工们印象中的那种跟谁都有暧昧关系的女人；她天真、坦荡、调皮、开朗……然而，我又感到她身上还有什么地方我并没有认识。

二十

对海喜喜，她倒从来没有顶过门。海喜喜总是像主人似的大模大样推门进来，见我也在这里，而且把唯一的座位占了，就阴沉着脸往地上一蹲。

我们几乎天天在马缨花家见面。他要卸套、饮马、铡草、喂马，间或还要拾掇套具，所以来得比我晚得多。等他进门，我已经吃完了。但不知怎么，我见了他总觉得自己比他矮一大截，还有一种偷了东西装在口袋里，没出门就被别人撞见了似的心虚。虽然我们两人都不动声色，但仿佛他明白、我也明白：我刚刚做了件不光彩的事。这种感觉给我很大的压力。他一推门，我就会抑制不住地脸红起来，说话的兴味也跑得无影无踪。那马缨花还没来得及收拾的碗筷，也好像成了我的罪证，让我惶惶不安。

马缨花不像别的女农工，爱背地说人长短。她喜欢和现实生活完全无关的幻想，喜欢听神话和童话。在饭后到夜晚这段时间，她真有点超凡脱俗的味道，和她跟那帮妇女嘻嘻哈哈笑骂时判若两人。她缠着我给她讲故事。而我充当这种"说书人"，似乎也成了付给她饭食的报偿。马缨花会和我的故事一起幻想。幻想是人的本能，每个人都会幻想，都有自己的幻想。难能可贵的不是会幻想、有幻想，而是善于接受和理解别人的幻想。马缨花对《丑小鸭》、对《灰姑娘》、对《海的女儿》、对《青凤》、对《聂小倩》等等都非常神往。她认不了几个字，心灵却能够和外国的与古代的幻想相呼应。我没有讲故事的才能，不注意描述细节，情节也是挂三漏四，只能讲个梗概。但马缨花凭她的想象却能补充出来，她向我提出疑问并谈出她的想法，往往和安徒生与蒲松龄相合，什么海的颜色变化和喧嚣啦——她从未见过大海，海里的歌声会迷住航行的水手啦，小老鼠怎样变成骏马啦……好像她原来看过他们的书一样。这常常使我惊奇。

但海喜喜则不然，他总要和我唱反调，挑我故事的毛病。他像狼似的蹲在地上，像狐狸一样支起耳朵，在我讲得有点颠三倒四或是语句结巴的时候——因为有他在场，我的记忆常常会突然中断，他就仿佛听到小动物在林间响动似的，兴奋地舔舔嘴唇。讲完了，他就用物理的现实来击碎心灵的种种幻想，像一头大象跑进凡尔赛宫横冲直撞。

"熊！野鸭子给你孵天鹅蛋哩！"他鄙夷地说。他说话从来不看我，而是仰面看着马缨花。好像我的故事不过是广播喇叭里的声音，我的话他听见了，而人实际上并不在这房里。"野鸭子可灵性了。天鹅蛋比野鸭蛋大好几圈咧！鸭窝窝里要有个天鹅蛋，你看它趴不趴？！它早他妈飞跑了！……"

"球！用金子打马车哩！"听完了《灰姑娘》，他发表这样的评论，"谁要用金子打马车，那就倒了八辈子灶了！这事儿唬不住我，用金子打的马车，啥牲口能拉动？！嗯？啥牲口能拉动？！那么一点点金子，"他用两根手指头比画着，"就有百十斤重咧！"

对《海的女儿》，他的评论更加荒唐了。他愤愤地说："人能长鱼尾巴哩！人长了鱼尾巴，那玩意儿长在哪达？那能分得出公母来？那咋生娃娃？熊！尽他妈胡卷舌头！"

他骂我"胡卷舌头"，我隐忍住了。因为在他眼里根本没有我，我也只好眼睛里没有他，不跟他辩论，何况他的体重比我大将近一倍。马缨花在我说完以后，常沉浸在自己的想象里，像吃着橄榄一样有滋有味地咂着嘴："啧！啧！"并不理会他说了些什么。但他的蛮横，他的妒忌，他对我的蔑视，却使我身体复原后而逐渐变稠的年轻血液，在我脉管里加速流动起来。我面孔涨得通红，眼眶里转动着愤懑的泪水。我原来对他尚有的一点敬意和好感早已化为乌有。然而，与此同时，他身上又有一些东西在吸引我，在向我挑战。这些东西和我现在的生活环境是那么一致，那么和谐，因而它显得更有光彩。这就是他的粗野、剽悍和对劳动的无畏。在他的光环中，我却是那么怯懦，那么孱弱，那么萎靡，像个干瘪的臭虫。我的泪水不仅来自愤怒，也来自自怜的委屈感。我用拇指和食指卡量卡量手腕，我决定要向他应战！

一个人长期生活在这样的大自然和这种乡俗中，当然会不自觉地受到影响，何况我是自觉地在追求这种东西。我认为，粗野、雄豪、剽悍和对劳动的无畏，是适应这种环境的首要条件。要做个真正的"自食其力的劳动者"，就要做海喜喜这样的人。什么"文化知识"，见鬼去吧！没有平庸的职业，只有平庸的人。

像我跟的那辆大车的车把式，即使他有高深的文化修养，当了作家，我想也会是个毫无作为、没有独创性的"死狗派儿"作家。而海喜喜当了作家的话，倒能叱咤文坛一阵子。

我暗暗把海喜喜当成了我竞争的对手。

而这时，我的身体真的好起来了。

马缨花曾说过："要吃，就吃粮食。啥'瓜菜代'，土豆白菜只能撑肚子，不养人。肚子越撑越大，人倒成了囊膪……"

这话和"吃饱了不饿"一样具有真理的性质。我每在她那里吃一顿用真正的粮食做的饱饭，就会发现自己的身体在形式上和实质上都比前一天有长进。这不是心理作用。虽然我们"家"没有镜子，她家有镜子而我又不好意思照，但我用手摸就能知道我面颊丰满起来，两臂、胸前、腹部和大腿开始有了弹性。这表明骨头上已有了肌肉组织。最近，我分明地觉着我身体里洋溢着充沛的精力，有一种我二十多年来从未体验过的清新感。这种感觉，比我到了一个我从来没有到过的、长满奇花异草的大花园更令我惊喜。因为这个大花园不在外部，而在我身体里面。很多小说都写过夜晚能听到植物拔节、种子破土的声音，我却有夜晚睡在破网套里，能听到自己体内细胞分裂的啪啪声的独特体验。现代医学绞尽脑汁地研究怎样使人健康的方法，我遗憾专家们没有找到我的这条经验：把人先饿上三年，然后再让他吃饱。不用任何药物补品，他会像孙悟空一样说变就变，转眼之间成为一个巨人。因为他吃下去的每一个食物分子，全部会即刻被贪婪的消化器官所吞噬，迫不及待地把它转变成人体细胞。夸张点说，我吃下一斤粮食就能长一斤肉。我的胃，已经辨别不出什么是食物的渣滓，一律照收不误。

二十一

黄土高原气候特别干燥，半个多月以后，田野上的雪大部分都蒸发了。是蒸发，而不是融化。那背阴的沟坎，那潮湿的坑洼里还留有残雪，乡间的土路上却又扬起了尘土。山脚下，那高高的旋风柱又一根根地巍然挺立起来。在东边，坦荡的、一望无际的黄土，金灿灿地呈现出了一片沉寂的春意。风偶尔在田野上扫过，透明的蜃气像野马似的奔腾，我才体会到庄子《逍遥游》中的"野马也，尘埃也"的传神。

海喜喜赶着他的大车，更加威风抖擞地哇里哇啷地跑开了。那几匹瘦马日见羸弱。可是海喜喜的技术就在这里，他能让马跑到死，除非牲口自己倒毙在路上，绝不会疲疲沓沓地拉车的。

谁使唤的牲口像谁。

没有人跟海喜喜的车能坚持到两天以上。"那驴日的使牛劲，拿咱们穷折腾！"跟过他车的人，没有不骂他的。运肥期间，他的车至少换了十个跟车的人。轮到我们组派人，中尉跟了他一天车，回来用他家乡话骂道："那是个王八犊子！在这时候，还想挣他妈的功劳哩！别人拉两车、三车，那王八犊子拉了五车！把我累乎了！谁爱去谁去！我明儿要走镇南堡。"

第二天，我主动地去跟海喜喜的车。

马号里面，是个很大的四方形院子。一辆辆大车停在土墙下，那三面，是三座破旧的牲口棚，用被牲口磨蹭得摇摇欲坠的柱子支撑着。我和几个跟车的农工一起先到院子里，裹着破棉袄，蹲在朝阳的墙根下等车把式们套车。车把式把各自的牲口一匹匹从棚里牵出来。顿时，院场里"吁、吁"，"啊、啊"，"驾、驾"……响成一片。有的车把式带着宿睡未醒的沉闷，有的车把式无精打采、满面愁容。他们的牲口也是一副恋槽模样，牵出来后，懒洋洋地哪儿也不想去，像桩子似的定在院场中间。直到车把式把劲儿使完，把唾沫骂干，才带着满身鞭痕不情愿地退到车辕里面。

只有海喜喜，挺胸昂首，在好些车把式和好些牲口中间，旁若无人地用鞭梢指挥着他的牲口。那副神气，倒像一位马戏团的驯兽师，毫不费力地就把调教得乖乖的牲口领到各自的位置上，一鞭子也没抽，很快地套好了车。套完了，他并不出车，跳到土墙上一蹲，用傲慢的眼光俯视着他的同行们。那种姿势，我是熟悉的。

车把式一辆辆地把车赶出马号，跟车的农工也都爬上了自己跟的大车。整个院场上就剩下我们两个人，还有他的三匹牲口。

这时，海喜喜站起来了，在高高的院墙上手打遮阳地向场外望了一圈。马号外面，传来翻肥的妇女麻雀般的叽叽喳喳的笑骂声。他轻捷地向下一跳，直向一堆干草垛大步走去。

一会儿，他从干草垛后面出来，手里拎着一面袋东西，看来足足有四五十斤。到大车跟前，他一弯腰，把那袋东西塞进车底盘下面的底兜里，然后掸掸袄袖上的碎草，操起鞭杆"驾、驾！"把车赶出大门。

车从我旁边经过，他也不跟我打招呼。而我一纵身，手不扶栏，从车后跳

绿化树

805

上了大车。我要让他看看，我不会像鸭子似的连跌带滚地爬进他车厢里去的。

他从干草垛后面提出来的东西，我知道不外是黄豆、豌豆、高粱之类的马料。我可以和他有某种默契，不去检举他。这种事情我在劳改农场见得多了。我的浪琴表就是一个车把式换去的。我眼睁睁地看着那个车把式从车底盘下面一个用麻袋做的底兜里，倒出一大堆黄萝卜。没有秤，他还要在斤两上跟我争来争去。而那些黄萝卜能从哪儿长出来呢？绝不会长在木头做的车底盘上，只能来自他刚刚拉的那块属于农场的黄萝卜田。一倒手，他等于从我手上白拣了一块金壳的瑞士名牌表。但你还不能去告发他，要违犯交换双方达成的默契，那你就挨饿吧！

今天天气很好，不到十点，早霜已经化尽。干草上，木栏上，显现出湿润的褐色的霜痕。天蓝得透明，道路干燥而坚硬。被翻开砸碎、变得松软的肥堆，像刚刚从笼屉里拿出来的一样，冉冉地升腾着水汽。今天，我的情绪也很好，更有一种神秘的兴奋。神秘之感来自我对某种必将出现的不平常的事情的期待……

按照惯例，车把式赶车，也管装车卸车，跟车的人不过是车把式的帮手。如果两人相处得好，谁多干一点谁少干一点都无所谓，配合起来共同完成任务就行了。车把式也不是生下来就会赶车的，原先全要跟一段时间车。手脚勤快些，脑子灵活些，帮着车把式套个车、卸个车，中途接过鞭杆赶上一截，慢慢就学会了。车把式没有什么驾驶执照，不需要哪个机关来考核，队长、组长的眼睛就是标准，他们看谁能单独赶车谁就能单独赶车。赶车并不难学，比学开汽车容易得多。技术高低的区别，在于怎样调教牲口——这却比和机器打交道困难得多——以及在大车搁住的时候与危险的情况下怎样应付。这时，头脑的灵活和手脚的麻利比积累的经验更为重要。而一旦赶上了车，在没有机械化的农场，车把式就算是一个高阶层的劳动者了。

海喜喜就是一个技术高的车把式，是这个队的高阶层劳动者。

……他把车赶到肥堆跟前，圈好芨芨草编的笆子，跳下车，走到墙根底下一蹲，装着修理自己的鞭梢，却不动手装肥。他摆出这种阵势，就是要我一个人装车卸车。

我取下四齿铁叉，像他一样："啐！啐！"响亮地朝手掌啐了两口唾沫，"唰、唰、唰"地抡起叉杆。车装满后，我把叉朝车上的肥堆一插，跳上车，坐在车辕上，掏出那宝贵的"双鱼牌"，晃着腿，抽起烟来。

"坐后面！"他甩着鞭子走到车旁边，恶狠狠地说，"辕重了！"

我知道前面装的并不重，他是有意要把我赶到后梢去坐。大车上，车轴以前属于"软席"车厢，坐在车轴后面那部分，一不小心就会颠下来，比"硬席"还硬。但我装完了这一车，我对我的体力有了更充分的信心。我身上沁出了一层薄薄的汗水，全身的毛孔都张开了，我潜在的力量无阻挡地释放了出来，而且感到潜力之下还有潜力。这种发现叫我感到无比的欣慰，无比的喜悦——我是一个真正的年轻人！

我向他表示宽容和鄙视地一笑，跳下车，坐到后梢上去。

啊，我要记住，我要记住，
你宝石般的指纹！

到田里，他仍不卸车，手操着鞭杆，我卸一堆，他往前赶一截。一大车肥卸成四堆。他赶的速度比别人快，第一趟回来，我们就甩开车队，独来独往了。

现在，在肥堆前装肥的只有我们这一辆大车了。到第三趟，所有在肥堆旁边翻肥的男女农工，包括谢队长，都看出了我们两人的蹊跷。海喜喜把车停到位置上，大明大白地，毫不掩饰敌意地在车旁一蹲。他不吸烟，手不停地缠着他的鞭梢，好像不是准备打马，而是准备在我不出力时抽我一顿。农工们吃吃地笑着，轻声地指点着，评论着。我无异在做表演。而这时，我越干越有劲，倒不完全是为了向他应战，而是我欢快地感觉到了我青春的活力。我已经解开了我棉袄的扣子，在十二月的暖融融的阳光下，敞开了我像手风琴键似的胸膛。在一叉一叉中间短暂的间歇里，我偶尔也摸摸这两排琴键。它是湿漉漉的，热滚滚的，然而又是有弹性的。它竟会使我联想到苏联红军歌舞团访华演出时演奏过的《马刀舞》。这两排琴键正奏着一曲带有哥萨克风格的凯歌。

马厩肥多半是草末，并不重，一叉下去能挑起一大团，用四齿铁叉挑百十下就是一车。所有的劳动全是因为饥饿才变得沉重的。现在，我越装越熟练，越不慌不忙。我开始用劳动生理学的方法，来寻找拿叉装肥时腰、臂、腿在每一个动作中的最佳角度和着力点。我把从叉齿叉进肥堆到摞进笆子这一过程分解成几段，很快，我就确定了每一段里腰、臂、腿相配合的最佳角度和最佳着力点。一经确定下来，动作就程式化了，不但不费力气，并且姿势优美。

装完第四趟，我明白无误地知道我顶住了，我胜利了！我几乎还和装第二趟时那么有力。旁边看的女农工有的在嘲笑海喜喜，说他是"哈熊"——这个词是无法翻译的；谢队长态度莫测，不时地"熊！熊！"不知是骂海喜喜，还是在骂我。海喜喜不好意思再蹲在车旁边了，他不是上厕所，就是站得远远的。而此刻，我内心却遵循着一种普遍的心理规律，越过了我既定的目标，向新的目标发展了去。这个目标其实和原来的目标方向是一致的：我顶住了，我胜利地应付了这场挑战，即刻就想到要由我来向他挑战。现在想的不是不被他压倒，而是要压倒他！

我们拉了第五趟回来，别的车只拉了三趟，那个"死狗派儿"车把式只拉了两趟，谢队长抬头看看太阳，喊了一声："收工了！"但我却喊道：

"不行！我还没过瘾哩，我们再拉一趟！"

第六趟回来，冬天的太阳快落山了。山顶没有云，没有晚霞，裸露的山峦披着一片沉郁的黛青色。一群群昏鸦麻雀，从已经没有一颗谷粒，只剩下几垛干草的场院那边，从马号那边呼呼地飞过乡间的土路，落到像荆棘一样干枯的小树林中雀噪不停。空气有点湿润了，轮下的尘土向上翻腾一阵，很快就倦倦地沉落下去。阵阵凄凉的寒意迎面扑来。我裹紧破棉袄，坐在车栏上。前面，是海喜喜有点伛偻的背脊。那脊背上一览无余地呈现出他闷闷不乐，甚至是苦恼的心情。兀地，不知怎么，我也和他一样，感到闷闷不乐，感到苦恼，感到无趣，感到抑郁……胜利的喜悦消失得无影无踪，我像掉进一个冰凉的深井里。

田野上阒无人迹，淡紫色的暮霭向我们合围过来。一条孤寂的忧郁的土路上，只有我们两个人……

二十二

吃完伙房打来的稗子面馍馍，报社编辑把他的洗脸水分了一半给我。我在烧得通红的炉子旁边脱了棉袄，洗着脸，擦着身子。原来很松弛的皮肤下，已明显地鼓起了一缕缕肌肉。肌肉像腹中的胎儿，现在还很小，很嫩弱，但它会成为巨人的。我突然想起政治经济学著作最早的译本，常常把"体力劳动者"译成"筋肉劳动者"。这么说来，有了"筋肉"就有了本钱，有了立身处世的力量了。生理上的发现，使我产生了一种感伤的激动，激起我更迅猛地、更彻底地向我认识到的"筋肉劳动者"的方向跑去。

过去的是不会再来了，我要和诗神永远地告别了。这里是不需要文化的，知识不会给我现在的生活带来什么益处，只能徒然地不时使我感到忧伤。我怀着既是与最亲爱的人分离，又是去和最亲爱的人相会时的那种悲怆与欢欣，到马缨花家去。

我不能准确地描述我现在的心情，我整个人好像蹒跚在一个非常荒诞而又非常合理的梦中。

今天我在"家"擦洗了一番，海喜喜已经来了。奇怪，他没有坐在那唯一可坐的土坯凳子上，还是蹲在老地方，搂着尔舍，神情有点恍惚地逗她玩。

挂在墙上的油灯一明一灭，屋子里弥漫着做饭的水蒸气和柴烟。在锅台旁的马缨花隐在烟雾水汽之间，更像一个模糊的梦境。生活的节奏疯狂得像路易斯·阿姆斯特朗的《令人头晕的舞会》。看着那个土坯凳子，那张垂着花布帘子的土台子，那《脖子上的安娜》……仅仅二十多天前，我还是一个惴惴不安的不速之客，还想偷偷地掀开那锅盖和布帘子哩，而现在，我却大模大样地、像个主人似的坐在这里。我似乎理解了海喜喜的恍惚，我甚至比他还恍惚。那空着的、好像有意留给我坐的土坯凳子，突然改变了我的心理。我对海喜喜又有了点尊敬和同情。

马缨花很快给我端来冒尖的一碗大米、黄米、黄豆焖的杂合饭，还有一碟咸菜。这是我最喜欢吃的。她仍像往常一样，用手掌抹了抹筷子。这个动作也是我熟悉的，我没敢看她，也没敢看海喜喜和尔舍。原来我以为我战胜了这场挑战后，在海喜喜面前能理直气壮，挺起腰杆，但这时我似乎比过去更为羞愧，并且还意识不到羞愧的缘由。心情和情绪，是在意识之下潜行着的，它们丝毫不受意识的支配却支配着我。

我一粒粒地挑着饭。我很饿，却吃不下去。我嚼着饭粒，无意识地盯着《脖子上的安娜》。我感到，任何文学艺术作品都很难表达生活本身所包含的戏剧性情节和复杂多变的感情。生活里有一种气氛，一种看不见、嗅不着、触不到、只是徘徊在心中的阴影，就很难用文字描写、线条绘画、舞台表演出来。比如现在，我听见身背后海喜喜低声地跟尔舍闹着玩，那嬉笑的声音也是沉闷的，仿佛受了什么影响的压抑。这种不情愿的、敷衍的笑声特别令人难受。马缨花在洗锅抹碗，叮叮当当的音响既谨小慎微，又分外刺耳，好像是烦闷不安中的骚动。一会儿，大概是应尔舍的要求，海喜喜用百无聊赖的、无可奈何的音调小声唱起来：

羊肚子（的个）手巾（哟）水上漂，
唱上（那个）小曲子解心焦。

一根子干草顶不上（个）门，

我拿个好心思维不下个人。

大红的果子（呀）香（哟）水的梨，

我不晓得那达儿难为过你。

　　唱到最后两节，他的声调好像又变得年轻了，恢复了元气。尔舍直拍小手："好听！好听！"还叫他唱。在我意识之下潜行的心情，又兀地滋生出对他的妒忌。他不但有种俯拾即得的灵感，有非常善于用歌咏来表达自己情绪的智慧，而且，也因为尔舍从来没有这样和我亲热过。在我一本正经地说别人编的故事的时候，尔舍听着听着就睡着了。我是不是已经失去了和儿童交流情感的童心呢？

　　我又听见海喜喜在尔舍耳朵旁边嘀嘀咕咕，像是教唆她些什么。果然，尔舍大声喊着：

　　"妈，你唱、你唱……"

　　我没有朝后看。她这时大概已经洗完了锅碗，靠在炕沿上。我听见她扑哧一笑——不论什么时候，什么情况下，她都能够笑出来，这使我的心头掠过一丝无名的恼恨。她爽快地说："好，我唱。"

　　接着，她用她特有的轻快、柔润，而又带几分野性的嗓音唱道：

羊肚子（的个）手巾水上漂，

你不会唱曲子奴给你教。

三十三颗荞麦（呀）九十九道棱，

二妹妹再好是人家的人。

芝麻的胡麻出个好油，

嫁不下个好汉子我要维朋友。

　　他俩唱的调子是"信天游"，或说是"爬山调"。一唱一和的唱词有不尽的弦外之音。我非常模糊、朦胧的想象里，好像有两只山鹰一上一下地在薄薄的、如丝绵一般的云层中盘旋。我吃着，想着，听着……蓦地，很清醒地意识到他俩是非常合适的一对！我还意识到，在这座荒村中的这间简陋的小土房里，在这昏黄的、被雾气和柴烟弄得闪烁不定的油灯光下，我完全是个多余的人！是不知从哪儿飞来的一只苍蝇。吃完了，蹬蹬腿，抹抹嘴，又飞走了。哪儿也不属于我，我哪儿也不属于，在整个世界上我都是个多余的人；和亚哈逊鲁一样，被开除出人民行列的人，就成了永世漂流的犹太人……现在，我像被人随意钉上的一个楔子，打入了他们的生活。我自以为找到了自己的位置，却使他们本来的生活分裂了，破碎了。

肚子吃饱以后，应该舒服了，高兴了，而此时相反，心情却更加沉重。我似乎看透了自己一生的命运，还是饿着肚子好；如果不饿肚子，就会给人家带来祸害。

吃完饭，我推开饭碗，眼睛没有看他们，只说组里的人还等我回去商量事情哩，抬起腿就走了。外面，半轮冷月裹在像我的棉絮一样破烂的云朵里。西边的山峦呈现着威严而阴森的黑色，像披着法衣的法官。没有一丝风，空气凛冽而干燥。村子里有的人家虽然还亮着暗淡的灯光，但十分沉寂，只有我脚下碎柴碎草的沙沙声。我感到悲怆，却又有点不甘心。我停下来解手。还没解完手，海喜喜也从她家出来了。他轻轻地咳了一声，模糊的背影很快地无声地在黑黢黢的马号那边消失了。

我好像甘心了，但又觉得更加悲怆。

二十三

第二天，我坐在他的大车上，心里感到十分内疚，好像不是坐在车底盘上，而是坐在他的身上似的。但是，我又羞愧地意识到这种内疚的伪善：我已经不能说是不自觉地卷进了一个说不明白的关系中，而是怀着迟来的青春期的颤动和竞争心，有意地要楔进去的。

但是，海喜喜对我的态度更恶劣了。他的内心没有我这样的复杂。他就像高悬在我们头顶上的天空一样，只要有一丝云彩就会向地面投下一片阴影。而他今天的脸色，就预示着有一场暴风雨。

头一趟车装好——当然还是我一个人装的，我仍像昨天那样，坐在车后梢上。

车摇摇晃晃地出了村子，走上土路。

"啪！"

我脸上响亮地挨了一鞭梢！我捂着火辣辣的脸颊，掉头看看海喜喜。他背对着我，坐在车辕上，一如往常地赶着牲口，仿佛没有觉察鞭梢抽着了人。这种事也常有：西北地区赶大车的鞭子，皮绳要比鞭杆长一倍半，如垂钓用的渔

绿化树

811

竿。赶车的人甩起鞭子来，一不小心，鞭梢也会扫在坐车人的身上。劳改农场里的一个车把式，就因为抽了搭车的管教干部一鞭子，被延长劳改一年。事后他编到大队来，哭哭啼啼地说他是无意的，他的老婆养了一只兔子，还等着他回去过春节哩……

也许他无意，也许他故意，不管怎么样，我抽出插在肥堆上的四齿铁叉，支在面前护住自己。

海喜喜打鞭子的技术很娴熟，抽身背后的东西也极准确。一会儿，他的鞭梢又呼地甩了过来。我举起铁叉一挡，抽得铁叉铮铮作响。这一鞭更有力，如果我不挡，就正抽在我脸上。

一路上，他这样连连抽了几鞭，都被我挡了回去，我被这种可笑的局面激怒了。他略微伛偻的后背不再表现为烦闷的、苦恼的模样，在我的眼睛里，是一种令人厌恶的、可憎的、隐藏着杀机的沉默！我觉得我做的一切都是对的！我无愧于谁，尤其是对这个海喜喜。命运给我们做了这样的安排；红兵在黑卒前面有什么可内疚的？！

我装着第三车，其他大车第一趟刚回来。所有的大车，除那"死狗派儿"赶的之外，又集合在马号前面的肥堆旁边。吆喝声、鞭声、马蹄声、翻肥的妇女的大呼小叫……响成一片，煞是热闹。这时，海喜喜铁青着脸，眼睛里闪动着挑衅的目光，从他蹲的墙角向我走来。

"快装！你这驴日的！"他晃着鞭子，头上粗硬的短发像灌木丛似的虬髟着，太阳穴上突暴出明显的青筋，"你别腰来腿不来，跌倒不起来的！快，快！"

所有的声音全停止了，像一块石子投到蛙声鼓噪的池塘里。我感觉到人们的目光一下子都聚集到了我俩的身上。在最初的一霎间，我还很恐惧：也许……说不定，会闹出什么事来，会挨一顿毒打……但我意识到那些目光里有马缨花的似乎是在考验我的目光，自尊心就压倒了恐惧。我把铁叉朝他面前一扔，做出要靠边休息的样子，其实是想远远地离开他。

"嫌慢？"我愤愤地说，"你驴日的也该干两下了。你来装吧……"

"啥？你驴日的还犟？……"他几大步跨到我跟前，"你干！你这卡费勒不干谁干？！"

肥堆旁边的人哄笑起来。我不知道他说的"卡费勒"是什么意思，以为是句非常肮脏的骂人话。同时，他气势汹汹的架势又使我害怕起来，我想用一句话来压倒他，叫他再不敢吱声，于是我不管事实是不是如此，大声地喊道：

"我知道你为什么像条疯狗，不过是因为昨天你偷东西让我碰见了！"

出乎我意料，他不但没被压倒，反而愤怒得直发颤，手指着我，嘴唇抽搐着，像在默念一段什么神秘的文字。这样有两三秒钟，他才仿佛缓过气来，泼口大骂："熊！卡费勒、杜斯曼①！卡费勒、杜斯曼！你驴日的没少吃！我今天要放了你的血！……"

他的嗓音顿时变得异常尖厉，好像音带劈了一般。他一边骂着，一边撂掉鞭子，猛扑过来，两手一把揪住我棉袄的两襟，毫不费力地一抢，竟使我脚离开地面作三百六十度的大旋转。也不知旋转了几圈，又突地一揉，把我像只死鸡似的摔在肥堆上。

我没料到他会用手抢我。在他痛骂的时候，我以为他还是要用鞭子来抽。而在大庭广众之中，不会没人来干涉的，至少谢队长要站出来，这样倒使我可以揭发他在路上要的把戏。现在，我变得非常狼狈，浑身是黄土马粪，像在地上打了一个滚的毛驴。有几秒钟，我趴在肥堆上喘息。悬空的旋转已使我丧失了理智，我只看见海喜喜眼睛里狞恶的暴躁的闪光，只听见肥堆旁男男女女的一片哗笑，但是，我的怒火突然使我变得异常兴奋，这种兴奋是一种面临从未经历过的事情的兴奋，就像一个人终于见到了从未见过的而又渴望已久的大海，要张开两臂纵身跳进去畅游一番。"来吧！"我反复地在心里这样念叨，"来吧！……"

我索性就地一滚，滚到我刚刚撂下的铁叉旁边，拾起铁叉，站起来。跳进大海！跳进大海！我借站立起的蹿力，顺势一掷，铁叉嗖的一声像标枪一样向他飞去。

"啊！"男女农工发出一片赞赏的惊叫。海喜喜略一躲闪，铁叉扎在马号的土墙上，戳了四个白点，哐噹一声掉在地下。

我从男女农工的惊叫声里听到了赞赏的意味，更从海喜喜躲闪时的眼睛里看到一丝张皇。没有扎着他，反而鼓起了我的勇气。跳进大海！跳进大海！我三两步跳到土墙下，又拾起铁叉去扎他。

海喜喜显然没有想到我会发疯了似的反抗。在我跑过去的当儿，他惊愕地站在土墙前面，好像等着我去扎他一样。我一叉朝他大腿扎去，他一把抓住叉杆，仍然迟疑着，不知怎么办。而我却蹿起左脚，踢在他的腹股沟上。

---

① 卡费勒：阿拉伯语，异教徒。杜斯曼：波斯语，仇人。皆为宁夏农村骂人的口语，现在在一些地区仍然使用。

绿
化
树

"哎哟！"他疼痛地弯下腰，低了低头，仿佛要寻找我踢的地方。随即，他倏地抬起头，眼睛里又闪出狞恶的暴躁的光，两腮颤动着，一手拽着我的叉杆，张开另一手的五指，宛如一只鹰要起飞时似的。面对这样魁梧的巨人，我又和他刚刚一样，开始张皇了。我呆呆地等着他的巴掌。

　　但这时，肥堆旁边的男女农工已经围了上来。

　　"行啦，行啦！喜喜子，你抢了他一下，他踢了你一脚，两顶啦！"

　　"哈熊！人家是念书人，识得字，你人老八辈子也认不下哩！你欺负人家干啥？！"

　　"操！狗急跳墙，人急叫娘。你这哈熊连车也不装，还……没见他要跟你拼命啦！"

　　"玩两下子就行啦！你们是吃饱了咋的？！"

　　"……"

　　最有权威的还是谢队长。他一手背在身后，一手指着海喜喜，仿佛他背后的手握着一件什么有力的武器，又有点像冬烘先生训顽童似的：

　　"我看你驴日的今天敢咋样！我看你驴日的今天敢咋样！……"

　　海喜喜怒气冲冲地看看谢队长，又用冒火的眼睛看看我，使劲把叉杆往怀里一拉，我趁还没被他拉倒时赶快松开手。他咬着牙，把叉"呼"地一下抢到半天空上。铁叉滴溜溜地旋转着，划了一个跨度很大的抛物线，掉在远远的干沟里。

　　大家的情绪都松弛下来。不知是谁拾来了我的棉帽子。棉帽的护耳撕破了，像一只死乌鸦一们耷拉着无力的翅膀。一个年轻的农工从我脑后嘻嘻哈哈地把这只死乌鸦扣在我的头上，还似乎是鼓励地拍了拍我的脑袋。我这才有心思看看周围。不知道马缨花在整个过程中持什么态度，这时她正背向着人群，朝那条干沟走去。我的组员们还站在肥堆旁边，用中立的姿态饶有兴味地观望。

　　当然，我再不能和海喜喜同一辆车了。谢队长调整了一下，叫"营业部主任"跟海喜喜，我还回到"死狗派儿"车把式的车上去。"营业部主任"说死也不干。海喜喜"啐！啐！"地朝手掌上吐了两口唾沫，操起他自己的铁叉：

　　"熊！我谁也不要，我一个人干！"

　　他像狂人一样飞舞着铁叉，把车装满，扬起鞭杆，一个人赶着车跑了。

　　马缨花把我的铁叉找来了。她像授予凯旋的旗帜似的把叉交到我手上。

　　"给！"她又低声地说，"看你，扣子都没了，待会儿我给你钉上。"

　　我低下头，才发现我敞着胸露着怀，扣子都被海喜喜拽掉了。

新中国70年优秀文学作品文库

中篇小说卷

二十四

晚上，我照例到马缨花家去。生活中任何一个举动如果经常反复，都会成为一种习惯；人不由自主地要受这种习惯支配，何况我去马缨花家，不但有肚子的需要，还有心灵的渴望。在那里，和她在一起，即使中间有个海喜喜——人啊！应该说海喜喜和她中间有个我，但这时我却不这样想了——我也能得到作为一个人的心必须要有的东西。这东西是什么？一点温存，一点怜悯，一点同情，一点敬意，一点……那么模糊的爱情。

我小时候，家附近有个寺院。它坐落在半山坡上，红墙隐没在一片翠竹当中。每天清晨，从它那里响起一阵沉重、缓慢，而又悠远的钟声。它沉重、缓慢而又悠远，于是我的思绪能跟得上它的余音，随着它一直消失在那多雾的嘉陵江中。接着，下一响钟声又带去我另一部分思绪……直到把整个的我带离开这个尘世，进到一个虚无缥缈、无我、无你、无他的境界中去。到马缨花家，不知怎么总使我想到那种钟声。也许是因为我正在那么尴尬、那么困窘、受人捉弄的时期，是她来把我带出铺满干草的单身宿舍，领到她那充溢着温馨的小屋里去的缘故。并且，她又是一个异性，一个如此美丽可爱的女人，因而我离开那铺着干草的尘世，到她灯光明灭的小屋里，更有一种异样的充实，不是无我、无你、无他，而是整个世界对我来说，都具有一种新的特定的意义。

这种意义只有我能体味得到。这就是人的正常生活的恢复；不是出世，而是又回到人的世界中来。本来，对过去的记忆已经淹没在沉重的阴影当中，就像月亮被急驰的乌云所吞噬。但是在马缨花那里，总有这样那样的东西，包括她幼稚而又洋溢着智慧的幻想，使我把中断了的记忆联系起来，知道自己是个人，是个正常的人。我以为，即使今天我和海喜喜打架，也是在这种生活环境中的正常人的表现，甚至可以说是我已经成为正常人的重要标志。农工们赞赏的笑声和谢队长开始放任、终而叱责海喜喜的态度，再好不过地说明了他们全体都认为结果应该如此。我通过了这个环境对我的考核：他们，这种环境中成长起来的正常人，接纳了我成为他们行列中的一员。

马缨花在拍尔舍睡觉——在农村，孩子们都睡得早，见我进来，一骨碌爬起，跳下炕。她先顶上门，然后转过身，两手在袄襟上抹了抹。

"来，我看看，这驴日的把你抽成啥样子了？"

我这时才感觉到脸上火辣辣地疼。后来一打架，我把挨了一鞭子的事情也忘掉了。

绿化树

　　她把我的脸扳向灯光，美丽的眼睛一闪一闪地在我脸上审视着，一边看，一边"啧啧"个不停。我低下头，任她的手抚摩我的脸。当她颤抖的手指轻柔得像一阵微风掠过我鞭伤的时候，我觉得全世界的抚慰都在这里面了，同时心头响起了勃拉姆斯为法柏夫人作的那支《摇篮曲》。

　　啊！命运没有亏待我。

　　她的动作和表情，已经无疑地表露出了她对我怜悯和施舍下更深的那个层次。发现了这点，我倒心安理得了。被人爱，似乎就获得了某种权利。我大大方方地在土坯凳子上坐下来，等她给我盛饭。

　　今天，她特别容光焕发。她流连的目光比往常更为炽热，那迅捷眨动的长睫毛有一种爱娇的意味。她线条秀丽的嘴唇不说话时也微张着，仿佛表示着某种惊奇与渴望。

　　我一面吃饭，一面把今天事情的经过告诉她。我知道她顶了门，二十多天来，她还是第一次要把海喜喜关在门外。但我仍然警觉着房门口。可是直到我离开她家，门口也没有响起海喜喜的脚步声。

　　她毫不在乎门外的动静，说起今天的事，对我表现出雌兽护崽的偏袒，毫无道理的溺爱，用粗野的话把海喜喜骂个狗血淋头。这反倒使我不安，觉得不公道。

　　"你们原来不是挺好的吗？"我问，"我还当作你们是好朋友哩。"

　　"啥'朋友'！"她蓦地满面绯红，怒气冲冲地说，"那驴日的是个没起色的货！有一天他……"

　　说到这里，她突然停住了，像急刹车似的，身体还往前倾了一下。随后，她又往炕上蹭了蹭，坐端正，把手里补的衣服朝怀里一拉，继续补下去，不说话了。

　　我很快就意识到我说错了。我所说的"朋友"，是一般意义上的"朋友"，和她理解的"朋友"完全是两回事。她脑子里的"朋友"，是"嫁不下个好汉子也要维朋友"的那种"朋友"，也就是我们通常说的情人。

　　这证实了我的直觉。

　　人有着很微妙的心理，总觉着爱情和字画不同，在字画上盖的钤印越多，字画越值钱，而在爱情上仿佛就容不得别人先占有过。殊不知只有成熟了的爱情才最可贵。

　　马缨花的爱情就是成熟了的爱情。

　　沉默了一会儿，她又抬起头，脸上的红晕已经退了下去，两只瞳仁一闪一闪地发光，轻轻地娇笑一声，没头没脑地说道：

"你，倒挺像咱们的人！"

我向她表示理解地一笑。"咱们的人"包括许多含义：劳动人民——这点对我非常重要，体力劳动者，农工，甚至还指从中亚细亚迁徙过来的撒马尔罕人的后裔。她这句话，也使我明白了，为什么她独独会在今天这样明白无误地表现出她内心的感情。对她来说，仅仅是个"念书人"，仅仅会说几个故事，至多只能引起她的怜悯和同情；那还必须能劳动，会劳动，并且能以暴抗暴，用暴力手段来维护自己的尊严，才能赢得她的爱情。啊！我撒马尔罕人的后裔。

她又跟我说，今天她没找齐制服上的黑胶木扣子——在这时候，扣子也是紧俏商品，等明天把扣子找齐了，再给我钉。她从枕头下抽出一根用废布头搓成辫子的布带给我，让我扎在腰上。

"你呀，"她笑着说，"我知道，连绳子也没有一根。"

是的，我的确连绳子也没有一根。

"你知道我的事情可不少。"既然我知道她爱我，我也不用为自己的贫穷感到羞愧。我接着用轻松的口气问她："可是你的事我还不知道哩。哎，我问你，尔舍的爸爸究竟是谁？"

她埋下头，微笑地沉吟着，一会儿在一串轻声的娇笑中说：

"我不能沾男人，一沾男人就怀……"

她的回答使我惊愕不已。她根本没有正面回答我。我原以为这会引出她一个故事，一个或许是哀婉，或许是悲愤的遗恨，然而，她却轻轻地一抹，把有关这一段的回忆都抹进了时光的垃圾桶里去，毫不吝惜地把它掩埋了。听那口气，她好像觉得这种事对任何人都没有伤害，对她自己也没有什么伤害……

真要命！她既使我恢复成为正常人，把我过去的回忆和我现在的感受连接了起来，也从而使我对她产生了惶惑、迷惘和新奇感。她身上有许多我不理解的东西，还有和我过去的道德观相悖的东西。然而这些东西在她身上表现出来时，又如此真实，如此善良，也显得十分的美，竟动摇了我的道德观念，觉得她总是对的，是无可指责的。

她和海喜喜，把荒原人的那种粗犷不羁不知不觉地注入了我的心里。而正在我恢复成为正常人的时刻，这种影响就更为强烈。

二十五

我第一次体会到健康给人的幸福感。我觉得我力大无穷，正如惠特曼歌颂的：

> 啊，膂力强壮的斗志是多么欢乐呀！
> 他神采奕奕地兀立在竞技场上，
> 精力充沛，渴望着和他的对手相见。

而在竞技场上，我至少和这里的高阶层劳动者、令人畏惧的巨人斗了个平手——"两顶啦"！于是，我感到一种旺盛的活力，一种男性的激情也在我体内暗暗地涌动，我甚至能听得见它像海潮般的音响……

第二天，海喜喜仍然一个人既赶车又装车。我还是跟"死狗派儿"车把式。在我们错车的时候，他一眼也不看我，但脸上有股掩饰不住的懊丧。仇恨已经过去，他只是沉浸在自己灰色的情绪里。一个孔武有力、生气勃勃的人，一下子变得像被霜打倒了的芦苇。当然这并不是因为被我一脚踢的，而是内心里受到了更大的打击。

我很小的时候，就有一种容易被别人的痛苦所感染的脆弱性。是脆弱，不全然是同情。同情会使人积极起来，而脆弱只能产生畏惧。看了一本描写瘫子的小说，自己下身会麻木好几天；看了一篇写瞎子的故事，我会害怕失去眼睛。对会降临到自己头上的灾祸的恐惧，多于对瘫子和瞎子的怜悯。这种脆弱性，更可能产生一种邪恶的趋利避害的念头，从根本上消除自我牺牲的精神。所以，现在对海喜喜，我已经没有了同情，而是害怕落到他那样失恋的地步。

这种邪恶的劣根性，加上对所谓"体力劳动者"的不正确的观念，催着我向一个深渊坠落下去。

收工时，我从"死狗派儿"的车上跳下来。她在马号前面，手里攥着一把什么东西，向我一扬，又努努嘴。我知道她手里一定是几粒扣子。吃完从伙房打来的稗子面馍馍，我就上她家去了。

现在，我们组里八个人，几乎有一半不出工。今天这几个去场部，明天那几个去场部，要么就是去镇南堡看有没有挂号信——取挂号信和寄挂号信，都要来回跑六十里路，可见我们的文化生活了。反正自我们来这个队，就没有看过一张当月的报纸，没有听过一声广播，真像"营业部主任"说的，这里还不如劳改农场哩——他们这样忙忙碌碌，无非是在跑户口，谁都想早点离开这里。这样，对我每天晚上跑出去，他们丝毫不注意。这间铺着干草的"家"，不过是

新中国70年优秀文学作品文库

中篇小说卷

几个人临时栖身的旅店，谁也不去管过路的旅客干什么去。

今天，我特别兴奋，有几分迷迷糊糊，但又似乎非常明确地感到，今天晚上将要发生什么事情。我怀着一种来自想象的醉意，既甜蜜，又有几分忧伤。这种醉意使我的意识像暮霭一样在田野上飘散了。

我进了门。一定是我脸上焕发着特别的光彩，一定是我目光中有奇异的神色，因而，她也用一种异乎寻常的、闪烁着灼热的光的眼神凝视着我。她的睫毛很长，眼睑下又有一圈淡青色，因而她的眼睛就显得特别深邃，瞳仁的闪光就像暗夜中的星星。她还和昨天一样，斜躺在炕上拍尔舍睡觉。她诡谲地一笑，朝土台上努了努嘴。随后，她机械地拍着尔舍，同时用一种痴呆的、固定不变的姿势看着我，仿佛在想什么心思。

土台上放着一盆用碗扣着的杂合饭。我盛了一碗慢慢地吃着，借着吃饭来拼命抑制自己，迫使自己冷静下来。这时，只听见她在炕上，边拍着尔舍，边轻声唱道：

> 金山（么）银山（的）山对（哟）山，
> 层层（哟）叠叠的宝山。
> 望（么）别人成双（是）我孤单，
> 阿哥（么哟）活下的可怜。
> 白崖（么）头上的鸽子（哟）窝，
> 你看是（呀）公鸽嘛母鸽。
> 我一晚上想你（是）睡不（呀）着，
> 天上的星星（哈）数着。

我过去全部教养教给我关于爱情的观念，和我现在沉浸于其中的爱情是那么不同，甚至截然相反。那种爱情是温柔缱绻的，含蓄隽永的；美妙的情趣带有几分伤感的忧郁，就像一朵带露珠的嫩弱的康乃馨。而她歌声里表达的爱情，却是直率的、明朗的、粗犷的，盛满了浓得化不开的激情。其中的情意有如旷野的风，叫人难以抵挡。

尔舍在她的歌声中睡着了。她轻手轻脚地爬下炕，抻了抻棉袄，两手在脑后拢了拢头发，向我嫣然一笑。我觉得她脸上第一次出现了娇羞的表情，两颊红扑扑的。她的皮肤较黑，红得就更加浓烈。在她两手顺向脑后的时候，腰肢略向后倾，整个神态在我眼里是被爱情摧残的慵倦。

绿化树

"咋？是你脱了呢，还是咋钉？"她笑着问我。

她手拿着穿好的针线，站在我身边，那南国女儿脸颊上的大红大紫使我心慌意乱。我支吾着说："哦，哦……还是穿在身上钉吧，我里面没有衣服，没法脱……"

"你哟！"她吃吃地笑着，把我从土坯凳子上拉起来，"真是遭罪哩。以后得给你缝件汗褡儿……那你就把带子解开吧，还等啥？"

她用命令式的语气跟我说话，语调里饱含着妻子般的深切的关心。我非常自然地、毫无惭愧之感地解开腰带，站在她面前。我感到我能把自己交给她是我的幸福，心中充溢着对她的信赖和对她的温情。

她不用低头，刚好在我颔下一针针地钉着扣子。她的黑发十分浓密，几根没有编进辫子里去的发丝自然地卷曲着，在黄色的灯光下散射着蓝幽幽的光彩。她的耳朵很纤巧，耳轮分明，外圈和里圈配合得很匀称，像是刻刀雕出的艺术品。我从她微微凸出的额头看到她的眉毛，一根一根地几乎是等距离地排列着，沿着非常优美的弧形弯成一条迷人的曲线。她敞着棉袄领口，我能看到她脖子和肩胛交接的地方。她的脖子颀长，圆滚滚的，没有一条皱褶，像大理石般光洁；脖根和肩胛之间的弯度，让我联想到天鹅……此时，那种强烈的、长期被压抑的情欲再也抑制不住了，以致使我失去了理性，就和海喜喜把我悬空抢起来的时候一样，于是，我突然地张开两臂把她搂进怀里。

我听见她轻轻地呻吟了一声，同时抬起头，用一种迷乱的眼光寻找着我的眼睛。但是我没敢让她看，低下头，把脸深深地埋在她脖子和肩胛的弯曲处。而她也没有挣扎，顺从地依偎着我，呼吸急促而且错乱。但这样不到一分钟，她似乎觉得给我这些爱抚已经够了，陡然果断地挣脱了我的手臂，一只手还像掸灰尘一般在胸前一拂，红着脸，乜斜着惺忪迷离的眼睛看着我，用深情的语气结结巴巴地说：

"行了，行了……你别干这个……干这个伤身子骨，你还是好好地念你的书吧！"

二十六

啊！……

我跟跟跄跄地跑回"家"。我头晕得厉害，天旋地转。我摸到墙边，没有脱棉袄，也不顾会把棉花网套扯坏，拉开网套往头上一蒙，倒头便睡。

不久，小土房里其他人也睡下了。老会计在我头顶上灭了灯，唏唏溜溜地钻进被窝。万籁俱寂。我想我大概已经死了！

死，多么诱惑人啊！生与死的界限是非常容易逾越的。跨进一步，那便是死。所有的事，羞耻、惭愧、悔恨、痛苦……都一死了之。

我此刻才回忆起来，在此之前，我什么都设想过，甚至想到她会拒绝，打我一耳光，但绝没有想到她会说出那样一句话把我带有邪气的意念扑灭。

"你还是好好地念你的书吧！"这比一记耳光更使我震撼。灵魂里的震撼。这种震撼叫我浑身发抖。

死了吧！死了吧！……

我真的像死了一般，刚才那如爆炸似的激情的拥抱，仿佛已耗去了我全部的生命。但是，我的灵魂还在太阳穴与太阳穴之间的那一片狭窄的空间里横冲直撞，似乎是满怀着憎恨地要撕裂自己的躯壳。我不敢回顾过去二十多天里我的行为举止，然而像是有意惩罚我似的，有一张银幕在我眼帘内部显示出我的种种劣迹，我眼睛闭得越紧，银幕上的影子却越清晰。海喜喜愤怒地指着我的鼻子尖："你驴日的没少吃！"像闪电之前的雷声叫我战栗。我是靠谁的施舍恢复健康的啊！在那段时间，我就像《梨俱吠陀》里说的，"木匠等待车子坏，医生盼人腿跌断，婆罗门希望施主来"，心怀恶意地扮演着乞讨者的角色。我出主意给她修炕，我跑去给她说故事，我……目的只是在那一碗杂合饭。我清楚地认识到了，我表面上看来像个苦修苦炼的托钵僧，骨子里却是贵公子落魄时所表现出来的依赖性。歌德曾把"不知感激"称为德行："不愿意表示感激的脾气是难得的，只有一般出众的人物才会有。他们出身于最贫寒的阶级，到处不得不接受人家的帮助；而那些恩德差不多老是被施恩者的鄙俗毒害了。"但在我却是相反，是我的鄙俗把施恩者毒害了。在我逐渐强壮起来的身体里钻出来一个妖魔，和从海滩的瓶子中钻出来的那个魔鬼一样，要把从瓶子里放出他的施恩者吃掉。这原因在哪里呢？这原因就在于我不是"出身于最贫寒的阶级"；公子落难，下层妇女搭救了他，他只要一脱险，马上就想着占有这个妇女，并把这种举动当成一种报答，这不是一种千篇一律的古老的故事吗？

这时，昨天夜里在我脑子里幻想出来的种种欲念，成了佛教密宗里的毗那夜迦，兽头人身的怪物，而马缨花就在这个邪恶的、面目狰狞的怪物手中挣扎！

是的，她最后的那句话，将她给我的食物中注入了仁爱，注入了精神力量。这样，就更叫我无地自容了。

我想忏悔，我想祈祷，但我才发觉，对一个唯物主义者来说，对一个无神论者来说，对现在的我来说，最大的悲哀莫过于忏悔和祈祷都找不到对象。我不信神，所有的神我都不信！我经历过一次"死"以后，全部宗教都在我眼前失去了它们的神圣性质！那么，我能向谁来忏悔，来祈祷呢？人民吗？人民早已把我开除出他们的行列——"你活该吧！你现在的行为正证明了我们把你开除出去是对的！那不是某个领导的意志，而是我们全体人民的意志！你已经永远被钉在耻辱柱上了！"

"嘘嘘嘘……嘘嘘嘘……"墙角响起了一阵阵可疑的声音，好像是从一个极其阴暗的世界传来的。但我知道，那不是上帝，也不是魔鬼，那是死的召唤。我很早就对死有一种莫名的迷恋，和酷爱生一样酷爱死。因为那是一个我活着永远不能知道，并且也是一个任何人都不知道的东西。永恒的谜就是永恒的诱惑。很多人都忽视了，死其实是生活的一个重要内容；热爱生活的人最不怕死。尤其，对一个无神论者来说，对现在的我来说，死是最轻松的解脱。一切都会随生命的停止而告终。那么，我就制造了一个永恒的秘密。明天早晨，太阳照样地升起，风照样地刮，云儿照样地飘，农工们照样地出工，而我却变成了一堆没有生气的骨头和肉，就像一只死羊，一条死狗。我的悔恨，我的羞愧，我良心的责备，在这世界上留不下一点痕迹。我死了，我带走了一个秘密，我销毁了我制造的秘密，难道这个秘密还不是永恒的吗？

我在死亡的边缘时极力要活、要活、要活下去，我肚子吃饱了却想死。过去，在没有灵感的时候，在创作苦闷的时候，毒药、绳子、利器、高度和深度都曾对我有过吸引力。现在，我在黑暗中摸索着她给我的那根用布头编的带子。布带柔软而有弹性，它的长度、宽度、耐拉强度都会使我的脖子感到非常舒适。世界上的事是多么奇妙，多么不可思议啊！昨天晚上她给我带子的情景历历在目，她是为了我暖和，为了我活得好，可恰恰我要在这根带子上结束我罪孽深重的一生；她说我连根绳子也没有，是出于对我的同情和爱怜，可恰恰似乎是有意地要送我一个结束生命的工具，我想象我拥抱着她时是多么美好，可恰恰是我拥抱了她以后却悔恨欲死……于是，一种对自己命运的奇怪的念头在脑子里产生出来：我这个没落的阶级家庭出生的最后一代，永远不能享受美好的东西；一切美好的东西在我身上都会起到相反的作用……那么，只有死，才能是最后的解脱了。

于是，我死了！

我全身只剩下头颅，在一片黑茫茫、莽苍苍的大森林里游荡。因为失去了身躯，失去了四肢，头颅只能在空间飞翔。我飘呀，飘呀……飞呀，飞呀……四周是像墙一般密密层层的巨树，高不见顶，遮天蔽日，但茂密的枝叶从不会刷在我的脸上。我的头游在哪里，它们就会像水草似的荡开。我不知道我要往哪里飞，我只觉得有一股力量在托浮着我，推动着我，或是吸引着我，一会儿向这儿，一会儿向那儿飞去……黑暗是透明的，发出蓝幽幽的光；巨树不是立体的，全像舞台上的道具，是一片片的平面竖在四面八方。大森林没有尽头，没有边缘。在这大森林里，所有的树木都是静止的，只是因为我头颅的位移才使它们不断地移动，时而向我逼近，时而远离开我……它们并不特别阴森可怖，阴森可怖是从我自己的脑子里喷射出来的，于是蓝色的黑暗和巨大的树木之间都弥漫着阴森可怖的浓雾。这里绝对没有音响，但我头颅上毕竟有耳朵。这时，有一种雷鸣般洪亮的声音在大森林里庄严地响起来：

"你为什么要死——死——死——死——"

"死"的余音不绝如缕，在巨树之间缭绕，发出"咝咝"的金属声。

我冷笑了。我谁也不怕，既然连死也不怕，还怕什么？！

"这正是我要问你的！"我的头颅大张开嘴，翻起眼睛向四面八方搜寻。但那声音不是发自哪一方，而是在整个森林中回荡。我大声地问那声音：

"我为什么要活——活——活——活——"

"活"的余音也不绝如缕，在巨树之间缭绕，发出"哗哗"的金属音。

沉默了！那个声音沉默了，像被狂风噎住了嗓子。哈哈！我的问题"你"能回答吗？

我继续在大森林里横冲直撞。我享受到了死的乐趣。

可是，那一株株阴森的巨树越来越稠密了，枝丫纵横，像张在我上上下下的一面没有缝隙的巨网。并且，它们从周遭逐渐逐渐地收拢来，我头颅的天地越来越小了。最后，我头颅只能不动地悬浮在空中，两眼不住地骨碌碌乱转；我大张着嘴，喘着粗气。我没有胳膊，我不能抵挡；我没有腿脚，我不能蹬踢。我等待着：难道死了还会遇到什么鬼花样！

那个声音又像山间的回声似的响了起来，带着鬼魂特殊的嗓音，瓮声瓮气地：

"到天堂去吧！到天堂去吧——去吧——去吧——"

"天堂在哪里？"我头颅上淌着冷汗，但我脑子里并没有一丝恐惧，"天堂在哪里？"我用责问的语气大声地喊，"哪里有什么天堂？我不信什么鬼上帝！"难道我死了还要受欺骗！

"超越自己吧——超越自己吧——超越自己吧……对你来说，超越自己就是你的天堂——天堂——天堂——超越自己吧——超越自己吧——超越自己吧——"

这一句话，突然使我流泪了。浑浊的泪水滴滴答答地滚落到我头颅下的浓雾中。是的，"超越自己吧！"这声音不是什么鬼魂的声音，好像是我失落了的那颗心发出的声音。

"超越自己吧！超越自己吧！超越自己就是天堂——天堂——天堂——"

"啊！我怎么样才能超越自己呢？"我绝望地哭叫，"在这穷乡僻野，这个地方和我一样，好像也被世界抛弃了！我怎么样才能超越自己呢？"

"要和人类的智慧联系起来——要和人类的智慧联系起来——联系起来——联系起来——那个女人是怎么说的——怎么说的——怎么说的——"

那个声音越来越小，好像离我越来越远，最终完全消失了。我的头颅大汗淋漓，像一颗成熟的果子似的力不可支地坠入浓雾下面，仿佛刚才是那个声音使我的头颅悬浮在空中一样。我觉得我的头颅掉在一片潮湿的泥地上，柔软的、毛茸茸的苔藓贴着我的面颊；还有清露像泪水似的在我脸上流淌。那冰凉的湿润的空气顿时令我十分舒畅。

而这时，巨大的森林里重归宁静，浓露也逐渐消散，树冠的缝隙开始透下一道阳光，像一把金光灿灿的利剑，从天空直插到地上。与此同时，大森林里不知从什么方向，轻轻地响起了 0 3 3 3 | 1̂- | 0 2 2 2 | 7̂- | 7- | ……的钢琴声。啊！那是命运的敲门声！好像是惊惶不安，又好像异常坚定。一会儿，圆号吹出了命运的变化，一股强大的、明朗的、如阳光下的海涛般的乐声朝我汹涌而来，我耳边还响起了贝多芬的话："我要扼住命运的咽喉，他不能使我完全屈服……啊！能把生命活上几千次该有多美啊！"

……我完全清醒了。我发觉我泪流满面，泪水浸湿了我头下的棉网套。在棉网套下，我摸到了一本精装的坚硬的书——《资本论》。

二十七

第二天，果然太阳照样地升起，风照样地刮，云儿照样地飘……黄色的耀眼的阳光透过窗户上的旧报纸，给小土房里的墙壁和干草上更增添了许多排列成行的斑点。有那么一会儿，我想着我昨天好像做了一件非常丢人的事，犯了非常大的错误，因而有一种不愉快的、烦恼的情绪。但很快就被另一个念头代替了：如果房子里的人一早起来发现我死了，他们除了惊奇和忙乱一阵外，还有什么呢？也许他们上午会不出工，张罗着埋我。可是埋完了，他们照样还是要去出工的。我的死，除了使遥远的母亲悲痛，大概再不会给其他人一丝震动；死，对我是一件大事，而对别人不过是小事一桩，至多编出几个鬼故事来打发漫漫的冬夜。这样的死，有什么价值呢？

"营业部主任"先打了饭回来，一个人用两肘霸占着炉子，还不住地朝手上呵气："真冷，真冷！这狗日的天真冷！"老会计两手小心翼翼地捧着饭盒，踏着悄无声息的步子，走到自己铺位上盘腿坐下。先脱下手套，再摘去帽子，像做祷告一般全神贯注地端详饭盒里的稗子米汤，然后才不声不响地吃起来。他绝对不到炉子旁边去沾火的光，连自己吃饭的声响也怕打扰人家，或者说是连一点吃饭的声响也不愿给人家。看着他作茧自缚和与世无争的模样，我都不忍心在死后给他添麻烦。

中尉前两天去镇南堡恰好碰上邮政代办所休息，这时正骂骂咧咧地做着再一次远行的准备。"那些王八犊子，他们坐着办公还要休息！"他忘记了他过去坐着办公也是要休假的。报社编辑和其他几个人的神态、动作都一如往常，和一幅木刻印在一本日历上一样，天天都没有一丝变化。我非常奇怪：他们竟然对我昨夜的内心风暴没有一点觉察。可见，不管是我的死也好，我的内心风暴也好，我成为死人也好，我成为新人也好，对一些只关心着自己的人的影响其实是非常微弱的。这里的人们的神经似乎被一种停滞不动的生活磨钝了。在一堆麻木的神经中间，我要悄悄地开始另一种生活是非常容易的。这种想法蓦地使我振奋起来。我把棉花网套一掀，一骨碌爬起，用湿毛巾擦了擦脸就去打饭……

莽荡苍凉的田野，以它毫无粉饰的雄浑气概，又使我感动得热泪盈眶：把你严峻雄伟的气魄给我一点吧！哪怕我有那一块泥土疙瘩的淳朴性，我就能够站起来，并超越自己！"死狗派儿"车把式慢慢地赶着车，随牲口的意逍逍遥遥地向田里走去。到处沐浴着冬日的阳光。白脯子喜鹊喳喳地欢叫，跟在大车后面啄着马粪。谷场上的草垛黄得炫目，垛顶上，散射着一种金属般的流动的光。向东极目望去，三十里路外的火车徐徐地吐着青烟，在天际布下一条带状的雾霭，久久不散。在翻滚着的雾霭的边缘，青色逐渐转为紫色，在蓝天下变得异常绚丽。没有风，空气中飘浮着干枯的冰草、芨芨草和马莲草的气味，又掺杂着飞扬起来的干燥的尘土味。太阳的热力沉沉地罩在我身上，使我昏昏欲睡。活着的幸福感不在人完全清醒的时刻，恰恰在似睡非睡之间。

内心的风暴平静下去，从心底开始升起一片颂歌：和谐、明朗、纯朴、愉快，好像置身在鸟语花香的田野里，呼吸着清新的空气。死固然诱惑人，但生的诱惑力更强；能感觉本身就是幸福，痛苦也是一种感觉，悔恨也是一种感觉，痛苦和悔恨都是生的经历，所以痛苦和悔恨也都是生的幸福。"叽喳、叽喳"，麻雀从我头顶上飞过去，一边扇动着小小的翅膀，一边还东张西望，向那更高处飞去。啊！这样一个小生命也在想超越自己。

超越自己吧！超越自己吧！……

这天吃完晚饭，我没有去马缨花家，在自己的草铺上坐下来，靠在卷起的棉花网套上，拿出我二十多天没有翻、一直当作枕头用的《资本论》。

中尉研究完了家里寄来的挂号信，信上一定有叫他高兴的消息，他很客气地把马灯送回来，还替我拧大了一点。我没有敢当即翻开，默默地、有点惶恐地摸着淡黄色的硬纸面。现在，这本书就是我能"超越自己"的唯一凭借了；如果说"超越自己就是天堂"，那么我面前只有这样一条通向"天堂"的道路。她是不是真正能教给我一点什么？是不是真正能使我"超越自己"？我的艺术的细胞是不是能吸收这些用抽象的概念构成的营养？……过去我虽然没有读过《资本论》，但在例行的政治学习中学过"干部必读"的苏联人列昂节夫的《政治经济学》。那时候，我认为那书里都是些枯燥的、和现实无关的教条和概念，读起来特别乏味。

现在，当我重又翻开《资本论》时，至少，我的肚子不会干扰我的脑子了。我怀着困惑的虔敬的心情，翻到《第三章货币或商品流通》，也就是二十多天前中断了的"注51"的地方。组里几个人用一种沉闷的、勉强的声调在聊天。"营业部主任"给老会计提供了一个"偏方"，说治睡觉磨牙最好的方法是把牙全部打掉。即使这个残酷的笑话也没有引起人们一点笑声。但不久，房里所有的声音我都听不见了，因为我开始发现，马克思在阐述深奥的经济学问题时，使用的是一种非常形象、非常生动、非常漂亮的文体。我还没有完全弄懂他说的意义，但他那明快流畅的文学性的美就紧紧地攫住了我：每一页都有令我叫绝的句子。他的思维逻辑是严密的，而阐述时采用的却是写诗的大跳手法和意指手法。比如，他说："一个商品如要实际发生交换价值的作用，它就必须先放弃它的自然形体，由想象的金，转化为现实的金——虽然这种变质作用之于商品，比由必然到自由的推移之于黑格尔哲学，比甲壳的脱弃之于蟹，比旧亚当的脱离之于教父喜埃洛尼玛斯，还要难。"下面，他又极有风趣地这样说："假令铁的所有者，竟向某一个俗气的商品所有者，把铁的价格当作货币形态来说明，这个俗气的商品所有者，就会像圣彼得答复那个向他背诵使徒信条的但丁一样，答复他说：'这个铸币的重量成色，已经十二分合格，但告诉我，你钱袋中有没有它？'"

只有横溢的才华加革命领袖的雄伟气魄，文风才会如此流宕、潇洒，不受任何抽象概念的内涵的拘束。一个人具有艺术上的通感，在我看来就是天才了。我发现马克思竟具有一种思想上的"通知"——我一时想不出确切的词来表达这个意思。也就是说，他具有一种能够把人类各个不同的知识领域相互沟通起来，并融汇为一体的奇妙的本领。我越往下读，越深切地感到马克思的书是浓缩了的人类智慧：政治的、经济的、历史的、艺术的、文学的，甚至还包括诗！有许多地方，凭我脑子里的溶剂还不能把这种浓缩的知识结晶溶解。但它并不使我困惑；它是一个迷人的谜，解它就能得到一笔财富。

他还引证了大量的材料，书页下的注解与正文的印证妙趣横生。我前面看过的"舌头"不必说了，他还把莎士比亚和梭福可士的戏剧与诗来作商品向货币转化的旁证，于是，这一抽象的命题即刻以一种戏剧性的具体过程跃然纸上。我睡的这间充满着干草味、老鼠味和煤烟味的小土房，顿时变成了一座历史剧的舞台，商品所有者与货币所有者都以鲜明的面目生动地表演起来。读到这里，我已经完全忘记了我现在在什么地方。

在论述每一个问题时，他也一条条地举出资产阶级经济学家对这一问题的看法，有的地方指出继承和发展的关系，表现了他绝不掠人之美的大师风度。在另一些地方，却用极其幽默和尖刻的语言毫不留情地、一针见血地把那些资产阶级的伪科学驳得体无完肤，又显示出一个思想斗士的面貌。这样，他书里的每一页都闪烁着历史的精华。透过每一页的字里行间，都可以看到人类历史和思想史的演进过程。啊，当我看到马克思居然还引用了咸丰年间任户部侍郎的王茂荫向皇帝上的条陈时，一阵亲切之感油然而生。马克思的目光注意到了我们；他写这部巨著的时候，他创立马克思主义的时候，就有意识地把我们这个东方的古老国度包容进去了！

"家"里的人都睡着了。灯光很昏暗，我并不妨碍谁。老会计仍在拼命地磨牙，中尉打着响亮的呼噜，报社编辑在说梦话……而我被巨大的逻辑力量和广博深刻的智慧弄得醉醺醺的。能艺术地、形象地、从具体生活出发来表达理性思维的结果，是思想家艺术家难能可贵的本领，而马克思在这方面达到了顶峰。

我这时开始认真读马克思的书，倒多半是把她当作艺术的珍品；她里面的每一句话都值得我玩味。语言文字是能够创造奇迹的。它们创造的奇迹是在人的心灵里。它们能把读者固有的思想击碎、分裂，然后再重新排列组合。

艺术会使人陶醉，思想也会使人陶醉。如果艺术和思想都是上品，那么这就是双料的醇酒。尽管我一时还不能完全品尝出这酒的妙处，但醇酒自然会发挥作用。那瘸子保管员养的公鸡叫头遍时——其他人家的公鸡早被吃掉了，我把《第二篇》全部读完了。那最后一页的文字，再没有那样清楚地说明了资产阶级人文主义理性王国的全部动听的观念是怎么一回事！马克思这样说：

> 劳动力的买卖，是在流通领域或商品交换领域的限界内进行的。这个领域，实际是天赋人权之真正的乐园。在那里行使支配的，是自由、平等、所有权和边沁。自由！因为一种商品（如劳动力）的买者和卖者，只是由他们的自由意志决定。他们是以自由人、权利平等者的资格，订结契约的。契约是最后结果，他们的意志就在此取得共同的法律表现。平等！因为他们彼此都以商品所有者的资格发生关系，以等价物交换等价物。所有权！因为他们都只处分自己的东西。边沁！因为双方都只顾自己的利益。使他们联合并发生关系的唯一的力，是他们的利己心，他们的特殊利益，他们的私利。正因为每一个人都只顾自己，不顾别人，所以每一个人都由事物之预定的调和，或在什么都照顾到的神的指导下，只做那种相互有益，共同有用，或全体有利的工作。

马克思已经剖析得如此明明白白，我真恨相见太晚，同时奇怪后人还要不厌其烦地连篇累牍地写出那么多文章来揭露资产阶级理性王国的虚伪性。这些文章加起来可以塞满一个庞大的书库，却抵不上马克思这段不足三百字的文字。并且，一九五七年对我进行的批判，竟也没有一个人使用这段文字来把我从所谓人道主义文学的睡梦中唤醒。我有点愤慨了，我愤慨的不是他们对我的批判，而是对我没有做像样的批判，把批判变成了一场大喊大叫的可笑的闹剧，从而使我莫名其妙，也只好变得可笑地玩世不恭起来。

那最后一段话，更使我在这荒村的小土房里一个人忍俊不禁。马克思是那么妙不可言地用几笔就勾画出资本家与工资劳动者的关系：

> 离开简单流通或商品交换的领域……剧中人的形象似乎就有些改变了。

原来的货币所有者，现今变成了资本家，他昂首走在前面；劳动力的所有者，就变成他们的劳动者，跟在他后头。一个是笑眯眯，雄赳赳，专心于事业；别一个却是畏缩不前，好像是把自己的皮运到市场去，没有什么期待，只期待着剥似的。

在睡下以后，这一幅生动的画面还在我脑海中萦绕，不过它变成了这副样子：走在前面的，是我的伯父、父亲，和他们崇拜的"专心于事业"的摩根们；跟在他们后面的，是一大群他们所雇佣的工人。但这幅画一瞬间又变成了另一副样子：现在，工人走在前面了，"笑眯眯，雄赳赳，专心于事业"，而原来走在前面的却跟在后面，"畏缩不前，好像是把自己的皮运到市场去，没有什么期待，只期待着剥似的"。而我呢，一个穿着烂棉袄、蓬头垢面的乞丐似的人物，既无法和走在前面的工人一样"笑眯眯，雄赳赳，专心于事业"，也没有什么再可"剥"的了，所以只得踟蹰在二者之间，进退不得……

二十八

经历了强烈的激动之后，我睡得特别香甜。第二天早晨醒来，我神清气爽，好像服了一剂什么兴奋剂一样。并且，在这样一群人中间，我突然有了一种带有优越感的宽容精神。

大家打完饭回来，"营业部主任"因为炊事员给他的稗子面馍馍缺了一个角，情绪很不好，组里的人都在各自的铺位上埋头吃饭的时候，他趴在炉子旁边，一边翻来覆去地观察他的馍馍，一边骂炊事员。又说，以后要早点熄灯睡觉，不然影响别人休息。他嘟哝着："那损失的精神头儿，半个稗子面馍馍都补不过来……"人们抬头看看我，我知道这是不点名地批评我了。这里的人就是这样，哪怕你深更半夜跑出去放火他都不管，可你别妨碍他的利益。

他的批评并没惹恼我。今天我虽然也在这间土屋里，也坐在一堆干草上，也和大家一样吃着土黄色的稗子面馍馍，然而我仿佛觉得，有一种深奥的、超脱这种尘世的思想，使我的心从我借以寄托的躯体中游离了出来。好像外界对我施加的侮辱、嘲笑、蔑视，只不过是针对我的躯体的，与"我"无关。

去马号等车把式套车的时候，听大车组长向谢队长报告说，海喜喜请了几天假，"逛城里去了"。谢队长沉着脸，薄薄的嘴唇在浓密的胡楂里撇了撇，对大车组长的报告不置可否。海喜喜的大车停在那里，他的几匹牲口有滋有味地

绿化树

在槽头嚼着干草。有个车把式想让自己的牲口歇歇，去牵海喜喜的牲口来套车。谢队长瞪着眼睛喊道："你驴日的干啥？干啥？照拴上！也该让它缓缓了。"汉语语音里的"他""它"不分，我想，可能是谢队长也认为海喜喜该"缓缓"了吧。海喜喜走了，"逛城里去了"，他为什么会突然想去"逛"呢？原来，他不是每天晚上都到马缨花家去"逛"的么？我蓦地有点怅惘。不论是什么形式的爱情，是什么样人的爱情，得到爱情和失去爱情，全是人的命运，都不能漠然置之。海喜喜这个有独特性格的人，归根到底不由得引起我的关心和同情。我隐隐地感觉到，即使他和我现在处于这样一个对立的状态，我还是不能摆脱他对我的吸引力。

可是，在马缨花看来，世界上的事却要简单得多。

下午，我们大车回来，她还是等在马号的肥堆前面，做手势叫我去。我的近视眼只看见她带着笑脸，但看不清那究竟是嘲笑、讪笑、顽皮的笑还是善意的笑。

我阅世不深，年纪又轻，总是根据自己所读的书本来推测别人，想象爱情。我以为，经过那天我失礼的举动以后，我们再在一起，一定会非常尴尬。吃完晚饭，我又看了一会儿书，但已开始心不在焉：去，还是不去？我一直犹豫到天黑沉沉了以后，才到她家去。

今夜没有月亮，走出房门就投入深不见底的黑暗，寒气藏在暗夜之中，砭人肌骨。然而天上却星光璀璨。这是冬夜的特色：天上亮，脚下黑，仿佛寒气把光也阻隔了似的。

我缩着脖子，心里有一丝不快，好像要去挨打的样子。

她仍像往常一样，在炕头上坐着补衣服——她有补不完的衣服。后来我才知道，她是帮着娃娃多的妇女补她们男人的衣服——见我进来，轻盈地跳下炕，掸掸衣裳，笑着问：

"你'怎——么'昨夜黑不来？"

奇怪！她一句戏谑的话，就把我内心的一切矛盾、犹豫、惶惑吹得烟消云散。看着她轻松的，尤其是在学我说"么"字时如荷叶边噘起的嘴唇，我不禁啼笑皆非。我可以向她道歉，我可以向她忏悔，我可以向她袒露心曲，但一看到她毫不在乎的模样，我又觉得一切都是不必要的。我开始轻松下来。

"你不是要我好好念书吗？"我说，"我就在屋里念书呐！"

"傻——瓜——瓜！你要念书，不会在这达儿念？"她亲昵地在我脸上拧了一下，"我昨夜黑趴在你们门缝里看你来着。"她吃吃地笑着，两手合上，往下一蹲，"就跟一个菩萨一样！"

我脸红起来。她亲昵的动作，热情的语气，似乎又将引起我内心汹涌的浪潮。但她整个的神态，又毫无挑逗意味，而是孩子般的无忌的天真。于是转念一想，我为自己的心思而羞愧得更加脸红了。我过去接受的教育，读的书，总是指导我把人分成各种类型，即使是纯客观的心理学，对人也有所谓黏液质、胆汁质、多血质等等之分；至于文艺作品，那更不用说了，那里面有形形色色的人：稳重的、轻狂的、放荡的、严肃的……现在我才明白，人，除了马克思指出的按经济地位来划分成为阶级的人之外，世界上没有绝对的关于人的类型的概念。比如她吧，她就是她，一个活生生的人！一会儿稳重，一会儿轻狂，一会儿开怀大笑，一会儿又严肃认真——而上次的严肃认真，差点使我羞愧得自尽。理解人和理解事物好像不同，不能用理性去分析，只能用感情去感觉。我从这里，开始理解马克思在《初版序》中说的："我绝非要用玫瑰的颜色来描写资本家和地主的姿态。这里被考察的一切人，都不过是经济范畴的人格化，是一定的阶级关系和利益的负担者。"在同一个经济范畴，同一个阶级之中的每一个具体的人，都是活生生的人，那可以用"玫瑰的颜色来描写"；而作为一个经济范畴，作为"一定阶级关系和利益的负担者"，那就是一个事物了，那就要用理性去分析。这里，就是文学和经济学的不同点。

这个念头只是一霎间产生出来的。这种联想好像很可笑，但我自己认为我仿佛从生活中获得了某种"通知"。于是，我不仅轻松，而且有点兴奋了。

我吃着杂合饭。她从炕里边拉出一条崭新的棉绒毯，跟我说，今天，她托去镇南堡的人买来这条毯子，七块多钱，准备给我做条绒裤，剩下的，还可以给尔舍做一套绒裤褂。她拍拍毯子，扬扬得意地说："咱们也跟城里人一样了，要穿绒衣裳！"她絮絮叨叨地跟我讲，他们那个地方的人，只穿毛褐衣。这是用极为原始的方法，在骨制的捻锤上把生羊毛一点点地捻成毛线，再织成的毛衣。她给我看了她的一件这种毛褐衣，灰白色的，没有线条，像一个毛口袋。没有经过熟制的生羊毛，会穿透衬衫扎到皮肤上去的。我想象一根根粗糙的生羊毛扎着她细嫩的皮肤，又不禁脸红了。同时，还有一种近乎悲哀的同情从心底涌出来：她把绒衣都当作城里人穿的奢侈品，毛线衣就更不必说了。恐怕她活了二十多年也没有见过一件真正的毛线衣，而她又是这样一个美丽的、善良的女人！我儿时的生活，她是不能够想象的。也许正因为这点，她才在开始时对我产生了同情和怜悯吧；她不可能和我一样，看到一个历史的因果关系。

她抖开棉绒毯。我看到，这就是镇南堡那个小商店的货架上堆着的那种带红条的灰色绒毯。她用拇指和中指拃量着，嘴唇翕动着，在无声地计算。灯光照着她如鸟翼一般扇动着的睫毛，以及她明亮的、凝神于内心计算的眼睛。由于这对眼睛，她整个面庞散射着一种迷人的、令人心旷神怡的光辉。而她又是一个连毛衣也没穿过、把绒衣也当作奢侈品的女人！在我拘于过去的习惯和见识的狭隘心里，怎么也无法把我观念中的美和她这个现实中的美调和起来，就像无法把一株桃金娘移植到这干旱寒冷的沙漠边缘里来一样。

吃完饭，我想起了海喜喜，我说："我听说，海喜喜请假了，到城里逛去了。"

"谁希待他！"她还在计算着，头也不抬，"他爱上哪达儿逛就上哪达儿逛去！"

一切都是这样的简单！我暗暗地想，这两天我的自我折磨好像都是多余的。她对人和生活显然另有一种虽然粗糙却是非常现实的态度。旷野的风要往这儿刮，那儿刮，你能命令风四面八方全刮一点吗？

知识分子对人和生活的那种虽然纤细，却是柔弱的与不切实际的态度，是无法适应如狂飙般的历史进程的。在以后的一生中，我都常常抱着感激的心情，来回忆她在潜移默化间灌输给我的如旷野的风的气质。

二十九

此后，我每晚吃完伙房打来的饭，就夹着《资本论》到她那里去读——"营业部主任"总该满意了吧。她把油灯从墙上取下来，放在土台子的罐头筒上。"高灯远照。"她说。房里果然显得明亮了许多。尔舍是个很乖的女孩子，除了有时缠着她，要她唱个歌，一点也不吵闹。她从没有问过我看的是本什么书，为什么要念书，也没有跟我说那天晚上从我手臂中挣脱出来时，劝我"好好地念你的书吧"的道理。她似乎只觉得念书是好事，是男人应该做的事，是一种高尚的行为，但脑子里却没有什么目的性。这方面，和那哲学讲师给我的教导就不完全相同了。

"我爷爷也是念书人。"她说，"我记性里，我小时候老见他念书，跟你一样，这么捧着，也是这么老厚老厚的一本。"过了一会儿，她又说，"喜喜子这个没起色的货，放着书不念，倒喜欢满世里乱跑。我就不希待他！……"

这里，我仿佛窥见她不"希待"海喜喜而"希待"我的秘密。从她比画她爷爷念的书本的版式，我猜测是一部宗教经典。可是在她的思想里，却没有一点宗教的观念;一个乐观的、开朗的、活泼的、热情的人被生活磨炼了以后,就不会对生活本身再有什么神秘的看法了。

在灯光下,我抱着头读书。她和尔舍唧唧哝哝地在炕上说话。灯光把我头颅的影子投射到她们身上。尔舍好像也受到一种庄重的气氛的感染,嬉笑的声音也是悄悄的。我有时停下来,谛听着她们的笑声,完全能体味到她们给我的亲切的温暖。这间奇妙的小屋,几乎盛不下我们之间的绵绵的温情。它常常使我联想到航行在静静的海面上的一条精致的小船,联想到一个童话。

尔舍睡觉以后,她就跪在炕上剪裁我那条"跟城里人一样"的绒裤。剪子沙沙地在绒毯上剪着。那沙沙声也是奇妙的、轻柔的,像一阵阵温暖的细雨飘洒在绿色的灌木丛里。她缝纫的时候,也不跟我说话。我偶尔侧过头去,她会抬起美丽的眼睛给我一个会意的、娇媚的微笑。那容光焕发的脸,表明了她在这种气氛里得到了一种精神上的享受;她享受着一个女人的权利。后来,我才渐渐感觉到,她把有一个男人在她旁边正正经经地念书,当作由童年时的印象形成的一个憧憬,一个美丽的梦,也是中国妇女的一个古老的传统的幻想。

一天工夫,绒裤就缝好了。这条灰色的棉绒毯,两头有三条红道。现在,那一头的三条红道正横在我两条大腿上。穿着这种"跟城里人一样"的绒裤,活像马戏团里的小丑。尔舍见了我这副模样,拍着小手笑起来:

"布娃娃!布娃娃!……"

"不许这么叫!叫'爸爸'!"她在尔舍头上轻轻地拍了一下,又蹲下去,给我抻展裤腿,捋平针脚。我看不见她的脸。她这一句使我怦然心动的话,在她匆匆忙忙的动作中,像一阵轻风,嗖地就飘忽过去了,我捉摸不定她的含意。

"好,好!正合适!"随后她站起来,捂着嘴笑着说,"我还给你缝了顶帽子哩!"

她告诉我,这是她照着跟我睡在一起的老汉——老会计的帽子,用剩下的棉绒毯缝的。我一看,原来是一顶上海人冬天戴的那种"罗宋帽"。帽顶上,还剪下一块红道团成球,栽了一个大红缨子。

"也难为你想得出来。"我笑着戴在头上,"我小时候就戴这种帽子上学的。"

晚上,我就穿着这条"布娃娃"式的绒裤——她把我的棉裤拆洗了,戴着她手缝的"罗宋帽",开始读《第三篇绝对剩余价值的生产》。我从头到脚都是暖和的,肚子也很饱。我依稀记起恩格斯这样说过,人们首先必须吃、喝、住、穿,然后才能从事政治、科学、艺术、宗教,等等;马克思就是从这一简单的事实发现了历史的发展规律的。这话的确在宏观和微观上都具有不可颠扑的真理性。现在，我真正地感觉到有一种渴求探索奥秘的精神力量，在我脑海里跃跃欲试了。当我读到马克思这段话时，我更无比地兴奋起来，因为我此刻的精神状态，使我的思想如闪电一般快地从这段似乎与我的现实无关的话中，理解了我应该怎样来看待目前的生活以及怎么确立今后的生活目标。

马克思是这样说的：

> 人以一种自然力的资格，与自然物质相对立。他因为要在一种对于他自己的生活有用的形态上占有自然物质，才推动各种属于人身体的自然力，推动臂膀和腿，头和手。但当他由这种运动，加作用于他以外的自然，并且变化它时，他也就变化了他自己的自然。他会展开各种睡眠在他本性内的潜能，使它们的力的作用，受他自己统制。

那么，所谓人的改造，首先倒是这个人要改造自然，改造他的外在存在；人的改造不过是在人对自然与社会环境的改造过程中，自然与社会环境对于人的反作用。人只有在改造自然与社会环境的同时，自身才能受到改造；人不发出对外界的行动，不先改造自然和社会环境，自身便不能受到改造。过去的四年多里，因为我在不断地改造着自然，所以我也在被改造着。但那是不自觉的，甚至可以说是荒唐的改造；强制着我用原始的、粗蛮的方法来改造自然，因而我也几乎被改造成原始的、粗蛮的人。只有自觉地、用合乎规律的方法来改造自然和社会环境，自身的改造才能达到具有自觉的目的性。要自觉，要能够使用合乎规律的方法，只有通过学习，"和人类的智慧联系起来"。一个人改造得完美的程度，就取决于他对自然与社会环境改造的深度与广度。从这里，我联想到浮士德"智慧的最后结论"：

> 要每天每日去开拓生活和自由，
> 然后才能够作自由与生活的享受。

这样，我大可不必为自己的命运悲叹了，不必感叹"我怎么会落到这步田地"了。因为生活中的痛苦和欢乐，竟然到处可以随时转换。我记得但丁说过："一件事物愈是完整，它所感到的欢乐和痛苦也愈多。"如果具有自觉性，人越是在艰苦的环境，释放出来的能力也越大。我的经验已经证明，人的潜力是惊人的，只有死才是它的极限。遗憾的是，在我没有自觉性的时候，释放出来的只是一种求生的本能。而一旦具有了自觉性，我相信，当人为了应付各种各样艰苦的条件，"展开各种睡眠在他本性内的潜能"时，他就会发展了自己，"超越自己"！欢乐也从此而来，自己的人生也就"完整"了！

我的神思飞快地运转着。我还不能明确地说出我在这一刹那间的想法，但思想上像电击一般感受到了一道灵光。我相信"顿悟"说有一定的科学道理。它指的是思维过程中由量变到质变的飞跃。我因为感受到了这道灵光而战栗起来。我的眼眶里又充溢着泪水。我几乎要像浮士德临终认识到"智慧的最后结论"时一样喊道："你真美呀，请停留一下！"

这时，她悄悄地走过来，伏在我背后，一只手放在我头上，目光越过我的肩膀，仿佛要探究一下是什么神奇的文字使我如此激动。可是，我不愿意她从书本上意识到我与她之间有一种她很难拉齐的差距。不知怎么，我觉得那会破坏她，也会破坏我此时这种令人微醉的快感。我蓦地感觉到我这时正处在一个一生中难得的如幻觉般奇妙的境界：经济学概念和人生，理性与感性，智慧的结晶和激情的冲动，严酷的现实和超时空的梦境，赤贫的生活和华丽的想象，一连串抽象的范畴和一个活生生的美丽的女友……统统搅和在一起，因而一切都变得模模糊糊，朦胧不清，闪烁不定，飘忽无形。但一切又都是实实在在的，如同一块流水下的卵石，一轮游云中的圆月，一座晨雾里的小桥。

我把她的手从我头上慢慢拿下来。她的手刚在碱水里浸过，手掌通红，茧子发白，与其说劳动使她的手变得粗糙，不如说是厚实、有力、温暖而有光泽。掌中的纹路清晰简单，和她的人一样展示了一种乐观主义者的明朗。我一一地谛视她的指纹，果然，她的中指是一个"罗"！我心头一颤，理性的激情即刻化成了一股爱的柔情，脑海里蓦然响起了拜伦这样的诗句：

> 我要凭那松开的卷发，
> 每阵爱琴海的风都追逐它，
> 我要凭那长睫毛的眼睛，
> 睫毛直吻着你桃红的面颊，
> 我要凭那野鹿似的眼睛誓语，
> 你是我的生命，我爱你。

这种柔情是超脱了骚动不宁的情欲的。像喧闹奔腾的溪流汇入了大河，我

绿化树

835

超越了自己一步，胸中就有更大的容积来盛青春的情欲。这时的爱情是平静的，然而更为深刻，宛如河湾中的回流。我怀着轻柔如水、飘忽如梦的欢悦之情，把她的手贴在我的嘴唇上。我一一地轻吻着她的拇指、食指、中指、无名指和小指尖。然后，握着她的手捂住我的脸。当我把她的手放开时，一颗泪珠也滚落下来。我心中充溢着一种静默的感动：为她感动，为爱情感动，为"超越"了的"自己"感动。我情不自禁地说：

"亲爱的，我爱你！"

她一直立在我的身后，丰腴的、富有弹性的腹部靠在我的背脊上。她的手始终温情脉脉地、顺从地让我把握着，另一只手不停地抚摩着我的肩膀。在我吻她指尖的时候，她两手的手指都突然变得怯生生的、迟迟疑疑的、小心翼翼的。那种颤抖，既表现了惊愕不已，又不胜娇羞。我感觉到她同样也以一种静默的，然而又觉得十分陌生的心情，在享受爱情的幸福。我说了那句话后，她忽然抽出了她的手，整个上身扑在我的肩膀上，脸贴着我的脸，不胜惊喜地问：

"你刚才叫我啥？"

"叫你……叫你'亲爱的'呀。"

"不，不好听！"她搂着我的头，嘻嘻地痴笑着。

"那叫你什么呢？"我诧异地问。

"你要叫我'肉肉'！"她用手指戳着我的太阳穴教导我。

我想起了海喜喜唱的民歌，不禁微笑了。

"那你叫我什么呢？"我用戏谑的口吻又问道。

"我叫你'狗狗'！"

"狗狗"这个表示疼爱的称谓，虽然也令我叹服，使我叫绝，但立刻也使我感到与我一贯所向往的那种"优雅的柔情"迥然相异。我既然已经成为正常人，既然已经续接上了过去的回忆，她这种爱情的方式和爱情的语言，就隐隐地令我觉得别扭，觉得可笑。我虽然不愿意她发现我与她之间，有着她不可能拉齐的差距，但我却开始清醒地意识到了这种差距。

三十

表面看来，《资本论》里所阐述的一切，都和我目前所处的现实毫不相关。马克思开宗明义就说，资本主义生产方式，表现为"一个惊人庞大的商品堆积"，而在这个沙漠的边缘，却是惊人的商品匮乏，连一条绒裤都买不到。在书本上，货币的形式已发展到了世界货币，"还原为贵金属原来的条块形态"，而在此时此地，土豆和黄萝卜，黄萝卜和浪琴表还做着以物易物的交换，货币作为价值记号是极不可靠的……但是，恰恰因为如此，我便无法把她当作教条来看待。我越往下读，越感到马克思的书在训练着我一种思想方法，一种世界观的方法。我可以把"商品""货币""资本"等等概念都当作 X、Y、Z……等代数字母，随着马克思对各个概念的分析和运用，我脑子里自然而然地会形成一种思维的方程式，一种思想的格局。这种思维的方程式或思想的格局，可以套用在对任何外在事物的分析上。把握这种世界观的方法并不困难。这里需要的是信仰，就是坚定不移地相信这种世界观的方法是符合事物发展的规律的。

同时，《资本论》里所有的概念对我来说并不陌生。我出身在一个资产阶级家庭，在交易所经纪人和工厂资本家的抚养下长大，现在倒有助于我理解马克思的理论。有许多概念，我甚至还有感性知识，比如使用价值与交换价值的区别，金银相对价值的变动，货币流通以及商品的形态变化，货币之作为流通手段、贮藏、支付手段、世界货币的各种机能等等，这都是我在儿时，常听我那些崇拜摩根的父辈们说过的。我记得，我第一次知道有《资本论》这部书，还是我在十岁的时候，在那间绿色的客厅里，偶尔听四川大学的一位老教授向我父亲介绍的。他说，要办好工厂，会当资本家，非读《资本论》不行。可见，只要是客观真理，她对任何人都有用。正如肯尼迪会研究"毛泽东的游击战术"一样——这是不久前我从一个去镇南堡买盐的农工那里知道的。那包盐的包装纸是《参考消息》，而在报头上赫然地印着"注意保存"的字样。

这样，马克思的书在我眼里就没有一点枯燥的晦涩的地方，我读着她，种种抽象的概念都会还原为具体的形象，每一页书都是鲜明而生动的世界的一个片断。每天晚上我都在马缨花家里如饥似渴地汲取着这种精神的享受。然而，随着我"超越自己"，我也就超越了我现在生存的这个几乎是蛮荒的沙漠边缘。有时，在我眼睛看累了的时候——在昏暗的油灯下看书，眼睛是容易疲乏的，我常常抬起头来看着她。我渐渐地觉得她变得陌生起来。她虽然美丽、善良、纯真，但终究还是一个未脱粗俗的女人。她坐在炕上，也带着惊异的、调皮的、笑意的眼光看着我。那笑意在眼角和嘴角的细纹中荡漾，似乎马上会泛滥成一场大笑。这说明我的目光和表情这时一定是很可笑的。但是，我知道她根本不会看出此刻我对她的心理状态。这种心理状态连我自己都有点害怕。既然她还是一个未脱粗俗的女人，既然我又恢复了过去的记忆，而成为一个"知识分子"，可是我现在又还受着她的恩惠，那么，我和她，目前是一种什么关系呢？

每一个人都只能从回忆中，搜罗出来种种经验和知识，与眼前的事物相比较，相对照，从比较和对照中认识眼前的事物。她，当然不能说是芳汀、玛格丽特、艾丝梅哈尔达这类我所熟悉的沦落风尘的女子的艺术形象，但是，那"美国饭店"一词总使我耿耿于怀，总使我联想到杜牧、柳永一类仕途失意而寄迹青楼的"风流韵事"。在她把热腾腾的杂合饭端到土台子上，放在我的书旁边的时候，在她对着尔舍轻轻地唱那虽然粗犷，却十分动听的"花儿"的时候，我会很自然地联想到称道"维扬自古多佳丽"的无聊文人所写的诗，什么"红袖添香夜读书"，"小红低唱我吹箫"之类的意境。

我开始"超越自己"了，然而对她的感情也开始变化了。这时，如歌德在《浮士德》里说的："两个灵魂，唉！寓于我的胸中。"一方面，我在看马克思的书，她要把我的思想观点转化到劳动者那方面去；一方面，过去的经历和知识总使我感到劳动者和我有差距，我在精神境界上要比他（她）们优越，属于一个较高的层次。

三十一

我们没有日历牌——这个队家家都没有日历牌。据说原来队部办公室有一份，但在我们没有来时就被偷跑了。后来想买也买不到，因为日历牌是六月份丢的——六月里，哪家商店还有日历卖呢？谢队长跟我们说："那驴日的会偷，把一百八十天光阴都偷跑了。再没比他更厉害的贼娃子了！"大家估计，那个贼娃子也不是为了看日子，而是偷去卷烟抽了。谢队长办事，会计记账，就靠三两天到队上来一趟的场部通讯员"捎日子"。有时，谁要上场部办事，去镇南堡买东西，或是走别的队串亲戚，谢队长碰见了就会朝他喊："喂，把日子捎来呀！""捎日子"，成了每个外出农工的义务：看看今天阳历是几月几号，阴历是几月几号，是什么"节气"，离重大节日还有多少天。星期几是不用看的，我们从来没有在星期天休息过；发工资的第二天准休息。因为没有星期的概念，所以去镇南堡办事的人经常白跑——人家可是按星期休息的。

去年没有日历牌，过了元旦仍然没有日历牌。大概不照日历过日子已经习惯了，瘸子保管员年前去城里采购工具和办公用品，独独忘了买这样东西。谢队长骂他："你驴日的怕见老哩，总想过去年的皇历是不是？你他妈买本皇历来，也能挑个你婆媳妇的好日子呐！"骂得他脸一红一白的。他老婆死了好几年，至今没有续上弦，人却快四十岁了。

这样也好，日子不知不觉地就过去了。直到有人"捎日子"来，我们才惊喜地发现："哟！又要过春节了。"

其实，春节和元旦一样，在这困难的年代里，农场并没有什么特殊供应。但人们体内那只生物钟，总使人到这时候就不由自主地兴奋起来，农工们脸上都洋溢着节日的喜气。并且，农村人看重春节，每个队私下里都有所表示。能给农工们多少东西，那要看这个队有什么可以拿出来的和这个队领导的为人了。这几天干活的时候，男女农工们议论的话题就是羊圈要宰几只羊，一家能分多少肉，下水轮着谁家了。因为羊下水没办法按斤论两地分，只好当作额外供应，三家给一副羊下水——包括肠、肚、心、肝、肺和头、蹄，让他们拿回家去自己分。但一次一次宰羊的间隔时间太长，谁也记不准确这次轮到谁了，额外供应又无账可查。于是，一场比联合国大会的辩论还要激烈，还要复杂，还要冗长的辩论就在马号、羊圈、田头上展开了。不过，气氛还是活泼愉快的。

羊肉也好，羊下水也好，是没有我们单身职工的份的。如有，也要由伙房的炊事员做熟了给我们分，顶多有指头大的三两块肉。所以我们对此漠不关心。况且，组里大部分人的户口、工作、粮食关系都有了着落：中尉已经和我们告别了，这时候大概正在自己家里准备过节哩；"营业部主任"家在省城，那边郊区农场的准迁证前些日子就开出来了，只等着这个农场批准，他早宣称要回家去过春节的。

还有三天就是春节。下午，阴霾的天空下起了小雪。冰凉的雪花飘进我们的脖领里，落在我们的铁锹把上。一会儿，锹把湿漉漉的，握着它的棉手套也浸透了。谢队长习惯地抬头看看天，无可奈何地骂了声"驴日的"，喊叫道："收工吧！"今天我们在田里铲土盖肥，工地离村子比较远，谢队长一声令下，都拔起腿往家里跑。

雪越下越大。我不紧不慢地走着。土路上转眼就均匀地铺上了一层干燥的雪花；鸟雀们费力地扇动着淋湿的翅膀，急急忙忙投进落光了叶的小树林里，然后用喙慢条斯理地梳理着羽毛，一边梳理，一边也和谢队长似的，抬起小脑袋无可奈何地看看阴沉沉的天。

西北的雪落地也不化，即使落在手背上，也能看到它从云端上带来的那种只有天工才会绣出的花纹。它在手背上化成水，也顽强地保持着花纹的图形。

乌云冻结住了，天却更亮了。天地之间漾着黄昏的回光。地平线大大地开阔了。在遥远的天幕下，火车的青烟在纷纷扬扬的雪片中黑得耀眼夺目。它在天边逶迤着，像是一支神奇的画笔在地平线上加了一条平行线，会把人的情思引到虚渺的远方。

我回到村子，马号前面已经没有人了，马缨花当然也早跑回家去了。整个村子沉寂在深邃的严冬当中。我们的土房里非常暖和，没有出工的报社编辑把炉子捅得通红，火苗乱蹿。还有一件高兴的事：在伙房吃饭的单身职工受到破格优待，年前每人就发了半斤真正的小麦面。炊事员剁了一些黄萝卜，调了葱和盐，给我们包了一顿饺子！

大家快分别了，即将天南海北，各奔前程，今生恐怕是再难得见面了。所以这几天组里的人都很和气，老会计特别照顾我，把我的一份饺子打了回来，放在炉子旁边热着。

大家吃着饺子，欢欢喜喜地谈论着回到家第一件事干什么。"营业部主任"最大的愿望是"美美地吃一顿羊肉揪面片"；老会计计算回到上海，大约要在正月十五了，那是吃元宵——上海人叫"汤团"——的时候；报社编辑的家在兰州，亲戚已经给他在一家街道工厂联系好了工作，现在正兴高采烈地给我们介绍兰州小吃的风味……

"每逢佳节倍思亲。"我既回不了家——其实也无家可归，去看一趟妈妈也不可能。从省城到北京，慢车的硬席票也要二十多块钱。可是我这里，那条做绒裤的棉绒毯的钱，还没有还给马缨花哩；现在，她手头上又在给我做鞋子。虽然我知道我即使有钱还她，她也不会要，但正因为如此，我就面临着一种抉择：我们这样的关系，往什么方向发展呢？

和马缨花结婚，在农村成立个小家庭，这个念头曾经是那样强烈地诱惑过我，一度在我眼里，还仿佛是我的一个不可攀及的目标。可是现在，在我清醒地意识到的差距面前，我已经退缩了。

当然，我还是天天到她家去，几乎把那里当作自己的家。尔舍已经和我很熟了。我也不再说那些只有成人才能听得懂的童话故事，读《资本论》读累了，也逗着她玩一会儿。她白天在寒风黄沙、冰天雪地里玩耍，营养比一般孩子好，所以看起来像个男孩子，而又没有男孩子那种莽撞的调皮劲儿，还保持着女孩子文文静静的天性。她喜欢我拉下"罗宋帽"，光露出一对眼睛来吓唬她。这样，她就咯咯地笑个不停。

但是，马缨花仍一如既往，从来没有明确地表示过要和我或是和其他人结婚的意愿。后来，尔舍又一次笑着叫我"布娃娃"，她还像上次一样骂尔舍，叫她喊我"爸爸"。我注意看了一下，她脸上并没有什么意味深长的表情，仍是带着她那特有的、开朗的、佯怒的微笑。她是有意识地用微妙的方式来调情,还是遵循着一种什么粗鄙的乡俗?抑或是她本性就是爱自由的鸟儿?我搞不清楚。有时,她对我的感情使我很困惑。

在深夜,我从睡梦中醒来的时候,她和我的关系,常是我考虑的内容。当我意识到我已经成了正常人,已经开始"超越自己",我就不能再继续作为一个被怜悯者、被施恩者的角色来生活。我可以住在这间简陋不堪的土屋里,我可以睡在这一堆干草上,我可以耐着性子听老会计磨牙……我觉得这些我都可以忍受。因为我一旦"和人类的智慧联系起来",从马克思的书中得到了"顿悟",我生命中就仿佛孕育出了一个新的生命。这个生命顽强地要去追求一个愿望。愿望还不太明确,因为任何人,包括马克思,也没有把共产主义社会描绘得很具体周详。这个愿望还只是要去追求光辉的那种愿望,要追求充实的生活以至去受更大的苦难的愿望。

可是,我在她的施恩下生活,我却不能忍受了,我开始觉得这是我的耻辱,我甚至隐隐地觉得她的施舍玷污了我为了一个光辉的愿望而受的苦行。于是,事情就到了这一步:不是断绝我和她这样的交往,就是结合成为夫妻。

但是,我能娶她作为妻子吗?我爱她不爱她?在万籁俱寂的深夜,我冷静地分析着自己的情感,在那轻柔似水、飘忽如梦的柔情下,原来不过是一种感恩,一种感激之情。我对她的爱情,其实只是我过去读过的爱情小说,或艺术作品中关于爱情的描写的反光。我感到她完全不习惯我那表达爱情的方式,从而我也认为她不可能理解我的爱情,不可能理解我。我和她在文化素养上的差距是不可能弥补的……总而言之,尽管我心里也暗自感到不安,但我仍然觉得:她和我两人是不相配的!

不过,吃完了饺子,我还是到马缨花家去了。

天昏暗下来了。雪花比下午时分更加稠密。在灰糊糊的天空、灰糊糊的田野、灰糊糊的村庄上,到处飞着洁白、闪亮的雪花。雪花不像雨点,它不是直落向下的,而是像小虫虫一样,上下左右地乱飞,弄得我更加心烦意乱。

她家门大开着。她站在门口围头巾,好像要出门;尔舍也穿得厚厚的,手里拿着一块饼子,呆呆地站在旁边等她。她见了我,笑着往门边让了让,示意我进去。我进了门,一眼就看见那土台子上放着一大盘生饺子,绝不是我们三个人能吃得完的!我认识那盘子,它经常放在我们伙房的案板上。

我心里本来就思虑重重,现在更增添了一丝不知是冲着谁的愤懑。我阴沉着脸问:"这饺子是哪儿来的?"

"哪达儿来的？人家给的呀。"她匆匆地系着头巾，漫不经心地回答。

"谁？是谁给的？"我在土坯凳子上坐下来，一手把那盘饺子推得远远的。

"谁？谁爱给我谁就给。"她的眼睛在头巾下斜睨着我，鼻翼翕动着，满不在乎地笑道。

"好吧。"我冷冷地一笑，"我可不吃！"话一出口，我就觉得我的火气很可笑。我怎么能干预她的生活方式呢？我究竟是她的什么人？什么也不是！同时，我心里也在暗暗地说："完了！我们只能到此为止了！"

"好好好！不吃不吃，咱们拿它喂狗去！"她用哄孩子的语气嘻嘻地笑道。在她的脑子里，好像从来就没有什么严重的、大不了的事情。有许多次，我的思虑、顾忌、犹豫，都在她这种嘻嘻哈哈的神态面前冰释了。我拿她毫无办法。

"嘿，好事来了！"她又向我眨眨眼睛，嬉笑着说，"队上要宰羊，宰十只哩！白天宰怕人去接羊血，那羊圈就该挤破啦；场部知道了也要找谢胡子的不是。谢胡子叫连夜宰，接下的羊血给伙房——便宜了你们！瘸子叫我帮忙去哩。你看这还不是好事？你等着，回来我给你煮羊头羊杂碎吃……饭在锅里哩，你先吃点饭。十只老乏羊，又要宰，又要剥，又要剁开，一家一家地分成份儿，我怕是要干到天亮才回来，尔舍我带到羊圈去睡，那达儿也有热炕。"

我呆呆地坐着。那盘饺子肯定是瘸子保管员从我们嘴上刮下来送给她的了！"美国饭店哟！美国饭店哟！……"我心里愤愤地反复这样念叨。尽管我知道马缨花在剥羊、做饭上都是一把快手，队上有这类事，总是派她去，但我仍然怀疑她和保管员有某种"交易"，不然为什么会把这种"好事"给她？"真是个不可救药的风尘女子啊！"我心里又念叨了一句。

"那你干活去吧，"我站起来，不悦地说，"我回组里去了。"

"你这是干啥？"她睁着美丽的大眼睛，不解地问，"你先吃点饭，念会儿书。等不及我了，就回去睡。走时候把门锁上……我的傻狗狗哟！"

她噘起下嘴唇，用疼爱而又带几分揶揄的神情在我脸上拧了一下，旋即一把把我揉到炕上，抱起尔舍跨出房门，像一阵风似的跑了。

三十二

我坐在炕上发愣。炕墙上，富翁阿尔狄诺夫向漂亮的安娜飞着愚蠢的媚眼，可是那模样却仿佛在嘲笑我。房里十分冷清，甚至可以说是一种凄凉。马缨花母女俩都不在，我才感到她们已成了我生活中不可缺少的一部分；没有她们在这里，这房子顿时就失去了温暖。我究竟该怎么办呢？……唉，她又是这样一种女人……我茫无头绪地思忖了一会儿，无精打采地站起来，点燃灯，掀开锅盖，笼屉上果然放着一盆杂合饭，还冒着热气。我快快地吃完饭，翻开书本。这时，羊圈方向传来了咩咩的羊叫声，大概他们开始宰羊了。

当我读到第900页，马克思摘引贺拉斯的一句诗"辛酸的命运，使罗马人漂浪着"的时候，门陡然像被一股狂风刮开了似的，"砰"的一声大敞开了。油灯光倏地一闪，进来了一条大汉。

来的人竟是海喜喜！

我大吃一惊，本能地猛地站起来，摆出一副迎战的姿态，不出声地盯着他。

"我知道马缨花去羊圈了。我以为你在家哩，我去家找过你。"海喜喜和谢队长一样，脑子里没有"宿舍"的概念，谁睡在哪儿，哪儿就是谁的"家"。"小章，我找你有点事。这事儿只能跟你说。"

他异常温和的语气使我镇定下来。他的神情没有一丝敌意。他好久没有到马缨花家来过了，像我头一次到这间土房里来时一样，四处看了看。在昏暗的灯光下，我也能发现他眼睛里有股怅惘的神色。

"那就坐下来说吧。"我像主人似的，指了指炕。

"到我家去吧。我屋门没锁，屋里还有东西。"他没向我解释前嫌，也没跟我说什么"你别怕"之类的话，好像我们一直是朋友一样，可正是这种不记风怨的男子汉作风得到了我的信任。

"好吧。"我夹上书本，"咱们走。"

海喜喜和我打完架，去省城逛了好几天，元旦过后才回来。回到队上，和从前一样埋头赶车，神情蔫蔫的，一句话也不说。在路上碰见我或是马缨花，眼睛也不抬，仿佛从来不认识似的。而我对他却一直怀着一种歉意，这大概是在情场上的得胜者的普遍心理吧；在马缨花面前，我也不好意思提起海喜喜。马缨花有时倒说起他，但语气则是平淡的，不带感情的。今天，他不找马缨花，却单单要找我说话，会说什么话呢？从他低着头，迈着沉重的步子来看，一定是件很严重的事情。我既紧张又好奇地跟在他后面。

雪一直下着，凛冽的冷空气搅动着白色的雪，在漆黑的暗夜，使人眼花缭乱。我们高一脚低一脚地走到马号，肩膀上和帽子上已落满一层白雪了。

"进来吧。"他推开马号旁边的一个小门。我们一前一后地跨进去。房子很矮，也很小，大约只有六七平方米。房中间还支着一根柱子，柱子上挂着一盏明亮的马灯。

　　我们两人拍打着帽子和衣裳。他自己先脱掉沾满泥雪的鞋，蹬上炕，盘腿坐下。"上炕，上炕。"他一边招呼我，一边伸手拎过一只在炕炉上吱吱作响的大黑铁壶，冲了两杯茶。茶杯显然是他早准备好的。

　　"尝尝，这他妈是真正的茶叶，我还放了红糖哩。"

　　我也跟他一样上了炕，和他面对面地坐下。炕上有一张破旧的但擦得很光洁的红漆炕桌，地下虽然没有一件家具，只堆放着笼头、缰绳、鞭杆、皮条，但收拾得也十分干净。

　　他不说话，皱着眉头，噘着嘴，在杯子边缘咝咝地吸茶，仿佛全神贯注地要品尝出茶的味道。我也端起杯子喝了一口，当真很甜。一时，土房里非常安静，只听见隔墙咚咚地响着牲口的刨蹄声。他咝咝地吸了半杯茶，才放下杯子。看上去他心情激动，而又竭力自持。他用巴掌抹了抹嘴唇，眼睛瞅着一个角落，说：

　　"小章，我要走了哩。"

　　"走？到哪儿去？"他把我当作很知心的朋友，使我不由得要担心他的命运，"为什么要走呢？"

　　"妈的！这穷窝窝子没待头！"他沮丧地摆摆手，"我有技术，有气力，到哪达儿挣不了这三十块钱？！跟你说实话，我一来这达儿就没想待久，只是后来认识了……认识了马缨花……"

　　他停住了。提起马缨花，我也不便说什么。我红着脸看着他。隔墙的马儿又咚咚地刨起蹄子来。他两手撑在膝盖上，肘子像鹰的瘦削的翅膀似的参着，目光凝然不动。一个粗豪的、暴躁的人一下子变得如此严肃和深沉，我看了很感动。我心里蓦地起了一个念头：干脆把马缨花让给他吧，他们倒是挺合适的一对！但我又很快地意识到，在这伪善的谦让下面，实际上隐藏着一种卑劣的心地，一种对马缨花的感情的背叛，于是我只好默不作声了。

　　沉默了一会儿，他的痛苦似乎平静了下去。他掉过脸看着我说："我有一麻袋黄豆，有一百多斤，留给你跟马缨花吃去。还有这张炕桌，也是我的，你明天早上来拿。麻袋我照旧塞在那垛干草后面，就是你上次看见的地方。白天别拿，到夜黑去背，小心别让人看见，懂不懂？"

　　"这，这……"我不知道是接受好，还是不接受好。我理解他的好意，理解他的豪侠气概，理解他的男子汉的宽怀大度，但这却使我非常羞愧。我再也不愿做受人恩惠的人了。

　　"你放心，这不是偷来的。"他误会了我犹豫的原因，说，"我知道你们念书

新中国７０年优秀文学作品文库

中篇小说卷

人不吃偷来的东西。你不知道，我跟你实说了吧：我一来这达儿，就在两边荒地上种了一大片豆子。熊！这达儿荒地多得很。到秋上，我足足收了三四百斤哩。这事儿谢胡子知道，可他没跟场部说。这熊，还是个好人！所以我服他。"

他们总是把我看得很高尚——"不吃偷来的东西"——只有我自己知道我并不像他们想象的那样。我想起我怎么骗老乡的黄萝卜，怎么去搞伙房的稗子面，怎么去蹭马缨花的白食……我情愿去骗，去蹭，而海喜喜却是凭自己的力气去开荒，这里面存在着多么大的差别啊？我和他，究竟谁高尚呢？我皱着眉头这样想。

"那么，你带走不好么？"我诚心诚意地为他着想。

"我不带！我走到哪达儿都短不了吃的。不像你们，一个女子，一个念书人……"他又指了指炕角，"你看，我还有这么一大堆铺盖哩。"

我才发现，我们俩现在是坐在光光的炕席上，炕里面的一角，撂着一卷打好的行李，跟一个白木箱子捆在一起。两头扎的是西北人常用的背绳结，弯下腰一背就能走的。

"怎么？"我诧异地问，"你现在就要走么？"

"现时不走啥时辰走？"他鼻孔里嗤笑一声，"你当是我能大天白日里走啊？！我告诉你，我不比你们，你们有户口、粮食关系。你们要走，办好手续就行。我他妈是个盲流，又有点本事，这个穷窝窝子抓还抓不来哩。他们就想着我留下给他们使力气。我大摇大摆走，他们非派人拦我不行，弄不好还要捆我一绳子。去年……现时说是前年的话了，好些个跑的人都挨过他们的绳子……"

"那么，你到哪儿去呢？"

"到哪达儿去？中国大得很！我跑了不少地界。我告诉你，"他啪啪地拍了两下胸脯，自豪地说，"我喜喜子有技术，有力气，哪个地界都欢迎。我这先到山根下我姑妈家去，过了年，翻过山就到内蒙古了。那个地界也有农场，工资还高哩！这话，你跟谁也别说。"

我点点头："你放心，我不会跟人说的。不过，你老这样下去也不是个长久之计呀。我听谢队长说过，你过去就跑过很多地方……"

他突然又垂下头，目光阴沉而呆滞地盯着炕桌，表现出不愿再听我说下去的模样。我知道，他这样粗犷而自信的人，一旦做出了自己的决定，是没有什么人能劝止他的。

大铁壶吱吱地叫着；牲口在隔壁悲愁地叹着鼻息。我们不说话，小屋里顿

绿化树

时充塞着沉闷的空气。他又端起杯子咝咝地吸茶，一直吮到茶底。然后，他啪地放下杯子。仿佛他刚才喝的不是茶水，而是酒，醉醺醺似的晃了晃脑袋，眨巴眨巴眼睛，用大巴掌抹了抹脸。接着，一种压抑的、苍凉的歌声从他胸腔中徐徐地响了起来：

> 甘肃嘛凉州的好吃（呀）喝，
> 为什么嘴脸儿坏了？
> 嘴脸儿坏了我知（呀）道：
> 尕妹妹把我害了！

唱完，他使劲地一拍大腿，沉重地叹息一声："唉！女子爱的是年轻人！"

我懂得歌里所唱的"嘴脸儿"是"面子""名誉"的意思，更深一层说，还有男子汉的自尊心。他的表情和歌声，带有一种在命运面前无能为力的悲剧色彩，使我的心紧缩成一团。他本来是可以在这里定居的，成家立业，娶妻生子，然而他现在又要去漂泊了。而他这次去漂泊，却和我有极大关系；我成了他命运中的一个破坏因素。我也沉痛地低着头，好像有一条鞭子在我头上晃悠。

沉默了好大一会儿，他又深深地叹了口气，摆了摆手，像赶蚊子一样想把所有的苦恼都赶走。随后，很快就从那种醉意中清醒过来，振作起精神，拎起大铁壶给两个杯子都续上水，挪了挪屁股，靠近我说：

"喂，小章，你跟我说实话，你念的是啥书？我看那像一本经哩。我告诉你，我趴在她家后窗户上看了好几次，都看见你在念书。实话跟你说，我小时候也念过经。"

马缨花没有问过我的问题，他倒注意到了。我很高兴有这样一个机会使我们都轻松下来。我拍拍《资本论》对他说，这不是"经"，是马克思写的书。他又问我，念这本书有啥用呢？我说，念了这本书可以知道社会发展的自然法则；我们虽然不能越过社会发展的自然法则，但知道了，就能够把我们必然要经受的痛苦缩短并且缓和；像知道了春天以后就是夏天，夏天以后就是秋天，秋天以后就是冬天一样，我们就能按这种自然的法则来决定自己该干什么。我说："社会的发展和天气一样，都是可以事先知道的，都有它们的必然性。"

"必——然——性。"他侧着头，用方音念叨着，眯缝的眼睛里跳动着思索的光芒，"必——然——性。我懂。咱们也有这个说法，咱们叫'特克底勒尔'，就是真主的定夺。世上万事万物该是啥样子，都是'特克底勒尔'……"

"哦，那是不一样的……"我准备向他解释。

"一样，一样！"他执拗地摆摆手，用不容置辩的口气武断地说，"有'特克底勒尔'，那是真主的定夺，就是你说的'必——然——性'。可还有'依赫梯亚尔'，这是，这是……我闹不清你们叫啥，反正就是'依赫梯亚尔'。比方说吧，我本来是满拉，学成了能当阿訇的，可我不好好学，满世里跑，这就是我的'依赫梯亚尔'。要是我干了坏事，不做好人，受了刑罚，那跟真主的定夺没关系，跟'特克底勒尔'没关系，那是我自己'依赫梯亚尔'的。要不的话，那真主对我的惩罚就没道理了。我不能把罪过推到真主身上，说是真主让我去干的。'特克底勒尔'是真主的决定，'依赫梯亚尔'是自己的决定……"

他这番表述得并不很清楚的话，不知怎么，在一瞬间却使我的思想受到一种冲击。这使我大为惊奇。"芝麻开门"，本来是句毫无意义的咒语，却也能打开一扇沉重的石门。唯心主义哲学和唯物主义哲学对同一事物分别使用的不同的概念，总有可以沟通的共同因素。我明白他说的"依赫梯亚尔"，在唯物主义者说来，应该是"人的选择"的意思。那么，我虽然出身在一个命定要灭亡的阶级，"特克底勒尔"要灭亡的阶级，可是这里面还有我的"依赫梯亚尔"，还有我个人选择的余地！与此同时，他的话，也启发了我应该怎样去理解最近以来一直令我困惑的问题：马克思主义指出了社会发展的自然法则，她的科学性和真理性质是我深信不疑的，但另方面，我们现在怎么又会搞得挨饿呢？原来这里面还有个"依赫梯亚尔"，如果人犯了错误，不按社会的客观规律办事而受到挫折，是与马克思主义无关的！人的暂时的错误和暂时的挫折，绝对无损于马克思主义的正确性……

我沉浸在自己的思索里。他还在饶有兴味地说着。但下面的话全是他当满拉时学的宗教词语了。也许他是要排遣心中的苦闷，暂时摆脱尘世的烦恼，想到他想象的天国里去遨游一番吧。他越说越兴奋，然而也越说越荒诞了。

羊圈那边又传来咩咩的惨叫声。这不知是宰第几只羊了。马号离羊圈不远，咩咩的叫声更为凄厉。听到羊叫声，他不知想起了什么，陡然失去了说话的兴致，垂头不语了。

马灯的光焰跳了两下，骤然暗淡下去。"熊！快没油了。"他跳起来骂了一句，把灯芯拧长了点。擦得干干净净的玻璃罩里顿时冒出一股黑烟，即刻把灯罩熏出一道道污黑的花纹。他欠过身去想把它拧小点，但大概又想起很快就要走了，于是又缩回手去，仍在我对面坐下。

"哎，小章，你跟马缨花成家吧！"他忽然没头没脑地跟我这样说。

"哦，我……"我没想到他会提出这个建议，愣了一愣。

"我跟你说，马缨花是个好女子。"他说，"啥'美国饭店'，那都是人胡诌哩！我知道，那鬼女子机灵得很，人家送的东西要哩，可不让人沾她身。真的，你跟她成家吧。你跟她过，是你尕娃的福气。"

"我……"我支支吾吾地说，"我还没想过这件事……"

"啥没想过！"他气恼地一拍膝盖，瞪起眼睛，"你尕娃别人模狗样的！你以为你是个念书人，人家配不上你是不是？我跟你说实话，有一次，我趴在她后窗户上看她洗澡，嗬嗬！她那个奶子，还有那个腰……嘿嘿，娃的福气哩……"

他一下子从想象的天国又坠入地狱，神性和鬼气混杂于他一身了。他总有叫我意想不到的言谈举止。我情不自禁地失声笑了起来。不过，我还是感到了他的真挚、诚恳和关心；从他的话里也证明了马缨花至少在这个队上是清白的。同时我也明白了，有一次马缨花说到他时，陡然停住了话题是什么意思；她肯定发现了他的这种荒唐行径。此后尽管他对马缨花很好，关怀备至，而她却总说他是个"没起色的货"，原因就在这里！

"咋样？"他最后问我，"你还想咋样？现时又不考秀才，你就是满肚子书，人不用你还是白搭！那女子可是针线锅灶都拿得起、放得下，田里的活也能干。跟了你，只怕还亏了她哩！……"

羊圈又响起咩咩的羊叫声时，他说他要走了。他一口气喝干了茶，把大铁壶从炉台上提开，让我帮他背起那一大摞行李。

"背得动么？"我担心地问他。

"背得动！到山根下三十里路，抬脚就到。"他颠了颠沉甸甸的铺盖，没跟我道别，没跟我握手，只嘱咐我把灯吹灭，把房门锁上，再去槽头添一抱草。然后他转过身，左一蹭，右一蹭，挤出了狭窄的房门，投进外面风雪茫茫的黑夜之中。

我从马号出来，只看见整个世界是浓密的、飞舞着的雪花……

马缨花还在羊圈。我回"家"去睡觉了。

三十三

……我钻进破棉花网套，还没睡着，谢队长就在窗户外面叫我：

"章永璘，章永璘！小章，小章……"

他急促的叫声使我心头一沉，立刻想到是海喜喜出事了！我没有应声，装着已经熟睡了，脑子里却在思忖应该怎样回答领导的盘问。谢队长还一个劲儿地叫："小章，章永璘……"

老会计用肘子捅捅我："小章，叫你哩！"

我慢吞吞地爬起来，用带着睡意的腔调问："什么事啊？"

"快，快，到队部办公室开会去。"

我想，不会这么快就发现海喜喜跑了吧；"开会"，大概是商量分羊肉的事，可能我们这几个单身农工也有一份。我赶紧穿上衣裳，跑到队部办公室。

各组的组长都在办公室里。每个人手上都有一支自卷的烟卷，满屋子烟雾腾腾。原来，办公桌上有一笸箩烟叶子，这是队部免费供给组长们开会时吸的自种烟叶。"劳驾，给我一张纸。"我也挤进去卷了一根，和别人一样，话也顾不上说就呼呼抽了起来。

一会儿，谢队长提着一个面口袋回来了，气咻咻地一屁股坐在办公桌前。办公桌上有盏马灯，照着他满手血迹。我吃了一惊，烟卷差点从嘴上掉下来。这种场景使我联想到福尔摩斯探案里的描写，我想到海喜喜，想到马缨花……身子几乎僵直了。

幸好，谢队长只是说，海喜喜那"驴日的"跑了。是喂牲口的老汉——就是那"死狗派儿"车把式——发现的。老汉去马号添草，看见他的门锁着——我真不该锁门！——拿马灯隔着玻璃窗一照，"炕上啥也没有，比水洗的还干净"，就去羊圈报告了谢队长。谢队长说，一定要把那"驴日的"追回来，眼看要春播了，没人摆耧哪行？！"那驴日的哪怕过了春播再跑哩！"他叫我们几个组长分头去追。他像运筹帷幄的将军似的调兵遣将：谁谁谁去北边那条路，谁谁谁去南边那条路，谁谁谁去镇南堡，谁谁谁朝东北方向追。他说我穿得单薄，叫我沿着东边的大路走，到三十里外的小火车站去挡海喜喜。他特地跟我讲："那站上有个炉子，你烤着火，我去羊圈安顿一下，随后就来。"

我才想起来谢队长手上的血是羊血，并且，他单单没有注意到去山根的那条羊群踏出来的小路。我浑身轻松下来。尤其是，他解开面口袋，又发给每人两个冻得瓷瓷实实的稗子面馍馍。"大家都辛苦点，这算是加班粮。"他这样说，我更高兴了。

会散了，组长们出了办公室。"熊！这大雪天的，哪达儿追去哩，回家睡去吧！"他们悄悄地议论着，也果真朝各自家门的方向散开了。我不能不到火车站去，谢队长一会儿还要来和我会合哩。

雪下得更大了。东边、西边、北边、南边，到处是白茫茫、灰糊糊的一片。雪花打得眼睛都难以睁开。这种鬼天气，不迷路才怪哩！我有点为海喜喜担心起来：他何必选在这样的夜晚跑呢？可是转念一想，这也正是他的聪明所在，那几个组长不是回家睡觉去了吗？

我只能朝着那条大路走。幸亏大路两边栽着一株株柳树，走在两行柳树中间总不会迷路的。我把棉绒毯子缝的"罗宋帽"从头上拉下来，我的鼻子、脸颊都立即感到了马缨花的温暖。我又想起海喜喜临走时的建议，心里虽然还在矛盾着，但也感受到海喜喜的无私的友情。我觉悟到：善良、同情、怜悯……人的美好的感情，本不是像我原来认识的那样，被饥饿和艰辛的鞭子驱赶得一干二净了，而恰恰是越在这种条件下，越显现出她的光辉。命运啊命运，既然把我从象牙塔里拽出来，难道就对我没有一点好处吗？我所享受到的最深切的温情，人生遭遇中最难得到的东西，不正是在这种时刻、这种条件下吗？……

一时，我感到我是十分幸福的。现在不知是几点钟，总该是半夜了吧！我只听见雪花柔和的沙沙声和自己呼哧呼哧的鼻息。雪夜静谧得令人的魂魄似乎都会脱离自己的躯体。前面，在两行柳树中间，蓦地出现了一座小桥，弓着背，一副忍辱负重的驯顺的样子。我陡然想起来，两个多月前，仅仅六十多天前，海喜喜赶着大车和我们几个就业人员曾经经过这里。那时，我还满田里找黄萝卜吃，而他，却威风凛凛地坐在大车上，唱着那动听的深情的民歌。脑子里，肯定萦绕着马缨花的影子，一心想早点赶回去跟她见面。可是，转眼之间，起了多么大的变化啊！现在他成了一个失恋者，一个逃亡者，而我，这个得胜的情敌却厚颜无耻地扮演着追捕者的角色。我想象海喜喜在这茫茫的雪夜中，背着沉甸甸的行李，一步一步艰难地向山根下跋涉的情景，幸福感顿时消失得无踪无影。因为这种情景使我非常清晰地看见，我的幸福是建立在他的痛苦之上的。我又不禁回忆起海喜喜对"月黑雁飞高，单于夜遁逃，欲将轻骑逐，大雪满弓刀"的评论，才悟到卢纶的妙处：他的这幅画面在描绘唐将浑瑊的英雄气概之下，透露出单于的悲壮色彩。怪不得海喜喜会从这首诗里得出与一般评论全然不同的看法。在一千多年以后，在我们已经组成了一个民族的大家庭以后，难道我们还不允许他这样地想吗？是的，他本人就是个外表看起来粗豪不羁、暴躁蛮横而心地却是纯朴的、多情的、具有悲壮性格的少数民族兄弟！

我得到了纯朴的劳动者的同情、友情和无私的关心，他们总把我想象得很好、很高尚，而我又奉献给他们些什么呢？什么也没有，除了痛苦之外！

我呆呆地在小桥上停了片刻，垂着头，俯视着片片雪花坠入桥下的黑暗里。

深刻的忏悔，固然是由于自己造成了别人的不幸，而被害者不但宽容了自己，还尽其最后的可能，再次施与了他的恩惠，那自己就不仅是忏悔，而是一种镂心的痛苦了。啊！海喜喜，海喜喜，亲爱的朋友，我怎样才能报偿你呢？

三十四

火车站的确非常小，我是看见铁路边的一盏红灯才摸索到的。车站没有站台，在两条铁轨旁边盖了一间比警察的岗亭大不了多少的土房子。房顶上积满厚厚的白雪，在寥廓的雪原上像一个孤独的大蘑菇。房子里没有灯，漆黑一团。我推开用板条钉成的门，走了进去。里面，果然如谢队长说的，有一个用大汽油桶改装的火炉，煤已经快燃尽了。我抖净身上的雪，借着炉算下透出的一点微弱的红光，找到一根铁通条。我拿起铁通条在地上横扫着，终于在墙角碰到一小堆煤。我加足了煤，把炉子捅好，在一张木条凳上坐下来。然后脱下破棉鞋，刮掉泥雪，用鞋面扫干净炉面，把两个稗子面馍馍和棉鞋一起放在炉子上烤着。

炉子很快就旺起来，火苗蹿出了炉口，小屋里一闪一闪地亮着红光。我的脚底板像手掌一样抱着热烘烘的铁皮炉底，不一会儿，全身都暖和了。我一边翻动着稗子面馍馍，一边打量四周。四面墙上都涂抹着乱七八糟的壁画，全是候车旅客的即兴创作，我如同到了在非洲某处发现的一个原始狩猎部落居住过的洞穴。奇怪的是这里没有卖票的窗口，啊，我才想起报社编辑曾经告诉我们：这不是个车站，而是个乘降点，只有逢站必停的慢车才在这里停一分钟。慢车要在凌晨四点开来，那么，我至少要在这里等到四点钟。

等就等吧。我吃着稗子面馍馍，想着海喜喜，如果路上顺利，他现在也该到他姑妈家了。我真诚地祝他过好春节，真诚地祝他以后生活幸福！

我在暖烘烘的火炉前打起盹来了。不知迷糊了多长时间，板条门外响起了嚓嚓的踏雪声。随着，谢队长哐地一下推开门进来。

"驴日的，好大雪！"他跺着脚，拍打着衣裳帽子，龟缩的脖子伸了出来，连声地咳嗽着说，"咳！……你还在这达儿，咋样？这达儿到底好一点，咳……那些人在雪地里撺，一夜里可遭罪哩！咳……"

他还不知道"那些人"并没有在雪地上撺，早跑回家睡觉去了。我有点可怜他，同时也有点敬佩他。他对我毕竟是关怀照顾的；他自己也是负责的。

我让他坐在我旁边，把剩下的一个烤好的稗子面馍馍给他吃。他拿起来看了看，说我会烤，烤得好，但他没有吃，又放在炉子上。他说羊圈熬了一大锅羊骨头汤，撒上稗子面，做了顿"羊汤糊糊"，去羊圈加班的人都喝了两碗。我想，马缨花和尔舍也吃上了吧，身上更加感到暖和了。

"谢队长，"我问他，"能抓到海喜喜吗？"

"抓个熊！那驴日的可能哩，他要跑，谁能抓得住他！"他抹抹鼻子，眼睛瞅着炉火说。

"既然知道抓不住他，怎么还要叫我们追呢？"我诧异了。

"唉！"他叹了口气，"不追追他，场部知道了不行：'人跑了，你老谢也不管，是干啥吃的？！'又该挨头儿的剋了。我到车站来，就等着搭四点钟那趟车去场部报告哩。"

他告诉我，咱们队朝东三十里是这个车站，朝南二十里是场部，铁路是条斜线，下一站离场部不远，下了车走两里路就到了。看来他的安排还挺巧妙，既装装样子追了海喜喜，又趁便搭上火车去场部。

"他是不是犯了什么错误，怎么场部非要抓他呢？"我不解地问。

"他犯个熊错误！那驴日的就是太能了，谁都不愿意放他。你不知道，你光看见他赶车，其实那熊耕耙犁锄，扬场赶碾，砌砖盖房，样样都能。现时哪达儿去找这样的劳力？！"

哦——海喜喜果真说得不错。我又问："那么，要是抓住他，会怎么处理呢？"

"啥'处理'，保证下次不跑了就行了呗！还咋'处理'？人家又没偷没抢！"

他两肘撑在火炉边上，脸映得通红。脸上的皮肤松弛下来，火光照着他满面的皱纹，这是常年在户外劳动的痕迹。他一定害着严重的沙眼，眼睛里不断淌出浑浊的泪水。我估计他的实际年龄，要比他外表年轻得多，但这时，他整个面孔上，又像第一次和我单独谈话时一样，显出了老人那种特有的宽容的神情。我很受感动，并且也因为想和海喜喜在一起劳动，差点要告诉他海喜喜就在山根下他姑妈家里，去把他找回来吧。但又一想，还是不要自作聪明，失信于海喜喜的好。

我问："你想他能跑到哪儿去呢？"

"哪达儿去？准跑内蒙古了。山根下，他还有个姑妈在那达儿，保准他跑去过年了。"

我暗暗一惊。他不派人往那去山根下的羊道上追，看来似乎是有意的。

"唉！"他抹了抹眼泪，虽然他并不是伤心，可是好像一副伤心的表情，"就是把他抓回来，拴得住他的身子，拴不住他的心。那驴日的，我知道，没个好女子，没个家，他哪达儿都待不长。今天把他抓回来，明天他还得跑。腿长在他身上，谁能看得住他？！……原先，他在咱们队上待着，是有想头的哩。"

我不敢多嘴了，我怀疑他洞察所有的事情。我低下头，局促地翻动着烧得焦黄的稗子面馍馍。

雪大概停了，听不到外面的沙沙声。世界一下子陷入了一种紧张的沉默，炉膛里劣质煤的哔剥声更增添了不安的气氛。

"哎，"他忽然侧过脸跟我说，"小章，说真的，你跟马缨花结婚吧。"

这是我今晚上听到的第二次建议，而且出自两个人的嘴里。我明白他是怎样从海喜喜身上联想到这件事的。我惶惶然地不置可否。

"马缨花是个能干的女子。"他说，"有时候和男人胡调哩，可那有啥？一个女子领着个娃娃，一个月十八块钱，又碰上这个饥荒的年景，你叫她咋整？你们结了婚，她就收心了。"

我想朝他喊：马缨花并没有跟"男人胡调"！可是，四年的劳改生活和至今仍被专政的身份，使我鼓不起勇气跟谢队长争辩。我仍然低着头沉默不语。

"你别嫌弃她。"停了一会儿，他又说，"好些女子在年轻的时候都上过当哩，后来正正经经嫁了人，都是好样的。你也别听啥'美国饭店'的话，我知道，那几个月她就跟海喜喜一个人好，可不知为啥，她不希待海喜喜……我看你们俩倒是挺合适，你劳动好，年龄也相当。她还能给你生娃娃。以后，就在农场里拉扯着过吧。两个人过日子总比一个人过日子轻省。这饥荒眼看就快过去了，日子总会一天天地好起来。听说，就在这个月，中央在北京要开啥大会哩①，前几年的政策看来要变一变。日子好了，在哪达儿过不一样呀？非得像你们组那几个一样，跑回城里去？……说实话，干啥都是一辈子，过去的事，就拉倒吧！"

他没有跟我说大道理，同时谨慎地避开我特别敏感的出身、错误、身份这些问题，还把在我这时看来是非常机密的党内消息告诉给我。他的语气非常温和，我很久没有听过一个党员干部用这种语气跟我说话了。他的年龄比我大得多，通红的炉火照着他疲乏的、早衰的脸，使他的面部显现出一种父辈般的慈

---

① 指一九六二年一月召开的有七千人参加的扩大的中央工作会议。

祥。一个人不论如何粗俗，没有文化，只要他有真挚的感情，能洞达事理，他自然而然就会显得高大和庄严。在这静悄悄的夜里，在热烘烘的火炉旁，在洞穴一般的小屋中，我与他之间的隔膜，被他的抚慰和关切之情融化了。我的泪水止不住地流出眼眶，在通红通红的火光映照下，像一滴一滴鲜红的血滴在炉台上。

他看了看我，再没有说什么，袖着手，稍往后仰了一点，侧身靠在炉台上打开了瞌睡。

三十五

这是一列客货混装的列车，暗绿色的客车厢里没有一盏灯，黑黝黝的；平板货车上不知装的什么，巨大的篷布上覆盖着污秽的积雪。老式的机车头好像害了哮喘病，吭哧吭哧地停下来。谢队长乘上了客车厢，火车又吭哧吭哧地走了，慢慢地隐没在一团白雾当中。白雾散尽，四周又归于沉寂；雪停了，连雪花飞舞的喧闹声也消失了，整个世界仿佛凝固了一般：上面是青蓝色的天，下面是白茫茫的地。我离开蘑菇似的小土屋，跨过铁轨，向那条两边有柳树的大路走去。

咔嚓、咔嚓、咔嚓……我踽踽而行，心里怀着一种宁静的温情。这一夜，人，"筋肉劳动者"和世界，一下子在我眼前展现出那么美好、那么富有诗意的一面。现实，竟会超过幻想；人心里，竟有那么绚丽的光彩！他们鲁莽的举止，粗鄙的谈吐，破烂的衣衫，都毫不能使他们内心的异彩减色。

我一路走，一路沉思。我又发现，在我们的文学中，在哺育我的中国文学和欧洲文学中，这样鄙俗的、粗犷的、似乎遵循着一种特殊的道德规范，但却是机智的、智慧的、怀着最美好的感情的体力劳动者，好像还没有占上一席之地。命运给了我这样的机缘发现了他们，我要把他们如金刚钻一般，一颗一颗地记在心里。

天蒙蒙亮了，天地间呈现出一片凝重的银色的光辉。路边一根柳树枝咔嚓一声被雪压断了，空中飞舞着水晶似的粉末，又如一树梨花落英缤纷，四周，还仿佛响起了银铃敲击的乐声，我像是穿行在一个童话的境界里。我被这种美的想象噎得透不过气来，同时感应到一种自然的冲击力。这种冲击力激发起我大脑的功能，在一瞬间产生了难得的灵感。我突然领悟到：即使一个人把马克思的书读得滚瓜烂熟，能倒背如流，但他并不爱劳动人民，总以为自己比那些粗俗的、没有文化素养的体力劳动者高明，那这个人连马克思主义者的一根指头也不是！资本家不是也学《资本论》吗？肯尼迪不是也研究"毛泽东的游击战术"吗？是的，"劳动人民"绝不是抽象的，他们就是马缨花、谢队长、海喜喜……这样的人！尽管他们和那些文学艺术作品中的劳动者的庄严高大形象相差甚远。

我怀着顿然窥见了人生的底蕴的那种狂喜，向隐没在雪原那边的、小得叫人心疼的村庄大步赶去。我并不冷，我感到热乎乎的。那里，有一个我所亲、所爱、可以与之相依为命的人在等着我。我还这样想，我和她结婚，还能改变资产者的血统，让体力劳动者的新鲜血液输在我的下一代身上。

赶到村子，天已经大亮了。但雪地上还没有一个足迹，农工们都没有起床。我径直向马缨花家走去。

她大概也是从羊圈回来不久，刚收拾完羊头羊下水。地上放着瓦盆瓦罐，锅里冒着腾腾的水蒸气，房子里郁积着一股浓烈的羊膻味。尔舍沉沉地睡在炕上。她蓬着头发，一脸倦容，还在瓦盆瓦罐之间忙碌着。但见我进来，顿时精神一振，两眼闪着喜悦的光芒，却用埋怨的口气说：

"你咋傻乎乎地真跑去追？那几个熊都回家睡觉去了哩。"

她已经知道了这件事，但对海喜喜又去漂泊却无动于衷，这使我有点恼火：我不喜欢我的妻子没有同情心。我说："我怎么能不去追？是谢队长派去的。"

"'怎——么'，'怎——么'！"她用嘲讽的声调学我，"要是真追上了，你还把他拽回来？"

"当然要把他拽回来。"我生气地说，"你知不知道，海喜喜是个好人哩！"

"我也没说他坏呀！"停了停，她脸上泛起不悦的表情，"你听，你眼里就没有我……"

"哎呀，这说得上吗？"我焦躁起来，"你知道海喜喜临走的时候跟我说了些什么？"

"跟你说了些啥我咋知道？"她收拾着地上的盆盆罐罐，带着几分警惕的神情反问我，但一瞬间，又嘻嘻地笑起来，"我'怎——么'知道？"

我怎么求婚？在她眼里好像从来就没有庄严的事情，神圣的事情。我可能不懂得女人的复杂的微妙的心理。我总感到，她，比海喜喜和谢队长难理解得多。

"他，他劝我……跟你结婚。"

我只好嗫嚅地说出来。但一经说出口，我才发觉，这句话完全不像我在路上想象的那样充满激情，那样富于诗意，那样罗曼蒂克，而是和一团豆腐渣一

"他操的心还怪多的！"她虽不再像小猫似的警惕了，却换上了一副装模作样的冷淡。这使我惊愕不已：难道我想错了，难道她并不爱我？

既然话已经出口，只能继续说下去。我又说："在火车站上，谢队长也是这样说的。他说，两个人过日子总比一个人好……"

"他也是咸吃萝卜淡操心！"她倏地从地上站起来，腰肢挺得直直的，把洗干净的盆子往土台上一蹾，决断地说，"咱们的事不要人多嘴！我有我的主意。"

这场可笑的求婚是彻底地失败了。生活刚刚展示出另外一面，但倏忽即逝，一下子又翻转过来，仍然是严酷的、没有诗意的现实。我怎么也搞不清楚：她对我无微不至的关怀和热情是出自爱情，还是风尘女子的那种轻狂的逢场作戏？我愣愣地站在门旁边：究竟是拂袖而去好，还是留在这里把她的"主意"搞明白？

这时，门外又响起瘸子走路的那种一轻一重的脚步声。她急忙把我拨开，从我身后拿起顶门棍顶上门，随即偎在我的胸前，缩了缩脖子，伸了伸舌头，一脸调皮的微笑，和孩子捉迷藏一般静等着保管员来叫门。

"马缨花，马缨花，"保管员推了推门，接着压低嗓子又叫，"马缨花，马缨花……"

她没有立即回答，停了一会儿，才用懒洋洋的腔调问："谁呀？"问完了，昂起脸朝我皱起鼻子笑了笑。

"我呀，马缨花，是我。"

"睡下啦！"她拖长声音说，她的声调和她的表情恰恰相反，"我困得很，要是还有营生，等我睡起来再干。"

"哎，不是叫你干活。你起来，羊圈靠西第三根柱子上头，我还给你藏着一副羊下水哩，你起去拿。"他给她东西，可那语气，倒仿佛是求她施舍给他一些东西似的。

"那好呀，"她又朝我做了个鬼脸，"等会儿我起去拿。"

保管员仍舍不得走，左右地捯着脚，在门外磨蹭着。在他们隔着门对话的那一刻，我比上一次更加紧张。上次我和她之间还有一截距离，现在，她紧紧地贴在我的怀里，一面调侃保管员，一面用手指头玩我棉袄上的扣子。虽然我为了要弄点吃的，曾经冒过许多次险，被人发现的可能性要比这次大得多，但这种充满暧昧意味的尴尬我还是第一次碰到。我不安得有点发冷。她朝我笑，朝我做鬼脸，我却笑不起来，一点也不觉得好玩。恍恍惚惚地不知有多长时间，保管员才拖着一轻一重的步子快快地走了，门外再没有一点声息。

"嘻嘻！"她在我怀里扭了一下，把正面向着我，"那个傻熊还想打找主意哩！待会儿我去拿，不吃白不吃。"

"唉！"我说不出什么话，吸了一口气。生活的美丽的色彩又渐渐褪色，而褪了颜色的生活是十分难看的。

"你看你，冷成这熊样子。"她摸摸我的手，把我的一双手分开，围在她的腰间，撩起棉袄下襟，将我的手插在里面，"来，让我给你焐一焐。"

隔着薄薄的布衫，我能感到她肉体的温暖，甚至是灼热。那柔软的富有弹性的腰肢，就在我两手之间，然而这却激不起我的一点情欲。我怀疑我把人、把生活又整个地看错了。她刚才的冷淡和现在的爱抚，到底哪个更为可信？

"傻狗狗，你咋这么傻哟！"她仰着脸跟我说，"啥'两个人过日子总比一个人好'！你不想想，咱们成了家，你就得砍柴火，你就得挑水，家里啥活你不得干？有了娃娃，你还得洗尿席子，一天烟熏火燎的，苦得你头上都长草咧！你十八块钱，连自己都顾不住哩，还能再添半个人的吃穿？你还能像现时这样，来了就吃，吃完嘴一抹就念书？你呀，你这狗狗真傻！"

我这才恍然大悟。她说她自有主意，原来就是这种为了爱情、为了我的献身精神。而我在她面前究竟有什么价值，值得她做这样的牺牲呢？世界和人、和没有文化素养的体力劳动者，又在我眼前恢复了绚丽的色彩。我想，我之所以难于理解她，恐怕就是因为在我身上，从来没有过为了别人、为了所爱的人而献身的精神，从来没有！

我的心里只有我自己，即使想"超越自己"也是为了自己。这就是我和她之间最大的差距。

我把她搂进怀里，我现在才觉得我是真正地爱她，不是感恩，不是感激之情。我热情地喃喃地说："马缨花，我们还是结婚吧！别人怎么过，我们也怎么过；让我来分担你的负担不好么？"

"'怎——么'，'怎——么'！"她略略推开我，深情地凝视着我的眼睛，而用嗔怒的口气说，"我不能让你跟别人家男人一样'老婆孩子热炕头'，那最是个没起色的货！你是念书人，就得念书。只要你念书，哪怕我苦得头上长草也心甘情愿。我要你'分担'啥？你能'分担'啥？咱们一结了婚，那些傻熊还会给我送东西来么？你看，我不出手，羊下水就给我搁在那儿了。你呀，傻狗狗，你就等着吃吧，这还不好么？……"

她还是要我念书，而为什么要我念书，她始终也没有说出个所以然来。在她脑子里，似乎认为念书就是我的本分，我的天职，像养着猫一定要它捉老鼠一样。我心里蓦然有种幽默感，同时，也不得不承认她的这种想法倒很现实。"女人的心计啊，女人的心计啊……"我默默地念叨着。

可是，这无疑又是我的耻辱。难道我能靠一个女人的姿色来过比较温饱的生活？来"念书"？这样做，我就更降低了我自己。"不！"我重复地说，"不！我们还是结婚吧，我不能让你那样做！我们还是结婚吧……"

"哎，傻狗狗。"她说，"我又没有说不跟你结婚，我早就想着哩，要不，我这是干啥呢？等这'低标准'一过，日子过好了点，咱们就去登记，让那些傻熊看了干瞪眼……"

"不，不……"我执拗地说，"我不能让你那样做，那你不等于骗了人家？"

"谁骗谁呀？傻狗狗。"她安抚我，"你不想想，他们给我的吃食，哪些是他们自己腰包里掏出来的？我不要，他们拿回去自己吃了，还不如咱们吃掉哩。告诉你，这个队上，管事的就谢胡子一个人是好人，连那个烧饭的伙夫都不是好熊！"

我被她独具匠心的、现实的、冷静的盘算弄得晕晕乎乎的：我究竟应该遵循哪种道德规范来生活？她并没有考虑到这一点：我们要照她那样的安排来度过困难，我就失去了一个男人的尊严。在她认为，这是非常时期可以采取的一种权宜之计，而我，身体恢复了健康——正是在她权宜之计的安排下恢复的健康，并且重新"念书"之后，我的羞耻心和道德观都强烈地阻止我这样做。

"不！"我仍然固执地说，"不！你别那样做。我们还是结婚吧，谢队长也同意了，我们马上就登记去。"

"你是不是不相信我，怕我跟了别人？"她说，口气和神色都带着少有的严肃。显然，她把我今天迫不及待地要求结婚领会错了。于是她又钻进我怀里，踮起脚尖，用脸颊摩擦着我的脸，柔声地说："要不，你现时就把它拿去吧，嗯，你要的话，现时就把它拿去吧。"

她忙碌了一夜，现在脸色还是疲倦的。美丽的大眼睛下那一圈淡青色更深重了，她这种行动，纯粹是女人为了爱情的一种献身的热忱，一点也没有个人的欲念。我感受到了一种令人心酸的、致命的幸福。是的，是致命的幸福！我胸中陡然涌出了这种情感，像一首弦乐合奏的无词歌从心里汩汩地流淌出来：不是情欲，甚至也不是一般的爱情，而是一种纯洁的、神圣的感情。有限的爱情要求占有对方，无限的爱情则只要求爱的本身。神是人创造的，在人创造神的过程中，一定曾经怀有过这种感情因素吧。我谦恭地吻了她一下，然后轻轻推开她。

"不，"我说，"我们还是等结婚以后吧。"

"那好。"她即刻从我的怀中离开，仰起脸，用清醒的、决断的语气说，"你放心吧！就是钢刀把我头砍断，我血身子还陪着你哩！"

"就是钢刀把我头砍断，我血身子还陪着你。"有什么优雅的海誓山盟比这句带着荒原气息的、血淋淋的语言更能表达真挚的、永久的爱情呢？

啊，生活啊生活，艰辛得和美丽得都使我战栗！

三十六

睡到中午，我被一个组长叫醒了。这个组长就是头一天领我们出工的那个面目阴沉、总像是郁郁寡欢的农工。他简单地告诉我，谢队长叫他套上毛驴车送我到场部去，带上自己的铺盖，大概是春节期间场部忙，要我去干几天活。

我匆匆爬起来。铺盖没有什么难收拾的，一卷就行了。我去马缨花家拿她给我做好的鞋，推推门，她还睡着哩。没关系，回来再穿吧，我脚上这双棉鞋还能凑合穿几天。那个组长又给了我四个稗子面馍馍，说是谢队长叫他去伙房领的，让我带着路上吃。我和他坐上毛驴车，颠簸着向场部跑去。

我还是头一次到场部。场部不过比我们一队大一点，有几幢砖瓦房，还有一个粮食加工厂，一个比较大的商店。我还看到一个拖拉机站。车库外面有两个银色的油罐，横卧在雪地上。那个组长赶着车，把我送到一间办公室前面。"吁——"他吆喝毛驴停下来，回过头对我说，"就这达儿，你把铺盖拿进去吧。"

屋里已经有了五个人，看样子全是各个队抽调来的农工，有的坐在椅子上，有的蹲在地上，身旁都放着自己的行李。见我进来，也不跟我搭话，各自埋头想自己的心思。不知怎么，我突然感觉到室内有一种不祥的气氛，我不安地望望窗外，那个组长早把毛驴车赶走了。

一会儿，一个场部干部拿着一张纸走进屋来，后面还跟着一个驾驶员模样的小伙子。干部皱起眉头看着单子把名字点了一遍，对小伙子说：

"好，都齐了，你送他们去吧。"

我们夹着行李随小伙子走到车库前面，在一辆"德特-24"轮式拖拉机旁边站住。小伙子拍着沾满油污的无指手套，挨个儿打量着我们，最后朝我问道：

"喂，你们谁是在省干校教书的那个'右派'？"

我向前跨了一步："我，不过那是好多年以前的事了。"

"我知道。"小伙子会意地笑笑，头一摆，"你坐在驾驶室里边。其余的，喂！听着没有？统统上车，都给我坐在斗子里！"

那五个人纷乱地爬上车斗，骂骂咧咧地用芨芨草把子扫下盈尺厚的积雪。我坐进铁皮焊成的驾驶室里，把一卷棉花网套塞在座位后面。小伙子等他们安顿好，检查完挂钩，在车头用一根油腻腻的皮绳拉燃发动机，爬上车来，突突突地开着车走了。

拖拉机走上向西去的一条乡间土路。到处是皑皑的冰雪，路边的树枝垂下来，像一根根水晶制的流苏。太阳光冲破密集的云层，在银色的雪原上投下一块块金色的斑点。喜鹊和乌鸦哇哇地飞着，徒然地四处觅食。路很难走，车轮经常打滑。小伙子聚精会神地开着车。他年龄大约跟我相仿，嘴唇上已有了淡淡的胡髭，鼻梁稍嫌矮些，眼睛却炯炯有神。

车到了比较平坦的路面，他略向后靠了些，瞥了我一眼，说："我爸爸认识你。他在干校念过书，你教过他。"

"哦。"我应了一声，但没有问他爸爸是谁，现在问这些还有什么意义呢？过去的已经过去了。而今天，拖拉机载着我，在这一片茫茫的雪原上向隐没在云雾中的、仿佛神秘莫测的山根下开去，又会有什么样的命运呢？

"你知道咱们到哪达儿去不？"他转动着方向盘问我。

"不知道。"我说，"我刚想问问你。"

"唉！"小伙子叹息了一声，用同情的口吻说，"场里叫我把你们送到山根下那个队去。那个队，你大概听说过，是专门整治人的窝窝子……你们这几个，全是场里认为调皮捣蛋的。本来，没你的事儿的，今天一大早，你们队来了个办户口的——一个瘦老汉，迁到省城去的，你肯定认识，跟你住一个屋的——他跟人保科干部说，你们队昨夜黑跑了一个人，这个人跟你关系挺好，你每天夜黑都跑到这个人家去，他临跑以前，还来宿舍找过你，肯定你们俩在搞啥阴谋。人保科一查，你出身不好，帽子还没有摘，几个干部一商量，临时把你的名字给添上了。这我亲眼见的。你们那个胡子队长还跑到人保科吵了半天，他保证你没事，说你是好人，可让人家剋了一顿，说他没一点儿警惕性，把一个好劳力放跑了，这会儿又护着一个报纸上批判过的有名的'右派'！还要叫他回去写检讨哩……咱们这个农场，过年过节都要整顿一次，好像坏人专拣着过年过节的日子捣乱一样。这不是？元旦前我送去四个人，今天，又送去你们六个……到了那达儿，你得多加小心，那可是个叫你掉几层皮的地方……"

奇怪，他这番话并没有使我感到意外。我并不惊愕，更不惶然失措，甚至我还认为，我跟马缨花还在一个农场，这就很好，不久以后总能见面的。我只是感到愤恨——"营业部主任"临走时还不放过我。人是非常美好的，但也有的人非常狞恶。如果不是这样，人便不会在创造神祇的同时创造出鬼怪来。这种愤恨压倒了我对马缨花的留恋，还鼓起了我一种抵抗压力的激情。我凝神望着前方，那是广袤的白茫茫的雪原，一道阳光终于冲破了山顶的浓云，宛如一把利剑插到山脚下，迸出一片耀眼的亮光。这种情景我好像很熟悉，仿佛在一个梦中见到过。现在，我健康了，我觉得能够理解马克思的书了，我相信我不论走到哪里，我都有一种新的力量来对付险恶的命运。

拖拉机颠簸着，小伙子一心又放在开车上了。我突然想起来，我还没有告诉马缨花，海喜喜留下了一张炕桌和一麻袋黄豆。炕桌不知会被谁抄走；那埋麻袋的地点只有我知道，这场雪一化，气温再一转暖，黄豆就会浸得发芽了吧。

果然如那小伙子说的，我到山根下这个队，连请假出来的权利和与外面的非直系亲属见面的权利也被剥夺了。两个月以后，一个留在队上的病号悄悄告诉我，这天有个"挺标致的小娘儿们"夹着一个小包来找我，让队上的干部盘问了半天，结果还是被训了回去，小包也不许留下。这天，我在渠口上抬了十小时石头，累得筋疲力尽，我只可怜她走了这么远的路，还没来得及思念她就沉沉入睡了。不久，提出了"阶级斗争要年年讲，月月讲，天天讲"，我以"书写反动笔记"的罪名被判三年管制。"社教运动"中，我又以"右派翻案"的罪名被判三年劳教。劳教期满，回到农场，正遇上"文化大革命"，我升级成为"反革命修正主义分子"，被群专起来。一九七〇年，我被投进农场私设的监狱。那种监狱，不属于公安机关管辖，没有一条现代监狱的规章，纯粹是中文版的罗马宗教裁判所。

一九六八年，我劳教期满回到农场，才得知在我前面那段被管制期间，马缨花一直没有结婚。我被送去劳教后，她就带着尔舍到县城找她哥哥去了，没有多长时间，她和她哥哥全家都回到了青海。据说她哥哥也犯了什么错误。

一九七一年，在那座农场私设的监狱里，连《毛泽东选集》也不让我们"犯人"看，说是我们的主要任务就是劳动改造，看了《毛泽东选集》会学到和农场当局斗争的策略。有一天，我被派到农场子弟学校的教研室砌炉子。教员们上课去了，我如饥似渴地到处翻找有什么可看的书，但办公桌上全是学生的

绿化树

作业簿，只有一本《辞海》放在案头上。我翻到"马缨花"这一条。这一条是这样解释的：

植物名。学名Albizzia julibrissin。一名"合欢"。豆科。落叶乔木。二回偶数羽状复叶，小叶甚多，呈镰状，夜间成对相合。夏季开花，头状花序，合瓣花冠，雄蕊多条，淡红色。荚果条形，扁平，不裂。主要产于我国中部。喜光，耐干旱瘠薄。木材红褐色，纹理直，结构细，干燥时易裂，可制家具、枕木等。树皮可提制栲胶。中医学上以干燥树皮入药，性平、味甘，功能安神、解郁、活血，主治气郁胸闷、失眠、跌打损伤、肺痈等症。花称"合欢花"，功用相似。又为绿化树。

啊！这条目下所有解释的文字，没有一点不和她相似的："喜光，耐干旱瘠薄"，不就是她的性格吗？

可是，这一晚上我却失眠了——她作为药物的功能没有起到作用。"绿化树！绿化树！……"我眼前总是一株株绿化树，最后变成了一片绿色的海洋……

三十七

整整二十年过去了。二十年，五分之一世纪！我们国家和我都摆脱了厄运，付清了历史必须要我们付的代价。还是在那种多雪的春天，我和省文化厅的负责人及制片厂的同志，分乘两辆"丰田"小轿车，带着一部根据我写的长篇小说拍摄的彩色宽银幕影片，到这个农场来举行答谢演出。电影放映完了，场长、书记们把我们送回招待所。我问场长，谢队长在哪里，他甚至不知道有谢队长这个干部；他是一九七八年调来的，大概谢队长早就离开这个农场了吧。

但是，在深夜，我还是从设备很好的招待所里悄悄走出来。月色朦胧，夜凉如冰。我没有惊动司机，独自一人踏上了通往一队的大路。

白皑皑的雪，还是那种白皑皑的雪，把我居住过的一队整个罩住，羊圈那边传来阵阵狗吠，除此之外，夜静得像梦幻一般。我伫立在桥头，往事如烟如雾，从小桥那边漫卷而来。我耳边分明响起了她的歌声，她的"花儿"，那么清晰，那么悠扬，那么婉转，那么情深：

金山银山八宝山，

檀香木刻下的地板；

若要咱俩的姻缘散，

十二道黄河的水干！

我清清楚楚地看见她向我笑盈盈地迎过来。她飘飞着，雪地上没有留下一点足迹。她仍然是那样美丽，那样健康，那样开朗，那样容光焕发。到我面前，她嘻嘻一笑——啊，那种笑我是多么熟悉！——说：

"就是钢刀把我头砍断，我血身子还陪着你哩！"

……可是，还是静悄悄的夜，还是白茫茫、灰糊糊的雪。除了我，四周没有一个人，没有一点声息……我发觉，一颗清凉的泪水，在我久已干涸的眼眶中流了出来。它是从记忆的深处渗出来的，冰得真如古井中渗出的水滴。是的，人不应该失去记忆，失去了记忆也就失去了自己。我虽然在这里度过了那么艰辛的生活，但也就是在这里开始认识到生活的美丽。

马缨花、谢队长、海喜喜……虽然都和我失去了联系，但这些普通的体力劳动者心灵中的闪光点，和那宝石般的中指纹，已经溶进了我的血液中，成了我变为一种新的人的因素。

一九八三年六月，我出席在首都北京召开的一次共和国重要会议。军乐队奏起庄严的国歌，我同国家和党的领导人，同来自全国各地各界有影响的人士一齐肃然起立，这时，我脑海里蓦然掠过了一个个我熟悉的形象。我想，这庄严的国歌不只是为近百年来为民族生存、国家兴盛而奋斗的仁人志士演奏的，不只是为缔造共和国而奋斗的革命先辈演奏的，不只是为保卫国家领土和尊严而牺牲的烈士演奏的……这庄严的乐曲，还为了在共和国成立以后，始终自觉和不自觉地紧紧地和我们共和国、我们党在一起，用自己的耐力和刻苦精神支持我们党，终于探索到这样一条正确道路的普通劳动者而演奏的吧！他们，正是在祖国遍地生长着的"绿化树"呀！那树皮虽然粗糙、枝叶却郁郁葱葱的"绿化树"，才把祖国点缀得更加美丽！

啊，我的遍布于大江南北的、美丽而圣洁的"绿化树"啊！

原载《十月》1984 年第 2 期

中国作家协会 1983—1984 年全国优秀中篇小说

绿
化
树

鸡窝洼人家

——

贾平凹

第一章

正是子时，扇子岩下的河滩里，木木地响了两下。响声并没有震动夜的深沉，风依旧在刮着，这儿，那儿，偶尔有雪块在塌落了，软得提不起一点精神。

响声谁也没有发觉，一只狗也没有叫。鸡窝洼几乎被雪一抹成了斜坡了，消失了从坡上流下来的那条山溪，咕咕的细响才证明着它在雪下的行踪。本来立陡立陡的人字屋架，被雪连接了后檐头到地面的距离，形成一个一个隆起的雪堆。门前的竹丛，倒像是丰收后的麦秸积子。房子的门在哪里？窗在哪里？稳稳地只听见有着男人的或吹或吸的打鼾声，和婴儿一声惊叫，以及妇女在迷糊中本能的安抚声，立即一切又都悄然没息了。

突然亮起了一点光来，风雪里红得像血，迷迷离离地晕染出一所庄院。门很响地开了，一个红的深窟；埋了门槛的雪像墙一样地倒了进去，红光倏忽消灭了。一只狗出来，瘦长长的，没有尾巴，在雪地极快地绕了一圈，猛地向空中一跃，身子像一个弓形，立即向前跑去了。狗的后边，是一个男人，手里正提着一杆土枪。

这是回回家的院落。三间上屋，两间西厦。洼地埋在一片柞树、桦树或者竹林子里，而整个鸡窝洼里，唯有回回家的院落是最好的风脉了：在洼的中心，前边伸出去，是一片平地；背后是漫漫的斜坡，一道山溪从坡顶流下来，绕屋旁流过去，密得不透风的竹子就沿溪水长起来。大路是没有的。以这里为中心，四边的台田块与块之间的界堰，便是路了。条条交错，纷乱中显见规律，向整个洼地扩散开去，活脱脱的像一个筛的模样。鸡窝洼的名字也就从此叫起了。

回回家两口人。媳妇烟峰是南山张家坪的女子，长得又粗又高，头发从来没有妥妥帖帖在头上过，常在山洼里没死没活地傻笑。家里原有一个驼背的老爹，喜欢养猫，有事没事就用没牙的嘴嚼着馍花，然后喂在猫的口里。他最看不上她的笑，她一笑，老人就磕起丈二长的既做拐杖又做打狗棍的长杆烟袋。做儿媳的偏不在意，要说就说，要笑就笑，咧一嘴白厉厉的牙，奶子一耸一耸的。两年后，驼背老爹下世了，烟峰便拿着回回的事，有人没人就指着骂丈夫的那个红鼻子。三年以后，除了嘴上还是硬活以外，心底里却怯了：因为她不能生上儿子女子来，人面前矮了几分。两口子住在堂屋，这西厦房堆了物什。冬至那天，禾禾就在这里临时住下了。

禾禾原本是东沟羊肠洼的人，爹娘死得早，上中学的时候和回回是一个班的。毕业后，去参了军，在甘肃的河西走廊待了五年。复员回来，没有安排工作，回回做媒，上门到洼里半梁上的孙家。本该是一个媳妇，一个一岁的儿子，一家滋滋润润的光景，却吵吵闹闹离了婚，只身一人住在这里来了。住在这里，一切都是临时凑合，家里什么也没有带出来：房是人家的，自然归人家；孩子判给女人，狗儿猫儿却属他，但猫儿跟了他一夜，第二天就跑回去了，只有一条狗，他起名叫蜜子，跟前跟后，表示着忠诚。几十天了，两年以前的独身生活又重新恢复，进门一把火，出门一把锁，日子过得没盐没醋的寡味。他天天盼着下雪，雪下起来，他就可以去打猎了。

已经是两个夜里，他没有敢瞌睡，守着火塘，听河边的响动。河边的沙滩上他下了炸药，但狡猾的狐子并不去吃那鸡皮包裹的药丸。今夜里，他下了最后的赌注，将所有的药丸全部安放在扇子岩下的沙滩，心里充满了极度的惶恐和希望。

一堆干柴很快燃尽了，变成了红炭，红炭又化了白灰。他添上了一堆干柴。烟呼地腾上来，小小的屋里烟罩了一切。一切都暗下来，雪的白光从窗口透入，屋子里似乎又冷了许多。他趴下去，眯着眼睛拼命用嘴吹，忽地火苗蹿上来，越蹿越旺，眼见得松树柴棒上嗞嗞往外冒着松油，火苗就高高地离开了柴堆，呈现出一种蓝光，蓝光的边沿又镶着红道，样子很是好看。接着火苗就全附在柴堆上，哔哔剥剥响得厉害。他笨拙地盘起双腿，用手去蘸那松油往脚上的冻疮上涂，松油烫得很，一接触冻疮就钻心的痛，痛里却有了几分舒服的奇痒。后来这一切都安静下来，伸着手，弓着腰，将那颗脑袋夹在两腿之间，享受着火的温暖。

堂屋里，回回已经起来小解了，尿桶里发出很响的"咚咚"声。他猛地直起腰来，一直听着那声音结束，心里泛上一种酸酸的醋意。堂屋里的两口，是已经在被窝里睡过一个翻身觉了；在那高高的洼地半梁下，他也曾是有这么一个热得滚烫的炕的，孩子也是一夜几次要抱下来解小解的，那在尿桶里的响声里也是充满了一个殷实人家的乐趣的。现在，他却只能孤孤地寄宿在别人的厦子屋里了。

"难道今晚又要落空了吗？"禾禾想着，侧耳再听听扇子岩方向，并没有什么响动。"还没有到时候吧？"他重新坐好。就发觉肚子里有些饥了。是饥了，夜里去放药的时候，他是吃了中午剩下的两碗搅团，尿泡尿就全完了。柱子上的那个军用水壶里，烟峰白天给他装满了甘榨烧酒，晚上出门时就喝干了。他环视着屋子，四壁被烟火熏得乌黑而且起了明明的光亮，两根柱子上，钉满了钉子，挂着大大小小的篮子，包袱，布袋，一条军用皮带，一只军用水壶，那就是他的全部日用家当。靠窗下锅台里是一口铁锅，靠里的案板上，堆着盆子罐子，那里边装着他的米、面、油、盐、酱、醋。

过去就是炕，炕后的土台上是几瓮粮食和偌大的一堆洋芋。他走过去捡了几个小碗大的紫色洋芋埋在了火塘边。那高大的身影就被火光映在四堵墙上，忽高忽低，变形变状。他瞧着，突然打起一个哈欠，将手举起来，一个充满四墙的大字形就印了上去。他把黄狗拉起来，抱在怀里，黄狗已经醒了，却并没有动，任人抚摸着。

"蜜子，今晚能炸着狐子吗？"他说，"两天了，难道狐子夜里也不出窝吗？扇子岩下明明有着狐子的蹄印啊！"

黄狗依然没有动，软得像一根面条似的。

"你不相信？今晚一定会有收获呢！今晚没有落雪，那药丸不会被雪埋了的。你跟着我，你要相信我一定什么都会好起来的。"

火塘里的洋芋开始熟了，散发出浓浓的香味。禾禾扒出来，不停地捏，在手里来回倒着，就剥开皮来，一团白汽中露出一层白白沙瓢一样的面质。咬一口，是那样可口，但喉咙里却干得发噎。狗就一直看着他。将一块塞在狗的嘴里，洋芋皮却粘在了狗鼻子上，烫得它"吱"地叫一声。他快活地笑了。

一个洋芋，又一个洋芋，使他连打了几个嗝儿，牙根烫得发麻，从门缝下抓一把雪吞了，又冷得发疼。当第三个洋芋刚刚掰开，沉沉的声音就响了。他立即跳起来，叫道："响了！响了！蜜子，炸着了！"

黄狗也同时听到了，跳在地上，立即后腿直立，将前爪搭在他的肩上。禾禾在火塘里点着了灯，开始戴帽子，扎腰带，将苞谷胡子一层一层装在草鞋里，穿在脚上，脸上充溢着自信和活力；取过背篓、土枪，打开门就走出去了。

第二章

　　山洼下的平地里，风在滚动着，雪涌起了一道一道梁痕。洼口下是一个深深的峡谷。平日里，溪水从这里流下，垂一道飘逸的瀑布，现在全是晶莹莹的冰层了。蜜子站在那里，头来回扭着，四蹄却吸住了一样直撑着。禾禾喊了它一声，它还是迟疑不动；自己就寻着冰层旁边的石阶一步一步往下走。风似乎更大了，雪末子打在脸上，硬得像沙子。而且风的方向不定，一会儿向东，一会儿向西，扯锯地吹，禾禾脚下就有些不稳了。他后悔出门的时候，怎么就忘了在草鞋底下缠上几道葛条呢？就俯下身子，把土枪挂在肩上，将背篓卸下来一手抓着，一手拉冰层旁的一丛什么草。草已经冰硬了，手一用劲，就"嚓"地断了茎，"哗啦"一声，身子平躺在冰层上。"蜜子！"他大声叫了一下，背篓就松了手，慌乱中抱紧了土枪，从冰层上滚下去了。

　　等他清醒过来的时候，他是长长地摆在峡谷底的雪窝子里，蜜子正站在他的头边，汪汪地叫。他爬起来，使劲地摇着脑袋，枪还在，背篓就在前边不远的地方。蜜子的叫声引动了远处白塔镇上那公社大院里的狗，那狗是小牛一样肥大，吼起来像一串闷雷。

　　"蜜子，蜜子，你是怎么下来的？"

　　禾禾拍蜜子的脑袋，笑得惨惨的，小声骂着，从峡谷蹚出去。

　　公社所在的白塔镇，是这里唯一的平坦地面。镇子的四边兀然突起的四个山峰，将这里围成一个瓮形。那瓮底的中央，早先仅仅建有一座塔，全然的白石灰石砌成。月河从秦岭的深处流下来，走了上千里路程，在离这里八十里远的瘩子坪开始通船，过七十七个险滩，一直往湖北的地面去了。如今月河水小了，船不能通航，只有柴排来往，上游的人在上边驮了桐籽、龙须草、核桃、柿饼，或者三百二百斤重的肥猪运往下游贩卖，而下游的则见天有人背着十个八个汽车轮胎，别着板斧、弯镰到上游的荒山里砍伐柴火、荆条，扎着排顺河而下。公社看中了这块地方，就在六年前从喂子坪迁到这里，围着白塔，开始有了一排白墙红瓦又都钉有宽板檐头的大房子来，这里渐渐竟成为一个镇了。

　　镇子落成，公路修了进来，花花绿绿的商店，出售山里人从来没有见的大米饭的饭店，却吸引了方圆几十里的人来赶集。久而久之，三、六、九就成了赶集的日子，那白塔身子上，大槐树上，两人高的砖头院墙上，贴满了收购药材、皮革的各式布告，月河上就有了一只渡船。禾禾三年前复员，是坐着一星期一次的班车回来的。而两年前结婚的那天，来吃他们宴席的三姑六姨就是穿红袄绿裤子坐了那渡口的船过来的。

现在，月河里一片泛白。河水没有冻流，两边的浅水区却结了薄冰，薄冰上又驻了雪，使河面窄了许多。而那条渡船就系在一棵柳树下，前前后后被雪埋着，垂得弯弯的绳索上雪垒得有半尺多厚了。禾禾茫然地往船上看了一会儿，就急急沿着扇子岩下往前走。他细细地察看雪地上，果然发现有了各种各样走兽的蹄印。这蹄印使他来了精神，浑身感觉不到一点寒冷。他分辨着昨晚下药的位置。但是，在几个地方，并没有发现被炸死的狐子，反倒连安放的药丸也不见了。他在雪地里转着，狗也在雪地里转着。

"莫非有人捡了我的猎物？"

他尽力睁开眼睛，搜索着河滩：远近没有一个人影。风雪偶尔旋起来，下大上小，像一个塔似的，极快从身边呼啸而过。他放下背篓，在背篓口里划着了火柴，点上一支烟。烟对他并没有多大的吸引力，只是在愁闷不堪的时候，才吸上一支，立即就呛得咳嗽起来。这时候，蜜子在远处汪汪地叫着。

他走过去。蜜子在一个雪堆旁用爪便劲刨着。他看清了，雪堆上出现了一根鸡毛，小心翼翼刨开来，里边竟是他的鸡皮药丸。

"啊，这鬼狐子！真是成了精了？"

他蓦地想起父亲在世时说给他的故事。父亲年轻那阵就炸过狐子，告诉说世上最鬼不过的是这种野物，它们只要被炸过一次，再遇见这种药丸便轻轻叼起来转移地方，以防它们的儿女路过这里吃亏上当。

"蜜子，这是一只大的呢！"

大的欲望，使禾禾的眼光明亮起来。他重新埋好了药丸，继续随着蹄印往前走。雪地里松软软的，脚步起落，没有一点声息。蜜子还是跑前奔后地履行自己的职责。禾禾的脑子里迅速地闪过几个回忆。他想起几年前在河西走廊，天也是这么辽阔，夜也是这么寒冷，他和一位即将复员的陕西乡党坐着喝酒话别，乡党只是嘤嘤地哭。他说：

"多没出息，哭什么呀？"

乡党说：

"咱们从农村来，干了五年，难道还是再回去当农民吗？"

"那又怎么啦？以前能当农民；当了兵，就不能当农民了？"

"你是班长，你不复员，你当然说大话！"

"我明年就会复员。你家在关中，那是多好的地方，我家还在陕南山沟子哩。"

"你真的愿意回去？"

"哪不是人待的？"

他想起了地分包的那天，他们夫妻眼看着在地畔上砸了界石，在一张合同书上双双按了指印，当第二天夜里的社员会上，他们抓纸蛋抓到那头牛的时候，媳妇是多么高兴啊，一出公房大门就冲着他"嘎"地笑了一声。

"你的手气真好！"

"我倒不稀罕哩。"

"去你的！"

但是，正是这头牛带来了他们家庭的分裂……

"咳，动物是不可理解的，即使人和人也是这么不能相通啊！"

禾禾胡乱地想着，一股雪风就搅了过来，直绕着身子打旋。他背过身去，退着往前去，感到了脸上、脖子上冷得发麻，腿已经有些僵直了，只是机械地一步一步向前挪动，想站住也有些不可能了。差不多这个时候，他听见了不远的地方有着微微叫声。扭头看时，在一块大石后边，倒卧着一只挣扎的狐子，样子小小的，听见了脚步声，惊慌地爬动着。禾禾站在那里，猛然有些吃惊了。忙要近去，却突然从前边的雪地里跃起一只特大狐子来，腿一瘸一瘸地向前跑去，在离他五丈远的地方停下来，一声紧一声地哀叫。

"蜜子，快！"禾禾一声大叫，向那老狐子追去。老狐子同时也瘸着腿向前蹿去。雪地上就开始了一场紧张、激烈的追捕。那狐子毕竟比禾禾跑得快，比蜜子也跑得快，很快拉开了距离，就卧在前边又一声声叫得更凄厉了。等他们眼看要追上时，那鬼东西又极快地向前跑去，这么停停跑跑，一直追过河滩，狐子跑到山上。山上的雪很厚，狐子三拐两拐的，常常就没了踪影，但立即又出现在前面。禾禾已经累得大口喘气，越追越远，就越不愿意半途而废了。末了追上一座山坡，山坡上是开垦种了红薯的闲地，雪落得整个山头像一个和尚的脑袋，眼前的狐子却无论如何找不着踪影了。禾禾坐在雪窝里，大口大口喷着热气，那热气却在胡子上、眉毛上结成了冰花。蜜子也一身是雪，每一撮毛都掉着冰凌串儿，扬着头拼命地向山头上咬。山头的雪地里，狐子又出现了，它像得意的胜利者，在那里套着花子跳跃，完全看不出腿是受伤的了。

到这个时候，禾禾才意识到这狐子的瘸腿原来是伪装的：它是为了保护那只受伤的小狐子，才假装受了伤将他们引开。他一时脸上发烧，感到了一种被捉弄和侮辱的气愤，取下土枪，半跪在雪地里，瞄准了那老狐子，"叭"的一声，黎明的山谷里一阵回响，枪的后坐力将他推倒在雪地里。爬起来，枪口还冒着硝烟，雪地上却并没有倒下一只什么东西来，而在山头更远的地方，那只老狐子又在撒欢了。

禾禾站在那里，羞愧得浑身发冷，手脚不听使唤了。看看东边山上，天空清亮了许多，远远的白塔镇上隐隐约约显出着轮廓，塔下的小学校里，钟声悠悠地敲起来了。

"他妈的！"他骂着狐子，也骂着自己，就脚高步低地往山下走，狗也懒得去招呼一声了。

他开始从河滩最上处往下收药，因为白天狐子是不会出来的，而药又会误伤了行人。但是，就当他在一块大石后收取一颗药丸时，意外地却发现了一道血迹。转过石后，在雪地倒卧着一只没尾巴的狗：已经昏迷了，身子在动着；下巴全然炸飞，殷红的血在雪上喷出一个扇面。禾禾猛然意识到夜里听到的是两声爆炸声。

"倒霉！"

他踢了伤狗一脚。狐子没有炸着，反炸着了狗，要是这狗的主人知道了是他炸死的，那又会发生什么吵闹呢？他忙将狗提起来，扔在了背篓，急急要趁着天明之前赶回家去。

"权当是要吃狗肉来的。"他安慰着自己。

第三章

当禾禾满头大汗背着昏迷不醒的伤狗回到鸡窝洼里，回回两口子早已起来了。这家人是洼里最富裕又最勤苦的，一年四季，没有睡懒觉的习惯。地分包正合了他们的心境，每料庄稼第一个下种，第一个收停碾净。家里喂了三头猪，十八只鸡，过着油搽面的好日子。烟峰提了便桶去厕所倒了，过来看见西厦子房的门被风刮开，喊几声"禾禾"，没有应声，知道又去河滩收药了，就自个儿抱了扫帚扫起门前屋后一夜风扬过来的雪末。

回回从炕上爬起来，靠在界墙上，摸索着烟袋要吃烟，又大声叫喊着寻不见火绳。烟峰从台阶上的檐簸子里抽出一节苞谷胡拧成的火绳，隔窗格塞进去，说：

"眼窝一掰开就是吃烟，你熏吧，一张嘴倒比个炕洞冒的烟多！"

回回在炕上打着哈欠，回应道：

"不吃烟吃荷包蛋行不行？夜里下雪了吗？"

烟峰说：

"雪倒没下，干冷干冷的。你睡吧，饭好了我叫你。"

回回说：

"你说得轻快，冬天地里没活了，我得尽早去白塔镇上掏粪呀！昨日早上，那麻子五叔倒比我去得早呢！"

"穷命！"烟峰把鸡窝门打开，拌了一木盆麦麸子在门前让鸡啄起来，"现在地分包了，你也是没一天歇着。去就去吧，回来到那河里，把手脸、粪铲洗得净净的，别让人看了恶心！"

回回过足了烟瘾，提着裤子走出来，一边看着天的四边，唠叨天要放晴了，一边裹紧了丈二长的蓝粗布腰带，挑着粪担出门去了。

白塔镇上的公家单位，厕所都在院墙外边，公家干部没有地，厕所里从来不掺水。地分包了以后，附近几个洼的人家就见天有人来掏粪。最积极的倒算得上是回回了。

回回一走，烟峰就开始在门前的萝卜窖里掏萝卜，大环锅里煮了，小半人吃，大半猪吃。然后再去屋后雪堆里拉柴火，把火塘烧旺。她家的火塘不在当屋脚底，而在门后：挖很深的坑，修一个地道；火热便顺着地道通往四面夹墙上、炕上，满屋子里就一整天都热烘烘的了。一切收拾得停停当当，才听见山洼子里的人家，有木栅门很响的打开声，往外赶鸡撵猪的声，或者为小儿小女起床后的第一泡粪而大嗓门叫喊狗来吃屎的吆喝声。她就要推起石磨了。

电是没有通到这里的，一切粮食都是人工来磨。但别的地方的大磨大碾，这地方依然没有，他们习惯尺二开面的小石磨，家家安一台在屋角。力气大的，双手握了那磨扇上的拐把儿转，力气怯的就把拐把上再按一个平行的拐杆，用绳子高高系在屋梁，只消摇动那拐杆，磨盘就一圈一圈转起来了。可怜一次磨一升三升。一年四季，麦、豆、谷、菽，就这么一下一下磨个没完没了。

烟峰过门五年来，差不多三天两头守着这石磨。当第一天穿得红红绿绿进了这家门槛，一眼就看见了锅台后那座铺着四六大席的土炕和墙角的那台新凿得青青光光的石磨。她明白这两样就是她从此当媳妇的内容了。五年里，夜夜的热炕烫得她左边身子烙了换右边，右边身子烙了换左边，那张四六大席被肉体磨得光溜溜、明锃锃的，但却生养不下一男半女。她没本事，尽不到一个女人的责任。那石磨却凿一次磨槽，磨平了，再凿一次，硬是由八寸厚的上扇减薄到四寸。现在只能在磨扇上压上一块石头加强着重量。

她烦起这没完没了的工作。每每看见白塔镇上的商店里、旅社里、营业所里的女人们漂漂亮亮地站在柜台前、桌子后，就眼馋得不行。她恨过生自己的爹娘，恨过常常鼻子红红的回回，末了，她只能恨自己。地分包了以后，庄稼由自己做，她就谋算着地里活一完就会轻松自在了，可这顿顿要吃饭，吃饭又得拐石磨，她还是没一刻的空闲。每每面瓮里见了底，她就发熬煎：天天拐石磨？！回回总要说："天天拐石磨，那说明有粮食嘛，有啥吃嘛！"可是，有了吃就天天拐石磨吗？人就是图个有粮吃吗？烟峰想回顶几句，又说不出来，因为多少年来吃都吃不饱，她怕回回说她忘了本。

她低着头，只是双手摇着那拐杆，脑袋就越来越沉，却不能耷拉下去，必须要一眼一眼看着那磨眼的粮食。她突然觉得那石磨的上扇和下扇就像是天上的太阳和月亮：太阳和月亮见天东来了，往西去，一年四季就过了；这上扇和下扇的转动，也就打发了自己的一天一天的光阴。她"唉"了一声，软软地坐下去，汗水立时渗出了一脸一头。

门外边，一阵很响的脚步声，接着没尾巴的蜜子跑进来，带了一股寒气。她脸上活泛开来，一边放下拐杆，一边用手拢头上的乱发，叫道：

"禾禾，你是疯了吗？这么一天到黑地跑，还要不要你的小命儿了？你厦屋塘里的火早灭了，快上来烤烤吧！"

门外依然没有回声，什么东西放下了，"咚"的一下。禾禾悄没声进来，热气一烘，浑身像着了火似的冒气。

"炸着了？"

"炸着了。"

"好天神，我就说天不亏人，难道还能让你上吊了不成？果然就炸着了！我昨日去镇上收购站打问了，现在一等狐皮涨价到十五元了！"

"狗皮呢？"

"狗皮？！"

烟峰跑出来，"呀"地叫了一声，就坐在门槛上了。那只伤狗已经在台阶下醒了起来，哼哼着，血流了一摊。

"我的爷，你这是怎么啦，这是谁家的狗，你不怕主人打骂到门上来吗？"

"它碰到我的药丸上了。咱吃了它吧，有人来找，我付他钱好了。或许这是从外地跑来的游狗哩。"

禾禾开始抄着棒槌打伤狗，好不容易打死了，要去剥皮时，那狗又活了过来。这么三番五次打不死，烟峰叫道：

"狗是土命，见土腥味就活，你吊起来灌些冷水就死了。"

禾禾把狗吊起来，灌下冷水，果然一时三刻没了命。剥了皮，钉在山墙下，肉拿到屋后的水泉里洗了，就生火煮起来。

　　狗肉煮到六成，香气溢出来，禾禾压了火，让在吊罐里咕咕嘟嘟炖着，便到堂屋帮烟峰拐石磨。烟峰在磨眼里塞了几根筷子，一边懒洋洋地摇着，一边歪过头，从屋里望外看着蜜子在篱笆前啃着同类的骨头，而钉在厦房山墙上的狗皮上，一群麻雀飞上去，"哄"地又飞走了。

　　"这张皮子不错，冬天的毛就是厚呢。"她说着。磨眼里已经空了，筷子跳得嘣嘣响。

　　禾禾说：

　　"嫂子，你要觉得好，你就拿去做一个褥子吧。"

　　烟峰说：

　　"你倒大方！我可是阎王爷嫌你小鬼瘦啊。"

　　禾禾脸红红的，说：

　　"嫂子小看我了。我禾禾再狼狈，也不稀罕那一张皮子。凭着我这一身力气，我倒不相信积不下本钱去养蚕哩。"

　　烟峰放下石磨，收拾面粉，开始在锅灶上忙活，说：

　　"你还是忘不了你的养蚕！不是养蚕，你也落不到这步田地！"

　　烟峰这么抢白，禾禾就噎得不说话了。他复员后的一半年里，曾经去过安康。在安康的一个县上，他发现那里的人家整架山整架山地植桑养蚕，甚至竟还放养柞蚕、缫丝卖茧，收入很大。回来就鼓动着生产队里也办蚕场。但是队里人压根儿不理睬，盛盛的一颗心凉凉的了。地分包以后，他便谋算着自己养蚕，因为没有桑林，就筹划放柞蚕。但本钱很大。为了积得一笔钱，他先是三、六、九日到白塔镇集上烙油饼出卖，媳妇那时正怀着身子，帮他烧火洗碗。卖过三天，买主吃的竟没有自家尝的多，只好收了摊。后来他就又借钱上县买了一台压面机，四处鼓吹机面的好处。可深山人吃惯了丢片，谁家又肯每顿去花一角钱呢？只是偶尔谁家过红白喜事，三姑六舅坐几席，才来压四升五升面，只好又收摊。收了摊，转手压面机又转不出去，百十多元的机子就成了一堆烂铁放在那里白占个地方。这么三倒腾两折腾，原本英英武武要赚钱，反倒折了本，又惯得心性野起来，在家坐不住，地里的庄稼也荒了。媳妇一气，孩子就提前出了世，月子没有满，两口子就吵闹了七场，哭哭啼啼地要离婚。有了儿子，家里又添了一张嘴，讨账的见天来催，开始倒卖起家里的财物。越是家境败下去，越要翻上来，禾禾就偷偷卖了那头牛，一心想要去养蚕了。结果夫妻更是一场打闹，离了婚。

"嫂子。"禾禾闷了好长一会儿，说，"我禾禾是败家子吗？要是那笔牛钱真按我的主意办了，现在说不定蚕都养起来了，人家安康那地方，一料蚕的收入把什么都包住了。"

烟峰说：

"或许是我们妇道人家见识浅，这也怪不得麦绒，原先一个好过的人家，眼见折腾得败了，是谁谁也稳不住气了。禾禾，下这场雪，你没有去看看他们娘儿俩吗？"

"我那么贱的？"

"一夜夫妻百日恩嘛，那孩子总还是叫你亲爹吧？"

"嫂子，不说了。"

禾禾蹲在门槛上，又开始摸烟来抽。他没有想那长得白皙皙的从小害有气管炎的妻子麦绒，倒满脑子牛牛——他的肉乎乎的小儿子。

烟峰在锅台上，碗和勺撞得叮当响，说：

"你听我的，这狗皮一干，你去镇上让人熟了，就送给麦绒去做个褥子，拉拢拉拢，说不定真能又合起婚。现在的女人没有闲下的，要叫别人又占了窝了，你打你一辈子光棍去！"

"谁看上谁娶去，我光棍倒乐得自在呢。"

"你才是放屁了！"烟峰说，"要说会过日子呀，这鸡窝洼里还是算麦绒。"

"她能顶你一半就好了。"

"我？"烟峰倒咯咯地笑了，"你回回哥老骂我是个没底的匣匣呢。我又生养不下个娃娃，仅这一点，谁个男人的眼里，我也不在篮篮拾了！"

她说起来，脸倒不红不白的。说毕了，笑够了，就骂着锅上的竹水管子朽了，摆弄了一时，性子就躁起来，将竹子管抽下来摔在地上。

"我去重做一个。"禾禾提了弯镰到门前竹林去了。

在鸡窝洼里，最方便的莫过于是水了，家家屋后紧挨着一个石坎或者岩壁，那石缝里，长年滴滴咚咚流着山泉，泉水又冬暖夏凉，再旱也不涸，再涝也不溢。家家就把一根长竹打通关节，从后墙孔里塞出去，一头接在那泉上，一头接在锅台上。要用水了，竹管往里一捅，水就哗哗流在锅里；不用了，只消把竹管往外拉拉，水就停了。适用的倒比城里的水龙头还强。禾禾刚刚砍下一根长竹，回回挑着粪担回来了，还没走近篱笆，就凑着鼻子，叫道：

"做的什么好的，这么香哟！"

"炖的狗肉。"禾禾过来说，就用一截铁丝打通着竹管。

"狗肉？"回回将粪倒在厕所里，"把蜜子杀了？"

禾禾小声地说了原委，回回就说：

"怕什么，谁要寻到门来，咱还要问他讨药钱哩。哈，这么大张狗皮，多少钱，卖给哥吧？"

烟峰出来骂着：

"你什么都想要，那是禾禾给麦绒做褥子的。"

回回落了个烧脸，却立即对烟峰说：

"给麦绒就给麦绒吧。我只想给娘娘神献张皮子，人家都送着红布，皮子比红布要珍贵，好去替你赎赎罪呢。"

烟峰听了，倒火了，说：

"我有什么罪了？我就是不会生娃嘛，我还有什么罪？！"

"不会生娃倒是赢了人了？"回回脸上不高兴起来，那红鼻子越发红亮，像充满了血。

"你又到求儿洞去了？"

"我怎么不去，我快四十的人了啊！"

"你去吧，你去吧！"烟峰一屁股坐在门槛上，气得呼哧呼哧的。黄眼睛的猫就势跳到她的怀里，她一把抓起来甩出老远，起身进堂屋去了。

禾禾十分为难起来，他不知道该去劝哪个。当下把打通的竹管架在锅台上，就两头讨好地说些趣话，接着就去自己屋里盛了狗肉端上来，大声叫着来吃个热火。烟峰气也便消了，对着吃得满口流油的回回说：

"你红口白牙地吃人家，也不会把你的酒拿出来！"

回回只好做出才醒悟的样子叫道：

"噢噢，吃狗肉喝烧酒，里外发热，我怎么就忘了！"

第四章

吃早饭的时候，烟峰把禾禾叫到堂屋，盛了糁子糊糊让他和他们一块吃。饭桌上，烟峰就数说着禾禾，就这么个单身日子可不是长久的事，如果折腾没有个出路，早早就收了心思，好生安心务庄稼为好。回回就接着说了镇子方圆人的议论：地分包以后，家家日月过顺了，只有禾禾反倒不如人，落得妻离子散。烟峰便又过来责怪回回：当年做了一场媒，吃了人家的媒饭，穿了人家的媒鞋，反倒现在撒手不管了。回回就黑着脸埋怨禾禾全是在外边逛得多了，心性野了，把他的话当了耳边风。两口子你一句我一句。禾禾端着人家的饭碗，脾气又不好发作，吃过两碗，就抱着头不作声。烟峰就逼着回回吃过饭后，拿串狗肉去麦绒家劝劝，看能不能使夫妻破镜重圆。回回就当下要禾禾回话：往后安心种庄稼呀不？禾禾说：

"回回哥，我真的是个浪子吗？那三四亩薄地里，真的能成龙变凤吗？"

回回说：

"我就不信，你把那三四亩地种好了，养不活你三口人？！"

"那就只顾住一张嘴？"

烟峰就唬道：

"正应了心比天高，命比纸薄！我也倒想活得像镇上公家单位里的女人那样体体面面的，可咱那本事呢？你还想要老婆不要？你什么也不要说了，让你哥捏合你们一家人浑全了，再说别的吧！"

吃罢饭，回回就提了狗肉去洼地半梁上的麦绒家去了。

麦绒家是这洼地里最老的户，父亲手里弟兄三个，但都没有一个儿子，麦绒爹生养了两个女儿，一个出嫁到后山去了，三户就合作一户，招了禾禾，冬至日，两人正式离了婚，麦绒关了门，常常看一眼父母的牌位，看一眼怀中的小儿子，就放着悲声哭一场。下雪的那天夜里，儿子又害了病，烧得手脚发凉，她吓得连夜抱了儿子到镇上卫生所打了一针。几天来，病情并未好转。家里的麦面又吃完了，去拐石磨，磨槽平得如光板，镇子对面洼里的石匠二水就来凿磨子。

二水三十八九了，为人很有些机灵。前几年因为家贫，一直没能力婚娶。地分了二亩，粮食多起来，就四处托人要成全一个家。他本来凿磨子的功夫并不怎样，却打听到麦绒刚刚离婚，心眼就使出来，找着上门显手艺。凿了一晌，又是一晌，一边叮叮咣咣使锤子凿子，一边问这问那，百般殷勤，眼光贼溜溜地在麦绒的脸上、腰上舔着。娃娃有了病，一阵一阵地哭，麦绒侧了身子在炕沿哄娃娃吃奶，他就过来取火点烟，说着娃娃眉脸俊秀，像他的娘，末了又说：

"快吃奶，奶奶多香哩！"

麦绒忙掩了怀，放下娃娃来烧火，心里扑扑通通跳，又不好说出个什么来。

二水看出了女人的害羞，只当全不理会。瞧见麦绒去拉柴火，就抡起长把斧头在门前劈得碎碎的；瞧见麦绒要喂猪，就一只胳膊把猪食桶提到猪圈。看着他的乖巧，麦绒心里就想起禾禾的不是，感慨着这田里地里，屋里屋外，全要落在自己操心，不免短叹一声，二水偏就要说：

"麦绒妹子，麦地里你撒过二遍粪了吗？"

"没。"

"过冬的柴火收拾齐了吗？"

"没。"

"你这日子过得哟！你瘦脚细手的，娃娃又不下怀，这里里外外的怎么劳累得过来呀！"

麦绒眼泪差不多就要流下来了，却板着脸面说：

"你快凿你的磨子吧！"

二水便将凿好的上扇和下扇安合起来。但是，磨提儿坏了，上扇配不着下扇，自言自语地说：

"唉，一台石磨也是一对夫妻呢，上扇下扇配合在一起，才能磨粮食呢。"

这当儿，回回提着狗肉进了门。二水先吃了一惊，立即就咧嘴笑笑，蹲在一边重新收拾石磨去了。麦绒欢喜地说：

"回回哥来了！多少日子了，也不见你上来坐会儿。今日是杀了猪了吗？"

回回说：

"麦绒真是眼睛不好使了，这哪儿是猪肉，这是禾禾搞来的狗肉。说是你有气管炎，给你补身子呢。"

麦绒别转了身，说：

"瞧他多仁义！我补身子干啥，我盼气管炎犯了，一口气上不来死了呢。"

"大清早的别说败兴话！"

孩子又哭起来，手脚乱抓乱蹬。麦绒解怀让嗛了奶，一只手去门前抱了柴火，生火烧水，又从柜里取出四颗鸡蛋。虽然同住在一个洼里，因为回回当年做的媒人，所以以后任何时候来了，开水荷包蛋总还是要吃上一碗的。回回说：

"你别张罗了！我还有什么脸面吃得下去！我好赖还住在洼里，你们这么一离婚，故意给我的难看，成心是不让我再到你们家来嘛。"

麦绒只是烧她的火，风箱一下长、一下短地拉送，说：

"我盼不得这个家好呢，可我有什么办法？我爹留下的这份家当，总不能被踢腾光呀？我不怪你，只当是我当日瞎了眼窝。"

水还未烧开，鸡就跑进来，跳到灶台上、案板上、炕头上，麦绒拿起一个劈柴打过去，鸡扑棱棱地从门里飞出去了，猪却在圈里一声紧一声哼哼起来。麦绒就将鸡蛋打在锅里，提猪食桶去猪圈，灶火口的火溜下来，引着了灶下的软柴。回回踏灭了火，接过孩子，说：

"唉，你这日子倒怎的过呀！"

麦绒坐在猪圈墙上，眼泪也滴了下来，拿起搅食棍使劲地在猪头上打。

二水便说：

"回回哥，这屋里不能没个外头人啊，你怎么不给麦绒再撺掇一个呢？"

回回看出了他的意思，就说：

"麦绒不是有禾禾吗？"

"那浪子是过日子的人手？"

"你别操那份闲心，禾禾能把狗肉给买回来，他心里早回头了。你说这话，可别让禾禾知道了，抡你的拳头！"

"我说什么来？我什么也没说呢！"

荷包蛋端上来，回回一碗两颗，二水也一碗两颗。回回问二水磨子凿了几晌了，二水支支吾吾说是三晌了，回回黑了脸。

"你是来磨洋工的？吃了鸡蛋你走吧，磨提我来安。"

二水红了脸，捞着鸡蛋吃了，泼了汤水，自个儿就下山走了。回回对麦绒说：

"谁叫你请他，你不会喊我一声吗？那是老光棍了，没看出那肚里的下水不正吗？"

"我怎么去叫你，我不愿意再见到禾禾。"

"今日我就为这事来的。禾禾住在我那儿，我们一天三晌数说，他心是回转了，我看你们还是再合一起的好。"

"回回哥，我日子是不如人，我爹在世的时候，托你给我们做的媒，我现在也只有找你。你看哪儿有合适的，你就找一个，人才瞎好没说的，只要本分，安心务庄稼过日子。"

"我看还是禾禾。你再想想。毕竟过了一场，又有了孩子，只要他浪子回过头，倒比别人强得多。"

麦绒抱着孩子，靠在灶火口的墙上一动不动，末了就摇起头，眼泪又无声地流了出来。

回回看着这个样子，心里也不好受起来，恨禾禾害了这女人。鸡窝洼里，麦绒是一副好人才，性情又软和，又能生养儿子，却这么苦命，真是替她凄惶。当下鼻子显得更红了。

"家里有什么事，你就给我说。禾禾的事你再想想。好好照看住孩子，孩子病好些了吗？"

"打了几针柴胡，烧有些退了，夜里还是愣哭。"

"这怕是遇上夜哭郎了！我给你写一张夜哭郎表，你贴在镇上桥头的树上，或许就会安宁了呢。"

当下找出一张旧报纸，麦绒翻出禾禾当年从部队上拿回的一支铅笔，回回写了表：

> 天皇皇，地皇皇，
>
> 我家有个夜哭郎，
>
> 过路君子念一遍，
>
> 一觉睡到大天亮。

写好了，回回走出门，麦绒让把那狗肉带回去，回回虎着脸让留下。走过猪圈，瞧猪圈里粪淤得很深，直拥了猪的前腿，便跳下去用锨出了一阵，感动得麦绒心里说：唉，烟峰姐活该有福，不会生养孩子却有这么好的男人！

第五章

回回的劝说没有成效，便死了禾禾想夫妻重归于好的一线希望。就将西厦子屋扫了灰尘，搭了顶棚，用白灰又刷了一遍，准备长时间地在这里借居了。

连续三个晚上，他又放了红丸，收获的仅仅是一只小得可怜的狐子。下一步怎么办，禾禾对这种捕猎产生了动摇。但是，吃的穿的，日用花销，却不能不开支，身上的钱见天一个少出一个了。冬天里还会有什么生财之路呢？他着急，回回和烟峰也为他着急。

一天，太阳暖暖的，阴沟里的积雪也消尽了，禾禾一个人坐在洼底那道瀑布上的阳坡里晒着；百无聊赖，就盯着瀑布出起神来。瀑布恢复了它修逸的神姿，一道弧线的模样冲下去，在峡谷的青石板上跌落着，飞溅出一团一团白花花的水沫。

二水咿咿呀呀地唱着，顺着石阶走上来：

> 妹在家里守空房，
>
> 哥哥夜夜想凄惶。
>
> ……

一扭头，看见了禾禾，后边的曲子咽在肚子里了，脸刷地红成猪肝。

"二水，你这要到哪里去呀？"

"我，我到洼里转转，我不到哪儿去呀。"

"想是去找个老婆？"

"禾禾，这没有的事！我二水再没见过女人，也不会干出对不起你的事呢。我是什么角色，谁会看得上我了？"

二水颓废地坐在地上，冻得清涕流下来，挂在鼻尖上，用手一抹，擦在衣襟上。禾禾突然同情起二水来：他近四十的人，自小没爹没娘，在这个世界上，他有的是一百三十斤的分量，有的是一米七二的高度，苦，累，热，寒，以及对异性的要求。但却偏偏少了人活着如同阳光、水分一样不可缺少的爱。

"你还打石磨吗？"

"打的，你是不是也要一个呢？我不向你要钱，也不要你管饭，我给你打一个吧？西沟那一带卖豆腐的人家，哪家豆腐磨子不是我打的呢？"

卖豆腐？禾禾心里忽然动了起来：如今白塔镇上的公家单位越来越多，山里农民的粮食多了，吃喝上又都讲究起来，这做起豆腐，一定也是桩好买卖呢。

"二水，你给我打一个豆腐磨子怎么样？该多少钱，就多少钱，一个钢镚儿不少！"

二水果然服帖，当天下午就在家里动起手了，整整两天两夜，他将一合青石豆腐磨子背到了西厦子屋。禾禾也从镇上籴来了几斗黄豆，当下泡了，呼呼噜噜磨起来。

回回先是吃了一惊，接着就高兴了：

"禾禾这下倒下苦了，虽说也是倒腾的事，毕竟是实实在在的活啊！"

烟峰却皱着眉，嘴里不说，拿眼睛看禾禾怎么个干法。

做豆腐可真是一件累死人的活计，亏得禾禾一身好膘，五升豆子从下午磨到后半夜。先是转得如玩儿一样，慢慢就沉重起来，鸡一上架，他就懒得说笑，牙子咬得紧紧的。被水泡着的豆瓣用一个牛角勺儿不停地往磨眼里灌，白浆就肆流出来，盛满了一只木桶。

回回黄昏时到地里去了，天黑得不认人了才回来。麦苗出土以后，他早晨提半桶生尿去泼，下午担一担柴火灰去撒，离了地就像要掉了魂。

烟峰在堂屋里拧麻线绳儿，吱咛咛，吱咛咛，在拧车子上拧出单股儿，就挂在门环上，一边退着步拉着，一边还是摇着拧车子上劲，头一晃一晃的，优美得倒像是在做舞蹈。斜眼儿瞧见禾禾在厦房里满头汗水拐磨子的样子，就吃吃地笑。

"兄弟，缓缓来，心急吃不了热豆腐哩！"

放下线绳儿就走过来，将一双胖得有肉窝儿的白手放在禾禾的手上，握住石磨拐把，成百上千次地重复着石磨的圆。

"屎难吃，钱难挣哟。"她说，"下辈子托生，再不给农民当老婆了，苦到这农民就不能再苦了。"

"我只说女人家是厮守石磨的，没想我也干上了。"

"男不男女不女的，日子也够糟心了，爷佬保护你这回真能发了。"

两个人坐下来歇气，累得脖子都支不起来。

半夜里，三个人都忙着烧水，过包，厦子房里被烟罩着，呛得人不住地咳嗽。烟峰连打了几个喷嚏，每打一次变弯着眉眼跑到门外，惹得回回骂几句娇气。在屋梁上系过包十字架，她又盖了锅，顶了手巾，去扫屋梁上的灰，回回又唠叨穷干净，她就火气上来了，木勺在锅沿上一磕，说：

"你浑身哪怕是从土窝里才爬出来，我懒得说你了。这豆腐是清静东西，见得灰吗？你好生烧好你的火，豆腐锅上还见不得你那一双脏手呢！"

回回没有恼，火光涂照在脸上反倒笑了。禾禾就说：

"嫂子真够厉害，亏是回回哥，要是别人，每天打你几顿呢。"

烟峰说：

"打我作甚的，我除了不生娃，哪一样让别人挑剔过？"

豆腐浆在纱包里过滤起来，一盆又一盆，三个人六只手来回晃动着那十字架上的纱包。没想，正紧火着，"嘣"的一声，十字架上的绳却断了，"哗"地掉在锅里，将豆浆水打溅了一锅台。烟峰紧捞慢捞，手又被烫了，三个人都傻了眼。

"霉了，霉了！怎么能遇这事呢？"

"五六斤豆腐是没了！"

这回是烟峰的过错，两口子就吵起来。禾禾忙挡架了，舀出一勺酸菜浆水让烟峰受烫的指头伸进去，就只是笑着。重新系好绳，重新又一盆一盆过包，一直又忙到豆腐点在锅里了，都没有说话。两口子就上堂屋睡去了。

多后半夜，豆腐做了出来。禾禾端了一碗调好的豆腐块，去敲堂屋的窗子，回回开了，问怎么啦，禾禾说：

"做出来了，你快吃一碗吧。"

烟峰拉过回回，哗地关了窗说：

"禾禾，他睡着了还吃什么呀？过包时糟蹋了那么多，你又这个吃那个吃，还卖钱不卖钱了！"

禾禾说：

"挣钱不挣钱，落个肚肚圆嘛！"

回回也在说：

"算了，禾禾，夜里吃了我胀得睡不下呢。"

第二天，正好是十三逢集，禾禾就担着豆腐到白塔镇去了。镇上的人很多，卖什么的都有。公社大院里的那些小干部们，平日事情不多，又都是从县上、区上两年一换地到了这儿，一天到黑见的人少，心闷得慌慌的，所以三天一次的集，他们是最喜欢这热闹的了。瞧见禾禾在卖豆腐，觉得稀罕，就围过来，说这豆腐好，又细，又压得瓷，没有掺水，也没有搅白苞谷面。

"禾禾，你不打猎了吗？"

"还打的。"禾禾说。

"听说你炸着了一只狗，狗皮卖了吗？"

"不卖。"

"你留着干啥呀？"

"不干啥。"

他有一句没一句地回答着这些人的闲问，拿眼睛盯着过往的人。他没有学会大声地叫卖，而是有人稍稍往这边瞅上一眼就要问一声："买豆腐吗？你来看货啊！"

那些干部又在闲问了：

"禾禾，你现在手头有了多少钱了？"

"不多。"

"这么倒腾着能发家吗？"

"试吧。"

"'先让一部分人富起来'，你快富吧，好让公社树上典型都来学呀！"

禾禾没有言语，心里说：我巴不得明早起来就富裕了，可怎么个富呢？

"你还住在回回家吗？"

禾禾不愿意别人提说这事，就不再作声了。那些人感到了没趣，就走到别的地方去混热闹了。禾禾看着他们的背影，叹了一口气：唉，地包产到户以后，把这些人闲下了。哼，有这么多磨闲牙的工夫，怎么不回家给老婆抱娃去呢？枉拿了那一份工资！他一口唾沫吐出来，远远地落在一堵墙上，脸上随即堆起笑来：几个买主走过来了。他刀法不行，每打一块，不是多了半斤，就是又少了一两。豆腐就全切成了小方块。买主们一肚子意见，他只好赔着笑脸，将秤过得高高的，打发人家的喜欢。

有几个老婆婆蹭过来，用手拍拍豆腐的这面，又捏捏豆腐的那面，末了就一分二分地讨价还价，瘪得没牙的嘴嚅嚅乱动。

"哟，这不是鸡窝洼里的上门女婿吗？你这么粗壮汉子，倒卖起这软豆腐了？！"

"您老要几斤？"他赔着笑。

"三斤。你那拐子丈人身子还好吗？"

"他前年就不在了。"

"不在了？可怜见的怎么就不在了！人活什么呀，连个草儿都不如呀，他比我们都小，倒先我们去了！他好个没福，日子才过好了，他就没了。有娃娃了？"

"有，是个儿。"

"这就好了，拐子一辈子稀罕个儿，儿没有，倒有了孙子！你命好呀，小子，那是一家会过日子的人呢。"

禾禾突然眼角潮湿起来，佯装着低了头，大声翕动了几下鼻子。

老婆婆颤颤巍巍地走了。一边走，一边拿指头捏下一点买的豆腐塞进口里，成几十下地嚅嚅着。禾禾蹲在那里，心里空落落的，不知怎么，不愿意抬头看集上的人了，每每遇见了熟人，头就垂下来。

太阳偏西，集上的人渐渐少起来，豆腐还有半筛子，一时心里发了急。扭头四面看着，就发现前边的那棵空心古槐上，贴着一张"天皇皇，地皇皇"的夜哭郎卦文，看那下边的名字，竟是牛牛。心里就一阵阵紧揪起来，"儿子的病还没有好吗？"他多么想看看去，但麦绒放出口风，绝不让他进门。

"女人的心这么硬啊！"

他担起了豆腐担儿，决意再到那些公家单位的灶上去问问。

一连走了几家，都说已经买了，要他以后每三天送一担就是，他只好从那一扇扇大门里退出来。那些大灶上的残菜剩肉喂养的肥狗就冲着他咬，一抬脚动手，那恶物又扑上来，他只得边打边退，没想跑到白塔底下，竟又偏偏碰见了麦绒。

883

她已经瘦得厉害，脸上一层灰黑颜色，一只手在衣襟下的胯上藏着取暖，一只手拿着一个硬纸盒的药包。两个人同时相距二百米远站住了。

麦绒万万没有想到禾禾在卖豆腐了，一种说不出的感情使她看见了他没有立即走掉。心跳着，小腿索索地发软。她没有说出话来。

禾禾眼皮低下来，心里叫道：她怎么成了这个样子？看来孩子的病果然不轻，可这狠心的女人为什么不让我去看看孩子呢？她看着我干甚，是耻笑我在卖豆腐吗？还在嘲笑我的狼狈？或者，是不是她也感到了没了男人的苦愁？他放下了豆腐担子，将筛子里一块豆腐，足足有五斤重的，取出来，放在旁边的一块光洁洁的石头上，又从怀里掏出五元钱，放在豆腐上，扭头走了。

他走出了老远老远，回头看时，麦绒呆呆地站在那里，然后却并没有走近那石头，扭身一步一步走过了白塔，往鸡窝洼的小路上走去了。

禾禾咬着牙，眼泪却刷地流下来了。

第六章

豆腐卖了半个多月，每天从白塔镇回来，禾禾就坐在门前的平面石头上盘算账目。这时候，烟峰就坐过来，她喜欢吃零食儿，常要爆炒出一升黄豆在柜里，有事没事在嘴里丢几颗，嚼得咯嘣咯嘣脆响。她将一把抓给禾禾，禾禾双手拿着钱票，她就塞进他的嘴里。一边让禾禾报上一元的数儿，便把手里的黄豆颗儿在一边放一颗。然后，本钱是多少，支出多少，收入多少，就一堆儿一堆儿黄豆数起来。数完了，说几句中听的话，那黄豆颗儿就又全塞进嘴里嚼得满口油水。

回回自然用心在地里，一回到家，放下犁耱镢锨，就去将禾禾的那些豆渣、豆浆端去喂猪。站在猪圈里叫嚷猪上了几指的膘。

十天里，禾禾明显地黑瘦下去，回回的三头大猪却一天天肥壮起来。

"能赚了多少利了？"回回坐在门槛上，一边嘬着烟袋，一边在腰里摸，摸出个小东西在石头上用指甲压死了，一边问起禾禾。

禾禾说：

"集上的豆子是三角七一斤。一斤豆子做斤半豆腐，最好时做斤六两。一斤豆腐卖三角二角，有时只能卖到三角，这一来一去，一斤豆子可以落七八分钱。"

回回一取烟袋，"哧"地从缺了一齿的牙缝里喷出一股口水，叫道：

"七分钱？才寻到七分钱！我的天，那柴钱，劳累钱，工夫钱一克除，这能落几个子呀！"

禾禾说：

"不知道别人家是怎么做的，咱就寻不下钱嘛！"

烟峰说：

"亏就亏在你纯粹是卖豆腐的。人家做这项生意，为的是落个豆渣豆浆，喂养几头大猪，你这么一来，自然利不大呢。"

禾禾就忙说：

"嫂子万不该说这话了。我在你们这儿住着，什么都是你们帮忙，这点豆渣豆浆让你家猪吃了是应该的，真要挣钱也不在乎那上边了。"

烟峰说：

"圈里那三头猪，权当有一头是你的。到了年底，杀了你吃肉，卖了你拿钱罢了。"

接着就对回回说：

"你舍得吗？咱总不能自个儿吃干的喝辣的，看着禾禾灌肠子啊！"

回回当下泛不上话来，笑笑，说：

"要依我说，赚一个总比不赚一个强。禾禾做生意也太心实，豆腐压得太干，秤也撅得高，那还能挣得钱吗？"

但关于让猪的事，却未说出个什么。

禾禾倒生了气，说：

"嫂子说这话，分明是小瞧了我哩，硬要把猪给我，我就搬出这西厦房子。"

回回就说：

"你嫂子那嘴里，做出什么好主意。你就好生住在这里，你地里的庄稼，我多跑着替你料理些就是了。"

烟峰就冲着回回撇撇嘴，反身进了门不出来。

从此，夜里禾禾做豆腐，烟峰就催促回回去帮忙，回回贪着瞌睡，又让烟峰去。烟峰说：

"我一个女人家，黑漆半夜的不方便。"

回回说：

"禾禾又不是外人，你只消把你那一张嘴检点些就对了。"

烟峰就每天半夜半夜在西厦屋里忙罗。等回到堂屋里睡觉，回回早就睡得如死猪一般。她在被窝里带进一股寒气，将双脚放在他的身上去冰，他还不醒，心里说：这男人心倒豁达，也够大胆，都不怕我一个夜里不回来吗？这么一想，倒又恨起回回了：这是关心我呢，还是不关心我？

这一家人帮着禾禾，禾禾也就寻着活儿帮他们。他顶看不惯这家的一点，是厕所和猪圈放在一起。猪都是大壳郎猪，嘴长得像黄瓜把。人去大便的时候，它就吼叫着向人进攻，需不停地吓唬和赶打。大便之后，猪就将人粪连吃带拱，脏得人脚插不进去。禾禾提出猪圈、厕所分开，烟峰最叫好，回回却说这猪吃大便长得快，又能踏肥。禾禾不听他的，几个下午，重修成了一个厕所。烟峰很是感激，就以后常指责回回不卫生，有人没人，突然闻到回回身上的汗味，就骂道：

"闻闻你身上，快臭了！你不会把那衣服脱下来洗两把水吗？"

"农民嘛。"回回红着脸，给自己找台阶下。

"农民就不干净了？禾禾和你不是一样下苦的，可哪里像你！"

"有垢痂有福嘛。"

"你身上的虱子都是双眼皮嘛！别夸说你福了，这么脏下去，我也和你离婚，看你比人家还有什么福？"

"那好嘛，我和禾禾搭铺睡了！"

每当烟峰到白塔镇去买布料、染膏、糊窗子的麻纸、衣帽鞋袜、锅盆碗盏，叫回回去跟她参谋，回回或许就在地里忙活，或许就去垫猪圈，总央求禾禾去镇上卖豆腐时帮她拿主意。以致往后家里一切事情需要到白塔镇上去，烟峰就叫上禾禾一块去了。烟峰年纪不大，正是爱打扮的时候，要出门，便头上一把，脚上一把。从洼地里两个人一前一后走过去，倒像是去拜丈人的新夫妻。回回有时一身泥土从地里回来，家里门全锁了，等到一个时辰了，禾禾和烟峰嘻嘻哈哈地走回来，他问："哪儿去了？"烟峰说："镇上。"他倒不高兴了，说："有什么要买的事，三天两头去浪，也不让我知道。"烟峰就顶道："给你打招呼你也不去嘛。"回回倒没了话。

有时夜里禾禾做豆腐，回回让烟峰去帮个手，烟峰反倒执意不去。睡下了，两个人热火火地接着睡觉，烟峰就说：

"唉，人真不能比，禾禾一个人在西厦屋里睡呢。"

"嗯？"

"怪可怜的。"

"嗯。"

过了一个多月，禾禾并没有挣下多少钱来，回回家的猪却肥得如小象一样。

烟峰主张交售给国家，赚一笔大钱，给家里添一些家具。回回却主张杀了吃熏肉。深山里，家庭富裕不富裕，标志不像关中人看院门楼的高低，不像陕北人看窗花的粗细，他们是最实在的，以吃为主：看谁家的地窖里有没有存三年两年的甘榨老酒，看谁家的墙壁上有没有一扇半扇盐腌火燎的熏肉。回回将猪杀后，一个半扇就挂在了墙上，另一半拗不过烟峰，在洼里的人家中卖了。但这些人家都是提肉记账，烟峰收到手的现钱没有多少，想添置大家具的愿望就落空了。她自己买了一件衫子，给回回添了一双胶鞋，余下的钱买了几斤土漆，请东沟的木匠来将家里的板柜、箱子、八仙桌漆了一遍。木匠为了显示手艺，就分别在柜的板上，箱的四面，画了众多的鱼虫花鸟，造型拙劣，笔画粗糙，却五颜六色的花哨。烟峰十分得意，回回也觉得老婆办了一件人面子上的大事，禾禾却不以为然，说是太俗。一头猪，整肉处理完了，唯有那猪头猪尾，四蹄下水，好生吃喝了几天。禾禾也停了几天烟火，三个人就酒桌上行起酒令：一声"老虎"，一声"杠子"，老虎吃鸡，鸡吃虫，虫蚀杠子，杠子打老虎，三人谁也不见输赢，总是禾禾赢烟峰，烟峰赢回回，回回又赢禾禾。喝到七到八成，回回先不行了，伏在桌上突然呜呜哭起来，禾禾和烟峰都吓了一跳，问为甚这么伤心，回回说：

"咱们三个半老子人，这么喝着有何意思。半辈子都过去了，还没个娃娃，人活的是娃娃啊，我王家到我手里是根绝了啊！"

烟峰当下没了心思，气得也收了酒菜，三人落得好不尴尬。禾禾也喝得多了，回到西厦屋里，摸黑上炕就睡。烟峰安排回回睡下，坐着想心事，想自己这个家里，没儿少女，也确实孤单，而回回又是盼娃心切，往后的日子，虽然不缺吃缺穿，但不免会为无儿之事引起愁闷。越思越想，不觉落下一串眼泪。坐了一阵，听见西厦屋里并没有风箱声音，就走出堂屋，问道：

"禾禾，你怎么不做豆腐了？"

禾禾说：

"算了，嫂子，今晚不做了。"

"你这是想发家的样子吗？你睡得着吗？"

"睡得着，我困得实在不行了。"

禾禾是困得厉害，但并没有睡着，夜里的酒桌上，他总是看着回回两口的热闹，心里就想起自己的孤单。烟峰大方开朗，里里外外应酬自如，这要比麦绒强出十倍八倍。当回回伤心落泪之后，他一方面替这一家人的美中不足深感遗憾，一方面就同情起烟峰来，暗怨回回不该这么说话而捅了烟峰最忌讳的地方。转心又一想：这一家人为了儿女这么伤心悲观，而自己有着白胖胖的儿子，却夫妻分离，父子冲散，真可谓各家有各家的一本难念的经啊！看别人那么爱着儿女，自己有儿却不能去经管，一时良心又发现了，心里悔恨交加。再想，自己这么没黑没明地做豆腐，为的就是这个家能有一日重新和好，及早父子相见，可这豆腐买卖，挣钱却是这么不易，如此下去，什么时候才能重新美满那个家庭呢？

他怀疑起自己这笔生意，心下倒灰了许多。第二天闲散了一天，什么也懒得去干了。就搭车到了八十里外的县城，在饭馆买了四五个猪蹄，一碗白酒，自嚼自饮了半日，晃晃摇摇又去剧院看了一场秦腔。秦腔是古典悲剧《赵氏孤儿》，又是为儿的一场催人落泪的戏，他就不忍心看完，出来蹲在剧院门口的一家烤红薯的摊子上买了几个熟红薯啃起来。

"老伯，你这烤红薯，一天能卖出多少？"

"百十来斤。"

"哎哟，那么多了！城里的生红薯多少钱一斤？"

"八分，现在收不下了啊！"

禾禾突然想起自己家的地窖里的那几百斤红薯了。红薯自己吃不完，也不想吃，这么一起卖给这老汉，也能挣落几十元哩。

第二天一早，他正要买票坐班车返回白塔镇，没想在街上遇见了当年一块当兵的一个战友。战友也是去年复员的，回来买了一台手扶拖拉机，墨镜戴上，香烟叼上，威风八面地开过来。两人见面，不胜亲热，叙说旧情近况，那战友正是要承包副食公司一批货物到白塔镇去，当下让禾禾坐在车上一路嘟嘟地回来了。两人在镇上饭馆吃了饭，禾禾就让将他家的红薯捎运到县城，两人便又去地窖里忙活了半天。禾禾动员回回也将红薯运去贩卖时，回回却摇头了：

"我才不卖哩。"

"现在你家细粮都吃不完，留那红薯腐粪吗？"

"我有我的主意。"

禾禾便将自己的红薯运到县城，腰别了几十元回来了。回来给回回买了一盒过滤嘴香烟，给烟峰买了一面镜子，自己倒买了几支牙膏。三个人各自喜欢，烟峰说："禾禾，你倒比你哥强了，你哥这么多年，都没想过要给我买个镜子呢。"

回回说：

"你又不是十七八的，照着耀着重嫁人呀！"

烟峰就笑了：

"你拿你老东西托我哩，哼，我满脸黑灰了，也是给你丢人哩！"

禾禾就乐得一阵大笑。

他开始大门前刷牙。复员以后，因为劳累，在部队上养成的漱口刷牙习惯慢慢也就不讲究了，只觉得近日牙疼口臭，就上上下下刷起来。

回回就眯着眼儿瞧了半会儿，说：

"禾禾呀，你当了几年兵，洋玩意儿倒学得不少，那嘴是吃五谷的，莫非有了屎不成？！"

烟峰却学着禾禾的样子，用盐水漱口，过来捶着回回的背，说：

"别说你二屎话了！我还想给你买牙刷哩，要不，你那臭嘴就别到我跟前来。牙掉了一颗还要再掉三颗四颗呢！"

回回说：

"都掉了我镶金牙呀！公社马主任就镶了金牙，人家说话才是金口玉言哩！"

一句末了，倒把禾禾逗笑了，牙膏泡沫喷了一胸口。

第七章

转眼到了霜降，山地里种起麦来，这个山头上，那个山头上，老牛木犁疙瘩绳，人隔岭跨沟地说着墒情，评着麦种。

麦绒因为家里没了牛，眼看着别人家地都犁开了，种子下地了，她急得嘴角起了火泡。孩子病总算是好了，好过来却越发淘人，总是不下怀，出出进进就用裹缠带子系在背上。头明搭早，就提了一把扇面板锄到洼后去刨地了。

爹在世的时候，家里富有，百样农具齐全。那时地还未分，自留地总是种在人前，收在人前，爹就要端着一个铜壶，盛满了柿子酒在门前的石头上品味。爹一死，家境败下来，农具卖的卖了，坏的坏了，加上禾禾一走，缺力少劳，百事都不如人。

她将孩子放在地头，又怕地陡，滚下坡去，就用带子一头系在孩子身上，一头系在附近一棵树上。拿了板锄一下一下刨地，歇也不敢歇，奶憋得要命，衣服都流湿了。等刨开一溜地了，到山头给孩子喂奶，孩子却倒在那里睡着了，伤心地叫一声"心肝儿！"眼泪断线一般地流下来。

外边常常起风，孩子一尿湿裤子，就冻得梆硬。她再出门，就把孩子关在

新中国70年优秀文学作品文库

中篇小说卷

家里，孩子醒过来，哭死哭活，竟有一次将墙角准备孵鸡仔的一篮鸡蛋一个一个弄破了，白的黄的蛋水流了一地。她打孩子，孩子哭，她也哭，又抱着孩子哭一声、骂一声那天打雷击的禾禾。

禾禾好赖把自己的地种了，就操心着麦绒。去过几次，麦绒远远见他上到半洼来了，正在门前抱着孩子吃饭，转身就进屋关了门。禾禾站在门口，看着那房子的墙根上，猪圈上，用白灰画着一个套一个的白圈，知道夜里有野物出没过这里，就想着夜里这娘儿俩的孤单。看见门框上新挂了一块镜子，知道这是山里人常作的辟邪驱鬼的方法，就想着日月的清苦，使这娘儿俩怀疑起自己的命运了。他站着，连声叫"牛牛，牛牛！"小儿牛牛没有吱声，牛牛的母亲麦绒更没有吱声。屋子里却传来痛打猫儿的骂声：

"你不去逮老鼠你来干啥？我把你个没血没性没心没肝的东西哟……你滚，你滚，我一看见你黑血都在翻哩！"

接着，一把干草火从窗子里丢出来落在他的脚下。干草火是驱鬼的，咒人的。禾禾立即眼前发黑，腿脚软软地要倒下去。但他终于稳住了，脸上又努力地苦笑着。他给她苦笑，她看不见，这苦笑是他给自己的，转身还是拿了锄镬去麦绒的地里刨了半天。

下午回到西厦屋里，回回和烟峰问了见麦绒的情景，禾禾就禁不住抹起眼泪。烟峰就不免责骂了几句"心太硬"，回回说：

"罢了罢了，这麦绒仍是个硬脖项人，你伤了她的心，看样子一时难回转。你忙着你的吧，我去帮她种地好了。"

禾禾倒在地上，要给回回下跪，满脸泪水：

"我这男人活到这一步，也丢尽了脸面。我禾禾不干出一点事来，就不算娘生养的。你告诉她麦绒，我禾禾也不企望再进她的门苦苦巴巴想和她重做夫妻，一年两年，十年八年，她只要知道我是什么人就是了。"

当天夜里，他就到白塔镇搭了一辆过路卡车去了县城，去购买麦种了。他知道在这一带，正急需新麦良种，打听到县城那儿有了新品种"4732号""新洛8号""小燕6号"，购回来是笔好买卖呢。

回回就到了麦绒家，麦绒正抱着孩子，端着一升麦种要到地里去，见回回吆着牛，背着犁铧套绳进了篱笆院，忙招呼进屋坐了。回回说：

"麦绒，你也真是，不该把禾禾关在门外不理不睬呀！"

麦绒说：

"回回哥。他和我鸭是鸭，鹅是鹅了，我再把他接来送去，我还成什么人了！"

"他也是好心呀！"

"好心能使我落到这步田地？"

回回就不再言语，他一辈子话短，就问了哪一块地已经翻了种了，哪一块地还没翻种，争取尽快把麦种下了，不要误了农时，也不要误了地墒。麦绒感激得就让儿子叫"伯伯"，孩子手脚胡蹬，小嘴儿叫个不停。回回最爱惜的是孩子，几句"伯伯"叫得心酥肠软，当下抱在怀里亲个不够。麦绒又要去抱柴火烧锅，要打荷包蛋了，回回挡了，两人一前一后赶了牛就上了山梁。

梁上是一亩二分刀把子地，回回套了牛来回犁着，麦绒就拿镢头挖牛犁不到的地角旮旯。歇晌的时候，她把孩子又拴在一棵树下，自个儿回家去烧了一瓦罐开水，抓了一把自己炒焦了的山茶叶。因为离镇子远，又跑到近处的人家里借了一盒纸烟，一并儿给回回拿到地头。回回瞧这女人这般贤惠，倒不明白怎么就和禾禾过不在一起？当下也怨怪麦绒不该这么破费：他有的是旱烟末子呀。

"你吃吧，回回哥，"麦绒说，"我知道你爱吃烟。"

回回就笑起来，说为了吃烟，烟峰不知和他闹过多少次。

麦绒说：

"烟峰姐也真太过了，我就喜欢男人吃烟，烟不离嘴，才像个男人哩。"

太阳到了头顶，人影子在脚下端了，麦绒催回回回家歇着。回回说不累，来回上下山时间都耽误在路上了。麦绒就抱了孩子先回去做饭了。

她在家里烧锅，心里很快活，一遍又一遍念叨回回的好，想：这回回哥真是过日子的把式，犁了一上午地，也没有喊腰疼腿疼，也没有对她发脾气，不耐烦，中午也不肯回来歇歇，难怪人家的日月滋润，倒有些像我爹的人手。禾禾那阵，中午从地里回来，仰面朝天就在炕上摆起大字形了。孩子再哭，我再累，人家只是睡着不醒，鼾声像打雷的响，饭熟了，还得三番五次摇醒，一碗一碗端上去。唉，瞧人家的男人！

饭做熟了，她把孩子背在背上，用五号瓦盆盛了面条端到地里。等回回犁了一垄过来，面条高高地挑在碗里，有蒜泥，也有油泼的辣子。回回倒惊奇她饭做得这么快。碗端在手里，筷子挑不起，一窝丝的又咬不断，就说：

"麦绒，你这面擀得好呀，你烟峰姐可没这个手艺，你要给她传传经了！"

麦绒就说：

"我可不敢和烟峰姐相比。她人有人才，干有干才，我有哪一样能够拿得出手？你快吃吧，下苦的人，你要多吃，家里也没什么好的，做的又少盐没调料的，叫你将就了，等着闲日子，我给你炸麻页馓子吃，补伺补伺。"

回回让麦绒吃，麦绒不，说她回去再吃，坐在旁边和回回一边拉着话儿，一边给孩子喂奶。

回回吃过半碗，才发觉碗底里埋着一块一块熏肉疙瘩。这是深山人待至客的讲究：肉从不放在碗上，而要埋在碗底。回回就埋怨麦绒把他当外人了，越发器重这女人的贤良。

回回吃饱了，还剩了许多，麦绒就吃起来。回回掏出旱烟袋来抽，抽完一锅，把烟火弹在鞋窠里，装上新烟末，再把那烟火弹儿按在烟锅里。这么一根火柴，竟连续抽了十多锅烟。麦绒说：

"回回哥，你真会过日子，那么大的烟瘾，你也不买个打火机用用。"

牛在地里散了套，吃着秋里收下的谷秆，吃饱了，卧在犁沟里嚼着嘴巴。回回过去拉牛要到地边的水渠里饮喝，听了麦绒的话，说：

"我要那打火机干啥？话说回来，禾禾什么都好，就是心野，钱来路多，也花得多，咱是农民，就是一辈子向土圪垃要吃要喝，把地土看重些，日子不愁过不滋润。为这一点，我和他也争过几次嘴哩。"

"他卖豆腐，能落多少呢？"

"能落几个？做那买卖，都是精明细算的人干的，哪个不掺假，不在秤头上扣搯？赚的是小息小利的钱呀。他大手大脚的，一不会掺假，二又秤过得高，熟人价又压得低，你想想，还能落几个钱？这好多天了，他又不干这活计了。"

麦绒不言语了，唾了一口，把喂饱奶的孩子放在地上，说：

"回回哥，他就是这样的人，没有做买卖的本事，又心野得收不拢，你想我们能过在一起吗？我现在什么也不可怜，只是心疼我这儿子，他小小的，就没了爹……"

一说到孩子，两个人心里都不好受。回回就说：

"麦绒，不管怎么样，要把孩子好好拉扯。没个孩子，人活着就少了许多意思。我和你烟峰姐命里没个儿女，平日回去，两个人吃饭都不香哩。"

"你没去求儿洞去求求神吗，听说那儿灵验哩。"

"咋没求呢！我看没指望了，你如果碰着谁家娃多，不想要了，给我拉拢拉拢，我想要一个养着。"

他说着，就抱过了牛牛，牛牛却不知趣，竟尿了他一身。麦绒恨孩子，回回却乐得笑个不止。

半后晌，那地就犁完了，回回踏着步子把麦种撒了，开始耱地。他让麦绒抱着孩子坐在耱上压了重量，自个吆着牛，一溜一溜，耱得平顺顺的。

晚饭后，回回要回去了，还抱着孩子不舍，说：

"麦绒，你愿意的话，让我把牛牛抱过去住上三天五天，我们虽然没生养过孩子，可一定会管好他的。"

麦绒为难了一会儿，同意了，送出来又叮咛说：

"回回哥，牛牛可不能让禾禾管。我不想让孩子知道他爹是谁，权当他早已经死了。"

回回走出老远了，她又拿了一包东西撵上来说：

"这是禾禾放我门口的那张狗皮，你给他带回去吧。你不要对他说什么，放回他炕上就是了。"

回回说：

"麦绒，你这就有些过分了吧！"

麦绒却转身回去了。

第八章

禾禾从县上搞回来了好多麦种，立即被白塔镇附近的几个山洼的人们抢购了。禾禾也赚了好多钱，同时也知道了在这深山里做买卖，也一定要搞清新情况再行动。但是，也正是在深山里，出现的新情况似乎永远不能同城市比，也似乎永远不能同山外平原比。他自己的环境所限，又不能捕捉新的信息，曾谋算着像有些人买了照相机串乡跑村为人照相，后一打听本钱太大，又没有技术，念头就打消了。在县城碰见郊区几个村子里有人用大麦芽熬一种糖水，获了好多利，心又热起来。但一了解，才知道这糖水儿是为天津某工厂专门加工的，人家有内线，自己却两眼一抹黑，熬出来也不可能推销，便又作罢了。这么翻来覆去寻找对比，能充分发挥自己优势的，还只有养蚕，就咬住牙子，将所得钱一张一张夹在一本书里，压在炕席下，盼望着本钱早日筹齐。当他回到鸡窝洼，看见自己的儿子被回回接了过来，心里一动，就又从那书夹里取出几张来，为儿子买了几尺花布，让烟峰裁剪制作了。

针线活上，烟峰是不落人后的。她早就谋算着让回回买一台缝纫机，回回心里总不踏实，一直没有应允她。如今禾禾给孩子买了布料，她一个晚上，挑灯熬油就裁缝好了。孩子穿了新衣，越发可爱，三个人就把小人儿当作玩物，从这个手上倒换在那个手上旋转。

麦绒离了孩子，一夜一夜睡不着。孩子虽然已经吃饭，奶却一直未断，她想这么一来，或许就给孩子把奶摘了。但又因为没孩子吃奶，那奶就憋得生疼，撞也不敢撞。而且一到天黑，只觉得房子空。

第五天里，回回来帮她出猪圈里的粪，孩子就送回来了。麦绒见孩子没有瘦，倒越发白胖，又穿得一身新衣，花团锦簇，喜得嘴合不拢。说：

"他伯，这孩子去了五天，不哭不闹，活该造下是与你们夫妻有缘哩。我思想来，思想去，这孩子命苦，小小没了爹，要保他长命百岁，有福有禄，就得找一个体体面面的干爹，你若不嫌弃，明日我就让娃认了你。"

麦绒冷不丁说出这话，回回的心里甜得像化了糖，当下回去给烟峰说了，烟峰也满心高兴。依照风俗，认干爹的时候，干爹要给干儿制一副缰绳儿，给干亲家做一双新鞋，蒸一升麦面的面鱼，二十个大馍，去接受干儿的磕头下拜。这一夜，好不忙活，烟峰用洋红膏子煮了线，在门闩上系着编了缰绳儿，又配上了三个小铜铃铛。然后夫妻俩就和面烧锅，蒸起面鱼、大馍。那灶上的工艺，烟峰虽不及麦绒，但却使尽了手段，先做出鱼的形状，就拿剪刀细细剪那鱼鳞鱼尾，再用红豆安上眼睛；笼里蒸出来，又用洋红水涂那鱼翅，活脱脱的令人喜爱。第二天太阳冒红，回回一身浆得硬格铮铮的衣服，提了礼品到了麦绒家。麦绒早早起了床，门前屋后打扫得没一丁点灰土。当下在门前篱笆下放了桌子椅子，让回回坐了，抱着孩子下跪作揖，甜甜地叫声："干爹！"一场认亲仪式结束了，七碟子八碗端上来，回回吃得汗脸油嘴。

认了干亲，孩子就时常两家走动。麦绒有了孩子的干爹，家里家外有什么事情，就全让回回来出主意。回回也勤勤过来帮着种地，出粪，劈柴。回回越是待这一家人好，麦绒越是过意不去，但自己又帮不了人家的什么忙，就初一十五，一月两次去求儿洞下的娘娘庙里磕头，保佑回回他们能生养个娃娃。

孩子在回回家，慢慢也熟了，步子虽然不稳，但也跑前跑后不停。禾禾就抱起来，让叫"爹"，孩子就总是哭，摇摇晃晃钻在回回的怀里，叫他是"爹"。禾禾就觉得伤情，不免背过身去叹息。

烟峰看出了禾禾的心思，心想：认孩子为干儿，原想将两家人关系亲密，使禾禾时常能见到自己的亲生儿子，没想却使禾禾越发伤感了。就在枕头边说了这事，回回说：

"麦绒那么贤惠，禾禾却和她过不在一起，这怕也是报应了他。"

烟峰就替禾禾难受，平日里更是处处为他着想，知冷知热。每天下午，她为自家的土炕烧了火，就又去给禾禾烧。有什么好吃好喝，也是叫禾禾上来吃，禾禾不来，就用大海碗端过去。禾禾一直没有穿上棉鞋，总是在鞋窠里塞满苞谷胡子，她就给做了棉鞋，用木楦子楦了，让禾禾试，回回就说：

"禾禾倒比我强了。"

烟峰说：

"你这是什么意思？"

唬得回回只是笑，却也说不出个什么言语来。

一个赶集的日子，禾禾想缝一件套棉衣的衫子，烟峰就去帮他看颜色布料，一直到了天黑才回来。回回在地里收拾地堰，肚子饥得前腔贴后腔，只说到家就有热饭下肚，可家里没一个人影，站在竹林边叫喊了一阵子。洼里的地里有人说：

"你别喊了，半后晌烟峰和禾禾穿得新新的到镇上去了！"

"新新"两个字咬得特别重，回回一听，知道这是外人看自己的笑话了。当下心里好不恼火，进得屋里，柴也懒得抱，火也懒得烧，一口气吃了十多锅子烟，肚子倒不饥了，却头昏脑涨，浑身没一丝力气。猪又在圈里饿得吭吭直嚎，他烦得出去见狗打狗，见鸡踢鸡，在圈里将那蠢物连砸了四个胡基疙瘩，每一个疙瘩都在猪的脑门上开了花，吓得猪躲在圈角像刀杀一样叫。回回出了气，转身进屋睡了，浑身还像打摆子一样筛糠。

烟峰回来，连喊了几声，没有回答。家里又冰锅冷灶，由不得嘟囔：从地里回来了，也不说生火做饭，要是没了我，你就不吃不喝了？！回回还是不吱声，烟峰见没接应，反倒更加闷火。她是火性子脾气，有了气，就要有人接火，叮哩吧哨一阵风雨，气消了，事也完了。偏这回回是个粘蒿性子，一有气就怀在心里。她当下过来一揭被子，昏暗里见回回大睁着两眼，就说：

"我以为你是死了呢！"

"你上哪儿去了？"

"镇上。"

"镇上有什么勾你魂了？你三天两头往那里跑，这个家你还要不要啦？"

"你这是怎么啦，我连个镇都不能上了吗？一顿饭没有给你做停当，你就凶成这样！"

"我一辈子不吃饭也行！"

烟峰说：

"我知道！你气在哪根曲曲肠子里你就出，不要这么折磨人！"

回回掀了被子坐起来，狠狠地说：

"你知道就好！你不怕外人笑话，我还丢不起人哩！"

"外人说啥了？"烟峰跳起来，"放他娘的猪狗屁了，我有什么错让他们指责，我就是不生娃嘛，不生娃的人世上一层哩！"

接着，烟峰就说了她去镇上的营生，是行得端，走得正。又说了回回正事上不操心，邪事上倒有了心眼，即使信不过禾禾兄弟，难道连自己七年的媳妇也信不过了？

烟峰将话挑明，说得有情有理，回回反倒没什么可说了。烟峰见回回没了词儿，她偏又说个不停，回回就说：

"你叫喊那么大的声干啥呀？"

"我要喊，我就喊了，我有啥怕人的！"

禾禾听见堂屋里有了吵闹，立在窗外听了一阵，听不明白，又觉得纳闷，推门进来，两个人都没了声，他问是怎么啦，烟峰就伏在炕上的被子上呜呜地哭了，回回蹲在炕上，只是抽烟。

往日里，回回夫妻一吵，他禾禾一出现，两口子就争着向他诉说对方的不是，然后他两头说情，末了，一场风波就无声无息。这一次却是这样，禾禾猛然觉察出点什么了，尴尬人说了几句尴尬话，就回到西厦屋里睡了。

从那以后，回回和烟峰还是那样待他亲热。但越是亲热，禾禾越觉得有些生分。尤其回回，似乎一天比一天将他看得是客人而不是自家人了。他疑惑，也害怕起来，问过几次烟峰，烟峰只拍着手说：

"你也是个小心眼！"

"你也是个小心眼！"这话里有话啊！禾禾就检点起自己了。"唉，"他不止一次地想，"我要是有对不起回回的事，那我还算是人吗？"

再从外边回来，他说总要和回回坐在一起抽抽烟，聊聊奇闻轶事。一说到奇闻轶事，烟峰就要凑过来听，又不停地插嘴接言，禾禾偏不随她话走，还是接着回回的话题说。到了晚上，烟峰催他做豆腐，或者干些别的，要来帮他，他总是说困，夜里不干了。但一等他们两口关门睡了，他就又生火烧水忙活起来。再是烟峰要到镇上去，他总是寻事说没个空。烟峰骂过他几次，他只是笑笑，支支吾吾就掩过去了。

禾禾的愁闷越来越折磨自己。他差不多在一个腊月里，每天一早出门，夜里才回来。干的事情又没有一个专注的：今日做做豆腐，明日又包鸡皮药丸去打猎。

这天夜里，他关了门，又包了半篮子药丸挂在柱子上，自己就在火塘里熬起鸡汤来。回回家的猫钻进来，在墙角、木梁上追逮老鼠，往下一跳，将装药丸的篮子撞翻下来，一声巨响，禾禾什么也不知道了。

回回和烟峰刚刚睡熟，响声把他们震醒，赶忙起来，推开西厦子门，屋里烟雾腾腾，刺鼻的硝磺药味，几乎要把他们喷倒。那只猫已经分尸数块，禾禾倒在地上。

回回急忙将他抱出来，发现他脸上肩上几处红伤，血流不止，而右手的第四个指头已经炸断了。叫醒过来，烟峰哭得像泪人一样。回回叫喊着快烧些头发灰止血，烟峰竟将自己的头发一剪子铰下一撮来。

禾禾在家睡了半个月，半个月里，烟峰端吃端喝。回回一天三晌从地里回来，就陪着他说说话儿，或者采些草药回来给他煎熬，说：

"算了，算了，往后再别胡折腾了，这两年里看你都有些什么名堂？往后安分种庄稼，你做不惯，我替你做一半，再别干这号事了！"

烟峰说：

"你还说什么呀，什么也不要说，现在只要伤养好了，就算咱都念了佛了！"

说罢，眼角一红，又是噗噗嗒嗒掉眼泪。

受伤期间，烟峰去叫过麦绒一次，让她抱着孩子来探望，说是人在难中，心事最多，多一份安慰，强似吃几服药哩。麦绒也哭得眼泪汪汪，却终不肯来。烟峰就骂了她一次，将孩子抱过来，一声一声地教叫着"爹"。过了一天，麦绒却也来了，提了一篮子鸡蛋，到了西厦房后的竹林里了，看见烟峰过来，就将鸡蛋篮子放在地上，转身又回去了。烟峰气得又骂了几句，提篮子回来，却安慰禾禾，说麦绒家里有事，实在走不开，把鸡蛋让捎来了。

"她待你心底还好哩，说不定这一场事故，你们能和好哩。"

禾禾说：

"她不会的，她越发小看我没出息了。"

烟峰就难过起来，说：

"兄弟，我知道你的心盛，可你命这么不好，实在不行了，你就依了你回回哥的话吧。"

禾禾却说：

"山里的好东西这么多，都不利用，就那么些地，能出多少油水？这不能怪我命不好，只怨我起点太低，要是真按我的主意养起山蚕，好日子还在后头哩。

所以我再苦再累，再失败，我不失信心，甘心忍受外人对我的委屈。"

烟峰眼泪就又流下来。禾禾说：

"你不要难过，我什么都能顶住。这一半年里，多亏了你和回回哥，我只恨自己无能，不能回报你家的恩德。"

烟峰就说：

"兄弟不要说了。我这女人没本事，可还明白，你只要有信心，就按你的主意干吧。我这里私房攒了这一百元钱，你拿去用吧，有了本钱，发了，再说还我的话。"

说着就从怀里掏出一个红布包儿，塞在禾禾枕头下。禾禾要推辞，她却起身走了。

第九章

禾禾病一好起来，就到县上有关部门去买柞蚕种了。一回村就张罗忙活，收拾分给自己的那片山林地。附近的人都在风传，说禾禾又在瞎折腾了：自古听人说以桑养蚕，还未听说过以柞养蚕的。

烟峰四处为禾禾辩解，说外省的某某地方，山上全放着柞蚕，人都穿的是绸子袄、绸子裤，连那帐子、窗布、门帘、裤衩、鞋面，甚至抹布都是绸子的。那绸子比商店里的的确良强出十倍百倍，穿在身上，夏不贴身，无风也抖，冬装丝棉，轻软温暖，一亩山林顶住四亩五亩山田呢。

她那一张嘴比刀子还利，果然将一些人说得半信半疑，不敢轻易说禾禾的一长二短。当然，她也是有一说十，有十说百，自己说的连自己都有些迷迷糊糊。回来给禾禾说了，禾禾也笑得没死没活。

"嫂子，可不能再去说了，蒸馍都害怕漏了气，你先吹得天花乱坠，要是弄不成了，咱就没个下坡的台阶了。"

果然，禾禾又失败了，一场意想不到的大失败，而从此几乎使他走投无路。

开春过后，蚕种就上了柞林。为了使柞树叶子更加鲜嫩肥大，他将一些柞树截了老杆，不长时间，新叶繁生，一丛一丛深绿的浅绿的，蚕就爬得到处都是，长得非常快，眼看着一天一个样，有的分明已经见出身子泛白发亮了。禾禾也床幸着自己成功，在山林中搭了一个木头庵房，日日夜夜厮守在那里。每天一早一晚，鸡窝洼的人都会看见没尾巴的蜜子在那林子边来回跑动，汪汪大叫。蜜子是到了发情期，叫声便吸引了白塔镇周围的狗，几十条相继赶来在山林里热闹，以致使那些眼小的、嫉妒的、伺机想搞些小动作的人不敢近林。

穿着红袄的烟峰一有空就到林子里去，在小路上走着，腰扭得风摆柳似的，要么去给禾禾送一瓦罐好饭，要么用那只军用水壶提一壶甘榨烧酒。站在林边了，只消喊一声："禾禾！"群狗就应声出迎。

麦绒也瞧见了几次烟峰，烟峰就大声招呼她去看看，麦绒却总是借口有别的事，想禾禾果然要办成一件事了吗？心里就空落落的，有些说不出的难受。她盼望禾禾也真能成功，他毕竟还是牛牛的亲生爹嘛。等着那没尾巴的蜜子跑回来，她总要叫着到家里，在脖子上系一颗两颗铃铛，却对狗说："别让他知道是我系的。"又盛了大碗的搅团糊汤让它吃。每每黄昏时分，烟峰的穿着红袄的身影出现在柞蚕林那里，麦绒瞧着，却不禁有些不快起来，心下又想：本来那里是该她去的呢。就走回屋里烧晚饭，先还是心里乱糟糟的，末了就自言自语：我这是怎么啦，禾禾和我是没干没系了，咱吃那醋干什么呢？

回回呢，禾禾买回蚕种时，他真有些替他担心，劝说过几次，知道禾禾也不会听他的，也便任他去了。又见烟峰乐得嘻嘻哈哈，忙得跑前跑后，他额头上就挽了疙瘩。蚕一天一天长大起来，他去看过一次，确实也吃了一惊，但心里终究不服气，回来越发经营他的三四亩山地，看重他的牛猫鸡狗。烟峰一唠叨柞蚕的好处，他就冷冷地说：

"他走他的阳关道，我过我的独木桥吧。就这个样子，这一份家业，他禾禾再有十年怕还赶不上呢。"

他在麦地里上了两次浮粪，又担尿水泼过一遍，麦子真比旁人的黑一层，高一截。又去帮麦绒在地里忙了几天，就开始深翻梁畔上那些石渣子空地，准备栽红薯了。

栽红薯需要育红薯苗。白塔镇上的三、六、九集上，红薯成了抢破手背的货。红薯到了春天，腐烂得特别厉害，所以这个时候红薯种的价钱倒要比冬天高出三倍四倍。结果，回回从窖里取出一担挑到镇上，一时三刻一抢而空，就又都纷纷到他家来买。回回却不再买，一律要以粮食来换。苞谷也行，大麦也行，一斤兑换一斤。五天之内，竟换了好几担粮食。禾禾得知了此事，也惊奇不已，夸说回回的老谋深算，回回说：

"吃不穷，喝不穷，算计不到一世穷。去年冬天你要卖给城里，那能赚得什么钱？这二三月里，青黄不接，粮食紧缺了，我那石磨子却是不会闲的了。"

他说得很自负，显示出一种殷实人家的掌柜的风度，使禾禾无话可说。

禾禾却粮食紧张起来，茶饭不能那么稠了，一天三顿吃些苞谷糊汤。为了补贴，又在山上挖了好多老鸦蒜煮了，在清水里泡过三天，每顿掺在饭里吃。因为两家饭吃不到一块，他就故意错开做饭时间，少不得烟峰每顿饭多添两勺水，偷偷给禾禾先盛出几碗，放进西厦房里。心里祝福禾禾这回能大获成功，日月过得像自己家一样。

但是，谁也没有想到，蚕林里的鸟儿越来越多。先头禾禾并不在意，后来发现蚕一天天似乎少起来了，才大惊不已。就拿了一个铜脸盆不停地敲响，轰赶鸟群。一个人的力气毕竟不足，这边敲了，鸟跑到那边，那边敲了，鸟又跑到这边，累得他气喘吁吁，那一顿三海碗的稀糊汤几泡尿就尿完了，身子明显瘦下去。

烟峰更是着急，一见鸟儿就咒，咒得什么难听的话儿都有。一有空，她就也到林子里去赶。禾禾站在坡上，她站在坡下，一边喊：过来了！一连喊：又过去了！声音一粗一细，一沉一亮，满鸡窝洼里都听得见，倒惹得人们取笑，说他们像是在唱对歌了。禾禾后来就劝她不要忙乱了，怕整日在这里，误了家里的事，引起回回疑惑。再加上她是个女人家，体力也不济，就去雇用了二水，讲明帮他照管蚕林，收丝后，一天报酬八角。二水也讨好禾禾，就拿了被子，和他睡在那木庵子。

鸟不但没赶跑，反倒蚕越大，鸟越多。忽有一日，从月河上游黑压压飞来一群白脖子乌鸦，在蚕林上空盘旋了一个时辰，就吸铁似的一下子投入林中。这些乌鸦见蚕就啄，一棵树上的蚕顿时就被吃尽。禾禾和二水背了土枪，不停地鸣放，也无济于事。仅仅三天三夜，那柞蚕竟被糟蹋得十剩一二了。二水趁着半夜三更，卷了被子回家不干了。禾禾一觉醒来，只有蜜子卧在身边，再看看树上零零散散的蚕，痛苦得要发疯。鞋也没有穿，在林子里乱跑，从这棵树下，扑向那棵树下，手摇脚蹬头撞。又跑出来，将那土枪一连放了二十八下，枪一丢，抱头呜呜哭起来了。

这些天里，回回却正忙着在家烧酒。他在门前的土坎上挖了灶坑，支了大锅，锅上架了木梢桶，装上发酵了的红薯换来的大麦，再上边放了一个净锅，一个槽子伸出来，烧过几个时辰，酒就流出来。这里的风俗，酒一律是在家外烧的，谁家的酒烧得好，谁家的主人就十分光耀，像扬场的把式一样受人尊敬。回回又是一心夸富的人，越发显得大方起来，路过的人，他就要叫喊着尝酒，对方说一句"好酒"，即使是喝醉倒在那里，也在所不惜。酒烧好了，知道禾禾的蚕也被乌鸦吃光了，就对着哭丧着脸的烟峰说：

"我早说了，他任事干不成。现在怎么着，要吃狗肉，反倒让狗将铁绳也带走了！"

烟峰一肚子闷火没处发，当下就说：

"好你个当哥哥的，你幸灾乐祸啊？！"

回回知道失了口，就说：

"我这也是为他想出路呢。既然养蚕不成了，让他也不要太难过。今日中午，你让他回来，咱做一顿好饭，喝喝酒解解闷吧。"

烟峰去叫禾禾，禾禾像木雕石刻一般，抱着头坐在那木庵子里，怎叫也不愿回来。烟峰只好将酒装在军用壶里给他送去，禾禾却抱起壶来就灌，灌着灌着，烟峰倒害怕起来，说没饭没菜，空肚子喝酒容易醉。禾禾就不喝了，笑着说：

"嫂子，你先回吧，我收拾收拾就回来。"

烟峰一走，他就又喝起来，不歇气将一壶酒喝个精光，只觉得口干舌燥，摇摇晃晃要到溪水边去喝些冷水，一跟斗却倒在那里，醉得一摊烂泥了。

月亮幽幽地上来，溪水哗哗地流着，星月全然在水底，或者不动，或者拉成长形，那光线乍长乍短，变化不定。夜露很快潮起来，打湿了草，打湿了禾禾的衣裤。他醒过来，说声："不好。"就翻身坐起来，觉得头疼得厉害，要爬起身，又软得无力。他知道自己又醉了。"多丢人哟！"他骂着自己，一口一口喷着酒气，泛着酒嗝儿，就用手指在喉咙里抠起来，哇地吐出一堆东西。再抠再吐，肚子舒服多了，就在溪水里漱口喝水，将头塞进水里冰着。一直坐到山洼里的人家关门上炕，窗口的灯光灭了，他站起来，夹了被子，慢慢往回走。"我这成什么模样，让人笑话吗？"他靠在树上，做着呼吸，擦干了头发、手脸，强装精神地下山了。

烟峰和回回一直不见禾禾回来，就提了灯笼来看他，一见面，他却笑着打招呼，看不出一点酒醉和悲哀。回家来又说了一些别的闲话，他就回到西厦屋里睡下了。

无论如何，烟峰却有些纳闷。她在林子里见到的禾禾是那副模样，而到家里又像换了另一个人，心里总不踏实。睡下后，就一直没睡着，仄着耳朵听西厦屋的动静，直到后半夜，她撑不住了，眼睛一闭就睡去了。天明起来扫院子，叫喊禾禾，喊了三声不见动静，过去隔窗一看，屋里却空空的，就大声叫回回。回回起来也惊骇不已，不知道禾禾这是到哪里去了。

"他不会寻短见吧。"回回说。

"哪里的话！"

"你怎么保得住？人到了这一步，受不住呢。"

"别胡说八道！"

"那到哪儿去了呢？"

"到哪儿去了呢？"

第十章

禾禾这天早上，赶到县城去了。

禾禾天不亮离开鸡窝洼，步行十里，扒着一辆过路车到了这里。顺着老街道懒懒地向前走，街道的房子全是木板开面门，一律刷着蓝颜色。这是一种很不吉利，又很不显眼的颜色，但不知为什么这里却门框门板，窗扇窗棂，以及砖墙土院，全是这个色气。禾禾每一次进城，都禁不住纳闷，这一次他却似乎毫无感应。房子很矮，个子高大的禾禾先是挨着墙根走，在每一家私人开办的杂货摊前翻翻，看看，不言不语，漫不经心地又走开，头好几次撞在檐头上。他走到十字路口，那边过去就是新修的街道，一时立在交叉中心没了主意：该往哪里走呢？离开鸡窝洼，到县上来，来了干什么，他也搞不清楚。他站着，东一看，西一看，南北也看了，最后就走到一家饭馆里去。

饭馆已经承包了，卫生条件好多了。禾禾刚路过门口，往里那么一望，立即就被热情万分的服务员叫喊进去。去就去吧，到了这一步，只有吃能安慰了。他要了两碗米饭，一盘炒肉，一碗蛋汤，再就是一盘猪肝猪肚，四两西凤白酒，狼吞虎咽地吃起来。别人有了心思，吃不进，喝不进，禾禾却正好相反，饭量比平日倒增加了三分之一。昨日酒喝得大醉，今日又是四两白酒，禾禾顿时又醉了。出得门来，步子就迈不开，靠在墙上往下溜，蹲坐在台阶上脖子歪到一边了。县城的孩子有聚众看热闹的习惯，立即围了一群。说他，笑他，用树棍捅他，用土块、纸弹掷他。他和孩子们倒挤眼还挤眼，鬼脸还鬼脸，没大没小没正经地对口厮骂，末了就抓着胸口，倒在台阶上如烂泥了。

一连三天，他就在县城逛了吃，吃了醉，醉了随地倒卧，满县城都知道这么个人物了。白塔镇有人进城办事，看见了他落魄的样子，听到县里传说他酒后的样子，消息就带回去了。鸡窝洼的人们又惊讶又同情又气愤，骂他成了货真价实的不会生活的二流子了。

"他不该把人丢到县城里去！"回回在家里恨恨地说。

"他怎么就成了这样，我的天，他怎么能受得了这份洋罪！"烟峰说着，眼角就红起来。

回回说：

"罢了罢了，你不该这么可怜他，使他越来越心野，不记教训。"

烟峰说：

"我觉得他没什么不好的。他要是听我的话，他也不会悄悄就到县上去了。他真糊涂，到了那个地方，有一个亲戚吗？还是有人心疼他？回回，你说，他不会破罐子破摔吧，要再那么在县城糟蹋下去，身子垮了，脑子也垮了，那他就毁了。"

"他没脸回来了。"回回说，"作为我们好过一场，我也尽了我的义务。他能出去，可见他就没有想回来的意思，这里也没有他可以牵连的。你去看看，他那些部队上的东西带着没有？"

烟峰就到西厦屋里，一床黄军用被褥还在，皮带没有了，军用壶也没有了，那只没尾巴的蜜子失去了主人，跑前跑后，对着烟峰汪汪地叫。她站在房里，脑子嗡嗡地响，一边将被褥叠好，一边收拾了锅上案上的瓶瓶罐罐盆盆碗碗，就动手扫起地来。

"你还帮他收拾得那么干净，他还会回来吗？"回回站在堂屋的台阶上说，"走了好，走了好，要不住在这里，整日发疯，外人该拿甚眼光看咱了。"

烟峰却哇地哭起来，说：

"你说的屁话！人家禾禾哪一点对不起你，在人家困难的时候，你倒说出这话！"

"那你说咋办？"

"去找他，我要去找他！"烟峰大声叫着。

"你也是疯子？"回回骂道，"你到哪儿去找他，你怎么去找他，村里人怎么说，白塔镇人怎么说，县城人又怎么说，唉？！"

烟峰说：

"说什么，说烟峰去找禾禾了，他谁又能怎么说？大不了说我对他好，好就好了，好有什么错，我一没偷人，他二没跳墙，谁将我看两眼半！"

回回气得只是说：

"无论如何，你去不成！"

烟峰说：

"我就要去！我就要去！"

这一夜里，两口子说硬都硬，说软都软，吵吵闹闹一个通宵。天大亮时，烟峰提着一个包袱走到门前，回回扑出来把她往家拉，正不可开交要动起手脚来了，蜜子却汪汪大叫着，箭一般蹿了出去。两个抬头看时，禾禾却甩手大步地回来了。

禾禾一直走了进来，看着回回夫妻的情景，大惑不解，便问道：

"你们这是怎么啦？"

两个人都愣在那里，如傻子一样。半天光景，烟峰却扑过来，抡着拳头在禾禾的背上打起来，骂道：

"你回来干啥？你怎么不死在县城，不叫野狗将你吃了！"

她披头散发，又扑进屋去大哭大号了。

回回在院子里开始了骂声，说禾禾回来了，就是这个态度？就将禾禾出走后洼里、镇上、家里的情况说了一遍，却只字未提他不让烟峰去找人的事。禾禾不觉满脸羞愧，立在那里，自个儿打了自个儿几个耳光，就进堂屋一声一声叫着嫂子，说他对不起人。

回回说：

"别哭了，兄弟回来了，你快去收拾饭吧。"

烟峰抹抹眼泪，说：

"你别这阵充好人！"

说完抱柴火去烧锅了。

吃饭中，回回说：

"走时你也不打个招呼，害得人心都慌了。回来了就好，什么话咱也甭提了，能回来，便见兄弟明白了世事，清醒过来了。明日快去你那地里浇浇水，麦受了旱，别人家都浇过了，就剩下你那块地了。还有梁上那片地，你没赶上插红薯，就先壅些葱吧。"

禾禾说：

"我明日一早到镇上信用社去货款呀，那山梁上的地和地后的那一片荒坡上，我要种桑树苗子哩。"

回回放下了筷子：

"又胡折腾呀？！"

禾禾说：

"这回折腾不穷了，县委刘书记都支持哩！"

说到刘书记，回回就肃然起敬了。刘书记去年到白塔镇检查生产，回回远远看见过，那是个矮矮的胖子，说一口的本地话，后听说是本县东部川的人，

新中国70年优秀文学作品文库

中篇小说卷

嘴里就念叨了几天，说山沟里也会出大人物呢。当下听了禾禾的话，却有些半信半疑。禾禾就说了他在县上发生的事。

在县上的第三天，县委刘书记知道了街头上他这个人物，就让人将他找去，问了根根底底。他只说书记要批评他了，没想书记却十分同情，更欣赏他的想法，支持他把蚕养下去。又打电话将农林局的同志叫来，向他讲了如何放蚕的事，说眼下最好先植桑养蚕，免受飞禽之害。如果要植桑，县上可以提供树苗。

禾禾这么一说，回回就不好再说话了。吃罢饭，他将粮食拿上来，借那石磨磨了几升小麦，烟峰就帮他罗面，两个人又说了县城好多新鲜事。回回则蹲在炕头只是抽烟，过一会儿就摇摇头。

第二天，禾禾到镇上信用社贷款，信用社的人吃了一惊，没想他竟回来了，又要贷四五百元的款子，就都摇头了。禾禾见人家不相信自己，就说出是县委刘书记的指示，可人家要刘书记的手条，他却没有，就说："不信你打电话问问。"直缠了半天，信用社三个营业员和主任商量了，说：贷可以，但必须要有保人，保人又必须是有家资的信得过的人家。

禾禾想来想去，在这白塔镇上，他知道的人确实不少，去托人家来作保，人家都摇头拒绝了。现在能有家资的又能信得过的就只有回回了。他回来给回回一说，回回纳了半天闷，却说道：

"四五百元，这数字不少呀，你好好考虑，你真能搞成功吗？"

禾禾说：

"县农林局答应帮我搞的，一定失败不了呢。"

回回就说：

"咱这深山人家，家里拿出五六十元，倒还能拿出。可一下子赔了，信用社要款，你可以屁股一拍走了，他谁也不敢要了你的命，保人就要一下子拿出来，能拿得出来吗？禾禾，我也是骆驼瘦死留有个大架子呀，你是不是少贷些钱，我就来做你的保人？"

禾禾说：

"那不行呀，桑树苗儿的价是固定的，植桑如果植那么一点，那顶什么用？你放心吧，我不会给你丢人的。"

回回艰难地吭吭了半天，口里还是没有吐出个数字来。

烟峰看不过眼，答了腔：

"你别作难，那仅仅让你做个保人，又不是要你立马三刻就拿出钱来，你板什么架子！"

鸡窝洼人家

905

"你知道些什么？"回回把烟袋甩了，骂道，"这个家你当掌柜的还是我当掌柜的？"

烟峰说：

"你能当掌柜的，我也能当掌柜的！禾禾，不求乞他了，要饭的要到门上，也不是这个德行，我给你当保人去！"

"你给我回来！"回回大吼了一声。

烟峰只是一扯禾禾的袖子就要出门，回回抓起鞋一下子打过去，"咣"地正打中烟峰的头。烟峰变了脸，叫道：

"你打人？你敢打人！"

"我就打了，不打好人，还不打坏人！"

"我把什么坏了？"烟峰受了侮辱，便扑回来，"你当着禾禾的面，你说，我是什么坏人，我坏在哪里？"

禾禾一看事情闹到这步田地，肚里就叫苦不迭，忙来拉劝，说他不叫回回做保人了，也不叫烟峰做保人了，顺门就走。一出门，一脸羞愧和气恼，走到洼地下的一片柿树林边，正遇着二水从麦绒家出来，已经走出来了，还扭过头去有一句没一句地说些不盐不甜的话。一阵怒火升起来，等二水一走近，劈头盖脸打了他几拳头，然后就长条条仰倒在地上，瓷呆呆地像傻了一般。

烟峰出来叫喊禾禾，回回跑近将她拉住，两人厮缠在一起，一时手脚并用，从篱笆前打到台阶后，从台阶上打到中堂。烟峰抓破了回回的脸，回回一脚将烟峰踢倒在地上，就乘气冲进西厦屋里，将禾禾的家具一股脑儿丢出来，骂道：

"我不让他住了！再住下去，他就要住到这堂屋里来了！我活什么人哩，我活得冤枉。自己老婆处处护着外人，你是跟我过日子，你是跟别人过日子？"

说罢，就啪啪地打自己的耳光。

"你打吧，"烟峰说，"你还算个男人！过不成就不过了，你把他的东西撂出来，你把我的东西也撂出来嘛，你活独人去嘛！"

回回就骂一声"好你个不要脸！"烟峰就呜呜地趴在地上哭得打起滚来。

鸡窝洼的人家都听见了打骂声，站在门口说闲话。很快风声又到了白塔镇，一时议论纷纷：有说回回不应该，有说烟峰太厉害，但更多的，则骂禾禾不是正人。说回回让禾禾住在他家，长期没个老婆，烟峰又年轻，能少得了不出事吗？禾禾一走动，背后就有人指指头。

他将家具搬进早先蚕林中的木庵子去住了。

但他总咽不了一口气愤，深深感到了做人的艰难，做一个想办件事的人更艰难啊！当天夜里，他就伏在木庵的床上，给县委刘书记写了一封信，他发了贷不出款的牢骚。信寄走了，又后悔起来，就不抱任何希望，而只说出出气罢了。

第三天里，没想信用社的人却从白塔镇寻到了林中的木庵里，拿来了硬硬的一沓人民币：五百元一分不少。说是县委刘书记打电话给他们：别人不给禾禾做保人，他来做保人。

禾禾"哇"地哭了，几天来第一次痛声地大哭了。

第十一章

第五天，一辆手扶拖拉机开进了白塔镇。车上载的是三千株湖桑，湖桑上坐着禾禾。禾禾满面春风，唱一路戏曲，赏一路风光，将香烟不停地点着递给开车人。开车人是他那个当年的战友。

当时正是黄昏。公社大院的干部们全蹲在院子里吃晚饭，吃的是炖羊肉饸饹，一些人已经吃了，满嘴油光；一些人敲着碗，看炊事员老汉用正骑在锅台上的饸饹架子压饸饹。看见拖拉机开过来，就都欢叫着出来帮卸车，一时人拥了好大一堆。那些商店的、旅社的、卫生院药铺的年轻姑娘们也都端了碗出来，一眼一眼寻着要看谁是禾禾。看见禾禾那么黑瘦苍老的脸，那么一身满是灰土的臃臃肿肿的衣服：咦，他就是县委书记过问的支持的禾禾吗？接着心里就提出各种各样的猜想：他和县委书记是什么关系？亲戚？老相识？或者是"文化大革命"中这小子曾保护过书记？或者是书记的儿也当过兵，和他是战友？不知道根底的打听着他的根底，知道根底的说他碰了好运……众说不一，议论纷纷。但无论如何，大家都来看他了，都来帮他卸车了；三千株湖桑苗一捆一捆靠放在白塔底下了。

当然，表现最积极的要算是二水。二水在禾禾离婚以后，就一心谋算着娶过麦绒。他三天两头到鸡窝洼去，有事没事在麦绒家的门前石头上坐坐。看见人家挖地，他就去帮着挖地；看见人家垫圈，他就去帮着垫圈；实在没有事干了，他就假装路过这里，或者去喝水，或者去点烟，说几句人家的孩子长得多么疼人，说人家的猫儿养得多么乖巧。但是，麦绒却对他总是不远不近，不冷不热，一个眉儿眼儿也不给他使。长期没有女人的单身生活，使他产生了对异性的贼心，也正因为女人永远对他是个不可知的谜而缺乏贼胆。夜里想得天花乱坠，白日里见了麦绒却瓷手笨脚地显得狼狈。他一直注视着禾禾这边的动静。

禾禾揍过他那次以后，他心里安分了许多，但得知禾禾毫无重新与麦绒和好的希望，而传出回回痛打烟峰的风声后，他那颗贼心又死灰复燃。所以他愈是害怕禾禾，愈是待禾禾友好。这天吃过晚饭正在镇上游转，一见禾禾的桑树苗拉回来，就说不完的祝贺话，跑不断的小脚路。禾禾让去买烟就买烟，让去打酒就打酒。酒桌上，禾禾和战友划起拳来，他就公公平平地看酒。禾禾喝得多了，拳又不赢，输一盏，让他替，他仰着脖子只是往嘴里倒。

送走了战友，天已经黑下来。二水帮着把树苗往鸡窝洼背。禾禾背三捆四捆，他也背三捆四捆，汗流得头发湿在额上，像才从河里捞出来一般。禾禾也不禁夸奖起他的忠厚诚实了。

"二水，"禾禾说，"你说我这回能成功吗？"

"一定成功！"二水说。

"你怎么知道能一定成功！"

"我想你会一定成功。"

"二水，"禾禾就嘿嘿地笑起来，"你能帮我几天忙吗？"

"没问题，干啥我都行。"

"帮我栽这树苗。"

"行的。"

"你可不能偷偷就跑了啊！"

"我再跑就不是人了。"

当天夜里，禾禾就和二水上到山梁那一片空荒地里，撵天亮栽了三百株。第二天，第三天，就将山梁两边的荒坡挖成一层一层鱼鳞坑，将桑树苗全栽下了。

山梁上又有了一片桑林，鸡窝洼的人差不多都上去看了。烟峰倒埋怨禾禾栽树时不叫叫她，将自家的熏肉、烧酒拿了来，在木庵里生火为禾禾做了一顿庆功饭。吃罢饭，让她回去，她却坐下来问这问那，禾禾就催得紧了，烟峰说：

"你这是怎啦，是嫌我败坏你的名声了吗？县委书记支持了你一下，你就将我不放在眼里了？"

禾禾说：

"嫂子说到哪里去了，你不回去，我回回哥吃不上饭，又该生你的气了。"

烟峰说：

"我又不是他裤带上拴的烟袋！他甭想再让我伺候他了，让他也过过没老婆的日子！"

"你们还没有和好？"

"分开了，各过各了。"

烟峰沉着脸，眉圈都黑了下来。

前几天那场架，烟峰哭了整整一夜。第二天，就搬了铺盖睡在西厦屋里。回回先是有了回心，自个儿做好了饭来叫她去吃，十声八声喊不应，回回也就火了，一碗饭摔在她的面前：

"不过了就不过了！哼，你以为你是宝贝蛋，我舍不得你吗？"

烟峰说：

"我那么命好，还是你的宝贝蛋？我不会给你生娃嘛，你早安下心要往外撇我嗮！"

"就是的，就是的，你说的都是的！"

这天夜里，烟峰早早就在西厦屋里睡了。回回关了鸡棚猪圈，在院子里立了好长时间，过来轻轻推厦屋门。门在里边插了关子，就走到堂屋，也"哐当"一声关了。睡在炕上生起闷气。炕虽然也是烧了的，但总觉得不暖和，脚手也不知道放着什么姿势舒服。就爬起来，又去轻轻拉开门关，心想烟峰一个女人家，置上一天半晌气也就罢了，到底还是要睡回自己的炕上来的。但是第二天早晨醒来，烟峰却始终没有回来。回回心下倒火了：哼，你好硬的心哟！你硬，我比你还硬呢。我这一次能求乞你吗？瞎毛病全是我惯的，我也是个男子汉呢！如果，谁也不给谁低头，你不理我，我也不理你，一个做了饭吃，一个去做饭吃。回回心空落落的，偏在上屋哼几段花鼓曲子，烟峰听见了，也是唱几句秦腔，声音倒比回回的高。再就是烟峰狠狠地在地上唾一口，回回必然就也唾一口，两个人被这种孩子赌气式的动作逗笑了；笑过一声，烟峰却立时沉了脸，使回回脸上的笑纹一时收不回来，十分尴尬。

烟峰将这分裂说给了禾禾，禾禾难为了好长时辰，低着头抽起闷烟。烟雾顺着脖子钻进了茅草似的乱发里，像是着了火一样。等两根烟吸完了，抬起两只充满了红丝的眼睛来，说：

"都是我不好。"

烟峰说：

"你不好什么了？这么些年，我也对得起他回回了。他现在能离得我，我也能离得了他。事情你也看得清楚，他做事是人做的吗？你也是天下最没出息的小子，你为什么要走？你这一走，是你做了什么丑事了，是我做了什么丑事了？说起来我就要骂你这厮一场，你也是喂不熟的狗哩！"

"嫂子！"禾禾站起来说，"你怎么骂我，我也不会怪你。我禾禾到任何时候，也不会忘了你的好处，但我不愿意看着你们这么闹下去。你真要是待我好，你就回去和回回哥和好，要不，我再也不去你们家，你也再不要到我这里来！"

禾禾说完，就走进柞树林里去了。烟峰喊了几句，他也没有回声，就呆立在那里，样子很是可怜。二水看见了，也觉得一阵凄凉，忙说些讨好的话，用嘴吹了凳子上的灰土，招呼她坐。她却冲着二水嘿嘿一笑，突然收敛了，扭头向山下跑去。

她跑得很快，在下一个坎的时候，一步没有踏稳，跌了下去。站在林子里一株柞树后的禾禾，一直在看着，这时叫着跑过来。土坎下，烟峰坐在那里，正抱着膝盖，痛苦扭弯了脸面，一额头的汗水珠子。禾禾走近去，看见她膝盖上的裤子被扯破了，膝盖上渗出了血，忙蹲下身替她包伤，烟峰却抬起头来，冷冷地看着他，突然站起身来，鹿一样极快地跑走了。

禾禾茫然地站在那里，眼角却潮湿了。赶来的二水说：

"你哭了？"

"谁哭了，谁哭了？"

禾禾却一拳将二水打了个趔趄，二水要倒的时候，他却一把抱住，眼泪刷刷地流下来。

可是，二水没有想到，禾禾也没有想到，烟峰第二天里却又来了。她扛了半口袋麦面，"咚"地放在木庵里的案板上，冷冷地说：

"我烟峰不是舔摸你来的，也不是想怎么来勾引你的；要把你的事干成，就把这麦面留下。要不收，我也就把你禾禾看透了，你早早收拾了你这养蚕的事！"

说完，就走了。

禾禾和二水都呆在那里，半天没有反应过来。

粮食，对于禾禾来说，确实太紧张了。去年地里没有收下多少，这几个月来，又三折腾两折腾的，就没有了几升细粮。烟峰的半口袋麦面也真送得及时，但却奇怪她怎么就知道得这么清楚！面对着麦面口袋，他没有说出一句话来。

十天之后，烟峰又送来了半口袋麦面，半口袋苞谷糁子，还有一瓶芝麻香油。

烟峰送粮的事，回回先是一点也不知道，他看见烟峰磨过一次麦子，可过了十天半月，就又再磨麦子，心下就想，吃得这么快？这天从地里回来，看见烟峰扛着口袋到山上柞树林去了，心里一切都明白了。当下想冲过去，夺下那面袋子，但一想到禾禾在二三月里也怕真的揭不开锅了，便装作没有看见，心里却总疙疙瘩瘩，一种被瞒哄、被不当人看的情绪使他更加恶起了烟峰。他回到家里，越想越生气，思谋着法儿报复烟峰。"或许，"他想，"我要问问她，话不明说，却要叫她知道我的意思，说不定使她回心，这日子又该成全了呢。"等烟峰回来，他便说：

"你到哪儿去了？"

烟峰照例没有回答，用手帕摔打着身上的面粉，啪啪地响。

"给咱包一顿饺子吃吧，正施红薯地里的粪，是出力的时候。"

"没面了，要吃你去磨吧。"

"那面呢？"回回叫起来，"你不是才磨过几天吗？面都给谁吃了？"

"你这话啥意思？"

"没意思。"

"没意思你就别问了！"

回回原以为到这个时候，烟峰会将他当起这个家的主人、她的丈夫来，没想她越发冷得厉害，一时又厉声喝问：

"我偏要问，麦面呢？"

烟峰看着回回，脸放得十分平静，说：

"送给禾禾了！"

回回叫道：

"我黑水汗流地苦干是养活他人的吗？送给禾禾了，你说得多轻松！这家是你的吗？你有什么资格把家里东西送给别人？"

烟峰说：

"这家你一份，我一份，我为什么不能送？"

回回气怒起来，浑身都打颤了：

"好啊！你一份我一份，你拿去送吧，送吧！"

他突然抄起了门后的一根椰头，一扬手将一个瓷瓮打碎了，瓮里的浆水菜流了出来。他一脚踢散了菜，又一椰头，打碎了罐子，又砸椅子。那锅台上的一摞细瓷碗一下子被打飞了，哗啦啦碎片飞溅。

烟峰一直站在旁边，不哭，也不动，只是冷冷地笑：

"哟，多大的本事，都打碎吧，锅也砸了，房子也点了吧！"

回回扬起的椰头，冷不丁停在了头顶，那么凝固着，一分钟，两分钟，突然从身后掉下来，自己扑倒在地上号啕大哭了。

第十二章

回回委委屈屈睡了一夜，又是半个白天，爬起来，眉不是眉，眼不是眼，脸灰得像土布袋摔打过一样。他悄没声地到了白塔镇上，重新买回了瓷瓮、盆罐、碗盏，后悔自己花费了数十元。回到家里，就又收拾起那只断了坐板的椅子，便拿锤子一下一下在上边钉起钉子。

烟峰没有理睬他。等把损坏的家具全部恢复之后，他们两个和和气气地把家分了。没有证人，也不写文书，烟峰拿了小头，就住在厦子房里。夫妻两个并没有离婚，但睡觉再也不枕一个枕头，吃饭不搅一个勺把了。

烟峰更多地往禾禾那儿去，这使回回伤心而又没有办法。鸡窝洼和白塔镇上的人都在议论，一见面，就总要问：

"回回，听说你把家里的东西全打碎了，你怎么就能下得手呀！"

回回讷讷地说不清字母。

从此，他很少到稠人广众中去，整天泡在那几亩地里。地里的麦子一天一天黄起来，他最大的乐趣就是看那麦浪的波动。风从山梁上下来，麦浪从地那边闪出一道愣坎儿，无声地，却是极快极快地向这边推来，立即又反闪过去，舒展得大方而优美。有时风的方向不定，地的中间就旋起涡儿，涡儿却总是不见底，整个麦地犹如一面宽大的海绵被儿，厚重而温馨地颤动。回回将烟袋在后领里插了，搓起一穗两穗麦来，在手里倒着，用嘴吹着麦皮，然后一颗一颗放在嘴里慢慢地嚼，一边乜着小小的眼睛观看着四周旁人的麦地。谁家的麦子都没有他家的长势好呢，这使他得到了很大的安慰和满足，常常要对着那些在地里干活的人说应该种什么麦，应该施什么肥，说得头头是道。

最听他指教的，态度又最是谦恭的，当然是麦绒了。麦绒家的地里，种了三分之一的大麦，种了三分之一的纯小麦，剩下的三分之一则麦地里套种了豌豆，称作猴子上竿。麦子都长得不怎么景气。先是大麦成熟得早，鸟儿就成群成群地飞来糟蹋。后来豌豆麦地里，就又出现什么野物打窝的痕迹，庄稼损坏得很厉害。她一看见回回出现在地边，就抱着孩子打老远地叫他：

"回回哥，这豌豆地里糟蹋得糟心呀！"

回回说：

"这是野猪干的。那没有办法，等稍黄些了，就收割了去。你把连枷杈把都收拾好了吗？"

"没的，孩子又常闹病，猪也三四天没空去给打糠，忙不过来呀！"

"我几时过来帮你。"

回回就少不了从麦地堰上走过去，到了半山洼后的麦绒家。麦绒已经从山后的树林子里砍来了树杈子，回回就在火上烤着，在门槛下弓着弯度，然后用枸树皮扎起连枷，扎起扫帚，安着木叉。他干活很卖力，又常不吃饭，麦绒就照例给他买好烟，少不了说一些家常：

"回回哥，你和我烟峰姐还闹别扭吗？你们那日子比不得像我们这样，有个好家真不容易呢！"

"唉，麦绒，"回回说，"我本来人盛的，现在也是灰了，我也不知道我哪点不好，也不知道她心里又是怎么个想法。让她闹去吧，这些人也是不吃亏不回头，我也懒得过问了，随她去吧。可以砸盆子砸瓮，人是砸不住的。"

麦绒说：

"在农业社的时候，啥事有队长操心，家家日子穷是穷，倒过得安生。地一分，各人成各人的精了，人心就都有了想法，日子反倒都过乱了，也不知道这是怎么了？"

"谁说得清楚呢？"

回回就再不愿说什么了，几只苍蝇不停地在身上飞，赶了去，去了来。他拿起蝇拍接连打死了几个，但还有几只总是打不住，反倒老要落在蝇拍上。

就在这时，后山的什么地方，有了沉沉的一声枪响。

"谁在打猎？"麦绒说。

"是禾禾，野猪糟蹋麦地，听说他和二水抽空就去打哩。他什么都想干，可什么也干不如意。"

"听说山上的桑苗长得不错，他已经开始喂蚕了？"

"我没去看。"

"烟峰姐还在帮他养蚕吗？"

"甭提她了，麦绒，他们爱怎么就怎么。咱把咱地种好，到头来，他们还得回过头来求咱们，我敢这么把话说死哩。"

回回果真再不关心禾禾养蚕的事，他等待着有风声传出禾禾的又一次失败。每天从地里回去，他留神着烟峰的脸色，想从中看出禾禾那边的情况。但是，烟峰始终显得很活跃，她隔三天、四天，就跑去帮禾禾采桑叶，经管幼蚕。

桑树泛活之后，趁着地气，叶子很快生出来，这是一种优良树种，叶片比一般桑叶大出一倍，而且抽枝特别凶，每天都可以摘下好多叶子。禾禾就开始了孵蚕，跑了几次县城，也买了许多书籍，他也学着在叶子上喷洒葡萄糖水，使蚕大大缩短了成熟期。长到亮色的时候，他和二水上后沟割了好多毛竹，全扎成捆儿，搭起了一个偌大的毛竹捆子棚，放蚕织丝。肥嘟嘟的蚕就到处乱爬，选定一个地方，用自己的丝把自己包围起来。

这稀罕景儿山里人从未见过，一时间来看的人极多，甚至县农林局的干部也来过几趟。这些陌生人看见烟峰在那里忙出忙进，还以为她是这里的主妇，总是要求讲讲他们夫妻植桑养蚕的过程。她就脸色大红，说她不是主妇，弄得来人倒不自在了。

吃的问题当然还未彻底解决，禾禾已经搓揉着未成熟的麦子吃了几次浆粑。当野猪开始糟蹋庄稼的时候，他也感到十分可惜，一有空就背枪和二水去打猎。周围的人家都感激起他来，他说：我没什么能耐，这几年，日子过得狼狈，给鸡窝洼没有好处，反拖累了大家，打野猪也算是一种出力赎罪吧。竟有一次，他追赶一群野猪，藏在一个崖后，看准群猪跑过来，对为首的放了枪，那头野猪就一头从崖上跌下来倒地死了。而群猪走动是一条线的，后边的看见为首的跌下去，以为它在跃涧，紧跟着都冲上崖头，一头一头就从崖头跌下去，竟一连摔死了七头。

一枪打死了七头野猪，禾禾的声名大作起来。他出卖了这些野味，收入了一笔钱，一部分买了粮食，一部分购买了一批葡萄糖水，使他的养蚕业有了更多的资本。七只野猪的消灭，使鸡窝洼的庄稼再不被糟蹋，家家都说起了禾禾的好处，当麦子熟透搭镰之后，好多人来帮他收割，又主动将农具借给他使用。所以，虽然经营着养蚕，地里的活并没有耽误：别人收完了，他也收完了；别人碾净了，他也碾净了。

落在人后的是麦绒。正当龙口夺食的时候，孩子发一次高烧。她只好锁上门在镇上卫生所里厮守孩子三天两夜。回来已经有好多人家将麦收到场里了。她急得要死，眼角烂了，嘴角也起了火泡。回回跑来帮她割，二水也来帮她往场上运。她感激得不知要说些什么，每次提前回家精心做饭。天气炎热，她浑身都出了痱子，趁着没人，在家里就脱了上衣擀面条。这天正好回回和二水挑了麦担进了门，她"哟"的一声进了卧房去穿衣服，回回和二水都吓了一跳，互相对看了一下，都没有说话。麦绒穿好了衣服出来，脸子红粉粉的，回回似乎什么也没反应，照样问这问那，干这干那。二水却走了神，又极不自然，背过麦绒，就死眼盯人家，麦绒一看他，却眼皮又低下去。后来他到厕所去，长时间不出来，厕所正好在厨房的东南角，他站在那里，伸着脖子又呆看麦绒在那儿擀面，两只奶子一耸一耸的。回回抱着孩子在院子里，瞧见了他的呆相，过去用一块石头丢在尿池里，尿水就从尿槽里溅上去，湿了他的腿，赶忙走出来，坐在那里安分不动了。

其实这些，麦绒已经知道了，她在擀面的时候，窗台上正好放着一个镜子，偶一抬头，什么都反映在了里边，当下心里又骂二水，又觉得二水可笑，越发信得过了回回。吃罢饭，二水一走，她说：

"回回哥，二水要再来帮我，你替我挡挡他。"

"那为啥，人家能来也是一片好心哩。"

"他长着另一个心哩。"

"这我知道，心思是有心思，却还不是坏人呢。"

"我也看得出，要不他别想跨这个门槛。"

回回就说：

"麦绒，你的事情你也要往心上去，看样子你不会再跟禾禾和好，可年轻轻的总不能这么下去，一是没个外边劳力不行，再就是，也容易让别人说闲话，比如二水毕竟还是老实人，若遇上贼胆儿大的，心烦的事儿就多了。"

麦绒说：

"我也是这么想的。没个男人，外边没个遮风挡雨的，里边没个知冷知热的。有些事不乞求别人吧，一个妇道人家拿挪不动。乞求别人了，什么事也能惹得出来，我敢相信谁呢？这收麦天里，要不是你从头到尾帮着我，我真要变得人不人鬼不鬼！可鸡窝洼就这么大，白塔镇就这么大，扳过来数过去，就那几个光棍汉。我总不能再找一个比禾禾差的让他耻笑，可哪儿有合适的呢？"

麦绒说到这里，脸面很灰，孩子在怀里抓着她的头发，她用手往后拢，孩子又抓下来，她也就不管了，撩了衣服，把孩子的头捺在那里吃奶，不时就露出白花花的肉来。回回眼光别转到一边，心里想：一个女人离开男人，也确实是没脚的蟹了。禾禾在这个屋里当主人的时候，虽然打打闹闹，但麦绒的气血是好的，人也讲究收拾，现在一切都由她了，活路一多，再和孩子绊缠，这一半年里倒老得这么快哟！这一身衣服，怎么变得这么皱皱巴巴？她还年轻，不能不找个男的，可她说的这席话，他回回倒真为难了。他不知道自己怎么来回答她，是他提起了这件事，到头来他却只有安慰麦绒不要急，车到山前必有路，算走算看吧。

麦绒也知道回回的安慰一切都是空的，但还是感激着他。夜里总是睡不着，想着自己的半生，怨恨自己的命不好，既然禾禾做半路夫妻，天不该就使她有了孩子。一想到这孽根孩子，她心里却充满一种怜爱，觉得也亏了有这个孩子使她的心才没有垮下去。但是，也正是为了这孩子，她得尽快地再找一个男人来做自己的丈夫。她正在收拾打扮的年龄，却不能做得过分，惹招外人说她不安分。她慢慢不讲究起来，头发也总不光，鞋袜也总不净，一出门，自己也感到了丢人。她现在才深深体会到，做人难，做女人难，做一个寡妇更难啊！

麦子晒干晾净以后，麦绒用斗量了，收成确实比往年多出了许多，能收下这么多粮食，简直使她都有些吃惊。农民嘛，只要有粮，天塌地陷心里也不用慌了。这些珍珠玛瑙般的麦子，不都是自己血汗换来的吗？不都是没有禾禾的胡折腾，安安分分劳动的结果吗？她感到了一种自力更生的农民的骄傲。想：娘儿两个，这粮怎么吃也吃不完了，我何不拿些枭出卖钱呢？

钱对于这孤儿寡母，却是多么的迫切。自离婚以后，麦绒做了掌柜，吃的穿的花的用的，哪一样她都得操心，哪一样少得了要钱？最烦心的是亲戚邻居的红白喜事的上礼，简直使她喘不过气来。人的日月比以往滋润了，老人的祝寿，小儿的满月，新人的过门，死人的头七、二七、百日、三年，别人去了，你不能不去，礼钱又不断上涨，一元的到了三元，三元的又到了十元。更是稍一宽裕就兴动土木，建屋筑舍，那又是上礼，五元太少，十元不多。一年仅这人面上的花销就有五六十元。她一个寡妇人家，钱只有出的，没有入的啊！

"回回哥，"麦绒找着回回，跟他商量道，"钱花得如流水一般，又不得不花。寡妇人家撑门面越发要紧，这一半年我实在是挖了东墙补西墙。今年地里收下了，我想去卖上一些，你看看，别人都盖房，我这房上还没有添过一页新瓦，家里盆盆罐罐也得换换，炕上褥子也烂了，被子也破得见不得人了，到处都要花钱呀！"

回回很赞成，到了初九，白塔镇上逢集，回回和麦绒装了两个箩筐新麦担去。集市还未到洪期，但一溜带串的摆了好多枭麦子的筐担，麦绒吃了一惊，说：

"这么多枭粮的吗？"

"今年都丰收了嘛。"

"往年都是籴的，今年倒都枭了。"

"农民嘛，靠的是土地吃饭，只要守住地，吃的有了，花的也就有了。这话我不知给禾禾说过多少回，他只是不听。他现在有什么，没有粮也没有钱啊！"

麦绒显得气很盛，站在那里，看着集上过往的人，头脸仰得高高的，似乎是在夸耀：我寡妇怎么样，我有的是粮食，这粮食就是钱啊！她很想这个时候能看见禾禾也到集上来，让他亲眼看看她。

集上的人慢慢多了起来，枭麦的人继续往这里摆担子，但籴麦的人却很少，常是 些人挨着麦担用手抓着麦粒看，总是不肯交易。一个人到麦绒的麦担前，蹲着，抓一把来回在手里倒，又丢进几颗在口里咬着。

"这号麦还有弹嫌的？我的天爷，这是老阿巴麦，仁仁多饱啊！"

"多少钱呢？"那人问。

"老价嘛，"回回说，"三角五一斤，你要买多少？"

那人狠狠地看了回回一眼，站起身却走了。

"哎，你这买主，怎么一句话不说就要走了？"

"你这人也是一把岁数的人，说话怎么没个下巴？"那人回过头说，"你那麦子也值得三角五吗？"

一句话，使回回和麦绒都吃了一惊，疑惑得不知如何才好。麦绒说：

"这事才怪了，三角五在往年是顶便宜的了，他怎么说出那话？"

回回便往别的粮担前问价去了，转了好大一会儿过来，脸色就十分难看，蹲在那里长吁短叹。

"别人和咱是一个价吗？"

"二角三,二角四,上好的才是二角五。"

麦绒叫了一声，呆在那里不动了。

"麦价怎么跌得这么厉害，往年苞谷都是二角八呀！"

"这都是怎么啦，粮食不值钱啦？"

"天爷，这一担麦子，才能落二十多元吗？不至于会这样吧？"

"不至于会这样吧？"

两个人说完，都没有了话，直盯着麦担子出神。有好几个买主过来，都说着这麦子好，但还是有给二角三的价，有给二角四的价，麦绒就生了气，摆着手说：

"世上便宜的事都叫你们去拣了？不卖，三角五的价一分也不能少！"

旁边的人都瞧着她笑，说这女人八成是疯了呢。

麦绒只是黑青着脸，也不答言，拿着一双火凶凶的眼盯着过往买主。似乎这些人不是来买麦子的，倒是来合伙要打劫她一个寡妇的。怀里的孩子又直闹着要吃奶，她没好气地就扇了一个耳光，孩子哭起来，回回忙抱过去，千声万声儿哄着。

太阳已经照在头上，影子在脚下端了。好多枭麦的人办成了交易，骂骂咧咧挑着空箩筐回家去了。麦绒的麦还一两没有卖。她要再等等，始终不能相信麦子会这么便宜。那么，她收下的那些麦子，才能值几个钱呢？但是，一直到日头偏西，集上的人稀稀落落起来了，麦价还是不能上涨，她肚子已经饥得咕咕地响。她摆摆手，说：

"回回哥，怎么办呀？"

"你说呢？"

"钱总不能没有呀，卖吧，卖了吧。"

回回就又拉来几个买主，反复在那里讨价，最后双方只差到一分钱在那里不可开交，麦绒说：

"二角五你还不买，你以为这粮食是好种的吗？你是造了孽了，这么作践粮食？好了，二角五你要不买，我就担回去了！"

买主总算把麦子买下了。当麦绒接过那一沓沓人民币，浑身哆嗦起来，像是受了一场欺骗和侮辱。钱一到手，她就去商店给孩子买了一身花衣服，给自己买了一件的确良衫子和一双雨鞋，剩下的仅仅只有几元钱，她一下子全掏出来，买了一条香烟交给回回了。

"麦绒，我哪儿就要抽这烟，这是咱农民抽的吗？"

麦绒说：

"我只说今日卖了钱，要买一件衣服谢呈你，谁能想到只落下这几个钱，你抽吧，我还能再给你买些什么呢？"

回到家里，麦绒情绪不好了几天，见猫打猫，见狗踢狗。"农民真是苦呀！"她想，"这二亩地里，一年到头不知流了多少汗水，仅仅能赚得几个钱呢？看样子这房子甭想翻修，这锅盆碗盏甭想换新了，光油盐酱醋，小幺零花，一切都从哪里来啊？"

她不想再去粜粮食，但粮食又吃不完，就将粗粮统统为猪煮食。槽上的两头猪是她去年夏天抱的猪崽，虽然已经七八十斤，但一直舍不得加精料，每顿只是倒两碗剩饭拌一盆糠就是了，猪长得一身红毛。现在她突然意识到家里的一切开支花费，就全得靠这黑东西了。就每顿给猪煮食，端到猪圈里，一边搅着给猪吃，一边还不忍心地说：

"吃吧，吃吧，你要再不长肉，对得起谁呢？"

猪当然并不亏她，加了料后，一天天如气吹一般长大起来。

那一层绒毛似的红毛就脱了，浑身泛起白色。每每回回到家里来，她总是让回回下圈去揣揣猪的脊梁。

“有三指的膘吗？”她说，“吃了我好多粮食了！”

“估摸一百三四了。”回回说，“活该你的日子要过顺了，猪长得这么快。把料加上，再有一月，就可以杀了呢。”

“我不杀。”她说，“自己吃了能咋？交给国家，落一疙瘩钱，也能办些事呢。”

第十三章

入了夏，禾禾的蚕棚里蚕越来越多。他已经收了两次茧了，第三代蚕又开始织起来。这期间，他很少到白塔镇上去，甚至门也顾不得多出。二水一直在帮着他，却时常给他提供着外边的消息：回回怎么三天两头去麦绒那儿了，如何帮她去卖猪，如何帮他分劈柴……他心里就念叨回回的好。虽然自己和麦绒离婚了，但对于一个寡妇过日子，他也盼有人能替自己去照顾她。但是，二水这话说得多了，慢慢也便嘀咕起来：回回和麦绒虽然都是本分之人，可一个做了寡妇，一个和老婆分家另住，他们会不会？……他有些酸酸的，酸过之后，也便想开了：人家的事我还管得着吗？可终究心里不舒服，转过来又想：这么一来，烟峰是怎么想的呢？他们毕竟还是夫妻啊！这么翻来覆去地思想，尤其是他一个人在庵子里拐着石磨的时候，竟弄得他六神不安了。

这一天下午没事，他到了白塔镇上的小酒馆里去喝酒。天阴沉沉的，又刮着风，枯叶、杂草、破纸、鸡毛卷着圈儿在酒馆外飞旋，他喝得很多，直到了日近黄昏，才摇摇摆摆返回庵里。二水却没有在，连叫了几声没回应，自己也没有一丝力气，瓷呆呆坐在门槛上不动了。这当儿，门外的树林子里，有了一阵一阵狗吠声，卧在案板下的没尾巴蜜子就呼哧呼哧扇动鼻子，要从门里跑出去。

“嘻！”他大声吼了一下，而且将脚上的一只鞋扔了过去。蜜子尖叫了一声，四蹄撑在那里。“你他娘的去干啥呀？你那么不要脸的，你再跟那些野物去，我一枪打死了你！”

蜜子还撑着，看了他一会儿，耷头耷脑地返回来，重新在案板下卧下。门前树林子里的狗咬声越发大起来。这些野狗是从镇子那边跑来的，发情期里它们肆无忌惮，几天来总是围着木庵咬，勾引蜜子出去，整夜整夜在那大树后连接，样子野蛮而难看。鸡窝洼的人都讨厌起这种丑行，知道这全由蜜子引起的，就说了好多作践禾禾的话。禾禾狠狠揍过蜜子。似乎这种武力并没有能限制了它的爱情，每夜还是要去树林子幽会。禾禾曾驱赶过那群勾引者，但它们一起向他撕咬，而且轮番狂吠。他只好将蜜子死死关在庵里。

"二水！"他又喊了，要二水拿枪去打这群死不甘心的求爱者。二水不知跑到什么地方去了。他站起来，去取下了枪。就在开始装火药的时候，屋子里喤嘟嘟一声碎响，那蜜子却箭一般从门里冲出去，立即七条八条大狗旋风一样地穿过树林，逃得没踪没影了。

他端着枪，站在庵前，盲目地对着树林上空，"咚"地放了一声。

这一声枪响，使二水吓了一跳。他正蹲在一块地堰下拉屎，赶忙撕下一片瓜蔓叶子揩了屁股，提了裤子站起来。禾禾看见了他，眼睛红红的。他走过了几步，却反过身子又走近那粪便前，用石头将那脏物打得飞溅了。

"你回回甭想拾我的粪！"他狠狠地说。

原来，禾禾下午到白塔镇去了以后，他就又到麦绒家了。刚刚走到屋旁的一丛竹子后，却看见回回垂头丧气地从门前小路上也往麦绒家去了。回回中午和烟峰又打闹了一次，双方的脸都打破了。回回怕是不愿在家待，就到麦绒这儿来了。麦绒从屋里迎出来，两个人在那里说话。

"回回哥，你怎么和嫂子又闹了？"

"麦绒，我伤心啊，饭饱生余事呀，她脾气越来越坏了！"

"你不要往心上去，气能伤身子哩，多出来散散，或许就好了。"

"我还有脸到谁家去？人家问我一句，我拿什么对人家说呀？"

"……我不笑话，你就到这里来，和孩子说说笑笑，什么事就能忘了呢。"

"……"

"你吃过饭了吗？我给你拾掇饭去。"

两个人就进了门，门也随即掩了。屋里传来风箱声和刀与案板的哐当声。

二水一直等着，不见回回出来，心里产生了一种嫉妒。他已经证实了禾禾和麦绒不会破镜重圆了，但却发现直接威胁到他利益的则是这回回。麦绒似乎对回回特别好，他二水给她出了好多好多力，但从未有一个笑脸儿给他。现在，他不好意思再进屋去骚情，就快快退回来。一心想着报复回回这个情敌，但又想不出怎样报复，知道回回是这个洼里唯一清早起来拾粪的人，就打飞了自己的粪便，不让他得到自己的一点点便宜。

禾禾追问他到哪儿去了，他不好意思说去了麦绒家。但妒火中烧，还是加盐加醋说回回和烟峰又打了一架，回回就到麦绒那儿去了，两个关了门，在家里又说又笑，七碟子八碗的对着盅儿喝酒哩。

"没德行，他们怎么能干出这事？！"禾禾趁着酒劲，嘴脸一下子乌黑了。他把枪扔给二水，让他回去。要是那群狗来了，就往死里打，打了剥狗皮，吃狗肉，自己就小跑赶到麦绒家的窗下。

半年多了，他还是第一次站在这个地方。在那个做丈夫的年月，他一站在这个地方，就听见了麦绒在家拉风箱的声音和孩子的哭闹。那种繁乱的气氛却使他感到一种生活的乐趣，他总是问道：饭做好了吗？麦绒或许就在屋里命令他去给猪喂食，或许叫拉牛去饮水，或许就飞出一句两句骂他出去就没有脚后跟，不知道回家的埋怨话。可现在，这一切都是那么遥远，那么陌生，而屋子里亮着的灯光下，坐着的却是回回。他想一脚踹开门去，骂一顿回回对不起人：麦绒是个人自主，与她好或是不好，他禾禾管不上，可你回回和烟峰吵闹之后就跑这里来，你对得起烟峰吗？

屋子里并没有喝酒嬉笑的声音。奇怪的却有了低低的抽泣声。禾禾隔窗缝往里一望，回回坐在条凳子上，麦绒坐在灶火口的土墩子上，两个人都没说话，而嘤嘤地哭。

"我怎么也弄不清白，你嫂子就变成这样人啊！"回回说。

"人心难揣摸呀，禾禾不就是个样子吗？"麦绒说。

"唉唉，咱这两家，唉……"

禾禾站在窗下，却没有了勇气冲进去……

他慢慢退回来，一步步走进木庵子里，二水询问看见了什么，是不是教训了回回一顿，禾禾只是不语。问得深了，啪地在二水脸上扇了一耳光吼道：

"你以后别弄是作非。我告诉你，回回和麦绒的事，你不要管，也不准给外人胡说！"

二水恼羞成怒，骂起禾禾来，就卷了被子要回家去。禾禾酒意醒了，过来叫二水，二水却毅然走了。走到林子边，回头说：

"你也不要给我开工钱了，席底下压着的那三十元野猪肉钱我已经装在怀里了！"

禾禾倒在炕上，大声喊蜜子。蜜子还没有回来，它正在远远的林子后恋爱呢。

过了五天，禾禾收了茧，足足装了一麻袋。他在白塔镇的班车站牌下等车，要去县城。

他想离开鸡窝洼几天，一是去清清心，二是趁机自己把茧出售给县丝绸厂。

班车开来了，他买了票，就爬到车顶上去装自己的茧麻袋。等走下来，烟峰却坐在车上了。

"你到哪儿去？"他差一点惊叫起来。

"县城。"她说。

"县城？去县城有什么事吗？"

"没事就不能去逛逛吗？"

"就你一个人？"

"你不是个伴吗？"

禾禾疑惑地坐下来，烟峰问他，要到县城去，为什么不给她打个招呼？

"不是我做嫂子的说你，你想什么，想干什么，我不见你，闻也闻得出来！你怕我花你的钱吗？我烟峰有的是钱哩。"

"嫂子，"禾禾说，"你没事，何必去花钱呢，你还是回去吧，或者改日再去吧。"

"这是你的车吗？你是我的丈夫吗？瞧你那口气！我偏要去看看，多少年里我就想到县城去，去看看那是什么大地方呢？"

车开动了。半天后，将他们拉到了县城的大街上了。

烟峰第一次来到县城，她虽然整天向往着这个地方，做着万般的想象，但一来到这里，却使她一下子惶恐起来。这里的街这么宽，楼房这么高，简直令她吃惊，想不出来人住在那上边头会不会晕？在街上走着，脚还抬得那么高，立即被一群孩子注意到了，学起她的走势。她就脸色通红，尽量放低脚步，却一时扭捏得走不动了。便一步也不敢离地跟着禾禾，到一个商店，就进去看看，问问这样，又问问那样，声音洪大，惹得售货员都瞧着她笑。禾禾也觉得有些难为情，就说：

"你别那么大声，不懂的问我就是了。"

烟峰却说：

"他们笑什么呀，不懂就是不懂，咱是山里人嘛！"

逛完了全部商店，禾禾带着她到了丝绸厂卖茧。路过纺织车间，烟峰"啊"地叫了一声，她简直不敢相信自己的眼睛：那机器一声儿轰隆，像河流一样的丝绸就不停地泻出来。她从未见过织布，更没有见过织丝绸，那些女工，年纪都小小的，漂亮得像是从画上走下来的。她走近去，一会儿看看丝绸，一会儿看看女工的一双手，问这样问那样，人家回答着她，她却一句也听不清楚。一出车间，就说：

"这丝就是茧抽出来的？"

"可不就是。"

"我的天，这么好的事，这蚕该大养了！这些女子们都是吃什么长大的，这么水灵，手又那么巧呀，咱当农民的算是白活一场了！"

"咱也不算白活，不是也种粮、养蚕吗？"

"禾禾，你给嫂子说，你在外边跑的地方多，都是像县城这个样吗？"

"这算个啥呀，大城市的世面才叫大哩！"

"我知道了，我知道了！"

"你为啥和麦绒过不到一起了，你是眼大心也大了！让鸡窝洼的人都到这里瞧瞧，就没有一个人对着你叫浪子了！"

禾禾笑着说：

"嫂子还是开通！以后再到城里来，我一定还要领你呢。"

烟峰说：

"我真把人丢死了。等我有了钱，我一定要好好到外面跑跑，一辈子钻在咱那儿，就只知道那几亩地，种了吃，吃了种，和人家一比呀，咱好像都不是人了！"

"你可别跑得洋起来，烫个头发呀！"

"我才不稀罕那个鸡窝头！那要是收麦天扬场，落一层麦糠，梳都梳不开了哩！"

这天夜里，他们来到旅社，禾禾为她安排好了房子，自己就去找当年的那个战友借宿。天亮起来看烟峰，烟峰一见面就说了昨晚同房里的女干部拉她去洗澡，她一进浴室，就忙出来了，她嫌害臊，脱不了衣服，但却在旁边的一个房子里看了一场电视呢。

因为禾禾还要去农林局再联系一些养蚕方面的事，就给烟峰买了车票，送她返回鸡窝洼。

烟峰坐在车上，却叮咛禾禾也给她买些蚕种，她回去也要养呀，就把怀里那一卷人民币塞给了禾禾。禾禾也给了她一个纸包。车开动了，她打开纸包，里边竟是一双女式塑料凉鞋。

第十四章

禾禾也没有想到，他竟在城里能待七天。他本来是到农林局去要一些养蚕的材料，再买一些蚕种的。但农林局的王局长却对他极有兴趣，拉他列席了一个植桑养蚕会议，又去东山一个植桑专业户那里参观。禾禾在那里，大开了眼界，看到人家竟植了一架山的桑树，仅出售桑叶一年便可收入几千元。禾禾意识到自己桑植得太少了，当下和这位专业户订下合同，要求给他培育五千棵桑苗，当时就把烟峰给他的那笔钱交付了。

七天后，他高高兴兴回来，但一个闷雷般的消息把他震蒙了：烟峰和回回离婚了。

事情发展得这么快，鸡窝洼的人都感到了惊骇。这事禾禾没有料到，甚至烟峰也没能料到。她跟着禾禾去县城后，鸡窝洼好不热闹，都说是他们两个私奔了。而且以私奔为话题，风声越传越奇。有的说禾禾把麦绒离了，目的就是为了得到烟峰，可怜回回竟把禾禾当作了座上宾，扮演了一个可笑的戴绿帽的角色；有的说他们早就鬼混在一起了，干些不干不净的事。烟峰不会生娃，所以事情一直没有败露，这次私奔，三天前就在树林子里密谋好了；有的则一口断言：他们不会再回来了，可怜坑害了麦绒和回回，使两个好端端的人家鸡飞蛋打了。风声作用很大，人们似乎都倒向了回回，都来安慰他，在他面前骂着那一对浪子。回回一想到自己四十多岁的人了，儿子没儿子，老婆又没了，伤心起来，趴在门口哇哇地哭。

麦绒抱了孩子来劝说，反一劝，正一劝，替回回说宽心话：

"人心隔肚皮，知人知面不知心啊，谁能想到，这做嫂子的能干出这等事来？也罢了，经过这事，你也就看清他们是什么人了，以前你还一心偏护着禾禾呢。"

回回只是哭着，拿拳头打自己的头，骂自己瞎了眼，却也可怜起自己这一家不能传下去，这一份家业就在自己手里毁了。麦绒也流了眼泪，拉起回回说：

"回回哥，命苦到咱们两个，也就再不能苦了。你要不嫌弃的话，咱们两家合在一起，我麦绒没什么能耐，我只图把好这个家，不让外人再耻笑了咱。你若不悦意的话，这话权当我没有说，你再托人续上一房，你要心盛盛地过活下去。你还是这鸡窝洼的富裕户啊！"

回回看着麦绒，他没有想到这个寡妇能在这个时候说出这等言语，才明白了这是一个很有心劲的女人。她没了丈夫，硬拉扯着儿子撑住了一家人的门面，倒比一个男子汉要强得多，当下站起来，将孩子一把抱在怀里，泪水长流。

"麦绒，你能说出这种话，我回回一辈子也得念叨你的恩德。可禾禾和烟峰一走，咱们再合在一起，外人又会说出些什么呢？"

麦绒说：

"回回哥，咱们吃亏也就吃在这里，外人能说些什么？大不了说这两家人像戏文里边的事。可到了这一步，也顾不得这些了，要顾这些，我一个寡妇来对你说这些话，还成了什么体统？可没办法呀，好端端的一个家，突然破了，我知道那苦楚，你这么好心的人，我不忍心你也那么苦下去。"

麦绒说着，眼泪也扑簌簌流下来，回回第一次抓住了麦绒的手。那手粗糙得厉害，记载着一个寡妇人家的艰难。他握着，麦绒也不抽回去，两个人哇地又都放声哭了。

这天夜里，他们一直边说边哭。坐到鸡叫头遍，麦绒要回去。开开门，外边黑得像锅底，回回说：

"太黑了，孩子已经在怀里瞌睡了，会感冒的，你就睡在这里吧。"

麦绒说：

"使不得的，回回哥，咱可不能让外人说些什么不中听的话来。咱们的那场事，你也不要急，可一定要找个媒人来说合，名正言顺的。咱要成，也是成得堂堂正正，把任何人的嘴都堵住了。"

回回点点头，一直把她送到了家。

可是第二天中午，烟峰却出人意料地回来了。当她从车上下来，白塔镇上的人就发觉她满面春风，而且脚上穿了一双崭新的塑料凉鞋。深山里穿这种鞋的人很少，只是一些孩子们穿的，而一个中年妇女突然穿上了，就觉得新鲜、显眼。大家都往她脚上瞅，她并不害羞，反觉得这有什么可稀奇的呢？人家县城……她一想到县城，反倒觉得这些人可笑了。一路上同一切熟人打招呼，所有的熟人都一脸惊骇，在问：

"你怎么回来了？"

"这不是鸡窝洼吗，我不回来，要上天入地去？"

"那禾禾呢？"

"他还在县上。"

"他又不要你了？"

"放屁！怎么是要我不要我？"

旁人疑惑不解，她也疑惑不解。一走到家里，闪过竹林，迎面碰着回回，回回一下子傻了眼了。

"你还回来干啥？"回回眼红了，"还要再倒腾家里的财产吗？"

"这你管得着？"

"我现在就要管了！你和我还没有离婚，你干这种事，不怕天打雷击？我什么都迁就你，随着你的意来，只说你能再回心转意，你竟这么报应我？我看我再要这么老实下去，你们会把我勒死呢！"

"我们？"烟峰觉得事情不对头了，"我们是谁？"

"你还以为能蒙着我，好一步步吞了这份家当吗？你们私奔，你们就远走高飞，我永远不见到你心里也清静，权当你们都死了！"

"私奔？"烟峰跳起来，叫道，"好呀，回回！你这么作践我和禾禾！什么叫私奔？你把话说清楚，你要不把这张脏皮给我揭了，我烟峰也不能依你！我嫁汉了？我在哪儿嫁汉？你捉住了？！"

烟峰拉住回回的衣服，回回狠命一推，烟峰倒在了地上，腮帮正好砸在一块石头上，渗出了血，烟峰爬起来，舞着双手就来抓，结果回回的脸上就出现几个血道子。两人纠缠在一起，一个说你和禾禾进城就是证据，一个说你满口喷粪；一个说你昨夜在哪儿睡的，一个说说妄话天不会饶的。

鸡窝洼的人闻声赶来相劝，但都明显地偏向回回，故意将烟峰手捉住，让回回多踢了几脚。烟峰发疯似的吼着，大声叫骂这些偏心的人。这些人趁势就又动手打起她来，往她的脸上吐唾沫。回回也觉得不忍了，拉开了大家。大家又都埋怨回回手太软：应该狠狠教训教训这个不要脸的婆娘。烟峰受不了这种侮辱，指着回回骂着：

"回回，你好个男子汉，你打了我不算，你还站在一边看着这些人打我，你还算是我的丈夫啊！"

回回说：

"谁是你的丈夫？你要认我这丈夫，你也不会这个样子！你给我滚远些，这个家没有你的份！"

"我没有和你离婚，你敢！"

"没离婚现在就离婚！"

"离婚就离婚！"

烟峰爬起来，脚上的凉鞋却不见了，回回早将鞋踢在一边的水沟里，她把鞋提起来，重新穿好，两个人就披头散发地去了白塔镇。

第一次离婚，没有成功，第二天又去，第三天还去，公社同意了。当烟峰把自己的指印按在那一张硬硬的纸上，捂住脸就往外跑。在石河上的那独木桥上，她觉着天旋地转，一头栽下去，浑身精湿。当夜就在判给她的那厢房里一病不起了。

禾禾七天后回来，听到了消息，他像一头公牛般地冲进了回回的地里。回回正在地里锄苞谷，看见了禾禾，当下提着锄站在那里，禾禾也站住了。

"你要干什么？"回回说。

"我要问问你，"禾禾说，"你想打架吗，我告诉你，有你十个，我禾禾也不放在眼里！我只问你，你为什么那样对待嫂子？为什么要离婚？"

"为什么？你知道！"

"我禾禾对着天给你说话。烟峰嫂子对得起你，我禾禾也对得起你。我就是再不好，我还是人，我不是猪狗，我要做出什么丑事，我用不着来见你，我自己就一头碰死在那石头上了。你可以不认我，可以恨我、骂我，用刀子来把我杀了、戳了，我禾禾能忍了你，可我不允许你这样对待嫂子！"

"她是我的老婆，你没权利来管！"

"你可怜！"

"我可怜什么？"

"你连你的老婆都不相信，你还相信什么，你怕是连自己也不相信！你要还是人，你去给嫂子赔话，你们再去复婚，我禾禾可以永远不见你们，也可以永远离开这个地方！你给我回答！"

"我回回到了这一步，还要叫你指挥？"

"你不同意？"

"不同意！"

"好吧，回回，你会后悔的！"

禾禾愤怒地踢了一脚，面前的一个土疙瘩开花似的飞溅开去。他走掉了。

他回到了木庵里，大声地吼叫着，双手抓住木庵的椽头，想一下子把它摇晃塌了。又一脚踢开了那只装着酒的军用壶。接着提了土枪，装上了火药，一端起来就勾起了扳机，"啪"的一声，在庵子外跑着闹着的那只跟随了自己多年的没尾巴蜜子，就在空中弓了一下身子，倒在地上不动了。他丢开了枪，扑过去抱住了蜜子，撕心裂肺地哭叫起来了。

第十五章

半个月来，鸡窝洼经常可以看见一个人，这就是白塔镇小学炊事员的老婆。她是个说媒的，一辈子没儿没女，家里却什么都不缺，全凭了她那张薄嘴。从年轻时起养得能抽烟喝酒，到了老年，更是馋嘴爱美，嘴上的功夫越发厉害。她一出现，人们就猜测她又在为谁牵线了。渐渐有了风声，她是要为回回办好事哩。因此每一次来，就在回回家连吃带喝。回回是烟鬼，她也是烟鬼，回回能喝酒，她也能喝酒。再后来，风声又放出来，她给回回物色的就是麦绒。鸡窝洼的人先是一惊，再就觉得这事可以。又一想这形势，更觉得这是天成佳偶，没有一个不赞成的，说这媒婆办了一件人事。回回和麦绒听了，心里自然悦意。但媒婆趁势三天两头来，来了就吃喝，临走又不空回，不是提一串两串熏肉，就是灌一罐半罐甘榨酒。麦绒就对回回说：

"让你找个媒人，人面子上看得过去就是了，你怎么倒这么宠了这老东西。她是没底的坑，倒不是来说媒的，是来收咱的债来了！"

回回说：

"破费些钱财就破费吧，我也是咬了牙子的。她总算还是合了咱的心意。咱过日月是大事，不被人背后指指头就托了万福了。"

再过了十五，他们就扯了结婚证，热热闹闹地办了喜事。本来是曲曲折折的一对夫妻，本来是半桩子年纪人的婚事，回回和麦绒并不想闹翻得多大。但鸡窝洼的人却故意要败败禾禾和烟峰的兴，偏来贺喜。又拿了锣鼓家伙来敲，又买了鞭炮噼噼啪啪鸣放，倒比年轻人的喜事办得还热闹。

禾禾一大早起来，就到山梁上桑林里去了。经过一个夏天，桑林已经能遮住了人。这一片苍绿的桑林，遮住了他头上的太阳，也给他心中投下了一层绿荫。烟峰离婚后，还常到他的木庵子里来，也到这桑林里来，她完全同意他将那笔钱定购了五千株桑苗，她也决定要在分给她的那面荒坡上植桑。禾禾就抽空去那面荒坡上挖鱼鳞坑，只等那批桑苗运来，他就可以帮她也植桑养蚕了。他甚至梦幻着这两面荒山坡梁，将会桑林连成一片……

对于回回的婚事，他知道了一些，没有做出任何反应，似乎平静得很，觉得应该是那样。他虽然痛恨着麦绒，但也同情她的孤苦。他也仇视着回回，但也知道他是一个会过日月的好手。他们能组合一家，倒使他能了却一桩内疚的心事。但是，他万万也没想到他们这么快地结婚，便一下子使他产生了说不上的一种伤感。他想起了自己，想起了烟峰，觉得他们的婚事是极大地、有意地挖苦和作践了他和烟峰。他承受不了，扛了七斤半的牙子镢，一个人钻到这桑林来。他不想让任何人看见他，也不想在这时候看见任何一个人。但是，一个人待在桑林里，却使他无法安静下来，脑子很乱，而且一阵一阵发疼。他就提了镢头往烟峰的那面荒坡上走去，开始继续挖那鱼鳞坑。刚刚到了那里，才要挖起来，一个人在轻轻叫他。这是二水。

几十天不见，二水竟瘦得像猴儿一样，正蹲在那边崖下拿铁锤在破石头：又干起他那凿石磨的手艺了。

"禾禾，你来了。"二水哭丧着脸说。

"你也来了。"禾禾回答着。

"禾禾，你知道吗，人家今日结婚哩。"

"我知道。"

"去了好多人，哼，都是溜沟子的角色！"

"你怎么不去呢？"

"我二水，哼，才不去呢！"二水说着就擂动了铁锤，一边敲打，一边说，"我去吃肉吗，喝酒吗，我二水，一辈子打光棍！打光棍怎么啦，世上光棍也是一层！我不去，他八抬轿抬我，我也不去！"

他边敲打边诉着，泪流满面。禾禾倒不忍心看他，扭过头走了。他一走动，将坡上的乱石蹬得哗哗啦啦往沟下掉，在沟底破碎着，轰鸣着。但他没有栽倒，身子也不打趔趄，一直走过去，在那最陡的地方挖起鱼鳞坑来。挖了一个，又挖了一个，那头上、脸上、脊背上，汗水成道成股地往下流，他从来没有这么大的力气，竟不歇气挖了三十个鱼鳞坑。当他对第三十一个鱼鳞坑扬起第一镢头的时候，胳膊发软起来，镢头无力再挖下去，就势躺倒在坡上，动也懒得动了。

这时候，他听见了一阵鞭炮声。

晚上，月亮涌出了东山，但是月亮的光明却使山�})上什么也看不清楚。太阳落山的时候，云雾就填满了沟壑，现在并没有退去。风在响着，万片树叶一齐翻动，发出一股漫天的"杀杀杀"的声音。远处隐约有着狼的嚎声，一只夜鸟扑棱棱飞过，接着什么也没有了。禾禾从地上站起来，长久地站在那里，看着白塔镇那边的灯光，看着整个鸡窝洼的灯光。回回的婚礼是在麦绒的房子里举行的，门口挂着两个红灯笼，灯光下，还有几个人影在门里出出进进。他突然笑了笑，觉得自己这一天里是不是有些那个了？甚至觉得今天自己应该去参加他们的婚礼……

他拍拍身上的土，开始往柞树林子中走去。那里有他的木庵，那是他的家，他的锅灶，他的地炕，他的蚕，可惜那条狗被他打死了。柞树林子里幽幽的，黑暗栖在那里，安宁也栖在那里。

他推开门来，"啊"的一声惊叫了。

木庵里，一盏小小的豆粒般大的灯芯燃在锅台上，灯光是那么微小，那么害羞和不安。满屋里笼罩了一团迷迷离离的光芒，烟峰正坐在墙角，背着身，在那里一下一下拐动着石磨。她今夜穿着一件禾禾从未见过的新衣，头发梳得光光的，脚上穿着那双凉鞋，扭动着后腰，动作是那么优美，样子是那么温柔。

听见门响，她慢慢回过头来，一双眼睛静静地看着他，慢慢地站起来了。

"你……"

他们几乎都在说着，但声音太低了，各自看不见嘴唇在动，同时在那里站定了。

"你觉得突然吗？"

"你怎么在这儿？"

"你一天也没回来了。"

"我去挖些鱼鳞坑。"

"你真没出息。"

"我？"

"好了，你快抱些柴生火吧，你已经一天没吃饭了，咱们做一顿好吃的。"

"好吃的？"

"是呀，我把豆腐都磨了，做菜豆腐，你爱吃吗？"

沉沉的夜里，柞树林子的上空，一股炊烟袅袅地升起来了。谁也不知道，黑夜使炊烟没了颜色，但那烟中，却有着热。菜豆腐是将软豆腐煮在稀粥中的一种饭。在深山中米很少见，而吃米又在米里煮软豆腐，只是逢年过节时才讲究吃的。禾禾和烟峰却在今晚面对面地吃起来。他们吃得很香，每人都是三大碗，脸上就沁出了微汗。禾禾看见烟峰的脸上出现了少有的红润和嫩白。

他们在说着话，漫无边际，最后围绕着盖房的事。

"禾禾，你听我的，这木庵子无论如何是要翻盖了。"

"我不想翻盖。"

"没钱吗，我给你二百元钱。"

"钱倒有，茧已卖了三百元钱了。但我心思现在不在这里。我要再扩大养蚕业，然后还想买手扶拖拉机，我那战友已经答应帮我了。"

"但这房子一定得修！"

"那为啥呢？"

"要争一口气呀，咱不能让外人作践。你说你能干，就住在这木庵子里。别人怎么看你？我现在争不了气，干不出个事来，你就要撑出你的骨气来。让人看看你禾禾不是窝囊男人，不是倒霉鬼。你要靠你的能耐活得是一个堂堂正正的人，一个比任何人都强的人！"

禾禾静静地看着烟峰，猛然发觉这女人的刚强，说：

"嫂子，我听你的！"

烟峰却撇了嘴：

"现在谁是你的嫂子？"

她咪地笑了一下，将桌上的碗筷一拢收拾去了。

果然不久，禾禾砍伐了他自留山林上的一些树，让木工做了橼梁柱檩。县城的那个战友用拖拉机帮他拉运了砖瓦，又联系了一个修建队。三天之内，推倒了木庵，撑起了一座房子。房子却再不建在柞树林中，高高筑在桑林前的坡梁上，站在白塔镇就能看得见，一出门，方圆十几里的沟沟洼洼全都在眼底了。禾禾很是感激他的战友，更是感激战友的哥哥，那个修建队的头儿，他为人老实，言语不多，不幸的是去年媳妇难产去世，他便和村里几个年轻人组成修建队干些泥瓦土木这类的活计。答谢了这些盖房的人，禾禾突然冒出一个想法：把烟峰介绍给战友的哥哥，岂不是一件意外的好事？他把这想法告诉了战友的哥哥，那人当然高兴。只是烟峰十天前到五十里外的娘家去了。禾禾就说等人一回来，他就打电话给战友的哥哥来相亲。

烟峰回村那天，禾禾就把这事对她说了，她却笑得合不拢嘴。

"你笑什么？"

"你倒关心起我了？"

"你愿意吗？"

"你愿意我就愿意！"

战友的哥哥来了。他毛胡子的下巴刮得铁青，穿一身洗浆得硬邦邦的衣服进了烟峰的家里，烟峰正在家里做针线，冷不丁看见禾禾和一些人拥着一个汉子进了门，心里却慌了。她万没想到禾禾会真的领一个男人来相亲，当时她只当是说笑罢了，禾禾却要使它成为事实？又叫苦，又觉得好笑。她看那男人，进了门便满脸通红，一坐在那窗下的桌边，眼光不敢乱看，头低得下下的，一双粗糙的手在膝盖上摸来搓去。她想看清那脸，但却无法看清。旁边的人就又一声儿喊她，她就从窗子跳出去，从门里大大方方走进屋，一边锐声说：

"谁是来相亲的呀，让我也瞧瞧，哟，这么热的天，你还穿得这么严呀，你不热吗？"

大家几乎都呆了，立即明白了一切后，就乐得前俯后仰。那男人并不认得烟峰，抬头看着她，只是笑笑，脸上的汗越发淋淋。烟峰看清了一张憨厚老实的脸面，心里说：倒是靠得住的人。就又钻进小屋里，再也不出来了。禾禾没料到烟峰会来这一手，当下也尴尬起来，进小屋问烟峰意见，烟峰说：

"你呀，你呀……好吧，你给他说，我也把他看了，人倒是好人，我得好好考虑考虑，过后给你个回话吧。"

禾禾出来对那男人说了，那男人才知道刚才那女的就是烟峰，越发窘得难受，说他没意见。禾禾就领他到了自己家里，那男人留下五十元钱，说是要是烟峰同意了，这就算作是定亲礼钱。禾禾把钱塞给了他，说：

"这使不得，她不是爱钱的人，这么一送，事情反倒要坏了。"

那男人只好收了钱，倒讷讷地说：

"我真有些担心，她倒是个厉害人呢。"

"估计问题不大，你等着我的消息吧。"

第一天过去，烟峰没有个回音。第二天过去，烟峰还是没有个回音。第三天禾禾等不及了，跑去讨问，烟峰说：

"我知道你会来的。"

"你同意吗？"

"不同意。"

"不同意？"禾禾有些急了，"那你……"

"我有我的主意。"

"你？"

烟峰定睛地看着他，说：

"禾禾，我该怎么来谢你呢。可我实话给你说吧，你要真对我好，你不要再提这场事了，你给那男人多说些道歉话，你就说我已经有了……"

"有了？"禾禾一点也没料到，"是你回娘家时别人介绍的？"

"介绍是介绍了，人也是看了，却还没得到人家的回音。"

"他是谁？"

烟峰脸却刷地红了，不再说话，而且就往外走，说：

"禾禾，你不要问了。明日我把名字写在你的门上，你就知道了。"

禾禾走了，走到家里，却突然想起烟峰并不识字，她哪儿会写出人名呢？一夜疑惑不解。第二天早晨，起来开门，门闩上却挂着一只正在织茧的蚕，那茧已初步形成，但薄薄的一层银丝里，明明白白看得见一只肥大的蚕。这是谁挂的？禾禾猛然醒悟：这是烟峰写给他的那个名字吗？一只蚕，在吐着它的丝，丝却紧紧裹了它。

"烟峰！"

他叫喊起来，清幽幽的早晨，没有人回答他，只看见门前的地上，有着一行塑料凉鞋的脚印。

第十六章

禾禾压根儿没有想到，烟峰竟想出她和他成亲的事。

他害怕见到烟峰。一连五天，他不到她那儿去。每每远远看见她，就赶忙躲开。但是，第六天里，烟峰却到他那儿去了。

"你成贵人了，几天都不见你的面了！"烟峰说。

"我病了，头昏……"

"是瘦多了，什么病？你也不吭一声，好些了吗？"

她走近他，手伸出来摸到他的额上。他立即转过身，假装去挪动那一排放蚕茧的竹捆儿。

"没事了，已经好了。"他说。

"好了就好，好了也不到我那儿去看看呀！真是应了'寡妇门前是非多'的话，现在很少有人到我那儿去了。我做了一顿麻食，只说你会去的，做了那么多，只好剩下来，天天嚼剩饭了。"

"我实在走不脱，这几天哪儿也不得去，这一批茧快要收了，走不离哩。"

"我也估摸。"

烟峰帮他收拾起蚕茧来。她看着一个茧儿出神了，那茧儿还没有织成，亮亮的看得见里边的蚕。

禾禾的心怦怦地跳起来，他害怕她突然问出他一句什么话来，使他无法回答。他斜眼看了她一眼，她正好拿眼睛过来看他，两对目光碰在了一起，他紧张地闭了一下眼皮。

她却并没有说什么。

他也一句话说不出来。

屋子里静悄悄的，只有蚕在吃桑叶的嚓嚓声。

他们都在默默地干着活。禾禾害怕起了这个安静，就想尽量向她说说话，却一时不知说些什么，便不停地咳嗽，或者翕动鼻子，末了问她喝水不，她说不喝，他却还是倒了一杯，又说让她歇着，问她吃沙果不，说是他昨天从地边的沙果树上摘下的。烟峰就笑了：

"禾禾，你是把我当娃娃了！"

禾禾泛不上话来，愣在了那里。

烟峰瞧着他的窘态却笑得咯咯直响。

"我该回去了。"她突然止了笑，就要走出，却顺手从炕上抓过了禾禾的一堆脏衣服，说，"我给你去洗，洗好了就晒在那边地头的草上，你记着吃过饭去收啊！"

她稳稳地走出去，一直走到坡下溪水边，在那里洗起来。禾禾一直看着她：她洗得那么快，使劲揉，然后举起拳头捶打着衣服。但慢慢地越捶越慢，越捶越轻，末了拳头举起来，却呆呆地发痴。等回过头来，看见他靠在门上看她，就又是一阵紧促地捶打……后来就一件一件晾在草地上，洗洗脸，闪过一片竹林子，不见了。

这天夜里，禾禾真的病倒了。他头疼得厉害，不能起床，昏昏沉沉地睡到中午。烟峰又来了，忙给他烧了姜汤，做了饭，喂着他吃了。他端着碗，眼泪却无声地流下来。

"禾禾，你怎么啦，你怎么啦？"

他一肚子的苦楚说不出来。

从那以后，烟峰几乎天天都来，她似乎和以前一模一样，来了就干这干那，又唠唠叨叨说他的不卫生。禾禾知道她把什么都看出来了，她在尽量表现着她的平静：我没有什么，事情成不成没什么，瞧我不是照常一样吗？

但他看出了她眼睛的红肿。她总要笑着说：夜里做针线活，又睡得迟了。

越是这样，禾禾越是感到不安。他突然想到一个主意：离开鸡窝洼一个时期。

于是，他将家里所有的存款都带在身上，又把收下的蚕茧装在一个大麻袋里，说是要到县城卖掉。就把家里的这些桑、这些蚕都交付给了烟峰，搭车就走了。在县城里出售了茧后，他找着了他的战友，竟加入到战友的包工队里，一住就是两个月没有回来。

这期间，县上在离白塔镇八十里的地方正兴修一座水电站，以供应深山十多个公社的照明用电。禾禾的战友，那个手扶拖拉机手，组织了一个运输承包队，专门拉运电站的石料、水泥，赚得了好多钱，禾禾入伙后，就跟着学开拖拉机，十天后就能亲自驾驶，两个月里竟也分红五百多元。在他初到工地的第二天，他就给烟峰去了一封信，讲了他的近况，说明家里那些桑林、蚕让她好好照管，在他不在期间，一切桑、茧归她所有，以后卖了钱他分文不要，甚至如果愿意的话，他想将全部桑林和全部蚕茧都送给她，他想购买一台手扶拖拉机，要常年在外边跑动了。

烟峰收到信后，估摸是禾禾写给她的，但她不识字，心想禾禾才出去，又是很快就要回来，却给她写来了信，一定是对有关什么事不好明言，才以信写出来的，便又激动又心慌。有心让别人代看吧，又怕泄了秘密；不让代看吧，信揣在怀里，吃饭睡觉都不安宁。她倒骂起禾禾欺负她，又恨起爹娘没在小时供她上学，落得一个睁眼瞎来。

她最后专门到了白塔镇，找着了银行营业所那个烫发的姑娘，说了好多奉承话，讲了好多原因，而且带着一把水果糖，央求人家给她念念。

"哦！"当她听完信后，叫了一声，靠在那里眼光直了。她知道了禾禾写信的用意。一回到禾禾的蚕房里，关了门，抓过炕上的枕头又捶又打，叫着：

"我那么稀罕你的桑林，我那么稀罕你的蚕茧！你走什么，你走了就安顿下了我吗？我得了这桑、蚕就满足了吗？禾禾，禾禾，你在作践我呀，你把我当了什么人了？你给我回来，回来！"

她喊完了，骂完了，哭完了，心里却念叨起禾禾的好处来，越发日日夜夜想着他。担心他走时没有多带几件换洗衣服，那白日能吃得饱吗？晚上能睡得稳吗？她竟然深更半夜一个人偷偷跑到土地庙里向神灵磕头作揖，保佑禾禾施工能安安全全，活得快快活活。

她无法给禾禾打电话，更无法托人给禾禾写信。"好吧，既然你是走了，我就给你把桑蚕经管好！"她这么拿了主意，日夜就不再回去，住在禾禾家里，夜里当她一个人睡在禾禾的被窝里，闻着一股浓重的男人的气味时，她总是要到鸡叫头遍才能合眼。

桑叶采了一遍又一遍，蚕熟了一批又一批。鸡窝洼的人都知道禾禾并不愿意和烟峰结婚，而又故意出走，就都拿嘲笑的眼光小瞧烟峰。当她去采桑叶，就有人少不了要问：

"烟峰，禾禾还没回来吗？"

"没有。"

"这真是个浪子，使你离了婚，他却屁股一拍就走了。"

"你这是什么意思？"

"没什么，烟峰，这也好哩，他怕是再不回来了，这一份家产也真够意思了哩。"

"你牙打了说屁话！"她竟破口大骂。

到了秋收季节，家家都开始收起苞谷、豆子、谷子来，烟峰就越忙得手脚打了锣。她要收自己地里的庄稼，又要收禾禾地里的庄稼。村里人都看着她笑，她也不央求任何人。但是，一些人手脚不干净，就偷起禾禾地里的苞谷。头一天中午，烟峰发现地头的苞谷长得好好的，第二天去收时却少了五六十个棒子。

她立在地头，破口大骂，上至列宗列祖，下到子子孙孙，骂得蚊子都睁不开眼。夜里，她就在地畔巡看，发现一个人正在地里，瞧见了她，假装蹲下拉屎。她就在地口等着，那人一走出来，她笑笑地走近去，一下子抓住衫子往上一撩，那人的腰里，苞谷棒子一个拴一个系了一腰。那人却恼了，叫道：

"你要干什么？"

"我要给你披件贼皮！"

"这是你家的地吗，你管得着？"

"我就能管得着！"

"禾禾是你的男人不成？！"

"就是我男人，你怎么着！"

"呸！不要脸的破货！"

她一个巴掌打在了他的脸上。

两人厮打开来，她毕竟不是对手，头发抓乱了，肚子上挨了一脚，趴在地头上昏过去了。等醒过来，大声叫喊捉贼，跑过麦绒家门前。回回两口才从地里回来，院子里堆了偌大一堆苞谷，一边剥苞谷皮，一边三四个结在一起往屋檐下挂。看见烟峰披头散发跑过来，两人都吃一惊：

"谁偷什么了？"

"偷苞谷的，还打人了。"

"偷了你的苞谷？"

"偷禾禾的，禾禾地里丢了上百个棒子了！"

"看见是谁偷的吗？"

"五毛，五毛那贼东西！"

"你能惹过那无赖吗？禾禾还没回来，他往外边跑嘛，他还管庄稼？让偷光了，把嘴吊起来，他也就知道怎么当农民了！"

"回回，你不要看笑话，你别以为你现在是一家好日子了！哼，禾禾就是要饭，也不要到你门上来的！"

回回和麦绒没想被烟峰这么奚落了一场，当下也上了火，说道：

"我们算什么，你们能放在眼里？"

话是这么说的，但心里总不是滋味，一夜里两口子倒再没有说出话来。

烟峰一直跑到队长的家里，告了状。队长也气得嗷嗷叫，当下和烟峰到了五毛家，当面训斥了一通，把那十二个苞谷棒子一个不少地追了回来。

也就在第二天，禾禾回到鸡窝洼了。他是开着一辆手扶拖拉机回来的，又领来了一伙同事，三天之内就收割完了两家全部的庄稼。又八个人将手扶拖拉机抬进了洼，把两家大块的平地犁了一遍。鸡窝洼的人都傻了眼，他们从来没见过手扶拖拉机在这里犁地，当下围了好多人，摸摸机子的头，摸摸机子的犁，然后跳进犁沟用手量着深度。回回和麦绒始终没有来，他们站在门口，只是呆呆地往这边看着，不好意思来见禾禾，也不好意思赶牛过来犁紧挨禾禾地畔的那几亩地。

烟峰却病倒了，睡在禾禾的炕上不能起来。当禾禾一个人坐在她的身边安慰她、感激她时，她却瞪他、骂他、唾他，要求把她送回她的家里去。禾禾低着头，任她发泄着怨恨，却并不送她回去。他出去犁地了，她却挣扎着爬到窗口，看着那手扶拖拉机嘟嘟地开过来，开过去。

地里一切都忙清了，帮忙的朋友们坐着拖拉机走了，屋子里只剩下了禾禾和烟峰。禾禾把抓来的中药熬了端过来，劝着她喝，给她讲着这两个多月的情况。他说，那个电站已经修成了，开始发电了。他们承包了石料和水泥，劳动强度很大，但他没有累倒，倒学会了开手扶拖拉机。他说，现在各公社开始拉电线，他们又承包了从电站到这个公社沿途的水泥电杆运输任务，电很快就通到这里来了。就要用电灯了。他说，他挣了六百元，加上以前积累，他想买一台手扶拖拉机。他说，他很想她，夜里常做梦，觉得对不起她……

"你还对不起我了？"烟峰说，"你对不起什么了，你多么省心，一走就了嘛！"

禾禾说：

"你别说了，我已经够后悔了，我给你写了信后，就又想再给你写信，但我不知道该怎么写？"

"给我写什么信呀，我一个中年寡妇，谁见了谁都嫌呢，你给我写什么信呢？"

"你还饶不了我吗？是我不好，是我害了你，烟峰……"

禾禾眼睛湿了，拉住了烟峰的手。她把手抽出来了，说：

"我是你嫂子哩！"

"不，不……"禾禾却一下子抱住了烟峰。烟峰并没有反抗，几乎也是在同时迎接了他的拥抱，而又紧紧地抱住了他。眼泪无声地从两张脸上流下来。

第十七章

禾禾和烟峰很快地结婚了。

他们的婚事在鸡窝洼里引起了一阵骚动，但很快也就平静下来。婚礼举行得并不热闹，好多人因为过去的态度，都没脸面再来说恭喜话。但是，出人意料的是回回和麦绒却来了，他们在婚礼的前一天晚上，送来了好多菜蔬，三吊熏肉，还有一坛子甘榨酒。

回回和麦绒虽然恼恨着禾禾和烟峰，但婚后他们的生活过得十分称心，人心总是肉长的，免不了在饭桌上，在炕头上要说起那做了寡妇的烟峰和鳏夫禾禾。尤其那个烟峰遭到人打的晚上，回回凭着气恼说出一席话受到烟峰责骂后，两口子都觉得自己做得不应该了。麦绒更是心上过不去，以自己做寡妇时的苦楚来将心比心，总好像欠了烟峰什么似的。送东西的晚上，他们担心禾禾和烟峰会拒绝了他们，结果烟峰倒收下了礼，又做了酒菜让回回和禾禾在那里吃，自己便拉了麦绒的手坐在灶火边问这问那。麦绒听得出来，她是豁达开朗的人，一切都不是故意做出热情来应酬的，但最后竟问到她有了身子没有，使她好一阵脸红耳烧，心里想：亏她就能想到这一点。

"你快给他生个儿子下来，我没本事。等你再得了，就把牛牛放在我这里来，我不会亏待他的呢。"

麦绒当时没有言语，回来后对回回说起，回回也闷了好久，说把牛牛放到那边，他倒有些舍不得，就叮咛：烟峰不会生养，她是要打孩子的主意，这事上万万不要松口。第二天，吃饭的时候，禾禾家三朋四友摆了两桌酒席，派人来叫回回和麦绒。麦绒却作难了，怕当着那么多人的面，别人说句什么，脸上倒上不来呢。回回说：

"走就走吧，咱现在日月过得顺了，大脸大面地去，外人只能说咱的器量大。若不去，倒显得咱窝窝拙拙，日子过得不如他了呢。"

果然，回回两口参加了禾禾的婚礼，在鸡窝洼里落了个好名声。人们私下认为，这两家人活该要那么一场动乱，各人才找着了各人的合适。再将两家比较起来，当然又都说着回回这一家人缘好，会持家，很快就要成为鸡窝洼甚至白塔镇的第一第二滋润户了。禾禾两口呢，只能是禾禾找烟峰，只能是烟峰配禾禾。一对不安分的人，生就的农民命，却不想当农民，到头来说不定日月过得多凄惶呢。

回回清楚人们对他的看法，把日子过好的心越发盛起来。婚后他和麦绒的家产合在一起，可以说是鸡窝洼里家具最齐全的。他暂时封闭了自己这边的老屋，把麦绒那边的房子重新翻修了一下，特意叫工匠在屋脊上做出好多砖雕泥塑，又将两个圆镜嵌在上边，一早一晚，朝阳和夕阳可以使两面镜子大放光明。

墙壁里外也用三合泥搪了一遍，当屋放下两个各一丈五尺的核桃木大板柜，柜盖上是一排十三个大小不等却擦得油光闪亮的瓦盆、瓦罐，分别装满了糁子、麦仁、小米、豆子、头层面、二层面、豆面、荞面。窗子因为太旧，是他将老屋的套格窗移来，重新安上的。那屋檐下，几乎是回回和麦绒精心布置的重要地方。明檐柱子上架了簸子，一层是晾晒的柿饼、柿皮，一层是各类干菜，白萝卜片的，红萝卜丝的。那檐头横拴的铁丝上，分别吊挂着四个苞谷爪儿，全是牛犄角一样的棒子。那两个窗旁，一边是三吊五尺长的辣椒，一边是三吊旱烟叶。结婚的时候，中堂上，大门上贴着的对联，保护得依然完整，稍有边角翘起，就用糨糊贴好。回回是识得几个字的，对联也是他写的，那毛笔字十分难看，他却要常常从地里回来，坐在门前的石头上，一边悠悠抽烟，一边斜眼看那字。孩子跑过来，不停地要从台阶上爬上去，又溜下来。麦绒在厨房做饭，看见了，就要嚷一声："你看你娃！"回回听了，就将孩子抱了，放在怀里，孩子却不安分，双手吊在他的脖子上，脚踩得他的肚皮疼，他就又要对麦绒说："你看你娃！"各人声调是那么满足、得意，和一种对新人的撒娇式的怒嗔。晚饭熟了，他们并不端进屋去吃，偏总要在门前放了，即便是一碗糊汤，也要盐碟也拿出来，辣碟也拿出来，你一口他一口给孩子喂饭。孩子将饭常常弄撒在地，回回就少不了拉长声喊着：

"哟——哟哟——哟！——"

这是喊狗来舔食的声音。

这声音使鸡窝洼全能听见，人们就知道回回一家又在吃饭了。

也就在这个时候，人们常常到他家去，要么借一下犁耙，要么借一下筛箩。主人会站起来，用筷子敲着碗沿让饭，让得好不热情。然后领着走进厨房后新搭盖的那间杂物间去。

"你去拿吧！"

这分明是在向来人夸耀着他的百宝。来人便会发现，这间房子很大，却显得极挤，东墙上，挂着筛箩：筛糠的、筛麦的、筛面的、筛糁子的，粗细有别，大小不等。西墙上挂着各类绳索：皮的曳绳，麻的缰绳，草的套绳，一律盘成团儿。南墙靠着笨重用具：锄、镢、板、铲、犁、铧、耱、耙。北墙一个架子，堆满了日常用品：镰刀、斧子、锯、锤、钳、钉、磨刀石、泥瓦抹。满个屋里，木的亮着油亮，铁的闪着青光，摆设繁杂，杂而不乱。来人就叫道：

"好家伙，你家这么多东西！"

"没有什么。"主人却总是说，"过日子，啥也离不了。"该借的借给了，却反复交代家具不怕用，只怕不爱惜，锨用了一定把泥揩净，桶用了一定用水泡好，似乎有些小气。用后送来，人已走了，却又站在门上，大声地说：

"要用啥，你就来啊！"

日月过得一顺，人人都眼红。出门在外，回回总被首推富裕人家。也正是因福得祸，他少不了就比别人要多出钱财。上边来了救济，自然没有他的份。去镇上赶集，村里开会，总会有人逼他买烟来抽，他不能不买。亲戚四邻红白喜事，别人送一元，他最少也是一元五角。而且任何人见了他，都要祝福他会很快有儿子生下来，便闹着要他买糖买酒。每一次在外这么闹着，别人吃喝得醉醺醺的，他也吃喝得醺醺醉，走回家来，看着麦绒，就要问：

"你觉得怎样？"

"不要紧，夜里有点咳嗽，今早就好了。"

"我不是问这。"

"哪？"麦绒有些不明白。

"我是说，你没觉得有了吗？"

麦绒立即醒悟了，脸色绯红。

"没有。"

"你要给咱生个儿子哩，他们已经让我请了几次客了。"

"这些人总是骗着吃喝，你别那样。别说家里没有钱，就有钱也抵不住那样花哩。外边的都说咱们日子好过，其实咱成了空架子。以后他们再要吃烟，你让来家吃旱烟，喝咱甘榨酒好了。"

回回也点头说是。从此更加苛苦自己用钱。出门总是身上带两种烟，一种是纸烟，见了干部的，或者头面人物的才肯拿出来，自己却总是抽那旱烟。但却慢慢落下个"越有越吝"的话把儿。

夫妻俩最舍得的，也是叫所有人惊叹的是那一身的好苦。除过下雨，回回总是全洼第一个早起的，脸也不洗就挑起粪担去拾粪了。沿路回来，一根绳头也捡，一截铁丝也拾，扁担头上总是一嘟噜一嘟噜的破烂。到了雨天，就坐在家里打草鞋，劈柴火，或者做醋，或者烧蓬灰熬碱。晚上睡得最迟的却算是麦绒。一切大人孩子的针线活，都是在油灯下完成的，一直到了鸡叫，她才要吹灯睡下，却又是睡不稳。一会儿披衣下来，摸摸门关严了没有，窗插好了没有；又躺下，又披衣下炕，黑暗里拿灯去看看面罐盖上是否压了石头，馍笼上的荆棘是不是系得好，疑心老鼠会去糟蹋。如此反复几次，才心安理得地一觉睡到天明。白天里，大部分时间两人都在地里。那地种得十分仔细，没有一块拳头大的土疙瘩，没有一根杂草。每当回回套牛犁地，麦绒就抱着升子在后边点种，孩子便只好放在地头玩。有几次禾禾和烟峰路过地边，孩子爹着双手呀呀地叫。

"晚上不要来接了，让他跟我睡吧。"烟峰就抱了孩子到她家去了。

麦绒不好意思拦她，晚上也不好意思去接，一夜里却觉炕大。等孩子送回来，就把孩子视为宝贝儿一般。回回说：

"孩子可不能让他们勾了心去呢。"

但孩子见了烟峰，依旧爹着手呀呀地叫。

禾禾在家待了一个时期，从县城运回了那一批桑树苗儿，在那些鱼鳞坑里栽了，又给烟峰砍了柴火，磨了米面，便又到县上去找那个战友了。等将拉电线的水泥杆全部运齐后，收入又增加了许多，就托人买下了一辆手扶拖拉机，开始独个跑起长途运输来。

入了冬，白塔镇土产收购站的一批山货包给了禾禾拉运。他每天早晨上县，晚上返回，每一次回来，家里就有好多人来。这个让到县上捎买东西，那个让将东西捎运去县上。他们全忘记了自己过去的所作所为，尽量拣中听的话奉承禾禾。烟峰看不惯，说：

"理这些人干啥？你倒霉了，就他们来推下坡碌碡，如今你有办法了，瞧那嘴脸！"

禾禾说：

"世事也就是这样，只要咱能办上的事，咱就办吧，计较那些干啥？"

禾禾笑脸迎着上门来的人，来了就沏茶，散烟，又天高地阔谈些城里的新闻。这些人一离开他家，总是说：

"这小子运气来了！"

后来桑叶败了，蚕不能再喂养，烟峰就坐了手扶拖拉机到县上去，果然衣着慢慢时新起来了。她又喜欢买些小零碎，什么铝锅呀，小蒸笼呀，糖瓶呀，茶叶盒呀，东西虽不大，摆在柜台上却五颜六色，明光闪闪的，后来竟买了一台收音机，每天吃饭时间，就拧到最大音量，惹得来人更多了。一到晚上，就听见有人在互相招呼：

"走，去听戏去啊！"

到了烟峰家，看见柜盖上的小洋玩意儿，问这问那，又评论烟峰那新买来的衣服，说几句"烟峰成十八岁娃了"的笑话。烟峰得意，常常出门，动不动就把禾禾新做的工作服披上，还将禾禾的一双地质工人穿的半旧牛皮鞋穿上。一些人倒嫉妒起来了：

"一个拖拉机使这家发了！"

"他哪儿就能买起了拖拉机？"

"人家养蚕呀！"

"他怎么就能发了？"

"哼，男人能挣钱，婆娘沟子能擂圆，那烟峰披个衣服穿男人皮鞋，烧包成什么样了！"

烟峰听了，倒不在乎。每次进县城回来，又总要给麦绒的孩子买些糖果，或者帽子、围裙、鞋子什么的，这却使回回和麦绒惊慌起来，怕这样会将孩子的心勾走，也就尽量打扮孩子。但毕竟比不过烟峰，便不大让烟峰再接孩子过去，当烟峰将新买的东西送过来，就说：

"给他买这么多东西哟？这孩子既然投胎到没本事的娘这里，他哪儿能享得城里人的福！"

说话不甚中听，烟峰就心上疙疙瘩瘩起来。回来越想越生气，只恨自己没有生娃娃的本事，好心没好报。

到了冬至那天，电线拉通了，白塔镇上的电灯亮了，深山人几天几夜喜得坐不住，睡不稳，都盼望电灯很快拉到各家各户。几天后，各山山沟沟就开始架线路，鸡窝洼的电杆栽到洼底，但各家要用电，从洼底到各家门前的电线却只能自家出钱。这一下，使好多人家为难了。麦绒家离洼底较远，回回计算了一下，单这一段电线，以及屋里的电线、电灯、电表钱一共需一百五十元，他便叫苦不迭了。自结婚花了大笔钱后，又翻修房子，又置买家具，手头的钱早已没有几个，哪儿能一下子拿出这么多钱？只好眼看着别人用电，自己依旧点那小煤油灯。

拉电最早的，要算是禾禾。他一连接了四个灯，一个小房一个，而且大门口也拉了一个。一到夜里，满洼的人一抬头，就能看见那门上的灯，亮得像个太阳。

回回夫妇自惭形秽，就更不大到禾禾家来，自觉不如了人家。洼里的人也都议论开了，说这一家子红火了，那一家子光景要塌伙了。

但是，这个时候，烟峰病了。

她病得很厉害，四肢无力，不想吃饭，又经常呕吐。眼红而嫉恨他们的一些人得到消息，就都私下叽咕：

"这病怕不是好病哩。"

"哼，人的福分都是命定的，我就说这一对浪子怎么就日子这么红火！他们哪儿能享得那福？有财就没人，有人就没钱，瞧吧，即使这病能治，也是来收这家钱财的。"

禾禾也紧张起来。先并不在意，觉得烟峰一向身体好，这毛病过几天就好了。没想越来越厉害，他忙到镇上请了大夫来。大夫请过了脉，却突然大叫道：

"禾禾，你有大喜了！"

消息一时三刻传遍鸡窝洼，人人都惊呆了：这个多年来不会生娃娃的烟峰竟怀孕了？！说来说去，原来那回回才是个没本事的男人。

第十八章

回回睡倒了三天。

三天里，麦绒一直守在他的身边，手把手地给他喂药，他只是摇着头不喝。麦绒就流了眼泪。

"你病成这个样，怎么不喝药呢？什么事都不要放心里去，咱不是还有牛牛吗？牛牛，你快叫你爹喝药，药喝了，睡一夜，明早就好了呢。"

孩子爬过来，歪着头看回回，连声叫着："爹喝！"

回回将孩子拉过来，搂住，哽咽着说：

"麦绒，我没本事，我对不起你啊！"

麦绒说：

"快别说这个了。有了这个家，我也是心满意足。烟峰能得子，那也算是她的造化，她有了孩子也就死了争咱牛牛的心。我看得出来，咱牛牛是好的，他将来是会把你当亲爹哩。"

回回叹了一口气，把孩子在怀里搂得更紧了，说：

"我信得过你，我也相信咱牛牛是好的。烟峰有了孩子，外人肯定会耻笑我，这我倒不嫉恨。我只是伤心，怎么我的命这么不好。我只说过来，能使你的日子过得好一些，在人面前话说得精精神神，可我没本事，现在的光景过得倒不如人了。手头不活泛，也没能给你和孩子穿得光亮。我只说咱当农民的把庄稼做好，有了粮什么也都有了，可谁知道现在的粮食这么不值钱，连个电灯都拉不起，日子过得让外人笑话了。麦绒，你说这倒是为什么啊！"

麦绒看着丈夫，手在微微抖，药汤在碗里就不停地打闪儿。

"我也不明白这到底是为什么了，咱并不懒，也没胡说浪花……牛牛爹，话说回来，有饭吃也就对了，我也不需要别的，只要咱安安分分过下去，天长地久的，我什么都够了。别人吃哩喝哩，让人家过去吧，那来得快就保得住去不快吗？你要紧的把病治好，一家人安安全全的，咱还养活不了这三张嘴吗？我能跟你，我就信得过你的本分实在，再说又不是咱实在过不下去了！"

回回听了麦绒的话，爬着坐起来，把药喝了。

"唉，可我这心里，总是不能盛了啊！"

麦绒替他脱了衣服，扶他重新睡好，自己就上了炕，坐在丈夫跟前，一时却没有了话再说出来。

土炕界墙窝里的小油灯，豆大的一点黄光，颤颤瑟瑟地闪动着，屋子里昏黄黄的。回回让麦绒把他的烟袋拿过来，麦绒犹豫了一阵，还是从柜盖上取过来，替他装了烟，点上，说：

"你要抽，就少吃点。"

回回抽过一袋，又摸摸索索装上一袋。小油灯芯突然噼噼啪啪响起来，光线比先前更微小了。他仄起上半个身子，将烟锅凑近灯芯去吸，才一吸，灯芯忽地却灭了。

"没油了。"麦绒说，"我添些油去。"

"不用了，我也不抽了，睡吧。"

黑暗里，麦绒把孩子衣服脱了，放进被窝，自己却静静地坐在那里。窗外的夜并不十分漆黑，隔窗看去，洼的远处坡梁上，禾禾家门口的电灯光芒乍长乍短地亮着。她回过头来，默默地又坐了一会儿，脱衣溜进了被窝，温温柔柔地紧挨在回回身边。

"我一定要拉上电，我要争这口气！"回回狠狠地说着，鼻子口里喷出的灼热的气冲着麦绒的脸。第二天，回回就下炕了。

身子还很虚弱，却从屋梁上、外檐上卸下了几爪儿苞谷棒子剥了，从地里取出几背篓洋芋，第三天夫妻俩担到集上去出卖。价钱自然很便宜，但还是卖了，一共卖了七十二元八角。回回靠在那棵古槐下，把钱捏着，捏着，光头上的虚汗就沁出来，对麦绒说：

"你回去，再装一筐小麦，一筐谷子！"

麦绒愣住了。

"你还要卖？"

"卖，卖！"

"算了，咱不拉电了，煤油灯不是一样点吗？人经几代没电灯，也没见睡觉睡颠倒了！"

"要卖！要卖！"回回第一次变脸失色，"你去不去？唉？！"

麦绒站在那里，眉眼低下来，说：

"你喊什么，你是嫌外人不知道吗？"

说完，却还是挑了空箩筐一步一步走了。

回回却感到头一阵疼痛，双手抱住了脑袋，膝盖一弱，靠着树慢慢蹲下去了。

电线电灯费用总算凑齐了，回回家里亮了电灯。当夜特意请了几个相好的人来家喝酒，酒是甘榨酒，先喝着味儿很苦，喝过四巡，醇味儿就上来了。一桌人喝得很多，麦绒不停地用勺从酒瓮里往外舀。一直到半夜，别人还没有醉，回回倒从桌子上溜到桌下，醉得一摊烂泥了。麦绒扶他睡在炕上，他醒过来，指着灯坚持说他的灯最亮，而且反复强调在座的人都要承认在整个鸡窝洼里就要数他的电灯亮。

这一夜，回回醉了一夜，麦绒看守了一夜，一夜的电灯没有熄灭。

从那以后，这一家的茶饭开始节制起来，因为卖了好多粮，又要筹划以后用钱还得卖粮，就不敢放开吃喝了。茶饭苛苦起来，就不可能每顿给猪倒饭了。猪一天三顿便是糠草，红绒就上了身，脊背有刀刃一般残了。到了月底，用秤一称，竟仅仅长了三斤。回回气得叫道：

"倒霉了，倒霉了，干啥啥也不成啥了！"

进入腊月，正是深山人筹备年货的时候，夫妻俩为钱真犯了愁：倒卖粮食吧，又得卖一担二担才行，可哪儿还敢卖得那么多呀；卖些家具吧，这是麦绒最忌讳的事，她不敢往这上边想，回回也不敢往这上边想。

"哪儿去寻钱啊？"回回问着麦绒，也在问着自己，"咱手脚是死的呀！"

麦绒说：

"咱是没一点钱的来路啊！禾禾的钱来得那么快，钱像是从地上拾的呀……"

"咱不能比了人家，人家会折腾嘛。"

"这年代，怕是要折腾哩。"

"唉，我当了多半辈子农民，倒怎么不会当农民了！"

"他能做生意，咱就不能也做生意吗？"

做生意买卖，这是回回和麦绒从来没有干过的，他们世世代代没有这个传统，也没有这个习惯。但现在仅仅这几亩地，仅仅这几亩地产的粮食逼得他们也要干起这一行当，却一时不知道该干些什么好。两口子思谋了几个晚上，麦绒就说出吊挂面的事来。麦绒在灶台上是一个好手，早年跟爹学过吊挂面，那仅仅是过年时为了走亲戚才吊上那么十斤二十斤的。当下拿定主意，就推动小石磨磨起面来。

一斗麦子，从吃罢晚饭开始，夫妇俩轮流摇磨杆。小石磨转了一圈又一圈，上扇和下扇，两块石头霍霍地摩擦。麦子碾碎了，顺着磨槽往下流；夜也碾碎了，顺着磨槽往下流。鸡叫过头遍，又叫过二遍，双手摇了多少下，石磨转了多少圈，回回记不清，麦绒也记不得。麦子还没有磨好，人困得眼皮睁不开，麦绒要回回去睡，回回不。

"你给我摘一个干辣子角来，我咬咬，就不瞌睡了。"

辣角拿来了，咬一口，瞌睡是不瞌睡了，却辣得舌头吐出来。麦绒换了他。为了止瞌睡，两个人就不停地说着话儿：

"一斤面能吊多少挂面？"

"一斤半吧，那要吊得好哩。"

"一斤挂面价是四角五，这利倒真比卖原粮强了。"

"人是要受苦呢。"

"人苦些不怕。"

"赚得钱了，一定给你买一个毛衣。"

"我那么金贵，不怕烧坏了我吗？"

"你没见烟峰，毛裤都穿了哩！"

"比人家？只要不露肉，穿暖和也就对了。大人穿什么呀，牛牛一定要买一身新衣哩。"

第二天后，挂面就开始吊起来了：揉面，入时面，醒面，拉面，上架。麦绒果然好手艺，那面吊得细细的，长长的，一杆一杆从一人半高的面架上一直垂下来，鸡窝洼的人路过门口，就大惊：

"嚯，吊起面了，麦绒，日子过得真称心，讲究起吃这种面了？"

"怎么不吃呀？怎么好吃怎么来呀！"麦绒说。

"吊这么多，能吃得了吗？"

"吃不了可以卖嘛！"

"哟，也干起副业了？"

麦绒没有言语。

"真该，真该，现在的农民啊，日子要过好，还得多种经营呢。"

麦绒听了，猛然之间，倒想起了禾禾。她举着一杆面站在台阶上呆立着，想了好多好多往事。

"面快要掉下来了！"回回喊着，她笑笑，忙又上了木架。

当晚上又开始磨第二斗小麦的时候，麦绒突然问道：

"牛牛爹，咱真的也是干副业了吗？"

"就叫作副业吧。"

"这也叫多种经营？"

"也算。"

"那你说，以前禾禾干的是对的？"

"咹？！"

"我是说，咱以前有些委屈了他。"

"或许是委屈了他。你怎么想起了这事？"

"不知道怎么就想起来了。"

麦绒说完，倒笑了。

吊过几次挂面，果然卖得了好价钱，夫妇俩也来了劲，觉得寻钱是有了门路。但磨过第四个晚上，再也没了力气，就都歇下来了。

也就在这时候，禾禾却从县上买回来了一台磨面机和一台小型电动机。他安装在烟峰的那个西厦子房里，接通电线，一个早晨就为自家磨了三斗麦子，喜得烟峰当下将家里那台石磨搬出来，丢在屋后沟里。石磨像车轮一样滚下去，在沟底撞碎了。

新闻又一次轰动了鸡窝洼，轰动了白塔镇附近的农民。尤其是那些成辈子摇石磨的妇女们都来开了眼，把禾禾看作是神人一样。

"禾禾，你真会替烟峰想事，烟峰这福人哟！"

"我一家能用得了这机器呀！"烟峰说，"禾禾还不是为大伙买来的？"

"磨粮不要钱吗？"

"世上哪有这么便宜的事？"烟峰倒笑了，"这机子是一疙瘩钱，几百元呀，不收钱了得！谁要磨就来，五斤麦子一分钱，怎么样？"

来磨粮食的立即排了队。禾禾就三天三夜没离开过磨面机。烟峰挺着微微凸起的肚子就站在一边，学着操作。磨粮食的女人们说不尽的殷勤话，一口咬定烟峰一定能生个胖儿子。

"你能保证吗？"旁边人问。

"当然敢！这么好的一家人，能不积福得个儿子？"

众人就哈哈地笑。

"烟峰，坐月子你是去县城大医院去吗？"那女人又问了。

"我生什么真龙天子了，还去上县城？"

"怎么不去？听人说县城大医院生孩子快当，孩子又聪明。别人不能的，你还不能吗？拖拉机一坐，嘟嘟嘟，眨眼就到了。"

烟峰说：

"那就好了，走不到五里，颠得也把儿子颠出来了！"

夜里，回回和麦绒担了麦子也来磨面了。

回回他们吊挂面的事，禾禾已经听说了，他并没有奚落他们，反倒喜欢得问吊了多少面，赚了多少钱，直叫着这也是一个好买卖。回回就红了脸说：

"我这算得了什么？赚些小利罢了。"

"慢慢来嘛，慢慢扩大门路嘛；原先我还谋算在洼口瀑布那儿能盖一所水磨坊，没想电就来了，那咱就用电打磨子嘛。"

回回说：

"你行，脚长眼远的，能干得了大的，我不是那个料，只是手头紧，实在没办法了，寻个出路捏几个零花就是了。"

禾禾说：

"就要寻出路哩。地就是那么几亩，人只会多，地只会少，人把力出尽了，地把产出尽了，死守着向土圪垯要吃要喝，咱农民就永远也比不过人家工人、干部了。"

回回一句话也说不出来。

麦子磨过之后，回回要付钱，禾禾不收。一连又磨了几次，回回就把钱硬塞在禾禾怀里，禾禾倒生了气，说：

"你这不是作践我吗？我在你西厦房住的时候，你要过房钱吗？"

不说以前倒罢了，提起以前，回回更是羞愧，脸紫红得像猪肝，他便收起钱。回到家里，总觉得过意不去，第二天套了牛悄悄去代耕了禾禾家的二亩红薯地。

原载《十月》1984 年第 4 期

第二届《十月》文学奖

棋王

———

阿 城

第一章

　　车站是乱得不能再乱，成千上万的人都在说话。谁也不去注意那条临时挂起来的大红布标语。这标语大约挂了不少次，字纸都折得有些坏。喇叭里放着一首又一首的语录歌儿，唱得大家心更慌。

　　我的几个朋友，都已被我送走插队，现在轮到我了，竟没有人来送。父母生前颇有些污点，运动一开始即被打翻死去。家具上都有机关的铝牌编号，于是统统收走，倒也名正言顺。我虽孤身一人，却算不得独子，不在留城政策之内。我野狼似的转悠一年多，终于还是决定要走。此去的地方按月有二十几元工资，我便很向往，争了要去，居然就批准了。因为所去之地与别国相邻，斗争之中除了阶级，尚有国际，出身孬一些，组织上不太放心。我争得这个信任和权利，欢喜是不用说的，更重要的是，每月二十几元，一个人如何用得完？只是没人来送，就有些不耐烦，于是先钻进车厢，想找个地方坐下，任凭站台上千万人话别。

　　车厢里靠站台一面的窗子已经挤满各校的知青，都探出身去说笑哭泣。另一面的窗子朝南，冬日的阳光斜射进来，冷清清地照在北边儿众多的屁股上。两边儿行李架上塞满了东西。我走动着找我的座位号，却发现还有一个精瘦的学生孤坐着，手拢在袖管儿里，隔窗望着车站南边儿的空车皮。

　　我的座位恰与他在一个格儿里，是斜对面儿，于是就坐下了，也把手拢在袖里。那个学生瞄了我一下，眼里突然放出光来，问：下棋吗？倒吓了我一跳，急忙摆手说：不会！他不相信地看着我说：这么细长的手指头，就是个捏棋子儿的，你肯定会。来一盘吧，我带来家伙呢。说着就抬身从窗钩上取下书包，往里掏着。我说：我只会马走日，象走田。你没人送吗？他已把棋盒拿出来，放在茶几上。塑料棋盘却搁不下，他想了想，就横摆了，说：不碍事，一样下。来来来，你先走。我笑起来，说：你没人送吗？这么乱，下什么棋？他一边码好最后一个棋子，一边说：我他妈要谁送？去的是有饭吃的地方，闹得这么哭哭啼啼的。来，你先走。我奇怪了，可还是拈起炮，往当头上一移。我的棋还没移到，他的马却啪的一声跳好，比我还快。我就故意将炮移过当头的地方停下。他很快地看了一眼我的下巴，说：你还说不会？这炮二平六的开局，我在郑州遇见一个高人，就是这么走，险些输给他。炮二平五当头炮，是老开局，可有气势，而且是最稳的。嗯？你走。我倒不知怎么走了，手在棋盘上游移着。他不动声色地看着整个棋盘，又把手袖起来。

就在这时，车厢乱了起来。好多人拥进来，隔着玻璃往外招手。我就站起身，也隔着玻璃往北看月台上。站上的人都拥到车厢前，都在叫，乱成一片。车身忽地一动，人群嗡的一下，哭声四起。我的背被谁捅了一下，回头一看，他一手护着棋盘，说：没你这么下棋的，走哇！我实在没心思下棋，而且心里有些酸，就硬硬地说：我不下了。这是什么时候！他很惊愕地看着我，忽然像明白了，身子软下去，不再说话。

车开了一会儿，车厢开始平静下来。有水送过来，大家就掏出缸子要水。我旁边的人打了水，说：谁的棋？收了放缸子。他很可怜的样子，问：下棋吗？要放缸的人说：反正没意思，来一盘吧。他就很高兴，连忙码好棋子。对手说：这横着算怎么回事儿？没法儿看。他搓着手说：凑合了，平常看棋的时候，棋盘不等于是横着的？你先走。对手很老练地拿起棋子儿，嘴里叫着：当头炮。他跟着跳上马。对手马上把他的卒吃了，他也立刻用马吃了对方的炮。我看这种简单的开局没有大意思，又实在对象棋不感兴趣，就转了头。

这时一个同学走过来，像在找什么人，一眼望到我，就说：来来来，四缺一，就差你了。我知道他们是在打牌，就摇摇头。同学走到我们这一格，正待伸手拉我，忽然大叫：棋呆子，你怎么在这儿？你妹妹刚才把你找苦了，我说没见啊。没想到你在我们学校这节车厢里，气儿都不吭一声。你瞧你瞧，又下上了。

棋呆子红了脸，没好气地说：你管天管地，还管我下棋？走，该你走了。就又催促我身边的对手。我这时听出点音儿来，就问同学：他就是王一生？同学睁了眼，说：你不认识他？哎呀，你白活了。你不知道棋呆子？我说：我知道棋呆子就是王一生，可不知道王一生就是他。说着，就仔细看着这个精瘦的学生。王一生勉强笑一笑，只看着棋盘。

王一生简直大名鼎鼎。我们学校与旁边几个中学常常有学生之间的象棋厮杀，后来挤出几个高手。几个高手之间常摆擂台，渐渐地，几乎每次冠军就都是王一生了。我因为不喜欢象棋，也就不去关心什么象棋冠军，但王一生的大名，却常被班上几个棋篓子供在嘴上，我也就对其事迹略闻一二，知道王一生外号棋呆子，棋下得神不用说，而且在他们学校那一年级里数理成绩总是前数名。我想棋下得好而且有个数学脑子，这很合情理，可我又不信人们说的那些王一生的呆事，觉得不过是大家寻逸闻鄙事，以快言论罢了。后来运动起来，忽然有一天大家传说棋呆子在串连时犯了事儿，被人押回学校了。我对棋呆子能出去串连表示怀疑，因为以前大家对他的描述说明他不可能解决串连时的吃喝问题。

可大家说呆子确实去串连了，因为老下棋，被人瞄中，就同他各处走，常常送他一点儿钱，他也不问，只是收下。后来才知道，每到一处，呆子必要挤地头看下棋。看上一盘，必要把输家挤开，与赢家杀一盘。初时大家见他其貌不扬，不与他下。他执意要杀，于是就杀。几步下来，对方出了小汗，嘴却不软。呆子也不说话，只是出手极快，像是连想都不想。待到对方终于闭了嘴，连一圈儿观棋的人也要慢慢思索棋路而不再支招儿的时候，与呆子同行的人就开始摸包儿。大家正看得紧张，哪里想到钱包已经易主？待三盘下来，众人都摸头。这时呆子倒成了棋主，连问可有谁还要杀？有那不服的，就坐下来杀，最后仍是无一盘得利。

后来常常是众人齐做一方，七嘴八舌与呆子对手。呆子也不忙，反倒促众人快走，因为师傅多了，常为一步棋如何走自家争吵起来。就这样，在一处呆子可以连杀上一天。后来有那观棋的人发觉钱包丢了，闹嚷起来。慢慢有几个有心计的人暗中观察，看见有人掏包，也不响，之后见那人晚上来邀呆子走，就发一声喊，将扒手与呆子一齐绑了，由造反队审。呆子糊糊涂涂，只说别人常给他钱，大约是可怜他，也不知钱如何来，自己只是喜欢下棋。审主看他呆相，就命人押了回来，一时各校传为逸事。后来听说呆子认为外省马路棋手高手不多，不能长进，就托人找城里名手近战。有个同学就带他去见自己的父亲，据说是国内名手。名手见了呆子，也不多说，只摆一副据说是宋时留下的残局，要呆子走。呆子看了半晌，一五一十道来，替古人赢了。名手很惊讶，要收呆子为徒。不料呆子却问：这残局你可走通了？名手没反应过来，就说：还未通。

呆子说：那我为什么要做你的徒弟？

名手只好请呆子开路，事后对自己的儿子说：你这同学倨傲不逊，棋品连着人品，照这样下去，棋品必劣。又举了一些最新指示，说若能好好学习，棋锋必健。后来呆子认识了一个捡烂纸的老头儿，被老头儿连杀三天而仅赢一盘。呆子就执意要替老头儿去撕大字报纸，不要老头儿劳动。不料有一天撕了某造反团刚贴的"檄文"，被人拿获，又被这造反团栽诬于对立派，说对方"施阴谋，弄诡计"，必讨之，而且是可忍，孰不可忍！对立派又阴使人偷出呆子，用了呆子的名义，对先前的造反团反戈一击。一时呆子的大名王一生贴得满街都是，许多外省来取经的"革命"战士许久才明白王一生原来是个棋呆子，就有人请了去外省会一些江湖名手。交手之后，各有胜负，不过呆子的棋据说是越下越精了。只可惜全国忙于"革命"，否则呆子不知会有什么造就。

这时我旁边的人也明白对手是王一生，连说不下了。王一生便很沮丧。我说：你妹妹来送你，你也不知道和家里人说说话儿，倒拉着我下棋！王一生看着我说：你哪儿知道我们这些人是怎么回事儿？你们这些人好日子过惯了，世上不明白的事儿多着呢！你家父母大约是舍不得你走了？我怔了怔，看着手说：哪儿来父母，都死球了。我的同学就添油加醋地叙了我一番，我有些不耐烦，说：我家死人，你倒有了故事了。王一生想了想，对我说：那你这两年靠什么活着？我说：混一天算一天。王一生就看定了我问：怎么混？我不答。

待了一会儿，王一生叹一声，说：混可不易。一天不吃饭，棋路都乱。不管怎么说，你父母在时，你家日子还好过。我不服气，说：你父母在，当然要说风凉话。我的同学见话不投机，就岔开说：呆子，这里没有你的对手，走，和我们打牌去吧。呆子笑一笑，说：牌算什么，瞌睡着也能赢你们。我旁边儿的人说：据说你下棋可以不吃饭？我说：人一迷上什么，吃饭倒是不重要的事。大约能干出什么事儿的人，总免不了有这种傻事。王一生想一想，又摇摇头，说：我可不是这样。说完就去看窗外。

一路下去，慢慢我发觉我和王一生之间，既开始有互相的信任和基于经验的同情，又有各自的疑问。他总是问我与他认识之前是怎么生活的，尤其是父母死后的两年是怎么混的。我大略地告诉他，可他又特别在一些细节上详细地打听，主要是关于吃。例如讲到有一次我一天没有吃到东西，他就问：一点儿都没吃到吗？我说：一点儿也没有。他又问：那你后来吃到东西是在什么时候？我说：后来碰到一个同学，他要用书包装很多东西，就把书包翻倒过来腾干净，里面有一个干馒头，掉在地上就碎了。我一边儿和他说话，一边儿就把这些碎馒头吃下去。不过，说老实话，干烧饼比干馒头解饱得多，而且顶时候儿。他同意我关于干烧饼的见解，可马上又问：我是说，你吃到这个干馒头的时候是几点？过了当天夜里十二点吗？我说：噢，不。是晚上十点吧。他又问：那第二天你吃了什么？我有点儿不耐烦。讲老实话，我不太愿意复述这些事情，尤其是细节。我觉得这些事情总在腐蚀我，它们与我以前对生活的认识太不合辙，总好像是在嘲笑我的理想。我说：当天晚上我睡在那个同学家。第二天早上，同学买了两个油饼，我吃了一个。上午我随他去跑一些事，中午他请我在街上吃。晚上嘛，我不好意思再在他那儿吃，可另一个同学来了，知道我没什么着落，硬拉了我去他家，当然吃得还可以。怎么样？还有什么不清楚？他笑了，说：你才不是刚才说的什么"一天没吃东西"。你十二点以前吃了一个馒头，没有超过二十四小时。更何况第二天你的伙食水平不低，平均下来，你两天的热量还是可以的。我说：你恐怕还是有些呆！要知道，人吃饭，不但是肚子的需要，而且是一种精神需要。不知道下一顿在什么地方，人就特别想到吃，而且，饿得快。他说：你家道尚好的时候，有这种精神压力吗？恐怕没有什么精神需求吧？有，也只不过是想好上再好，那是馋。馋是你们这些人的特点。我承认他说得有些道理，禁不住问他：你总在说你们、你们，可你是什么人？他迅速看着其他地方，只是不看我，说：我当然不同了。我主要是对吃要求得比较实在。唉，不说这些了，你真的不喜欢下棋？何以解忧？唯有象棋。我瞧着他说：你有什么忧？他仍然不看我，没有什么忧，没有。"忧"这玩意儿，是他妈文人的佐料儿。我们这种人，没有什么忧，顶多有些不痛快。何以解不痛快？唯有象棋。

　　我看他对吃很感兴趣，就注意他吃的时候。列车上给我们这几节知青车厢送饭时，他若心思不在下棋上，就稍稍有些不安。听见前面大家拿吃时铝盒的碰撞声，他常常闭上眼，嘴巴紧紧收着，倒好像有些恶心。拿到饭后，马上就开始吃，吃得很快，喉结一缩一缩的，脸上绷满了筋。常常突然停下来，很小心地将嘴边或下巴上的饭粒儿和汤水油花儿用整个儿食指抹进嘴里。若饭粒儿落在衣服上，就马上一按，拈进嘴里。若一个没按住，饭粒儿由衣服上掉下地，他也立刻双脚不再移动，转了上身找。这时候他若碰上我的目光，就放慢速度。吃完以后，他把两只筷子吮净，拿水把饭盒充满，先将上面一层油花吸净，然后就带着安全到达彼岸的神色小口小口地呷。有一次，他在下棋，左手轻轻地叩茶几。一粒干缩了的饭粒儿也轻轻地小声跳着。他一下注意到了，就迅速将那个饭粒儿放进嘴里，腮上立刻显出筋络。我知道这种干饭粒儿很容易嵌到槽

棋
王

953

牙里，巴在那儿，舌头是赶它不出的。果然，待了一会儿，他就伸手到嘴里去抠。终于嚼完，和着一大股口水，咕的一声儿咽下去，喉结慢慢地移下来，眼睛里有了泪花。他对吃是虔诚的，而且很精细。有时你会可怜那些饭被他吃得一个渣儿都不剩，真有点儿惨无人道。我在火车上一直看他下棋，发现他同样是精细的，但就有气度得多。他常常在我们还根本看不出已是败局时就开始重码棋子，说：再来一盘吧。有的人不服输，非要下完，总觉得被他那样暗示死刑存些侥幸。他也奉陪，用四五步棋逼死对方，说：非要听"将"，有瘾？

我每看到他吃饭，就会想起杰克·伦敦的《热爱生命》，终于在一次饭后他小口呷汤时讲了这个故事。我因为有过饥饿的经验，所以特别渲染了故事中的饥饿感觉。他不再喝汤，只是把饭盒端在嘴边儿，一动不动地听我讲。我讲完了，他呆了许久，凝视着饭盒里的水，轻轻吸了一口，才很严肃地看着我说：这个人是对的。他当然要把饼干藏在褥子底下。照你讲，他是对失去食物发生精神上的恐惧，是精神病？不，他有道理，太有道理了。写书的人怎么可以这么理解这个人呢？杰……杰什么？嗯，杰克·伦敦，这个小子他妈真是饱汉子不知饿汉饥。我马上指出杰克·伦敦是一个如何如何的人。他说：是呀，不管怎么样，像你说的，杰克·伦敦后来出了名，肯定不愁吃的，他当然会叼着根烟，写些嘲笑饥饿的故事。我说：杰克·伦敦丝毫也没有嘲笑饥饿，他是……他不耐烦地打断我说：怎么不是嘲笑？把一个特别清楚饥饿是怎么回事儿的人写成发了神经，我不喜欢。我只好苦笑，不再说什么。可是一没人和他下棋了，他就又问我：嗯？再讲个吃的故事？其实杰克·伦敦那个故事挺好。我有些不高兴地说：那根本不是个吃的故事，那是一个讲生命的故事。你不愧为棋呆子。大约是我脸上有种表情，他于是不知怎么办才好。我心里有一种东西升上来，我还是喜欢他的，就说：好吧，巴尔扎克的《邦斯舅舅》听过吗？他摇摇头。我就又好好儿描述一下邦斯舅舅这个老饕。不料他听完，马上就说：这个故事不好，这是一个馋的故事，不是吃的故事。邦斯这个老头儿若只是吃而不馋，不会死。我不喜欢这个故事。他马上意识到这最后一句话，就急忙说：倒也不是不喜欢。不过洋人总和咱们不一样，隔着一层。我给你讲个故事吧。我马上感了兴趣：棋呆子居然也有故事！他把身体靠得舒服一些，说，从前哪，笑了笑，又说，老是他妈从前，可这个故事是我们院儿的五奶奶讲的。嗯——老辈子的时候，有这么一家子，吃喝不愁。粮食一囤一囤的，顿顿想吃多少吃多少，嘿，可美气了。后来呢，娶了个儿媳妇。那真能干，就没说把饭做糊过，不干不稀，特解饱。可这媳妇，每做一顿饭，必抓出一把米来藏好……听到这儿，我忍不住插嘴：老掉牙的故事了，还不是后来遇了荒年，大家没饭吃，媳妇把每日攒下的米拿出来，不但自家有了，还分给穷人？他很惊奇地坐直了，看着我说：你知道这个故事？可那米没有分给别人，五奶奶没有说分给别人。我笑了，说：这是教育小孩儿要节约的故事，你还拿来有滋有味儿地讲，你真是呆子。这不是一个吃的故事。他摇摇头，说：这太是吃的故事了。首先得有饭，才能吃，这家子有一囤一囤的粮食。可光穷吃不行，得记着断顿儿的时候，每顿都要欠一点儿。老话儿说半饥半饱日子长嘛。我想笑但没笑出来，似乎明白了一些什么。为了打消这种异样的感触，就说：呆子，我跟你下棋吧。他一下高兴起来，紧一紧手脸，啪啪啪就把棋码好，说：对，说什么吃的故事，还是下棋。下棋最好，何以解不痛快？唯有下象棋。啊？哈哈哈！你先走。我又是当头炮，他随后把马跳好。我随便动了一个子儿，他很快地把兵移前一格儿。我并不真心下棋，心想他念到中学，大约是读过不少书的，就问：你读过曹操的《短歌行》？他说：什么《短歌行》？我说：那你怎么知道何以解忧，唯有杜康？他愣了，问：杜康是什么？我说：杜康是一个造酒的人，后来也就代表酒，你把杜康换成象棋，倒也风趣。他摆了一下头，说：啊，不是。这句话是一个老头儿说的，我每回和他下棋，他总说这句。我想起了传闻中的捡烂纸老头儿，就问：是捡烂纸的老头儿吗？他看了我一眼，说：不是。不过，捡烂纸的老头儿棋下得好，我在他那儿学到不少东西。我很感兴趣地问：这老头儿是个什么人？怎么下得一手好棋还捡烂纸？他很轻地笑了一下，说：下棋不当饭。老头儿要吃饭，还得捡烂纸。可不知他以前是什么人。有一回，我抄的几张棋谱不知怎么找不到了，以为当垃圾倒出去了，就到垃圾站去翻。正翻着，这老头儿推着筐过来了，指着我说：你个大小伙子，怎么抢我的买卖？我说不是，是找丢了的东西，他问什么东西，我没搭理他。可他问个不停：钱，存折儿？结婚帖子？我只好说是棋谱，正说着，就找到了。他说叫他看看。他在路灯底下挺快就看完了，说这棋没根哪。我说这是以前市里的象棋比赛。可他说，哪儿的比赛也没用，你瞧，这叫棋路？狗脑子，我心想怕是遇上异人了，就问他当怎么走。老头儿哗哗说了一通棋谱儿，我一听，真的不凡，就提出要跟他下一盘。老头让我先说。我们俩就在垃圾站下盲棋，我是连输五盘。老头儿棋路猛听头几步，没什么，可着子真阴真狠，打闪一般，网得开，收得又紧又快。后来我们见天儿在垃圾站下盲棋，每天回去我就琢磨他的棋路，以后居然跟他平过一盘，还赢过一盘。其实赢的那盘我们一共才走了十几步。老头儿用铅丝扒子敲了半天地面，叹一声，你赢了。我高兴了，直说要到他那儿去看看。老头儿白了我一眼，说，撑的？！告诉我明天晚上再在这儿等他。第二天我去了，见他推着筐远远来了。到了跟前，从筐里取出一个小布包，递到我手上，说这也是谱儿，让我拿回去，看瞧得懂不。又说哪天有走不动的棋，让我到这儿来说给他听听，兴许他就走动了。我赶紧回到家里，打开一看，还真他妈不懂。这是本异书，也不知是哪朝哪代的，手抄，边边角角儿，补了又补。上面写的东西，不像是说象棋，好像是说另外的什么事儿。我第二天又去找老头儿，说我看不懂，他哈哈一笑，说他先给我说一段儿，提个醒儿。他一开说，把我吓了一跳。原来开宗明义，是讲男女的事儿，我说这是"四旧"。老头儿叹了口气，说什么是旧？我这每天捡烂纸是不是在捡旧？可我回去把它们分门别类，卖了钱，养活自己，不是新？又说咱们中国道家讲阴阳，这开篇是借男女讲阴阳之气。阴阳之气相游相交，初不可太盛，太盛则折，折就是折断的折。我点点头。太盛则折，太弱则泻。老头儿说我的毛病是太盛。又说，若对手盛，则以柔化之。可要在化的同时，造成克势。柔不是弱，是容，是收，是含。含而化之，让对手入你的势。这势要你造，需无为而无不为。无为即是道，也就是棋运之大不可变，你想变，就不是象棋，输不用说了，连棋边儿都沾不上。棋运不可悖，但每局的势要自己造。棋运和势既有，那可就无所不为了。玄是真玄，可细琢磨，是那么个理儿。我说，这么讲是真提气，可这下棋，千变万化，怎么才能准赢呢？老头儿说这就是造势的学问了。造势妙在契机。谁也不走子儿，这棋没法儿下。可只要对方一动，势就可入，就可导。高手你入他很难，这就要损。损他一个子儿，损自己一个子儿，先导开，或找眼钉下，止住他的入势，铺排下自己的入势。这时你万不可死损，势式要相机而变。势势有相因之气，势套势，小势开导，大势含而化之，根连根，别人就奈何不得。老头儿说我只有套，势不太明。套可以算出百步之远，但无势，不成气候。又说我脑子好，有琢磨劲儿，后来输我的那一盘，就是大势已破，再下就是玩了。老头儿说他日子不多了，无儿无女，遇见我，就传给我吧。我说你老人家棋道这么好，怎么干这种营生呢？老头儿叹了一口气，说这棋是祖上传下来的，但有训——为棋不为生，为棋是养性，生会坏性，所以生不可太盛。又说他从小没学过什么谋生本事，现在想来，倒是训坏了他。我似乎听明白了一些棋道，可很奇怪，就问：棋道与生道难道有什么不同么？王一生说：我也是这么说，而且魔怔起来，问他天下大势。老头儿说，棋就是这么几个子儿，棋盘就是这么大，无非是道同势不同，可这子儿你全能看在眼底。天下的事，不知道的太多。这每天的大字报，张张都新鲜，虽看出点道儿，可不能究底。子儿不全摆上，这棋就没法儿下。

我就又问那本棋谱。王一生很沮丧地说：我每天带在身上，反复地看。后来你知道，我撕大字报被造反团捉住，书就被他们搜了去，说是"四旧"，给毁了，而且是当着我的面儿毁的。好在书已在我脑子里，不怕他们。我就又和王一生感叹了许久。

火车终于到了，所有的知识青年都又被用卡车运到农场。在总场，各分场的人上来领我们。我找到王一生，说：呆子，要分手了，别忘了交情，有事儿没事儿，互相走动。他说当然。

第二章

这个农场在大山林里，活计就是砍树，烧山，挖坑，再栽树。不栽树的时候，就种点儿粮食。交通不便，运输不够，常常就买不到煤油点灯。晚上黑灯瞎火，大家凑在一起臭聊，天南地北。又因为常割资本主义尾巴，生活就清苦得很，常常一个月每人只有五钱油，吃饭钟一敲，大家就疾跑如飞。大锅菜是先煮后搁油，油又少，只在汤上浮几个大花儿。落在后边，常常就只能吃清水南瓜或清水茄子。米倒是不缺，国家供应商品粮，每人每月四十二斤。可没油水，挖山又不是轻活，肚子就越吃越大。我倒是没有什么，毕竟强似讨吃。每月又有二十几元工薪，家里没有人惦记着，又没有找女朋友，就买了烟学抽，不料越抽越凶。

山上活儿紧时，常常累翻，就想：呆子不知怎么干，那么精瘦的一个人。晚上大家闲聊，多是精神会餐。我又想，呆子的吃相可能更恶。我父亲在时，炒得一手好菜，母亲都比不上他，星期天常邀了同事，专事品尝，我自然精于此道。因此聊起来，常常是主角，说得大家个个儿腮胀，常常发一声喊，将我按倒在地上，说像我这样儿的人实在是祸害，不如宰了炒吃。下雨时节，大家都慌忙上山去挖笋，又到沟里捉田鸡，无奈没有油，常常吃得胃酸。山上总要放火，野兽们都惊走了，极难打到。即使打到，野物们走惯了，没膘，熬不得油。尺把长的老鼠也捉来吃，因鼠是吃粮的，大家说鼠肉就是人肉，也算吃人吧。我又常想，呆子难道不馋？好上加好，固然是馋，其实饿时更馋。不馋，吃的本能不能发挥，也不得寄托。又想，呆子不知还下棋不下棋。我们分场与他们分场隔着近百里，来去一趟不容易，也就见不着。

转眼到了夏季。有一天，我正在山上干活儿，远远望见山下小路上有一个人。大家觉得影儿生，就议论是什么人。有人说是小毛的男的吧。小毛是队里一个女知青，新近在外场找了一个朋友，可谁也没见过。大家就议论可能是这个人来找小毛，于是满山喊小毛，说她的汉子来了。小毛丢了锄，跌跌撞撞跑过来，伸了脖子看。还没等小毛看好，我却认出来人是王一生——棋呆子。于是大叫，别人倒吓了一跳，都问：找你的？我很得意。我们这个队有四个省市的知青，与我同来的不多，自然他们不认识王一生。我这时正代理一个管三四个人的小组长，于是对大家说：散了，不干了。大家也别回去，帮我看看山上可有什么吃的弄点儿。到钟点儿再下山，拿到我那儿去烧。你们打了饭，都过来一起吃。大家于是就钻进乱草里去寻了。

我跳着跑下山，王一生已经站住，一脸高兴的样子，远远地问：你怎么知道是我？我到了他跟前说：远远就看你呆头呆脑，还真是你。你怎么老也不来看我？他跟我并排走着，说：你也老不来看我呀！我见他背上的汗浸出衣衫，头发已是一绺一绺的，一脸的灰土，只有眼睛和牙齿放光，嘴上也是一层土，干得起皱，就说：你怎么摸来的？他说：搭一段儿车，走一段儿路，出来半个月了。我吓了一跳，问：不到百里，怎么走这么多天？他说：回去细说。

说话间已经到了沟底队里。场上几只猪跑来跑去，个个儿瘦得赛狗。还不到下班时间，冷冷清清的，只有队上伙房隐隐传来叮叮当当的声音。

到了我的宿舍，径直进去。这里并不锁门，都没有多余的东西可拿，不必防谁。我放了盆，叫他等着，就提桶打热水来给他洗。到了伙房，与炊事员讲，我这个月的五钱油全数领出来，以后就领生菜，不再打熟菜。炊事员问：来客了？我说：可不！炊事员就打开锁了的柜子，舀一小匙油找了个碗盛给我，又拿了三只长茄子，说：明天还来打菜吧，从后天算起，方便。我从锅里舀了热水，提回宿舍。

王一生把衣裳脱了，只剩一条裤衩，呼噜呼噜地洗。洗完后，将脏衣服按在水里泡着，然后一件一件搓，洗好涮好，拧干晾在门口绳上。我说：你还挺麻利的。他说：从小自己干，惯了。几件衣服，也不费事。说着就在床上坐下，弯过手臂，去挠背后，肋骨一根根动着。我拿出烟来请他抽。他很老练地敲出一支，舔了一头儿，倒过来叼着。我先给他点了，自己也点上。他支起肩深吸进去，慢慢地吐出来，浑身荡一下，笑了，说：真不错。我说：怎么样？也抽上了？日子过得不错呀。他看看草顶，又看看在门口转来转去的猪，低下头，轻轻拍着净是绿筋的瘦腿，半晌才说：不错，真的不错。还说什么呢？粮？钱？还要什么呢？不错，真不错。你怎么样？他透过烟雾问我。我也感叹了，说：钱是不少，粮也多，没错儿，可没油哇。大锅菜吃得胃酸。主要是没什么玩儿的，没书，没电影儿。去哪儿也不容易，老在这个沟儿里转，闷得无聊。他看看我，摇一下头，说：你们这些人哪！没法儿说，想的净是锦上添花。我挺知足，还要什么呢？你呀，你就叫书害了。你在车上给我讲的两个故事，我琢磨了，后来挺喜欢的。你不错，读了不少书。可是，归到底，解决什么呢？是呀，一个人拼命想活着，最后都神经了，后来好了，活下来了，可接着怎么生活呢？像邦斯那样？有吃，有喝，好收藏个什么，可有个馋的毛病，人家不请吃就活得不痛快。人要知足，顿顿饱就是福。他不说了，看着自己的脚趾动来动去，又用后脚跟去擦另一只脚的背，吐出一口烟，用手在腿上掸了掸。

我很后悔用油来表示我对生活的不满意，还用书和电影儿这种可有可无的东西表示我对生活的不满足，因为这些在他看来，实在是超出基准线上的东西，他不会为这些烦闷。我突然觉得很泄气，有些同意他的说法。是呀，还要什么呢？我不是也感到挺好了吗？不用吃了上顿惦记着下顿，床不管怎么烂，也还是自己的，不用窜来窜去找刷夜的地方。可是我常常烦闷的是什么呢？为什么就那么想看看随便什么一本书呢？电影儿这种东西，灯一亮就全醒过来了，图个什么呢？可我隐隐有一种欲望在心里，说不清楚，但我大致觉出是关于活着的什么东西。

我问他：你还下棋吗？他就像走棋那么快地说：当然，还用说？我说：是呀，你觉得一切都好，干吗还要下棋呢？下棋不多余吗？他把烟卷儿停在半空，摸了一下脸说：我迷象棋，一下棋，就什么都忘了。待在棋里舒服。就是没有棋盘，棋子儿，我在心里也能下，碍谁的事儿啦？我说：假如有一天不让你下棋，也不许你想走棋的事儿，你觉得怎么样？他挺奇怪地看着我说：不可能，那怎么可能？我能在心里下呀！还能把我脑子挖了？你净说些不可能的事儿。我叹了一口气，说：下棋这事儿看来是不错。看了一本儿书，你不能老在脑子里过篇儿，老想看看新的。下棋可不一样了，自己能变着花样儿玩。他笑着对我说：怎么样，学棋吧？咱们现在吃喝不愁了，顶多是照你说的，不够好，又活不出个大意思来。书你哪儿找去？下棋吧，有忧下棋解。

我想了想，说：我实在对棋不感兴趣。我们队倒有个人，据说下得不错。他把烟屁股使劲儿扔出门外，眼睛又放出光来：真的？有下棋的？嘿，我真还来对了。他在哪儿？我说：还没下班呢。看你急的，你不是来看我的吗？他双手抱着脖子仰在我的被子上，看着自己松松的肚皮，说：我这半年，就找不到下棋的。后来想，天下异人多得很，这野林子里我就不信找不到个下棋下得好

棋王

959

的。现在我请了事假，一路找人下棋，就找到你这儿来了。我说：你不挣钱了？怎么活着呢？他说：你不知道，我妹妹在城里分了工矿，挣钱了，我也就不用给家寄那么多钱了。我就想，趁这工夫儿，会会棋手。怎么样？你一会儿把你说的那人找来下一盘？我说当然，心里一动，就又问他：你家里到底是怎么个情况呢？

他叹了一口气，望着屋顶，很久才说：穷。困难啊！我们家三口儿人，母亲死了，只有父亲、妹妹和我。我父亲嘛，挣得少，按平均生活费的说法儿，我们一人才不到十块。我母亲死后，父亲就喝酒，而且越喝越多，手里有俩钱儿就喝，就骂人。邻居劝，他不是不听，就是一把鼻涕一把泪，弄得人家也挺难过。我有一回跟我父亲说：你不喝就不行？有什么好处呢？他说：你不知道酒是什么玩意儿，它是老爷们儿的觉啊！咱们这日子挺不易，你妈去了，你们又小。我烦哪，我没文化，这把年纪，一辈子这点子钱算是到头儿了。你妈死的时候，嘱咐了，怎么着也要供你念完初中再挣钱。你们让我喝口酒，啊？对老人有什么过不去的，下辈子算吧。他看了看我，又说：不瞒你说，我母亲解放前是窑子里的。后来大概是有人看上了，做了人家的小，也算从良。有烟吗？我扔过一支烟给他，他点上了，把烟头儿吹得红红的，两眼不错眼珠儿地盯着，许久才说：后来，我妈又跟人跑了，据说买她的那家欺负她，当老妈子不说，还打。后来跟的这个是什么人，我不知道，我只知道我是我妈跟这个人生的。刚一解放，我妈跟的那个人就不见了。当时我妈怀着我，吃穿无着，就跟了我现在这个父亲。我这个后爹是卖力气的，可临到解放的时候儿，身子骨儿不行，又没文化，钱就挣得少。和我妈过了以后，原指着相帮着好一点儿，可没想到添了我妹妹后，我妈一天不如一天。那时候我才上小学，脑筋好，老师都喜欢我。可学校春游、看电影我都不在，给家里省一点儿是一点儿。我妈怕委屈了我，拖累着个身子，到处找活。有一回，我和我母亲给印刷厂叠书页子，是一本讲象棋的书。叠好了，我妈还没送去，我就一篇一篇对着看。不承想，就看出点儿意思来。于是有空儿就到街下看人家下棋。看了有些日子，就手痒痒，没敢跟家里要钱，自己用硬纸剪了一副棋，拿到学校去下。下着下着就熟了。于是又到街上和别人下。原先我看人家下得挺好，可我这一跟他们真下，还就赢了。一家伙就下了一晚上，饭也没吃。我妈找来了，把我打回去。唉，我妈身子弱，都打不痛我。到了家，她竟给我跪下了，说：小祖宗，我就指望你了！你若不好好儿念书，妈就死在这儿。我一听这话吓坏了，忙说：妈，我没好好儿念书。您起来，我不下棋了。我把我妈扶起来坐着。那天晚上，我跟我妈叠页子，叠着叠着，就走了神儿，想着一路棋。我妈叹一口气说，你也是，看不上电影儿，也不去公园，就玩儿这么个棋。唉，下吧。可妈的话你得记着，不许玩儿疯了。功课要是落下了，我不饶你。我和你爹都不识字儿，可我们会问老师。老师若说你功课跟不上，你再说什么也不行。我答应了。我怎么会把功课落下呢？学校的算术，我跟玩儿似的。这以后，我放了学，先做功课，完了就下棋，吃完饭，就帮我妈干活儿，一直到睡觉。因为叠页子不用动脑筋，所以就在脑子里走棋，有的时候，魔怔了，会突然一拍书页，喊棋步，把家里人都吓一跳。我说：怨不得你棋下得这么好，小时候棋就都在你脑子里呢！他苦笑笑说：是呀，后来老师就让我去少年宫象棋组，说好好儿学，将来能拿大冠军呢！可我妈说，咱们不去什么象棋组，要学，就学有用的本事。下棋下得好，还当饭吃了？有那点儿工夫，在学校多学点儿东西比什么不好？你跟你们老师们说，不去象棋组，要是你们老师还有没教你的本事，你就跟老师说，你教了我，将来有大用呢。啊？专学下棋？这以前都是有钱人干的！妈以前见过这种人，那都是身份，他们不指着下棋吃饭。妈以前待过的地方，也有女的会下棋，可要的钱也多。唉，你不知道，你不懂。下下玩儿可以，别专学，啊？我跟老师说了，老师想了想，没说什么。后来老师买了一副棋送我，我拿给妈看，妈说，唉，这是善心人哪！可你记住，先说吃，再说下棋。等你挣了钱，养活家了，爱怎么下就怎么下，随你。我感叹了，说：这下儿好了，你挣了钱，你就能撒着欢儿地下了，你妈也就放心了。王一生把脚搬上床，盘了坐，两只手互相捏着腕子，看着地下说：我妈看不见我挣钱了。家里供我念到初一，我妈就死了。死之前，特别跟我说，这一条街都说你棋下得好，妈信。可妈在棋上疼不了你。你在棋上怎么出息，到底不是饭碗。妈不能看你念完初中，跟你爹说了，怎么着困难，也要念完。高中，妈打听了，那是为上大学，咱们家用不着上大学，你爹也不行了，你妹妹还小，等你初中念完了就挣钱，家里就靠你了。妈要走了，一辈子也没给你留下什么，只捡人家的牙刷把，给你磨了一副棋，说着，就叫我从枕头底下拿出一个小布包来，打开一看，都是一小点儿大的子儿，磨得是光了又光，赛象牙，可上头没字儿。妈说，我不识字，怕刻不对。你拿了去，自己刻吧，也算妈疼你好下棋。我们家多困难，我没哭过，哭管什么呢？可看着这副没字儿的棋，我绷不住了。

我鼻子有些酸，就低了眼，叹道：唉，当母亲的。王一生不再说话，只是抽烟。

山上的人下来了，打到两条蛇。大家见了王一生，都很客气，问是几分场的，那边儿伙食怎么样。王一生答了，就过去摸一摸晾着的衣裤，还没有干。我让他先穿我的，他说吃饭要出汗，先光着吧。大家见他很随和，也就随便聊起来。我自然将王一生的棋道吹了一番，以示来者不凡。大家都说让队里的高手脚卵来与王一生下。一个人跑了去喊，不一刻，脚卵来了。脚卵是南方大城市的知识青年，个子非常高，又非常瘦。动作起来颇有些文气，衣服总要穿得整整齐齐，有时候走在山间小路上，看到这样一个高个儿纤尘不染，衣冠楚楚，真令人生疑。脚卵弯腰进来，很远就伸出手来要握，王一生糊涂了一下，马上明白了，也伸出手去，脸却红了。握过手，脚卵把双手捏在一起端在肚子前面，说：我叫倪斌，人儿倪，文武斌。因为腿长，大家叫我脚卵。卵是很粗俗的话，请不要介意，这里的人文化水平是很低的。贵姓？王一生比倪斌矮下去两个头，就仰着头说：我姓王，叫王一生。倪斌说：王一生？蛮好，蛮好，名字蛮好的。一生是哪两个字？王一生直仰着脖子，说：一二三的一，生活的生。倪斌说：蛮好，蛮好。就把长臂曲着往外一摆，说：请坐。听说你钻研象棋？蛮好，蛮好，象棋是很高级的文化。我父亲是下得很好的，有些名气，喏，他们都知道的。我会走一点点，很爱好，不过在这里没有对手。你请坐。王一生坐回床上，很尴尬地笑着，不知说什么好。倪斌并不坐下，只把手虚放在胸前，微微向前侧了一下身子，说：对不起，我刚刚下班，还没有梳洗，你候一下好了，我马上就来。噢，问一下，乃父也是棋道里的人么？王一生很快地摇头，刚要说什么，但只是喘了一口气。倪斌说：蛮好，蛮好。好，一会儿我再来。我说：脚卵洗了澡，来吃蛇肉。倪斌一边退出去，一边说：不必了，不必了。好的，好的。大家笑起来，向外嚷：你到底来是不来？什么"不必了，好的"！倪斌在门外说：蛇肉当然是要吃的，一会儿下棋是要动脑筋的。

大家笑着脚卵，关了门，三四个人精着屁股，上上下下地洗，互相开着身体的玩笑。王一生不知在想什么，坐在床里边，让开擦身的人。我一边将蛇头撕下来，一边对王一生说：别理脚卵，他就是这么神神道道的一个人。有一个人对我说：你的这个朋友要真是有两下子，今天有一场好杀。脚卵的父亲在我们市里，真是很有名气哩。另外的人说：爹是爹，儿是儿，棋还遗传了？王一生说：家传的棋，有厉害的。几代沉下的棋路，不可小看。一会儿下起来看吧。说着就紧一紧手脸。我把蛇挂起来，将皮剥下，不洗，放在案板上，用竹刀把肉划开，并不切断，盘在一个大碗内，放进一个大锅里，锅底蓄上水，叫：洗完了没有？我可开门了！大家慌忙穿上短裤。我到外边地上摆三块土坯，中间架起柴引着，就将锅放在土坯上，把猪吆喝远了，说：谁来看看？别叫猪拱了。

开锅后十分钟端下来。就进屋收拾茄子。

有人把脸盆洗干净，到伙房打了四五斤饭和一小盆清水茄子，捎回来一棵葱和两瓣野蒜、一小块姜，我说还缺盐，就又有人跑去拿来一块，捣碎在纸上放着。

脚卵远远地来了，手里抓着一个黑木盒子。我问：脚卵，可有酱油膏？脚卵迟疑了一下，反身回去。我又大叫：有醋精拿点儿来！

蛇肉到了时间，端进屋里，掀开锅，一大团蒸气冒出来，大家并不缩头，慢慢看清了，都叫一声好。两大条蛇肉亮晶晶地盘在碗里，粉粉地冒蒸气。我嗖的一下将碗端出来，吹吹手指，说：开始准备胃液吧！王一生也挤过来看，问：整着怎么吃？我说：蛇肉碰不得铁，碰铁就腥，所以不切，用筷子撕着蘸料吃。我又将切好的茄块儿放进锅里蒸。

脚卵来了，用纸包了一小块儿酱油膏，又用一张小纸包了几颗白色的小粒儿，我问是什么，脚卵说：这是草酸，去污用的，不过可以代替醋。我没有醋精，酱油膏也没有了，就这一点点。我说：凑合了。脚卵把盒子放在床上，打开，原来是一副棋，乌木做的棋子，暗暗的，发亮。字用刀刻出来，笔画很细，却是篆字，用金丝银丝嵌了，古色古香。棋盘是一幅绢，中间亦是篆字：楚河汉界。大家凑过去看，脚卵就很得意，说：这是古董，明朝的，很值钱。我来的时候，我父亲给我的。以前和你们下棋，用不到这么好的棋。今天王一生来嘛，我们好好下。王一生大约从来没有见过这么精彩的棋具，很小心地摸，又紧一紧手脸。

我将酱油膏和草酸冲好水，把葱末、姜末和蒜末投进去，叫声：吃起来！大家就乒乒乓乓地盛饭，伸筷撕那蛇肉蘸料，刚入嘴嚼，纷纷嚷鲜。

我问王一生是不是有些像蟹肉，王一生一边儿嚼着，一边儿说：我没吃过螃蟹，不知道。脚卵伸过头去问：你没有吃过螃蟹？怎么会呢？王一生也不答话，只顾吃。脚卵就放下碗筷，说：年年中秋节，我父亲就约一些名人到家里来，吃螃蟹，下棋，品酒，作诗。都是些很高雅的人，诗做得很好的，还要互相写在扇子上。这些扇子过多少年也是很值钱的。大家并不理会他，只顾吃。脚卵眼看蛇肉渐少，也急忙捏起筷子来，不再说什么。

不一刻，蛇肉吃完，只剩两副蛇骨在碗里。我又把蒸熟的茄块儿端上来，放少许蒜和盐拌了。再将锅里热水倒掉，续上新水，把蛇骨放进去熬汤。大家喘一口气，接着伸筷，不一刻，茄子也吃净。我便把汤端上来，蛇骨已经煮散，在锅底唰啦唰啦地响。这里屋外常有一二处小丛的野茴香，我就拔来几棵，揪在汤里，立刻屋里异香扑鼻。大家这时饭已吃净，纷纷舀了汤在碗里，热热的小口呷，不似刚才紧张，话也多起来了。

脚卵抹一抹头发，说：蛮好，蛮好的。就拿出一支烟，先让了王一生，又自己叼了一支，烟包正待放回衣袋里，想了想，便放在小饭桌上，摆一摆手说：今天吃的，都是山珍，海味是吃不到了。我家里常吃海味的，非常讲究，据我父亲讲，我爷爷在时，专雇一个老太婆，整天就是从燕窝里拔脏东西。燕窝这种东西，是海鸟叼来小鱼小虾，用口水粘起来的，所以里面各种脏东西多得很，要很细心地一点一点清理，一天也就能搞清一个，再用小火慢慢地蒸。每天吃一点，对身体非常好。王一生听呆了，问：一个人每天就专门是管做燕窝的？好家伙！自己买来鱼虾，熬在一起，不等于燕窝吗？脚卵微微一笑，说：要不怎么燕窝贵呢？第一，这燕窝长在海中峭壁上，要拼命去挖。第二，这海鸟的口水是很珍贵的东西，是温补的。因此，舍命，费工时，又是补品，能吃燕窝，也是说明家里有钱和有身份。大家就说这燕窝一定非常好吃。脚卵又微微一笑，说：我吃过的，很腥。大家就感叹了，说费这么多钱，吃一口腥，太划不来。

天黑下来，早升在半空的月亮渐渐亮了。我点起油灯，立刻四壁都是人影子。脚卵就说：王一生，我们来下一盘？王一生大概还没有从燕窝里醒过来，听见脚卵问，只微微点一点头。脚卵出去了。王一生奇怪了，问：嗯？大家笑而不答。一会儿，脚卵又来了，穿得笔挺，身后随来许多人，进屋都看看王一生。脚卵慢慢摆好棋，问：你先走？王一生说：你吧。大家就上上下下围了看。

走出十多步，王一生有些不安，但也只是暗暗捻一下手指。走过三十几步，王一生很快地说：重摆吧。大家奇怪，看看王一生，又看看脚卵，不知是谁赢了。脚卵微微一笑，说：一赢不算胜。就伸手抽一颗烟点上。王一生没有表情，默默地把棋重新码好。两人又走。又走到十多步，脚卵半天不动，直到把一根烟吸完，又走了几步，脚卵慢慢地说：再来一盘。大家又奇怪是谁赢了，纷纷问。王一生很快地将棋码成一个方堆，看看脚卵问：走盲棋？脚卵沉吟了一下，点点头。两人就口述棋步。好几个人摸摸头，摸摸脖子，说下得好没意思，不知谁是赢家。就有几个人离开走出去，把油灯带得一明一暗。

我觉出有点儿冷，就问王一生：你不穿点儿衣裳？王一生没有理我。我感到没有意思，就坐在床里，看大家也是一会儿看看脚卵，一会儿看看王一生，像是瞧从来没有见过的两个怪物。油灯下，王一生抱了双膝，锁骨后陷下两个深窝，盯着油灯，时不时拍一下身上的蚊虫。脚卵两条长腿抵在胸口，一只大手将整个儿脸遮了，另一只大手飞快地将指头捏来弄去。说了许久，脚卵放下手，很快地笑一笑，说：我乱了，记不得。就又摆了棋再下。不久，脚卵抬起头，看着王一生说：天下是你的。抽出一支烟给王一生，又说：你的棋是跟谁学的？王一生也看着脚卵，说：跟天下人。脚卵说：蛮好，蛮好，你的棋蛮好。大家看出是谁赢了，都高兴松动起来，盯着王一生看。

脚卵把手搓来搓去，说：我们这里没有会下棋的人，我的棋路生了。今天碰到你，蛮高兴的，我们做个朋友。王一生说：将来有机会，一定见见你父亲。脚卵很高兴，说：那好，好极了，有机会一定去见见他。我不过是玩玩棋。停了一会儿，又说：你参加地区的比赛，没有问题。王一生问：什么比赛？脚卵说：咱们地区，要组织一个运动会，其中有棋类。地区管文教的书记我认得，他早年在我们市里，与我父亲认识。我到农场来，我父亲给他带过信，请他照顾。我找过他，他说我不如打篮球。我怎么会打篮球呢？那是很野蛮的运动，要伤身体的。这次运动会，他来信告诉我，让我争取参加农场的棋类队到地区比赛，赢了，调动自然好说。你棋下到这个地步，参加农场队，不成问题。你回你们场，去报名就可以了。将来总场选拔，肯定会有你。王一生很高兴，起来把衣裳穿上，显得更瘦。大家又聊了很久。

将近午夜，大家都散去，只剩下宿舍里同住的四个人与王一生、脚卵。脚卵站起来，说：我去拿些东西来吃。大家都很兴奋，等着他。一会儿，脚卵弯腰进来，把东西放在床上，摆出六颗巧克力，半袋麦乳精，纸包的一斤精白挂面。巧克力大家都一口咽了，来回舔着嘴唇。麦乳精冲成稀稀的六碗，喝得满屋喉咙响。王一生笑嘻嘻地说：世界上还有这种东西？苦甜苦甜的。我又把火升起来，开了锅，把面下了，说：可惜没有调料。脚卵说：我还有酱油膏。我说：你不是只有一小块儿了吗？脚卵不好意思地说：咳，今天不容易，王一生来了，我再贡献一些。就又拿了来。

大家吃了，纷纷点起烟，打着哈欠，说没想到脚卵还有如许存货，藏得倒严实，脚卵急忙申辩这是剩下的全部了。大家吵着要去翻，王一生说：不要闹，人家的是人家的，从来农场存到现在，说明人家会过日子。倪斌，你说，这比赛什么时候开始呢？脚卵说：起码还有半年。王一生不再说话。我说：好了，休息吧。王一生，你和我睡在我的床上。脚卵，明天再聊。大家就起身收拾床铺，放蚊帐。我和王一生送脚卵到门口，看他高高的个子在青白的月光下远远去了。王一生叹一口气，说：倪斌是个好人。

王一生又待了一天，第三天早上，执意要走。脚卵穿了破衣服，肩了锄来送。两人握了手，倪斌说：后会有期。大家远远在山坡上招手。我送王一生出了山沟，王一生拦住，说：回去吧。我嘱咐他，到了别的分场，有什么困难，托人来告诉我，若回来路过，再来玩儿。王一生整了整书包带儿，就急急地顺公路走了，脚下扬起细土，衣裳晃来晃去，裤管儿前后荡着，像是没有屁股。

第三章

这以后，大家没事儿，常提起王一生，津津有味儿地回忆王一生光膀子大战脚卵。我说了王一生如何如何不容易，脚卵说：我父亲说过的，寒门出高士。据我父亲讲，我们祖上是元朝的倪云林。倪祖很爱干净，开始的时候，家里有钱，当然是讲究的。后来兵荒马乱，家道败了，倪祖就卖了家产，到处走，常在荒野店投宿，很遇到一些高士。后来与一个会下棋的村野之人相识，学得一手好棋。现在大家只晓得倪云林是元四家里的一个，诗书画绝佳，却不晓得倪云林还会下棋。倪祖后来信佛参禅，将棋炼进禅宗，自成一路。这棋只我们这一宗传下来。王一生赢了我，不晓得他是什么路，总归是高手了。大家都不知道倪云林是什么人，只听脚卵神吹，将信将疑，可也认定脚卵的棋有些来路，王一生既然赢了脚卵，当然更了不起。这里的知青在城里都是平民出身，多是寒苦的，自然更看重王一生。

将近半年，王一生不再露面。只是这里那里传来消息，说有个叫王一生的，外号棋呆子，在某处与某某下棋，赢了某某。大家也很高兴，即使有输的消息，都一致否认，说王一生怎会输棋呢？我给王一生所在的分场队里写了信，也不见回音，大家就催我去一趟。我因为这样那样的事，加上农场知青常常斗殴，又输进火药枪互相射击，路途险恶，终于没有去。

一天脚卵在山上对我说，他已经报名参加棋类比赛了，过两天就去总场，问王一生可有消息，我说没有。大家就说王一生肯定会到总场比赛，相约一起请假去总场看看。

过了两天，队里的活儿稀松，大家就纷纷找了各种借口请假到总场，盼着能见着王一生。我也请了假出来。

总场就在地区所在地，大家走了两天才到。这个地区虽是省以下的行政单位，却只有交叉的两条街，沿街有一些商店，货架上不是空的，即是展品概不出售。可是大家仍然很兴奋，觉得到了繁华地界，就沿街一个馆子一个馆子地吃，都先只叫净肉，一盘一盘地吞下去，拍拍肚子出来，觉得日光晃眼，竟有些肉醉，就找了一处草地，躺下来抽烟，又纷纷昏睡过去。

醒来后，大家又回到街上细细吃了一些面食，然后到总场去。

一行人高高兴兴到了总场，找到文体干事，问可有一个叫王一生的来报到。干事翻了半天花名册，说没有。大家不信，拿过花名册来七手八脚地找，真的没有，就问干事是不是搞漏掉了。干事说花名册是按各分场报上来的名字编的，都已分好号码，编好组，只等明天开赛。大家你望望我，我望望你，搞不清是怎么回事儿。我说：找脚卵去。脚卵在运动员们住下的草棚里，见了他，大家就问。脚卵说：我也奇怪呢。这里乱糟糟的，我的号是棋类，可把我分到球类组来，让我今晚就参加总场联队训练，说了半天也不行，还说主要靠我进球得分。大家笑起来，说：管他赛什么，你们的伙食差不了。可王一生没来太可惜了。

直到比赛开始，也没有见王一生的影子。问了他们分场来的人，都说很久没见王一生了。大家有些慌，又没办法，只好去看脚卵赛篮球。脚卵痛苦不堪，规矩一点儿不懂，球也抓不住，投出去总是三不沾，抢得猛一些，他就抽身出来，瞪着大眼看别人争。文体干事急得抓耳挠腮，大家又笑得前仰后合。每场下来，脚卵总是嚷野蛮，埋怨脏。

赛了两天，决出总场各类运动代表队，到地区参加地区决赛。大家看看王一生还没有影子，就都相约要回去了。脚卵要留在地区文教书记家再待一两天，就送我们走一段。快到街口，忽然有人一指：那不是王一生？大家顺着方向一看，真是他。王一生在街口另一面急急地走来，没有看见我们。我们一齐大叫，他猛地站住，看见我们，就横街向我们跑来。到了跟前，大家纷纷问他怎么不来参加比赛？王一生很着急的样子，说：这半年我总请事假出来下棋，等我知道报名赶回去，分场说我表现不好，不准我出来参加比赛，连名都没报上。我刚找了由头儿，跑上来看看赛得怎么样。怎么样？赛得怎么样？大家一迭声儿地说早赛完了，现在是各县代表队的比赛，夺地区冠军。王一生愣了半晌，说：也好，夺地区冠军必是各县高手，看看也不赖。我说：你还没吃东西吧？走，街上随便吃点儿什么去。脚卵与王一生握过手，也惋惜不已。大家就又拥到一家小馆儿，买了一些饭菜，边吃边叹息。王一生说：我是要看看地区的象棋大赛。你们怎么样？要回去吗？大家都说出来的时间太长了，要回去。我说：我再陪你一两天吧。脚卵也在这里。于是又有两三个人也说留下来再耍一耍。

脚卵就领留下的人去文教书记家，说是看看王一生还有没有参加比赛的可能。走不多久，就到了。只见一扇小铁门紧闭着，进去就有人问找谁，见了脚

棋
王

967

卵，不再说什么，只让等一下。一会儿叫进了，大家一起走进一幢大房子，只见窗台上摆了一溜儿花草，伺候得很滋润。大大的一面墙上只一幅主席诗词的挂轴儿，绫子黄黄的很浅。屋内只摆几把藤椅，茶几上放着几张大报与油印的简报。不一会儿，书记出来，胖胖的，很快地与每个人握手，又叫人把简报收走，就请大家坐下来。大家没见过管着几个县的人的家，头都转来转去地看。书记呆了一下，就问：都是倪斌的同学吗？大家纷纷回过头看书记，不知该谁回答。脚卵欠一下身，说：都是我们队上的。这一位就是王一生。说着用手掌向王一生一倾。书记看着王一生说：噢，你就是王一生？好。这两天，倪斌常提到你。怎么样，选到地区来赛了吗？王一生正想答话，倪斌马上就说：王一生这次有些事耽误了，没有报上名。现在事情办完了，看看还能不能参加地区比赛。您看呢？书记用胖手在扶手上轻轻拍了两下又轻轻用中指很慢地擦着鼻沟儿，说：啊，是这样。不好办。你没有取得县一级的资格，不好办。听说你很有天才，可是没有取得资格去参加比赛，下面要说话的，啊？王一生低了头，说：我也不是要参加比赛，只是来看。书记说：那是可以的，那欢迎。倪斌，你去桌上，左边的那个桌子，上面有一份打印的比赛日程。你拿来看看，象棋类是怎么安排的。倪斌早一步跨进里屋，马上把材料拿出来，看了一下，说：要赛三天呢！就递给书记。书记也不看，把它放在茶几上，掸一掸手，说：是啊，几个县嘛。啊？还有什么问题吗？大家都站起来，说走了。书记与离他近的人很快地握了手，说：倪斌，你晚上来，嗯？倪斌欠欠身说好的，就和大家一起出来。大家到了街上，舒了一口气，说笑起来。

大家漫无目的地在街上走，讲起还要在这里待三天，恐怕身上的钱支持不住。王一生说他可以找到睡觉的地方，人多一点恐怕还是有办法，这样就能不去住店，省下不少钱。倪斌不好意思地说他可以住在书记家。于是大家一起随王一生去找住的地方。

原来王一生已经来过几次地区，认识了一个文化馆画画儿的，于是便带了我们投奔这位画家。到了文化馆，一进去，就听见远远有唱的，有拉的，有吹的，便猜是宣传队在演练。只见三四个女的，穿着蓝线衣裤，胸撅得不能再高，一扭一扭地走过来，近了，并不让路，直脖直脸地过去。我们赶紧闪在一边儿，都有点儿脸红。倪斌低低地说：这几位是地区的名角。在小地方，有她们这样的功夫，蛮不容易的。大家就又回过头去看名角。

画家住在一个小角落里，门口鸡鸭转来转去，沿墙摆了一溜儿各类杂物，草就在杂物中间长出来。门又被许多晒着的衣裤布单遮住。王一生领我们从衣裤中弯腰过去，叫那画家。马上就乒乒乓乓出来一个人，见了王一生，说：来了？都进来吧。画家只是一间小屋，里面一张小木床，到处是书、杂志、颜色和纸笔。墙上钉满了画的画儿。大家顺序进去，画家就把东西挪来挪去腾地方，大家挤着坐下，不敢再动。画家又迈过大家出去，一会儿提来一个暖瓶，给大家倒水。大家传着各式的缸子、碗，都有了，捧着喝。画家也坐下来，问王一生：参加运动会了吗？王一生叹着将事情讲了一遍。画家说：只好这样了。要待几天呢？王一生就说：正是为这事来找你。这些都是我的朋友。你看能不能找个地方，大家挤一挤睡？画家沉吟半晌，说：你每次来，在我这里挤还凑合。这么多人，嗯——让我看看。他忽然眼里放出光彩来，说：文化馆里有个礼堂，舞台倒是很大。今天晚上为运动会的人演出，演出之后，你们就在舞台上睡，怎么样？今天我还可以带你们进去看演出。电工与我很熟的，跟他说一声，进去睡没问题。只不过脏一些。大家都纷纷说再好不过了。脚卵放下心的样子，小心地站起来，说：那好，诸位，我先走一步。大家要站起来送，却谁也站不起来。脚卵按住大家，连说不必了，一脚就迈出屋外。画家说：好大的个子！是打球的吧？大家笑起来，讲了脚卵的笑话。画家听了，说：是啊，你们也都够脏的。走，去洗洗澡，我也去。大家就一个一个顺序出去，还是碰得叮当乱响。

原来这地区所在地，有一条江远远流过。大家走了许久，方才到了。江面不甚宽阔，水却很急，近岸的地方，有一些小洼儿。四处无人，大家脱了衣裤，都很认真地洗，将画家带来的一块肥皂用完。又把衣裤泡了，在石头上抽打，拧干后铺在石头上晒，除了游水的，其余便纷纷趴在岸上晒。画家早洗完，坐在一边儿，掏出个本子在画。我发觉了，过去站在他身后看。原来他在画我们几个人的裸体速写。经他这一画，我倒发觉我们这些每日在山上苦的人，却矫健异常，不禁赞叹起来。大家又围过来看，屁股白白的，晃来晃去。画家说：干活儿的人，肌肉线条极有特点，又很分明。虽然各部分发展可能不太平衡，可真的人体，常常是这样，变化万端。我以前在学院画人体，女人体居多，太往标准处靠，男人体也常静在那里，感觉不出肌肉滚动，越画越死。今天真是个难得的机会。有人说羞处不好看，画家就在纸上用笔把说的人的羞处涂成一个疙瘩，大家就都笑起来。衣裤干了，纷纷穿上。

这时已近傍晚，太阳垂在两山之间，江面上便金子一般滚动，岸边石头也如热铁般红起来。有鸟儿在水面上掠来掠去，叫声传得很远。对岸有人在拖长声音吼山歌，却不见影子，只觉声音慢慢小了。大家都凝了神看。许久，王一生长叹一声，却不说什么。

　　大家又都往回走，在街上拉了画家一起吃些东西，画家倒好酒量。天黑了，画家领我们到礼堂后台入口，与一个人点头说了，招呼大家悄悄进去，缩在边幕上看。时间到了，幕并不开，说是书记还未来。演员们化了装，在后台走来走去，伸一伸手脚，互相取笑着。忽然外面响动起来，我拨了幕布一看，只见书记缓缓进来，在前排坐下，周围空着，后面黑压压一礼堂人。于是开演，演出甚为激烈，尘土四起。演员们在台上泪光闪闪，退下来一过边幕，就喜笑颜开，连说怎么怎么错了。王一生倒很入戏，脸上时阴时晴，嘴一直张着，全没有在棋盘前的镇静。戏一结束，王一生一个人在边幕拍起手来，我连忙止住他，向台下望去，书记不知什么时候已经走了，前两排仍然空着。

　　大家出来，摸黑拐到画家家里，脚卵已在屋里，见我们来了，就与画家出来和大家在外面站着。画家说：王一生，你可以参加比赛了。王一生问：怎么回事儿？脚卵说，晚上他在书记家里，书记跟他叙起家常，说十几年前常去他家，见过不少字画儿，不知运动起来，损失了没有？脚卵说还有一些，书记就不说话了。过了一会儿书记又说，脚卵的调动大约不成问题，到地区文教部门找个位置，跟下面打个招呼，办起来也快，让脚卵写信回家讲一讲。于是又谈起字画古董，说大家现在都不知道这些东西的价值，书记自己倒是常在心里想着。脚卵就说，他写信给家里，看能不能送书记一两幅，既然书记帮了这么大忙，感谢是应该的。又说，自己在队里有一副明朝的乌木棋，极是考究，书记若是还看得上，下次带上来。书记很高兴，连说带上来看看。又说你的朋友王一生，他倒可以和下面的人说一说，一个地区的比赛，不必那么严格，举贤不避私嘛。就挂了电话，电话里回答说，没有问题，请书记放心，叫王一生明天就参加比赛。

　　大家听了，都很高兴，称赞脚卵路道粗，王一生却没说话。脚卵走后，画家带了大家找到电工，开了礼堂后门，悄悄进去。电工说天凉了，问要不要把幕布放下来垫盖着，大家都说好，就七手八脚爬上去摘下幕布铺在台上。一个人走到台边，对着空空的座位一敬礼，尖着嗓子学报幕员，说：下一个节目——睡觉。现在开始。大家悄悄地笑，纷纷钻进幕布躺下了。

　　躺下许久，我发觉王一生还没有睡着，就说：睡吧，明天要参加比赛呢！王一生在黑暗里说：我不赛了，没意思。倪斌是好心，可我不想赛了。我说：咳，管它！你能赛棋，脚卵能调上来，一副棋算什么？王一生说：那是他父亲的棋呀！东西好坏不说，是个信物。我妈妈留给我的那副无字棋，我一直性命一样存着，现在生活好了，妈的话，我也忘不了。倪斌怎么就可以送人呢？我说：脚卵家里有钱，一副棋算什么呢？他家里知道儿子活得好一些了，棋是舍得的。王一生说：我反正是不赛了，被人作了交易，倒像是我占了便宜。我下得赢下不赢是我自己的事，这样赛，被人戳脊梁骨。不知是谁也没睡着，大约都听见了，咕噜一声：呆子。

第四章

第二天一早儿，大家满身是土地起来，找水擦了擦，又约画家到街上去吃。画家执意不肯，正说着，脚卵来了，很高兴的样子。王一生对他说：我不参加这个比赛。大家呆了。脚卵问：蛮好的，怎么不赛了呢？省里还下来人视察呢！王一生说：不赛就不赛了。我说了说，脚卵叹道：书记是个文化人，蛮喜欢这些的。棋虽然是家里传下的，可我实在受不了农场这个罪，我只想有个干净的地方住一住，不要每天脏兮兮的。棋不能当饭吃的，用它通一些关节，还是值的。家里也不很景气，不会怪我。画家把双臂抱在胸前，抬起一只手摸了摸脸，看着天说：倪斌，不能怪你。你没有什么了不得的要求。我这两年，也常常糊涂，生活太具体了。幸亏我还会画画儿。何以解忧？唯有——唉。王一生很惊奇地看着画家，慢慢转了脸对脚卵说：倪斌，谢谢你。这次比赛决出高手，我登门去与他们下。我不参加这次比赛了。脚卵忽然很兴奋，攥起大手一顿，说：这样，这样！我呢，去跟书记说一下，组织一个友谊赛。你要是赢了这次的冠军，无疑是真正的冠军。输了呢，也不太失身份。王一生呆了呆：千万不要跟什么书记说，我自己找他们下。要下，就与前三名都下。

大家也不好再说什么，就去看各种比赛，倒也热闹。王一生只钻在棋类场地外面，看各局的明棋。第三天，决出前三名。之后是发奖，又是演出，会场乱哄哄的，也听不清谁得的是什么奖。

脚卵让我们在会场等着，过了不久，就领来两个人，都是制服打扮。脚卵作了介绍，原来是象棋比赛的第二、三名。脚卵说：这位是王一生，棋蛮厉害的，想与你们两位高手下一下，大家也是一个互相学习的机会。两个人看了看王一生，问：那怎么不参加比赛呢？我们在这里待了许多天，要回去了。王一生说：我不耽误你们，与你们两人同时下。两人互相看了看，忽然悟到，说：盲棋？王一生点一点头。两人立刻变了态度，笑着说：我们没下过盲棋。王一生说：不要紧，你们看着明棋下。来，咱们找个地方儿。话不知怎么就传了出去，立刻嚷动了，会场上各县的人都说有一个农场的小子没有赛着，不服气，要同时与亚、季军比试。百十个人把我们围了起来，挤来挤去地看，大家觉得有了责任，便站在王一生身边儿。王一生倒低了头，对两个人说：走吧，走吧，太扎眼。有一个人挤了进来，说：哪个要下棋? 就是你吗? 我们大爷这次是冠军，听说你不服气，叫我来请你。王一生慢慢地说：不必。你大爷要是肯下，我和你们三人同下。众人都轰动了，拥着往棋场走去。到了街上，百十人走成一片。行人见了，纷纷问怎么回事，可是知青打架? 待明白了，就都跟着走。走过半条街，竟有上千人跟着跑来跑去。商店里的店员和顾客也都站出来张望。长途车路这里开不过，乘客们纷纷探出头来，只见一街人头攒动，尘土飞起多高，轰轰的，乱纸踏得嚓嚓响。一个傻子呆呆地在街中心，咿咿呀呀地唱，有人发了善心，把他拖开，傻子就倚了墙根儿唱。四五条狗窜来窜去，觉得是它们在引路打狼，汪汪叫着。

到了棋场，竟有数千人围住，土扬在半空，许久落不下来。棋场的标语标志早已摘除，出来一个人，见这么多人，脸都白了。脚卵上去与他交涉，他很快地看着众人，连连点头儿，半天才明白是借场子用，急忙打开门，连说可以可以，见众人都要进去，就急了。我们几个，马上到门口守住，放进脚卵、王一生和两个得了名誉的人。这时有一个人走出来，对我们说：高手既然和三个人下，多我一个不怕，我也算一个。众人又嚷动了，又有人报名。我不知怎么办好，只得进去告诉王一生。王一生咬一咬嘴说：你们两个怎么样? 那两个人赶紧站起来，连说可以。我出去统计了，连冠军在内，对手共是十人，脚卵说：十不吉利的，九个人好了。于是就九个人。冠军总不见来，有人来报，既是下盲棋，冠军只在家里，命人传棋。王一生想了想，说好吧。九个人就关在场里。墙外一副明棋不够用，于是有人拿来八张整开白纸，很快地画了格儿。又有人用硬纸剪了百十个方棋子儿，用红黑颜色写了，背后粘上细绳，挂在棋格儿的钉子上，风一吹，轻轻地晃成一片，街上人也嚷成一片。

人是越来越多。后来的人拼命往前挤，挤不进去，就抓住人打听，以为是杀人的告示。妇女们也抱着孩子们，远远围成一片。又有许多人支了自行车，站在后架上伸脖子看，人群一挤，连着倒，喊成一团。半大的孩子们钻来钻去，被大人们用腿拱出去。数千人闹闹嚷嚷，街上像半空响着闷雷。

王一生坐在场当中一个靠背椅上，把手放在两条腿上，眼睛虚望着，一头一脸都是土，像是被传讯的歹人。我不禁笑起来，过去给他拍一拍土。他按住我的手，我觉出他有些抖。王一生低低地说：事情闹大了。你们几个朋友看好，一有动静，一起跑。我说：不会。只要你赢了，什么都好办。争口气。怎么样？有把握吗？九个人哪！头三名都在这里！王一生沉吟了一下，说：怕江湖的不怕朝廷的，参加过比赛的人的棋路我都看了，就不知道其他六个人会不会冒出冤家。书包你拿着，不管怎么样，书包不能丢。书包里有……王一生看了看我，我妈的无字棋。他的瘦脸上又干又脏，鼻沟也黑了，头发立着，喉咙一动一动的，两眼黑得吓人。我知道他拼了，心里有些酸，只说：保重！就离了他。他一个人空空地在场中央，谁也不看，静静的，像一块铁。

棋开始了。上千人不再出声儿。只有自愿服务的人一会儿紧一会儿慢地用话传出棋步，外边儿自愿服务的人就变动着棋子儿。风吹得八张大纸哗哗地响，棋子儿荡来荡去。太阳斜斜地照在一切上，烧得耀眼。前几十排的人都坐下了，仰起头看，后面的人也挤得紧紧的，一个个土眉土眼，头发长长短短吹得飘，再没人动一下，似乎都把命放在棋里搏。

我心里忽然有一种很古怪的东西涌上来，喉咙紧紧地往上走。读过的书，有的近了，有的远了，模糊了。平时十分佩服的项羽、刘邦都目瞪口呆，倒是尸横遍野的那些黑脸士兵，从地下爬起来，哑了喉咙，慢慢移动。一个樵夫，提了斧在野唱。忽然又仿佛见了呆子的母亲，用一双弱手一张一张地折书页。

我不由伸手到王一生书包里去掏摸，捏到一个小布包儿，拽出来一看，是个旧蓝斜纹布的小口袋，上面绣了一只蝙蝠，布的四边儿都用线做了圈口，针脚很是细密。取出一个棋子，确实很小，在太阳底下竟是半透明的，像是一只眼睛，正柔和地瞧着。我把它攥在手里。

太阳终于落下去，立即爽快了。人们仍在看着，但议论起来。里边儿传出一句王一生的棋步，外面的人就嚷动一下。专有几个人骑车为在家的冠军传送着棋步，大家就不太客气，笑话起来。

我又进去，看见脚卵很高兴的样子，心里就松开一些，问：怎么样？我不懂棋。脚卵抹一抹头发，说：蛮好，蛮好。这种阵式，我从来也没有见过，你想想看，九个人与他一个人，九局连环！车轮大战！我要写信给我的父亲，把这次的棋谱都寄给他。这时有两个人从各自的棋盘前站起来，朝着王一生鞠躬，说：甘拜下风。就捏着手出去了。王一生点点头儿，看了他们的位置一眼。

王一生的姿势没有变，仍旧是双手扶膝，眼平视着，像是望着极远极远的远处，又像是盯着极近的近处，瘦瘦的肩挑着宽大的衣服，土没拍干净，东一块儿，西一块儿。喉结许久才动一下。我第一次承认象棋也是运动，而且是马拉松，是多一倍的马拉松！我在学校时，参加过长跑，开始后的五百米，确实极累，但过了一个限度，就像不是在用脑子跑，而像一架无人驾驶飞机，又像是一架到了高度的滑翔机，只管滑翔下去。可这象棋，始终是处在一种机敏的运动之中，兜捕对手，逼向死角，不能疏忽。我忽然担心起王一生的身体来。这几天，大家因为钱紧，不敢怎么吃，晚上睡得又晚，谁也没想到会有这么一个场面。看着王一生稳稳地坐在那里，我又替他睹一口气：死顶吧！我们在山上扛木料，两个人一根，不管路不是路，沟不是沟，也得咬牙，死活不能放手。谁若是顶不住软了，自己伤了不说，另一个也得被木头震得吐血。可这回是王一生一个人过沟坎儿，我们帮不上忙。我找了点儿凉水来，悄悄走近他，在他跟前一挡，他抖了一下，眼睛刀子似的看了我一下，一会儿才认出是我，就干干地笑了一下。我指指水碗，他接过去，正要喝，一个局号报了棋步。他把碗高高地平端着，水纹丝儿不动。他看着碗边儿，回报了棋步，就把碗缓缓凑到嘴边儿。这时下一个局号又报了棋步，他把嘴定在碗边儿，半晌，回报了棋步，才咽一口水下去，咕的一声儿，声音大得可怕，眼里有了泪花。他把碗递过来，眼睛望望我，有一种说不出的东西在里面游动，嘴角儿缓缓流下一滴水，把下巴和脖子上的土冲开一道沟儿。我又把碗递过去，他竖起手掌止住我，回到他的世界里去了。

我出来，天已黑了。有山民打着松枝火把，有人用手电筒照着，黄乎乎的，一团明亮。大约是地区的各种单位下班了，人更多了。狗也在人前蹲着，看人挂动棋子，眼神凄凄的，像是在担忧。几个同来的队上知青，各被人围了打听。不一会儿，王一生、棋呆子、是个知青、棋是道家的棋，就在人们嘴上传。我有些发噱，本想到人群里说说，但又止住了，随人们传吧，我开始高兴起来。这时墙上只有三局在下了。

忽然人群发一声喊。我回头一看，原来只剩了一盘，恰是与冠军的那一盘。盘上只有不多几个子儿。王一生的黑子儿远远近近地峙在对方棋营格里，后方老帅稳稳地待着，尚有一士伴着，好像帝王与近侍在聊天儿，等着前方将士得胜回朝；又似乎隐隐看见有人在伺候酒宴，点起尺把长的红蜡烛，有人在悄悄地调整管弦，单等有人跪奏捷报，鼓乐齐鸣。我的肚子拖长了音儿在响，脚下觉得软了，就拣个地方坐下，仰头看最后的围猎，生怕有什么差池。

红子儿半天不动，大家不耐烦了，纷纷看骑车的人来没有，嗡嗡地响成一片。忽然人群乱起来，纷纷闪开。只见一老者，精光头皮，由旁人搀着，慢慢走出来，嘴嚼动着，上上下下看着八张定局残子。众人纷纷传着，这就是本届地区冠军，是这个山区的一个世家后人，这次出山玩玩儿棋，不想就夺了头把交椅，评了这次比赛的大奖，直叹棋道不兴。老者看完了棋，轻轻抻一抻衣衫，跺一跺土，昂了头，由人揽进棋场。众人都一拥而起。我急忙抢进了大门，跟在后面。只见老者进了大门，立定，往前看去。

王一生孤身一人坐在大屋子中央，瞪眼看着我们，双手支在膝上，铁铸一个细树桩，似无所见，似无所闻。高高的一盏电灯，暗暗地照在他脸上，眼睛深陷进去，黑黑的似俯视大千世界，茫茫宇宙。那生命像聚在一头乱发中，久久不散，又慢慢弥漫开来，灼得人脸热。众人都呆了，都不说话。外面传了半天，眼前却是一个瘦小黑魂，静静地坐着，众人都不禁吸了一口凉气。

半晌，老者咳嗽一下，底气很足，十分洪亮，在屋里荡来荡去。王一生忽然目光短了，发觉了众人，轻轻地挣了一下，却动不了。老者推开揽的人，向前迈了几步，立定，双手合在腹前摩挲了一下，朗声叫道：后生，老朽身有不便，不能亲赴沙场，命人传棋，实出无奈。你小小年纪，就有这般棋道，我看了，汇道禅于一炉，神机妙算，先声有势，后发制人，遣龙治水，气贯阴阳，古今儒将，不过如此。老朽有幸与你接手，感触不少，中华棋道，毕竟不颓，愿与你做个忘年之交。老朽这盘棋下到这里，权作赏玩，不知你可愿意平手言和，给老朽一点面子？

王一生再挣了一下，仍起不来。我和脚卵急忙过去，托住他的腋下，提他起来。他的腿仍是坐着的样子，直不了，半空悬着。我感到手里好像只有几斤的分量，就暗示脚卵把王一生放下，用手去揉他的双腿。大家都拥过来，老者摇头叹息着。脚卵用大手在王一生身上，脸上，脖子上缓缓地用力揉。半晌，王一生的身子软下来，靠在我们手上，喉咙嘶嘶地响着，慢慢把嘴张开，又合上，再张开，啊啊着。很久，才呜呜地说：和了吧。

老者很感动的样子，说：今晚你是不是就在我那儿歇了？养息两天，我们谈谈棋？王一生摇摇头，轻轻地说：不了，我还有朋友。大家一起来的，还是大家在一起吧。我们到、到文化馆去，那里有个朋友。画家就在人丛里喊：走吧，到我那里去，我已经买好了吃的，你们几个一起去。真不容易啊。大家慢慢拥了我们出来，火把一团儿照着。山民和地区的人层层团了，争睹棋王风采，又都点头儿叹息。

我揽了王一生慢慢走，光亮一直随着。进了文化馆，到了画家的屋子，虽然有人帮着劝散，窗上还是挤满了人，慌得画家急忙把一些画儿藏了。

人渐渐散了，王一生还有一些木。我忽然觉出左手还攥着那个棋子，就张了手给王一生看。王一生呆呆地盯着，似乎不认得，可喉咙里就有了响声，猛然哇的一声儿吐出一些黏液，呜呜地说：妈，儿今天……妈——大家都有些心酸，扫了地下，打来水，劝了。王一生哭过，滞气调理过来，有了精神，就一起吃饭。画家竟喝得大醉，也不管大家，一个人倒在木床上睡去。电工领了我们，脚卵也跟着，一齐到礼堂台上去睡。

夜黑黑的，伸手不见五指。王一生已经睡死。我却还似乎耳边人声嚷动，眼前火把通明，山民们铁了脸，肩着柴火林中走，咿咿呀呀地唱。我笑起来，想：不做俗人，哪儿会知道这般乐趣？家破人亡，平了头每日荷锄，却自有真人生在里面，识到了，即是幸，即是福。衣食是本，自有人类，就是每日在忙这个。可囿在其中，终于还不太像人。倦意渐渐上来，就拥了幕布，沉沉睡去。

原载《上海文学》1984 年第 7 期
中国作家协会 1983—1984 年全国优秀中篇小说